中國詩用學

中國古代社會文化行為詩學

顏崑陽 著

目次

附編

圓球體的反思視域：《中國詩用學》序

陳國球

顏崑陽教授是前輩學者中近年產量最豐富的一位。先是二〇一六年接連出版《詮釋的多向視域：中國古典美學與文學批評系論》（四三六頁）、《反思批判與轉向：中國古典文學研究之路》（五六〇頁），二〇一七年發表《詩比興系論》（四〇八頁），二〇二〇年寫成《學術突圍：當代中國人文學術如何突破「五四知識型」的圍城》（五〇四頁），現在又為中文學界貢獻新著《中國詩用學：中國社會文化行為詩學》。崑陽教授善於製題，讀者尚未翻開各本厚實沉重的鉅製的卷頁，從書名已可以領悟內容的豐盛與撰著的思考方向。概括言之，我們可以見到崑陽教授的三大方向：「反思批判」、「多向詮釋」，以及「（新）典範建立」。這三個方向一直貫穿崑陽教授二、三十年的學術思考；從以上各本專著，不難發現他一直念茲在茲，孜孜不息，進行一項大規模的學術工程。

崑陽教授著述成文有先有後，以上所標舉的三方面工作，於諸篇或各有偏重，但究之每篇都融會了他的主體思想，而且交互徵引、前呼後應，血脈相連而合為一有機整體。為了便於敘說，我們可以依次探視，作為閱讀顏老師學術著作的入門之階。

首先，「反思」是這裏最重要的關鍵詞。因為它代表了崑陽教授的學術志業的第一要務。要之，崑陽教授不為己而「反思」，是為天下學者省思，為學術的前途而深思。他的好朋友蔡英俊（《反思批判與轉向》序）和龔鵬程（《學術突圍》序）兩位都提到一九七九年崑陽教授還是在學階段，就主編《古典四書》；他自己寫《喜怒哀樂》，蔡英俊寫《愛恨生死》，龔鵬程寫《春夏秋冬》，蕭水順寫《青紅皂白》，採現代語言賞析古詩詞。記得當年我和同學們在香港書店看到這四書套裝，都非常珍愛，一起購買來作同群共讀。崑陽教授在總序中對其時由顏元叔引進的英美「新批評」方法大肆批評；另一方面又以為講傳統的學者沒能力以現代觀念解析傳統。所以說，他的「反思」之旅在四十多前早已啟航。《中國詩用學》之〈導論：用詩，是中國古代士人階層的社會文化行為模式〉更宣明：

> 近二十幾年來，我對現當代中國人文學術的研究，最為關注的問題是：如何經由反思批判，以突破晚清至於「五四」新文化革命，因「反傳統」又加上「西化」所形塑偏謬的「知識型」。

我們注意到崑陽教授往往「反思」與「批判」並用，可以說是「反思」以「批判」，甚或「反思」意即「批判」（例如廖棟樑序《詩比興系論》就題作〈批判性反思〉）。崑陽教授的「反思批判」，具體而言，其實是針對「近幾十年來台灣中文學術界的古典詩學研究」：以「純粹性審美」的詮釋視域為主流，主張「無關實用」、提倡「純詩」，強分「內部研究」與「外部研究」，一碰觸到「詩與社會文化的關係，尤其事涉政治、道德」，就視之為「外部研究」的問題，幾句話就將之排除掉。崑陽教授認為這些觀念其來有自，其一來自晚清新知識分子「追求現代化」，以至五四新文化運動所形塑的「反儒家傳統」的「文化意識形態」；其二是受西方「唯心主義」、「心理學派美學」影響，其罪魁禍首是朱光潛，以其譯作流播，影響廣遠；近年王夢鷗也是依據這類理論，「建立自己一套『語言美學』，以解決文學『本質論』的問題」。由上述二成因，又生出兩種文學詮釋典範：「文學自覺與文學獨立說」與「抒情傳統論述」；於此二說崑陽教授都撰寫長文嚴加批駁。他的總結性「反思」就是：

> 主導著中國古典詩學研究幾十年的詮釋典範，其中雖有差異，卻都是「五四」以降這一歷史時期所產生的「知識型」。他們大致上，是將歷史「靜態化」，並且把「詩」從總體文化、社會情境孤立出來，而以取諸西方「純文學」的觀點，認定文學必然有個超越、絕對、唯一的本質，以做為文學意義及價值的根源，可持以詮釋、評斷古今一切不同類體的文學。（見〈當代「中國古典詩學研究」的反思及其轉向〉，載《反思批判與轉向》）

崑陽教授在上述著作中，都非常誠懇認真地反覆申論，為現當代學子敲響警世鐘。這種誨人不倦的精神，實在可敬可佩。尤其對「靜態化」、「純文學」的反思，對來自西方的「唯心主義美學」的批判，都值得現今年輕一代古典文學研究者用心琢磨，深刻思考。崑陽教授又特別勸導我們：

> 應該想像地進入詮釋對象之實在、動態的語境中，做「同情的理解」，文學及其歷史才可能向我們開顯它未被固態化、孤立化的多元性意義。（見仝上，又參見《中國詩用學・導論》）

換句話說，面對所論對象，要能將之置入「動態化」的語境作詮釋，要能「同情地理解」，才是崑陽教授認可的研究態度。故此，雖則晚清、五四以降的文化人是崑陽教授主力反思批判的對象，但他也會體認當時提倡新文化、新思潮的梁啟超、胡適、顧頡剛等的貢獻，說在梁、胡二人的論述中，「清楚感知到一個特殊的『歷史主體』，那樣元氣淋漓地展現」，又說自己的詮釋視域曾受顧頡剛論述的啟發（均見〈當代「中國古典詩學研究」的反思及其轉向〉，載《反思批判與轉向》）。這種「非・固態化」的評論態度和眼光，更是我們的楷模，提醒我們閱讀中國古代不同時期的文學，甚或晚清至五四以降、兩岸分治以還、大陸文革前後、台灣解嚴前後、香港九七前後，以至西方思潮之諸種起伏變奏，都要能以非固態的觀點審視，還他們一個「歷史主體」。這正是顏老師「反思批判」的吶喊之足以振聾發聵的緊要處。

崑陽教授提倡「多向詮釋」的論說，當然以見載於《詮釋的多向視域》的各篇論文最為集中。此著副題為：「中國古典美學與文學批評系論」，當中「輯一」是「中國古典美學系論」，「輯二」是「中國文學批評系論」；分別以具體實踐的方式展示「詮釋」之方法。至於論述的宗旨，則見於卷前的長篇〈導言〉，全文注滿啟迪後進的心意：

> 一切文本的意義都是角度繁多的圓球體，每一個詮釋者都只是站定一個角度在觀看它，有所見也必然有所不見。因此，任何經典的意義當然沒有絕對唯一正確的詮釋。我們只能選擇一個最開闊、最能看清美景的角度，用心觀看，而做出相對比較接近「主客觀視域融合」的詮釋。同時也了解別人所選擇不同角度所觀看到的美景，進行彼此「對話」。（《詮釋的多向視域・導言》）

這是多麼通達圓融的觀點與言辭，只能出自一位讀書閱世經驗非常豐富、胸襟無限寬廣、睿智聰明的人文學者之筆下。崑陽教授再說明本書之與前行學者進行「對話」，包括：朱光潛、宗白華、郭紹虞、羅根澤、王運熙、顧易生、胡適、聶紺弩、嚴敦易、某些「隱性他群」，甚至「無數的大眾」等等。

當然，崑陽教授進行「對話」絕不表示凡事模稜兩可。他聲明「詮釋的多向視域」是他為學的「基本觀念」；而為學的「基本態度」是：

在理解、反思、批判前人詮釋視域的取向之後，轉而選擇一個可以更逼近、更看清對象的獨特視域，開啟它一向被前人所遮蔽的風景。這個視域的風景，從來沒有人曾經看過它，就是他的「新面目」。「新」與「舊」不是這個意義圓球體的固態，而是觀看者視域轉向所「揭蔽」的風景。

他再進一步申論：

人文學術必須回到個人直接的生命存在情境，以自己所面對當代的存在經驗，以自己的所「學」所「思」，用心建立一個「自有我在」的歷史性主體；並反思、批判學術傳統與學術社群既有的詮釋視域，轉向找到自己觀看一切文本的獨特角度，從而提出前人所未發的「問題」，並且使用自己所選擇的適當方法，去獲致貼切的詮釋效果。從觀念、態度、目的、行動到方法，我就是這樣要求自己，也要求學生。（仝上）

由此可見崑陽教授認為學術研究與人文精神、生命存在境況密切關聯，對「歷史性主體」之「自有我在」的肯定。在這個基礎之上，崑陽教授一往無前，全力追求典範之轉移，以建立新的「知識型」為己任。正是此一精神、此一承擔，老友呂正惠乃稱譽崑陽教授為「魯殿靈光」（《詮釋的多向視域》序）。

最能將這個信念「顯題化」的著作，就是以「當代中國人文學術如何突破『五四知識型』的圍城」為副題的《學術突圍》。正如龔鵬程所撰序文說：崑陽教授「論學勇悍，人稱顏大刀」，此書之論，「哪是突圍？分明是雷霆重砲在攻城」！所攻之城，正是「五四知識型」，「要把五四新文化諸公所建設的知識型，以及其徒子徒孫通通打倒，建立當代人文學術新典範」。此書末章〈內造建構：中國古典文學理論研究之詮釋視域迴向與典範重構〉對這種「攻城」或「突圍」的思考與策略，作了很好的總結，先是引述〈中國人文學術如何「現代」？如何「當代」？〉羅列「五四知識型」種種迷蔽；「大破」然後「大立」，一改前人「消費西方理論」之陋，自家「生產」理論，「回歸自身民族文化情境，尋求典範重建的途徑」；以「重構傳統典範」與「創構當代新典範」為目標，建構三種「專門性知識領域」：一、建構「中國詩用學」；二、重構確當的「中國文體學」；三、重構「中國原生性文學史觀」。

眼前的《中國詩用學》書稿，就是構建「典範」的首要工程。書稿在〈自序〉以外，正文凡五章，另外附編二章。覆檢各篇初撰年月如下：

一、〈導論：用詩，是一種社會文化行為模式〉，二〇〇八年六月；

二、〈中國古代士人階層「詩式社會文化行為」的「實踐情境」結構〉，二〇二一年一二月；

三、〈中國古代士人階層「詩式社會文化行為」的類型〉（新撰）；

四、〈「詩比興」的「言語倫理」功能及其效用〉，二〇一六年六月；

五、〈中國古代「詩用」語境中的「多重性讀者」〉，二〇二〇年六月；

附編：

一、〈論先秦「詩社會文化行為」所展現的「詮釋範型」意義〉，二〇〇六年一月；

二、〈唐代「集體意識詩用」的社會文化行為現象〉，一九九九年七月。

各篇以「附編二」之〈唐代「集體意識詩用」的社會文化行為現象〉撰定時間最早；正文第三篇〈中國古代士人階層「詩式社會文化行為」的類型〉最新，筆者撰序時仍未見到；各篇撰年相距超過二〇年。我們又注意到一九九九年討論唐代「集體意識詩用」的文章初刊時，其副題標作「建構『中國詩用學』初論」，到後來同一個副題改移到二〇〇八年發表的〈用詩，是一種社會文化行為模式〉（此文先收入《反思批判與轉向》，然後再大幅增修，作為《中國詩用學》之〈導論〉）。再追查下去，原來一九九九年的文章在開篇就引用更早發表的另一篇論文，當中已對「詩用」的「社會文化行為現象」作出初步界說（〈論詩歌文化中的「託喻」觀念〉，一九九六年在成功大學主辦會議發表，後來收入《詩比興系論》）。故可以說，「中國詩用學」之「初論」已有超過十年的推敲磨礪；再經十餘年的深思才增修為專著《中國詩用學》的整合性論述。嗣後崑陽教授又有副題作「建構『中國詩用學』二論」的〈論先秦「詩式社會文化行為」所展現的「詮釋範型」意義〉，於二〇〇六年發表（收入《中國詩用學》「附編」）；副題作「建構『中國詩用學』三論」的〈從〈詩大序〉論儒系詩學的「體用觀」〉，於二〇〇三年發表（此文沒有收入本書，而錄作《學術突圍》的一章）。初論、二論、三論，再經緯縱橫、升降開闔，卅年的陶鑄錘鍊，才成就這一本鉅著。

崑陽教授在〈導言〉宣明他要處理的不是「美學」的問題，而是「社會學」中有關個人在社會群體中「互動」的方式及其意義詮釋的問題；需要的基本態度與理解能力，不是「審美的」想像，而是「歷史的」或「社會的」想像。至此，可見崑陽教授已跨越了所謂「文學」的界限，而進入「社會學」、「歷史學」，以至「文化學」的跨領域的境地。然而他不滿足於「現象描述或意義詮釋」，力求「精密地建構一套系統性理論」，其成果就是貢獻於讀者面前的《中國詩用學》一書。

作為「自家首創」、「內造建構」的系統性理論，《中國詩用學》當然不是一部易讀的書。然而崑陽教授在書中不厭其煩的說明他如何開拓創造性的詮釋視域，區分「詩式社會文化行為」的類型，指出「作者」的「諷化」、「通感」與「期應」的「行為意圖」，如何以「比興」作為語言形式實踐於「禮文化的存在情境」，再而接引到「多重性讀者」的觀念。初學者若要進入顏老師的理論世界，筆者建議他們最好循這「讀者論」入手。因為論述背後有一個非常明確的信念：「中國古典人文學的本質就是詮釋學」。眾所周知，崑陽教授於學術上的第一座高峰，就是一九九一年出版的《李商隱詩箋釋方法論》；其後的「反思批判」、「多向詮釋」，均由此萌動。我們可以先關注崑陽教授如何序列「特指讀者」、「泛化讀者」、「個體讀者」、「群體讀者」、「顯性讀者」、「隱性讀者」，然後怎樣構建成五個重層：「想像文學社群」中的「泛化」的「隱性他群讀者」、「特定指向」的「隱

性他群讀者」、「特定指向」的「隱性個體讀者」、「特定指向」的「顯性他群讀者」，以及「特定指向」的「顯性個體讀者」；細嚼其間如何綰合「歷史參證及文本分解」與「直觀感悟而綜合判斷」之詮釋類型以建立新的「詮釋視域」，以「重構本意」，而避免「謬想本意」。

崑陽教授的學友們，常常表揚其著述之「自鑄偉詞」、「自創理論」（例如鄭毓瑜序《詩比興系論》）。很多中文系的碩博士研究生讀到顏老師的長篇鉅製，深受啟發而稱頌讚嘆的固然極多；但因為其中理論複雜精密、觀念術語繁多至目不暇給，甚或叫苦連天者也不在少數。我會對那些叫苦的同學說：「夫子之牆數仞，不得其門而入，不見宗廟之美、百官之富」；大家要奮發圖強，才有望入門，進而窺睹堂奧。

今年初崑陽大兄來信命我為《中國詩用學》撰序，特別提醒我他這本《中國詩用學》是一生最重要的著作，我們既是幾十年知交，不可推辭。這番話一直縈繞在心，動筆為文，不由得我不回想個人與台灣學界的因緣。我與台灣古典文學界的交往，大概始於上世紀八十年代初。一九八三年我開始有學術文稿在台灣發表，同年第一次到台灣參加淡江大學舉辦的第四屆國際比較文學會議。記得當時我提交的論文是〈變中求不變：論胡應麟對詩史的詮釋〉（後來發表在一九八四年一月的《中外文學》），評論人是柯慶明大兄。他對這個自香港來台，國語講得東倒西歪的年輕人非常照顧，會前先與我午餐，詳細討論我的文稿，兼且送我《境界的再生》等著作。會上又有發言提問的龔鵬程兄，會後拉着我接續討論中國詩學問題，告訴我他的《江西詩社宗派研究》快要出版。後來才曉得，這是我與「月涵堂傳說」中的人物相交之始。崑陽大兄是月涵堂論學群英的核心人物，我在香港很早就讀過他的書；但初見應該在四年後的第五屆國際比較文學會議。當日我提交的論文是〈試論唐七律於明代復古詩論中的「正典化過程」〉（文章在同年十一月的《中外文學》刊出），講評人正是崑陽大兄。當時「顏大刀」之名已傳到香港，學友們頗為我驚恐了一番。可幸會議上雖有火花，但算是安全過關，而會後新知舊友歡聚暢談，非常愉快。從此我也漸漸成為「月涵堂論學團」之友。次年還在我任職的浸會大學（當時校名是浸會學院）籌辦了一個小型會議，接待鵬程、崑陽，以及李瑞騰、簡錦松諸兄以「中國古典文學研究會」代表的名義來港，又引介他們訪問我的母校香港大學。當時台灣應是解嚴未久，他們的學術探索之旅，據說也頗有奇遇。

有感於「月涵堂聚會」壯思飛的逸興，我也曾在儲夠機票費用時，偶爾飛來台北陪席，而夜宿則是得黃景進先生收容在他府上躺地蓆，省卻入住旅館之資。即使大多數時間沒能親身參與，景進大兄也常寄我當時的討論文稿影本。回想起來，我也算得上是個誤闖學術桃花源的漁夫。我與崑陽大兄一直有書信往來；重量級著作《李商隱詩箋釋方法論》也承他擲寄到香港。自八十年代後期到九十年代，「文學史」論述成為兩岸三地的一個學術焦點；北京大學陳平原教授與我合辦民間刊物《文學史》，我又應邀主編《中國文學史的省思》一書，在台的景進、崑陽、鵬程諸兄均有供稿支援。此後我到台灣訪問或參加會議，都會與月涵堂諸友聚面。陳萬益先生也同此緣份，思量招攬我加盟清大新成立的「文學研究所」。崑陽大兄主持東華大學系務院務時，我多次探訪花蓮，認識了更多的新朋友。數十年來我在香港從事教學研究，隔岸的學術情誼，一直滋潤我心，是我為學之途的重要撐持力量。崑陽兄反思批判的識見、智慧，與勇氣，當然是我私下慕效的榜樣。我很高興有機會先行拜讀崑陽大兄《中國詩用學》這部精心鉅著，匆匆寫了以上的閱讀心得和感想，借以表達我從崑陽大兄著述受益的謝忱，也記下我與台灣學術的前緣，盼望我有機會在這個溫暖的島上，與師友同道一起為文學研究盡心力。

二〇二二年六月廿八日完稿於清華西院

陳國球　玉山學者／清華大學中文系講座教授

創構當代新典範：讀顏崑陽教授《中國詩用學》

張健

顏崑陽教授是中國文學研究界最富創造力的學者之一，他以研究唐詩學、《莊子》學起家，然兼綜博涉，自上古至晚清現代，洞穿條貫，沉浸含咀，深得於心，發為言語，著為文章，浩乎滂沛，真所謂閎中肆外，氣盛言宜者矣。近二十年來，崑陽教授痛感人文學領域深受「五四」學術典範之影響，矩矱所限，固若圍城，遂大刀闊斧，衝鋒陷陣，欲突破重圍；每議論縱橫，如江水東注，意氣堂堂，真有「雖千萬人我往矣」之概。《學術突圍——當代中國人文學術如何突破「五四知識型」的圍城》一書正代表了顏先生突破圍城的勇氣與思力。但先生的勇氣與思力不僅體現於大破，尤其體現於大立；不僅體現在突破「五四」典範，更體現在建立新的典範。按照崑陽先生本人自述，他的大立主要包括「三項基礎性建設工程」與「三種專門性知識領域的建構」。三項基礎性工程為：「歷史性主體」自覺的提倡；總體情境觀與動態歷程觀的文學本體論建構；從中國古典詮釋學建構人文知識的本質論與方法論。三種專門性知識領域的建構是：中國詩用學、中國文體學及中國原生性文學史觀。本書《中國詩用學》即是崑陽先生建構的專門知識領域之一。先生書成，命我作序。我以後生晚輩學淺識陋不敢應命，先生諭以論學不分年輩之義，且勉勵有加，我深感先生提攜之情厚，期待之意殷，遂請以讀後感應命。然先生之學術大廈，鉅麗宏大，我雖仰望讚嘆不已，實未窺堂奧，難睹全美，茲謹以觀感所及陳之，以就教於先生。

崑陽先生《中國詩用學》集專題論文而成，作為先生批判與建構整體學術工程之一部分，本書也是有破有立。所破者乃建立在「五四知識型」基礎上的古典文學研究典範。「知識型」為顏先生借自福柯的術語，指某一歷史時期人們共同的思想框架，是籠罩某一時代具體學術領域之上的觀念基礎。顏先生指出，晚清以降至於「五四」新文化運動，中國追求現代化；現代化在很大程度上就是西化，這種因「反傳統」加上「西化」形塑成的思考框架，乃是一種偏謬的「知識型」。建立在這種「知識型」之上的文學研究典範乃是「偏誤視域」，其核心是「挪借西方」之「純文學」觀念。誠如崑陽先生所言，「挪借西方」不止是文學研究領域的現象，而是「五四」新文化運動以來的主流的文化取向，即「五四知識型」。這種取向的突出特徵即以為現代化就是西化。此可謂切中要害。馮友蘭（一八九五—一九九〇）《新事論》（一九三九）云：「從前人常說我們要西洋化，現在人常說我們要近代化或現代化。這並不是專是名詞上改變，這表示近來人的一種見解上底改變。這表示，一般人已漸覺得以前所謂西洋文化之所以是優越底，並不是因為它是西洋底，而是因為它是近代底或現代底。我們近百年來之所以到處吃虧，並不是因為我們的文化是中國底，而是因為我們的文化是中古底。這一個覺悟是很大底。」[1]此一段話涉及晚清以來中國人思想觀念的重大變化，中西文化的差異由國族地域之殊變而成歷史時代之別，為進化階段之異。這種觀念變化在馮先生看來是「很大底」「覺悟」，即一種認識上的大進步。嵇文甫（一八九五—一九六三）〈漫談學術中國化問題〉（一九四〇）：「所謂『西化』，正確的說，應該是『現代化』。因為所謂中西文化的差異，在本質上，乃是中古文化和現代文化的差異；不過前者帶上些中國的特殊色彩，而後者帶上些西洋的特殊色彩而已。」[2]這種觀點正是馮友蘭先生所說的「覺悟」。對於這種觀念轉變，余英時先生則指出，其實質是，「中西文化的差異已被理解為社會進化階段的不同，即中國尚停滯在『中古時代』而西方則已進入『現代』階段。」「『西方』不再是一個地理名詞而是『普遍』的代號，『現代西方』則象徵著『普遍的現代性』。通過這樣的轉換，認同『西方』變成了認同『現代』。」[3]此即崑陽先生所說「五四知識型」之核心觀念，乃中國傳統學問到現代學術轉變的基本思想背景，體現在文學觀念方面，即以為西方文學觀念代表普遍的現代性。

崑陽先生指出，建立在「五四知識型」基礎之上的文學觀念即「挪借西方」之「純文學」觀念，此上百年來中國文學研究典範之根本。此亦破的之論。與現代化即西化相關，「五四知識型」的另一主流觀念，即是現代學術的普遍統一性觀念。一九一五年，芝加哥大學教授莫爾頓（Richard Green Moulton）出版《文學的現代研究》（*The Modern Study of Literature*），指出文學研究的現代性精神有三，其中之一便是統一的世界文學觀念。這種統一的文學觀念對「五四」新文學家如鄭振鐸等人影響極大。強調文學的超越國族的普遍統一性是「五四」新文學運動的觀念基礎之一。此一觀念與上述之西方代表現代的觀念結合，遂以為西方文學代表普遍的現代的文學，中國要建立現代文學必須以西方文學為典範。在文學觀念方面，也是如此。西方文學觀念代表普遍的現代的文學觀念，此是正確的

1　《新事論》，《三松堂全集》第四卷（鄭州：河南人民出版社，一九八六），頁二二五。

2　《理論與現實》第一卷第四期（一九四〇年二月十五日），頁六八。據文末注，文章寫成於一九三九年十月二十五日。

3　余英時，《錢穆與中國文化·自序》（上海：遠東出版社，一九九四初版，一九九六年二刷），頁四。

文學觀念。中國古代的詩文評乃是古代的觀念，必須以現代的實即西方的文學觀念為標準加以整理。顏先生所說「五四」以來中國傳統文學研究「挪借西方」文學理論的觀念基礎在此。按照當時的理解，「純文學」觀念乃西方現代的文學觀念，是正確的觀念，於是持為標準，衡量中國古代的文學觀念，合者為是，不合則為非，顏先生所言「五四」以來堅持「純文學」觀念的依據在此。

以西方為普遍的現代性，以西方文學觀念為普遍的文學原理，此誠為「五四知識型」及百年來人文研究典範之核心，崑陽先生屢屢指陳針砭，尖銳犀利。事實上，顏先生對「五四知識型」的反省與批判並非孤立無偶，而是「五四」以來反省思潮的繼承與發展。這股文化反省思潮最近的代表為余英時先生，他指出：「現代化絕不等於西化，而西化又有各種不同的層次。科技甚至制度層面的西化並不必然會觸及一個文化的價值系統的核心部分。現在一般深受西方論著影響的知識分子往往接受西方人的偏見，即以西方現代的價值為普遍性的（Universalistic），中國傳統的價值是特殊性的（particularistic）。這是一個根本站不住的觀點。其實，每一個文化系統中的價值都可以分為普遍與特殊兩項。把西化與現代化視為異名而同實便正是這一偏見的產物。」[4]「五四」以來反傳統的人「誤以為現代化必須以全面地拋棄中國文化傳統為前提。他們似乎沒有考慮到如何轉化和運用傳統的精神資源以促進現代化的問題」。[5]崑陽先生對中國人文學研究領域的「五四知識型」的反省與批判，尤其是對古典文學研究典範的全面而深刻的反省與批判，正可以放到以上的背景中理解，而顏先生致力在中國文化及文學傳統基礎上建立新典範，亦可與之呼應。

顏先生指出，「五四」以來的人文研究的偏誤，在於學者將其自己時代的具有歷史性的「知識型」當作普遍性的超越歷史之上的永恆模式，執以為標準，衡量中國古代的文學。其主流大致固著在

「純粹審美／政教功用」、「純文學／雜文學」、「藝術性／實用性」這個截然二元對立的框架，而形成數十年不變的詮釋視域與評價基準。由於缺乏歷史觀念，故他們不能了解中國古代文學的觀念也有歷史變化，對古代文學觀念的詮釋遂出現偏誤。顏先生這部大著的主旨便是反思批判「五四」以降挪借西方「純文學」觀念以詮釋、評價中國古代詩歌的偏誤視域，並轉向提出「詩用學」的新視域，揭開中國古代士人階層「詩式社會文化行為」所身處的「世界」。

與反省、批判「五四知識型」相比，最困難的是正面的建構，《中國詩用學》體現了崑陽先生在理論建構方面的突出成就。關於建構，崑陽先生有十分清晰的方法論自覺。顏先生區分「內造建構」，以與「外造建構」相對。按照顏先生的說法，「外造建構」乃是指「套用西方理論或模型」的理論，這是「五四」以來學者的主流傾向。而「內造建構」乃是「回歸中國文化與文學現象本身，揭明它內在隱涵的本質、結構、規律而建構出體系性的理論，以做為再應用的知識基礎」。按照此說，「內在建構」是基於民族文化與文學傳統的，其所揭示的是中國文化蘊涵的本質、結構與規律，因而理論的內涵必然是民族性的。崑陽先生將「內造建構」分為「重構傳統典範」與「創構當代新典範」兩種形式。（《學術突圍》，頁四七七）「內造建構」有三個序位的進行步驟：「文化主體復位」的自覺；重構研究對象的本體論，包括「總體情境觀」與「動態歷程觀」；從中國古典詮釋學建構人文

4　〈從價值系統看中國文化的現代意義〉，《中國思想傳統的現代詮釋》（台北：聯經出版公司，一九八七年初版，二〇〇三年十刷），頁六—七。

5　同上，頁一五。

知識的本質論與方法論。（《學術突圍》，頁四八一－四八八）顏先生的「中國詩用學」正是自覺運用「內造建構」的方法論建構起來的理論，建立在中國傳統文學經驗與中國文化傳統之基礎上，揭示的是中國文學文化傳統的本質結構與規律，故稱為「中國詩用學」。

顏先生「中國詩用學」的歷史經驗基礎是中國古代士人的用詩現象與觀念。按照他的觀察，魏晉以前中國詩學關注詩的「用」的一極，是讀者立場，屬於「文化詩學」；魏晉以後，中國詩學才轉向作者立場，關於詩體，顏先生稱之「文體詩學」。但「文化詩學」卻延續未絕。用詩是一種社會文化行為，顏先生稱之「詩式社會文化行為」。這種現象以「五四知識型」的純文學觀念視之，乃背離文學本質的行為。顏先生認為，文學觀念是歷史的，當時人對於詩歌的理解並非純文學的，這種文學現象應該加以歷史的理解與評價。如何詮釋中國詩史的這種現象？顏先生試圖提出一種新的理論架構以及分析方式。此即「詩用學」之所由建構的目的。關於「詩用學」，顏先生本人說：

> 「詩用學」也可以稱為「社會文化行為詩學」。對於這一論題，我所做的基本假定是：「用詩，是中國古代士人階層一種特殊的社會文化行為方式；而詩，就是這種行為方式的中介符號。」這不是「美學」中有關詩歌「純粹審美」的論題，而是「社會學」中有關個人在社會群體中「互動」（interaction）的方式及其意義詮釋（interpretation）的論題。而且必須注意到，這種「互動」乃以「詩式語言」做為符號，是士人階層所特有的「社會文化行為方式」，並非庶民日常性的社會互動。

顏先生以社會學的視野看待古代用詩的現象，認為用詩乃是一種社會文化行為，這種行為是意義的表達，而詩乃是表達意義的符號。這種以詩為符號的意義表達行為與日常生活中的行為相比有其特殊性，乃是士階層特有的行為方式。要對這種用詩活動的社會文化性進行分析，必須要有一套相應的分析架構與方法，顏先生借用了西方「詮釋社會學」，分析「詩式社會文化行為」的「規式」與「程序」，創發實多，勝義紛呈。

但顏先生批判「五四知識型」文學研究典範，指出其偏誤之一便是「挪借西方理論」，而顏先生本人建立「中國詩用學」也借用了西方理論，那麼，顏先生的借用與他批判的「挪借」有何區別？顏先生對此有相當深入而明確的思考與論述。依顏先生的觀點，「內造建構」雖基於本身文化，卻並不排斥借鑒西方理論。顏先生認為，在建造的過程中，借鑒西方理論有兩個基本條件，其一要有「明確、堅定的歷史性主體意識」，其二應對原典文本「體悟精切而能獲致深層的意義」。在操作上有四原則：相應原則、調適原則、統整原則與可操作原則。（《學術突圍》，頁四八〇）具體而言，「西方理論的借用，大致的原則是，在論述形式上越廣延性與在經驗內容上越普遍性的理論，其借用越沒有問題；而在經驗內容上越特殊性、差異性的理論，其借用則越有問題。」「西方理論最好只做為問題意識與詮釋視域的開啟、彼此對照以顯發中國之學的特質、借助以澄清某些基本概念、解決問題之思維方法的引導。」「至於理論內容仍應回到古典文獻深入的理解、詮釋，並進一步分析研究對象的內在性質、結構、規律，找出統一的原則，而加以綜合為體系性的知識。」我這裡反覆引用顏先生本人的論述，以見他對此問題的極端重視及清楚自覺。這也是我所見到的有關中國人文研究如何借鑒西方理論的最為具體清晰的論述。按照我的理解，顏先生強調借鑒西方理論在中國人文研究中的作用是工具性的，乃是用來幫助認識、闡發中國文學文化傳統自身的性質、結構與規律，而非以西方理論代替中國之學自身的特質，借鑒西方理論所建構起來的理論應該是中國文化文學傳統特徵的系統解釋，這就是顏先生「歷史性主體意識」的關鍵所在。在這種意義上言，顏先生「中國詩用學」可以說真正實現了其「內造建構」的理念。

顏先生「中國詩用學」的建構也引發出一個更大的問題，即有無超越種族文化之上的普遍原理？「五四知識型」的共同信仰便在於承認現代學術具有普遍的統一性，認為有普遍的文學，因而有普遍的文學原理，中國古代文學可以用普遍的原理論述。顏先生稱「論述形式上越廣延性與在經驗內容上越普遍性的理論」，當是認為有普遍性的原理。那麼，在「中國詩用學」之上，有無普遍的「詩用學」？按照顏先生的論述邏輯應當是有的。事實上，顏先生建立的用以分析中國「詩式社會文化行為」的模式即是一種普遍的「詩用學」，而用此一模式分析中國「詩式社會文化行為」所總結出來的中國文化傳統的詩用觀念，乃是「中國詩用學」。如果我的理解不錯的話，顏先生的「詩用學」也可以用來分析西方或其他文化傳統中的「用詩」現象。於是我有一個更大的期待，那就是顏先生的「詩用學」不僅能成為解釋中國傳統文學的典範，也能成為詮釋其他文化的文學傳統的典範。

二〇二二年五月

張健　香港中文大學中國語言及文學系教授

自序：我，因詩而存在！

這是一本很學術的書，博通而專精；但是，這篇序文，我不想讓它也很學術；學術的大議題，就已寫在這本書中了。序文，就只是談談選擇當一個人文學者的歷程、感受與想法吧！

人生，總是活在一連串的選擇之中。就連早餐要吃漢堡、咖啡，還是燒餅、豆漿，也是選擇。在這資本主義的時代，聰明人都選擇去當官或做生意發大財；選擇電子業、服務業或演藝業，也有錢有趣，有聲有色。大概只有傻瓜才選擇當個學者，尤其人文學者，肯定傻到可比獻曝的野人，不知天下有廣廈隩室、綿纊狐貉；而只知在冬天溫暖的陽光下，快樂的工作。不過，當今之世，野人再傻，也不會傻到向總統去獻曝。

聰明人與傻瓜究竟要怎麼分辨？未必有標準答案；但是，粗衣疏食而在冬天溫暖的陽光下，快樂的工作，還天真的想要「以獻吾君」，這種傻事，聰明人絕對做不出來。

選擇，不僅是我需要什麼，也是我想要什麼；卻還有一個必要條件，我能做得好什麼；甚至更要有一個充分條件，那就是我樂於做什麼。

選擇做一個人文學者，不是我的需要。人文學術不能拿來滿足耳目口腹之需；但它卻真的是我想要、能做得好、樂於做的事。因此，我選擇了它，已做了幾十年。如今，早已年逾古稀，還繼續在做，鞠躬盡瘁，死而後已。

童少年時期，我並不知道自己想要什麼，能做得好什麼。然而，算術總是笨到火車過山洞、雞兔同籠的問題，始終算不出來。初高中時期，代數解方程式、三角函數，那些抽象的阿拉伯數字，或者x+y、sin、cos、tan等抽象符號；甚至物理、化學，只要是用到數字或抽象符號的知識，總是搞不清楚、記不起來。每學期都要補考，才能勉強過關，其中或許有老師的同情分數吧。幾何，因為有圖形，就還搞得懂。同時，我的美術繪畫也有精彩的表現，比賽常拿第一名。後來，才聽說這是個活在形象經驗世界中，視覺型的孩子。天性如此，如何能去違拗呢！

相較的，小學國語課本，不少協韻如詩的課文，春天到了，桃花開，桃花開，朵朵紅，好像姊姊的臉兒那樣紅……。天這麼黑，風那麼大，爸爸捕魚去，為什麼還不回家……。滑翔機，真神奇，飛到天空去遊戲……。莫嘆苦、莫愁貧。有志竟成語非假，鐵杵磨成繡花針。古今多少奇男子，誰似山東堂邑姓武人……。這些詩也似的語文，都能吸引我愉悅的放聲朗誦，很自然的嵌進記憶體中，刪也刪不掉；到現在幾十年了，還能背誦如流。八歲讀到「月落烏啼霜滿天」等十幾首唐宋詩，朗聲諷誦，高低輕重的音韻，一知半解的朦朧意象，竟然讓我感到莫名的愉悅。初中，午休時間，同學們在睡覺或打鬧，我獨自跑到圖書館，找出各種詩刊，抄錄所登載的古典詩，回到貧窮的家中，讀詩如享美食。後來，在舊書攤偶獲《唐詩三百首》、《千家詩》，欣喜若狂，每天背誦。那時，我已感覺得到自己樂於做什麼，不斷狂熱的熟讀很多詩詞；於是就像一隻吃飽桑葉的蠶，蛻變的時間到了，非得吐絲不可。初中畢業，高中聯考後那個暑假，無師自通，經日連夜的作起詩來。高中、大學、研究所，一直到現在，詩性心靈始終常存不滅，仍然繼續發表作品，出版詩集。詩已在我的生命園圃中，花開萬紫千紅。

我，因詩而存在！

中小學十二年，讀到詩詞或感人的文章，不用老師規定，自己就背誦起來，幾乎過目不忘，語文科的成績經常是全班第一。在數理挫敗的爛泥巴中，總算還能掏到幾顆晶亮的珍珠，活得有些自尊。然而，那個年代，到處聽說，讀數理、商管、醫學的科系，將來才有出路。讀文學、藝術，就準備餓肚子吧！聰明的孩子都讀數理、商管、醫學去了；只有傻孩子才會去讀文學、藝術。大多數的父母也都拿這條「聰明與傻瓜定律」，在支配孩子的未來，卻從不曾真正了解、肯定自己的孩子是塊什麼材料，能做得好什麼。

人生會有關鍵時刻，高中時期，雖然渾沌的感覺到自己樂於讀詩，也會作詩。其實，對於長遠的未來，仍然還不明確的肯定自己想要什麼、能做得好什麼。高二那一年，導師賀聖誠先生，他本業是律師，卻教英文，擅作古典詩，見聞非常廣博，抽雪茄，老光棍；學生們看他是個奇人。有一天，發回批改過的週記，他叫我到面前，指著抄在「自由記載」欄中的古典詩，問：「我讀過很多詩，卻沒見過這幾首，誰作的？」那個穿著卡其制服，理著三分平頭，有些土氣的高中生，靦腆的回答：「我作的。」賀老師有些訝異：「誰教你的？」那個高中生掩不住得意：「自己學會的。」賀老師瞪大眼睛，看了半晌：「放學後，到宿舍找我。」這就是我人生的關鍵時刻，賀老師一席話，篤定的說：「你很有文學天分，將來一定要讀中文系，拿博士，一輩子就給文學吧！不用怕沒飯吃，肯定會很有成就。」

我走出賀老師飄著雪茄氣味的宿舍，暮色蒼茫中，我的眼前出現一條燦亮的大路，通往文學的世界，不再有何疑惑、徬徨。大學聯考志願，只填了六個學校的中文系，被同學譏笑：「這個傻瓜還真不怕餓死！」那時候，我也搞不清自己究竟是傻瓜還是聰明人，卻可以肯定自己未來的人生想要什麼，能做得好什麼。讀了中文系之後，更深切的感覺到自己彷彿魚游江湖、鳥鳴樹林，樂在其中矣。讀哪個科系，將來才能吃得山珍海味，住得豪宅大院？我從來不曾想過這個問題。到現在幾十年，我不知道那些譏笑我的同學，是否吃得腦滿腸肥！卻可以證實，我沒有餓死；有口飯吃，有幢房子住，養活父母妻兒，安康的過日子。

假如上天對我還算公平，就是把我生成這塊文學的材料；卻也給了我素樸如白絹的父母，在嘉南大平原靠海的農漁村，除了認識魚蝦、番薯、甘蔗，辛苦工作以餵飽五張小兒黃口之外；大學科系以及就業市場是他們完全陌生的世界。「我要讀中文系」，他們聽了我的志願告白，只有一句話：「傻孩子，能考上大學，讀什麼都好。」我的確是他們的傻孩子，果然讀了中文系。他們也不知道，這個傻孩子讀了中文系，聽說會餓肚子；就讓我彷彿蒼崖上的一棵小松，枝葉不剪，自在的生長。

我一生終究給了文學，除古典詩、現代散文及小說創作之外，用心最深、致力最勤的就是人文學術，尤其是中國古典詩學。假如因為我踏上這一條路，而能為近現代「山窮水複疑無路」的中國古典詩學，尋訪到「柳暗花明又一村」的視野及風景，究竟是什麼緣由？如今回想起來，這樣的人生真的隱藏著無可預知，緣與命的奧秘；卻也有著自己隨緣、適才、順命的選擇；既是才命所定，也是父母的無為，又是老師的啟發，終而是自己做了決定。因為賀老師，我也才明白，真正的人師不僅是能給孩子一堆專業知識，而是能開啟孩子了解自我、肯定自我、創造自我的心智；所以我選擇了將來也要做個這樣的人師。我不知道在當前的教育體制內，多少稟受某種特殊天分的孩子，卻因為遇不到無為的父母與能夠啟發孩子心智的人師，最終被埋沒了。

如今，我即使明白，選擇做個人文學者，在這科技、經濟掛帥的資本主義時代，真的會被看作傻瓜；卻依然堅定著不可動搖的自信心，滿懷對中文學術的責任感，自我承擔改變近現代中文學術史的使命，而不斷尋求創造的可能，試圖從「五四知識型」的圍城中，突圍而出。到四十不惑之年，我就為自己建立了人生三寶：自信心、責任感、創造力。就這樣傻得像一座朝向日出東方的不銹鋼塑像，管他風雨陰晴，絕不生銹，始終堅固的度過幾十年，從來沒有動搖或轉向。如今，我已將這三寶當作「顏氏家訓」，傳給踏著我的後塵，步上文學這條路的子女顏訥、顏樞，他們也讀中文系，直到博士，用心創作，並做個人文學者。他們跟著父親，同樣當了傻瓜，到現在還賺不到半桶金，只知道自己想要什麼，能做好什麼，樂於做什麼。

一個人文學者，我的生活，在那些熱熱鬧鬧的人們看來，與僧侶、修士無異，枯燥乏味；然而，我卻自己覺得單純安詳，樂在其中。政治權力的爭來奪去，股票、房地產、金價、投資基金的起落消長，經濟景氣的紅綠變換，多少群眾為之擾擾攘攘、哭哭笑笑；卻都在我的文學世界之外，冷眼旁觀，了然於胸而不擾其心。有飯可以飽食，有屋可以避風雨，自由的做著想做、能做得好、樂於做的事，而實現文學理想，就滿心歡喜了。身外的風風雨雨，都讓那些自認能呼風喚雨的聰明人去承受吧！喜怒哀樂、恩怨是非都是他們的事。傻瓜與聰明人，誰比較幸福快樂？恐怕說不準吧！

我的生活單純到只有三房一廳一室二場：書房、廚房、臥房；客廳、教室；桌球場、市場。在書房的時間最多，一天經常超過八小時；火車、捷運，也是我的「移動書房」。古今中外，傳統經史子集，現代文學、哲學、美學、史學、文化人類學、社會學、心理學、文化研究以及科普、醫療、園藝、烹調、星象等各種雜學，無書不讀；只要一書在手，就可以療飢忘憂，遊心於時間之外。有一回從台北車站搭捷運到淡江大學去上課，坐下來幾分鐘，就進入沙特《存在與虛無》的世界中，也不知過了多久，播報「雙連站到了」。我大吃一驚，從書中回神，才發現車到淡水終站，我還正與沙特對話，竟然沒有察覺必須下車，又原車坐回到雙連，已近台北車站了。這樣的經驗，不只一次。

我不知道別的人文學者怎麼讀書；而我確實是這樣在閱讀，博觀群籍，融通於心；進而提出獨發的問題與創解。人文學問以博通為上，不能只是一業之專、一技之長。然而，二十世紀開始，專業分工卻已成難返的趨勢；連事涉人們總體存在情境經驗及其意義的人文學問，也如同一個有機的生命體，卻被切分成一堆互不關聯的屍塊，一塊一塊孤立研究。於是文、史、哲分開了；辭章、義理、考據分開了；辭章中，古文、詩、賦、詞、曲、小說分開了；文學理論、美學、社會學、文化人類學、心理學等，各種專業學科，全都分開了。每個學者，各守著自己專業領域的象牙塔，老死不相聞問。於是到處都是專家，爭相量產管窺蠡測、淺碟小碗的論文；卻難得一見通人。通人不是雜識拼湊各種專業知識，而是博觀群籍，融通各種知識；又將知識回歸到宇宙人生，包含自己在內的存在經驗情境中，提出原發獨見的問題，並且在前行世代可傳的知識基礎上，進而自主思辨，給予解答，再創造聞不出醬缸朽味的新知。

經過博觀群籍的漫長過程，我發現每種專業領域都可能是對著總體而變化不定的世界，提出「瞎子摸象式」的觀「點」；真的所觀只有「一點」而已，連「面」都搆不上，更別說是「體」了。因而我也才領悟到，宇宙萬有，包括自然與文化的一切產物，都在總體情境、動態歷程中，經由各種因素條件交互作用而生產出來；也都存在於複雜的關係網絡，才能因其特質與功能而涵具意義及價值。因此，沒有任何一種事物能從生產它的總體情境、動態歷程中，從各種因素條件交互作用的關係網絡被切離出來，只是孤立的從它的自身去理解、詮釋其意義，評斷其價值。然而，近現代專業分工的知識，卻只觀其「一點」，簡化到果然是豹身的「一斑」。真正現代化的人文學問，必須是宏觀總體而動態變化的社會文化情境，以提出創發性的「問題」；又能微觀精密的做出文本分析詮釋，並邏輯推演論證而給予「答案」。宏觀必須以博通的學養為明鏡，否則會流於粗淺；微觀必須以專精的思辨為解剖刀，否則會流於雜碎。博通而專精始能做為現代人文學術的典範。

文學如此，文學中的「詩」當然如此。「詩」不可能從沒有人之生命存在情境經驗的虛空中，沒有自身之外的各種因素條件而莫知所以然的迸出來。詩，是詩人創造的產物，而所有詩人都活在他的民族文化傳統與社會情境中，文化與社會的各種因素條件，都不是與作品內容無關的純粹客觀背景，而必然會經由「文心」操作語言表現形式而融進作品中，構成內容。

什麼是「文心」？詩人所身處的各種文化傳統與社會情境的因素條件，必然隨著詩人的感知、選擇、融攝而內化形成創作的「文心」；而「文心」並非空無一物的感性直覺，而是一個複雜的「意識結叢」，包含著作家所接受的文化傳統、所身處的社會階層、所理解的文學歷史意識及文學史觀、所認同的文學本質觀、所持有的文體知識，以及時代、區域的生活經驗。因此，詩人創作所身處的「世界」，就不是一個沒有民族文化性、當代社會性，憑虛凌空想像的審美心理世界。那種無關文化與社會經驗而純粹審美的所謂「純詩」，只是沒有創作經驗的理論家，飄浮在太空中的夢囈。而將中國古代詩人腳踏社會文化實地，在日常彼此互動關係情境中，所生產的詩歌，都放在「純粹審美」的視域下，找尋它的意義及價值，這也是沒有創作經驗的批評者，不切實際的空言。想要當個古典詩歌的批評者，不妨自己嘗試作幾首詩，體驗真的會有那種不涵民族文化性、社會性，完全不食人間煙火而只是感性直覺，純粹審美的「純詩」嗎？人文學術從來都不是沒有文化社會實踐經驗內容的抽象概念「空言」。

人文的學問也不是只要埋首書本，藏身文獻堆中，就能做得出新鮮的成果。一個靈活的人文學者有些時候必須從書本、文獻抬起頭來，走出書房，敏銳的感知當代社會現象，真切的體會自身的生活經驗。立法院打打鬧鬧有人文學問、疫情亂象有人文學問、街頭巷尾有人文學問、廚房有人文學問、球場有人文學問、市場有人文學問、捷運公車火車上有人文學問、田園山水間有人文學問、與親友交往有人文學問……。只要有人有物有事，有人性表露的地方就有人文學問，關鍵只在於能悟或不能悟。伊尹從鼎鼐間，悟得治國之理。晏子也從食材五味悟得「和」與「同」之辨。能悟者，處處都是人文學問；不能悟者，現成的人文學問擺在面前，還是懵然不知。沒有時代與切身的存在感，只靠成堆的死文獻，做不出有生命的人文學問；就以詩學來說吧，詮釋一首詩，不能從詩人歷史語境所隱涵的存在感，與讀者自身體驗的存在感，彼此同情對話；而只拘執於文獻表面的語言，以文字解文字，必然死在文字之下，一首詩的生命感沒有因為靈心慧性的詮釋而活起來。

我作古典詩，常與好些真誠相交的詩友往來，例如張夢機、羅尚、陳文華、龔鵬程、張大春等，彼此贈答，都是既有「實用性」又有「文學性」的好詩。因此我才體驗、領悟到中國古代士人之間，以「詩」諷化、通感與交接，就是他們社會互動的普遍行為方式，「詩用」是古代士人階層由實踐而產生的文化現象。中國古代，詩盈天地間，無所不在。士人大多因詩而存在，我們可以想像著，陶淵明說：「我，因詩而存在！」謝靈運說：「我，因詩而存在！」李白說：「我，因詩而存在！」杜甫說：「我，因詩而存在！」蘇東坡說：「我，因詩而存在！」黃山谷說：「我，因詩而存在！」從他們身上，把詩抽掉，他們還存在嗎？

三十幾年前，有一天我在家裡接了某一個現代詩人的電話，邀稿，談到中文學界，他很不客氣的說：「中文系學者寫的詩詞論文，一點兒社會性都沒有，說的都是語言表層的意思。」這句話很刺心，讓我當下若有所悟。那位現代詩人已去世多年，其言卻猶縈繞耳際。很多年後，我重返淡江大學中文系任教，膽力十足的接下一門中文系沒有人敢開講的課程——文化與社會。於是一個暑假大量閱讀社會學，尤其詮釋社會學、批判社會學與文學社會學，以及文化學、文化人類學、文化研究的書籍，果真讓我從文學本位狹窄的窗口移開目光，打開另一扇寬廣的窗口，從詮釋社會學的視域真切的看見古代士人們的「詩式社會文化行為」，因而為中國古代詩歌的意義詮釋與價值評斷，別闢一條前人從來都不曾看到的蹊徑，「中國詩用學」於焉逐漸形成。我可以肯定的說，中國古代的詩歌，都是因「用」以成「體」，相對因「體」而致「用」；沒有無體之用也沒有無用之體而不具民族文化性、社會性的「純詩」。中國古代詩歌也有它的美學，必須從中國式的「人格美」與「倫理秩序美」去找尋依據；西方形式主義與實驗心理學派的美學不能直接套用。

西方理論並非不能用，而要用得適當。近些年來，眼看不少學者生吞雜食的套用西方理論，以求「外造建構」現代化的中國人文學術，卻得當者少，失當者多。我因而提出「內造建構」的方法論，以解開盲目消費西方理論的迷蔽。什麼是「內造建構」？「建構」指的是建造構成某一非現成的事物，就像蓋房子那樣，乃是人類生產意義或知識特有的行為方式。只是蓋一幢有形的房子，我們睜眼就看得到；蓋一幢無形的知識堂殿，心眼不夠靈光的人卻一無所見。文學理論不是純粹抽象概念的空言，而是經由人們對某些歷史時期及社會區域已發生的文學經驗現象，做出確當的意義詮釋及價值評斷，而揭示其隱涵的相對普遍本質、結構、規律，並加以思維及表述形式的概化所完成的知識建構。它雖然經過形式的概化，卻是有其實在經驗的特殊內容，因而人文學術的理論都有歷史時期與社會區域的差異性，沒有絕對普遍的真理，很難全世界一體適用。那些隱涵而用以建構理論的相對普遍本質、結構、規律，假如出於一個民族文學內在之所具而散置於各篇文本中，我們將它揭而明之，並賦予現代化的系統性理論意義，就稱它為「內造建構」。「內造建構」的理論並不時髦，卻能精切的賦古典以新義。「中國詩用學」就是我所做「內造建構」的理論，具有中國民族文化的特質，相對適用於詮釋、評價中國古代的「詩文化」現象，以做為理論基礎。這是中國古代詩學研究，由以往消費西方理論，而走向未來生產自家理論的起站，需要有明識的後繼者接力走下去。

「中國詩用學」是針對「五四知識型」的圍城，進行「突圍」的成果之一，我預期它將能轉變「五四」以降，中國古代詩學的詮釋視域。然而，我也明白要爆破人們腦袋中已定型固化的學術堂殿，比爆破一棟鋼筋水泥的大廈，困難得多。一種改變舊思維的創新理論，影響力往往滯後，或許三十年，或許五十年，甚至百年以上吧，才能看到它的影響效用。那時，我的墓木已拱；但是，我有自信將來一定會有不少心眼明徹的學者研究我所建構的理論，補其缺漏，修其瑕疵，精密其系統，並應用到中國古代詩歌的研究。這不是無知的狂言，而是我必須要有這種自信與理想，才能真切的寫出改變學術史的論著。

《中國詩用學》又稱為《中國古代社會文化行為詩學》。我已創造了它；中國古代，詩無所不在，陶謝李杜蘇黃都異口同聲，自信的說：「我，因詩而存在。」我，顏崑陽，站在二十一世紀，選擇做為一個有創造力的人文學者，洞觀仰視這個詩的傳統，也同樣自信的說：「我，因詩而存在」。這是才命所定，也是自主的選擇；因才因命因自主選擇而實現的人文學術理想。

二〇二二年六月

顏崑陽序於花蓮壽豐涵清莊藏微館

正編

導論：
用詩，是中國古代士人階層的社會文化行為模式

一、中國古典詩學「詮釋視域」可能的轉向

（一）從詩的「純粹性審美」詮釋視域轉向詩的「社會文化性功用」詮釋視域

臺灣中文學術界，古典詩學的主流性詮釋取向，一九六〇年代到八〇年代，大致侷限在「純粹性審美」的視域。[1]把詩從孕育它、使用它的古代社會文化生活場域孤立出來，看作是一種「靜態化」的語言有機組構，而藉由聲律與意象引發讀者審美經驗的客體；必須是「無關實用」而以表現「自身之美」為目的之詩，才是藝術性的「純詩」，當然也才是有價值的好詩。因此，作品本身的聲律、修辭、結構、意象的技巧與美趣，是詮釋的重要主題。至於，一碰觸到詩與社會文化的關係，尤其事涉政治、道德，只需幾句話就可將問題排除掉：「拿詩當實用工具，沒有藝術性，不美，何足論哉！」換句話說，中國古典詩的產品已如歷代的陶瓷器、銅器、玉器一樣，被收納到「文學博物館」中；所有讀者都只能隔著櫥窗純做審美的觀賞。因此，詩的「社會文化性功用」此一詮釋視域，始終都關閉著。

這種純詩的美學詮釋取向之所以成為幾十年來中國古典詩學的主流，主要有二個歷史成因：

第一個成因是，從晚清新知識分子追求現代化以至五四新文化運動所形塑「反儒家傳統」的文化意識型態，凡涉政治、道德教化的物事，都被負面化。關於五四新文化運動，學界已多論述，這裡不再贅述；我想把問題焦點集中在晚清以來，諸多學者對古典文學的詮釋視域上。自從晚清龍伯純的《文字發凡》，將文章分出「實用文」與「美文」之後，就成為一個固定的框架，一直被沿用；[2]文

章的「實用性」與「藝術性」乃截然二分。「藝術性」的文章多不實用，「實用性」的文章多不藝術。五四時期，陳獨秀發表〈文學革命論〉，也是沿用這個框架，對儒家所代表的「貴族古典文學」的「應用之文」更貶責為「醜陋」、「虛偽」。[3]錢玄同、劉半農也撰文呼應其說，只是沒那麼激烈罷了。[4]關於這個問題，我在〈論「文類體裁」的「藝術性向」與「社會性向」及其「雙向成體」的關係〉一文中，已詳為反思批判。[5]

其後，三〇年代以降，所出現「中國文學批評史」一類的著作，例如郭紹虞、羅根澤、顧易生與王運熙等，幾乎異口同聲以輕貶的態度指摘儒家「尚用」的文學觀。[6]甚至，毛毓松〈孔子詩學觀的

---

1 詳見顏崑陽，〈當代「中國古典詩學研究」的反思及其轉向〉，收入顏崑陽，《反思批判與轉向》（台北：允晨文化公司，二〇一六）。

2 龍伯純，《文字發凡》（桂林：廣智書局，一九〇四（清光緒三〇年））。

3 陳獨秀，〈文學革命論〉，《新青年》，二卷六號，一九一七年二月。

4 錢玄同，〈論應用之文亟宜改良〉，原載一九一七年七月《新青年》三卷五號，收入《錢玄同文集》（北京：中國人民出版社，一九九九），第一卷，頁二六—三二。劉半農，〈應用文之教授〉，收入《半農雜文》（石家莊：河北教育出版社，一九九四）。

5 顏崑陽，〈論「文類體裁」的「藝術性向」與「社會性向」及其「雙向成體」的關係〉，收入顏崑陽，《學術突圍》（台北：聯經出版公司，二〇二〇）。

6 例如郭紹虞認為孔子論詩，尚文成為手段，尚用才是目的，參見郭紹虞，《中國文學批評史》（台北：五南圖書公司，一九九四），頁一四。羅根澤也認為孔子說詩「是以功用的觀點而重視詩，不是以文學的觀點而重視詩」，因而批評荀子「簡直是以詩載道」，又批評〈詩大序〉的觀念是「詩純為聖道王功而作」，參見羅根澤，《中國文學批評史》（台

評價〉一文更作驚人之論：「孔子並不真正懂得詩」、「他沒有把詩當作文學作品」。[7]這些論述，大致將歷史「靜態化」，而閉著眼睛站在二十世紀取諸西方的「純文學」本位觀點，並將這觀點看作絕對、唯一、永恆的標準，可持以詮釋、評價古今所有的文學。他們似乎不知道，歷史不斷在流變，不同時期對「文學是什麼」都有不同的提問與回答，而重新給出不同的定義。詮釋歷史，不能將歷史「靜態化」而預設「絕對主觀」的「評價性」立場。而應該想像的進入詮釋對象的歷史語境中，做「同情理解」，歷史才可能向我們開顯它未被扭曲的意義。儒家的文學觀，尤其在孔孟等聖賢的心眼中，對於「詩」，真的只知「用」而不知「體」嗎？會不會是上述那些學者們，只看到文本的表層詞義而無以揭明其深層性的涵義，便昧然的「執用以為體」呢？晚清以來，在急求現代化的浪潮中，儒系的詩學幾乎未被虛心平氣的理解過，儘多扭曲之見。關於這一點，我在〈從〈詩大序〉論儒系詩學的「體用」觀〉一文中，已做詳細的討論。[8]

第二個成因是，受康德（I. Kant，一七二四—一八〇四）以降，歌德（J.W. Goethe，一七四九—一八三二）、席勒（J.C.F. Schiller，一七五九—一八〇五）、黑格爾（G.W.F. Hegel，一七七〇—一八三一）與影響所及的克羅齊（B. Croce，一八六六—一九五二）等唯心主義美學，以及布洛（E. Bullough，一八八〇—一九三四）、李普斯（T. Lipps，一八五一—一九一四）、谷魯司（K. Groos，一八六一—一九四六）、浮龍李（V. Vernon Lee，一八五六—一九三五）、閔斯特保（H. Münsterberg，一八六三—一九一六）等心理學派美學的影響。這一路數的美學，其關鍵概念是審美主體的感性直覺、審美客體的表象形式、背離功利實用、審美對象孤立、內模仿與感情移入。[9]在十八世紀末到二十世紀初，它是西方美學的主流；而正逢中國追求現代化之際，乃適時的影響到新文學觀念的美學基礎。

這些西方美學大部分經由朱光潛的譯介而傳播開來。大陸地區，一九四九年之前，就以朱光潛所引進的唯心主義美學為主流；而且一九四九年之後，雖有蔡儀等人因馬克思社會學的啟發，從唯物主義反映論的美學觀點提出批判，但一時之間也還改變不了情勢。及至一九五〇、六〇年代，發生美學論戰。許多學者強烈批判朱光潛，才迫使朱光潛修改自己的唯心主義美學觀點，適度吸納了馬克思主義有關意識形態與勞動實踐的理論，綜合出心物主客統一的美學。趙士林《當代中國美學研究概述》一書對上述的情況有詳細的論述。[10]

臺灣從國民黨政府遷臺之後，學界所認識的西方美學，大體是一九四九年之前，上述唯心主義美學的移入與延續。朱光潛的影響深遠，他所翻譯克羅齊的《美學原理》，[11]介述李普斯「移情說」

北：龍泉書屋，一九七九），頁四二、四六、八三。顧易生、王運熙認為「孔子非常重視詩的作用」、「《荀子》和《樂記》更強調詩樂的教化作用」、「〈詩大序〉強調詩的教化作用，反映了當代封建統治階級對古代文化遺產的要求」，參見顧易生、王運熙，《中國文學批評史》（台北：五南圖書公司，一九九一），冊上，頁一五、三八。

7 毛毓松，〈孔子詩學觀的評價〉，收入趙盛德主編，《中國古代文學理論名著探索》（桂林：廣西師範大學出版社，一九八九）。

8 顏崑陽，〈從〈詩大序〉論儒系詩學的「體用」觀〉，收入顏崑陽，《學術突圍》。

9 詳見朱光潛，《文藝心理學》（台北：開明書店，一九六九重一版）。又詳見朱光潛，《西方美學史》（台北：漢京文化公司，一九八二），卷下。

10 趙士林，《當代中國美學研究概述》（天津：教育出版社，一九八八）。

11 〔義大利〕克羅齊（B. Croce，一八六六—一九五二）著，朱光潛譯，《美學原理》（台北：正中書局，一九四七臺初

等美學的《文藝心理學》，[12]二本小書《談美》、《談文學》，[13]以及他對中國詩歌的美學見解《詩論》。[14]這些著作，在政治禁忌的年代，仍然以隱去作者的真實姓名，在臺灣出版。中文學界很多人讀過；雖未必得其精義，但是一九六〇到一九八〇年代前後，「美是無關利害的滿足」、「美是形象直覺的快感經驗」以及「移情作用」、「審美對象孤立」等，一時成為學界流行的話頭，並且引為詮釋中國古典詩，模模糊糊的美學基本假定。

（二）「社會文化性功用」的詮釋視域不是取代「純粹性審美」的另一種美學立場與觀點

我所說「社會文化性功用」的詮釋視域，指的既非以詩的「純粹性審美」為預設立場與觀點而對詩的社會文化性所做的價值批判；亦非取代「純粹性審美」的另一種美學立場與觀點。它的詮釋主題無關乎「什麼是詩之美的本質」與「如何審美」的論述。假如要從「社會文化」的視域去評斷中國古典詩之美，也不適用「純粹性審美」這一西方的美學理論，而必須轉藉中國古代既存的美學，即「人格美」與「秩序美」的觀念；[15]這是另一論題，不在我所要拓展的「詩用學」論域中處理。

我真正關懷的論題是，「詩」是「意義」的複合體，我們無法只由一個固定的「詮釋視域」完全看透，而必須轉換各種不同的視域，才能看到它各種層次或面向的意義。學術的發展，不能百年不變的局限在同一種固定視域之下，而複製著同一類的論題。必須反思、轉向與開拓，才能形成「典範」（paradigm）的遷移，[16]而學術也才有不同歷史時期新「知識型」（Épistème）的發展。[17]一種知識「典範」必須包含研究對象之存有本體或知識本質的基本假定、所採取的基本立場與觀點、由若干基本主題所建立而成的基礎理論，以及解答這些基本主題的方法學。這幾個基本層面都有了新變的定義，並且獲得學術社群普遍的共識，「新典範」也就跟著產生了，而一個「新知識型」的歷史時期也就來臨了。如今，後「五四」已近百年，中國古典詩學的研究也應該有一種「新典範」產生。

我的基本假定：「用詩，是中國古代士人階層一種特殊的社會文化行為模式；而詩，就是這種

版）。

12 朱光潛，《文藝心理學》（台北：開明書店，一九六九重一版）。

13 朱光潛，《談文學》（台北：開明書店，一九五八臺一版）。又《談美》（台北：開明書店，一九五八臺一版）。

14 朱光潛，《詩論》（台北：正中書局，一九六二）。

15 參見顏崑陽，〈論先秦儒家美學的中心觀念與衍生意義〉，收入顏崑陽，《詮釋的多向視域》（台北：臺灣學生書局，二〇一六）。

16 「典範」（paradigm）的涵義，參見〔美〕湯瑪斯・孔恩（Thomas. S. Kuhn）著，王道還等譯，《科學革命的結構》（*The Structure of Scientific Revolutions*）（台北：允晨文化公司，一九八五）。

17 「知識型」（Épistème）是〔法〕傅柯（M. Foucault，一九二六—一九八四）《詞與物》一書的核心概念。他考察了文藝復興、古典主義以及近現代幾個歷史時期所建構的知識，發現在同一個歷史時期之不同領域的科學話語之間，都存在著某種「關係」。那就是在同一歷史時期中，人們對何謂「真理」，不同科學領域的話語，其實都預設了某種共同的本質論及認識論，以做為基準及規範，從而建構某些群體共同信仰的真理，以判斷是非，衡定對錯。「知識型」指的就是這種不同科學之間，本質論與認識論的集合性關係，也就是西方某一歷史時期人們共持的思想框架。當歷史時期遷移了，前一歷史時期所以為「是」的知識就不一定理所當然的「是」，更可能變成「非」了；也就是歷史遷移到一個社會文化因素、條件很不相同的時期，人們對「真理」的判斷，其本質論的假定改變了，認識論的規範也改變了，知識的確切性就跟著改變了；因此，知識才有不斷發展的可能，而不同的歷史時期也就有不同的「知識型」。參見〔法〕傅柯著，莫偉民譯，《詞與物——人文科學考古學》（上海：三聯書店，二〇〇一）。

行為模式的中介符號」。這個論題先序所要解答的基本問題是：

一、什麼是「詩式社會文化行為」？

二、這種行為模式為什麼會在中國古代社會中產生而普行？

三、這種行為模式有什麼「社會文化性功用」以及哪些次類型？

四、這種行為模式有什麼基本「結構規式」與「實踐規程」？亦即結構中的諸要素有什麼特性而彼此的關係有什麼特定的規式？其實踐又依循什麼規程才能獲致「意向性」（intentionality）行為意義的相互詮釋？

這些問題，都不是「美學」的問題，而是「社會學」中有關個人在社會群體中「互動」（interaction）的方式及其意義詮釋（interpretation）的問題。而且必須注意到，這種「互動」乃以「詩式語言」做為符號，是士人階層所特有的「社會文化行為模式」，並非庶民日常性的社會互動。

（三）這種詮釋視域的論述實踐，我們需要的基本態度與理解能力，不是審美的想像，而是歷史的或社會的想像。

歷史是人們已往社會活動事實的記述；而歷史或社會活動事實的詮釋，都需要經由想像而涉入情境的「理解」。假如，我們先能如此，當可讓中國古典詩歌從「文學博物館」移出封閉的櫥窗，而「情境回歸」到古代的社會活動場域中。我們將驚訝的發現，在古代士人階層的社會活動場域中，「詩」無所不在，士人普遍的將它當作特殊言語形式，「用」於各種社會「互動」行為。因此，「詩之用」是中國古代既普遍又特殊的社會文化現象。

依此而言，在中國古代，「詩」不只是一種文學「類體」，而且更是一種不離社會生活的「文化」現象或產物，可稱為「詩文化」。尤其從先秦以至漢代的詩學，其思考、發言的位置，都是「讀詩者」或「用詩者」的位置；「詩之用」才是顯題，所論述的都是「如何用詩」、「如何讀詩」的問題；而且不僅論述，更重要的是「詩」乃整體社會文化中，士人階層普遍使用的一種言語形式；「用詩」、「讀詩」根本就是一種社會文化實踐。至於「詩之體」反而只是隱含性的預設。這一歷史時期的詩學可稱為「文化詩學」。[18]

魏晉之後，以辭章寫作為專業的文士階層興起，而「文體」觀念也在歷史反思中形成。這歷史時期才開始轉而從「作詩者」的位置去思考、發言，將「詩之體」顯題化，去論述「如何作詩」、「如何作好詩」等問題；以及「詩之體有何特徵」、「詩之體對創作與批評有何規範作用」等問題。這種詩學可稱為「文體詩學」；但是，「文體詩學」產生了，甚至成為主流；「文化詩學」卻仍然延續未絕，只是恍惚被「文體詩學」所遮掩了。近現代的學者，如上述郭紹虞、羅根澤等，因為沒有歷史語境的觀念，很本位的站在後起的「文體詩學」立場，並用評價性的觀點看待漢代以前的「文化詩學」，自然無法理解古人在想什麼、做什麼？又為什麼那樣想、那樣做？

18　中國大陸地區從一九九〇年代開始，由於受到西方新馬克思主義、新歷史主義、文化研究以及俄國維謝列夫斯基之「歷史詩學」、巴赫金的「社會學詩學」之影響；因而「文化詩學」漸成潮流，至今雖尚無一致的界義。然而大體是從「文化學」的觀點去詮釋詩的生成、發展、本質、功能以及文本的意義。參見李咏吟，《詩學解釋學》（上海：人民出版社，二〇〇三），頁二三〇—二五〇。又李春青，《詩與意識形態》（北京：北京大學出版社，二〇〇五），頁一—三〇。

如今，我將它顯題化來研究，就稱它為「詩用學」，也可以稱它為「社會文化行為詩學」。「社會文化行為詩學」與上述所謂「文化詩學」並不等同。我採取的是「詮釋社會學」的進路與觀點，研究中國古代以「詩」做為中介符號的社會互動行為模式；這在後文會有比較詳細的說明。

一九二三年，顧頡剛寫了一篇〈詩經在春秋戰國間的地位〉，其中專節討論「周代人的用詩」。[19]歸納周代人在四類的場合中「用詩」：一是典禮、二是諷諫、三是賦詩、四是言語。他是較早重視到先秦時代「用詩」現象的學者；但只做了這個現象的歸類描述，還做不到從「社會學」的視域去詮釋這種現象，並據以建構一套可資再應用的理論。

一九九六年，我發表了〈論詩歌文化中的「託喻」觀念〉，提出從「社會行為」的基本假定去論述詩歌文化中的「託喻」。[20]次年，梅家玲教授出版《漢魏六朝文學新論——擬代與贈答篇》一書。[21]她未必見過我那篇文章，卻不約而同的從「儀式行為」的社會學意義去論述贈答詩「自我呈現」之外的另一質性。如前所述，中國大陸地區也在一九九〇年代開始提出「文化詩學」的研究路向。另外，大陸學者王南提出「詩學文化學」；所謂「詩學文化學」指的不是從「文化學」的觀點去詮釋古代詩歌的意義，而是反過來從古代的「詩學」去詮釋其中所隱含的「文化學」意義。他認為在中國古代，文化學的起點也是詩學的起點；古代詩學中潛存著文化學的體系，值得去進行詮釋、建構。[22]不管「文化詩學」或「詩學文化學」，大致都取向「中國古代詩歌與文化的關係」之研究，也就是「文化學」的路數。當前，諸多研究都還在第一序的現象描述或意義詮釋階段，到達第二序精密的建構一套系統性理論，仍然有一段距離。

兩岸學界從一九九〇年代以來，此一學術發展趨勢，事先並沒有相互影響。這就顯示了中國古典詩歌所隱涵社會學或文化學的意義，的確值得去開發、探討。

近二十幾年來，我一直致力於此一詩學的建構，期望它能與學術社群共享而成為中國古典詩學一種新的「詮釋典範」。二十幾年間，博涉群書，深思明辨，構想體系，先後完成九篇論文：〈論詩歌文化中的「託喻」觀念〉、〈論唐代「集體意識詩用」的社會文化行為現象〉、[23]〈論先秦「詩社會文化行為」所展現的「詮釋範型」意義〉、[24]〈用詩，是一種社會文化行為模式〉、[25]〈從〈詩大序〉論儒系詩學的「體用」觀〉、〈「詩比興」的「言語倫理」功能及其效用〉、[26]〈中國古代

19 顧頡剛，〈詩經在春秋戰國間的地位〉，一九二三年發表於《小說月報》一四卷三—五號，原題為〈詩經的厄運與幸運〉。其後，略加修改，易題為今名，並收入顧頡剛編著，《古史辨》（台北：明倫出版社，一九七〇臺初版，根據樸社初版重印），第三冊下編。其中〈周代人的用詩〉，頁三二〇—三四五。

20 顏崑陽，〈論詩歌文化中的「託喻」觀念〉，收入顏崑陽，《詩比興系論》（台北：聯經出版公司，二〇一七）。

21 梅家玲，《漢魏六朝文學新論——擬代與贈答篇》（台北：里仁書局，一九九七）。

22 王南，〈中國詩學文化學論綱〉，《淡江中文學報》，第一七期，二〇〇七年一二月。

23 顏崑陽，〈論唐代「集體意識詩用」的社會文化行為現象〉，原刊《東華人文學報》第一期，一九九九年七月。收入本書。

24 顏崑陽，〈論先秦「詩社會文化行為」所展現的「詮釋範型」意義〉，原刊《東華人文學報》第八期，二〇〇六年一月。收入本書，篇名改為〈先秦「賦詩言志」之「詩式社會文化行為」所展現的「詮釋範型」意義〉。

25 顏崑陽，〈用詩，是一種社會文化行為模式〉，《淡江中文學報》，第一八期，二〇〇八年六月。收入本書，大幅增修，做為本書〈導論〉，篇名改為〈用詩，是中國古代士人階層的社會文化行為模式〉。

26 顏崑陽，〈「詩比興」的「言語倫理」功能及其效用〉，原刊《政大中文學報》第二五期，二〇一六年六月。收入本書，篇名改為〈中國古代「詩用」情境中「比興」的「言語倫理」功能及其效用〉。

「詩用」語境中的「多重性」讀者〉、[27]〈中國古代士人階層「詩式社會文化行為」的「實踐情境」結構〉、[28]〈中國古代「詩式社會文化行為」的類型〉上下篇。[29]一部體系完整的《中國詩用學》專書，已經形成。

本書正編集結〈用詩，是中國古代士人階層的社會文化行為模式〉、〈中國古代士人階層「詩式社會文化行為」的「實踐情境」結構〉、〈中國古代「詩式社會文化行為」的類型〉上下篇、〈中國古代「詩用」情境中「比興」的「言語倫理」功能及其效用〉、〈中國古代「詩用」情境中的「多重性」讀者〉五篇論文。〈用詩，是中國古代士人階層的社會文化行為模式〉一篇大幅增修，以做為本書的〈導論〉，另四篇做為主論，分別從文學活動的總體情境中，世界、作者、作品、讀者四大要素的位置，也就是士人階層「詩式社會文化行為」的發言者、總體社會文化情境與特殊事件情境、語言比興符碼、受言者的位置，進行理論體系的建構。而以〈先秦「賦詩言志」之「詩式社會文化行為」所展現的「詮釋範型」意義〉、〈唐代「集體意識詩用」的社會文化行為現象〉做為附編。正編是「詩用學」理論體系本身的通論，而附編則是個別歷史時期有關士人階層「用詩」的實例。其餘〈論詩歌文化中的「託喻」觀念〉、〈從〈詩大序〉論儒系詩學的「體用」觀〉二篇，已另收入其他論文集，[30]就不重複收入本書。

（四）這個「詮釋典範」實質內容是以中國古代「詩式社會文化行為」內在的「結構規式」與「實踐規程」為依據所建構的體系性理論，是為「內造建構」。

中文學界不少學者習於挪借西方理論，或套用，或雜食，以詮釋中國古典文學，卻未必相應，這是很廉價的理論消費。遺憾的是很少人能回歸中國文化與文學現象本身，揭明它內在隱涵的本質、結構、規律而建構出體系性的理論，以做為再應用的知識基礎。這是我近些年所倡說的「內造建構」，[31]以有別於套用西方理論或模型的「外造建構」。如此，就不僅是消費西方理論，而能做到自家理論的生產了。

不過，這個「新詮釋典範」的實質內容固以中國古代士人階層「詩式社會文化行為」內在的「結構規式」與「實踐規程」為依據所做的「內造建構」，卻由於中國本無學科化的「社會學」。

27 顏崑陽：〈中國古代「詩用」語境中的「多重性」讀者〉，原刊《中正漢學研究》總第三五期，二〇二〇年六月。收入本書，篇名改為〈中國古代「詩用」情境中的「多重性讀者」〉。

28 顏崑陽，〈中國古代士人階層「詩式社會文化行為」的「實踐情境」結構〉，原刊《東華漢學》第三四期，二〇二一年十二月，收入本書。

29 顏崑陽，〈中國古代「詩式社會文化行為」的類型〉上下篇，未先在期刊發表，直接收入本書。

30 顏崑陽，〈論詩歌文化中的「託喻」觀念〉，收入《詩比興系論》。〈從〈詩大序〉論儒系詩學的「體用」觀〉，收入《學術突圍》。

31 所謂「內造建構」指的是從中國古代的文化與文學現象本身，揭明它內在隱涵的本質、結構、規律而建構出體系性的理論，以做為再應用的知識基礎。此一方法學，近年來已在幾篇論文述及，並做了實際操作，參見顏崑陽，〈從反思中國文學「抒情傳統」之建構以論「詩美典」的多面向變遷與叢聚狀結構〉，《東華漢學》第九期，二〇〇九年六月；〈從應感、喻志、緣情、玄思、遊觀到興會——論中國古典詩歌所開顯「人與自然關係」的歷程及其模態〉，《輔仁國文學》第二九期，二〇〇九年十月；〈中國古代原生性「源流文學史觀」詮釋模型之重構初論〉，《政大中文學報》第一五期，二〇一一年六月。

因此，有關社會本體的基本假定、某些關鍵性的基本概念，以及相應的方法學，只得適度借助西方「詮釋社會學」（interpretive sociology）中，諸如：韋伯（M. Weber，一八六四—一九二〇）、米德（G. H. Mead，一八六三—一九三一）、湯瑪斯（W. I. Thomas，一八六三—一九四七）、布魯默（H. G. Blumer，一九〇〇—一九八七）、舒茲（A. Schutz，一八九九—一九五九）等社會學家的某些說法。[32]這些說法，當擇其相應者，並做必要的調適而用之。這一路數的社會學，對「什麼是社會」的基本假定是：「社會」乃是個體與個體，或個體與群體，或群體與群體所產生具有「意向性」的互動行為關係。而所謂「意向性」是指行為所隱涵指向他人而具有某種特定原因與目的之動機。因此，人類互動的社會行為，都是行為者彼此對中介性符號做出意義詮釋而後採取的相互反應。而社會互動行為所使用的符號大多具有象徵性，解讀諸多象徵性符號，必須經由一個民族社會的文化教養與傳習。

我們要注意的是，詮釋對象是古代文獻所記述而不是當代可直接觀察的社會互動行為，而且論述定位是「詮釋的詮釋」，也就是我們並非直接去詮釋某個古人的某一項「詩式社會文化行為」的「意義」。而是將古人「詩式社會文化行為」當作一種特殊模式，總體的進行後設性的研究，以詮釋他們這種互動行為究竟如何能因此獲致意義的相互詮釋。因此，其研究方法必須在直接性文獻考察、訓詁的基礎上，想像契入歷史語境中，經直觀具體解悟後，出而進行文本分析性詮釋，最後綜合成體系性的理論。

二、什麼是「詩式社會文化行為」？這種行為模式為什麼會在中國古代社會中產生而普行？

詮釋社會學（interpretive sociology）的創始者韋伯（M. Weber，一八六四—一九二〇），將「社會行動」（social action）界定為行動者的主觀意義關涉到他人的行為，而且指向其過程的這種行動。[33]這種行動的特徵就是有其「意向性」，也就是有動機、目的所構成的「主觀意義」；不同於心理學上將人從群體孤立出來，僅單純看作個體本身「刺激—反應」的制約性行為。

美國社會學家舒茲（A.Schutz，一八九九—一九五九）在韋伯的界說基礎上，進一步區分「行

32 這些說法大體是「詮釋社會學」對「社會是什麼」的基本假定，以及某些關鍵性的基本概念，例如社會行動、符號互動、社會情境、意向性、理解、詮釋等。凡此概念，皆具有論述形式上的廣延性或人類社會文化經驗的普遍性，比較不受限於區域、民族或歷史時期的差異性。上述社會學家的相關專著，有些曾在台灣翻譯發行，例如〔美〕米德（G. H. Mead，一八六三—一九三一）著、胡榮、王小章譯，《心靈、自我與社會》（*Mind, Self, and Society*）（台北：桂冠圖書公司，一九九五）。〔美〕舒茲（A. Schutz，一八九九—一九五九）著、盧嵐蘭譯，《社會世界的現象學》（*The Prenomenology of Social World*），（台北：久大、桂冠文化公司聯合出版，一九九三）。諸家所涉基本概念，其大要可參見孫本文，《社會學原理》（台北：商務印書館，一九七三）。謝高橋，《社會學》（台北：巨流出版社，一九八二）。宋林飛，《社會學理論》（台北：五南圖書公司，二〇〇三）。

33 〔德〕韋伯（M. Weber，一八六四—一九二〇）將「行動」（action）定義為「行動個體對其行為賦予主觀的意義——不論外顯或內隱，不作為或容忍默認」，而「社會行動」（social action）則定義為「行動者的主觀意義關涉到他人的行為，而且指向其過程的這種行動」。參見〔德〕韋伯著、顧忠華譯，《社會學的基本概念》（桂林：廣西師範大學出版社，二〇〇五），頁三。

動」（action）與「行為」（act）。他將「行動」界定為兼具目的性與計畫性而正在進行過程中的行為，而「行為」則界定為已完成的行動。[34]由於我們論述的是古人已完成行動的所謂「行為」，故使用「行為」這一關鍵性概念。又美國人類文化史家菲利普•巴格比（F. Bagby，一九一八—一九五八）將「文化行為」（cultural act）界定為並時性或歷時性的有多數人在反覆操作而形成模式化的行為。[35]中國古代士人階層以「詩式語言」進行互動，既是具有「意向性」的「社會行為」，又是並時性甚而歷時性多數人反覆操作的「文化行為」，故我將它們複合為「詩式社會文化行為」（poetry as sociocultural act）這個概念。

這種行為模式為什麼會在中國古代社會中產生而普行？原因或條件有三：一是周代「禮樂文化」的建制；二是儒家思想形塑了士人階層普遍的社會倫理意識，並且流衍為傳統；三是「詩」從上古時期就是中國古代士人階層普遍的言語形式，其後又演化為最主要的文學母體。

從周代建立「禮樂文化」開始，而早期又詩與樂不分；則禮、樂、詩這三種因素或條件所構成的社會文化情境，就是古代士人階層所共處的「總體存在情境」。每個士人一旦降生，就身處這一「總體存在情境」中，經由教養、傳習而構成實在而有限的「歷史性」（historicality）主體。[36]士人階層就臨身於這一「總體存在情境」，經常性的進行「詩式社會文化行為」，以相互交往，彼此互動。

「詩式社會文化行為」其始即為周代「禮樂文化」之社會情境中的產物。「禮樂文化」以「美善合一」為人之存在與社會倫理關係的理想價值。「社會倫理關係」表現為「互動」行為，「言語」是主要的方式之一。「詩」做為一種「言語行為」（speech act）的方式，其「溫柔敦厚」的特質最能實現「美善合一」的價值。這樣的文化為儒家所紹述，並形塑了士人階層普遍的社會倫理意識；漢代獨尊儒術之後，漸成傳統。而「詩」是中國古代最主要的文學母體，士人未有不熟習「詩」者；它幾乎滲透到士人階層各種活動場域中，成為日用間慣常操作的言語形式。我們可以穿過文獻而想像到中國古代的社會中，宗教祭祀需要詩，朝廷慶典需要詩，君臣宴饗需要詩，政教諷喻或感化需要詩，文人雅集需要詩，婚喪喜慶需要詩，親友送別、迎歸、期約、過訪、勸勉需要詩，男女示愛需要詩……。在中國古代，「詩」從未脫離士人階層的日常生活，只當作它自身言語形構的「作品」去觀賞。龔鵬程對中國古代這種「社會生活的文學化」現象，做了頗為詳實的論述。[37]

準此，中國古代就在這些因素條件之下，士人們以其熟習的言語工具——「詩」進行社會互動，正好又可實踐含著美善價值的倫理關係。因此，這種社會文化行為，其特質不僅是表象的工具性

34 參見〔美〕舒茲（A. Schutz，一八九九—一九五九）著，盧嵐蘭譯，《社會世界的現象學》（台北：久大、桂冠聯合出版，一九九三），頁一二—一三、一六九—一七六。另參見〔美〕舒茲著，盧嵐蘭譯，《舒茲論文集》（台北：久大、桂冠聯合出版，一九九二），冊一，頁八九。

35 〔美〕菲利普・巴格比（F. Bagby，一九一八—一九五八）著，夏克、李天綱、陳江嵐譯，《文化：歷史的投影》（台北：谷風出版社，一九八八），頁八七—九九。

36 「歷史性」（historicality）不等同於「歷史」（history）。「歷史」指的是人類由精神的自由選擇為根基所發生的經驗事件。而「歷史性」指的則是使人類那些經驗事件得以成為「歷史」的存在基礎。人之與其他存有物不同之處，就在於他能自覺的創造具有存在意義的文化產物，建構其生命存在的價值基礎，而人也就成為「歷史性」的存在，此一立基於實存經驗的主體就是「歷史性主體」。同一文化傳統中的眾多存在個體，有其共同性，更有其差異性；故「歷史性主體」有別於理論上，先驗性、普遍性本質的主體。

37 龔鵬程，《文化符號學》（台北：學生書局，一九九二）。

「形式」而已；「形式」的深層，乃是一個民族文化在社會倫理觀念上所共持的價值意識形態。

三、這種行為模式有什麼「社會文化性功用」以及哪些次類型？

（一）這種行為模式有什麼「社會文化性功用」？

所謂「功用」兼指事物本身因其性質或結構所具有的「功能」，可稱為「自體功能」；以及衍外施加於其他事物所獲致的「效用」，可稱為「衍外效用」。[38]「社會」即是人群靜態或動態的「關係」，中國古代常以「倫理」稱之；「文化」的深層涵義則是社會關係之建構與實踐所依循的價值體系。因此，這個問題所要問的是：以「詩」做為社會互動行為的言語形式，其本身的性質與結構具有什麼「功能」？而當它實際施諸社會互動的行為上，能對「倫理」價值產生什麼切實的「效用」？

這種行為方式的性質與結構，依據《周禮・春官・大師》、〈詩大序〉、《禮記・經解》、《漢書・藝文志・詩賦略論》之說，即「比興」、「主文而譎諫」、「溫柔敦厚」、「以微言相感」。[39]其言語形式的特質就是「引譬連類」、就是「曲折委婉」、「隱微」，所要達到的「效用」就是在倫理關係「和諧」的情境中，獲致情志的傳達，讓對方有所感知，甚至改變其心意。而其結構則是發言者與受言者二端，身處共同定義的社會「情境」或「場所」，以「溫柔敦厚」的態度，並以「隱微」的言語形式為中介，進行內在主觀「意向」的相互「交通」；所謂「交通」，我們定義為：

二者之間，形體及心靈內外關係的雙向交往溝通。「交通」是古典詞彙，不只是現代一般常識義，僅指人類所在處、書信、貨物之移動，而廣指人與人之間，形體或心靈的交接互通，《史記・魏其武安侯列傳》云：「灌夫……不喜文學，好任俠，已然諾，諸所與交通，無非豪傑大猾。」[40]交通，即交往互通，形有所接，誼有所觸。又例如韓愈〈調張籍〉：「精神忽交通，百怪入我腸。」[41]精神交通，指的是與所思者神交而感通。

這種行為方式的性質與結構本身就具備含蓄委婉的社會互動功能；而士人們實踐時，抱持的態

38 「自體功能」與「衍外效用」的涵義，參見顏崑陽，〈從〈詩大序〉論儒系詩學的「體用」觀〉，收入顏崑陽，《學術突圍》，頁一八〇。

39 《周禮・春官・大師》：「大師掌六律六同，以合陰陽之聲……教六詩：曰風，曰賦，曰比，曰興，曰雅，曰頌。」〔漢〕鄭玄注，〔唐〕賈公彥疏，《周禮注疏》（台北：藝文印書館，嘉慶二十年江西南昌府學重刊宋本，一九七三），卷二三，頁三五四－三五六。〈詩大序〉：「主文而譎諫，言之者無罪，聞之者足以誡。」〔漢〕毛亨傳，鄭玄箋，《詩經注疏》（台北：藝文印書館，嘉慶二十年江西南昌府學重刊宋本，一九七三），卷一之一，頁一六。《禮記・經解》：「其為人也，溫柔敦厚，詩教也。」〔漢〕戴聖傳，鄭玄注，〔唐〕孔穎達疏，《禮記注疏》（台北：藝文印書館，嘉慶二十年江西南昌府學重刊宋本，一九七三），卷五〇，頁八四五。《漢書・藝文志・詩賦略論》：「古者諸侯卿大夫交接鄰國，以微言相感，當揖讓之時，必稱詩以喻其志。」〔漢〕班固著，〔唐〕顏師古注，〔清〕王先謙補注，《漢書補注》（台北：藝文印書館，光緒庚子長沙王氏校刊本，一九五六），冊二，卷三〇，頁九〇二。

40 〔漢〕司馬遷著，〔日〕瀧川龜太郎注，《史記會注考證》（台北：藝文印書館，一九七二），卷一〇七，頁一一三九。

41 〔唐〕韓愈著，現代錢仲聯注，《韓昌黎詩繫年集釋》（台北：世界書局，一九六六），卷九，頁四三六。

度就是《禮記・經解》所謂「溫柔敦厚」。周代「禮樂文化」所預期理想中的「社會秩序」（social order）就是「和」；「和」則既善且美。而「言語行為」就是「社會秩序」是否「和」的關鍵之一。「言語暴力」往往就是引發「社會衝突」（social conflict）而破壞秩序的要因。而「言語」中，最含蓄委婉、最「溫柔敦厚」的就是以「比興」為表現原則的「詩」。而所謂「比興」其義甚廣，不只局限於漢儒箋釋詩騷，那種言外寄託政教諷諭之志的狹義「比興」。[42]凡以含蓄委婉曲折的意象性「微言」暗示主觀情志，都可概括稱之為「比興」。從「言為心聲」的觀點來看，「詩教」的「溫柔敦厚」，兼有「言語表現原則」與「民心人情」二種涵義，而且二者彼此表裡、互為因果。一國之人民言語表現皆「溫柔敦厚」，則其民心人情必「溫柔敦厚」；反之，民心人情「溫柔敦厚」，則其言語表現亦必「溫柔敦厚」，於此而見「詩教」之功。

因此中國古代的「文化詩學」，其始就建立在「教」的基礎上。這個「教」兼指「宗教」與「政教」，我們也就明白《尚書・舜典》為什麼要說帝命夔典樂以「教」冑子：「詩言志，歌永言，聲依永，律和聲。」而最終所要達到的效用是「神人以和」；[43]「神人以和」的效用是兼從宗教與政教而言。〈詩大序〉也強調詩的功能既「美教化」又「感鬼神」。[44]即使到了從感物抒情以論詩的鍾嶸，在〈詩品序〉中，仍然要說「動天地，感鬼神，莫近於詩」。[45]這顯然是「詩教」的遺痕。

（二）這種行為模式有哪些次類型？

「詩式社會文化行為」的「次類型」，我們設定以行為的實踐「情境」或「場所」、主觀「意向」與「衍外效用」為基準，可區分大約三種：一、諷化；二、通感；三、交接。

「諷化」的行為通常發生於政教「場所」中，其「意向」可分為：下對上以詩「諷喻」，或上對下以詩「教化」，而「衍外效用」則在於傳達情志，讓對方有所感知，而改變其心意，凡此行為皆歸入此類。

這類行為在古代的文獻載記中非常多，也為大家所熟悉。下對上的「意向」，即是「諷喻」，舉例言之，《晏子逸箋》就記述齊景公要建一座大臺，發動大規模的民役，歲暮凍餒，怨聲四起。晏子乃趁與景公宴飲酣樂之時，請歌以諷諫：「涷水洗我若之何！太上靡散我若之何！」齊景公聞歌而悟，遂罷建臺之役。[46]上對下的「意向」則是「教化」，舉例言之，〈詩大序〉說〈關雎〉之詩「用之鄉人焉，用之邦國焉」，[47]此非虛語。《儀禮》的〈鄉飲酒禮〉、〈鄉射禮〉都記載諸侯與群臣宴

42 詳見顏崑陽，〈從「言意位差」論先秦至六朝「興」義的演變〉，收入顏崑陽，《詩比興系論》；又〈《文心雕龍》二重「興」義及其在「興」觀念史的轉型位置〉，收入顏崑陽，《詩比興系論》。

43 〔漢〕孔安國傳，〔唐〕孔穎達疏，〈尚書注疏〉（台北：藝文印書館，嘉慶二十年江西南昌府學重刊宋本，一九七三），卷三，頁四六。按：今本古文《尚書》，〈堯典〉與〈舜典〉為二。清代閻若璩《尚書古文疏證》已考證而斷定二篇原本為一，至南朝齊明帝時，被姚方興所橫斷為二。

44 〈詩大序〉：「正得失，動天地，感鬼神，莫近於詩。」參見〔漢〕毛亨傳，〔漢〕鄭玄箋，〔唐〕孔穎達疏，《詩經注疏》，卷一之一，頁一四。

45 〈詩品序〉：「靈祇待之以致饗，幽微藉之以昭告。動天地，感鬼神，莫近於詩。」參見〔南朝梁〕鍾嶸著，今人曹旭箋注，《詩品箋注》（北京：人民文學出版社，二〇〇九），頁一。

46 現代鄒太華輯注，《晏子逸箋》（台北：臺灣中華書局，一九七三），頁九五—九七。

47 〔漢〕毛亨傳、鄭玄箋，《詩經注疏》，卷一之一，頁一二。

飲之時，都要合樂以歌〈關雎〉；[48]因為〈關雎〉描寫男女之情「樂而不淫」，故鄭玄注云：「夫婦之道，生民之本，王政之端」，[49]〈關雎〉正可以發揮這種教化的「效用」。

「通感」行為發生於個體交往「場所」中，其「意向」是特指某一對象以傳達情志，而「效用」則是彼此感知、相互溝通，以增情誼，或釋誤會，或明心志等。春秋時代，大夫交接鄰國的「賦詩言志」，或歷代文人之間、男女之間以詩喻示情志的「贈答」行為，皆歸入此類。「賦詩言志」的社會文化行為現象，《左傳》、《國語》多有記載，曾勤良《左傳引詩賦詩之詩教研究》一書做了相當詳實的論述。[50]至於歷代士人或男女間以詩喻示情志的行為，例如託名李陵與蘇武的「贈答」、[51]秦嘉與徐淑夫妻間的「贈答」。[52]這都是很典型的例子。

「交接」也是發生於個體交往「場所」中。「交接」也是一個古典詞彙，意為「交往接觸」，《漢書・藝文志・詩賦略論》云：「古者諸侯卿大夫交接鄰國，以微言相感。」[53]所謂「交接鄰國」，特指國與國之間的「外交」活動。若就社會個體與個體的關係而言，則「交接」乃是古代士人階層日常普泛的「社會互動行為」。這一類社交行為必須經由養成教育，以建立其正常的規矩，故《禮記・樂記》云：「射鄉食饗，所以正交接也。」[54]其「意向」非常普泛而雜多，除了諷化、感通，其餘所有身接形觸，意圖所及的「社交活動」都包涵在內。舉凡期應、過訪、餽贈、邀約、示愛、慶弔、干謁、戲謔、責備、嘲諷、勸戒等，都是「交接」的社會互動行為。

我們就以「交接」的次類「期應」為例，做一詮釋。「期應」就是交往接觸一方以詩喻示某項利益的「期求」，而另一方則以詩喻示或迎或拒的「回應」，含有這種「意向」的「贈答」行為歸入此類。例如朱慶餘〈近試上張水部〉：「洞房昨夜停紅燭，待曉堂前拜舅姑。妝罷低聲問夫婿，畫眉深淺入時無？」[55]在唐代，科舉前的「溫卷」為普遍風氣，朱慶餘這首詩以男女新婚的情事，比興的期求張水部對他的詩文給予指教。又例如張籍〈節婦吟寄東平李司空師道〉：「君知妾有夫，贈妾雙明珠。感君纏綿意，繫在紅羅襦。妾家高樓連苑起，良人執戟明光裡。知君用心如日月，事夫誓擬同生死。還君明珠雙淚垂，恨不相逢未嫁時。」[56]李師道是非常跋扈的節度使，要徵辟張籍為幕僚。張籍不願入幕，卻不好直接拒絕，便以這首表面抒發「節婦」情志的詩，喻示婉謝之意。這些文人彼此

48 《儀禮‧鄉飲酒禮》：「……乃合樂〈周南〉：〈關雎〉、〈葛覃〉、〈卷耳〉；〈召南〉：〈鵲巢〉、〈采蘩〉、〈采蘋〉。」《儀禮‧鄉射禮》：「……乃合樂〈周南〉：〈關雎〉、〈葛覃〉、〈卷耳〉；〈召南〉：〈鵲巢〉、〈采蘩〉、〈采蘋〉。」參見〔漢〕鄭玄注，〔唐〕賈公彥疏，《儀禮注疏》（台北：藝文印書館，嘉慶二十年江西南昌府學重刊宋本，一九七三），卷九，頁九三。又卷一一，頁一一五。

49 同前注，頁九三、九四。

50 曾勤良，《左傳引詩賦詩之詩教研究》（台北：文津出版社，一九九三）。

51 李陵與蘇武「贈答」詩，《文選》錄在《雜詩上》，參見〔南朝梁〕蕭統編著，〔唐〕李善注，《文選》（台北：華正書局，影印胡克家重刻宋淳熙本，一九八二），卷二九，頁四一二。

52 秦嘉〈贈婦詩〉三首，秦嘉妻徐淑答詩一首，參見〔南朝陳〕徐陵編著，〔清〕吳兆宜原注，程琰刪補，《玉臺新詠》（台北：臺灣中華書局，一九八五），卷一。

53 〔漢〕班固著，〔唐〕顏師古注，〔清〕王先謙補注，《漢書補注》，冊二，卷三〇，頁九〇二。

54 〔漢〕戴聖傳，鄭玄注，〔唐〕孔穎達疏《禮記注疏》，卷三七，頁六六七。

55 〔清〕康熙御製，彭定求等編，《全唐詩》（台北：文史哲出版社，一九七八），冊八，頁五八九二。

56 同前注，冊六，頁四二八二。

的社會互動，有所期求或回應，常以詩為中介性符號，含蓄委婉的進行「暗示」。

上述「詩式社會文化行為」的三次類，當另以專篇，列舉多數案例，從「結構規式」、「實踐規程」以及發言者所傳達的「意向」、受言者感知所產生的「衍外效用」，進行詳切的論述。

四、這種行為模式有什麼基本「結構規式」與「實踐規程」？

這個問題所要問的是：這種行為模式，其結構中的諸要素有何特性，而彼此的關係有何特定的規式？「規式」是從靜態性的結構言之，指的是規則的形式。其實踐依循什麼規程才能獲致「意向性」（intentionality）行為意義的相互詮釋？「規程」是從動態性的實踐歷程言之，指的是實踐的程序。

這種行為模式的「結構規式」可圖示如下：

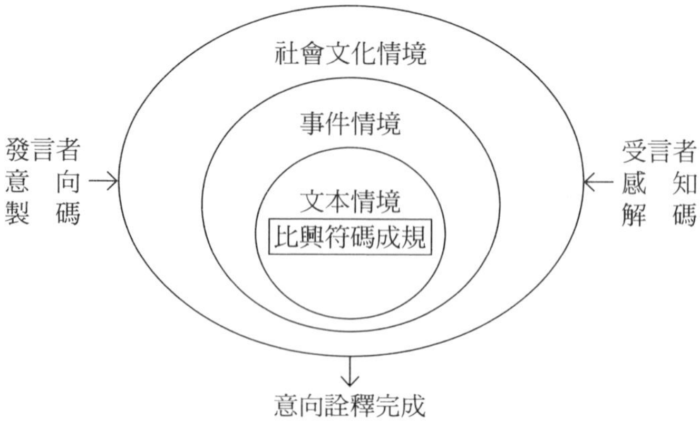

（一）「結構規式」中諸要素的特性及彼此的關係

依照上圖所示，這種行為的「結構規式」中諸要素的特性及彼此的關係，可說明如下：

1、發言者與受言者、在境與離境、隱性意向與作者本意

當互動行為正在發生、進行之時，行為者此方以詩喻志，我們稱他為「發言者」；從文字產品，即詩文本而言，稱為「作者」。相對彼方聞詩而意會其志，我們稱他為「受言者」；從詩文本閱讀而言，稱為「讀者」。當彼此雙方都還在「事件情境」中，我們稱此為「在境」。反之，當互動行為已經結束，行為者雙方都已離開情境，我們稱此為「離境」。而其行為之「意向」，固然有些會明示；但是大多以「隱微」的言語形式做出暗示，故稱它為「隱性意向」。

「在境」的發言者之意向為「隱性意向」；這個「隱性意向」也就是文本「離境」而靜態化後，衍生的「開放性受言者」在詮釋文本時，所謂的「作者本意」。倘若文本非發言者所自作，例如交接鄰國「賦詩言志」之引用既存文本，並可斷章取義；則文本具有「開放性」，同一文本可隨使用於不同的「事件情境」而衍義，故無所謂「作者本意」。[57]

2、受言者或讀者的多重性

受言者或讀者具有「多重性」，可先分為兩序，第一序為文本「在境」的「原定受言者」，他是

57 詳見顏崑陽，〈論先秦「詩社會文化行為」所展現的「詮釋範型」意義〉。收入本書，頁四八〇—四八三。

在動態性的「事件情境」中，發言者或作者抱持特定的「隱性意向」所針對的「特指受言者」或「特指讀者」；第二序為文本「離境」之後的「開放性受言者」。他們是事過境遷之後，只面對靜態化卻又開放共享之文本的「泛化讀者」。

第二序的「泛化讀者」，還可次分為幾個次層：第一次層是與發言者或作者同處當代之文化社會語境中的「泛化讀者」，例如與發言者或作者同處唐代文化社會語境的讀者、同處宋代文化社會語境的讀者；第二次層是不同時代而同在文化傳統語境中的「泛化讀者」，例如唐代與宋代的讀者，其當代社會語境不同，而文化傳統語境卻大部分相同；第三次層則是不同時代而又不同文化傳統語境的「泛化讀者」，例如我們現當代之閱讀、研究古代詩歌的「泛化讀者」。「五四」之後，中國追求現代化，我們所身處的社會語境固不同於清代以前，而古典文化傳統語境也疏離到幾近淡滅。現當代之古代詩歌的讀者，就是這第三次層古典文化語境疏離的「泛化讀者」。[58]

3、文本的「私有義」與「公有義」

相對兩序不同的受言者或讀者，文本「意義」也有二重性。第一重為第一序「原定受言者」所獨享的「私有義」，此意義只能在「事件情境」中，由「原定受言者」既直覺感知發言者的「隱性意向」，又對文本進行解碼，才能獲致詮釋；第二重為第二、三序「開放性受言者」所共享的「公有義」，[59]此意義向「泛化讀者」開放；但是，各有所會，恆無「定解」。

因此所謂「作者本意」，「泛化讀者」頂多只能依藉適當而有效的方法，獲致「擬真本意」；如果缺乏適當而有效的方法做為保證，則頂多只能獲致「擬似本意」。至於別有用心，以詮釋經典做為情志的寄託，我們只能同情理解為「寓託本意」，與「作者本意」已甚疏遠。而最等而下之者，既無適當而有效的方法，也非寄託情志，卻以作品之外的特定人事植入文本之內，做為「作者本意」的定解，則全屬穿鑿附會的「謬想本意」。「作者本意」及其詮釋的有效性問題，非常複雜，卻被一般學者簡化、固化、謬化，必須全面反思批判。我已另撰專文詳為分析詮釋，並收入本書中，做為理論體系的重要環節。[60]

4、社會文化情境、事件情境、文本情境、比興符碼成規是中介區的四大要素，乃雙方進行意向詮釋的「限定性語境」。

「社會文化情境」、「事件情境」、「文本情境」、「比興符碼成規」是在發言者或作者與受言者或讀者之間，「中介區」的四大要素，乃雙方進行意向詮釋的「限定性語境」。

其中，「社會文化情境」與「比興符碼成規」具有傳統性與社群性，是社會文化行為者平素就經過「學養」所獲致的「既存知識」，也可以說是「預理解」。相對於發言者或作者「隱性意向」所繫

58　「多重性讀者」之義，詳見顏崑陽：〈中國古代「詩用」情境中的「多重性」讀者〉，原刊《中正漢學研究》，總第三五期，二〇二〇年六月。收入本書。

59　文本的「公有義」與「私有義」之分，詳見同前注，頁三八九—三九〇。

60　「作者本意」非常複雜，如何獲致「作者本意」必須運用適當而有效的方法，否則多屬穿鑿附會之說，清代以降的詩集箋釋幾乎都不免穿鑿之弊，詳見同前注，頁四三三—四三八。

的「主觀意義」，這些「既存知識」則是被共同約定的「客觀意義」。因為它能並時與歷時的流傳，故可被「開放性受言者或讀者」所共享，具有相對的穩定性。而「事件情境」與「文本情境」則是互動的當事人臨場才能進行的共同定義，相對於「社會文化情境」與「比興符碼成規」而言，比較私有而不穩定。尤其「事件情境」由於當時才發生並且處在「現在進行式」的動態中，一旦「離境」而未做記述，便告流失；非僅「私有義」不可知，即是「作者本意」也難索解。

「事件情境」可能留存於詩的「題目」或比較可信的記事性文獻中。所以古典詩的「題目」是文本意義結構有機性的一部分，往往提供了「事件情境」。所謂「作者本意」必須依此才能索解。例如張籍的〈節婦吟寄東平李司空師道〉，假如刪去題目中「寄東平李司空師道」數語，則「作者本意」全不可解，只能當作純是歌詠「節婦」的文本讀之。故李商隱之「無題」或「類無題」之作，根本不可能去詮釋「作者本意」；歷代以「作者本意」解之，皆是穿鑿附會。[61]至於記事性文獻，頗多筆記如孟棨《本事詩》，[62]多不免因詩而比附其事，如果不確考其實，也難輕信。

至於「文本情境」若非即興口誦，則一般都經文字寫定，「離境」而靜態化之後，仍能並時與歷時的流傳，可為「泛化讀者」所共享；但是，如果「事件情境」已流失，則泛化讀者得以詮釋的意義，大多是依「社會文化情境」、「文本情境」與「比興符碼成規」所理解的「公有義」。

5、「比興符碼」出自連類、慣例、典律等共識性的成規

「比興符碼」乃出自連類、慣例、典律等，而形成種種共識性的成規。所謂「連類」是指詩人面對現實世界，因為此一事物與彼一事物之間具有某種類似性而加以聯想，以獲致「興感」或「譬

喻」的符號性效用。例如由「關關雎鳩，在河之洲」以興感「窈窕淑女，君子好逑」；又例如以「溫其如玉」譬喻「君子之德」。所謂「慣例」是指一個社會文化傳統中眾所習用的語例，例如中國古代社會文化傳統「男尊女卑」，因而眾皆習用「男女」關係以喻「尊卑」關係；而發言者或作者也常以「妾」自比，故古典詩中頗多以「妾薄命」為題。所謂「典律」（canon）是指某些文學作品所創造的「比興符碼」，由於這一作品在文學歷史過程中已完成「典律化」，其「比興符碼」也被廣為沿用而漸成傳統。最典型的例子便是「屈騷」所形成豔情、詠史、詠物、遊仙四類「比體」的「符碼」傳統。[63]凡此，在社會文化發展過程中，都逐漸形成共識性的符碼規約。

發言者或作者之製碼與受言者或讀者之解碼，都必須依循成規，才能完成意向之詮釋。不過，我們要特別提示：一向在古典詩學中，由於所詮釋的都是「離境」的靜態性文本，故「比興」都只被一般學者視為作詩時，表現形式上近似隱喻、象徵的修辭法；但是，當我們將詮釋視域轉向動態性的「詩式社會文化行為」時，「比興」就不能只做如此看待。它最重要的意義應該是：在彼此「互動」過程中，雙方秉持「溫柔敦厚」的性情、態度，即使有「怨」，也以「比興」委婉的表達，而不用「言語暴力」傷人。因此，在這個詮釋視域中，「比興」不僅具有詩歌「修辭」上的意

61 詳見顏崑陽，《李商隱詩箋釋方法論》（台北：里仁書局，二〇〇五）。

62 〔唐〕孟棨《本事詩》，參見丁仲祜編訂，《續歷代詩話》（台北：藝文印書館，一九八三），冊上。

63 「屈騷」所建構的四類「比體」，參見朱自清，《詩言志辨》（台北：頂淵文化公司，二〇〇一），頁八三—八四。

義，更具有社會文化行為上「言語倫理」的意義。64

6、中介區四要素是「詩式社會文化行為」的必要條件

「詩式社會文化行為」確是中國士人階層既普遍又長遠的一種特殊的「社會互動」模式，其靜態的「結構規式」是：發言者——中介區四要素——受言者。其中，中介區四要素是必要條件，互動雙方都必須通過中介區四要素，才能在「互為主體性」（intersubjectivity）的基礎上，進行、完成「意向交會」。這四要素是「社會文化」建構的產物，是一個民族主觀性的精神創造賦予特定符號形式而客觀化、普及化、傳統化的知識系統。

（二）「實踐規程」有什麼規則性的程序？

「結構規式」包涵著這種行為方式，並時性、靜態性的諸要素特質及其關係；而「實踐規程」則包涵著這種行為方式，歷時性、動態性的實踐規則及其程序。這可說明如下：

1、程序一：建構預理解知識

「預理解」指的是「詩式社會文化行為」發生而進行之前，行為者雙方已具備對傳統文化以及詩學的「既存知識」。這種行為模式要能達到社會「互動」的效用，就必須士人階層依藉普及化的「教養」，建構「用詩」相關的知識，此之謂「建構預理解知識」。

從《周禮》、《禮記》、《論語》等典籍的記載來看，「禮」、「樂」與「詩」是周代庠序之教的重點項目，這也就是所謂「六藝」之教。《周禮·司徒·保氏》云：「保氏……養國子以道，乃教

之六藝。」[65]六藝的首要項目就是吉、凶、軍、賓、嘉「五禮」與雲門、大咸、大韶、大夏、大濩、大武的「六樂」。[66]《禮記・內則》亦云：「十年，出就外傳……十有三年，學樂、誦詩……二十而冠，始學禮。」[67]《論語・季氏》載孔子警示其子孔鯉：「不學詩，無以言。」[68]春秋時期，外交場合所賦之詩，顯然已有政教領導階層所編定的標準本，流通於國際，即所謂《三百篇》。這些詩篇，各國士大夫都必須學習，對其中文字的解釋，也已有共識性的「預理解」。故孔子一再言及「詩三百」、「誦詩三百，授之以政，不達。使於四方，不能專對。雖多，亦奚以為？」[69]

因此，禮、樂、詩相關知識，乃是古代士人階層的基本文化素養。先秦固是如此，漢代以降，儘管所教內容有其變革；但禮、樂、詩基本學業項目卻歷代一貫。禮、樂相沿仍是士人的基本文化素養，而詩則更發展為一種專業文術。隋唐建置科舉，至唐代定制為以詩賦取士，學詩是必要的教養。士人所學成養就的各種詩文化知識，其中「比興」不但是詩歌的表現原則、修辭技法，而有其共同依

64 有關「比興」的「言語倫理」意義，詳見顏崑陽，〈中國古代「詩用」情境中「詩比興」的「言語倫理」功能及其效用〉，收入本書。

65 〔漢〕鄭玄注，〔唐〕孔穎達疏，《周禮注疏》，卷一四，頁二一二。

66 五禮、六樂的名目，參見鄭玄注。同前注，頁二一二。

67 〔漢〕戴聖傳，鄭玄注，〔唐〕孔穎達疏，《禮記注疏》，卷二八，頁五三八。

68 《論語・季氏》，參見〔魏〕何晏集解，〔宋〕邢昺疏，《論語注疏》（台北：藝文印書館，嘉慶二十年江西南昌府學重刊宋本，一九七三），卷一六，頁一五〇。

69 《論語・陽貨》，參見〔魏〕何晏集解，〔宋〕邢昺疏，《論語注疏》，卷一七，頁一五六。

循的成規，更具「言語倫理」的功能及效用；乃是必要學習的知識，作詩、讀詩以及一切用詩，大多以「比興」知識做為製碼與解碼的準則。

2、程序二：總體社會文化情境共定

「詩式社會文化行為」的實踐，必須士人階層在共定的「總體社會文化情境」中，才可能進行。而所謂「社會情境」（social situation），不同於「社會環境」（social environment）。「社會環境」指的是由制度、物質、習俗、普遍經驗現象等客觀事物所構成的實在境況；相對於客觀的「社會環境」，則「社會文化情境」乃是被行為者所感知並主觀定義出來的活動境域。這樣的活動境域，就是古代士人階層「詩式社會文化行為」所共在的「世界」。

「總體社會文化情境」當然是人為建構的產物，有其諸多要素以定則關係所形成的結構，可稱之為「實踐情境結構」。這是士人階層實踐「詩式社會文化行為」所共處的常態情境。這一情境，「和」是最高精神，而「禮文化」、「樂文化」與「詩文化」則是主要的基底。

大體言之，「詩式社會文化行為」的「實踐情境結構」：上層「和文化情境」；中層「禮文化情境」、「樂文化情境」、「詩文化情境」；下層「教化文化情境」、「諷諫文化情境」、「通感社會情境」、「交接社會情境」。這三層「常態情境」，縱貫的形成上下層層制約的結構性關係；亦即「和文化情境」制約「禮文化情境」、「樂文化情境」與「詩文化情境」；而「和文化情境」下貫「禮文化情境」、「樂文化情境」與「詩文化情境」，雙重制約「教化社會情境」、「諷諫社會情境」、「通感社會情境」與「交接社會情境」。中層三個面向的情境，「禮」、「樂」與「詩」乃橫向的形成並生共在，彼此支援的結構性關係；下層教化、諷諫、通感、交接四個面向的情境，則橫向並列，在「社會互動行為」之「角色定位」時，做為「取類」參照系的結構性關係。

這一「實踐情境結構」所形成的「世界」，充滿著中國特殊的民族文化性，完全不同於近現代從西方移入，純文學創作所對那個沒有民族文化特質，僅做為直覺審美對象的「世界」。這一「實踐情境結構」的「世界」非常複雜，必須另撰專文細論。[70]

3、程序三：事件情境共定

上述「總體社會文化情境」是士人階層所共處的「常態情境」；而「事件情境」則是單次性的「特殊情境」，每一次發生二人或多人的「互動行為」，就是一次「事件」，並且不可重複，故而都是單次性。

在士人階層共享的「總體社會文化情境」基底上，一旦互動行為事件發生時，雙方便會因文化傳統與建構預理解的既存知識，而共同定義出一個可意會的「事件情境」，我們稱之為「事件情境共定」。隨著每一次「互動行為」事件之雙方所抱持的立場、動機、目的，而會有各自不同的「情境共定」。

那麼，特殊的「事件情境」與「常態情境」，彼此之間有什麼關係？我們可以這樣回答：在特殊「事件情境」當下，進行「詩式社會文化行為」之時，常態共處的諷諫、教化、通感、交接四種「社

70 有關「詩式社會文化行為」所對的世界，參見顏崑陽，〈中國古代士人階層「詩式社會文化行為」的「實踐情境」結構〉，原刊《東華漢學》第三四期，二〇二一年十二月。收入本書。

會文化情境」，可做為行為者自覺、感知以進行「情境共定」時，「取類」而選擇「角色定位」的參照系。所謂「取類」而選擇「角色定位」，是指雙方彼此互動時，「施予」一方必須參照那四種「常態情境」，自覺的選取其中一種而做好「情境共定」，才能適當擇取自己的「角色定位」，而明確的掌握賦詩所欲傳達的「本意」是什麼；相對的，「接受」一方也必須參照那四種「社會文化情境」，自覺的選取其中一種而做好「情境共定」，才能明確的掌握對方賦詩所欲傳達的「本意」是什麼，而擇取自己的「角色定位」，並給予對方適當的回應。[71]

4、程序四：發言者或作者比興製碼與受言者或讀者比興解碼

發言者或作者行為之「隱性意向」，往往不直接明言，而是以比興符碼喻示。因此，「發言」行為必以「製碼」的方式去表現。「製碼」可以採取「自製」或「引用」二種方式。先秦時期，自製者甚少，外交專對大多引用《三百篇》。魏晉以降，則大多自製。

前文論及，「比興符碼」有出自連類、慣例、典律等，而逐漸建構種種共識性的成規。諸多「比興符碼」，除了個別發言者或作者，因應單次性「事件情境」而以「連類」的規則隨機創造之外，大多數由慣例、典律所建構的比興符碼，則經歷代詩人的襲用，逐漸形成共識性的符碼譜系，而對應著總體的文化傳統；文化傳統本身，即是一個民族因依其生命普遍的存在經驗，所建構宏大而複雜的意義及價值系統，內在有其部分、層位、面向的差異而又整體關聯的結構性，因而對應此一文化傳統的「比興符碼」，也就在構成的歷程中，產生「類化譜系」。「類化譜系」指的是諸多「比興符碼」，既並時性的「類別化」而又貫時性的傳衍，形成有如宗族既同一血緣而代代相傳的「譜系」。

比興符碼的「類化譜系」大致可分為：自然物象、文化物象、文化人事三種。其中「自然物象」的比興符碼譜系又可次分為：（一）天象系，例如「日」以喻「君王」、「月」以喻「后妃」；（二）地文系，例如「風波」以喻「險惡」之遇；「林泉」以喻「隱逸」之境；（三）禽蟲系，例如「龍鳳」以喻「君子」，而「鴟梟」以喻「小人」；（四）草木系，例如「蘭蕙」以喻「君子」，「蕭艾」以喻「小人」；（五）人體系，例如「手足」以喻親密的「兄弟」關係。「股肱」以喻得力的輔佐之臣。

「文化物象」的比興符碼譜系也可次分為：（一）器物系，例如「琴瑟」以喻「夫妻」關係，「網羅」以喻「拘困」；（二）衣飾系，例如「衣冠」以喻「權貴與縉紳」，「裙帶」以喻男女婚姻關係；（三）居處系，「廟堂」以喻「朝廷」，「棟梁」以喻重要「人才」；（四）飲食系，「水乳」以喻二個人或二種事物融合不分，「採蕨」以喻隱逸生活；（五）行旅系，「舟楫」以喻輔臣之匡濟艱難，或長輩友朋之引渡、援助，「逆旅」以喻人生如寄。

「文化人事」也可次分為：（一）日常行為現象系，例如「折柳」以喻惜別、留別及相思之情，「調鼎鼐」以喻善理政事；（二）典型人物系，例如「夷齊」以喻人格清高而節義者，「堯舜」以喻「聖君」，往往當作一個「比興符碼」，用以喻指後世任何一個「聖君」；（三）典型事件系，例如「七夕鵲橋會」以喻真心相愛的男女不受空間阻隔，仍期盼未來能有相聚之時，「萁豆相煎」以喻手足相殘。

71 有關「事件情境」的共定，詳見同前注，頁一五五—一五六。

諸如各種比興符碼的「類化譜系」，經過漫長詩文化的傳衍，已建構「預理解」的知識體系；古代士人階層之擅詩者都大體熟識而能運用之。故而在「詩式社會文化行為」發生時，發言者或作者就會依循上述三程序，從而運用「比興符碼成規」，為自己的「隱性意向」製碼，而發言為「文本情境」，並傳達給對方。相對的，受言者或讀者也依循同樣的程序，感知訊息，並依「比興符碼成規」進行「文本情境」之解碼，終而完成「隱性意向」之詮釋而相對給予「回應」。

五、古代「詩用」的類型及其實踐規程

前文論及，中國古代的詩文化情境中，「詩」從不離「用」而以自身的「純粹美感」存在著；所謂「用」一則指其自身形構的表現功能，可稱為「自體功能」；一則指作用於外在事物而衍生的效果，可稱之為「衍外效用」。二者合一之「用」，即是事物可經驗之「現象」，而其「本體」即在「現象」之中。故詩之「體」實乃隨「用」而定，無用不成體，無體不成用，體用相即不離。古人論及事物之「體用」，多習尚即「用」以明「體」，說「用」而「體」已隱涵其中，極少離「用」而對「體」直接做出抽象概念的理論性界說。[72]因此，中國古代詩學，「詩用」才是重心。

從先秦以降，歷代士人階層的「詩用」就頗多類型，約有引詩、獻詩、說詩、賦詩言志、贈答等類型。那麼上述的「結構規式」與「實踐規程」，各類型的「詩用」都具備嗎？

（一）古代「詩用」的類型

古代士人階層的「詩用」文化現象，從先秦就已開始，類型大約有六種。其中有些戰國、秦漢以降，就已停止，或衰退到偶見而已，例如春秋時期，外交專對，賦詩言志；採詩、作詩以獻國君，意圖諷諭。有些則不但延續，甚至更趨普遍化，例如作詩進行社會互動，彼此贈答，以通感、交接之用。這六種「詩用」類型可簡述如下：

一、「教詩」以達感發情志之效，例如《國語》記載，莊王使士亹傅太子箴，士亹問於申叔時如何為太子傅，申叔時告以：「教之詩而為之導廣顯德，以耀明其志。」[73]又例如前文所引述《論語》記載孔子召喚門生學詩，云：「小子，何莫學乎詩！詩可以興，可以觀，可以群，可以怨。」[74]「教詩」當然都是在境而現場，或單向，受教者未做回應；或雙向，受教者回應，例如《論語》記載子夏請教孔子：「『巧笑倩兮，美目盼兮，素以為絢兮。』何謂也？」師生彼此對話討論，最後孔子盛讚子夏：「起予者商也，始可與言詩已矣。」[75]

二、「引詩」證事喻理，以達勸服之志。可再分為二：（一）一種是在境而現場，以「對話」方

72 詩的體用關係，參見顏崑陽，〈從〈詩大序〉論儒系詩學的「體用」觀〉，收入顏崑陽，《學術突圍》，頁一八〇—一八三。

73 〔春秋〕左丘明著，〔三國吳〕韋昭注，《國語》（台北：九思出版公司，一九七八），卷一七，頁五二八。

74 《論語‧陽貨》，參見〔魏〕何晏集解，〔宋〕邢昺疏，《論語注疏》，卷一七，頁一五六。

75 《論語‧八佾》，參見同前注，卷三，頁二六—二七。

式進行，例如《晏子逸箋》記載齊景公與諸大夫樂飲，而明示：「請無為禮」。晏子蹴然改容而諫，言畢引詩曰：「人而無禮，胡不遄死。」[76]（二）一種則是不在境而以自話或書寫的方式為之，例如《荀子・勸學》引詩以喻勸學之理，云：「詩曰：嗟爾君子，無恆安息。靖共爾位，好是正直。神之聽之，介爾景福。」[77]

三、「獻詩」以達諷諫之志。《國語・周語》記載：「天子聽政，使公卿至於列士獻詩。」[78]《左傳・昭公十二年》記載「周穆王欲肆其心，周行天下」，而「祭公謀父作〈祈招〉之詩以止王心」。[79]這是在境，但非現場進行。所獻之詩有些可能是採集而來，有些則是自作。由於是獻詩給國君，以達諷諫之志；故而限於朝廷之上，並且是單向行為，國君只可能改其素行，而不會以詩回應。

四、「說詩」可再分為二：（一）一種是以詮釋「詩義」為主要意向，不是以「說詩」為手段以達諷諭之志。這比較不具「社會文化行為」性質，而接近後世文學批評的型態。例如孟子之說〈雲漢〉與〈小弁〉、〈凱風〉等詩。[80]（二）一種則是以「說詩」為手段，意圖達到諷諭之志。這就比較具有「社會文化行為」性質。漢儒說詩，多有此意圖，《詩經》三百篇，毛詩的《小序》全以「美善刺惡」詮釋詩旨，幾乎就等於「諫書」。

五、春秋時期，外交專對，賦詩言志，以達通感、交接之意。在境而現場進行，其實況頗為複雜，已另撰專文詳論。[81]

六、士人作詩以進行社會互動，發端於周代，例如周宣王時，尹吉甫作〈崧高〉以贈申伯；[82]此後，這類行為發展成歷代士人階層日常而普行的社會互動模式，以傳達通感、交接的情志，概括言之，可稱為「贈答」、「酬贈」。在境，少數現場即席而作，[83]大多數都非現場進行，而以「傳寄」

的方式往還。其實況最為複雜，前文已述及，約可分為諷化、通感、交接三種類型。這是「詩用學」理論建構主要的詮釋對象。

（二）各種「詩用」類型的「結構規式」與「實踐規程」

各種「詩用」類型都發生在中國古代的文化情境中，故其「建構預理解的知識」以及「總體社會

76 現代鄒太華輯注，《晏子逸箋》，卷一，頁七。按所引詩句為《詩經・鄘風・相鼠》。

77 〔戰國〕荀卿著，〔唐〕楊倞注，《荀子》（台北：臺灣中華書局，一九六八），卷一，頁一。

78 〔春秋〕左丘明著，〔三國吳〕韋昭注，《國語》，卷一，頁九。

79 〔春秋〕左丘明著，〔晉〕杜預注，〔唐〕孔穎達疏，《春秋左傳注疏》（台北：藝文印書館，嘉慶二十年江西南昌府學重刊宋本，一九七三），卷四五，頁七九五。

80 〔戰國〕孟軻著，〔漢〕趙岐注，〔宋〕孫奭疏，《孟子注疏》（台北：藝文印書館，嘉慶二十年江西南昌府學重刊宋本，一九七三）。孟子說〈雲漢〉一詩，參見〈萬章上〉，卷九上，頁一六四；說〈小弁〉、〈凱風〉二詩，參見〈告子下〉，卷一二上，頁二一〇—二一一。

81 春秋時期「賦詩言志」的實況，詳見顏崑陽，〈先秦「賦詩言志」之「詩社會文化行為」所展現的「詮釋範型」意義〉。收入本書。

82 《詩經・大雅・崧高》，朱熹釋云：「宣王之舅申伯出封於謝，而尹吉甫作詩以送之。」參見〔宋〕朱熹，《詩集傳》（台北：臺灣中華書局，一九六九），卷一八，頁二一二—二一三。

83 例如李商隱〈韓冬郎即席為詩相送一座盡驚他日余方追吟連宵侍坐徘徊久之句有老成之風因成二絕寄酬兼呈畏之員外〉，參見〔唐〕李商隱著，〔清〕馮浩注，《玉谿生詩集箋注》（台北：里仁書局，一九八一），卷二，頁四八六。

文化情境」大體都具備；但是「結構規式」與「實踐規程」的各個項目，有些並不完整具備，實非典型的「社會文化行為」；有些則「結構規式」與「實踐規程」完整具備，具有士人階層的「社會文化行為」意義，並且日常而普行，乃是「詩用學」理論建構主要的詮釋對象。其大要可分述如下：

一、教詩做為一種「詩用」，通常都發生於教育場合，上對下，大多在常態「總體社會文化情境」中進行；有時也會有特殊的「事件情境」。不過，發言者的「意向」明白在感發對方之情志，故非「隱性」；而文本是現成的教材，無須自為「比興製碼」，沒有完整的「實踐規程」，因而不算是典型的「詩式社會文化行為」。

二、「引詩」的第二次型，僅是論述時，引詩以證事喻理，是一種修辭策略。「說詩」的第一次型，也僅是以詮釋「詩義」為目的。這二個次型比較不具典型的「社會文化行為」意義，當然也就沒有一套完整的「結構規式」與「實踐規程」。其實踐條件，大體在中國古代所建構的「總體社會文化情境」中，包括「和」的價值觀念、詩的「言語倫理」功能等一套文化價值信仰與知識。

三、「引詩」的第一次型，在境而現場進行，具有「社會文化行為」意義；但是一則「詩」只是夾在「對話」中，做為證事喻理之用，乃局部之修辭；二則其意向在「對話」中已經明示，非以「詩」隱喻，故不是「隱性意向」。從這二點來看，其「詩式社會文化行為」不夠典型。雖然只是「引詩」，而不是「作詩」；但是這種「詩式社會文化行為」的主要「意向」是「諷諫」，由此而建立士人階層的「諷諫文化」，深遠的影響後世士人階層「作詩以諫」的「社會文化行為」。

四、先秦時代的獻詩，有些沒有特殊的「事件情境」，也沒有明確的「受言者」，故非典型的「詩式社會文化行為」。有些則具備「事件情境」以及「受言者」，其「詩式社會文化行為」相對比較典型。這類「獻詩」都以「諷諫」為「意向」，建立了士人階層「以詩諷諫」的文化傳統。

五、說詩的第二次型，雖有行為之「意向」，但是受言者不明確，而且既不在境，也非現場，「事件情境」不明，沒有確實的雙方互動，缺乏完整的「實踐規程」，因此「詩式社會文化行為」的意義不大。

六、「賦詩言志」是最特殊也最典型的「詩式社會文化行為」，其「實踐規程」也最完整確定。不過，這種「詩式社會文化行為」只在春秋時期的外交專對中實踐，並非日常普遍的行為，並且到戰國時期就已停止。因此，不是「詩用學」理論建構的主要詮釋對象。

七、士人以詩進行「社會互動」，大多是在境而非現場。他們具有發言、受言二個端極；「意向」大多為「隱性」。其中，受言者都是「特指」，可分為「明指」與「暗指」。「明指」是「顯性受言者」，例如前文述及秦嘉與徐淑夫妻間的「贈答」，彼此都是對方所明白「特指」的「受言者」；「暗指」則是「隱性受言者」，例如張九齡〈感遇〉所云「側見雙翠鳥，巢在三珠樹」；[84]後世有些學者依據新舊《唐書》的張九齡本傳做為參證，可推斷「雙翠鳥」所暗示而特指者，當是李林甫、牛仙客等人。[85]作詩以進行「社會互動」，乃是以「詩」做為「言語行為」的符號，而且中介四要素，即社會文化情境、事件情境、文本情境、比興符碼成規都具備，因此是典型的「詩式社會文化

84 張九齡〈感遇〉十二首之四，參見〔唐〕張九齡，《曲江集》（台北：臺灣商務印書館，一九七三），卷三，頁三三。

85 持此說者，例如陳沆云：「雙翠鳥喻林甫、仙客。」參見〔清〕陳沆，《詩比興箋》（台北：樂天出版社，一九七〇），卷三，頁一一九。

行為」；在「詩用」各類型中，其「結構規式」與「實踐規程」相對最為完整，乃是「詩用學」理論建構的主要對象。

六、結語

晚清以降，至於「五四」新文化運動，中國追求現代化；現代化很高的程度，其實就是西化，影響所及，中文學界對古典文學的研究，往往習於消費西方理論。有些人對西方理論未必精通而對中國古代典籍也涵養不深；西方理論用得不善，則僅知以得諸西方理論的立場、觀點，毫無修改、調適的套用在中國古代典籍的文本。其造成詮釋學上所謂「仙蒂瑞拉玻璃鞋的誤謬」，就可想見而知。

二十一世紀，中國古典文學的研究，應該走向「內造建構」，生產出自本身文化內在所涵蘊之經驗內容的「理論」，建構自家可資應用的「詮釋典範」，以做為學術社群共享的知識基礎。當然，在「內造建構」的過程中，西方理論並非完全不能借用，但是須擇其適者並加以融通而用之。單一系統性的理論，毫無修改、調適的套用，很容易扞格不入；若再硬套，便不免曲為生說，而無以達到「視域融合」（Horizontverschmelzung）的詮釋效果了。[86]

西方理論的借用，大致的原則是，在論述形式上越廣延性與在經驗內容上越普遍性的理論，其借用越沒有問題；而在經驗內容上越特殊性、差異性的理論，其借用則越有問題。但是，不管如何，選擇、修改、調適，都屬必要。西方理論最好只做為問題意識與詮釋視域的開啟、彼此對照以顯發中國之學的特質、借助以澄清某些基本概念、解決問題之思維方法的引導。至於理論內容仍應回到古典文獻深入的理解、詮釋，並進一步分析研究對象的內在性質、結構、規律，找出統一的原則，而加以綜合為體系性的知識。詮釋中國古典文化或文學，進而建構理論，這樣的研究工作，「文本」永遠佔有優位性。離開文本而主觀的隨意臆說，都缺乏相對客觀有效性，而無法獲致「視域融合」的詮釋成果。

近二十幾年來，我對現當代中國人文學術的研究，最為關注的問題是：如何經由反思批判，以突破晚清至於「五四」新文化革命，因「反傳統」又加上「西化」所形塑偏謬的「知識型」；而回歸中國傳統文化的歷史情境，博通精識各種典籍，從中尋找真正具有中國民族文化性，而可以「內造建構」為體系化的基礎理論，以資應用到各別論題的研究。

「中國詩用學」就是以這樣的構想進行嘗試，初步已完成這本專著。接續還有《中國古代「原生性」文學史觀》、《中國古代文體學》、《中國士人階層的「文化意識形態」與文學批評》等專著，在我有限的餘年，希望能逐一完成。而我最期待的是，學術是群體共造的事業，不能一個人孤聲獨唱。一種新的詮釋視域及其相應的方法被提出之後，最需要的是學術社群更多學者前後繼軌，以漸成傳統，才能共同建構一種新的「知識型」，而達到學術典範的遷移。

86 「視域融合」（Horizontverschmelzung）指通過詮釋學經驗，詮釋者和文本獲致某種共同的視域，同時詮釋者於文本的他在性中認識了文本意義。參見〔美〕加達默爾（H. G. Gadamer，一九〇〇—二〇〇二），洪漢鼎譯，《真理與方法》（*Wahrheit und Methode*）（台北：時報文化公司，一九九三），頁三九九—四〇一。

附記：

原刊《淡江中文學報》第一八期，二〇〇六年六月，題為〈用詩，是一種社會文化行為模式——建構「中國詩用學」初論〉。

二〇一五年十一月修訂，收入《反思批判與轉向》，允晨文化公司，二〇一六年。

二〇二二年二月，大幅增修，收入本書，改題為〈導論：用詩，是中國古代士人階層的社會文化行為模式〉。

中國古代士人階層「詩式社會文化行為」的「實踐情境」結構

一、問題的導出與解決的構想

「五四」以降，由於追求現代化，一方面強烈的「反傳統」，一方面狂熱的「接受西學」。這是眾所熟知，近百年的中國文化、社會變遷潮流，千絲萬縷，盤根錯節，總體情境非常複雜；而層出不窮的論述也多到不可勝數，無法也無須在此贅述。我們所要關懷的問題，只界定在五四以降，中國古代詩學研究的主流取向，究竟能否因承、貼切於傳統歷史文化語境；而又能轉出創新的詮釋視域及其話語系統，終而建構既「現代化」又具「民族性」的知識形態？

所謂「反傳統」，雖然是很籠統而錯雜的文化意識形態；不過受到新知識分子強烈批判、反抗的種種傳統文化負面現象，大體都指向論述者所認定儒家思想表現於政治、教化、藝文各方面的腐皮爛肉朽骨，一切罪咎都由儒家概括承受，因此所謂「反傳統」大抵就是「反儒家思想傳統」。這種「反傳統」的文化意識形態，投射到中國古代文學的研究，所展現出來的論述，就是凡與儒家思想扯上關係的文學觀念、創作、批評，一概視為政教工具、封建毒素、社會進化障礙，有如殭屍骸骨，只是沒有生命的「死文學」，缺乏「藝術性」或「文學性」。這類論述，從「五四」以降，不斷衍伸、滲透到各種中國文學史、中國文學批評史或零篇散論之歷代各家作品的實際批評，這已是人文學界熟識的常談，無庸一一舉證。

至於「接受西學」，當然也是各種西方學說、理論紛至沓來；其中，與本論題直接相關的是美學與文學理論。首先，我們聚焦到蔣伯潛在《文體論纂要》一書中，論述到受西學影響的「新派文體分類」，自晚清龍伯純以降，蔡元培、高語罕等學者，相沿成習的將中國古代的文體分為「實用性」（或科學性）與「美術性」（或「藝術性」）二大類，而逐漸形成固定的框架。蔣伯潛並指出這樣的分類，和日本一般的「文學概論」，其框架相同，例如武島又次郎（一八七二—一九六七）《作文修辭法》等，將詩歌、小說、戲劇視為「純文學」，而與其他普通散文的「雜文學」相對立；則清末以來的文體分類，顯然頗受日本漢學的影響；[1]而日本學者這種「純文學」的概念，卻又是在明治維新時期，取自西學。

稍後，郭紹虞的《中國文學批評史》上冊於一九三四年由商務出版，一九四七年又出版下冊。其中，關於「孔門的文學觀」，他的觀點是：孔門的文學觀有著「尚文」與「尚用」兩種似乎矛盾的主張。本於他論「詩」的主張，當然會有「尚文」的結論。可是，他同時又是注重實際，注重實用的思想家，所以又注重「尚用」。尚文成為手段，尚用才是目的。又關於六朝「文筆的區分」，他的觀點是：「文」是美感的文學、情感的文學，指詩賦、兼及箴銘、碑誄、哀弔諸體，屬於「純文學」一類的作品；「筆」是應用的文學、理智的文學，指章奏、論議、史傳諸體，屬於「雜文學」一類的

1 蔣伯潛，《文體論纂要》（台北：臺灣正中書局，一九七九），頁四六—六八。龍伯純，《文字發凡》（桂林：廣智書局，一九〇四〔清光緒三〇年〕）。蔡元培，〈國文之將來〉、〈論國文的趨勢及國文與外國語及科學的關係〉二文，收入中國蔡元培研究會編，《蔡元培全集》（杭州：浙江教育出版社，一九九七），第三卷。高語罕，《國文作法》（上海：亞東圖書館，一九二二）。武島又次郎（一八七二—一九六七），《作文修辭法》（東京：早稻田大學出版部，一九〇四〔明治三十七年〕），與保科孝一（一八七二—一九五五）《言語學》合刊。

作品。[2]「純文學」與「雜文學」二分的框架，至一九八七年，蔡鍾翔、黃保真、成復旺所合著《中國文學理論史》，仍然沿用。[3]這一類論述框架，顯然是「尚用」與「尚文」、「實用性」與「藝術性」、「純文學」與「雜文學」，截然二分，兩不相涉。詩，被歸到「尚文」、「藝術性（或文學性）」、「純文學」那一大類，不具「實用性」；而所謂「藝術性（或文學性）」、「純文學」，這種概念實取自西方的文學理論。

其次，我們再聚焦到一九二〇年代，日本學者鈴木虎雄（一八七八—一九六三）發表〈魏晉南北朝時代的文學論〉，首先提出「魏晉的時代是中國文學的自覺時代」之說，從此中國文人就懂得從文學本身去看文學的價值。[4]魯迅曾留學日本，受到鈴木虎雄的影響，一九二七年在廣州夏期的一場學術演講也跟著倡說：「曹丕的一個時代可說是『文學的自覺時代』，或如近代所說是『為藝術而藝術』的一派」。[5]這一說法，顯然是拾日本學者之牙慧；而將「為藝術而藝術」與「為人生而藝術」截然二分，則是濺染到西學之唾沫。[6]然而，思潮之所趨，魯迅這一粗略空泛的說法，竟然影響深遠，其後又衍生出「文學獨立」之說。「文學自覺」伴隨著「文學獨立」就成為一個眾口喧騰的議題；與此一議題相關的論述，專書及期刊論文，至今已出現一百多種。[7]一九三〇年代之後，甚至延伸到一九九〇年代，所出版的《中國文學史》、《中國文學批評史》一類的著作，還不斷複製這樣的

2 郭紹虞，《中國文學批評史》（台北：五南圖書出版公司，一九九四），頁五、一三－一五、六七－七六。

3 蔡鍾翔、黃保真、成復旺合著，《中國文學理論史》（北京：北京出版社，一九八七）。

4 鈴木虎雄（一八七八－一九六三）這一篇論文，原發表於《藝文》雜誌，其後收入一九二四年所出版《中國詩論史》。臺灣有洪順隆譯本（台北：臺灣商務印書館，一九七二）；大陸有許總譯本（南寧：廣西人民出版社，一九八九）。

5 魯迅的講題是〈魏晉風度及文章與藥及酒之關係〉，其記錄稿原發表於《國民日報》副刊〈現代青年〉，改定稿一九二七年十一月發表於《北新》半月刊第二卷第二號。收入《魯迅全集》（北京：人民文學出版社，一九八一），卷三。

6 在西方，「為藝術而藝術」的主張有其文藝思想發展歷程的因素條件，不能直接移植、套用到中國魏晉時期，以解釋當時的文藝創作趨勢及其觀念。西方從古希臘到十九世紀，文藝必須具有道德教化的功用，這種思想一直是主流。及至十九世紀，法國興起浪漫主義的文藝創作趨勢及思潮，囂俄（或譯為雨果，V. M. Hugo，一八〇二－一八八五）首先提出「為藝術而藝術」這句口號，後續由高第頁（或譯為戈蒂耶，P. J. T. Gautier，一八一一－一八七二）將它做為正式主張，以反對傳統為道德而藝術的觀念，而認為「藝術獨立自主」、「藝術不是一種工具，它自身就是目的」、「美就是藝術的功用」、「一件東西有用便不美」，由此而逐漸產生一種文藝運動、思潮，從法國傳播到德國，又傳播到英國，而形成「唯美主義」。復經康德到克羅齊的唯心主義美學建立體系性的理論，影響更為深遠。參見朱光潛，《文藝心理學》（台北：臺灣開明書店，一九六九），頁一〇九－一一一。魯迅對如此複雜的西方文藝思潮及美學理論並無精深研究，隨口沾些西學的唾沫，撿了這個話頭，粗略空泛而不切魏晉時期的文學實況，卻產生那麼大的影響，這只能說時勢所趨，一人偶語，就眾聲喧譁，百口呼應。

7 黃偉倫，《魏晉文學自覺論題新探》（台北：臺灣學生書局，二〇〇六），其附錄一、二，頁四六三－四八一。截至二〇〇五年，黃偉倫撰成此書，經過統計，已發表一百三十餘種相關論文。此後，仍有學者毫無反思的複製相同的說法，至今恐怕不只這個數目。

謬說，例如劉大杰《中國文學發展史》、[8]胡雲翼《中國文學史》、[9]馬積高與黃鈞主編《中國古代文學史》；[10]羅根澤《中國文學批評史》、[11]王運熙與楊明《魏晉南北朝文學批評史》[12]等。一種不經考察論證的謬說，竟然幾十年沒有人提出反思批判而轉相承襲。對於「文學自覺」及「文學獨立」之說，幾年前，我已進行反思批判，詳切的論證其誤謬，[13]在這裡不再贅述。

復次，我們再聚焦到西方十八世紀後期到二十世紀前期，康德（Immanuel Kant，一七二四—一八〇四）以降，歌德（J. W. Goethe，一七四九—一八三二）、黑格爾（G. W. F. Hegel，一七七〇—一八三一）、席勒（J.C.F. Schiele，一八九〇—一九一八），與影響所及的克羅齊（B. Croce，一八六六—一九五二）等古典唯心主義美學，以及李普斯（T. Lipps，一八五一—一九一四）、浮龍李（Vernon Lee，一八五六—一九三五）、谷魯司（K. Groos，一八六一—一九四六）、閔斯特保（H. Münsterberg，一八六三—一九一六）、布洛（E. Bullough，一八八〇—一九三四）等實驗心理學派的美學，蔚為主流。這一路數的美學，其關鍵概念是審美主體的感性直覺、審美客體的表象形式、美必背離功利實用、內模仿與感情移入、審美對象孤立、審美心理距離。這些西方美學理論，一九三〇到一九六〇年代，經由朱光潛的譯介，遂傳播開來，影響深遠；[14]而當時正逢中國追求現代化之際，乃適時的影響到新文學觀念的美學基礎之建立。

大陸學界所流行的美學，一九四九年之前，以朱光潛所譯介的唯心主義、形式主義、實驗心理學的美學為主。其後，四〇年代，才有蔡儀以馬克斯唯物主義為基礎的《新美學》，對唯心主義美學提出批判。五〇年代，李澤厚也以「歷史唯物論就是實踐論」的觀念為基礎，提出「歷史積澱說」的美學理論。因而於五〇、六〇年代引發中國美學大論戰，迫使朱光潛的美學理論從「唯心主義」向「心

8 劉大杰云：「中國文學發展到魏、晉……這期的文學，形成一種自覺運動，重視文學的價值和社會地位……文學漸漸地成為獨立的藝術。」參見劉大杰（一九〇四—一九七七），《中國文學發展史》（台北：華正書局，一九七七），頁二二七。此書上冊，初版一九四一年由上海中華書局印行。

9 胡雲翼云：「魏晉南北朝是中國文學的自覺期。」又云：「魏晉南北朝是純粹美文學的發展期。這時期的文學，不以載道、不以致用，不陷於淺薄的功利主義，而朝著藝術至上主義的路進展。……別的時代絕不如魏晉南北朝是一個純文學的活動期。」參見胡雲翼，《增訂本中國文學史》（台北：三民書局，一九八三），頁六九、七一。此書初版，一九三一年由上海教育書店印行。

10 馬積高、黃鈞云：「建安作家對文學價值的新的體認，作家間以詩文相互競爭又相互切磋的文學批評風氣的形成，包括曹丕把文章當作『經國之大業，不朽之盛事』，確實表現出高度的『文學自覺』精神。」參見馬積高、黃鈞主編，《中國古代文學史》（台北：萬卷樓圖書公司，一九九八），冊一，頁三二〇。此書初版，一九九二年由長沙湖南文藝出版社印行。

11 羅根澤云：「……至建安，『甫乃以情緯文，以文被質』，才造成文學的自覺時代。……阻止文學獨立，壓抑文學價值的，是道德觀念與事功觀念。」參見羅根澤，《中國文學批評史》（台北：龍泉書屋，一九七九），第三篇第一章，頁一三六、一三八。

12 王運熙、楊明云：「魏晉時期……由於儒學中衰，儒家思想（包括文藝思想）對文人頭腦的束縛鬆弛了，於是文學不再僅僅當作政教的工具和附庸，它本身的審美作用被充分肯定。」參見王運熙、楊明，《魏晉南北朝文學批評史》（上海：上海古籍出版社，一九八九），第一章，頁六。

13 顏崑陽，〈「文學自覺說」與「文學獨立說」批判芻議〉，原刊《慶祝黃錦鋐教授九秩嵩壽論文集》（台北：洪葉文化公司，二〇一一），收入顏崑陽，《反思批判與轉向：中國古典文學研究之路》（台北：允晨文化公司，二〇一六），頁二二三—二四六。

14 朱光潛，《文藝心理學》，此書初版發行於一九三〇年代，介述西方實驗心理學派李普斯、浮龍李、谷魯司、閔斯特堡、布洛等各家的美學。另外，朱光潛更全面的介述整個西方的美學史，康德等古典唯心主義美學也傳播到中國來，可物關係說」修訂。[15]不過，長遠觀之，朱光潛所引進一系的美學，並沒有完全消退影響力，大陸學界到一九八〇年代，更掀起文藝心理學的論述熱潮，代表性著作主要有金開誠《文藝心理學論稿》、[16]彭立勛《美感心理研究》、[17]陸一帆《文藝心理學》、[18]滕守堯《審美心理描述》[19]等。延伸到一九九〇年代，餘波猶見童慶炳《藝術創作與審美心理》、[20]邱明正《審美心理學》、[21]胡山林《文藝欣賞心理學》[22]等。這些都是朱光潛所引進西方心理學系統之美學理論的遺緒，綿延未絕。

綜合上述近現代的學術趨勢、情境觀之。「五四」以降，古代的文學批評及研究，其主流大致固著在「純粹審美／政教功用」、「純文學／雜文學」、「藝術性／實用性」這個截然二元對立的框架，而形成數十年不變的詮釋視域與評價基準，可視為「五四知識型」其中文學批評及研究的主要模式。[23]二十幾年來，我對這種文學批評及研究模式，持續提出批判。就古代詩學而言，我已在一篇論文中指出這一詮釋視域與評價基準的特徵，就是將詩歌孤立在古代人們社會文化生活之外，看作是一種「靜態化」的有機性語言形構，而藉由聲律與意象引發讀者審美經驗的客體；必須是「無關實用」而以表現「自身之美」為目的之詩，才是藝術性的「純詩」，當然也才是有價值的好詩。因此，作品本身之聲律、修辭、結構、意象的技巧與美趣是詮釋的重要主題。這就是學界一般所謂「內部研究」；至於，一碰觸到詩與社會文化的關係，尤其事涉政治、道德，這種被學界認為「外部研究」的

參見朱光潛最重要的美學著作《西方美學史》（台北：漢京文化公司，一九八二），下冊，第三部分，甲〈德國古典美學〉，第一二至一五章，頁三一—一六三；乙〈其他流派〉，第一八、一九章，頁二四六—三〇二，此書初版發行於一九六〇年代。臺灣翻印流傳已是八〇年代。因此，早期影響台灣中文學術的西方美學，主要還是《文藝心理學》，以

及克羅齊著、朱光潛譯，《美學原理》（台北：正中書局，一九四七），再加上朱光潛一本小書《談美》（台北：臺灣開明書店，一九五八），此書初版於一九三二年發行。朱光潛所譯介這些唯心主義、形式主義以及實驗心理學的西方美學，對近現代有關中國古代詩歌的批評、研究，其影響頗為深遠。

15 趙士林，《當代中國美學研究概述》（天津：天津教育出版社，一九八八）。

16 金開誠，《文藝心理學論稿》（北京：北京大學出版社，一九八二）。

17 彭立勛，《美感心理研究》（長沙：湖南人民出版社，一九八五）。

18 陸一帆，《文藝心理學》（南京：江蘇文藝出版社，一九八五）。

19 滕守堯，《審美心理描述》（台北：漢京文化公司，一九八七）。

20 童慶炳，《藝術創作與審美心理》（天津：百花文藝出版社，一九九二）。

21 邱明正，《審美心理學》（上海：復旦大學出版社，一九九三）。

22 胡山林，《文藝欣賞心理學》（開封：河南大學出版社，一九九九）。

23 「知識型」（Épistème）是法國哲學家傅柯（M. Foucault，一九二六—一九八四）《詞與物》一書的核心概念。他考察了文藝復興、古典主義以及近現代幾個歷史時期所建構的知識，發現在同一個歷史時期之不同領域的科學話語之間，都存在著某種「關係」。那就是在同一歷史時期中，人們對何謂「真理」，不同科學領域的話語，其實都預設了某種共同的本質論及認識論，以做為基準及規範，從而建構某些群體共同信仰的真理，以判斷是非，衡定對錯。「知識型」指的就是這種不同科學之間，本質論與認識論的集合性關係，也就是西方某一歷史時期人們共持的思想框架。當歷史時期遷移了，前一歷史時期所以為「是」的知識就不一定理所當然的「是」，更可能變成「非」了；也就是歷史遷移到一個社會文化因素、條件很不相同的時期，人們對「真理」的判斷，其本質論的假定改變了，認識論的規範也改變了，知識的確切性就跟著改變了；因此，知識才有不斷發展的可能，而不同的歷史時期也就有不同的「知識型」。參見傅柯著，莫偉民譯，《詞與物：人文科學考古學》（上海：三聯書店，二〇〇一）。「五四知識型」有何特徵？參見顏崑陽，〈中國人文學術如何「現代」？如何「當代」？〉，收入顏崑陽，《學術突圍：當代中國人文學術如何突破「五四知識型」的圍城》（台北：聯經出版公司，二〇二〇），頁七五—七八。

問題，站在「純粹審美」觀點而致力於「內部研究」的學者，往往只需幾句話就可將問題排除掉：「以詩為實用工具，缺乏藝術性！」[24]

那麼，這個中國古代詩學研究的主流取向，其所固持的詮釋及評價的框架，究竟能否因承、貼切於傳統歷史文化語境，而又能轉出創新的詮釋視域及其話語系統，終而建構既「現代化」又具「民族性」的知識型態？這個問題，我們大體宏觀的回答是：在這一詮釋及評價的框架觀看之下，中國古代詩歌所本具的民族文化性、士人階層存在經驗的政教性、社會性，完全被排除不見，就只剩語言形式結構的所謂「藝術性」；然而，我們應該要有正確的觀念，詮釋歷史不同於個人的理論創構，必須承認、尊重相對客觀之歷史他在性的經驗事實。因此，這種從西方移植過來的詮釋及評價框架，是否能相對客觀有效的詮釋中國古代詩歌整全的意義？這個問題非常值得反思批判，並進行相對詮釋有效性的典範重構。

因此，近二十幾年來，我在反思批判「五四」以降，這一「純粹審美」的詩學以後，破而能立，做出「詮釋視域」的轉向，另外提出「詩用學」的創新視域；「詩用學」又稱為「社會文化行為詩學」。假如我們能經由歷史想像，而「情境回歸」到古代士人階層的社會活動場域中，將可發現「詩」無所不在，士人階層普遍將它當作特殊的言語形式，「用」於各種社會「互動」行為。因此，「詩之用」是中國古代既普遍又特殊的社會文化現象。依此而言，在中國古代，「詩」不只是一種文學「類體」，而且更是一種不離社會生活的「文化」現象或產物，可稱為「詩文化」。在「詩用學」的系統性理論中，我們的基本假定是：「用詩，是中國古代知識階層一種特殊的社會文化行為方式；而詩，就是這種行為方式的中介符號。」[25]

在人類的文化存在情境中，一切與文學有關的活動，其「總體情境」必備世界、作者、作品、讀者四大要素。[26]這四大要素及其相互依存的關係，總體觀之，只是一個形式意義的模型。至於每個要素的實質涵義以及各要素的優位性，則是隨著不同理論系統的語境而有其差異。本文所要處理的是中國古代「詩用語境」中的「世界」，分析其中包涵哪幾種層次與面向的文化情境或社會情境。其意旨不在於挪借西方理論，用以解決中國古代詩歌活動總體情境中的「世界」問題；而是從中國古代士人階層的「詩式社會文化行為」經驗現象，經由直接文獻，針對士人階層實際存在的文化傳統所形塑的文化情境，與社會關係所形塑的社會情境，進行分析詮釋與綜合建構，而揭顯他們所身處經緯交織的整體情境，也就是士人階層實踐「詩式社會文化行為」所共在的「世界」。在這共在的世界中，士人們以此為基礎，以進行一次又一次「詩式社會文化行為」的「互動事件」。

「世界」是一個籠統的整體性概念，落實在中國古代士人階層之「詩式社會文化行為」，其實踐歷程究竟立基於那些層次與面向的「情境」，各層次面向的情境有何實質涵義？又以什麼關係連接為整體性的「結構」，以做為「詩式社會文化行為」之得以實踐的情境基礎？這些問題必須再進行精密

---

24 顏崑陽，〈用詩，是一種社會文化行為模式〉，收入顏崑陽，《反思批判與轉向》（台北：允晨文化公司，二〇一六），頁二四七—二四八。又大幅增修，收入本書，做為〈導論〉，篇名修改為〈用詩，是中國古代士人階層的社會文化行為模式〉。本文所徵引這一段論述，參見本書頁四〇。

25 同前注，顏崑陽，〈用詩，是中國古代士人階層的社會文化行為模式〉，參見本書頁四六—四七。

26 〔美〕艾布拉姆斯（M.H. Abrams，一九一二—二〇一五）著，酈稚牛、張照進、童慶生合譯，《鏡與燈》（*The Mirror and the Lamp*）（北京：北京大學出版社，一九九八），頁五—六。

的「分析」，以明各層次面向之「情境」的實質涵義，並進而綜理各層次面向的連接關係，以建置完整的「結構」而呈現「詩用」文化的「世界」圖像；這正是本文的焦點議題。

二、「實踐情境」的層次、面向及其結構性關係

首先，界定「情境」（situation）一詞的涵義。從社會學而言，「社會情境」（social situation）之義不同於「社會環境」（social environment）。「社會環境」指的是社會由種種客觀制度或物質條件所構成群體的共同處境；「社會情境」則是被行為者所感知並主觀定義的活動境域，故美國社會學家湯瑪斯（W. I. Thomas，一八六三—一九四七）等，提出「情境定義」（definition of the situation）之說。人們的社會行為不是簡單而機械的「刺激—反應」，乃是在接受到一個訊息而做出「反應」之前，必先經由對處境做出主觀感知而加以定義。這樣的「情境定義」又可區分為二個層面，一是由社會化過程所習成，依文化模式形塑之相對客觀「價值標準」所定義的「典型情境」，是群體共在的情境；二是由個人相對主觀之「態度」所定義的「特殊情境」，其實質內涵因個人定義而有其差異；這兩者有時處在「和諧」狀態，有時處在「衝突」狀態。[27]

接著，我們提出中國古代士人階層「詩式社會文化行為」是在什麼樣的「世界」中「實踐」？而「世界」並非是一個完全客觀而由制度或物質條件構成的處境，它是士人階層經由文化教養而習成，主觀感知並依共識性的「價值標準」所定義的「典型情境」，我們稱它為「常態情境」。同時相對於

「常態情境」，在某一次行為之「實踐」時，也會產生由個別行為者因依其立場、動機、目的所定義的「特殊情境」，它也是構成「世界」的一個層次面向。不管「常態情境」或「特殊情境」，都不是「靜態」的存在，而是在「詩式社會文化行為」的「實踐」過程中，「動態」的存在；「動態」可隨著「行為當下之機」而「應變」；但是，雖「變」而仍維持其「穩定」的「結構」，故稱為「實踐情境結構」。

在上述所界說「實踐情境結構」的基礎上，我們進一步要問的是：士人階層之「詩式社會文化行為」的「實踐情境」有哪幾個層次面向？各層次面向以什麼「關係」連接為「結構性」的總體情境？針對這一問題，我們經由相關典籍文本通觀性的理解，所獲致總體的認知是：士人階層群體共在的「常態情境」，其上下層次有三：上層為「和文化情境」；中層分為「禮文化情境」、「樂文化情境」與「詩文化情境」三個面向；下層分為「教化文化情境」、「諷諫文化情境」、「通感社會情境」與「交接社會情境」四個面向。

至於個人的「特殊情境」總謂之「事件情境」。「事件」為單次發生，隨著「互動行為」之雙方所抱持的立場、動機、目的而有不同的「情境定義」，相對比較沒有客觀性的共同價值標準，故為「特殊情境」。

上述各層次面向的實踐情境連接為有機性的「結構」，就形成古代士人階層「詩用」的「總體存在情境」，而展現特殊涵義的「社會文化世界」，完全不同於一般「純文學創作」所標舉的直覺審

27　宋林飛，《社會學理論》（台北：五南圖書出版公司，二〇〇三），頁二六四—二六五。

美、想像的「心理世界」。

古代士人階層「詩用」的「總體存在情境」，展現特殊涵義的「社會文化世界」，乃是通觀所獲致總體情境的認知；至於各層次面向之「情境」的實質涵義，以及它們之間的有機性結構，就必須逐一微觀的分析詮釋，再加以綜合而構成系統。我們就將本文的論題加以「問題化」，提出一組多個具有邏輯關係的問題：什麼是「和文化情境」，即其實質涵義是什麼？什麼是「禮文化情境」，即其實質涵義是什麼？什麼是「樂文化情境」，即其實質涵義是什麼？什麼是「詩文化情境」，即其實質涵義是什麼？而「和文化情境」與「禮文化情境」、「樂文化情境」與「詩文化情境」有何上下層次的結構關係？禮、樂與詩三種文化情境有何同一層次而不同面向的結構性關係？什麼是「教化文化情境」，即其實質涵義是什麼？什麼是「諷諫文化情境」，即其實質涵義是什麼？什麼是「通感社會情境」，即其實質涵義是什麼？什麼是「交接社會情境」，即其實質涵義是什麼？而這四個「情境」與上述二層次的「和文化情境」與詩、禮、樂三種文化情境有何上下層次的結構性關係？這一層次的四個「情境」又有何不同面向的結構性關係？而這些都是我們必須逐一分析詮釋而給予明切回答的問題。

三、什麼是「和」？什麼是「和文化情境」？

首先，我們必須問明：「和」一詞究是何義？其義甚為複雜，可選擇與「和文化」貼切關係者，其義如下，《說文》云：「咊，相應也，从口禾聲。」則「和」本作「咊」，从「口」得義，原指二種以上的「聲音」相應，《廣韻》云：「和，聲相應。」聲相應，則二種以上的「聲音」必不彼此衝突、相互排斥；若由「聲相應」引申其義，則可謂二種以上的事物，彼此不相衝突、排斥，故《左傳・文公十八年》云：「宣慈惠和。」杜預注云：「和者，體度寬簡，物無乖爭。」[28]所謂「物無乖爭」，就是「和諧」之義，《廣雅・釋詁三》：「和，諧也。」和諧，則事物雖分而為二，甚至眾多，卻可融合為一個「整體」，故「和」又有「合」之義，《禮記・郊特牲》：「陰陽和而萬物得。」孔穎達疏云：「和，合也。」[29]

「和」一詞本義是「聲相應」，將這涵義使用以描述文化產物的本質及其功能，最為足義者是《尚書・舜典》這一段文本：

詩言志，歌永言，聲依永，律和聲。八音克諧，無相奪倫，神人以和。[30]

28 〔春秋〕左丘明著，〔晉〕杜預注，〔唐〕孔穎達疏，《春秋左傳注疏》（台北：藝文印書館，嘉慶二十年江西南昌府學重刊宋本，一九七三），卷二〇，頁三五三。

29 〔漢〕戴聖傳、鄭玄注，〔唐〕孔穎達疏，《禮記注疏》。

30 〔漢〕孔安國傳，〔唐〕孔穎達疏，《尚書注疏》（台北：藝文印書館，嘉慶二十年江西南昌府學重刊宋本，一九七三），卷三，頁四六。按：今本古文《尚書》，〈堯典〉與〈舜典〉為二。清代閻若璩《尚書古文疏證》已考證而斷定二篇原本為一，至南朝齊明帝時，被姚方興所橫斷為二。

孔安國傳云：「聲謂五聲，宮、商、角、徵、羽。律謂六律、六呂。……言當依聲律以和樂。」[31]六律是陽聲黃鐘、太簇、姑洗、蕤賓、夷則、無射；六呂是陰聲大呂、應鐘、南呂、林鐘、仲呂、夾鐘。其中隱涵著陰陽二元對立，卻又和諧互濟的理則。而六律、六呂是音高，五聲是音階，乃是「多元並立」的存有物。以每一音高為基準，都可用五聲音階規律的交錯、組合，構成定調而「和諧」一體的曲式，是謂「律和聲」。而和諧的曲式，必須依賴「八音」演奏出來；「八音」是八種樂器，即金（鐘）、石（磬）、絲（絃）、竹（管）、匏（笙）、土（壎）、革（鼓）、木（柷敔），各有宏細、短長、剛柔、強弱、清濁，不同的音質，這也是「多元並立」的存有物。在「大合樂」時，必須彼此相應，各自守分，而不相互「乖爭」，才能表現為「和諧」一體的曲風，是為「八音克諧，無相奪倫」。倫者，合宜的分位及秩序。八種樂器合奏，是為「大合樂」，各樂器都要恪守交響互濟的合宜分位，而不能爭先奪強，破壞秩序，才能表現整體的「和諧」。因此「八音克諧，無相奪倫」就是異質事物多元並存而不互相排斥，並形成整體的和諧。至於為什麼這樣和諧的樂曲能產生「神人以和」的效用？後文再詳細討論。

「和」是異質事物二元對立或多元並存而不互相排斥或強為統一，以形成和諧的整體。這種觀念早在先秦時期，思想家們就提出「辨和同」的論述。《論語．子路》：「子曰：『君子和而不同；小人同而不和。』」何晏注云：「君子心和，然其所見各異，故曰不同；小人所嗜好者同，然各爭利，故曰不和。」[32]君子所見各異，卻因其心「和」而能相互尊重、包容，不互相排斥或強制他人以同己；相對的，「同」則消除異己以得統一。又《左傳．昭公二十年》記載晏子為齊景公「辨和同」之義。齊景公認為：「惟據與我和乎！」據，是佞臣梁丘據，對景公一味逢迎，不敢異議諫君，以獻替可否；故晏子不同意景公讚許梁丘據「與我和」，而批評「據亦同也」。因此齊景公問：「和與同異乎？」晏子就以飲食烹調以及樂曲演奏做為譬喻，為景公解釋「什麼是和」，云：

「和」如羹焉，水火、醯醢、鹽梅以烹魚肉，燀之以薪。宰夫和之，齊之以味，濟其不及，以泄其過。君子食之，以平其心。君臣亦然，君所謂「可」而有「否」焉，臣獻其「否」以成其「可」；君所謂「否」而有「可」焉，臣獻其「可」以去其「否」。是以政平而不干，民無爭心。……先王之濟五味，和五聲也，以平其心，成其政也。聲亦如味，一氣，二體，三類，四物，五聲，六律，七音，八風，九歌，以相成也。清濁，大小，短長，疾徐，哀樂，剛柔，遲速，高下，出入，周疏，以相濟也。君子聽之，以平其心，心平德和。[33]

飲食烹調與樂曲演奏都是日常可經驗之事，其理顯而易知；故晏子持以譬喻，揭明「和」的情境及其道理。水，水分；火，火候。醯，醋；醢，肉醬，此處當指醬料。飲食烹調之「和」，乃是善用水分、火候，而調和醋、醬、鹽、梅各種滋味元素，謂之「齊之以味」，而原則就是「濟其不及，以泄其過」。其中某一滋味不足者，增補；某一滋味太過者，泄減。總之，必須將多元因素調和到最適

31 同前注，卷三，頁四六。

32 〔魏〕何晏集解，〔宋〕邢昺疏，《論語注疏》（台北：藝文印書館，嘉慶二十年江西南昌府學重刊宋本，一九七三），卷一三，頁一一九。

33 《春秋左傳注疏》，卷四九，頁八五八—八六一。

分，使之融合為最完善的整體，這就是「和」。樂曲的演奏，其理亦然。依據杜預、孔穎達的解釋：一氣，「氣是作樂之主……人作諸樂，皆須氣以動」；二體，「舞者有文武」，也就是文舞與武舞二種身體姿態；三類，「樂以歌詩為主，詩有風雅頌，其類各別」；四物，「雜用四方之物以成器」，器指金石絲竹等樂器；五聲，「宮、商、角、徵、羽」；六律，「黃鍾、大簇、姑洗、蕤賓、夷則、無射」。七音，「五聲之外，加以變宮、變徵也。此二變者，舊樂無之，聲或不會，而以律和其聲。調和其聲，使與五音諧會，謂之七音」；八風，「八方之風，以八節而至；但八方風氣，寒暑不同，樂能調陰陽，和節氣」；九歌，「九功之德皆可歌。六府三事謂之九功」，六府指水、火、金、木、土、穀，三事指正德、利用、厚生。[34]從以上的論述而言，樂曲之「體」的構成，因素非常多元，卻必須「相成」，杜預集解云：「此九者合，然後相成為和樂。」[35]至於此「體」之「用」而成樂，更必須聲音之清濁、大小、短長、疾徐、哀樂、剛柔、遲速、高下、出入、周疏，各種二元對立辯證的質量，彼此「相濟」。如此，各種異質事物二元對立或多元並存而不互相排斥或強為統一，以形成整體和諧的音樂，所產生的效果則是「君子聽之，以平其心，心平德和」。

　　這種音樂之「和」的觀念，其後總成為《禮記‧樂記》的體系性理論，其中心觀念就是「大樂與天地同和」、「和，故百物不失」；「樂者，天地之和也」、「和，故百物皆化」。[36]「和」即是樂之「體」、樂之「本質」；而「百物不失」、「百物皆化」，即是樂之「用」、樂之「功能」。

　　綜合而言，我們可以認明「和」的基本概念就是：各種異質事物二元對立或多元並存而不互相排斥或強為統一，以形成和諧的整體。同時，由歷史語境也可以理解到從先秦開始，先哲即為中國文化建立了以「和」為理想、為本質的精神。而且，此一以「和」為文化的理想、本質精神，乃是儒道的共法，其實質內涵意義雖然儒道有別；但基本觀念卻大體一致。

中國古代士人階層共持的宇宙觀與人文世界觀，也就是士人階層對於萬物，包括「人」在內，所建構「存在秩序」之「情境」的「理想圖像」，就是「和」。此一「理想圖像」，並非全出於空想，而是遠古先哲置身於生命存在的世界，「觀乎天文以察時變，觀乎人文以化成天下」，[37]由此體悟而得；並從體悟「天道」而致用於「人道」。那麼，天道有何奧妙之象之理，可以啟發人們創造文化而建構生命存在的理想之境？先哲洞察萬物雖然紜紜雜陳、紛紛變化，卻始終維持一陰一陽之二元對立而和合統一的常境，或多元並立而各在其自己之渾然和諧的整體，此之謂「大和」或「天和」、「天地之和」。

《周易》是中華民族共同的宇宙觀與人文世界觀，儒道思想有些基本觀念都與《周易》相關聯。《周易・繫辭上》：「一陰一陽之謂道。」[38]陰與陽乃宇宙間二種性能對立的元質，隱然有一超越又內在之本體發用流行，使之相生和合而致物物生生不息，並因此實現為萬象，體用相即不離，這就是「道」。

34 同前注，卷四九，頁八五九－八六一。

35 同前注，卷四九，頁八六一。

36 《禮記注疏》，卷三七，頁六六八－六六九。

37 〔魏〕王弼、〔晉〕韓康伯注，〔唐〕孔穎達疏，《周易注疏》（台北：藝文印書館，嘉慶二十年江西南昌府學重刊宋本，一九七三），〈賁卦〉，卷三，頁六二。

38 同前注，卷七，頁一四八。

《周易・乾・彖》云：「乾道變化，各正性命，保合太和，乃利貞。」[39]什麼是「乾道」？《周易・乾・彖》云：「大哉乾元，萬物資始。」孔穎達疏云：「道體無形，自然使物開通，謂之為道；言乾卦之德，自然通物，故云乾道。」[40]「乾道」即是「天道」，萬物資始、創生的根源之因；而落實於人文世界，人為三才之一，直觀天道而明「參贊化育」之理，即是「人道」。「和」是二元對立而和合統一，或多元並立而各在其自己之渾然和諧；「大和」是無偏無失，完滿極至之「和」，即「天地之和」。

「乾道」既是「天道」，同時也是「人道」，何以能「保合大和」？據王弼注云：「靜專動直，不失大和，豈非正性命之情者邪！」[41]「靜專動直」就是乾道的變化，故《周易・繫辭上》云：「夫乾，其靜也專，其動也直，是以大生焉。」[42]什麼是「大生」？孔穎達疏解〈乾・彖〉云：「萬象之物皆資取乾元，而各得始生，不失其宜，所以稱『大』也。」[43]「大生」也就是萬物普遍資取「乾道」做為生命之根源，而各得創生，各適性分，以至生生不息。故〈繫辭下〉云：「天地之大德曰生。」[44]〈繫辭上〉亦云：「生生之謂易。」[45]「乾道」不管是在「天」或在「人」，其動靜變化之用，都是能使萬物「各正性命」。正，是不偏邪，完善無虧。性，是天生之氣質，如剛柔、清濁；命，是人所稟受之遇合，如貴賤、壽夭。「各正性命」則萬物各依天生稟受之氣質遇合，純不偏邪，完善無虧的盡性因命而生生不息，因此能「保合大和」，此即「一陰一陽之謂道」。天道如此，人道之自我貞定以及參贊化育亦是如此。準此，「大和」乃是中國古代士人階層共持的宇宙觀與人文世界觀，也就是士人階層對於萬物，包括「人」在內，所建構「存在秩序」之「情境」的「理想圖像」，是中華文化的根本精神。

這種陰陽和合的觀念，在道家的思想中，做了更為明白的闡釋。《老子》第四十二章云：「萬物負陰而抱陽，沖氣以為和。」[46]負、抱都是「具有」的意思。沖，《說文》云：「涌搖也。」引申為「激盪」，則「沖氣」乃陰陽二氣相互激盪，而激盪的結果不是分裂散落，而是融合為一，萬物因之而生焉，是謂「和」。這種宇宙觀，《莊子・田子方》所述更為明確，云：「至陰肅肅，至陽赫赫。肅肅出乎天，赫赫發乎地。兩者交通成和而物生焉。」[47]重要的是「兩者交通成和」，陰與陽都不能孤立而生而存而在而化，必須經由彼此動態性的「交通」而形成「和」的動態性關係，萬物由此而生，這就是「天地之道」；則天地之道，以「和」為「用」而顯其「體」。

客觀宇宙萬物的生息變化如此；而人乃萬物之靈者，與天道同其德，而德的本質就是「和」，

39 同前注，卷一，頁一〇。
40 同前注，卷一，頁一〇—一一。
41 同前注，卷一，頁一〇。
42 同前注，卷七，頁一四九。
43 同前注，卷一，頁一〇。
44 同前注，卷八，頁一六六。
45 同前注，卷七，頁一四九。
46 〔魏〕王弼注，《老子道德經注》。收入樓宇烈，《老子周易校釋》（台北：華正書局，一九八一），下篇，頁一一七。
47 〔戰國〕莊周著，〔清〕郭慶藩集釋，《莊子集釋》（台北：河洛圖書出版社，一九七四），卷七下，頁七一二。

故《莊子・德充符》云：「遊心乎德之和。」[48]這「德之和」既是「萬物皆一」的天道之「和」，同時也是人本具之「德」能「內保之而外不蕩」，因而得以「遊心」在「渾和一體」的天地間；遊，是「逍遙遊」自由無限之「遊」，故〈德充符〉云：「德者，成和之修也。」[49]然則，「德之和」乃是「天」與「人」主客合一的境界，也就是《莊子・齊物論》所謂「天地與我並生，而萬物與我為一」，[50]泯除物我之分而「渾和一體」的境界，故此「一」可稱為「渾一」；「渾一」不是以「我」為主宰以消除萬物本性的「統一」；而是無尊卑貴賤的價值分別，物物自生自在自化而渾然一體的境界，這就是「天和」。然而，在「後文化」的人類世界中，這種境界並非「現成」；而是主觀內在的德性，必須經由修養以滌除私情成見，才能自覺而朗現為「虛靜」之靈心，以洞觀天道包納萬物之「和」而同其「和」，故《莊子・天道》云：「夫虛靜、恬淡、寂寞、無為者，天地之平而道德之至。……夫明白於天地之德者，此之謂大本大宗，與天和者也。」[51]所謂「與天和者」就是「天和」，《莊子・庚桑楚》：「敬之而不喜，侮之而不怒，唯同乎『天和』者為然。」[52]一個人能「同乎天和」則順逆不攖其心。

道家思想所開顯的「和」境，於天而言，是萬物渾然一體的「天和」境界；於個人而言，則是經由致虛守靜所朗現的「心和」境界。這二者相生共顯，以「心和」靜觀萬物之自生自在自化，而洞明「天和」之境；復由「天和」之境反照自身，而澄澈「心和」之境。二者循環相生，共顯主客合一的「渾和」境界。

那麼，儒家思想所開顯的「和」境，又是如何？基本原則，孔孟儒學不直接論述超越的「天道」，乃「下學而上達」，從「人」而及於「天」；故開端即由道德心性修養、人倫日用實踐做起，

《禮記・中庸》云：

> 天命之謂性，率性之謂道，修道之謂教。……喜怒哀樂之未發，謂之「中」；發而皆中節，謂之「和」。中也者，天下之大本也；和也者，天下之達道也。致中和，天地位焉，萬物育焉。[53]

〈中庸〉所論「致中和，天地位焉，萬物育焉」與上述《周易・乾・彖》所云「乾道變化，各正性命，保合太和」，實有其相通之理。天者，道體，宇宙萬有之創生、存在而變化不息之根源。其「大德」就是《周易・繫辭傳》所謂「生生」，涵具「至善」的理想價值，故〈中庸〉云「誠者，天之道。」[54]命者，賦予。天道發用流行，既創生萬有而又賦予本性，故云「天命之謂性」；人之「本性」當然是「天道」所賦予，故與天道同其體，性體即道體，則性體也涵具「至善」的理想價值。雖然萬有皆由天道賦予本性；但是，人與物的差別就在於人有「自覺心」，能自覺此一「內在」而與天

48　同前注，卷三下，頁一九一。
49　同前注，卷三下，頁二一四—二一五。
50　同前注，卷一下，頁七九。
51　同前注，卷五中，頁四五七—四五八。
52　同前注，卷八上，頁八一五。
53　《禮記注疏》，卷五二，頁八七九。
54　同前注，卷五三，頁八九四。

道同體之「本性」；故於人而言，天道既超越、獨立而又內在其自身之「本性」。率者，循行；自覺而循此「本性」而行，即是「道」的實現，即是「至善」理想價值的實現，故云「率性之謂道」。

至善之「本性」乃天所賦予，從理想而言，「率性」即是「道」；然而，從現實而言，人都有情欲，所言所行不免偏私，未必能實現天命之性；故必須「修道」，才能自覺其性而盡其性。不過，人有資質之差異，〈中庸〉分為「生而知之」、「學而知之」、「困而知之」。[55]「生而知之」即是《孟子・萬章》所謂先知、先覺者，[56]也就是〈中庸〉所稱「自誠明，謂之性」的聖人，[57]朱熹集注云：「德無不實而明無不照者，聖人之德所性而有者也，天道也。」[58]則如堯舜之聖，其性受之於天；但「率性」而為，即自然合道。而聖人以下之賢人君子則是「學而知之」者，甚至有「困而知之」者，這就是〈中庸〉所稱「自明誠，謂之教」，[59]朱熹集注云：「先明乎善而後能實其善者，賢人之學由教而入者也，人道也。」[60]生知之聖人既「率性」而明乎天道，則必垂文以設教，而化成天下之士，故云「修道之謂教」。這也就是《孟子・萬章》所謂「使先知覺後知，使先覺覺後覺」。[61]

「喜怒哀樂之未發，謂之中」、「中也者，天下之大本也」，然則什麼是「中」？喜怒哀樂是「情」，「情」因何而生？最一般性的通說是：內在之「性」外感於「物」而動，就產生喜怒哀樂之「情」，故《荀子・正名》云：「性之好惡喜怒哀樂謂之情。」[62]《禮記・樂記》亦云：「人生而靜，天之性也；感於物而動，性之欲也。物至知知，然後好惡形焉。」[63]是則性靜而情動，性體而情用。情之動、情之用，必有外物感之；而或喜或怒或哀或樂之情，必向一方偏倚，就不可謂之「中」；情未發之「中」，乃天命之「性」未感於物，其原本安靜而不偏不倚之「體」。故朱熹集注云：「喜怒哀樂，情也；其未發，則性也。無所偏倚，故謂之『中』。」[64]

朱子之說已得「中」義，現代有學者引證下文「中也者，天下之大本也」，將「中」解釋為「超越的道體」，更自鑄「中體」一詞以名之，[65]這就不免過度詮釋。喜怒哀樂之未發，文脈明白指的是「內在」之本性，沒有「超越」的道體之意。「大本」也未必要從超越的「道體」說；超越的「道體」未經由人之「率性」、「修道」，其自身不能成為「天下之大本」；從超越的道體說「大本」，顯然還停滯在形上學抽象的理論。〈中庸〉之學的主要意義不在形上學的抽象理論，而在政教的實踐。「致中和」而開顯「和」境，最關鍵就是「如何而致」？必然由道德心性修養做起，因此「天命

55　同前注，卷五二，頁八八八。
56　〔戰國〕孟軻著，〔漢〕趙岐注，〔宋〕孫奭疏，《孟子注疏》（台北：藝文印書館，嘉慶二十年江西南昌府學重刊宋本，一九七三），卷九下，頁一七〇。
57　《禮記注疏》，卷五三，頁八九四。
58　《中庸章句》，頁二〇。收入〔宋〕朱熹（一一三〇—一二〇〇），《四書集注》（台北：學海出版社，一九七九）。
59　《禮記注疏》，卷五三，頁八九四。
60　朱熹，《中庸章句》，頁二〇。
61　《孟子注疏》，卷九下，頁一七〇。
62　〔戰國〕荀卿著，〔唐〕楊倞注，《荀子》（台北：臺灣中華書局，一九七〇），卷一六，頁二一。
63　《禮記注疏》，卷三七，頁六六六。
64　朱熹，《中庸章句》，頁二。
65　楊祖漢，《中庸義理疏解》（台北：鵝湖出版社，一九八六），頁一一五。

之謂性」雖是形上學理論的最高預設，卻必須落實到聖人之「率性」，推而賢人君子之「修道」，經由實踐，才能致中和、天地位、萬物育，也就是「天道」的實現。率性、修道都從內在道德心性修養做起，故此一不偏不倚之「中」的「性體」，能「致」而勿失，即是天下之「大本」。朱熹集注云：「大本者，天命之性。」[66]也是從內在之「性」以釋「大本」之義。

接著，「發而皆中節，謂之和」、「和也者，天下之達道也」，然則什麼是「和」？關鍵就在於「中節」。節者，適度；「中節」即合乎適當的節度。情之發皆能合乎適當的節度，不偏不倚，無過無不及，即是「和」，斯為「情之正」，故朱熹集注云：「發皆中節，情之正也。無所乖戾，故謂之和。」[67]情之正，無所乖戾，則不管是人與人之際，人與物之際，都不會互相侵奪，而形成「和諧」的秩序，這是喜怒哀樂「發而皆中節」的效果；然而，我們必須進一層追問：情之發如何能合乎適度？這個問題於「生而知之」的聖人而言，答案就是「率性」，經由「自覺」而明其本性，依循本性而行，則情之發皆自然「中節」而合道，這就是「自誠明」；至於「學而知之」的賢人君子，答案就是「修道」，就是朱熹所謂「先明乎善而後能實其善者」，必須「由教而入」，卻畢竟還是可以達到「自律」之和。若推及士民，則必待「禮」的節制，而致「他律」之和，故《論語‧學而》有子云「禮之用，和為貴」。[68]然而不管自律或他律，能致「和」，則通天下之人皆得「本性」不失，而實現天道，故謂之「天下之達道」。

不管聖賢士民，個體修身以「致中和」，並非最為終極的關懷，而只是開端；終極關懷乃由此開端而推擴到「天地位焉，萬物育焉」。「天地位」則尊卑高下安其所而不亂其序，即是「和」；「萬物育」則各遂其生而不相侵奪，當然也是「和」。因此，「天地位焉，萬物育」其實就是總體宇宙的

「大和」之境，與《周易・乾・彖》所謂「乾道變化，各正性命，保合太和」之意相通；然而，儒家所祈嚮此一「大和」之境，並非如道家只是個體由「虛靜心」所觀照朗現的自然「天和」境界，而是經由聖賢道德心性修養，推擴到總體的政教實踐，所欲創造建構的理想世界；其實現的程序是由個體的正心、誠意做起，推己及人進而及物，故〈中庸〉云：

> 唯天下至誠，為能盡其性；能盡其性，則能盡人之性；能盡人之性，則能盡物之性；能盡物之性，則可以贊天地之化育。[69]

「誠」是萬物得以存在的根本，「誠」則盡天命之「性」而合於天道之「仁」；包括人在內，萬物的存在是價值的存在，而不僅是物理的存在，故〈中庸〉云：「誠者，物之終始；不誠，無物。」[70]聖人不僅「自成」其「誠」，更推擴而「成物」，故〈中庸〉又云：「誠者，非自成己而已也，所以成物也。」[71]聖人之「自成」是盡己之性，即以此為開端，進而「盡人之性」，再進而「盡

66　朱熹，《中庸章句》，頁二。
67　同前注，頁二。
68　《論語注疏》，卷一，頁八。
69　《禮記注疏》，卷五三，頁八九五。
70　同前注，卷五三，頁八九六。
71　同前注。

物之性」。從己到人到物，一切存有皆能盡其天命之性，則「人」始能與天、地並為「三才」，而參贊萬物之化育，故云「天地位，萬物育焉」，而其關鍵則是「致中和」。

準此，儒家「致中和」所指引的文化實踐，即是以「和」做為宇宙萬有生命存在的終極關懷，亦即理想的世界。人之生命存在的意義，根本上乃是個體精神生命朝向理想價值的無限創造；以及包括人與物在內，個體與個體在實現價值的過程中，通過合宜的互動關係，而建構的總體性秩序。此一秩序不是將個體視為物理性存在而在結構上所連結的形式關係；乃是將個體視為價值性存在，而於互動性的倫理實踐行為上，所形成的分位關係。當個體在倫理分位的秩序上，形成良性的互動關係，就稱之為「和」。在這種「和」的存在秩序中，個體生命獲致一種不受壓迫、侵奪與消滅的和諧感，這種和諧的秩序以及感受，既是「善」同時是「美」，我們可以稱之為「存在秩序美」。72

綜合上述，「和」乃是儒道兩家思想的共法，也就是他們所抱持的宇宙觀與人文世界觀。士人階層對於萬物，包括「人」在內，所建構「存在秩序」之「情境」的「理想圖像」就是「和」。這是終極關懷，而實現此一終極關懷的程序，都是以主體心性修養為開端，由心性之和到人文世界之和到自然世界之和，終而創造萬物總體存在的「和境」。因此，「和境」做為中國古代士人對生命存在的終極關懷、理想圖像，並非「現成物」；而是主體經由心性修養，表現於人際而推及物際的社會文化行為實踐，最終所創造生命存在的理想世界。在實踐過程中，聖賢垂文設教，以化成天下，乃是以「和」為基本精神、指導原則，而依藉禮、樂、詩做為普及的社會文化行為方式。

四、什麼是禮、樂、詩的文化情境？它們與「和文化情境」有何結構性關係？彼此又有何同一層次而不同面向的結構性關係？

在回答什麼是「和」？什麼是「和文化情境」之後。我們接著要問：什麼是禮、樂與詩的文化情境？而這三種情境與「和文化情境」有何上下層次的結構性關係？它們彼此之間又有何同一層次而不同面向的結構性關係？

（一）什麼是「禮文化情境」？與「和文化情境」有何結構性關係？

「和」落實於人文的創造而取得特定形式，實現為產物，即是周文化的禮、樂與詩。那麼，我們首先要問：什麼是「禮文化情境」？與「和文化情境」有什麼結構性關係？《論語・學而》記述有子云：

> 禮之用，和為貴。先王之道，斯為美。小大由之，有所不行。知和而和，不以禮節之，亦不可行也。[73]

72 「和」是「存在秩序美」，此說參見顏崑陽，〈論先秦儒家美學的中心觀念與衍生意義〉，收入顏崑陽，《詮釋的多向視域》（台北：臺灣學生書局，二〇一六），頁一五—四六。

73 《論語注疏》，卷一，頁八。

禮，乃是先王之道。孔子的門生有若論述禮之「用」以「和」為貴。「和」指什麼？邢昺疏云：「禮樂為用，相須乃美。禮之用，和為貴。和謂樂也，樂主和同，故謂樂為和。」[74]這個解釋並不切當，硬鑿入《禮記・樂記》「大樂與天地同和」之說，而認為「和」指的是「樂」；實則《論語》此處文本語脈完全未涉及「樂」，所論只是「禮」而已。朱熹集注，云：「和者，從容不迫之意。」[75]這個解釋也不妥切。因為禮之用，乃是雙向對待的行為，「和」之義必須置入這一情境中，才能獲致妥切的解釋；而「從容不迫」只是個人行事的態度，不含雙向互動之意。

適當的解釋應該是：和者，順也，無乖爭也。禮之「用」，是指禮的功能、效用；其「用」能使人際互動，相待和順，彼此不爭。這是基本原則，故而在觀念上必須認知到：小大之事，皆應循禮為之。不過，有若進一層指出，僅是觀念上「知和而和」，仍是「有所不行」。因為「知」只是主觀的認識，更重要的卻是必須付諸於「行」；「行」則有何人人可以共同遵循的「節度」？如果僅是主觀的「知和而和」，則付諸於「行」之時，人各一心，事各一理，缺乏客觀普遍的節度，而事事只是一味的相待和順，彼此不爭，則可能太過，也可能不及，未必合乎適中的節度。因此，有若乃提示：「不以禮節之，亦不可行也。」關鍵就在於「節」；此句的「節」字，動詞，節制也；「節制」必有形式化而眾所同遵的客觀規範，即是節度。禮之節度，稱為「禮節」，故《禮記・曲禮》云：「禮，不踰節。」[76]孔穎達疏云：「禮者，所以辨尊卑，別等級，使上不逼下，下不僭上，故云禮不踰越節度。」[77]

禮之義頗多層次，從上層禮體、禮意、禮本、禮質、禮用；到中層禮文、禮法、禮典、禮制、禮節、禮儀、禮序、禮數、禮分；以至下層禮器、禮服、禮物。上層是禮的本體或說本質、精神以及功能、效用，由主體觀念所認知；有若所謂「知和而和」，即是此一層次之義。中層是禮的形制、典法、節度、儀式、程序、等差、分限，乃是禮已文字形式化為客觀的行為規範；整部《儀禮》就是載記周代所制作各種禮的制度儀節。有若所謂「以禮節之」，即是此一層次之義。禮由「知」而「行」，必落實在這一層次的制度儀節。下層則是禮之物質形式化的器具。有若對於「禮」的論述，顯然兼備上、中二個層次之義。「禮之用」，說的是上層有關禮之功能、效用，主觀的觀念性認知。「以禮節之」，說的是中層禮之形式化，可供眾所遵循的行為規範。這兩者必須互濟，才能實現禮所致用而成的「和」境。

節，節制也；節制什麼？我們可回應前文《禮記・中庸》所謂「喜怒哀樂發而中節，謂之和」。人性皆有情欲，感物緣事而發為喜怒哀樂好惡。而情欲表現於外，即是「言行」。因此，所要節制者，就是情欲；情欲發而皆中節，「言行」就能不偏不倚而適中。前文已論及，「生而知之」的聖人「自誠明」，「率性」而合道，情欲之發皆自然「中節」。然而一般士人則必須遵循聖人所建制的「禮」，以「節」其情欲之發，使中節而合道。至於，為什麼「節」能達到「和」境？這個問題，後文合論禮、樂時，再來回答。

74 同前注。

75 朱熹，《論語集注》，卷一，頁五。收入朱熹，《四書集注》。

76 《禮記注疏》，卷一，頁一四。

77 同前注。

（二）什麼是「樂文化情境」？與「和文化情境」有何結構性關係？

接著，我們要問：什麼是「樂文化情境」？與「和文化情境」有何結構性關係？「樂」與「禮」共生而並用，故「樂」的本質與功用同樣是「和」。前述《尚書・舜典》云：「八音克諧，無相奪倫，神人以和」；所謂「八音克諧，無相奪倫」乃是異質事物多元並存而不互相排斥，並形成整體的和諧，這是樂曲本身音律所表現的「和」；而「神人以和」則是此一「和」的樂曲作用於神人之際所產生「和」的效果。然則為什麼這樣和諧的樂曲能產生「神人以和」的效用？我們可以這樣回答：

一方面，「和」的樂曲是人之心靈的表現，可通於倫理，故《禮記・樂記》云：「樂者，音之所由生也，其本在人心之感於物也。」[78]所感之物「和諧」，則其心和諧，而所生之音、所成之樂就能「和諧」，故《禮記・樂記》云：「其愛心感者，其聲和以柔。」[79]而所感之「物」指的是「心」外一切客觀世界的事物，包括自然與文化社會；[80]文化社會，古謂之「世」；則政教之治亂、社會之安危，必感染人心，而表現為或樂或怨或哀的音聲，故《禮記・樂記》云：「治世之音安以樂，其政和；亂世之音怨以怒，其政乖；亡國之音哀以思，其民困。」[81]然則古代之樂，不能視為純藝術之作，乃通乎政教之用，故《禮記・樂記》云：「凡音者，生於人心者也；樂者，通倫理者也。」[82]

另一方面，「和諧」的樂曲可用以感化人性人心，以獲致「適中」的效果。「適中」，就是「和」，故《周禮・春官・大司樂》云：「（大司樂）以樂德教國子，中和、祗庸、孝友。」鄭玄注云：「和，剛柔適也。」[83]故「和」乃樂教所獲致人性人心不偏向極端而能「適中」的感化效果。這是「聲感」之用；「樂教」之所以可能，依靠的是「音聲」對人直覺的感化薰陶，而不是觀念性道理的講論。人性人心有所感有所激而然，時常呈現或剛或柔、或強或弱、或急或緩、或哀或樂、或喜或怒的兩極之狀，如果時常經由「和諧」之樂曲的感化薰陶，就自然而然可以表現「適中」之心性。《春秋左傳‧昭公二十一年》記載：周景王要鑄大鐘，律中無射，樂官伶州鳩勸阻，而論述音樂之道，聲必「小者不窕，大者不槬」。窕者，極細也；槬者，極大也；「小者不窕，大者不槬」就是「適中」，「適中」則其聲「和」，而能「和於物，和則嘉成。故和聲入於耳而藏於心，心億則樂」。[84]億者，安也。這種歷史經驗，到《呂氏春秋》就成了「適音」的理論，而有〈適音〉一篇，又稱〈和樂〉，云：「樂之務在於和心，和心在於行。夫樂有適，心亦有適。」[85]什麼是「適」？適中、平和，也就是不過激、不偏極。人「心」處在適中、平和而不過激、不偏極的情境中，才是真正

78 《禮記注疏》，卷三七，頁六六三。

79 同前注。

80 「物」之義，包括自然與文化社會一切事物，參見顏崑陽，〈從〈詩大序〉論儒系詩學的「體用觀」〉，收入顏崑陽，《學術突圍》（臺北：聯經出版公司，二〇二〇），頁二〇六—二〇七。

81 《禮記注疏》，卷三七，頁六六三。

82 同前注，頁六六五。

83 〔漢〕鄭玄注，〔唐〕賈公彥疏，《周禮注疏》（台北：藝文印書館，嘉慶二十年江西南昌府學重刊宋本，一九七三），卷二三，頁三三七。

84 《春秋左傳注疏》，卷五〇，頁八六七。

85 〔戰國〕呂不韋編著，現代陳奇猷，《呂氏春秋校釋》（台北：華正書局，一九八五），冊上，卷五，頁二七二。

的悅樂。而這種「適心」的情境如何而致？答案是可藉由「適音」的感化薰陶，故云：「以適聽適則和矣。」[86]聽適，即所聽為「適音」。何謂「適音」？云：「（音）太鉅、太小、太清、太濁皆非適也。何謂適？衷音之適也。何謂衷？大不出鈞，重不過石，小大輕重之衷也。」[87]衷者，中也。鈞，陳奇猷注釋云：「鈞為度量鐘音律度大小之器。」又云：「大不出鈞，重不過石，謂鐘音律度之大者不得超過鈞所發之音；鐘之重不得超過百二十斤。」[88]因此，「適音」即是樂曲之音，大小、輕濁、輕重必須「適中」；因為音聲之感會直覺刺激人的情緒反應，「適音」才能獲致心情的平和，故云「以適聽適則和」。這就是「樂教」的效果。

綜合言之，從樂曲自身而言，致「和」之律有二：一是「適音」，即每個音聲各別的質量，其大小、清濁、輕重都必須適中；二是「八音克諧，無相奪倫」，即各音之間彼此恪守交響互濟的合宜分位，而不能爭先奪強，破壞秩序。合此二種「樂律」才能表現樂曲整體的「和諧」。這種「和諧」既是樂曲音聲自身的和諧，同時也是人性人心的和諧。而以此「和諧」一體的「大合樂」之曲，祭祀鬼神，也才能獲致「神人以和」的效果，故《尚書‧舜典》「八音克諧，無相奪倫，神人以和」句下，孔穎達疏引〈大司樂〉云：「『大合樂以致鬼神示，以和邦國，以諧萬民，以安賓客，以說遠人』，是神人和也。」[89]

（三）「禮文化情境」與「樂文化情境」有何異形同質，共生並用的結構性關係？

周文化就是禮樂文化，而禮樂乃是先王之道。儒家思想對禮樂之「用」的詮釋，就是「和」。甚且，不僅置入文化社會實踐的情境以釋其「人和」的功能、效用，更提升到與自然天地同體的情境以釋其「大和」或「天和」的本質，《禮記‧樂記》云：「大樂與天地同和，大禮與天地同節。」[90]又云：「樂者，天地之和也；禮者，天地之序也。」[91]大樂、大禮之「大」皆是極至、最高之義，指的是樂、禮的本質。樂、禮雖是人為的產物，卻是聖人法天地之道所為的創造，故其本質與天地同和、同節。我們先問何以「大樂與天地同和」？〈樂記〉本文自有解釋，云：

> 地氣上齊，天氣下降。陰陽相摩，天地相蕩。鼓之以雷霆，奮之以風雨。動之以四時，煖之以日月，而百化興焉。如此，則樂者天地之和也。[92]

這段文本對「樂者天地之和」的解釋，似乎很玄虛。天地自然現象與「樂」有何關係？為何前面大段文本都在描述天地自然現象，後文卻推導出「如此，則樂者天地之和也」？我們可以這樣理解，前段文本所描述的天地自然現象，呈現的是一種二元對立與多元並立的結構，並經由動態歷程的

86 同前注，卷五，頁二七三。
87 同前注。
88 同前注，卷五，頁二八〇。
89 《尚書注疏》，卷三，頁四七。
90 《禮記注疏》，卷三七，頁六六八。
91 同前注，卷三七，頁六六九。
92 同前注，卷三七，頁六七二。

變化，而形成「百化興焉」的總體宇宙存有之境。這其實就是我們前文徵引《周易．繫辭傳》所謂「一陰一陽之謂道」的「大和」之境。天地、陰陽、雷霆、風雨、四時、日月都是二元對立與多元並立結構的自然存有物；上齊、下降、相摩、相蕩、鼓、奮、動、煖，都是動態歷程變化。這種動態歷程變化都依循著天地陰陽相對或四時、日月更代的辯證規律，而產生「百化興焉」的總體宇宙存有之境；此「境」即是「和」，故〈樂記〉云：「和，故百物皆化。」[93]又云：「（天地）流而不息，合同而化，而樂興焉。」[94]那麼，這樣的「和」境，與「樂」有何關係？回到「樂」自身的結構，前文論述到六律為陽聲，六呂為陰聲，陰陽二元對立。同時六律、六呂是音高，五聲是音階，乃是「多元並立」的存有物。八音，乃絲竹等八種樂器，也是「多元並立」的存有物。這也就是〈樂記〉所謂「鐘鼓、管磬、羽籥、干戚，樂之器；屈伸、俯仰、綴兆、舒疾，樂之文也。」[95]樂器與樂文種種因素交互作用而形成樂曲複雜的結構；而這結構並非靜態，乃是依循「規律」而「變化」的動態歷程，所謂「八音克諧，無相奪倫」，演奏完成整體「和諧」的樂曲。我們比較上述「天地之和」與「樂之和」，其動態歷程結構與終極效果，非常類似，故〈樂記〉云「大樂與天地同和」，這是以類比邏輯思維對「樂」的本質所做的詮釋。

接著，我們必須同樣追問何以「大禮與天地同節」？〈樂記〉本文同樣自有解釋，云：

> 天尊地卑，君臣定矣。卑高已陳，貴賤位矣。動靜有常，小大殊矣。方以類聚，物以群分，則性命不同矣。在天成象，在地成形。如此，則禮者，天地之別也。[96]

節者，節制、節度，事物各安其位而不逾分。別者，分殊，或以類分，或以個別。「別」則必「節」，始能有「序」而不亂。自然宇宙在天成象，在地成形；聖人仰觀天象、俯察地形，可見天地高下之分，萬物小大之別，而性命各有不同，形成有序而不亂的總體結構。此一結構並非固定不變，乃「動靜有常」，依循一種動態歷程而變化，卻各有其節度，始終維持其「常」體；故聖人法天地以制禮，尊卑貴賤各有其分位，節度而不亂，故〈樂記〉云：「大禮與天地同節」，又云：「禮者，天地之序也。」節而有序則不爭，故〈樂記〉云：「禮至，則不爭。」有序而不爭，則萬物各正其性命，就是總體「和諧」。此義可以呼應《周易・乾・彖》所謂「乾道變化，各正性命，保合太和」、《論語・學而》所謂「禮之用，和為貴」。然則，禮乃是經由「節」的形式及程序，而達到「和」的目的、效果。其動態歷程結構及終極效果，與天地相似。因此，所謂「大禮與天地同節」，與「樂」一樣是以類比邏輯思維，對「禮」的本質所做的詮釋，故孔穎達疏云：「天地之形，各有高下、大小為節限。大禮辨尊卑貴賤，與天地相似，是大禮與天地同節也。」[97]所謂「大禮辨尊卑貴賤，與天地相似」，就是類比邏輯思維所獲致的認知。

93　同前注，卷三七，頁六六九。

94　同前注，卷三七，頁六七一。

95　同前注，卷三七，頁六六九。

96　同前注，卷三七，頁六七一。

97　同前注，卷三七，頁六六八。

準此，從動態歷程結構觀之，禮與樂的本質皆與天地相似。然而〈樂記〉之論，「禮」與「樂」分而言之，云「大樂與天地同和；大禮與天地同節」、「樂者，天地之和；禮者，天地之序」。我們必須追問：若然，則大樂無須「節」乎？大禮不致「和」乎？從鄭玄注、孔穎達疏以降，歷代學者對於「大樂與天地同和；大禮與天地同節」、「樂者，天地之和；禮者，天地之序」，大致都是「禮」與「樂」分開作解。其實，在〈樂記〉的論述語境中，經常出現「禮」與「樂」上下文並論，除了前引「大樂與天地同和；大禮與天地同節」、「樂者，天地之和；禮者，天地之序」之外，可再舉數例：「禮節民心，樂和民聲」、「樂者為同，禮者為異；同則相親，異則相敬」、「樂由中出，禮自外作……樂至則無怨，禮至則不爭」、「禮者，殊事合敬者；樂者，異文合愛者也」、「天高地下，萬物散殊而禮制行矣；流而不息，合同而化而樂興焉」、「聖人作樂以應天，制禮以配地」……。從這些話語，如何解釋「禮」與「樂」的分合？

我們必須特別注意到，這一類「禮」與「樂」並論的話語，不能二者截然分釋，而必須互文合解，始能足義。因為禮與樂，雖表層的媒介形式有別，禮文為儀節，樂文為音律；但是，進入中層動態歷程結構的運作程序，則二者相似，前文已作論述，都是二元對立或多元並立的結構，卻統合為一體。至於最高層的目的、效果也都是法天地之「大和」。故「大樂與天地同和；大禮與天地同節」、「樂者，天地之和；禮者，天地之序」這一類的話語，上下兩句必須互文合解，不能說樂「和」則不必「節」，前文徵引「八音克諧，無相奪倫」，明示音聲必須有「律」，各個音聲之陰陽、清濁、輕重、洪細、快慢都必須有一定的「節度」、「秩序」，不互相侵奪，才能形成「和諧」一體的樂曲。

準此，對於「樂」而言，「節」乃是致「和」的必要形式及程序。然則「大樂與天地同和」、

「樂者，天地之和」，此二句以「和」為明文表述之顯義，卻以下句「大禮與天地同節」、「禮者，天地之序」的「節」、「序」，互為總體語境所蘊涵之隱義；顯隱合解，始足其義。相對而言，不能說禮「節」則不能致「和」，前文已論及「禮之用，和為貴」，而且僅是觀念性的「知和而和」，還不能達到「和」的目的、效果，而必須「以禮節之」。同時，我們也論及「喜怒哀樂發而中節，謂之和」。「節」是形式及程序，乃能達到「和」的目的、效果。然則「大禮與天地同節」、「禮者，天地之序」，此二句同樣以「節」、「序」為明文表述之顯義，而以上句「大樂與天地同和」、「樂者，天地之和」的「和」，互為總體語境所蘊涵之隱義；顯隱合解，始足其義。準此，禮樂形式雖殊，而內涵本質及所具有功能卻無二致，都是以「節度」而致「和」，二者共生而並用。

（四）什麼是「詩文化情境」？與「和文化情境」有何上下結構性關係？與禮、樂文化情境有何同一層次而不同面向的結構性關係？

什麼是「詩文化情境」？與「和文化情境」有何結構性關係？讓我們回顧前文所論及，在中國古代，「詩」不只是一種文學「類體」，而且更是一種不離社會生活的「文化」現象或產物，可稱為「詩文化」。尤其從先秦以至漢代的詩學，其思考、發言的位置，都是「讀詩者」或「用詩者」的位置；「詩之用」才是顯題。這種詩學可稱為「文化詩學」。至於將「詩」視為一種特定的文學類體，思考、發言的位置轉到「作詩者」，而去專注於「如何作詩」、「如何作好詩」的問題；以及「詩之體有何特徵」、「詩之體對創作與批評有何規範作用」的問題。這是魏晉以降，文體觀念形成，而專業文人興起之後，文化轉型所展現的狀況。這種詩學可稱為「文體詩學」；「文體詩學」產生了，

「文化詩學」卻仍然延續未絕，只是詩之「用」卻由讀者的閱讀、應用而轉變為作者的創作、致用。士人們絕少只是純粹為作詩而作詩，必然是「有為」而作，也就是「詩」絕大多數都為某種「社會文化行為」的動機、目的而作。[98]綜合言之，不管是從閱讀或從創作而言，古代士人事實的存在於一個「詩無所不在」的「詩文化情境」中。

先秦時期，《三百篇》被廣泛的應用於一切政教活動。顧頡剛〈《詩經》在春秋戰國間的地位〉一文中，專節考述〈周代人的用詩〉。[99]他歸納周代人為應用而作的詩與採來的詩而應用，可分為四種：一是典禮；二是諷諫；三是賦詩；四是言語。典禮，主要是對神的「祭祀」與對人的「宴會」。而諷諫，主要是公卿列士作詩以獻於君，以及庶人歌謠被官吏采而告誦於君。賦詩，乃外交專對的言語方式。言語，指的是說話時的引詩。[100]顧頡剛所謂「言語」特指在史傳中，例如《左傳》、《國語》記事時，其中人物對話，間插引《詩》以做為理據。其實，引《詩》以為理據，不僅在人物對話，就是文字書寫也常引《詩》以證理，朱自清《詩言志辨》中，就專節論述〈著述引詩〉。先秦、漢代典籍引用《三百篇》的詩句，以印證自己所說的道理，這是眾所熟悉的狀況。朱自清指出著述引《詩》從《論語》開始，以後《墨子》和《孟子》也常引《詩》，而《荀子》引《詩》獨多。接著，朱自清又列述漢代各種典籍的引《詩》：《韓詩外傳》；劉向《新序》、《說苑》、《列女傳》；董仲舒《春秋繁露》的〈山川頌〉、〈必仁且智〉、〈郊祀〉；賈誼《新書》的〈禮篇〉；《禮記》的〈大學〉、〈中庸〉；班固《漢書》的〈地理志〉、〈天文志〉等。引《詩》究有何用？朱自清援引諸例，說明引《詩》乃藉以宣揚德教，或藉以證事，或藉以論天道，或藉以述史事、明制度、記風俗，或藉以明天文地理，或藉以做為隱語，由此以見漢人著述引《詩》之多，用《詩》之廣。[101]

綜合顧頡剛、朱自清廣徵文獻所做的考述，已顯發先秦至於漢代，普遍的「詩文化情境」主要是應用一部《三百篇》或稱《詩經》，斷取可為格言的詩句，廣為施用於各種持有目的的話語。我們細考先秦自作這種四言古體詩者極少，及至兩漢也不多，大約有商山四皓〈採芝操〉（一稱〈紫芝歌〉）、韋孟〈諷諫詩〉、〈在鄒詩〉、韋玄成〈自劾詩〉、〈戒子孫詩〉、東平王劉蒼〈武德舞歌詩〉、班固〈明堂詩〉、〈辟雍詩〉、〈靈臺詩〉、傅毅〈迪志詩〉、張衡〈怨詩〉、朱穆〈與劉伯宗絕交詩〉、桓麟〈答客詩〉、應季先〈美嚴王思詩〉、秦嘉〈述婚詩〉、〈贈婦詩〉（四言）、蔡邕〈答對元式詩〉、〈答卜元嗣詩〉、孔融〈離合作郡姓名詩〉、仲長統〈見志詩〉等。[102]兩漢四百多年，四言古體詩總數不過二十首左右。然則漢代在五言古體尚未興起而廣為文人階層持以創作之前，個人或群體用以表現情志的文體，乃由四言古體詩衍變為辭賦。楚辭〈離騷〉是「依詩取

98 顏崑陽，〈用詩，是一種社會文化行為模式〉，收入本書，做為〈導論〉，篇名修改為〈用詩，是中國古代士人階層的社會文化行為模式〉，頁四六—四七。

99 顧頡剛等編著，《古史辨》（台北：明倫出版社，一九七一），冊三，下編，頁三二〇—三四五。

100 同前注，頁三二二—三四四。

101 朱自清，《詩言志辨》（台北：頂淵文化公司，二〇〇一），頁一〇六—一一七。

102 以上各詩篇，參見逯欽立輯校，《先秦漢魏晉南北朝詩》（台北：學海出版社，一九八四），冊上，頁九一、一〇五、一〇七、一一三、一一四、一六七、一六八、一七二、一七九、一八一、一八三、一八四、一八五、一八六、一九三、一九六、二〇四。

興」，[103]而「賦者，古詩之流也」，[104]辭賦乃是廣義的詩。東漢晚期以至魏晉，五言古體詩漸興，「詩」又普遍的成為文人階層抒情言志的主要文體。自此以降，古體猶盛而近體漸興，五言完熟而七言漸起，及至唐宋以詩賦取士，「詩文化」達到最高峰，這是文學史眾所熟知的現象，毋庸細論。詩至唐代已諸體皆備，上從皇帝下到處士，沒有人不會作詩。而作詩的動機目的，上則「用」以頌美、諷諭政教、風化士群；下則抒情言志，「用」以相互酬贈，彼此通感或交接。[105]「詩」已成為士人階層既普遍而又特殊的言語行為，下逮明清，歷代皆然，而形成「詩式社會文化行為模式」。先秦兩漢以徵引《詩經》為用，東漢晚期以至魏晉開始，文人自作五言古體以為「用」，其「用詩」的型態變遷，主要是從政教各種場合的「集體意識詩用」，另生個人社會交往的「個體意識詩用」；[106]歷代這二種「詩用」始終並行。因此「詩文化情境」乃是古代士人階層所共處的文化存在情境。詩，不能被看作只是一種純文學創作的文體。

我們論述的重點將聚焦在「詩文化情境」與「和文化情境」有何上下層次的結構性關係？而與「禮文化情境」、「樂文化情境」又有何同一層次而不同面向的結構性關係？

中國古代詩歌，從起源就與禮樂並生。禮是宗教祭祀之儀式，樂是歌唱之音聲，故詩即是歌，合稱詩歌或歌詩。歌，或徒聲按節而吟詠，或配樂合律而歌唱。前引《尚書・舜典》所謂「詩言志，歌永言，聲依永，律合聲。八音克諧，無相奪倫，神人以和」，就已完整表達這種詩、禮、樂同場並出，一體和諧的動態歷程結構關係。而我們要特別揭示的是「神人以和」，祭祀的結果能致「神」與「人」整體和諧，必然是詩、禮、樂本身都是「和」。禮、樂之和，已如前文所論。我們在此要論述的是「詩」理想的本質也同樣被規定為「和」。

前文徵引《禮記・中庸》「喜怒哀樂之未發，謂之『中』；發而皆中節，謂之『和』」。然則，喜怒哀樂之發，表現於外者無非「言」與「行」兩種形式，也就是「言語」與「行動」。「言語」可分為一般生活中的說話與特定形式的書寫；特定形式的書寫，就形成各類文體。大類區判，就是文與筆；有韻為文，無韻為筆。有韻之文以「詩」為母體。無韻之筆，以先秦古文為母體。文筆之辨已是學者常談的議題，在此無須細論。我們將問題聚焦在《禮記・中庸》所謂「喜怒哀樂發而皆中節謂之『和』」；喜怒哀樂之發，表現於「言」，其中「詩」是主要形式之一，就必須「中節」，必須「和」。

從〈舜典〉到〈中庸〉的論述，我們可以依此合理的推論，先秦時期，在「周文化」的總體語境中，再加上後起儒家對周文化傳統的因承與發揚，詩與禮、樂並生而共在，都被規定以「中節」為用為序，而以「和」為體為質。然則如何可謂之「中節」？如何可謂之「和」？前文論及，「中節」即合乎適當的節度。詩的什麼質素要合乎適當的節度？構成「詩」的質素有二層：一是詩聲；一是詩情

103　〈離騷經序〉，參見〔漢〕王逸注，〔宋〕洪興祖補注，《楚辭補註》（台北：藝文印書館，一九六八），卷一，頁一二。

104　班固〈兩都賦序〉，參見〔南朝梁〕蕭統編著，〔唐〕李善注，《文選》（台北：華正書局，一九八二），卷一，頁二一。

105　顏崑陽，〈用詩，是中國古代士人階層的社會文化行為模式〉，收入本書，頁五八—六二。

106　顏崑陽，〈唐代「集體意識詩用」的社會文化行為現象〉，原刊成功大學中文系主編，《第四屆唐代文化學術研討會論文集》（台南：成功大學，一九九九），頁二一七—三二一。收入本書。

（或詩意）。詩以「歌」的型態為起源，有聲有辭，是為「歌詩」。《文心雕龍・樂府》云：「樂辭曰詩，詩聲曰歌。」[107]劉勰專以「詩聲」指「歌」，當是入樂合曲之「歌」；其實「樂辭」之詩，語言本身也有音調協韻之「聲」，這也是「詩聲」。在不歌而誦的吟詠中，語言本身的「詩聲」就特別盈耳；故而「詩聲」實有二層：歌曲之宮商與語言之音調協韻。

詩與樂的分合是一個變化歷程漫長而複雜的現象，不在這裡詳做處理。一般所論都只是《三百篇》之詩與樂的分離究竟在何時？這是一個沒有定論的議題，一般的說法是孔子時代就開始，到戰國時期，詩與樂就完全分離，[108]這說法還不能成為定論。不過，可以確定的是到了漢代，《詩經》原本的歌詩都已離樂而成為徒詩被引用。然而，我們不能即此斷言，詩與樂從此分而為二；適當的說法應該是，詩到了漢代，開始分為二個傳統：一個是漢魏六朝樂府以降，歷經隋唐曲子詞、教坊曲、聲詩、宋詞、元曲、明清民歌時調，[109]詩與樂仍然合一，「詩聲」以宮商為主。另一個是文人創作，五七言古近體詩，詩與樂分離，因此「詩聲」以語言的音韻為主。

先秦在詩與樂合一的時期，詩聲之「中節」主要還是宮商能合乎節度。這就是前文所引《春秋左傳・昭公二十一年》伶州鳩論樂、《呂氏春秋》的「適音」之說，不再複述。「適音」就是「中和之音」，就是「正聲」，也就是前引〈樂記〉所稱「和以柔」之聲。漢魏以降樂府一系，詩樂合一，詩聲之「和」仍是這個傳統的延續，不在此細論。我們要關注的是文人創作一系，詩與樂既已分離，「詩聲」轉以語言的音韻為主。則「詩聲」如何「中節」而致「和」。《三百篇》時期，詩的語言尚未律化，聲隨情轉，乃「自然之音」。其「中節」而致「和」，實繫於「樂」。語言的「詩聲」沒有獨立成為顯題被關注。東漢晚期，五言詩興起，文人創作之詩逐漸普遍，語言之「詩聲」仍然延續《詩經》傳統的「自然之音」，聲隨情轉。關鍵的出現當然是沈約提出「聲律論」，[110]語言之「詩聲」如何致「和」成為被關注的顯題，影響所及，詩走向律化，導致近體律絕的形成，這已是學界眾所熟識的議題。律化的近體，「詩聲」已成為定格，基本原則就是沈約「前有浮聲，後須切響。一簡之內，音韻悉異；兩句之中，輕重悉異」之說。[111]這顯然符合二元對立統一之「和」的原理。唐詩近體格律雖是人為規定，一般論者仍認為不失「自然之音」；及至宋代，「以文字為詩，以才學為詩，以議論為詩」，[112]則已失「詩聲」而全以文字之義為用。宋代鄭樵在〈樂府總序〉提出「樂以詩為

107 〔南朝梁〕劉勰著，現代周振甫注釋，《文心雕龍注釋》（台北：里仁書局，一九八四），頁一一二。

108 朱自清認為：「孔子時代，《詩》與樂開始在分家。從前是詩以聲為用；孔子論《詩》才偏重在《詩》義上去。到了孟子，《詩》與樂已完全分了家，他論《詩》便簡直以義為用了。從荀子起直到漢人的引《詩》，也都繼承這個傳統，以義為用。」參見《詩言志辨》，頁一一九。顧頡剛也認為：「春秋時樂的主要的用是歌詩輔佐，戰國時音樂就脫離了歌詩而獨立了。……戰國的音樂種在『器樂』而不重在『歌樂』。」參見《古史辨》，冊三，下編，頁三五四—三五五。

109 明清時期，民歌時調受到文人的重視，而影響到詩學觀念。參見〔明〕馮夢龍等編，《明清民歌時調集》（上海：上海古籍出版社，一九八六）。

110 沈約〈謝靈運傳論〉，參見〔南朝梁〕沈約，《宋書》（台北：藝文印書館，景印清乾隆武英殿本，一九五六），卷六七，頁八六二。

111 同前注。

112 嚴羽云：「近代諸公乃作奇特解會，遂以文字為詩，以才學為詩，以議論為詩。夫豈不工，終非古人之詩也。」參見〔宋〕嚴羽著，現代張健校箋，《滄浪詩話校箋》（上海：上海古籍出版社，二〇一二），冊上，頁一七三。

本，詩以聲為用」之論，[113]重議先秦時期詩樂合一的詩文化情境，特別突顯「詩聲」的重要性。影響所及，元代楊士弘選編唐詩而名為《唐音》，就是將「詩聲」的觀念落實到詩作的品評，他在〈唐音序〉中明白表示：

> 審其音律之正變，而擇其精粹，分為始音、正音、遺響，總名曰《唐音》。……嗟夫！詩之為道，非唯吟詠情性，流通精神而已；其所以奏之郊廟，歌之燕射，求之音律，知其世道，豈偶然也哉！[114]

楊士弘當然知道唐代文人創作的古近體詩，事實上沒有「奏之郊廟，歌之燕射」。他是以古代詩樂合一的詩文化情境，突顯他品評唐詩是以「音律」為先，重建「詩聲」在詩歌意義、價值上的重要地位。因為在他的認知，詩之音律正變實回應世道人心。他提出初盛唐、中唐、晚唐三分之說，「三音」並非機械的對應「三唐」，不過「正音」實以盛唐為最多，因此他特別推崇盛唐；在〈唐詩正音目錄並序〉中，特別強調「專取乎盛唐者，欲以見音律之純，系乎世道之盛」。[115]他既高揚「正音」之純，又何以猶取不純之「遺響」？在〈唐音遺響目錄並序〉中，他做此說明：「余既編〈唐詩正音〉，今又採取餘者，名曰〈遺響〉，以見唐風之盛與音律之正變。學詩者先求於正音，得其情性之正，然後旁採乎此，亦足以益其藻思。」[116]顯然，他編《唐音》，一方面要展示唐詩之盛的完整面貌，以及音律正變對照的特徵，這是唐代詩史的建構；但是，另一方面他又對音律的正變做出評價，顯然是高揚「正音」，強調音律之純和，能得情性之正，以做為學詩者之取法。因此，在《唐音》一書中，經常出現這一類的話語：音律之和協、音律純厚自然、音調高古、音律沉渾、擇其粹者、溫柔敦厚之教。這些話語簡而言之，就是詩以「中和之音」為上。從鄭樵到楊士弘，對於「詩聲」觀念的提倡及實際批評的操作，影響所及，明代李東陽、李夢陽等，反思批判宋詩已失「聲色」之美，而經由「詩文辨體」之論，乃因承先秦詩樂合一的本質觀，高倡「詩以聲為用」，一時蔚為思潮，「詩聲」之義重受顯發。二〇〇九年間，我指導余欣娟完成博士論文《明代「詩以聲為用」觀念研究》，對這一議題討論甚詳。[117]

至於「詩情」之「中節」，則是指詩之內容所表現喜怒哀樂之情緒皆能不偏不倚、無過無不及，合乎適當的節度，也就是前文所引〈中庸〉，朱熹集注云：「發皆中節，情之正也。無所乖戾，故謂之和。」

《三百篇》正風、正雅所發之情，可稱為「情之正」；正者，不傾斜、完善，也就是「中節」，也就是「和」。孔子論〈周南・關雎〉：「樂而不淫，哀而不傷。」[118]何晏集解引孔安國云：「樂不

---

113 鄭樵〈樂府總序〉，參見〔宋〕鄭樵，《通志》（杭州：浙江古籍出版社，一九八八），卷四九，樂一，頁六二五。

114 楊士弘〈唐音序〉，參見〔元〕楊士弘編選，〔明〕張震輯注、顧璘評點，現代陶文鵬、魏祖欽整理點校，《唐音評注》（保定：河北大學出版社，二〇〇六），冊上，頁八。

115 同前注，冊上，頁七四。

116 同前注，冊下，頁六二九。

117 現代余欣娟，《明代「詩以聲為用」觀念研究》（台北：花木蘭出版社，二〇一一）。

118 《論語・八佾》，參見《論語注疏》，卷三，頁三〇。

至淫，哀不至傷，言其和也。」[119]樂不至淫，哀不至傷，是則樂與哀之發，皆能「中節」，孔安國以「和」稱之；則「中節」是致「和」的行動要則。人生所企求理想、完善的終極目的乃是「安樂」，是為「情之正」；故〈詩大序〉所稱「治世之音安以樂」，[120]即是「情之正」，即是前引〈樂記〉所謂「和以柔」之聲。然而「安樂」不能至於「淫」；「淫」是過度而無節。至於變風、變雅，「發乎情，止乎禮義」，則「變而不失其正」，其「情」仍是「中節」而不失「和」。何以然？〈詩大序〉的解釋是「發乎情，民之性也；止乎禮義，先王之澤也」。[121]「情」是人民「血氣心知之性」感物緣事而發，[122]所表現的「情之真」。其所感所緣為「王道衰，禮義廢，政教失，國異政，家殊俗」，[123]也就是衰亂之世。從民之性所發的「情之真」來看，是「亂世之音怨以怒」、「亡國之音哀以思」，[124]相對於「治世之音安以樂」的「情之正」，乃是「情之變」；「情之變」是客觀處境所迫而有所不得已，但其怨怒哀思雖發乎「血氣心知之性」，卻與「安樂」一樣也不能過度，故仍然必須「中節」，而能「變而不失其正」；晚明許學夷對風詩正變之「情」深有體會，故云：「風雖有正變，而性情則無不正也。」又云：「風人之詩既出乎性情之正，而復得於聲氣之和，故其言微婉而敦厚，優柔而不迫，為萬古詩人之經。」[125]他以「性情之正」、「聲氣之和」、「微婉之言」，描述風人之詩的典範性，兼及「詩聲」與「詩情」。不過，我們必須問：變風、變雅如何而能「中節」？就是「止乎禮義」，此乃道德理性的作用。民何以有此道德理性？〈詩大序〉的回答是「先王之澤」；「先王之澤」當指周公制禮作樂之教化的遺澤；則詩之所以「正」所以「和」，與禮、樂教化有密切關係。

詩之以「和」做為本質的規定，可以歸結在「詩教」所致的「溫柔敦厚」。「詩教」之說最早見於《禮記・經解》：「溫柔敦厚，《詩》教也。」[126]孔穎達疏云：「溫謂顏色溫潤，柔謂情性和柔。《詩》依違諷諫，不指切事情，故云『溫柔敦厚』是詩教也。」[127]顏色、情性都從「詩教」的效果，即所養成的「民性」或諷諫者的言語態度而言。依違諷諫，不指切事情，則從言語形式，即「比興」而言。然而孔穎達將詩、樂、禮三教分開解釋，並特別指明「詩教」與「樂教」的差別，云：「詩樂是一，而教別者：若以聲音干戚以教人，是樂教也。若以《詩》辭美刺諷諭以教人，是詩教也。」[128]這樣的解釋，只是就「教」的媒介工具而言，所說甚為表象。朱自清的解釋卻能入裡，洞視到詩與禮、樂的本質及功能實為一體，因此他解釋「溫柔敦厚」既是詩教，也是樂教及禮教，而歸結云：

119 同前注。

120 《詩經注疏》，卷一之一，頁一四。

121 〈詩大序〉，參見《詩經注疏》，卷一之一，頁一七。

122 《禮記・樂記》：「夫民有血氣心知之性，而無哀樂喜怒之常，應感起物而動，然後心術形焉。」參見《禮記注疏》，卷三八，頁六七九。

123 〈詩大序〉，參見《詩經注疏》，卷一之一，頁一六。

124 同前注，卷一之一，頁一四。

125 〔明〕許學夷著，現代杜維沫校點，《詩源辯體》（北京：人民文學出版社，一九八七），卷一，頁二。

126 《禮記注疏》，卷五〇，頁八四五。

127 同前注。

128 同前注。

「『溫柔敦厚』是『和』，是『親』，也是『節』，是『敬』，也是『適』，是『中』。」[129]這個說法正合本文一路對禮、樂、詩之本質與功能的分析詮釋。綜合孔穎達與朱自清的解釋，則詩之「和」就是從聲、情到語言形式都表現為「溫柔敦厚」。「詩」做為士人階層「社會文化行為」一種特殊的表意形式，為了能致「和」因而採取「比興」之言；則「比興」就不僅是文學創作的修辭法則及技巧而已，實有其「言語倫理的功能與效用」。這個問題，我已另為專文論證。[130]

「詩文化情境」同樣也以「和文化情境」為其「理想圖像」，制約了「詩」的本質與功用，形成上下層次的結構性關係，而建置士人階層所共識，以「和」為貴的「存在情境」。

綜合前文的論證，我們就可以回答「和文化情境」與詩、禮、樂的文化情境有何上下層次的結構性關係？而「禮文化情境」、「樂文化情境」與「詩文化情境」有何同一層次而不同面向的結構性關係？簡要的說，在中國古代士人階層「詩式社會文化行為」的實踐情境結構中，「和文化情境」居於最上層，以制約「禮文化情境」、「樂文化情境」與「詩文化情境」。「禮」、「樂」與「詩」的社會文化行為都必須以「和」做為基本精神與原則。而詩與禮、樂實不可分，皆以「中節」為用為序，而以「和」為體為質。在橫向的同一層次中，「禮文化情境」、「樂文化情境」與「詩文化情境」這三個面向，始終並生而共在，彼此支援，相互結構而成為士階層「社會文化行為」的整體存在情境。「詩式社會文化行為」固然始終不離「禮文化情境」；漢代以降，詩與樂分離而形成文人的創作，語言的「音律」取代樂曲的宮商而做為「詩聲」的要素，與文字義共同構成詩的充足意義。聲、情及語言形式都以「溫柔敦厚」為「正音」，用在「詩式社會文化行為」中，以獲致「和」的倫理效用。

五、什麼是教化、諷諫的「文化情境」？什麼是通感、交接的「社會情境」？它們與「和文化情境」及詩、禮、樂三種文化情境有何上下層次的結構性關係？彼此又有何同層次而不同面向的結構性關係？

接著，我們要問的是：什麼是「教化文化情境」，即其實質涵義是什麼？什麼是「諷諫文化情境」，即其實質涵義是什麼？什麼是「通感社會情境」，即其實質涵義是什麼？什麼是「交接社會情境」，即其實質涵義是什麼？而這四個「情境」與上述二層次的「和文化情境」與詩、禮、樂三種文化情境有何上下層次的結構性關係？這一層次的四個「社會情境」又有何不同面向的結構性關係？

總體而言，這一層次的四種情境，乃是士人階層之「詩式社會文化行為」，當代所共處的「文化情境」及「社會情境」。其中，教化、諷諫也有其歷時性的文化傳統，乃是士人階層處在政教場所，所共同建構的「文化情境」；由「集體意識」所投射「詩式社會文化行為」，都在這一「文化情境」中實踐。[131]而通感、交接則是士人階層在社會日常生活場所，所共同建構的「社會情境」；由「個體

129　朱自清，《詩言志辨》，頁一二〇—一二三。

130　顏崑陽，〈「詩比興」的言語倫理功能及其效用〉，收入顏崑陽，《詩比興系論》（台北：聯經出版公司，二〇一七），頁二六〇—三二四。又收入本書，篇名修改為〈中國古代「詩用」情境中「比興」的「言語倫理」功能及其效用〉。

131　「集體意識詩用」與「個體意識詩用」的涵義及其差別，參見顏崑陽，〈唐代「集體意識詩用」的社會文化行為現象〉，收入本書，頁四九一—四九三。

意識」所投射的「詩式社會文化行為」，都在這一「社會情境」中實踐。

（一）什麼是「教化文化情境」與「諷諫文化情境」？二者彼此有何同一層次而不同面向的結構性關係？與上述二層次的四種「文化情境」有何上下層次的結構性關係？

「教化文化情境」與「諷諫文化情境」，都是士人階層「集體意識」所投射之「詩式社會文化行為」共處的情境；並且兩者形成上下階層雙向互動的結構性關係，而形成文化傳統。「教化」與「諷諫」的上下階層雙向互動的結構性關係，一言以蔽之，就是〈詩大序〉所說的「上以風化下，下以風刺上」；故而我們可以將這兩種「文化情境」合在一起詮釋論證。

「教化」是古代每個王朝主要的政策之一，乃是立國的文化社會基礎。然則，以什麼設教最是立本之道？周代開始所建立的就是禮教、樂教與詩教，而漸成歷代綿延的大傳統。因此，中國古代，「詩」從不曾只做為「為藝術而藝術」，不食人間煙火的純粹審美之作。王者教化士人及萬民，「詩」是最重要的一種文化形式，而總謂之「詩教」。唐代建立科舉制度，以詩賦取士，非僅觀其文采，更是觀其性情心志，就是這種詩文化傳統在政策上確實的展現。

因此，「教化」一向就是士人階層「詩用」之主要行為意向，並形成自覺或不自覺的「文化意識形態」，廣遠的影響到詩的應用、創作與批評，形塑了士人階層所處的文化情境。以詩為教的政策及實踐，從先秦以至西漢就已普行。朱自清《詩言志辨》第三節〈教詩明志〉，對這種社會文化行為現象有些論述。[132]不過，說得很簡略，有些「用詩」的情況也與「教化」無關。我們對詩的「教化文化情境」必須再做更為詳切的詮釋論證。

「詩教」一詞及其說法，雖到漢代《禮記‧經解》才正式出現；但〈經解〉所說是特別針對《詩》、《書》、《樂》、《易》、《禮》、《春秋》六經之教而說。漢代才見「六經」的定名。[133]故《禮記》是漢代戴聖所傳，承自漢初魯高堂生，下傳魯徐生、蕭奮、孟卿至於后蒼而傳戴聖，[134]六經之教應該是漢人的說法。孔子時期，還沒有《詩經》之名，但稱《詩》、《詩三百》、《三百篇》。其實，以「詩」為教，早在西周就已開始。[135]周代的詩教，大體可分為「公學」與「私學」。教化對象，也大體可分為國子與一般士人，甚至擴及平民。

公學施之於朝廷，主要對象是國子；國子是貴族子弟。《國語‧楚語上》記載，莊王使士亹傅太子箴，士亹問於申叔時如何為太子傅，申叔時告以：「教之詩而為之導廣顯德，以耀明其志。」[136]從這個案例來看，「詩教」被認為對品德心志的培養啟發顯有莫大的效用。以詩為教，不僅是楚國這一

132　朱自清，《詩言志辨》，頁二四—三二。

133　「經」的名稱始見於《荀子》，所稱之經僅《書》、《詩》、《春秋》三種。而《莊子‧天運》有「丘治《詩》、《書》、《禮》、《樂》、《易》、《春秋》六經」之語，似乎莊子時代就有「六經」的定名；但是，《莊子‧天運》，被疑為是漢代之作。而司馬遷《史記》的〈孔子世家〉及伯夷、李斯、儒林、滑稽、自敘各傳也都只見「六藝」之名。因此「六經」之定名應是漢代的事。詳參〔日〕本田成之，《中國經學史》（台北：廣文書局，一九九〇），頁一一一〇。

134　《漢書‧儒林傳》，參見〔漢〕班固著，〔唐〕顏師古注，〔清〕王先謙補注，《漢書補注》（台北：藝文印書館，光緒庚子長沙王氏校刊本，一九五六），冊二，卷八八，頁一五五二—一五五三。

135　徐復觀，《中國經學史的基礎》（台北：臺灣學生書局，一九九一），頁六。

136　〔春秋〕左丘明著，〔三國吳〕韋昭注，《國語》（台北：九思出版公司，一九七八），卷一七，頁五二八。

案例，周代王朝根本將「詩教」建置為學制，《周禮・大師》記載：「大師掌六律六同，以合陰陽之聲……教六詩曰風、曰賦、曰比、曰興、曰雅、曰頌。」鄭玄注以為「教瞽矇也」，[137]他把受教對象解釋為「瞽矇」，乃是應下文「大祭祀帥瞽登歌」而言。其實，周代之以禮、樂、詩為教，乃是國子普遍接受的養成教育，故《周禮・大司樂》記載：「大司樂掌成均之法，以治建國之學政，而合國之子弟焉。……以樂語教國子，興、道、諷、誦、言、語。」[138]周代詩樂合一，「樂語」即徒歌之詩。國子的養成教育學程，「詩」與禮、樂都是必修，循序施教，這可見於《禮記・內則》，云：「十有三年，學樂、誦詩……二十而冠，始學禮。」[139]十三歲學樂、誦詩，詩與樂並習，乃是品德、心志及言語技能的教養，因此《周禮・大師》述及「教六詩」時，接著特別強調「以六德為之本」。什麼是「六德」？鄭玄注：「所教詩必有知、仁、聖、義、忠、和之道。」[140]「和」明白是詩教所要培養的品德。至於言語技能，則是孔子所謂「不學詩，無以言」、[141]「誦詩三百，授之以政，不達；使於四方，不能專對，雖多，亦奚以為」。[142]春秋時期，卿大夫聘於他國，「賦詩言志」之所以能成為一種「外交專對」的言語行為模式，完全依賴國子養成教育的「詩教」。[143]以詩為教，不僅是施之於國子，以培養其品德、心志與言語技能，也用之以教下民。〈詩大序〉以〈關雎〉為「風之始」，而指出其功用為「所以風天下而正夫婦也，用之鄉人焉，用之邦國焉。風，風也，教也；風以動之，教以化之」。[144]顯示先秦時代的確將〈關雎〉之詩樂用之於鄉國，這可證之《儀禮・鄉飲酒禮》：「……乃合樂〈周南〉：〈關雎〉、〈葛覃〉、〈卷耳〉；〈召南〉：〈鵲巢〉、〈采蘩〉、〈采蘋〉。」《儀禮・鄉射禮》：「……乃合樂〈周南〉：〈關雎〉、〈葛覃〉、〈卷耳〉；〈召南〉：〈鵲巢〉、〈采蘩〉、〈采蘋〉。」[145]鄉飲酒、鄉射之禮都是施之於鄉黨之民。鄭玄注：「合樂，謂歌樂與眾聲俱作。」〈周南〉、〈召南〉皆為正風，這六篇都是夫婦之教，故鄭玄注云：「夫婦之道，生民之本，王政之端。此六篇者，其教之原也。」[146]由此而構成以詩「教化」人民的文化情境。

至於私學，孔子是私人講學的開創者，受教對象大多是一般士人；以「詩」為教是主要學業之一，《史記・孔子世家》記載：「孔子以《詩》、《書》、《禮》、《樂》教，弟子蓋三千焉。」[147]從《論語》的記載來看，《三百篇》之「詩」的確是他主要的教材，他召喚門生學詩：「小子，何

137　《周禮注疏》，卷二三，頁三五六。

138　同前注，卷二二，頁三三六。

139　《禮記注疏》，卷二八，頁五三八。

140　《周禮注疏》，卷二三，頁三五六。

141　《論語・季氏》，參見《論語注疏》，卷一六，頁一五〇。

142　《論語・子路》，同前注，卷一三，頁一一六。

143　參見顏崑陽，〈先秦「賦詩言志」之「詩式社會文化行為」所展現的「詮釋範型」意義〉。收入本書，頁四六八—四八〇。

144　《詩經注疏》，卷一之一，頁一二。

145　《儀禮・鄉飲酒禮》，參見〔漢〕鄭玄注，〔唐〕賈公彥疏，《儀禮注疏》（台北：藝文印書館，嘉慶二十年江西南昌府學重刊宋本，一九七三），卷九，頁九三。又《儀禮・鄉射禮》，卷一一，頁一一五。

146　同前注，頁九三—九四。

147　〔漢〕司馬遷著，〔日〕瀧川龜太郎（一八六五—一九四六）注，《史記會注考證》（台北：藝文印書館，一九七二），卷四七，頁七四三。

莫學乎詩！詩可以興，可以觀，可以群，可以怨。邇之事父，遠之事君，多識於鳥獸草木之名。」[148]興、觀、群、怨都是從讀者學詩的「閱讀效果」立說，提示門生接受「詩」的教化所能獲致的心志啟發涵養，也是「詩」所具有的效能。事父、事君是「詩」之品德教育的功用，這就與「禮」有關了。多識鳥獸草木之名則是獲得知識之緒餘。而上文所引述，外交專對的言語技能，另是學詩效用之一端。從《論語》一書中，我們也可以看到孔子實際以「詩」教門生的案例，〈學而〉記載子貢向孔子請教「貧而無諂，富而無驕，何如？」孔子回答後，子貢受教而引詩「如切如磋，如琢如磨」做為連類譬喻，孔子盛讚子貢：「賜也，始可與言詩矣，告諸往而知來者。」[149]又〈八佾〉記載子夏請教孔子：「『巧笑倩兮，美目盼兮，素以為絢兮。』何謂也？」師生彼此對話討論，最後孔子盛讚子夏：「起予者商也，始可與言詩已矣。」[150]這二個案例，詩意與日常言行之理所做連類譬喻的詮釋，顯然都關聯到「禮」；「詩」與「禮」接合而成義，「詩教」實以「禮」做為意義價值的規範。我們可以再進一層了解，孔子以「詩」為教的方式是否傳諸弟子，而推廣為儒家普及的教育方式？《論語・陽貨》記載：「子之武城，聞弦歌之聲。」[151]顯示子游為武城宰，以詩樂「化」民。合理的推想，孔子的弟子中，像這種「弦歌」之教，應該不只子游一人而已。

漢代以前，詩的教化功能與效用乃是依藉引用《三百篇》的正風正雅去實踐。即使變風變雅，也必要求「發乎情，止乎禮義」。因此，「風雅詩教」乃是以「禮」做為意義價值的規範，而以「和」做為根本精神。這樣的「風雅詩教」已形成源遠流長的詩文化傳統，也是士人階層牢固的文化意識形態，貫通整個中國詩史，歷代多以這個詩文化傳統形塑為士人階層共處的文化情境。東漢晚期，五言詩興起，作詩成為文人的專藝，「風雅詩教」的文化傳統就由引詩而轉移到作詩。這是漢魏以降整個詩歌歷史深廣的文化現象，當然不可能以此短幅之文精細論述，只能宏觀其大體而舉例言之。

漢魏以降，「風雅詩教」再被顯題化而高調倡導，以重構詩的「教化文化情境」，最典型也最常被論及的就是唐代陳子昂、李白、杜甫以至元結、白居易、元稹等為中心，再擴大到元結所編《篋中集》的沈千運、孟雲卿等詩人群，更廣及顏真卿、蕭穎士、賈至、李華、梁肅、柳冕、呂溫等，一系綿延，形成重建傳統「風雅詩教」的思潮與創作實踐。這一向被稱為唐詩的「復古主義」。歷來學界有關的論述甚夥，許總的《唐詩史》所論最為詳明。[152]這幾乎已成詩學上的共識，毋庸本文在此複述。不過，我們要強調的是，陳子昂、李白等詩人，他們雖倡導「風雅詩教」，卻也不是先秦以至漢代，儒家「風雅詩教」的翻版複製，所因承者乃是風雅之詩的本質與詩人主體的創作精神。其中已融入他們當代的社會文化經驗、新興的詩觀，以及個人才性學養的質素，而有其創變。

---

148 《論語・陽貨》，參見《論語注疏》，卷一七，頁一五六。

149 《論語・學而》：子貢曰：「貧而無諂，富而無驕，如何？」子曰：「可也，未若貧而樂，富而好禮者也。」子貢曰：「詩云：『如切如磋，如琢如磨』，其斯之謂與？」子曰：「賜也，始可與言詩矣，告諸往而知來者。」參見《論語注疏》，卷一，頁八。

150 《論語・八佾》：子夏問曰：「『巧笑倩兮，美目盼兮，素以為絢兮。』何謂也？」子曰：「繪事後素。」曰：「禮後乎？」子曰：「起予者商也，始可與言詩已矣。」參見《論語注疏》，卷三，頁二六－二七。

151 同前注，卷一七，頁一五四。

152 許總，《唐詩史》（南京：江蘇教育出版社，一九九四），冊上，有關陳子昂的風雅詩觀，頁二二八、二四四－二五二。有關李白的風雅詩觀，頁五六七－五七〇。冊下，有關杜甫秉承風雅傳統精神的創作實踐，頁三一－三六、四一－四六。有關元結的風雅詩觀，頁八一－八七。有關元稹、白居易的風雅詩觀，頁二四九－二七六。

「風雅詩教」當然不是到唐代而止，仍繼續綿延相傳，下貫到清代沈德潛都還明切的提倡「詩教」，其《說詩晬語》開宗明義就立出「詩教」之論，云：「詩之為道，可以理性情，善倫物，感鬼神。設教邦國，應對諸侯，『用』如此其重也。」接著批評唐詩「託興漸失，徒視為嘲風雪，弄花草……而『詩教』遠矣」。因此，他主張要「優柔漸漬，仰溯風雅，詩道始尊」。[153]他所謂「優柔」，就是「溫柔敦厚」。除了沈德潛明顯提出「風雅詩教」的觀念之外；有清一代，這種源自於風雅的詩文化傳統，其實也隱然滲透在不少詩人的意識之中，而表現為注重詩的性情之真而不失其正的變風變雅之意，以及關懷社會的用心。前面述及明末清初許學夷《詩源辯體》固是如此，其他如河朔詩派的申涵光等、顧炎武、婁東詩派的吳偉業等、秀水詩派的朱彝尊等、桐城詩派的姚鼐、方東樹等，也都或隱或顯的表現風雅傳統的詩觀及創作實踐。[154]當然，他們雖因承風雅傳統，卻也能因時適變，融合性情而自成面目。

風雅詩教不僅發用於詩，也發用於詞。宋詞興起於民間，原本以男女豔情成為應歌賄酒的娛樂品；及至入於士大夫之手，詩化、雅化即成一往向前的趨勢。而雅化至於極端，則是起於北宋晚期而延續到南宋中期的「復雅」思潮；所復之「雅」並非文辭修飾之文雅，而是《詩經》風雅六義的詩歌本質、功能觀念。北宋晚期的黃裳提出古詩歌之本的「六義」觀念，以為作詞之基準而云：「風雅頌，詩之體；賦比興，詩之用……六者，聖人特統以『義』而為之名；苟非義之所在，聖人之所刪焉。」[155]這顯然是「風雅詩教」在詞的創作中復活其精神，約略同時而稍晚的鮦陽居士編選《復雅歌詞》，在序文中，云：「《詩》三百五篇，商、周之歌詞也，其言止禮義，聖人刪取以為經。」在這種觀念之下，他對晚唐溫、李以降至於北宋晏、歐的詞風大為不滿，嚴厲指責云：「溫李之徒，率然抒一時情致，流為淫豔猥褻不可聞之語。吾宋之興，宗公巨儒，文力妙天下者，猶祖其遺風，蕩而不知所止。」[156]因此，他編選認為符合「風雅詩教」的詞作，以為典範，而名為《復雅歌詞》。此書編成於南宋初期高宗紹興年間，國家正面臨危亡之秋，影響所及，風雅詩教蔚為思潮，南宋詞人張元幹、黃公度、曹冠、張孝祥、林正大等，都明切感知這種詩歌「教化文化情境」，而以「風雅詩教」為作詞的準則。

綜合前述，可以顯見先秦時期從公學到私學，「詩教」以「禮」做為意義價值的規範；而「禮之用，和為貴」，「和」必是「詩教」的根本精神。詩教有時會結合樂教，詩樂並行，謂之「弦歌」，以收「聲感」與「情感」兼得的效果。及至《禮記・經解》的記載，所謂「溫柔敦厚，詩教也」，沒有明分公私之學；卻顯示「詩教」乃施之於貴族子弟及萬民而普行的教育方式，並成為士人階層共處的文化情境，其目的就是養成「溫柔敦厚」的民性。溫柔敦厚，和也。在儒家來看，「和」就是達成

153 〔清〕沈德潛，《說詩晬語》，參見現代丁仲祜編訂，《清詩話》（台北：藝文印書館，一九七七），冊下，頁六三九—六四〇。

154 參見劉世南，《清詩流派史》（台北：文津出版社，一九九五），申涵光，頁四—六；顧炎武，頁五四—五九；吳偉業，頁一一九；朱彝尊，頁一七五、一八一；姚鼐、方東樹，頁三九四、三九七—四〇〇。

155 〈演山居士新詞序〉，參見〔宋〕黃裳，《演山集》，卷二〇，收入景印《文淵閣四庫全書》（台北：臺灣商務印書館，一九八三），集部別集類。

156 〔宋〕鮦陽居士〈復雅歌詞序〉，參見現代金啟華等編，《唐宋詞集序跋匯編》（台北：臺灣商務印書館，一九九三），頁三六四。

社會秩序之美的人性基礎。漢魏之後，詩教由「引詩而用」轉為「作詩而用」，「風雅詩教」已成文化傳統及士人階層的意識形態；在歷代或顯或隱的影響到士人作詩與評詩，詩文化仍然不離禮文化，而形塑了士人共處的「教化文化情境」。這種「教化文化情境」實與「和文化情境」以及詩、禮、樂文化情境形成上下層次的結構性關係。

「諷諫」一向也是士人階層「詩用」之主要行為意向，與「教化」形成上下階層雙向互動的結構性關係，而形成文化傳統。「諷諫文化」頗為複雜，方式多種而發展歷程漫長。《白虎通‧諫諍》云：「諫有五：其一曰諷諫，二曰順諫，三曰闚諫，四曰指諫，五曰陷諫。」其中，「諷諫」指的是「知禍患之萌，深睹其事未彰而諷告焉」，這是先見之明的勸諫，展現諫者的智慧。不過，我們關注的是「如何諫」的方式。「孔子曰：『諫有五，吾從諷之諫。』」顯然孔子以「諷諫」為上策，為什麼？關鍵就在其方式，故孔子云：「去而不訕，諫而不露。」[157]所謂「諫而不露」就是所採取的方式很「隱微委婉」。而「隱微委婉」的語言形式可以是日常說話，例如《史記‧滑稽列傳》所載淳于髡、優孟、優旃、東方朔等，[158]雖是日常說話，其方式卻詭譎曲折，諫而不露。另一種語言形式就是「詩」，並且使用〈詩大序〉所謂「下以風刺上，主文而譎諫」的「譎諫」方式，[159]即劉勰所謂「環譬以託諷」的「比興」方式。[160]什麼是「譎諫」？鄭玄箋云：「風刺，謂譬喻不斥言……譎諫，詠歌，依違不直諫。」[161]主要就是「比興寄託」。劉勰「環譬」之說，一般學者所釋皆不明確，我將它解釋為「全篇整體設譬」，就是後世所謂「比興體」。[162]譎諫、環譬都是以「比興」的詩式語言所做「隱微委婉」的「諷諫」，我們可以稱它為「詩諫」。「隱微委婉」，就是以「和文化」為根本精神，而以「禮文化」為倫理規範的言語方式。

以詩為諫，其來甚早，西周就已開始，《左傳・昭公十二年》追述西周穆王「欲肆其心，周行天下」，也就是縱情於遍遊天下；祭公謀父「作〈祈招〉之詩以止王心」，這是自作詩以諫，穆王或許聽從，善終於京都遊觀之宮，故傳云：「王是以獲沒於祇宮。」[163]西周以至春秋時代，自作詩以諫，有一些人事不明確的泛例，例如《魏風・葛屨》：「維是褊心，是以為刺。」《小雅・節南山》：「家父作誦，以究王訩。」《小雅・何人斯》：「作此好歌，以極反側。」[164]除了為數不多的自作詩以諫之外，更多的是獻詩，春秋《左傳・襄公十四年》記述：「自王以下，各有父兄子弟以補察其政：史為書，瞽為詩，工誦箴諫，大夫規誨，士傳言，庶人謗。」[165]所謂「瞽為詩」，孔穎達

---

157 以上引述皆出自《白虎通・諫諍》，參見〔漢〕班固著，〔清〕陳立注，《白虎通疏證》（台北：廣文書局，一九八七），卷五，頁二七九—二八一。

158 〔日〕瀧川龜太郎，《史記會注考證》，卷一二六，頁一二九三—一二九八。

159 《詩經注疏》，卷一之一，頁一六。

160 《文心雕龍・比興》云：「興則環譬以託諷。」參見周振甫，《文心雕龍注釋》，頁六七七。

161 《詩經注疏》，卷一之一，頁一六。

162 顏崑陽，〈文心雕龍「比興」觀念析論〉，收入顏崑陽，《詩比興系論》，頁一四六—一四七。

163 《春秋左傳注疏》，卷四五，頁七九五。

164 三篇詩分別參見《詩經注疏》，《魏風・葛屨》，卷五之三，頁二〇六—二〇七；《小雅・節南山》，卷一二之一，頁三九三—三九七；《小雅・何人斯》，卷一二之三，頁四二五—四二八。

165 同前注，卷三二，頁五六二—五六三。

疏云：「詩者，民之所作，采得民詩，乃使瞽人為歌以風刺，非瞽人自為詩。」至於「工誦箴諫」，孔穎達疏云：「詩辭自是箴諫。」[166]箴體有韻語者，是廣義的詩，則箴諫其中有些就是「詩諫」。又《國語・周語》也記載：「天子聽政，使公卿至於列士獻詩，瞽獻曲，史獻書，師箴，瞍賦，矇誦……。」[167]以及《國語・晉語》亦稱：「使工誦諫於朝，在列者獻詩使勿兜，風聽臚言於市，辨祅祥於謠，考百事於朝，問謗譽於路。」[168]這些獻詩、獻曲、誦箴以諫，都是「詩諫」，而且有時必須合樂。

先秦時期的「詩諫」，假如從明確的個人行為來看，引詩以諫，晏子可為代表。作詩以諫，則屈原可為代表。春秋時期，晏子事齊景公，非常善諫。劉向校定《晏子》，在〈敘錄〉中稱云：「其書六篇，皆忠諫其君，文章可觀，義理可法。」[169]我們現在所見《晏子》一書，後人各據所聞輯錄，雖出於傳說，卻非向壁虛造。內篇第一卷、第二卷共五十篇，記載晏子諷諫齊莊公、景公的事蹟，大部分引詩以諫，多出自《三百篇》，小部分自作歌以諫。[170]至於屈原之作〈離騷〉，王逸〈離騷經序〉述及屈原「放逐離別，中心愁思，猶依道徑，以風諫君」。[171]屈騷諷諫之意，已是學界所熟識，毋庸詳述。

「諫諍」未必以詩，但「詩諫」卻是士人階層很重要的「詩式社會文化行為」。然則，這一行為模式如何形成而演為傳統？從政治制度而言，秦代始設「諫大夫」，專職諫議朝政之得失，「諫議」至此制度化。漢武帝沿用，設「諫大夫」。東漢光武帝改為「諫議大夫」。[172]隋唐仍之，另設拾遺、補闕，專掌諫議得失。[173]然則，不擔任此一專職的一般士人如何得諫？《白虎通》明載：「士不得諫者：士賤，不得豫政事，故不得諫也……大夫進諫，士傳民語。」[174]那麼，士人欲盡其忠，又如何諷朝政之失，諫君王之過？這就得回顧秦漢代之前的狀況，從前文所引文獻，可知周代沒有專設「諫官」，自公卿大夫至於工商，無不得諫者，這幾乎就是全民的公共事務；不過，風謠雖產生於民間，是群體感物緣事而自然歌詠，非一人之作；由於可觀民風，故采而獻之於王朝；又上引《左傳》所謂「庶人謗」，《國語》所謂「風聽臚言於市、辨祅祥於謠、問謗譽於路」都指出百姓對王朝美善刺惡

166 同前注，頁五六三。

167 《國語》，卷一，頁九—一〇。

168 同前注，卷一二，頁四一〇。

169 〔漢〕劉向〈晏子敘錄〉，參見〔清〕嚴可均輯校，《全上古三代秦漢三國六朝文》（台北：世界書局，一九八二），冊一，《全漢文》，卷三七。

170 現代鄒太華輯注，《晏子逸箋》（台北：臺灣中華書局，一九七三）。自作詩以諫，例如《晏子逸箋・內篇・諫下》第二卷記載：齊景公使國人起大臺。歲寒不已，凍餒者很多。晏子作歌以諫曰：「凍水洗我若之何！太上靡散我若之何！」頁九五。

171 《楚辭補註》，卷一，頁一〇—一一。

172 《續漢志・百官志》「諫議大夫」條，王先謙集解引惠棟曰：「秦置諫大夫，屬郎中令……掌論議，漢初不置，至武帝，始因秦置之……光武增議字為諫議大夫。」參見〔南朝梁〕劉昭注補，〔清〕王先謙集解，《後漢書集解》（台北：藝文印書館，一九五六），冊二，頁一三四一。

173 《唐書・百官志》，參見〔宋〕歐陽修等，《唐書》（台北：藝文印書館，據清乾隆武英殿刊本景印，一九五六），冊一，卷四七，頁五五三—五五四。

174 〔漢〕班固著，〔清〕陳立注，《白虎通疏證》，卷五，頁二七六。

的「興論」，並非直接面陳於天子的「諷諫」；如此則百姓只是經由采風獻詩，間接參與諷諫，故孔穎達疏云：「庶人卑賤，不與政教，聞君過失，不得諫爭，得在外誹謗之。謗謂言其過失，使在上聞之而自改，亦是諫之類也。」[175]士人與平民同樣不得直接進諫，依《白虎通》所述，士人如果不自作詩以諫，就只能「傳民語」，也就是「獻詩以諫」了。這是值得關注的「諷諫文化」現象，先秦時期，以禮樂所建立的周文化，「君」以「德」立位，一旦失德，公卿大夫、士人以至庶民，皆可「諷諫」之，差別只在於管道及方式而已；故「諷諫」不只是官制內的專職，而是政教上一種普遍的「諷諫文化」，形成常態的「文化情境」。

因此，對於士人而言，「詩諫」的行為，所因承的不是官制，而是普遍的「諷諫文化」傳統。這個「詩諫」的傳統如何形成？首先就得綰合上述先秦時期從獻詩、引詩以諫到自作詩以諫的歷史過程來看。自作詩以諫，當以屈原為典型，而「騷」亦是廣義的「詩」。接著還得綰合漢代詩、騷的箋注來看；漢代詩、騷箋注，依藉經典詮釋，顯題化的全面建構「詩諫」的行為模式，屈騷固然被漢人明白指認寫作目的是「諷諫」，並以此觀點箋注屈騷；而《詩經》三百篇，毛詩的《小序》全以「美善刺惡」詮釋詩旨，幾乎就等於「諫書」。以詩為諫，美刺時政世風的「詩諫文化」，至此完全建立，而演為傳統，並且形成士人階層牢固的意識形態；漢魏以降，歷代士人或隱或顯的將這一「詩諫」的文化意識形態投射到詩的創作與批評，而構成一種共處的「諷諫文化情境」，每有「諷諫」之作，例如漢代韋孟、賈誼、枚乘、司馬相如、東方朔、揚雄、張衡等；魏晉六朝王粲、曹植、阮籍、劉琨、郭璞、鮑照、庾信等；唐代陳子昂、張九齡、李白、杜甫、元稹、白居易、元結、劉禹錫、張籍、杜牧、李商隱等，他們詩多少皆有「諷諫」之作。

我們更要揭顯的是，以詩諷諫，雖然不一定都依著套式的禮儀進行；但是士人階層以「詩」做為諷諭時政美惡的符號形式，卻必然在倫理關係所構成的「文化情境」中進行，不可能肆意為之；並且多以「比興託喻」表現之，「隱微委婉」以「諷諫」，這是以「和」為根本精神，而以「禮」為意義價值的規範。

綜合前述，我們可以這樣斷言，士人階層的「詩式社會文化行為」所處「教化文化情境」與「諷諫文化情境」，彼此形成上下階層雙向互動的結構性關係，而形成文化傳統。同時，這二者都與「和文化情境」以及詩、禮、樂文化情境形成上下層次的結構性關係。

（二）什麼是「通感社會情境」與「交接社會情境」？二者彼此有何同一層次而不同面向的結構性關係？與上述二層次的四種「文化情境」有何上下層次的結構性關係？

「通感」與「交接」乃是士人階層在社會日常生活場所，所共同建構的「社會情境」；由「個體意識」所投射的「詩式社會文化行為」，都在這一「社會情境」中實踐。「通感」是士人心靈情感藉「詩」彼此交通，乃精神面向的「詩式社會文化行為」；「交接」則是士人現實利益藉「詩」彼此施予與接受，乃功利面向的「詩式社會文化行為」。這二種行為都在士人階層所共構的「通感」與「交接」的社會情境中進行，因此我們可以將這兩種「社會情境」合在一起詮釋論證。

「通感」一向是士人階層「詩用」之最主要的行為意向，都是士人階層發生於個體與個體日

175　《春秋左傳注疏》，卷三二，頁五六三。

常生活場所的心靈情感互動行為，隨感而以詩贈答，乃形成一種普遍共在的「社會情境」。因此，古代這類「贈與—酬答」之「詩式社會文化行為」乃是非常普遍的現象，而「酬贈詩」或稱「贈答詩」也佔去每個詩人相當多數的作品。這類「通感」之作，往往在詩題就作了明示，「贈某某」，例如秦嘉〈贈婦詩〉；[176]「寄某某」，例如李商隱〈寄令狐郎中〉；[177]「示某某」，例如陶淵明〈示周續之祖企謝景夷三郎〉；[178]「簡某某」，例如杜甫〈君不見簡蘇徯〉；[179]「貽某某」，例如杜甫〈貽阮隱居〉。[180]有贈、寄、示、簡、貽；相對的，就有「答某某」，例如李白〈答杜秀才五松山見贈〉；[181]「酬某某」，例如白居易〈酬張太祝晚秋臥病見寄〉；[182]「和某某」，例如蘇軾〈和劉道原見寄〉。[183]

《說文》云：「感，動人心也。」在本論文中，所謂「感」指的是：用詩者以「詩式語言」傳達情意而感動對方之心。《說文》云：「通，達也。」通，也有明曉之義。在本論文中，所謂「通」指的是：由於雙方彼此以「詩式語言」傳達情意，感動而會通其心；故「通感」也是「社會互動」的行為，若以「詩式語言」為媒介，即是「詩式社會文化行為」，它是中國古代士人階層最為普行的一種「詩用」模式。

人的社會群居生活之所以可能，文化創造之所以可能，完全由於人性本具「能感」之心。因此，中國古代詩歌之創造，起始就是出於「感物而動、緣事而發」；感物、緣事就是「興」；興者，起情也；故「興」有中國詩歌本質論之義。[184]《禮記・樂記》云：「凡音之起，由人心生也。人心之動，物使之然也。感於物而動，故形於聲。」[185]班固《漢書・藝文志・詩賦略論》對於大夫之所以「登高能賦」的原因，提出「感物造耑」之說。[186]劉勰《文心雕龍・明詩》論詩的創生之因，云：「人稟七情，應物斯感；感物吟志，莫非自然。」[187]鍾嶸〈詩品序〉也如是說：「氣之動物，物之感人，故搖蕩性情，形諸舞詠。」[188]詩歌創生的因素，內則人性之「能感」，外則應物之「所感」。前文論及，「物」兼指自然物色與社會事象，故「感物」也可以說為「緣事」，班固《漢書・藝文志・詩賦略

176 〔南朝陳〕徐陵，《玉臺新詠》（台北：臺灣中華書局，一九八五），卷一。

177 〔唐〕李商隱著，〔清〕馮浩注，《玉谿生詩集箋注》（台北：里仁書局，一九八一），卷一，頁二二四。

178 〔晉〕陶淵明著，龔斌注，《陶淵明集校箋》（台北：里仁書局，二〇〇七），卷二，頁一〇二。

179 〔唐〕杜甫著，〔清〕楊倫注，《杜詩鏡銓》（台北：華正書局，二〇〇七），卷一六，頁七九〇。

180 同前注，卷五，頁二二八。

181 〔唐〕李白著，現代瞿蛻園等校注，《李白集校注》（台北：里仁書局，一九八一），冊二，卷一九，頁一一三七。

182 〔唐〕白居易著，《白居易集》（台北：里仁書局，一九七一），冊一，卷一九，頁一七四。

183 〔宋〕蘇軾著，〔清〕王文誥、馮應榴輯注，《蘇軾詩集》（台北：學海書局，一九八三），卷七，頁三三一。

184 徐復觀，〈釋詩的比興——重新奠定中國詩的欣賞基礎〉，收入徐復觀，《中國文學論集》（台中：民主評論社，一九六六），頁九五—一〇四。

185 《禮記注疏》，卷三七，頁六六二。

186 《漢書補注》，冊二，卷三〇，頁九〇二。

187 周振甫，《文心雕龍注釋》，頁八三。

188 〔南朝梁〕鍾嶸著，現代曹旭箋注，《詩品箋注》（北京：人民文學出版社，二〇〇九），頁一。

論》云：「趙代之謳，秦楚之風，皆感於哀樂，緣事而發。」[189]因此，中國古代詩歌從一創生開始，其本質及相應之功能，就定位在「言志」，《尚書・舜典》云：「詩言志。」而〈詩大序〉亦云：「詩者，志之所之，在心為志，發言為詩。」[190]及至陸機〈文賦〉而有「詩緣情而綺靡」之說。[191]「言志」與「緣情」遂成為中國古代詩歌之起源論與本質論、功能論，兩種主流性的觀念，而相沿為傳統。

情、志內在於人心，隱而不顯，動而非靜。雖說「言為心聲」，然而「心之所之」的情志，實非言語所能盡達，故立象以示意，「比興」乃成為詩歌主要的符號形式。詩之創作，出於人心之「能感」；而詩之閱讀，也是出於人心之「能感」，因興象以會意。而人之社會群居生活，克服孤獨之道，惟在「彼此通感」。通感之道，惟在因詩興象而托意。《漢書・藝文志・詩賦略論》所謂「古者諸侯卿大夫交接鄰國，以微言相感」。[192]「微言相感」即是「以隱微的詩性語言，彼此通感」。其說雖特指「諸侯卿大夫交接鄰國」，而「以微言相感」；但是，「微言相感」其實可擴大為古代士人階層普遍的「詩式社會文化行為」。因此「通感」乃成為士人階層最主要的「詩用」類型之一，而形塑為一種共在的「社會情境」。

「交接」也是士人階層「詩用」之最主要行為意向，而且最普泛而雜多，除了特定的教化、諷諫以及心靈通感的互動關係之外，其餘所有身接形觸，意圖所及的「社交活動」都包涵在內。交接者，交往接觸。《漢書・藝文志・詩賦略論》所謂「交接鄰國」，特指國與國之間的「外交」活動。若就社會個體與個體的關係而言，「交接」其實是古代士人階層日常普泛的「社會互動行為」。這一類社交行為必須經由養成教育，以建立其正常的規矩，故《禮記・樂記》云：「射鄉食饗，所以正交接也。」[193]「射」是射箭，古代士人階層所必習的六藝之一，鄉里或邦國都會舉行競賽，故《儀禮》載有「鄉射」與「大射」之禮。而「飲酒」也是人際用以表達親切及敬重的方式，《儀禮》記載古代大夫、諸侯經常舉辦「鄉飲酒禮」、「燕禮」，以酒食宴饗年長或賢能之士。[194]

這兩種「禮」都是五禮中的「嘉禮」，[195]舉辦的用意是「正交接」，「交接」即是人際之「社交」；「正交接」，就是養成正常的社交行為規矩，知所節度。正常的「社交」行為規矩是避免人際衝突，使得社會秩序得以致「和」；而「社交」行為要能正常，必有禮儀規範之，須經由教養而習成，故古代列為「嘉禮」，是為「社會教育」之要目。當然，人際之「交接」名目總雜，不僅「射」與「飲酒」二項，從日常生活而言，「交接」是最為頻繁的「社會互動行為」，也就是最普泛的「社會情境」。

189 《漢書補注》，冊二，卷三〇，頁九〇三。

190 《詩經注疏》，卷一之一，頁一三。

191 〈文賦〉，參見〔晉〕陸機著，現代劉運好校注，《陸士衡文集校注》（南京：鳳凰出版社，二〇〇七），卷一，頁二二。

192 《漢書補注》，冊二，卷三〇，頁九〇二。

193 《禮記注疏》，卷三七，頁六六七。

194 《儀禮注疏》，〈鄉射禮〉參見卷一一、一二、一三；〈大射禮〉參見卷一六、一七、一八；〈鄉飲酒禮〉參見卷八、九、十；〈燕禮〉參見卷一四、一五。

195 吉、凶、軍、賓、嘉五禮，參見《周禮注疏》，卷一八，〈春官・大宗伯〉。

在這一情境中，士人階層往往明顯表現其「常民性」的一面，雖為知識分子，猶不能免俗，例如從「施予」一端而言，舉凡過訪、餽贈、邀約、示愛、慶弔、干謁、期應、戲謔、責備、嘲諷、勸戒等，都是「交接」的社會互動行為，例如唐代白居易〈病中逢秋招客夜飲〉及〈自城東至，以詩代書，戲招李六拾遺、崔二十六先輩〉、[196]朱慶餘〈近試上張籍水部〉、[197]孟浩然〈望洞庭湖上張丞相〉、[198]李白〈嘲王歷陽不肯飲酒〉、[199]蘇軾〈送筍芍藥與公擇〉、[200]黃庭堅〈乞鐘乳於曾公袞〉[201]等；從「接受」一端而言，所有相對「施予」行為而所作酬、答、謝等，也都是「交接」的社會互動行為，例如張籍〈酬朱慶餘〉、[202]白居易〈病中答招飲者〉、[203]蘇軾〈黃魯直以詩饋雙井茶，次韻為謝〉。[204]古代士人階層經常處於這種總雜的「交接社會情境」之中，而「詩」是他們所普遍採取的符號形式，實為「詩用」之大類。

綜合言之，「通感」與「交接」兩種「社會情境」，都是以「和文化情境」為根本，而以「禮文化情境」為意義價值規範，形成上下層次的結構性關係。而這兩者之間，一為精神面向的「詩式社會文化行為」；一為功利面向的「詩式社會文化行為」，形成同一層次而一體兩面之社會情境的結構性關係。

總結而言，教化、諷諫、通感、交接四種並時性當下的「情境」與前述上、中層次的四種歷時性傳統的「文化情境」，有何結構性的關係？我們的回答是：這四種「情境」受到上述兩層四種文化情境的制約，必然以「和」為教化、諷諫、通感、交接之社會文化行為的「理想圖像」；而以「禮文化」的「倫理分位」以及「詩文化」的「符號形式」規範其「互動」的言行。而「樂文化情境」在漢代之後，由於詩樂分離，文人創作興起，就轉變為語言「聲感」的講求，總以「中和」的「正音」為理想。那麼，這四種「社會情境」之間存在什麼結構性關係？我們的回答是：這四種情境乃是古代士人階層在現實世界中，其文化生命存在兼合「集體」與「個體」為一身的「總體情境」。在「特殊事件」的當下，進行「詩式社會文化行為」，做為行為者自覺、感知以進行「情境定義」時，這四種「情境」並列為「取類」以選擇「角色定位」的參照系。

接著推演而下，我們就針對「事件情境」提出第四組系列性問題。

196 《白居易集》，冊一，卷八，頁一五八；卷一三，頁二五四。

197 〔清〕康熙御製，彭定求等編，《全唐詩》（台北：文史哲出版社，一九七八），冊八，頁五八九二。

198 現代李景白，《孟浩然詩集校注》，卷三，頁二七二。

199 現代瞿蛻園等，《李白集校注》，卷二三，頁一三五三。

200 〔清〕王文誥、馮應榴輯注，《蘇軾詩集》，冊上，卷一六，頁八一七。

201 〔宋〕黃庭堅著，〔宋〕任淵等注，現代劉尚榮校點，《黃庭堅詩集注》（北京：中華書局，二〇〇三），冊二，卷二〇，頁七一一。

202 《全唐詩》，冊六，卷三八六，頁四三六二。

203 《白居易集》，冊一，卷一五，頁三一一。

204 〔清〕王文誥、馮應榴輯注，《蘇軾詩集》，冊下，卷二八，頁一四八二。

六、什麼是「事件情境」？與前述上中下三層「常態情境」有何結構性的關係？

什麼是特殊的「事件情境」，即其實質涵義是什麼？它與前述上中下三層士人們共在的「常態情境」有何結構性的關係？

「事件情境」是單次性的「特殊情境」，與士人階層所共處的幾種「常態情境」有別。所謂特殊的「事件情境」，前文已略做簡要的定義；「事件」為單次發生，隨著「互動行為」之雙方所抱持的立場、動機、目的而有不同的「情境定義」。前文論及，在「特殊事件」的當下，進行「詩式社會文化行為」，常態共處的教化、諷諫、通感、交接四種「情境」，可做為行為者自覺、感知以進行「情境定義」時，「取類」而選擇「角色定位」的參照系。所謂「取類」而選擇「角色定位」，是指雙方彼此互動，「施予」一方必須參照那四種「情境」，自覺的選取其中一種而做好「情境定義」，才能適當擇取自己的「角色定位」，而明確的掌握賦詩所欲傳達的「本意」是什麼；相對的，「接受」一方也必須參照那四種「情境」，自覺的選取其中一種而做好「情境定義」，才能明確的掌握對方賦詩所欲傳達的「本意」是什麼，而擇取自己的「角色定位」，並給予對方適當的回應。

這種特殊的「事件情境」，我們可以舉例言之，前文提到孟浩然〈望洞庭湖上張丞相〉：

八月湖水平，涵虛混太清。氣蒸雲夢澤，波撼岳陽城。
欲濟無舟楫，端居恥聖明。坐觀垂釣者，徒有羨魚情。[205]

這是一次性的特殊「事件」，其「情境」是孟浩然以詩干謁張丞相，「期求」他能援引提拔自己。張丞相應該是張說，唐玄宗開元四年左右，因與姚崇不合，罷中書令，累徙岳州刺史。洞庭湖在岳州，孟浩然隱居襄陽，其實頗有應舉用世之心。這首詩應該是此時謁見張說之作，[206]以「望洞庭湖」做為「比興」意象，寓託期待張丞相援引之意。這就是孟浩然呈詩給張丞相所身處的「事件情境」，他對這情境的定義，乃是認知到唐代士子「干謁」成風，只要不違「禮文化情境」的規範，則自己這一行為並非有虧道德的惡事，同時也感知到張丞相能欣賞他的才學；但是，「干謁」畢竟非屬榮耀，自己的社會地位與張丞相也不對等，因此難以直言，遂取詩比興的文化傳統，藉「望洞庭湖」以託意。這當然是在上述「交接社會情境」中，所發生的「詩式社會文化行為」，而構成一次「事件」。在這次「事件」，上述就是孟浩然所做的「情境定義」。至於張說也處在這「事件情境」之中，他如何感知而定義？又如何回應？因為史料缺乏，故不可考知。

這種特殊的「事件情境」其實不離「常態情境」，故都以士人階層共在的「常態情境」為基礎，而由雙方行為者彼此選擇「常態」與「特殊」兩層情境的「和諧」或「衝突」。所謂「特殊情境」以「常態情境」為基礎，主要是：一、「和文化情境」的「理想圖像」；二、「禮文化情境」的「倫理分位」；三、「詩文化情境」的「符號形式」；四則比較複雜，選擇「教化文化情境」或「諷諫文化情境」或「通感社會情境」或「交接社會情境」的「角色定位」。就在這四種基礎上，個人面臨一次

205 李景白，《孟浩然詩集校注》，卷三，頁二七二。

206 同前注，參見〈前言〉，頁一，又卷三，頁二七二—二七三。

性「事件」的互動行為，經由「現場」所感知的「特殊情境」，而依其立場、動機、目的，進行社會互動的「實踐」。就以孟浩然這次以詩干謁張丞相為例，他從「交接社會情境」，就可以清楚的將自己這次行為所扮演的「角色」，定位為「期求」尊長能援引拔擢的「干謁者」。這樣的干謁行為，當然必須以「和」的情境做為「理想圖像」，即使「干謁」最終無法實現，也不能傷害彼此的「和諧」。而在「禮文化情境」的制約下，孟浩然當然認知到自己與張丞相之間，長幼尊卑的「倫理分位」，以什麼樣的「態度」表現，才最得體。而在這二個前提性的基礎上，他從「詩文化情境」也就體察到以「微言相感」的「比興」寄託，最為適當。個人實踐的特殊「事件情境」，孟浩然選擇以常態的文化情境或社會情境為基礎，而形成彼此和諧依存的結構性關係。

七、結論

經由前文的分析性詮釋與各單元的綜合，我們可以總結中國古代士人階層「詩式社會文化行為」的「實踐情境結構」：上層「和文化情境」；中層「禮文化情境」、「樂文化情境」、「詩文化情境」；下層「教化文化情境」、「諷諫文化情境」、「通感社會情境」、「交接社會情境」。這三層「常態情境」，縱貫的形成上下層層制約的結構性關係；亦即「和文化情境」制約「禮文化情境」、「樂文化情境」與「詩文化情境」；而「和文化情境」下貫「禮文化情境」、「樂文化情境」與「詩文化情境」，雙重制約「教化文化情境」、「諷諫文化情境」、「通感社會情境」與「交接社會情境」。中層三個面向的情境，「禮」、「樂」與「詩」乃橫向的形成並生共在，彼此支援的結構性關係；下層教化、諷諫、通感、交接四個面向的情境，則橫向並列，在「社會互動行為」之「角色定位」時，做為「取類」參照系的結構性關係。

這三層「常態情境」的結構性關係，乃形成古代士人階層之生命存在的「總體社會文化情境」，沒有任何一個士人能脫離此一「總體社會文化情境」，而遺世獨立的實現他的存在意義價值，當然包括所有的文學活動，創作、批評與應用。其中，一切當下性、特殊性「事件情境」的「詩式社會文化行為」，都必然在這三層「常態情境」的制約之下，才能切實的進行而獲致效果。因此，中國古代士人與「詩」相關的一切活動，根本沒有「為藝術而藝術」、「為文學而文學」的創作與批評；「詩」從來無法脫離古代士人階層貼切於社會文化的人生而能被生產出來。魯迅一輩所謂「文學自覺」、「文學獨立」，完全是遠離中國古代士人階層生命存在的歷史情境，所做「癡人說夢式」的虛無空想。

最後，我們必須斷然指出，中國古代士人階層，詩的創作與批評所身處的「世界」，絕非西方文藝心理學在理論上所說，一個沒有民族歷史文化性與區域社會性的實質內容，而純粹只是背離實用、虛作直覺審美想像的心理世界。那是理論上抽象概念的「世界」，不可能在任何一個民族國家的詩創作與批評活動中具體的「實踐」出來；因為所有文學家都存在、生活於他們特殊的民族文化社會世界中，接受傳統，同時貼切於當代的生活經驗去感思、想像，從而進行創作及批評。

附記：

原刊《東華漢學》第三四期，二〇二一年十二月。

二〇二二年二月修訂，收入本書。

中國古代「詩式社會文化行為」的類型（上）：諷化

一、問題的導出與論題的界定

前文〈中國古代士人階層「詩式社會文化行為」的「實踐情境」結構〉，我們已為士人們實踐「詩式社會文化行為」所身處的「世界」，做出涵具著民族文化性、社會性以及結構性之總體情境的建構。讓我們回顧此一「世界」，即「實踐情境結構」的總體圖像：上層「和文化情境」；中層「禮文化情境」、「樂文化情境」、「詩文化情境」；下層「教化文化情境」、「諷諫文化情境」、「通感社會情境」、「交接社會情境」。這三層「常態情境」，縱貫的形成上下層層制約的結構性關係；亦即「和文化情境」制約「禮文化情境」、「樂文化情境」與「詩文化情境」；而「和文化情境」下貫「禮文化情境」、「樂文化情境」與「詩文化情境」，雙重制約「教化文化情境」、「諷諫文化情境」、「通感社會情境」與「交接社會情境」。中層三個面向的情境，「禮」、「樂」與「詩」乃橫向的形成並生共在，彼此支援的結構性關係；下層教化、諷諫、通感、交接四個面向的情境，則橫向並列，在「社會互動行為」之「角色定位」時，做為「取類」參照系的結構性關係。

同時，我們要特別強調，中國古代士人階層，詩的創作與批評所身處的「世界」，絕非西方文藝心理學在理論上所說，一個沒有民族歷史文化性與區域社會性的實質內容，而純粹只是背離實用、虛作直覺審美想像的心理世界。那是理論上抽象概念的「世界」，不可能在任何一個民族國家的詩創作與批評活動中具體的「實踐」出來；因為所有文學家都存在、生活於他們特殊的民族文化社會世界中，接受傳統，同時貼切於當代的生活經驗去感思、想像，從而進行創作及批評。

那麼，中國古代士人們就是在此一「情境結構」的「世界」中，實踐著種種「詩式社會文化行為」，它所產生繁複的歷史經驗現象或事實載記於從先秦以降的歷代典籍中。那樣繁複的歷史經驗現象或事實，必須撿擇、統合適當的材料，進行約化而建置若干類型，以獲致有序的認知。首先，我們經由通觀的分辨中國古代士人階層「詩式社會文化行為」的種種經驗現象或事實，大體可以約化為三種類型：一是「諷化」；二是「通感」；三是「交接」。

然則，我們的論題乃界定在針對中國古代「詩式社會文化行為」之複雜的經驗現象或事實，進行「類型化」的詮釋；因為被符號化為「文本」的經驗現象或事實散殊、紛雜，其資料繁複，勢不可能逐一討論，故必須加以「類型化」處理。「類型」的建置並非依藉百分之百經驗材料所做「完全歸納」而獲致。其程序乃是首先建立做為區分類型之形式與內涵特徵的基準。類型區分的基準，第一層次是「詩式社會文化行為」之實踐，究竟出於「集體意識」或「個體意識」的差別。第二層次是各類型之「詩式社會文化行為」的「實踐場所」、「事件情境」、「發言者」、「受言者」、「語言形式」、「行為意向」、「衍外效用」七個形式特徵及內涵意義的基準。

所謂「集體意識」，「集體」（the Collective），指任何集合概念，任何集合在一起的許多個體均可稱為「集體」；「意識」（Gonscio sness）則指一個認識主體對於所經驗到的現實情況或行為的價值，由感覺與反省而形成的知識。[1]據此，我們將「集體意識」界定為一個人對於生命實存與行為

1 參見〔美〕布魯格（W.Brugger）編著、項退結編譯，《西洋哲學辭典》（台北：國立編譯館、先知出版社印行，一九七六），頁八八—八九，又頁一〇〇—一〇一。

價值的認知，是將個體視為集體的一員，只服從集體所共有的最高價值；個體自身不獨立實存，在行為上亦無個殊的價值意向。所謂「個體意識」，「個體」（Individual），指一個涵具無可共有之特質的具體負荷者。[2]「個體意識」，即指一個人對於生命實存與行為價值的認知，是強調個體不可共有之特性，將個體視為獨立而相對於其他個體，而不必去服從超越個體以上的集體共有之更高價值。所謂「實踐場所」，指的是諸多「詩式社會文化行為」實踐的時空位置及其「常態情境」。「事件情境」指的是一次性的「詩式社會文化行為」之所以發生，必由於某一特定事件；此一「事件」便成為發言者與受言者共同身處而認知的特定「情境」。「發言者」指以「詩」做為言語形式的「社會文化行為者」，主要是社會身分以及與「受言者」的社會關係。「受言者」指「社會文化行為者」所發之言指向的對象，可分為特指的顯性個體或隱性個體、特指的顯性他群與泛化的隱性他群，他們都屬第一序位、直接的受言對象。「語言形式」是指發言者以何種「詩性」的修辭表現其「行為意向」，可有「顯」與「隱」之分。而「行為意向」指的是一次行為之所以發生、實踐的原因動機與目的動機。[3]「行為意向」會因為言語形式的差別而有「顯性」與「隱性」之分。大體而言，其「語言形式」以「賦」法直陳其意、直說其理，是「顯性意向」；以「比」或「興」之法，譬喻或感物起情，讓受言者自悟，則是「隱性意向」。「衍外效用」指的是一種事物由自身所具有的功能，作用於外在對象而產生的效果。在「詩式社會文化行為」中，指的是一次行為所隱涵發言者的「意向」作用於受言者而獲致的效果；效用有「正向」也有「負向」，更有因為文獻不足而不可考實確斷者。

我們的操作程序，首先依此基準，針對典籍所載記繁複的經驗現象或事實，進行總體通觀的理解、分辨，以「同異共求」為原則，聚同而別異，揭示雜多事物之間相似特徵與相異特徵而加以約化為幾個類型，並分別掌握各類型可辨認的「共相」。「諷化」屬於「集體意識」的「詩式社會文化行為」；「通感」與「交接」則是屬於「個體意識」的「詩式社會文化行為」。接著，針對各類型取樣足夠的範型性文本，就依照「實踐場所」、「事件情境」、「發言者」、「受言者」、「語言形式」、「行為意向」以及「衍外效用」七個基準，經過文本分析性詮釋，以明確的論證各類型所顯示的形式特徵及其內涵意義。

二、什麼是「諷諫」的「詩式社會文化行為」？

〈詩大序〉云：「上以風化下，下以風刺上。主文而譎諫，言之者無罪，聞之者足以戒。」[4]中國古代，尤其先秦以至漢代，最主要之「詩式社會文化行為」類型應該就是「上以風化下，下以風刺上」的雙向互動，是為「諷化」類型。

2 同前注，頁二二一。

3 「原因動機」（because motive）是指一個行為者由於過去的經驗，因而導致他之所以產生現在此一行為的動機。「目的動機」（in-order-to motive）則是指一個行為者由於某種指向未來的目的，而導致他產生現在此一行為的動機。參見〔美〕舒茲著、盧嵐蘭譯，《舒茲論文集（I）》（台北：久大、桂冠聯合出版，一九九三），頁九一—九四。

4 〔漢〕毛亨傳、鄭玄箋，〔唐〕孔穎達疏，《詩經注疏》（台北：藝文印書館，景印嘉慶二十年南昌府學重刊宋本，一九七三），卷一之一，頁一六。

這一類型的「詩式社會文化行為」必須合併「上以風化下，下以風刺上」的雙向互動行為以觀之。這二種互動行為不能截然為二而理解其意義，因為它們都是發生、實踐於古代「政教場所」，上下互相傳遞或「諷」或「化」的「行為意向」，以共同營造政通人和的「衍外效用」。這是中國古代從先秦就已建構的政教文化傳統。

「諷化」這一類型的「詩式社會文化行為」，屬於「集體意識詩用」。班固《漢書・藝文志・六藝略論》指出：「《書》曰：『詩言志，歌永言』，故哀樂之心感，而歌詠之聲發。」[5]沈約《宋書・謝靈運傳論》認為：「民稟天地之靈，含五常之德，剛柔迭用，喜慍分情。夫志動於中，則歌詠外發……然則歌詠所興，宜自生民始也。」[6]那麼詩根於人性而源於上古，風謠之起，莫非生民感物而動，緣事而發，其始就是產生於集體現實生活必需之「用」。而集體現實生活之必需，關乎鬼神信仰、勞動生產、飲食男女、群聚互動關係與政治施為所獲致的滿足感。因此，中國遠古的「詩用」文化，很多是「集體意識」之所發，實踐於政教場所。無關乎「政教」的「個體意識」詩用，厥為後起的產物。集體意識所生產的風謠，由做為「泛社會情境場所」的「詩性輿論」，逐漸發展為士大夫階層朝廷內的「特定情境場所」中，「以詩諷諫」的社會文化行為。然後，隨著大一統帝國王權的極化，演變為「泛文化情境場所」中，「以詩諷諭」的社會文化行為，其「行為意向」之所指，由特指天子為對象，轉為普泛的權力階層與庶眾民生，諷刺或告曉而不諫。依循順序，我們就先處理「諷諫」而推及「諷諭」的社會文化行為，「化」則留待後文處理。

首先，釋名以章義：「諷」字有譬喻、勸諫、告曉諸義。譬喻，是語言形式；勸諫、告曉，則是內容所涵具發言者的「行為意向」。在「詩用」語境中，結合上述形式與內容，指的就是發言者以微言寄託諷諫、告曉之意向，或顯性或隱性。通常發生在「下對上」或「平行」的互動關係。上者，國君或尊長；下者，臣民或下屬。

這一類型之「詩式社會文化行為」的發生、實踐，大體而言，都在「政教場所」；但其中卻因發言者的社會階層差異而並時性的有著不同場所的分別，甚至由於政治制度及文化情境的歷時性遷移，此一「詩式社會文化行為」的「實踐場所」也產生了「狀況」的改變，後文將做詳論。而其「事件情境」雖每一次都不同，卻都與「政教」有關。「發言者」大多是公卿大夫，偶亦涉庶民。「受言者」大致是國君或權力高層。「語言形式」以「比興」隱微其意為多，有些則直「賦」其意。至於「行為意向」，亦即發言的原因動機與目的動機，當然都關聯到「政教」之人事經驗，並意圖改變受言者之舊行；而「衍外效用」則有些符合「行為意向」之預期，有些則否，須依個案而判定。

政教之「諷諫文化情境」的生成，其來甚遠。文獻所載，西周就已可見。在本論文中，我們所要顯題化處理的是，這一類型的「詩式社會文化行為」，其「實踐場所」的實際狀況如何？「事件情境」如何？「發言者」與「受言者」是什麼社會身分而彼此是何倫理關係？其所使用的「語言形式」如何？「行為意向」與「衍外效用」如何？大體而言，從西周以降，「以詩諷諫」的社會文化行為，其「實踐場所」就因發言者之社會階層差異而並時性的有著不同狀況，或因為社會文化的遷移而有著

5　〔漢〕班固著、〔唐〕顏師古注，〔清〕王先謙補注，《漢書補注》（台北：藝文印書館，景印光緒庚子長沙王氏校刊本，一九五六），冊二，卷三〇，頁八七八。

6　〔南朝梁〕沈約，《宋書》（台北：藝文印書館，一九五六），卷六七，頁八六一。

歷時性的差異：一是「泛社會情境場所」；二是「特定情境場所」；三是「泛文化情境場所」。「發言者」多為公卿大夫或庶民，「受言者」都為國君或高層掌權者。語言「行為意向」或隱性或顯性，原因動機都是君德有虧或朝政缺失的經驗，引發公卿大夫以至士人、百姓「以詩為諫」，目的動機則意圖「悟君」與「改革政教」。「語言形式」或顯性直賦，或隱性比興。至於「衍外效用」則有的達到「正向」的預期目的，有的卻「負向」的目的落空。這一類「以詩諷諫」的社會文化行為，我們就依「實踐場所」三個階段的演變，以及幾項「詩式社會文化行為」的形式特徵與內涵意義的基準，逐一詮釋。

（一）「泛社會情境場所」以詩諷諫的社會文化行為

第一種在「泛社會情境場所」實踐「以詩諷諫」的行為，可視為廣義的「輿論」；在朝廷內的公卿大夫，以及朝廷外的民間社會，各處皆可發生，因此「發言者」頗為多方，而「受言者」大致特指天子。《春秋左傳・襄公十四年》記述：「自王以下，各有父兄子弟以補察其政：史為書，瞽為詩，工誦箴諫，大夫規誨，士傳言，庶人謗。」[7]所謂「瞽為詩」，孔穎達疏云：「詩者，民之所作，采得民詩，乃使瞽人為歌以風刺，非瞽人自為詩。」至於「工誦箴諫」，孔穎達疏云：「詩辭自是箴諫。」[8]箴體有韻語者，是廣義的詩，則箴諫其中有些就是「以詩為諫」。又《國語・周語》也記載：「天子聽政，使公卿至於列士獻詩，瞽獻曲，史獻書，師箴，瞍賦，矇誦……。」[9]以及《國語・晉語》亦稱：「使工誦諫於朝，在列者獻詩使勿兜，風聽臚言於市，辨祆祥於謠，考百事於朝，問謗譽於路。」[10]這些獻詩、獻曲、誦箴以諫，都是「以詩為諫」。

依據上述所載「以詩為諫」的諸多行為，我們所要經意的是其「實踐場所」的不同狀況，以及「發言者」、「受言者」、「行為意向」與「衍外效用」。「自王以下，各有父兄子弟以補察其政」，這些「父兄子弟」的「發言者」，其社會階層當屬王室宗族，他們「補察其政」的行為方式，就是「史為書，瞽為詩，工誦箴諫，大夫規誨」，其中「瞽為詩，工誦箴諫」，依孔穎達的解釋，都是「以詩為諫」。工，鄭玄注：「樂人。」瞽人、樂人皆為有「職」者，對觀《國語》所述「天子聽政，使公卿至於列士獻詩，瞽獻曲」、「使工誦諫於朝，在列者獻詩」，則這種「以詩為諫」的「實踐場所」，當在朝廷之內，在境而現場，是為「特定情境場所」，「受言者」都是周天子。語言形式為「詩」，當是隱微含蓄。

然而，這已是第二序的實踐場所。「瞽為詩」之「詩」，乃「採得民詩」，亦即「獻詩」；而「詩」出於民間之歌謠，則其第一序乃「泛社會情境場所」；再旁證於《國語・晉語》所述：「風聽臚言於市」、「辨祆祥於謠」、「問謗譽於路」，則這一類在「泛社會情境場所」發生、實踐的「諷諫」行為，發言者可以是庶民，故形同「輿論」，在境而非現場。其「事件情境」則必然是國君施政的作為，落實於庶民所造成或美或惡的事實經驗。至於其「行為意向」自是關切政教的美善或刺惡，

7　〔春秋〕左丘明著，〔晉〕杜預集解，〔唐〕孔穎達疏，《春秋左傳注疏》（台北：藝文印書館，景印嘉慶二十年南昌府學重刊宋本，一九七三），卷三二，頁五六二－五六三。

8　同前注，頁五六三。

9　〔春秋〕左丘明著，〔三國吳〕韋昭注，《國語》（台北：九思出版社，一九七八），卷一，頁九－一〇。

10　同前注，卷一二，頁四一〇。

既以詩歌為之，則或顯或隱；顯者直賦之，隱者比興之。至於「衍外效用」，或有明載或無明載。準此可見中國古代詩歌的「原生」型態，絕非「為文學而文學」；「文學性」的價值不是一個被顯題化思辨的議題；「輿論性」的效用才是上從天子，下及大夫、士，眾所關注的議題。

這種以「詩歌」為媒體而傳達輿論的社會文化行為之所以產生，主要原因有三：一是周文化的核心價值是「德」。「德」以「君」為典範，君德完善無虧乃是政治理想，而君德有虧則必匡之。故上引《左傳》、《國語》所述及「自王以下，各有父兄子弟以補察其政」、「風聽臚言於市」、「辨祆祥於謠」、「問謗譽於路」云云，都以這樣的德政文化為基礎。《春秋左傳・襄公十四年》云：「夫君，神之主也，民之望也。若困民之主，匱神乏祀，百姓絕望，社稷無主，將安用之？」因此，上下皆有輔佐者，對待國君「善則賞之，過則匡之，患則救之，失則革之」。[11]《國語・晉語》亦云：「古之王者，政德既成，又聽於民。」[12]因此重視公卿大夫以至士人、庶民的「輿論」，乃是君德所以備而政德所以成的重要條件。二是古無專職諫官。專職諫官之設置始於秦代；秦代設「諫大夫」，職司諫諍朝政之得失，「諫諍」至此制度化。漢武帝沿用，設「諫大夫」。東漢光武帝改為「諫議大夫」。[13]隋唐仍之，另設拾遺、補闕，專掌諫議得失。[14]因此周朝所建立的德政文化，上從公卿大夫，下到士人、庶民皆可為「發言者」，形成「輿論」以諫，差別只在於高層的公卿大夫能在朝廷內的「特定情境場所」，實踐「以詩為諫」的行為；而無官職的士人及庶民，只能在「泛社會情境場所」，以傳播歌謠的方式實踐諷諫。三是詩歌的表意方式，多以「比興」為之，最為委婉；不直刺君惡，而使其自悟以遷善，即〈詩大序〉所謂「主文而譎諫」，正合乎周代「禮文化」的言語倫理規範。[15]

基於上述三種原因，這種「輿論性」的詩歌文化，從周代開始，自此以降逐漸形成傳統，並滲心沁志的形塑了士人階層的「文化意識形態」。漢代猶有設立樂府以採風的制度，當是這種「輿論性」詩歌文化的遺緒。[16]漢代之後，即使建立在「泛社會情境場所」的採詩獻詩，以及朝廷內「特定情境場所」的「以詩為諫」逐漸消失，這種「諷諫」類型的「詩式社會文化行為」，終究演變為士人階層存在於「泛文化情境場所」中，意識明切的實踐，後文將作詳論。

（二）「特定情境場所」以詩諷諫的社會文化行為

第二種「特定情境場所」以詩為諫的行為，除了採詩、獻詩之外，更具「詩式社會文化行為」特徵者，乃是士大夫個人「作詩」或「引詩」以諫，這種現象普行於先秦時期。「作詩以諫」者，可以

11 《春秋左傳注疏》，卷三二，頁五六二。

12 〔三國吳〕韋昭注，《國語》，卷一二，頁四一〇。

13 《續漢志・百官志》「諫議大夫」條，王先謙集解引惠棟曰：「秦置諫大夫，屬郎中令……掌論議，漢初不置，至武帝，始因秦置之……光武增議字為諫議大夫。」參見〔南朝梁〕劉昭注補，〔清〕王先謙集解，《後漢書集解》（台北：藝文印書館，一九五六），冊二，頁一三四一。

14 《唐書・百官志》，參見〔宋〕歐陽修等著，《唐書》（台北：藝文印書館，據清乾隆武英殿刊本景印，一九五六），冊一，卷四七，頁五五三—五五四。

15 詳見顏崑陽，〈中國古代「詩用」情境中「比興」的「言語倫理」功能及其效用〉，收入本書。

16 《漢書・藝文志・詩賦略論》：「自孝武立樂府而採歌謠，於是有趙代之謳，秦楚之風。」參見〔清〕王先謙，《漢書補注》，冊二，卷三〇，頁九〇三。

西周祭公謀父作〈祈招〉以諫穆王為範例，《左傳．昭公十二年》記載：

> 昔周穆王欲肆其心，周行天下，將皆必有車轍馬跡焉。祭公謀父作〈祈招〉之詩，以止王心。王是以獲沒於祇宮。……詩曰：「祈招之愔愔，式昭德音。思我王度，式如玉，式如金。形民之力，而無醉飽之心。」[17]

「發言者」祭公謀父是「受言者」周穆王的卿士，這一「以詩為諫」的行為之所以發生的「事件情境」，乃「穆王欲肆其心，周行天下」，故而祭公謀父憂慮將會過度勞役民力，並且也會危及穆王的生命安全，因作〈祈招〉之詩以諫。祭公謀父既是卿士身分，能近王側，則此一詩諫行為當實踐於宮廷之內，在境而現場，為「特定情境場所」。而此一行為隱性的受言者是周穆王，但發言者祭公謀父基於君臣倫理關係，不宜以周穆王為直接受言者。因此，表面顯性的受言者，乃指向隨侍穆王以周行天下的司馬之官，即「祈招」。孔穎達疏云：「穆王之時有祈父官，名招；即是司馬官也，職掌兵甲，常從王行。祭公諫王遊行，設言以戒司馬也。」[18]然則，這是「隱性意向」，主意是要勸諫穆王，不宜沒有節制的遊行天下，卻以「設言」側說的方式，奉勸隨侍的司馬之官，當善盡職掌，能彰明我王之德音德度，如玉如金之堅重。而使用民力，也宜隨其所能，不能勞役過度，更不能毫無限度的滿足醉飽之心。在君臣倫理關係中，其語言形式正是「微言」之諫，勸諫穆王之意隱藏在「設言以戒司馬」的言外。其「衍外效用」如何？從「王是以獲沒於祇宮」觀之，當是改變穆王之舊行，終能壽盡於王宮之內。

這一類在朝廷內之「特定情境場所」以詩為諫的行為，西周穆王以降，到東周春秋時期，從周天子到諸侯國的朝廷內，都經常發生。不過，大致以「引詩」為常，「作詩」的案例不多。晏子相齊景公，最稱善諫，或自作詩，或引詩。自作詩有二個範例，《晏子逸箋》云：

晏子使于魯。景公使國人起大臺。歲寒不已，凍餒者鄉有焉。國人望晏子。晏子至，已復事，復命已；公延坐，飲酒，樂。晏子曰：「君若賜臣；臣請歌之。」歌曰：「庶民之言曰：凍水洗我若之何！太上靡散我若之何！」歌終，喟然嘆而流涕。公就止之曰：「夫子曷為至此！殆為大臺之役夫？寡人將速罷之。」晏子再拜，出而不言。[19]

這一以詩為諫的行為實踐於宮庭內的「特定情境場所」，晏子與齊景公面對面，在境而現場。「發言者」晏子與「受言者」齊景公雖為君臣關係，但是晏子是以「道」事君的賢大夫，善盡「諷諫」之臣道。「事件情境」是「景公使國人起大臺。歲寒不已，凍餒者鄉有焉。國人望晏子。」因而晏子趁與景公飲酒歡樂的當下，起而作歌。其「行為意向」乃諫止景公建造大臺而勞苦百姓，卻不直接論明，而以「擬代」的敘述形式，為民發聲。這是「隱性意向」，期君自悟。「衍外效用」果然景

17 《春秋左傳注疏》，卷四五，頁七九五。
18 同前注，頁七九五。
19 現代鄒太華輯注，《晏子逸箋》（台北：臺灣中華書局，一九七三年），內篇，卷二，頁九五—九六

公當下醒悟，將速罷之。《晏子逸箋》又云：

景公為長庲，將欲美之，有風雨作。公與晏子入坐，飲酒，致堂上之樂。酒酣，晏子作歌曰：「穗兮不得獲，秋風至兮殫零落；風雨之拂殺也，太上之靡弊也。」歌終，顧而流涕，張躬而舞。公就晏子而止之曰：「今日夫子為賜，而誡於寡人；寡人之罪。」遂廢酒罷役，不果成長庲。[20]

「長庲」是大臺，登高宴樂之所。這一「以詩為諫」的行為之所以發生，「事件情境」是「景公為長庲，將欲美之」；關鍵在於「美之」。建造大臺，必勞民傷財，國君應知適可而止。臺成，景公又要美化裝飾，則入於奢侈。晏子同樣在宮庭內的「特定情境場所」，趁與景公飲酒歡樂之時，作歌以諫，在境而現場。藉當下風雨大作的景象起興，以麥穗受風雨摧殘連類譬喻國君建臺使民生靡弊。這是「隱性意向」，其「衍外效用」則是景公「遂廢酒罷役，不果成長庲」。鄒太華注認為末句「『成』字首尾語意不貫，疑當是『美』字」。[21]所說為是，臺已成，景公所停止的是美化裝飾大臺的奢侈行為。

春秋時期在朝廷內之「特定情境場所」以詩為諫的行為，以「引詩」為多；所引之詩，大多數出於《三百篇》，顯見當時因應詩教之需要，已有國史所編定的標準本，因此士大夫熟練的隨口引詩、賦詩，用以諷化、通感、交接，才有可能實踐。而這種「引詩」的表意方式之所以能成為眾所同遵共信的模式化行為，主要原因有二：一是因為詩歌是一種具有音樂性的特殊言語形式，其「音聲」就如〈詩大序〉所言，可以「動天地，感鬼神」；[22]因此從遠古以來，「詩歌」就是人神交通的媒介形式，《尚書．舜典》云：「詩言志，歌永言，聲依永，律和聲。八音克諧，無相奪倫，神人以和。」[23]所謂「神人以和」指的是詩歌能達致神人之間，倫理和諧的效用。因此「詩」做為一種不同於日常說話的特殊言語形式，自古都肯認它的「神聖性」。二是有些詩歌在傳衍的過程中，若干嘉句已逐漸「格言化」，可用來表述某種共同經驗及其普遍價值，因而常被引用。顧頡剛曾統計先秦典籍中，士人階層的一般言談，常被引用的詩句大約一百之數。這些詩句約略歸納其意，不外讚美、罵詈、悲嘆、勸誡及陳述幾類。[24]我們觀察這些引詩都出現在士人階層的社會互動關係中，具有言語倫理的功能與效用，並非一個人單獨的自我抒情。雖然這類在對話中「引詩」，不是最為典型的「詩式社會文化行為」；但是卻因為詩歌所具有的「神聖性」，而若干詩句又已經「格言化」，具備「權威」的力量，可以隱微含蓄的使人感知而信服。所以「引詩」以做為社會互動的言說方式乃普行於先秦時期，明顯表現「詩用」的功效。其中「引詩以諫」的行為最屬常見，可列舉四個範例，以明這一類類型的特徵。

20 同前注，卷二，頁九八—九九。

21 同前注，卷二，頁九九。

22 《詩經注疏》，卷一之一，頁一四。

23 〔漢〕孔安國傳，〔唐〕孔穎達疏，《尚書注疏》（台北：藝文印書館，景印嘉慶二十年南昌府學重刊宋本，一九七三），卷三，頁四六。

24 顧頡剛，〈周代人的用詩〉，收入《古史辨》（台北：明倫出版社，一九七〇），冊三，頁三四一—三四二。

《春秋左傳．僖公二十二年》：

富辰言於王，曰：「請召大叔，詩曰：『協比其鄰，婚姻孔云。』吾兄弟之不協，焉能怨諸侯之不睦？」王說。王子帶自齊復歸於京師，王召之也。[25]

《春秋左傳．襄公二十四年》：

范宣子為政，諸侯之幣重，鄭人病之。二月，鄭伯如晉，子產寓書于子西，以告宣子，曰：「子為晉國，四鄰諸侯，不聞令德，而聞重幣，僑也惑之。僑聞君子長國家者，非無賄之患，而無令名之難。……夫令名，德之輿也；德，國家之基也。有基無壞，無亦是務乎？有德則樂，樂則能久。詩云：『樂只君子，邦家之基』，有令德也夫。『上帝臨女，無貳爾心』，有令名也夫。……。」宣子說，乃輕幣。[26]

《晏子逸箋》：

晏子飲景公酒，日暮，公呼具火。晏子辭曰：「詩云『側弁之俄』，言失德也。『屢舞傞傞』，言失容也。『既醉而出，並受其福』，賓主之禮也。『醉而不出，是謂伐德』，賓之罪也。嬰已卜其日，未卜其夜。」公曰：「善！」舉酒祭之，再拜而出，曰：「豈過我哉？吾託國于晏子也。以其家貨善寡人，不欲其淫侈也；而況與寡人謀國乎？」[27]

《韓詩外傳》：

晉靈公之時，宋人殺昭公。趙宣子請師於靈公而救之。靈公曰：「非晉國之急也。」宣子曰：「不然。夫大者天地，其次君臣，所以為順也。今殺其君，所以反天地，逆人道也。天必加災焉。晉為盟主而不救，天罰懼及矣。《詩》曰：『凡民有喪，匍匐救之。』而況國君乎？」於是靈公乃與師而從之。[28]

上引四個範例，除了第二例「范宣子為政」，鄭國子產乃依託大夫子西帶信給晉國執政權臣范宣子之外，其餘三例都實踐於朝廷內「特定情境場所」，「發言者」與「受言者」面對面交談，在境而現場。即使「子產寓書于子西」，雙方非「現場」互動，卻也是「在境」，彼此都在共處的「事件情境」中，依藉書信傳遞「行為意向」。「發言者」子產是鄭國大夫，「受言者」范宣子是晉國權

25 《春秋左傳注疏》，卷二五，頁二四七。
26 同前注，卷三五，頁六〇九—六一〇。
27 現代鄒太華輯注，《晏子逸箋》，卷五，頁二九五—二九六。
28 〔漢〕韓嬰著，屈守元注，《韓詩外傳箋疏》（成都：巴蜀書社，一九九六年），卷一，頁七六。

臣，彼此倫理關係平等。這一「事件情境」即是諸侯的盟主為晉國，卻對待各盟國「重幣」而不「重德」；范宣子為政，加重諸侯所輸給的貢幣，各諸侯國負擔沉重，尤其鄭國力弱，甚以為患。鄭伯為重幣以及伐陳之事朝晉，子產未隨行，乃託書大夫子西，對范宣子論述重幣不重德所將帶來的弊害，勸諫范宣子改變此一不當之行，「行為意向」為顯性；而最終獲致「正向」的「衍外效用」，即「范宣子說，乃輕幣」，「說」即「悅」。子產在論述重幣之害時，引用《三百篇》之〈小雅・南山有臺〉「樂只君子，邦家之基」詩句；[29]詩如格言，用以權威的印證子產所論「令德」之重要。復引〈大雅・大明〉「上帝臨女，無貳爾心」詩句，[30]用以印證所論「令名」之重要。

其他三例都在「特定情境場所」進行，「事件情境」明確，其「行為意向」都是顯性，「發言者」臣子針對「政教」上某一事件，「受言者」國君之行為有所不當，而提出勸諫之意，彼此為君臣上下的倫理關係，言語必須合乎禮。「富辰言於王」一例，「王」是周襄王，富辰是周大夫，大叔是周襄王的庶弟王子帶。「事件情境」是周惠王的皇后姜氏生嫡長子鄭，即應繼承王位的世子。而王妃陳媯受寵，生庶子帶，惠王甚愛之，呼為大叔，而有廢世子改立王子帶之意。惠王崩，王子帶未及立而惠后死，遂奔齊。[31]初，惠后欲立帶時，世子鄭奔齊，後得齊桓公之助，繼位，是為襄王；[32]而其庶弟仍流落齊國。在這「事件情境」中，大夫富辰諫襄王召回王子帶，「行為意向」為顯性。富辰引用〈小雅・正月〉「協比其鄰，昏姻孔云」詩句，[33]「協」字，今本《詩經》作「洽」。富宸的「行為意向」乃以此詩句勸襄王身為天子，先能以身作則，親愛兄弟，才能期許諸侯和睦相處。而其「衍外效用」為「正向」：「王說。王子帶自齊復歸於京師，王召之也」。

另外二例，同樣都在朝廷內「特定情境場所」進行，發言者與受言者也都彼此是君臣上下的倫理關係，言必合禮，引詩以諫，委婉其意，就是「禮文化」的言語規範。其「事件情境」明確，「行為意向」可會；而「衍外效用」也都「正向」的實現所預期之目的，就不逐例分析。我們要特別關注的是，這一類諷諫，都引用《三百篇》編定的詩句。「晏子飲景公酒」一例，由於景公飲酣而不知節制，日暮猶欲「具火」縱樂，晏子不直接勸諫，而引用〈小雅・賓之初筵〉數句，[34]逐句釋意，表面在說詩，實則暗示景公飲酒作樂，應有節制，過度則不免失德、失容，而賓主皆失禮而有過。其「行為意向」不失委婉，可算是隱性。「趙宣子請師于靈公」一例，為諫晉靈公出兵救宋國之亂，引用〈邶風・谷風〉詩句，[35]啟發靈公，有仁心者，見人之難，都能盡力救助，何況是一國之君有難，豈能置於度外？「行為意向」為顯性，也獲致「正向」的預期「衍外效用」。

春秋時期，「引詩為諫」相當普行，已成政教場所中一種言語行為模式，以達隱微其意，溫柔敦厚的效用，而「正向」的「衍外效用」頗為常見。其基礎因素條件就在於依藉當時所共同建構的「禮

29 《詩經注疏》，卷一〇之一，頁三四七。

30 同前注，卷一六之一，頁五四四。

31 《春秋左傳注疏・僖公二十四年》，卷一五，頁二五七。

32 參見〔漢〕司馬遷著，〔日〕瀧川龜太郎注，《史記會注考證・周本紀》（台北：藝文印書館，一九七二），卷四，頁七五。

33 《詩經注疏》，卷一二之一，頁四〇一。

34 同前注，卷一四之三，頁四九五。

35 同前注，卷二之二，頁九一。

文化」與「詩文化」；而編定《三百篇》做為天子以至公卿大夫「詩教」的範本；因而很多詩句成為眾所共識之「神聖性」而「格言化」的真理信仰；故「引詩」往往能增強諷諫的說服力。

當然，「引詩以諫」的「衍外效用」並非全都正向，有些情況是受言者「不聽」，終而未實現發言者所預期的目的。然而，神聖性而格言化的詩句實有其出於共同存在經驗與眾所認可之普遍價值的真理性。發言者能洞明真理而引詩諷諫，受言者卻昏昧而「不聽」，終而自受其惡果。這類案例，先秦典籍所載也有不少，例如《國語・周語上》：

厲王說榮夷公。芮良夫曰：「王室其將卑乎！夫榮公好專利而不知大難。夫利百物之所生也，天地之所載也；而或專之，其害多矣。……夫王人者，將導利而布之上下者也，使神人百物無不得其極，猶日怵惕，懼怨之來也。故《頌》曰：『思文后稷，克配彼天。立我蒸民，莫匪爾極。』《大雅》曰：『陳錫載周。』是不布利而懼難乎？故能載周，以至于今。……榮公若用，周必敗。」既榮公為卿士，諸侯不享，王流于彘。[36]

《國語・周語下》：

靈王二十二年，穀、洛鬥，將毀王宮，王欲壅之。太子晉諫曰：「不可。晉聞古之長民者，不墮山，不崇藪，不防川，不竇澤。……是以民生有財用，而死有所葬。然則無夭、昏、札、瘥之憂，而無飢、寒、乏、匱之患；故上下能相固，以待不虞，古之聖王唯此之慎。……《詩》曰：

『四牡騤騤，旟旐有翩，亂生不夷，靡國不泯。』又曰：『民之貪亂，寧為荼毒。』夫見亂而不惕，所殘必多，其飾彌章。民有怨亂，猶不可遏，而況神乎？王將防鬥川以飾宮，是飾亂而佐鬥也，其無乃章禍且遇傷乎？自我先王厲、宣、幽、平而貪天禍，至於今未弭。我又章之，懼長及子孫，王室其愈卑乎？其若之何？……。」王卒壅之。及景王多寵人，亂於是乎始生。景王崩，王室大亂。及定王，王室遂卑。[37]

《春秋左傳・僖公二十二年》：

邾人以須句故出師。公卑邾，不設備而御之。臧文仲曰：「國無小，不可易也。無備，雖眾，不可恃也。詩曰：『戰戰兢兢，如臨深淵，如履薄冰。』又曰：『敬之敬之，天惟顯思，命不易哉。』先王明德，猶無不難也，無不懼也，況我小國乎？君其無謂邾小，蠭蠆有毒，而況國乎？弗聽。八月丁未，公及邾師戰于升陘。我師敗績，邾人獲公冑，懸諸魚門。[38]

《春秋左傳・僖公二十四年》：

36 〔三國吳〕韋昭注，《國語》，卷一，頁一二－一三。

37 同前注，卷三，頁一〇一－一一三。

38 《春秋左傳注疏》，卷一五，頁二四七－二四八。

鄭之入滑也，滑人聽命。師還，又即衛。鄭公子士洩、堵俞彌，帥師伐滑。王使伯服、游孫伯如鄭請滑。鄭伯怨惠王之入而不與厲公爵也，又怨襄王之與衛滑也，故不聽王命，而執二子。王怒，將以狄伐鄭。富辰諫曰：「不可，臣聞之，太上以德撫民，其次親親，以相及也。昔周公弔二叔之不咸，故封建親戚，以蕃屏周。……召穆公思周德之不類，故糾合宗族于成周而作詩曰：『常棣之華，鄂不韡韡。凡今之人，莫如兄弟。』其四章曰：『兄弟鬩于牆，外禦其侮。』如是，則兄弟雖有小忿，不廢懿親。今天子不忍小忿，以棄鄭親，其若之何？……王弗聽，使頹叔、桃子出狄師。[39]

上引幾個範例，同樣都在朝廷內「特定情境場所」發生、實踐，「發言者」與「受言者」彼此為君臣上下倫理關係，面對面交談，在境而現場。而其「行為意向」都因為君行有失，賢臣諷諫，期望能改變君行。「事件情境」雖各有不同，卻都與政教有關。例一的「事件情境」，周厲王寵幸榮夷公，而榮夷公卻「好專利而不知大難」。「專利」是專擅利益以為己有，而不知民怨所帶來的大難。賢臣芮良夫勸諫，預斷「榮公若用，周必敗」。論述過程，引用〈周頌・思文〉「思文后稷，克配彼天。立我蒸民，莫匪爾極」詩句，[40]以提示周公思其祖先后稷，文德配天，教種五穀，使眾民得以徧養。又引用〈大雅・文王〉「陳錫載周」詩句，[41]「載」字今本《詩經》作「哉」，語辭。此詩句提示祖先文王之德，使得上天布賜施利於周。引用這些詩句，無非啟示厲王當法先王，只有顯德之人，為全民謀利，才能受天之賜福；但厲王不聽，「衍外效用」為「負向」，不符預期之目的。而厲王違背詩句所示之真理，後果是「榮公為卿士，諸侯不享，王流于彘」。

例二的「事件情境」，東周王城洛陽之北的穀水與王城之南的洛水經常相互衝激，造成水災。韋昭注云：「鬥者，兩水激，有似於鬥也。」周靈王二十二年，韋昭注云：「穀水盛，出於王城之西，而南流合於洛水，毀王城西南，將及王宮。」[42]穀水的水勢太大，潰堤改道，流向王城之西，南與洛水會合。王城西南面被沖毀，險些殃及王宮。因此「受言者」周靈王打算填塞流向西南的穀水，讓它改道北流，韋昭注云：「欲壅防穀水，使北出也。」而「發言者」太子晉勸諫，指其不可，認為以人工改變河道，違逆自然的地理形勢。因為「川，氣之導也」，[43]意即河川的功能是通達地氣，王者不能只為宮室的享受，而人為截斷地氣，擾亂河神之靈，甚至危害民生；故為政必須「度於天地而順於時動，和於民神而儀於物則」，[44]也就是順應天地四時的變化，而和諧民生與神意，並遵循萬物生息的法則。發言者太子晉的「行為意向」明白，是為顯性。在論述過程中，引用〈大雅・桑柔〉第二章「四牡騤騤，旟旐有翩，亂生不夷，靡國不泯」詩句，[45]提示厲王征伐不息，禍亂不止，人民

39　同前注，卷一五，頁二五五—二五七。
40　《詩經注疏》，卷一九之二，頁七二一。
41　同前注，卷一六之一，頁五三四。
42　《國語》，韋昭的注文，卷三，頁一〇二。
43　同前注，卷三，頁一〇二。
44　同前注，卷三，頁一〇七
45　《詩經注疏》，卷一八之二，頁六五三。

厭見其車馬旌旗；又引同詩之第十一章「民之貪亂，寧為荼毒」，[46]韋昭注云：「民疾王之虐，貪樂禍亂，安為苦毒之行也。」太子晉引詩以見厲王之惡政，無非啟發靈王自悟而以為戒。然而，其「衍外效用」為「負向」，並未獲致預期的目的，「王卒壅之」；後果就是「及景王多寵人，亂於是乎始生。景王崩，王室大亂。及定王，王室遂卑」，違天背地之行，對子孫做出負面的示範，以致繼位的子孫接連失德，王室大亂，終而王權衰微。例三的「事件情境」是，邾與須句都是小國，邾國因故出師欲滅須句；而魯僖公依禮保護受欺凌的小國，卻輕視邾國卑小，「發言者」大夫臧文仲乃勸諫，不可因小國而輕敵，其「行為意向」顯明。論述過程引用〈小雅・小旻〉「戰戰兢兢，如臨深淵，如履薄冰」的詩句，[47]又引用〈周頌・敬之〉「敬之敬之，天惟顯思，命不易哉」的詩句，[48]啟示「受言者」僖公應該效法有德的先王，事無大小都須敬慎為之。而「衍外效用」是「負向」，僖公不聽，未符合預期之目的。違背真理的後果，就是「我師敗績，邾人獲公胄，懸諸魚門」，僖公的甲胄被邾人所得，懸諸都城之門，以誇示國人，實為魯國的一大恥辱。

例四的「事件情境」是，滑是小國，與鄭鄰近，原附屬鄭國，後叛鄭而服於衛國。[49]鄭文公遣公子洩、大夫堵俞彌率師伐滑，滑人聽命。待鄭師還，滑人又叛鄭親衛。鄭再伐滑。周襄王使二臣往鄭國勸阻。鄭文公懷恨周惠王當年受先君鄭厲公的保護才免受叛軍之害，卻不賜厲公爵。現在又怨襄王祖護衛國與滑親合。因此不聽王命，而執二位奉使的大夫。襄王大怒，欲以狄人之師伐鄭。「發言者」大夫富辰勸諫，以為不可，論述賢明之君應該以仁德安撫臣民，並效法先王周公、召穆公，親愛宗族，故引用〈小雅・常棣〉第一章「常棣之華，鄂不韡韡。凡今之人，莫如兄弟」詩句，及第四章「兄弟鬩于牆，外禦其侮」詩句，[50]啟示「受言者」周襄王，宗族兄弟不應以小忿而拋棄親情，攻伐鄭國。其「行為意向」顯明，至於「衍外效用」則是「負向」：「王弗聽，使頹叔、桃子出狄師」。後果是狄師伐鄭，勝利，襄王為感謝狄人而將以其女為后，富辰又諫不可，提醒「狄必為患」。襄王又弗聽，一意孤行，最後引起頹叔、桃子反叛，遵奉襄王的庶弟大叔，以狄師反過來攻打王城，襄王逃到鄭國，暫居于氾。

上引幾個範例，可以顯示這類「引詩為諫」的社會文化行為，其實踐場所，都是朝廷內的「特定情境」，而「行為意向」也都是對君德君行之不當提出諷諫。至於「事件情境」儘管各有不同，卻都關聯到「政教」，這是「詩用」的原生型態。而其「衍外效用」則或正向或負向，這與受言者是否明智有關。

（三）「泛文化情境場所」以詩諷諫的社會文化行為

「以詩為諫」的實踐場所，發展到戰國時期，尤其降及秦漢，設立「諫議」之專職，則輿論性「泛社會情境場所」的以詩為諫已少見，朝廷內「特定情境場所」的以詩為諫也不常發生；乃演變為「泛文化情境場所」，「諷諫」成為士人階層所秉持的一種文化精神傳統，在普泛的文化存在情境

46 同前注，卷一八之二，頁六五七。
47 同前注，卷一二之二，頁四一四。
48 同前注，卷一九之三，頁七四〇。
49 《春秋左傳注疏・僖公二十年》，卷一四，頁二四一。
50 《詩經注疏》，卷九之二，頁三二一。

中，士人隨其感時緣事，不擇地皆可付諸吟詠，往往在境而非現場。受言者有的是「泛化對象」，指向當政之「他群」，有的是「特指對象」，指向君王或權臣。

屈原作〈離騷〉等篇章，可為這種「泛文化情境場所」，秉持諷諫文化精神而以詩為諫的典範。其對象特指楚懷王與上官大夫等權臣。「事件情境」是屈原本為楚懷王所器重，卻因受到上官大夫等權臣的讒害而被懷王疏遠，甚至流放沅湘之間，因作〈離騷〉等篇，這已是眾所熟知之事，無須贅述。其「實踐場所」，既非「泛社會情境」，也不可能是在朝廷內與懷王面對面的「特定情境」；而是屈原所秉持「諷諫文化」精神，在普泛的文化存在情境中，隨其感時緣事而發，故在境而非現場。至於其「行為意向」則據《史記・屈原列傳》所云「睠顧楚國，繫心懷王，不忘欲反。冀幸君之一悟，俗之一改也」。[51]又據王逸〈楚辭章句敘〉云「上以諷諫，下以自慰」。[52]「行為意向」的表達大致使用「香草美人」的「比興」之辭，故為隱性。屈原所開創這種以「比興」之辭寄託「隱性意向」的「諷諫」模式也流衍為傳統。至於其「衍外效用」則是「負向」，並未達到預期的目的。

降及漢代，四言詩式微，作者甚少，兩漢所得僅二十餘首。[53]其中，只有韋孟〈諷諫詩〉可為「泛文化情境場所」以詩為諫的範例。依據《漢書・韋賢傳》的記載，[54]「事件情境」是韋賢的先人韋孟為楚元王孫劉戊之傅，「戊荒淫不遵道，孟作詩風諫」。「發言者」韋孟這首四言詩以直陳的「賦」句為主，歷述先王之聖明，而後直指對象楚元王第三代「如何我王，不思守保。不惟履冰，以繼祖考。邦事是廢，逸游是娛」云云，其「行為意向」顯明。這首詩篇幅頗長，不可能當著「受言者」劉戊吟誦出來，應該是以書面奉呈，在境而非現場。至於「衍外效用」如何？從記載「後遂去位，徙家於鄒」的後果觀之，顯然是「負向」，沒有達到預期的目的，諷諫無效。

漢代四言詩既已式微，而五言詩未及興盛。這種「泛文化情境場所」以詩為諫的行為，由於文體變遷，遂轉向以辭賦做為實踐諷諫的語言形構。楚辭〈離騷〉是「依詩取興，引類譬喻」，[55]而「賦者，古詩之流也」，[56]辭賦乃是廣義的詩。騷的諷諫之義已如上述，而賦呢？司馬遷認為：「相如雖多虛辭濫說，然其要歸引之節儉，此與詩之風諫何異！」[57]班固也認為賦之用：「或以抒下情而通諷

51 〔日〕瀧川龜太郎，《史記會注考證》，卷八四，頁九八四。

52 〔漢〕王逸注，〔宋〕洪興祖補注，《楚辭補注》（台北：藝文印書館，一九六八），卷一，頁八五。

53 兩漢四言詩大約有商山四皓〈採芝操〉（一稱〈紫芝歌〉）、韋孟〈諷諫詩〉、〈在鄒詩〉、韋玄成〈自劾詩〉、〈戒子孫詩〉、東平王劉蒼〈武德舞歌詩〉、班固〈明堂詩〉、〈辟雍詩〉、〈靈臺詩〉、傅毅〈迪志詩〉、張衡〈怨詩〉、朱穆〈與劉伯宗絕交詩〉、桓麟（生卒年不確定）〈答客詩〉、應季先〈美嚴王思詩〉、秦嘉〈述婚詩〉、〈贈婦詩〉（四言）、蔡邕〈答對元式詩〉、〈答卜元嗣詩〉、孔融〈離合作郡姓名詩〉、仲長統〈見志詩〉等。以上各詩篇，參見逯欽立輯校，《先秦漢魏晉南北朝詩》（台北：學海出版社，一九八四），冊上，頁九一、一〇五、一〇七、一一三、一一四、一六七、一六八、一七二、一七九、一八一、一八三、一八四、一八五、一八六、一九三、一九六、二〇四。

54 〔清〕王先謙補注，《漢書補注》，冊二，卷七三，頁一三七七—一三七八。

55 〈離騷經序〉，參見〔漢〕王逸注，〔宋〕洪興祖補注，《楚辭補註》，卷一，頁一二。

56 班固〈兩都賦序〉，參見〔南朝梁〕蕭統編著，〔唐〕李善注，《文選》（台北：華正書局，影印嘉慶十四年胡克家校刊本，一九八二年），卷一，頁二一。

57 參見〔日〕瀧川龜太郎，《史記會注考證》，卷一一七，頁一二三三。

諭，或以宣上德而盡忠孝」；[58]賦的諷諫之義顯然，在四言詩式微，而五言詩未及興盛的漢代，以新變的體製，承繼了古詩的諷諫文化精神傳統。

屈騷傳衍到漢代，賈誼、枚乘、東方朔、嚴忌、枚皐、劉向、揚雄、班固、王逸等，在「泛文化情境場所」中，擬騷而作，並沒有「特指對象」以為諷諫；隱然只是藉屈原的遭遇，寄託漢代士人在大一統專制帝國的「時命」限制下，那種「士不遇」的悲情，[59]因此指向的是以整個帝國權力高層的「他群」做為「泛化對象」，卻沒有特定而明確的「事件情境」。至於其「意向」，假如以王逸之詮釋屈騷所謂「上以諷諫，下以自慰」做為衡量，則漢代擬騷「諷諫」之意少而「自慰」之意多；屈原之後，這種在「泛文化情境場所」以騷為諫的行為，其「衍外效用」幾乎都不彰顯。其意義只在於表現「以道自期」的士人階層，所承繼「政教關懷」的文化意識形態與使命感。

漢代以降，以「比興」之言寄託諷諫之意，阮籍〈詠懷〉最為著稱。鍾嶸《詩品》以為「其源出於小雅」，並評云：「〈詠懷〉之作，可以陶性靈，發幽思。言在耳目之內，情寄八荒之表。……厥旨淵放，歸趣難求。顏延註解，怯言其志。」[60]然而，漢儒多以「比興」箋注《詩經》，風雅諸篇，每多言外寄託之意，穿鑿過甚。其實，《詩經》眾作「賦」與「興」多而少「比」，〈小雅〉諸什極少「情寄八荒之表」、「歸趣難求」之旨，而使註解者「怯言其志」。《詠懷》諸作其實近於「騷」，而遠於「雅」。並且偏多「騷」之「自慰」，而少及「諷諫」。其「實踐場所」當然是「泛文化情境」；「事件情境」完全不明，而發言之「行為意向」就如鍾嶸所評「歸趣難求」，而顏延之所解「怯言其志」。至於「衍外效用」更是無從評估。然則，阮籍〈詠懷〉的社會性「詩用」其實微弱。

漢代大賦的「諷諫」之意則比較明確，例如司馬相如〈子虛〉、〈上林〉二賦，[61]諷諫諸侯、天子園林之盛、游獵之奢，終而導之以節儉。〈上林賦〉接續〈子虛賦〉之鋪寫諸侯園林遊獵的奢侈情況，全篇大幅描寫天子上林苑之佔地廣闊，百物富麗，校獵恣縱，酒色歌舞，俳優戲樂，其奢侈過於諸侯。篇末天子醉中忽有所悟，以為「此泰奢侈……恐後世靡麗，遂往而不反，非所以為繼嗣創業垂統也」，於是解酒罷獵，將園林墾闢為農牧之用，而天子自此精勵圖治，百姓為之大悅。[62]

我們就以司馬相如〈子虛賦〉、〈上林賦〉做為範例，分析漢賦這一諷諫類型之「詩式社會文化行為」的特徵。如此大篇的賦作，絕無可能與漢武帝面對面，在境而現場的諷誦。因此，司馬相如此一行為不在「特定情境場所」實踐。史載司馬相如藉狗監楊得意獻呈上半篇描寫諸侯遊獵的〈子虛賦〉，「上讀子虛賦而善之」；其後藉楊得意之引薦，「乃召問相如」。司馬相如才又獻呈描寫天子遊獵的〈上林賦〉。[63]從上述〈上林賦〉的篇末，天子醉中忽有所悟，而解酒罷獵、精勵圖治觀之，

58 班固〈兩都賦序〉，參見〔唐〕李善注，《文選》，卷一，頁二一。

59 參見顏崑陽〈漢代文人「悲士不遇」的心靈模式〉，收入顏崑陽，《詮釋的多向視域》（台北：臺灣學生書局，二〇一六年），頁一六一—二〇〇。

60 〔南朝梁〕鍾嶸著，現代曹旭注，《詩品箋注》（北京：人民文學出版社，二〇〇九），頁六九。

61 按《史記・司馬相如列傳》，〈子虛〉、〈上林〉連接為一，未斷為二賦，參見〔日〕瀧川龜太郎，《史記會注考證》，卷一一七，頁一二〇八—一二二一。《文選》斷為二賦，〈子虛〉在卷七、〈上林〉在卷八。

62 司馬相如〈上林賦〉，參見李善注，《文選》，卷八，頁一二三—一三〇。

63 〔日〕瀧川龜太郎，《史記會注考證》，卷一一七，頁一二〇八。

「發言者」司馬相如之「行為意向」似乎很明顯；不過這種「行為意向」卻不是緣生於現實世界政教場所中，所發生某一特定的「事件情境」，指向「特定對象」，而作賦以諫；也就是並非漢武帝發生德行有虧的事件，而司馬相如就在這「事件情境」中，指向特定對象的「受言者」漢武帝，在境而現場，作賦以諫。司馬相如之作〈子虛〉、〈上林〉二賦，實乃秉持「士」以「諷諫」為臣道的文化精神傳統，在「泛文化情境場所」中，指向「泛化對象」的受言者，即想像虛構之當政「他群」，不具名號的天子或諸侯，而作賦以寓託「諷諫」之意；因此這一諷諫的「行為意向」並非全屬顯性。

細辨此一「行為意向」，實乃立基於周文化傳統，對君德君行所建構合「禮」的正當規範，以進行「刺惡」與「頌美」正反辯證的諷諫。「事件情境」是賦篇文本中所作的虛構，非發生於現實世界朝廷中的事件；而諷諫的「行為意向」也是藉由寓言式的虛構人物子虛、烏有先生、無是公，彼此對話的敘述模式，蘊涵於文本的情節中，期待「隱性」受言者漢武帝閱讀而「自悟」，故而「行為意向」又帶有隱性。文本內與文本外，其「行為意向」一顯一隱，在人領會。賦篇前幅、中幅誇張的描寫諸侯、天子之園林、遊獵的奢侈情況，表面似「頌美」，卻隱涵「刺惡」，因為淫樂侈靡實非君德君行所宜；末幅描寫天子皤然改悟，解酒罷獵，精勵圖治，而百姓大悅則真為「頌美」；卻藉此「頌美」讓文本中天子之醒悟而親口自顯其淫樂侈靡之惡，因而更化以遷善，施行德政；則此賦作文本中的天子仍然是為政以德的明君，可為現實世界中天子所效法的典範。這是繼詩騷「比興」之連類譬喻後，從「賦」法創拓出來，虛構故事，以作「刺惡」與「頌美」正反辯證的敘述模式，藉此模式實踐士人階層之「諷諫」文化精神傳統。

司馬相如所原創這種作賦諷諫的敘述模式，為何會在漢代產生？實有其時代處境的原因。前文已論述到，諫議朝政得失，秦代始設官職，漢武帝仍之，設「諫大夫」。因此，西周至於春秋，朝野上下，實踐於「泛社會情境場所」，輿論性的以詩諷諫，以及公卿大夫實踐於「特定情境場所」，作詩或引詩以諫，這二種「詩式社會文化行為」，降至漢代，已經式微。

先說「泛社會情境場所」，輿論性的以詩諷諫。漢武帝之時，雖立樂府而采歌謠，標榜觀風俗，知厚薄，[64]猶有周代采風之遺意。《漢書・禮樂志》所載：「乃立樂府，采詩夜誦，於是有趙代秦楚之謳」，其義簡略不明，何謂「夜誦」？後世諸說紛紜，莫衷一是，[65]終究無法斷定所采歌詩曾實際用之於天子聽政，以收「輿論性」的諷諫之效。次說公卿大夫實踐於「特定情境場所」之作詩以諫，漢初韋孟作〈諷諫詩〉，頗屬特例。甚且，依前文所引《春秋左傳》的記載，從西周開始，非公卿大夫的「士」，原就不得在朝廷內「特定情境場所」，直接面對國君而以詩為諫；只能在「泛社會情境場所」，以傳播歌謠的方式實踐「輿論性」的諷諫。班固所編著的《白虎通》也明載：「士不得諫者；士賤，不得豫政事，故不得諫也……大夫進諫，士傳民語。」[66]因此尚無官職的士人，根本沒有管道作詩以諫。至於已立身官場者，在漢代大一統專制帝國，皇權極化的處境中，很難再有前文所述，先秦時期那種與天子諸侯面對面，直言諷諫而引詩為證的行為，言之不慎，恐有牢獄殺身之禍。

64　《漢書・藝文志・詩賦略論》：「自孝武立樂府而采歌謠，於是代趙之謳、秦楚之風，皆感於哀樂，緣事而發，亦可以觀風俗，知厚薄。」參見〔清〕王先謙，《漢書補注》，冊二，卷三〇，頁九〇三。

65　《漢書・禮樂志》，參見同前注，冊一，卷二二，頁四八六－四八七。王先謙補注徵引多家之說，雖斷以周壽昌之說近是；但「近是」而已，未必定論。至於是否實際用諸於天子聽政，以為輿論之參考，更是缺乏直接文獻之證。

66　〔漢〕班固著，〔清〕陳立注，《白虎通疏證》（台北：廣文書局，一九八七），卷五，頁二七六。

漢武帝時，諫大夫專職議政，皆為公共政策，就事論事，不涉天子私德。郎官近臣如東方朔、司馬相如亦有諷諫，也大多公事公論；不過即使公事公論以直諫，如果遇到非聖明之君，就可能會險涉誹謗君行之罪。司馬相如曾對武帝「自擊熊彘，馳逐野獸」上疏直諫，此事關天子生命安危，不涉私德之虧，因善意而得天子接受。[67]武帝姑母竇太主寵幸董偃，越禮而置酒宣室以為歡樂；宣室乃天子召見朝臣問政之處。東方朔疾言直諫，責數董偃三罪，堅決反對置酒宣室之舉，義正詞嚴。此非武帝私德有失，又事合禮制，故武帝終究接受。[68]東方朔深知直諫之險，故常以滑稽出之，庶幾免禍；然而作〈非有先生論〉時，卻大嘆「談何容易」，「非有明王聖主，孰能聽之」？而今之直諫者，可能落得「誹謗君之行，無人臣之禮。果紛然傷於身，蒙不辜之名，戮及先人，為天下笑」。[69]

司馬相如所原創那種賦作的敘述模式，虛構人物的對話，鋪敘情節所製造文本中的「事件情境」，並非現實世界中直指天子所行所為的「事件情境」，「虛」與「實」相隔一層。因此文本中的「事件情境」，可讓天子讀之如對寓言，期待其自悟而果能實踐德政。這仍然是〈詩大序〉所謂「主文而譎諫，言之者無罪，聞之者足以戒」的策略性語言型態。從語言形式而言，雖「賦」而仍不失隱微其意的表達效用。否則，如果以漢武帝為「特指對象」，直諫其過，則武帝根本不可能「讀〈子虛賦〉而善之」，更進而引起閱讀〈上林賦〉的興趣；而當相如奏上〈上林賦〉之後，「天子以為郎」，顯然武帝甚為賞識。[70]這種以賦為諫的敘述模式，繼〈子虛〉、〈上林〉二賦之後，揚雄之作〈長楊賦〉以諫漢成帝校獵之擾民農事：「是時農民不得收斂」，也是仿此敘述模式，虛構子墨客卿與翰林主人之對話，鋪敘情節，以寓託諷諫之意。[71]班固之作〈兩都賦〉、張衡之作〈二京賦〉，其敘述模式也都類似，[72]不贅述。那麼這類以賦為諫的行為，試問其「衍外效用」如何？司馬相如作

〈子虛〉、〈上林〉二賦，文本中的天子終能皤然改悟，解酒罷獵，勵行德政；但是現實世界中的漢武帝，建元三年，不惜侵奪農地，拓建秦代舊制的上林苑。東方朔「在境而現場」進言直諫，武帝雖未降罪，卻仍然按照計畫拓建上林苑。[73]及至司馬相如獻呈〈上林賦〉，微言諷諫，武帝也沒有任何改變，照樣享受園林遊獵之樂。又武帝好仙道，相如獻呈〈大人賦〉以諫，後果是「天子大說，飄飄有凌雲之氣，似游天地之間意」。[74]實際的「衍外效用」似乎「負向」，未達預期的目的。其他揚雄之作〈長楊賦〉、班固之作〈兩都賦〉、張衡之作〈二京賦〉，皆史未明載有何諷諫之「正向」效用，故不可考實。

漢代以賦為諫的「衍外效用」之所以與發言者之「行為意向」所預期的目的背反，揚雄曾自我

67 司馬相如直諫武帝「自擊熊彘，馳逐野獸」，參見〔日〕瀧川龜太郎，《史記會注考證》，卷一一七，頁一二二五—一二二六。

68 《漢書・東方朔傳》，參見〔清〕王先謙，《漢書補注》，冊二，卷六五，頁一二九八—一三〇〇。

69 〈非有先生論〉所謂「談何容易」之說，參見同前注，冊二，卷六五，頁一三〇三。

70 〔日〕瀧川龜太郎，《史記會注考證》，卷一一七，頁一二〇八，又一二二一。

71 揚雄〈長楊賦〉，參見〔唐〕李善注，《文選》，卷九，頁一三六—一三九。

72 班固〈兩都賦〉、張衡〈二京賦〉，參見同前注，卷一，頁二一—三五，又卷二，頁三六—五〇，卷三，頁五一—六八。

73 《漢書・東方朔傳》，參見〔清〕王先謙，《漢書補注》，冊二，卷六五，頁一二九七—一二九八。

74 《史記・司馬相如列傳》，參見〔日〕瀧川龜太郎，《史記會注考證》，卷一一七，頁一二二八—一二二九。

反思批判，云：「靡麗之賦，勸百而風一；猶騁鄭衛之聲，曲終而奏雅，不已戲乎！」[75]班固在揚雄之後，也有類似的評論，云：「漢興，枚乘、司馬相如，下及揚子雲，競為侈麗閎衍之詞，沒其風諭之義。」[76]關於這一問題，我曾專文論述，進一層詮釋揚雄、班固之說，大要是：漢代士人對於賦的功能，明顯集中在「衍外效用」，此一「衍外效用」就是「政教諷諭」。然而此一「衍外效用」並非賦之為賦的「自體」所必具，亦即「諷諭」的效用，不是賦體之客觀的「形構」所內具的表現功能，而是賦家主觀的「創作意圖」。「政教諷諭」原是傳統詩歌文化所形塑而普遍存在於漢代士大夫心目中的文學創作意圖，而同時他們又認定「賦者，古詩之流」，因此這種「政教諷諭」的創作意圖便當然的移植到新興的賦體。然而，其實如同陸機所謂「賦體物而瀏亮」，[77]劉勰所謂「賦者，鋪也。鋪采摛文，體物寫志」；[78]「體物」是鋪敘描寫萬物之形象，亦即司馬相如憑其創作經驗所謂「賦家之心，苞括宇宙，總覽人物」。[79]其語言「形構」非常閎大，已非抒情言志的短篇四言詩。因此「體物」才是賦之語言形構「自體」的特性與功能；受言者或讀者只在閱讀過程中，直覺的受到那些人事物象的感染，而不會理智的反思發言者或作者所附加「諷諫」之義，實際效果背反了預期目的。[80]如是言之，以賦為諫的「衍外效用」其實不彰，而變成文士騁才的筆墨。

不過，置入「詩式社會文化行為」的脈絡中觀之，漢代以賦為諫的「衍外效用」雖然不彰，卻也不是全無意義。在政教場所中，前文的論述徵引《春秋左傳》、《國語》諸多「以詩為諫」的案例，就可了解周代君臣複雜的「互動行為」關係中，「諫諍」已是普行的一種言語行為模式；古代政教為何如此重視「諫諍」？班固《白虎通‧諫諍》云：「臣所以有諫君之義何？盡忠納誠也。」[81]君以「德」為先，君德之中，「納諫」是周文化就已建立的傳統；相對的，「諫諍」則是臣道之所必行。

因此「諫諍」做為君臣互動之重要言語行為模式，不但可觀「君德」與「臣道」，同時也可藉此審視君與臣的「互動」關係是否和諧。漢代大一統帝國，天子之「權」與人臣之「道」，本質上就是二種對立的價值，很容易產生衝突。一旦衝突，則人臣恐危及生命。這也就是為什麼東方朔會大嘆「談何容易」，須待明王聖主始得聽之；則「諫」亦有術焉。「諫」可分為五：一曰正諫，二曰降諫，三曰忠諫，四曰戇諫，五曰諷諫。其中，孔子最贊許「諷諫」。[82]「諷諫」就是委婉曲折以諫，冀君之自悟，而有以遷善；即使君不自悟，人臣也可免害，或離去，或暫且維持君臣和諧的關係。這就是〈詩大序〉所謂「主文而譎諫，言之者無罪，聞之者足以戒」，最能避免衝突，維持君臣和諧的倫理

75 《漢書・司馬相如傳贊》，參見〔清〕王先謙補注，《漢書補注》，卷五七下，頁一二一三。

76 《漢書・藝文志・詩賦略論》，參見同前注，冊二，卷三〇，頁九〇二。

77 陸機〈文賦〉，參見〔晉〕陸機著，現代劉運好注，《陸士衡文集校注》（南京：鳳凰出版社，二〇〇七年），頁二二。

78 〔南朝梁〕劉勰著，現代周振甫，《文心雕龍注釋》（台北：里仁書局，一九八四），頁一三七。

79 〔漢〕劉歆，《西京雜記》（台北：臺灣商務印書館，一九七九），卷三，頁八。

80 參見顏崑陽，〈漢代「賦學」在中國文學批評史上的意義〉，收入顏崑陽，《詮釋的多向視域》，頁二五六—二七〇。

81 參見〔漢〕班固著，〔清〕陳立注，《白虎通疏證》，卷五，頁二六八。

82 《說苑・正諫》：「諫有五：一曰正諫，二曰降諫，三曰忠諫，四曰戇諫，五曰諷諫。孔子曰：吾其從「諷諫」已乎！」參見〔漢〕劉向，《說苑》（台北：世界書局，一九七〇），卷九，頁七二。又《白虎通・諫諍》亦有「五諫」之說，名稱異，云：「諫有五：一曰諷諫，二曰順諫，三曰闚諫，四曰指諫，五曰陷諫。……孔子曰：諫有五，吾從諷之諫。」參見〔漢〕班固著，〔清〕陳立注，《白虎通疏證》，卷五，頁二七九—二八〇。

關係。以詩為諫、以賦為諫，都是「諷諫」。司馬相如所創立〈子虛〉、〈上林〉二賦的「諷諫」模式，文本虛構的「事件情境」中，自悟而遷善的天子實乃司馬相如所製作「明王聖主」的「理想圖像」，以期做為武帝的榜樣，而未嘗直指君惡。隱性「受言者」漢武帝納不納諫，悟或不悟，是武帝所應自負之「君德」；而「發言者」司馬相如諫與不諫，又如何諫，亦是司馬相如所應自負之「臣道」。彼此各盡其分，諫而有效，固然是家國之幸；諫而無效，也不致招來人臣之不幸；故而雖稱為「賦」，不若詩之「比興」，卻以特殊的敘述模式，曲折其言，隱微其意，使得君臣仍然維持和諧的關係，這也是一種不害倫理的效用，實有其意義。

（四）從特指對象的「以詩諷諫」到泛化對象的「以詩諷諭」

漢代以後，「以詩為諫」的「詩式社會文化行為」，其「實踐場所」已從先秦時期的「泛社會情境場所」與「特定情境場所」，轉變為「泛文化情境場所」，在境而非現場。那種直接面對國君而「以詩為諫」的行為極為少見。司馬相如向漢武帝獻賦，以得晉身之階，可算是君臣以「賦」為媒介所進行「諷諫」的政治喜劇表演。唐代承「獻賦」遺緒，武則天時，朝廷設置四只銅匭，其中「延恩」、「招諫」二匭，以供士人投文獻賦與上言朝政得失。[83]杜甫曾藉「延恩匭」以獻三大禮賦，[84]頗有諷諫之義，卻未見「衍外效用」，也未以此獲致晉身之階；「延恩」、「招諫」之設，聊備一格，表徵天子禮賢下士而已，對於招才納諫的實際效用頗為低微。

秦代開始，雖已設置專職的諫議官；然而「諷諫」卻不僅是一種官職，更是一種文化精神傳統，這才使得官非諫議，甚至身無官職而「志於道」之士，也能隨時隨地「緣事而發」，作詩寫賦以諷諫。而且發展出更多非以「國君」做為「特指對象」，而以整個權力階層的「他群」或是某種普泛的社會「他群」，做為「泛化對象」而作詩「諷諫」之。這種以詩「諷諫」的型態，比較適當的名稱應該是「諷諭」。諭者，告曉、訓誡也。詩歌發展到唐代，各體皆備；而詩無所不在，士人無不能詩，而「諷諫文化」已成為傳統精神，隨時隨地皆可緣事而發，感時而作，以詩「諷諫」也擴展為以詩「諷諭」。因此實踐於「泛文化情境場所」，以詩「諷諭」的社會文化行為大致已經定型。唐代之後，承此遺緒，沒有太大的轉變。

從言語行為的倫理關係而言，「諷諫」行之於下對上，即臣對君、子女對父母、卑屬對尊長，都有「特指對象」的受言者；「事件情境」如果文獻足徵，通常可以重建。而「行為意向」乃是君父尊長有過，以忠誠之意勸說之，期待其自悟而改行。一般都是雙向互動，其「衍外效用」不管是正向或負向，如有文獻可考，就能判定。「諷諭」則用之於平行或上對下，「發言者」都是接受傳統儒家思想，而「以道自期」的士人；其「受言者」可以是「特指對象」也可以是「泛化對象」，甚至是所聞所見之群體普泛的社會文化行為現象，例如民間習俗、社會風氣、官箴政風等。發言者的「行為意向」乃依理告曉、訓誡，期待能矯治這種社會行為現象。這就帶有「以詩教化」的「意向」了。「諷

83 《資治通鑑・唐紀十九》：「垂拱二年……太后命鑄銅為匭：其東曰『延恩』，獻賦頌，求仕進者投之。南曰「招諫」，言朝政得失者投之……。」參見〔宋〕司馬光等著，〔元〕胡三省注，《資治通鑑》（台北：明倫出版社，一九七五），冊九，卷二〇三，頁六四三七。

84 杜甫獻三大禮賦，即〈朝獻太清宮賦〉、〈朝享太廟賦〉、〈有事於南郊賦〉。參見〔唐〕杜甫著，〔清〕仇兆鰲注，《杜詩詳注》（台北：里仁書局，一九八〇），冊四，卷二四，頁二一〇三－二一五七。

諭」其實是「諷諫」之詩用的擴大，並無本質上的差異。政教情境場所中的「詩用」行為，發展至此，「諷」與「化」其實已彼此交集。由於對象「泛化」而非「特指」，故「事件情境」有些可以確知，有些則只是籠統現象而已；這種「詩式社會文化行為」，通常是發言者單向的指涉他群，則受言者有何回應？文獻難徵，因此「衍外效用」也難以判定。

不管是「諷諫」或「諷諭」，都是「集體意識詩用」，實非鍾嶸評〈詠懷〉所謂「陶性靈，發幽思」的個人抒情。「以詩諷諭」到唐代發展為專類之作，白居易的詩集，前四卷一百七十餘首作品，即以「諷諭」為名。[85]但是，諷諭的「集體意識詩用」非起於白居易；元結、白居易、元稹皆溯源於「風雅」，[86]被一般文學史家稱為「復古」。有關唐代的「集體意識詩用」，我曾以專文討論，[87]從「社會文化行為」的「意向」這個觀點，將它分為二種次類型，下文述其大意：

1.「向下實指型」的諷諭

這一次類型，在唐代，杜甫開其端，白居易集其成，而元結、元稹以及《篋中集》諸詩人屬之。[88]杜甫沒有正式提出「諷諭」詩觀，只是身處亂世，即所見而發言，乃集大成之作，無法以一個固定的類型去範概，後文特別討論。白居易則正式提出紹承「風雅」的詩文化傳統，並以杜甫為典範，推崇三吏、三別諸篇，[89]而付諸仿作，寫成一百七十餘首「諷諭詩」。諸作的「受言者」或為權力高層，或為低階官吏，或為一般社會風氣，都是「泛化對象」的「隱性他群」，其「行為意向」皆有「諷諭」之旨。最為著稱者是〈秦中吟〉十首、〈新樂府〉五十首。[90]他的〈新樂府序〉即明白表示這些詩都是「為君、為臣、為民、為物、為事而作，不為文而作也」。然後一一詳列二十首新樂府作品的諷諭意圖，例如〈七德舞〉，美撥亂、陳王業也。〈道州民〉，美臣遇明主也。〈杜陵叟〉，傷農夫之困也。〈捕蝗〉，刺長吏也；[91]元結有〈二風詩〉、〈閔荒詩〉、〈系樂府〉十二首、〈舂陵行〉、〈賊退示官吏〉等詩，[92]或對君王以規諫，或對民生以悲憫；元稹有〈古社〉、〈賽神〉、

85　參見〔唐〕白居易，《白居易集》（台北：里仁書局，一九八〇），冊一，卷一—四，頁一—九〇。

86　白居易〈與元九書〉批判《詩經》之六義傳至晉宋，已「得者蓋寡」，又評云：「詩之豪者，世稱李杜，李之作才矣奇矣，人不逮矣；索其比興風雅，十無一焉。」白居易理想的詩乃以「風雅」為本，故持以評判李白詩，多數不符合此一理想。參見《白居易集》，冊三，卷四五，頁九六一。元結〈篋中集序〉云：「風雅不興，幾及千歲。」參見〔唐〕元結著，現代孫望編校，《新校元次山集》，卷七，頁一〇〇。元稹〈樂府古題序〉：「自風雅至於樂流，莫非諷興當時之事，以貽後代之人。」參見〔唐〕元稹，《元稹集》（台北：漢京文化公司，一九八三），卷二三，頁二五五。

87　顏崑陽，〈唐代「集體意識詩用」的社會文化行為現象〉，原刊《東華人文學報》第一期，一九九九年七月，收入本書。

88　元結於唐肅宗乾元三年編選沈千運、王季友、于逖、孟雲卿、張彪、趙微明、元季川七人之詩二十四首，名為《篋中集》。收入傅璇琮編著，《唐人選唐詩新編》（台北：文史哲出版社，一九九九），頁二九一—三二一。

89　白居易提倡風雅，推舉杜甫，參見〈與元九書〉，《白居易集》，冊二，卷四五，頁九五九—九六二。

90　《白居易集》，冊一，卷二，頁三〇—三五；卷三，頁五二—九〇。

91　〈新樂府序〉，參見《白居易集》，冊一，卷三，頁五二—五四。

92　現代孫望編校，《新校元次山集》，卷一，頁五—一一；卷二，頁一七—一八、頁一八—二三；卷三，頁三四—三五、頁三五—三六。

〈競舟〉、〈旱災自咎貽七縣宰〉等古體，又有系列樂府〈織婦詞〉、〈田家詞〉、〈捉捕歌〉、〈估客樂〉、〈上陽白髮人〉等，[93]或訓示民俗之迷信，或悲憫民生之疾苦，或譏刺細惡之不除，或嘲諷商賈之重利輕義，或哀憐宮女之白髮而無所歸。

他們比較習慣採用「實指性」的語言工具，也就是以「賦」法直接指陳某些社會事件或現象，並明示自己發言的「行為意向」，都屬顯性。所謂「社會事件或現象」，又往往是指向下階層百姓的現實生活或低階官吏的行為，偶亦指向權力高層，卻未直諫君相。那麼，他所描寫的都是所聞見而可以實指之社會事件或現象，並且在語言形式上，採取的是「直歌其事」、「其辭質而徑」、「其言直而切」、「其事覈而實」。其「行為意向」是「欲見之者易諭」、「欲聞之者深誡」、「使采之者傳信」，這皆顯示其發言的「實指性」；而所謂「卒章顯其志」，即明示自己這項行為所期待的「目的」。[94]因此，這一次類型的「詩用」，我們可以稱他為「向下實指型」。「向下」是指他所欲描述的社會經驗現象大多是下階層庶民的生活、風尚或低階官吏的行為；「實指」是指他所採取的發言形式是直接而切實的指示。而下階層庶民生活之苦、風尚之靡，或低階官吏行為之惡，究其政教之責，君相不能辭其咎，只是未直接指明罷了。這其實是以「為民代言」的發言策略，藉由反映現實以顯示權力高層之政教得失，即白居易所謂「為君、為臣、為民、為物、為事而作」；其「語言形式」以「賦」直陳而不以「比興」託喻，「行為意向」明白，不待「受言者」自悟；然則，這樣的社會互動言語方式，顯然已非「主文而譎諫」，能否如發言者所期待「言之者無罪，聞知者足以戒」？還得就實際的「衍外效用」評斷。這一次類型的「詩式社會文化行為」，雖標榜「風雅」詩道，卻改變「比興寄託」的傳統，而轉以「賦」法痛切直陳時弊，實乃「風雅」之變奏。我們可以舉幾個範例以見其特徵。

元結〈貧婦詞〉：

誰知苦貧夫，家有愁怨妻。請君聽其詞，能不為酸嘶。所憐抱中兒，不如山下麑。空念庭前地，化為人吏蹊。出門望山澤，回顧心復迷。何時見府主，長跪向之啼。[95]

白居易〈輕肥〉：

意氣驕滿路，鞍馬光照塵。借問何為者？人稱是內臣。朱紱皆大夫，紫綬或將軍。誇赴軍中宴，走馬去如雲。罇罍溢九醞，水陸羅八珍。果擘洞庭橘，鱠切天池鱗。食飽心自若，酒酣氣益振。是歲江南旱，衢州人食人。[96]

93 《元稹集》，卷一，頁四、九；卷三，頁二九、三〇；卷二三，頁二六〇，頁二六六—二六九；卷二四，頁二七八。

94 白居易〈秦中吟序〉云：「貞元、元和之際，予在長安，聞見之間，有足悲者，因直歌其事，命為〈秦中吟〉。」參見《白居易集》，冊一，卷二，頁三〇。又〈新樂府序〉云：「首句標其目，卒章顯其志，《詩》三百之義也。其辭質而徑，欲見之者易諭也。其言直而切，欲聞之者深誡也。其事覈而實，使采之者傳信也。」參見《白居易集》，冊一，卷三，頁五二。

95 參見《新校元次山集》，卷二，頁二〇。

96 《白居易集》，冊一，卷二，頁三三。

元稹〈賽神〉：

楚俗不事事，巫風事妖神。事妖結妖社，不問疏與親。年年十月暮，珠稻欲垂新。家家不斂穫，賽妖無富貧。殺牛貰官酒，椎鼓集頑民。喧闐里閭隘，兇酗日夜頻。歲暮雪霜至，稻珠隨隴湮。吏來官稅迫，求質倍稱緡。貧者日消鑠，富亦無倉囷。不謂事神苦，自言誠不真。岳陽賢刺史，念此為俗屯。未可一朝去，俾之為等倫。粗許存習俗，不得呼黨人。但許一日澤，不得月與旬。吾聞國僑理，三年名乃振。巫風燎原久，未必憐徙薪。我來歌此事，非獨歌政仁。此事四鄰有，亦欲聞四鄰。[97]

這三首範例，其實踐場所都在「泛文化情境」中，隨時隨地緣事而發，「受言者」都不是實有名姓的「特指對象」，而是「泛化對象」。〈貧婦詞〉一詩中，「空念庭前地，化為人吏蹊」，泛指壓榨剝削農民的地方惡吏；但是僚吏之惡，豈非上司「府主」之責。「何時見府主」，卻可推想貧窮的農婦很難見到州府的主官，控訴惡吏之欺民，有苦而難言；故「出門望山澤，回顧心復迷」，茫然無助矣。其「事件情境」即在文本之內，也在文本之外的現實世界，內外不二，是為「寫實」。這也就是白居易所謂「其事覈而實」，類似今日的「新聞報導」；而發言者「為民代言」的「行為意向」也就在其中矣。

〈輕肥〉一詩中，受言對象看似特指；但是都以不確定的語態去敘述，「借問何為者？人稱是內臣」；則不是發言者直指某一對象，而是「人稱」，帶有民眾的指控之意。民眾當然也不能確知此人真正的官位，故云「朱紱皆大夫，紫綬或將軍」，仍保留身分的不確定性；因此，「受言者」乃是

「泛化對象」，指向一種意態驕橫，只知自己奢侈享受，而不恤民生疾苦的高官類型。「事件情境」當然也是文本內外不二，文本情境即是現實情境。而發言的「行為意向」就涵在敘事中。最後四句「食飽心自若，酒酣氣益振。是歲江南旱，衢州人食人」，以「官—民」之生活「飽—飢」強烈對比的「圖像」，顯示發言的「意向」，這也就是白居易所自供的「卒章顯其志」。官箴如此腐敗，往上追究，則君相豈能辭其咎！

〈賽神〉一詩中，發言所指的受言者比較多層。第一層明顯是「泛化對象」的「楚地百姓」，民俗「不事事」而「事妖神」，不論親疏貧富，都因迷信而荒廢農耕，無法繳納租稅。第二層是「岳陽賢刺史」，卻不特指名姓，「受言者」可視為「泛化對象」的賢官類型，為革除地方惡習，特別留任；改革的策略是不突然禁止，而漸進的導之於正，終而移風易俗，此可為仁政典範。第三層則是岳陽之外的四鄰州縣，顯為「泛化對象」。同樣有此迷信習俗，應該可效法「岳陽賢刺史」，推行改革。元稹這一「詩用」行為，「刺惡」與「頌美」並陳，「行為意向」多層；不但諷諭楚俗之惡，同時頌揚岳陽刺史仁政之美，可為四鄰表率；進一層更期待四鄰州縣可資效法。諷諭的目的，主要是倡言「教化」之功；「諷」與「化」實已交集難分。而其「事件情境」同樣文本內外不二，寫實之作也。「行為意向」則寓於敘事，聞之者可「即事會意」。

至於這一類「以詩諷諭」的社會文化行為，其「衍外效用」如何？由於都沒有文獻可為證實，因此難以一一評斷。白居易曾自謂繼承「風雅」的詩文化傳統，而秉持「文章合為時而著，歌詩合為

97　《元稹集》，卷三，頁二九。

事而作」的理念，代民發言而作「諷諭詩」，期待「稍稍遞進聞於上」，所謂「上」當然是權力高層，最好是皇上，而可以「廣宸聰，副憂勤」，補益朝政；這是他的「平生之志」。[98]然而，實際效用如何呢？如果我們站在二十一世紀，做為一個事不干己的第三序位「泛化讀者」，[99]沒有受到「諷刺」的切身之感，而只從「文學」本位評價，有些堅持「文學反應社會現實」的批評者，對這類「諷諭詩」往往大為揄揚；[100]然而，當我們進入白居易所處當代的「詩用」歷史語境，在社會互動行為實況中，就會看到第一序位直接受言者對發言者白居易的回應卻是：「志未就而悔已生，言未聞而謗已成」，其「衍外效用」與其「行為意向」所期待的「目的」正好相反。當時，這些「諷諭詩」所得到的回應是：

> 凡聞僕〈賀雨〉詩，而眾口籍籍，已謂非宜矣。聞僕〈哭孔戡〉詩，眾面脈脈，盡不悅矣。聞〈秦中吟〉，則權豪貴近者相目而變色矣。聞〈樂遊園〉寄足下詩，則執政柄者扼腕矣。聞〈宿紫閣村〉詩，則握軍要者切齒矣。大率如此，不可遍舉。不相與者，號為沽名，號為詆訐，號為訕謗。苟相與者，則如牛僧孺之戒焉。乃至骨肉妻孥，皆以我為非也。其不我非者，舉世不過三兩人。[101]

〈賀雨〉乃「頌美」之作，[102]頌揚唐憲宗因旱災而下詔罪己，並施行幾項仁政，七日而雨至，因而稱頌云「乃知王者心，憂樂與眾同。皇天與后土，所感無不通」。傳統的詩文化，「頌美」與「刺惡」並具；「頌美」的功能是「與人為善」，國君有美政，只要是事實而非造假，而臣民也誠心為之頌揚，實可襄助國君繼續為善。不過，政治文化變遷到虛偽並起時，則「刺惡」不易造假，「頌美」卻往往虛偽以媚君，而博得自己的政治利益；故「刺惡」固然託以「比興」，不以「賦」直陳，「頌美」亦然。這種現象，鄭玄〈六藝論〉已做了論述。[103]白居易以「賦」法作〈賀雨〉，「頌美」當今皇上唐憲宗，受言者既有仁政事實，發言者也一本誠心，原具詩文化「頌美」之古義；然而，在「頌美」文化早已不受信任的唐代歷史情境中，白居易作〈賀雨〉，不但沒有「正向」效用，甚且反得「負向」：「眾口籍籍，已謂非宜」，而被批評為「沽名」。其他幾篇皆為「刺惡」，〈哭孔

98 〈與元九書〉，參見《白居易集》，冊二，卷四五，頁九六二。

99 「詩用」語境中，讀者具有「多重性」。做為當時「直接受言者」，即是「第一序位特指讀者」，例如白居易諷諭諸作所「諷刺」的對象，必聞詩而有切身之感。事過境遷後，詩文本已開放供給眾人閱讀，即是事不干己的「第二序位泛化讀者」；而「泛化讀者」還可再依與作者相距時間的遠近進行細分。參見顏崑陽，〈中國古代「詩用」語境中的「多重性讀者」〉，收入本書，頁三八五—三八七。

100 例如胡雲翼，《增訂本中國文學史》（台北：三民書局，一九七九）、鄭振鐸，《插圖本中國文學史》（台北：藍星出版社，一九六九）、劉大杰，《中國文學發展史》（台北：華正書局，一九八七年）。

101 〈與元九書〉，參見《白居易集》，冊二，卷四五，頁九六二—九六三。

102 《白居易集》，冊一，卷一，頁一—二。

103 參見《詩經注疏》，鄭玄〈詩譜序〉「大庭軒轅，逮於高辛。其時有亡載籍，亦蔑云焉」句下，孔穎達疏徵引鄭玄〈六藝論〉云云，頁四。

戡〉、[104]〈樂遊園〉[105]刺權力高層不用賢才，第一序位受言者所回應的負向效用是：「眾面脈脈，盡不悅矣」、「執政柄者扼腕矣」。〈秦中吟〉十首[106]刺貞元、元和間，長安所聞見可悲的幾種社會現象，包括貧富不平等的「議婚」、貪吏聚斂的「重稅」、坐享富貴而不濟親戚飢寒的「傷宅」、高官戀棧名位俸祿而「不致仕」，奢侈享受珍饈美酒而不恤災民的「輕肥」等，第一序位受言者所回應的負向效用是：「豪權貴近者相目而變色」。〈宿紫閣村〉[107]刺神策軍尉官強奪村民庭院中的奇樹，第一序位受言者所回應的負向效用是：「握軍要者切齒矣」。總括而言，這些「以詩刺惡」的社會文化行為，第一序位的受言者是否因此自悟而遷善，達到預期的「正向」效用，文獻未明載；而由發言者白居易本人當境所受的回應觀之，則全是被指為「詆訐」、「訕謗」的「負向」效用。這時期正值青壯年，滿懷熱忱與理想，而意圖政教改革的白居易，寫作一百七十幾首「諷諭詩」，認為能獲致「以詩濟世」的「正向」效用，卻遭受沽名、詆訐、訕謗的回應，埋下元和十年受到政敵誣陷而貶謫江州司馬的禍因。[108]白居易如此，元結及元稹的「以詩諷諭」行為，也可推知同樣甚乏「正向」的「衍外效用」。

由此觀之，這一類「向下實指型」的「以詩諷諭」行為，由於採取的言語方式是直陳其事，以「賦」而不以「比興」，已失傳統「主文而譎諫」的言語策略。在大一統帝國之政治權力結構的場所中，不管是上下互動或平行互動，「刺惡」的「詩式社會文化行為」，是否可以僅憑「士志於道」」的道德原則，對「權力」的宰制進行直接不諱的對抗？白居易、元結、元稹已做了可以為鑒的實踐，顯然過於忽視現實世界中，權力欲望之人性的「幽暗面」以及利害交纏之社會關係的「複雜性」；而單純的將「道德」理想化。這是儒家思想傳統已成定見的「文化意識形態」，「以道自期」的士人階層將它直接投射到「以詩諷諭」的社會文化行為。考諸元白之後，「以詩諷諭」的發展，又回歸到「比興寄託」的傳統，即使缺乏「聞之者足以戒」的積極性「正向」效用，至少可以做到「言之者無罪」的消極性「正向」效用，以維持政教場所人際最基本的和諧關係。因此，這類以「賦」法「實指」的諷諭行為，元白之後，並未繼續擴展為士人階層的「詩用」常態。

2.「向上虛喻型」的諷諭

這一次類型，可以陳子昂為代表，李白、張九齡屬之。陳子昂的主要作品是〈感遇〉三十八首。[109]張九齡〈感遇〉十二首，以及〈望月懷遠〉、〈詠史〉、〈自君之出矣〉、〈荊州作〉二首、〈在郡秋懷〉二首、〈雜詩五首〉等。[110]李白則是〈古風〉五十九首以及若干被認為有感諷之旨的樂

104 《白居易集》，冊一，卷一，頁三。

105 同前注，冊一，卷一，頁一二。

106 同前注，冊一，卷一，頁三〇—三五。

107 同前注，冊一，卷一，頁一〇。

108 唐憲宗元和十年，白居易官職左贊善大夫。盜殺大臣武元衡。白居易上疏請限期亟捕盜賊，宰相嫌其出位，不悅。政敵趁機進言，白居易母墜井而死，而賦〈新井篇〉，有傷風教，貶為州刺史，又追貶江州司馬。參見〔宋〕歐陽修等著，《唐書》，卷一一九，頁一五五四。此事雖為近因，其實白居易作諷諭詩，以刺當道，早已埋下禍因。

109 〔唐〕陳子昂著，現代彭慶生注，《陳子昂詩注》（成都：四川人民出版社，一九八一），卷一，頁三—六五。

110 〈感遇〉十二首，參見〔唐〕張九齡，《曲江集》（台北：臺灣商務印書館，一九七三），卷三，頁三三—三四。〈望月懷遠〉、〈詠史〉、〈自君之出矣〉、〈荊州作〉、〈在郡秋懷〉、〈雜詩五首〉，俱見《曲江集》卷五，頁

府，例如〈遠別離〉、〈蜀道難〉、〈梁甫吟〉、〈天馬歌〉、〈行路難〉三首等。[111]

這一次類「詩式社會文化行為」的實踐場所，與上一次類同樣都是「泛文化情境」，隨時隨地感物而動，緣事而發。其「行為意向」或是自指「遭時不遇」的經驗，或是上指「泛化對象」之權力高層在道德或政務上的失當行為，由於大多採取「虛喻性」的「比興」言語策略，言在此而意在彼，故「行為意向」隱微，難以確斷。因此，這一次類型的「詩用」，我們可以稱他為「向上虛喻型」。大體言之，其「自慰」之意多，而「諷諫君」之意少。假如從「詩用」的傳統來說，則是「騷」的變調。

「比興」之言，「行為意向」隱微，則第一序位的直接受言者，是否切實感悟發言者的本意，已不可知；至於後世第二序位，甚至第三序位的「泛化讀者」，所解釋的「作者本意」，上者「擬真」、中者「擬似」、下者則往往只是穿鑿附會的「謬想」而已。[112]而「事件情境」，如果文獻足徵，或可重建；否則，隱約難明，強為之臆測，就不免穿鑿。至於「衍外效用」，大多文獻所不載，而無法評斷。

先論陳子昂，他在〈修竹篇序〉批判「漢魏風骨，晉宋莫傳」，指認「齊、梁間詩，彩麗競繁，而興寄都絕」，因而「思古人常恐逶迤頹靡，風雅不作，以耿耿也」。[113]陳子昂雖然提出「風雅」傳統，並特別強調「興寄」；「興寄」是「比興寄託」；但他所推崇的典範卻僅止於「漢魏風骨」，也就是建安、正始諸詩人。「建安」以三曹及七子為代表，而「正始」當指嵇康、阮籍。尤其是阮籍的〈詠懷〉之作，因此有人以為陳子昂〈感遇〉是由阮籍〈詠懷〉變出。[114]我們前文已論及，認為阮籍的〈詠懷〉諸作其實近於「騷」，而遠於「雅」。並且偏多「騷」之「自慰」，而少及「諷諫」。漢代以降，從源流正變的觀點，認定「騷」為「詩」（風雅）之流變，[115]因此若從其所同而言，可視為一個統緒，故文學批評史上有「風騷」、「騷雅」這二個複合詞；但若從其所異而言，則「騷」之與「風雅」還是有別。陳子昂雖以「風雅」自期，但若從其仕宦的「懷才不遇」經歷，[116]與創作成果〈感遇〉三十八首的內容性質來看，其中多馳騁想像，虛構詭譎之辭，而比興寄託個人的「不遇」之悲，正是「騷」之異於「風雅」的特質所在。故陳子昂之作，若由漢魏而推究其原，實與「騷」為

四九、五三、五四、五六。

111　李白〈古風〉五十九首，參見李白著，現代瞿蛻園等校注，《李白集校注》（台北：里仁書局，一九八一），冊一，卷一，頁九一—一八七，〈遠別離〉、〈蜀道難〉、〈梁甫吟〉、〈天馬歌〉、〈行路難〉，俱見卷三，頁一九一、一九九、二一〇、二三四、二三八。

112　擬真本意、擬似本意、謬想本意之別，詳見顏崑陽，〈中國古代「詩用」語境中的「多重性讀者」〉，收入本書，頁四一六—四三八。

113　陳子昂〈修竹篇序〉，參見彭慶生，《陳子昂詩注》，卷三，頁二一七。

114　陳沆箋注陳子昂〈感遇三十八首〉，引僧皎然之見云：「僧皎然謂源於阮公〈詠懷〉。」參見〔清〕陳沆，《詩比興箋》（台北：正生書局），卷三，頁九八。

115　王逸〈離騷經序〉：「〈離騷〉之文，依詩取興，引類譬喻。」參見〔漢〕王逸注，〔宋〕洪興祖補注，《楚辭補註》，卷一，頁一二。又劉勰《文心雕龍・辨騷》指出「騷」之同於「風雅」者四，而異於「經典」者四；則以「經」為正為源，而以「騷」為流為變。參見〔南朝梁〕劉勰著，現代周振甫注，《文心雕龍注釋》，頁六三—六四。

116　陳子昂曾蒙武后數度招見；但只欣賞其文才，對他幾次上書直諫，批判朝政，頗為不悅，因此始終未予重用。陳子昂只好心懷「不遇」之悲，歸隱故園。參見〔宋〕歐陽修等，《唐書・陳子昂傳》，冊二，卷一〇七，頁一四三七—一四四三。

近，而與「風雅」為遠。[117]下列二首詩可做為範例：

〈感遇〉之二：

蘭若生春夏，芊蔚何青青。幽獨空林色，朱蕤冒紫莖。遲遲白日晚，裊裊秋風生。歲華盡搖落，芳意竟何成！[118]

〈感遇〉之二八：

昔日章華宴，荊王樂荒淫。霓旌翠羽蓋，射兕雲夢林。朅來高唐觀，悵望雲陽岑。雄圖今何在？黃雀空哀吟。[119]

這兩首詩的「事件情境」都不明確，也不可考。有些學者做了繫年，並指出創作背景，[120]無據，臆測而已。第一首以詠物體的「比興」言語，藉芬芳的蘭草、杜若自喻，其「行為意向」乃自指；篇末二句「歲華盡搖落，芳意竟何成」，隱喻「懷才不遇」之嘆。這是屈騷所創造的「比體」模式之一。[121]前文論及，從陳子昂的仕宦經歷觀之，此一「行為意向」雖隱微而可推知，但仍是「擬似本意」而已。至於「衍外效用」則完全留白。第二首也是屈騷所創造的「比體」模式之一，以詠史體的「比興」言語，借古喻今，以楚王荒淫逸樂，以致亡國的史蹟，諷諭武后及擅權的諸武集團，他們就是第一序位直接受言者，實為不確指的「隱性他群」。此一「行為意向」即使隱微可以推知，卻僅是「擬似本意」。而「衍外效用」也完全留白，不過與上一「向下實指型」不同，由於使用「比興」，隱微其言，「聞之者」雖未必「足以戒」，但「言之者」也不至於罹罪。

次論李白，他在〈古風〉第一首即明示以「風雅」為典範，但又兼攝「屈騷」；至於漢魏以下，則已逐漸開展頹波而成流，故云：

> 大雅久不作，吾衰竟誰陳？王風委蔓草，戰國多荊榛。……正聲何微茫，哀怨起騷人。揚馬激頹波，開流蕩無垠。廢興雖萬變，憲章亦已淪。自從建安來，綺麗不足珍……。[122]

他歷述風雅、屈騷之後的文學變遷，對於建安以下，即晉宋齊梁之綺麗，頗為貶斥。如此，則建安以上的詩風，他大致未做輕貶。當然，推究其原，仍以「風雅」為典範。李白的詩觀固是如此，但若考其實踐的結果，就以〈古風〉五十九首為例，意旨多端，總雜非一。或諷諭時事，或慕古之高尚

117 陳沆亦以為陳子昂〈感遇〉「屈宋枚阮，古轍可尋」，參見《詩比興箋》，卷三，頁七九。

118 彭慶生，《陳子昂詩注》，卷一，頁四。

119 同前注，卷一，頁四七。

120 例如彭慶生認定〈感遇〉之二八，「當是」武后長壽二年，陳子昂服闋出蜀時，路過荊州一帶所作，卻沒提出確實證據，所謂「當是」，臆測而已。參見彭慶生，《陳子昂詩注》，卷一，頁四八—四九。

121 屈騷所創詠史、游仙、豔情、詠物四類「比體」，參見朱自清，《詩言志辨》（台北：頂淵文化公司，二〇〇一），頁八三—八四。

122 現代瞿蛻園等注，《李白集校注》，冊一，卷二，頁九一。

及豪傑之士，或寓「不遇」之怨，或傷年華之易逝，或嘆世道之不古，或馳騁神仙、隱逸之思，虛構想像，語多玄奇，顯然與「正聲」之「大雅」不類，而入於「騷」矣。下列二首詩可以做為範例：

〈古風〉之二：

蟾蜍薄太清，蝕此瑤臺月。圓光虧中天，金魄遂淪沒。螮蝀入紫微，大明夷朝暉。浮雲隔兩曜，萬象昏陰霏。蕭蕭長門宮，昔是今已非。桂蠹花不實，天霜下嚴威。沉嘆終永夕，感我涕沾衣。[123]

〈古風〉之三八：

孤蘭生幽園，眾草共蕪沒。雖照陽春暉，復悲高秋月。飛霜早淅瀝，綠艷恐休歇。若無清風吹，香氣為誰發？[124]

李白〈古風〉五十九首的「事件情境」全都不明確，其中有少數作品，前人箋釋指實為某人某事而作，也就是有一特指的「受言者」，卻屬隱性。其「行為意向」就在於諷諭權力高層之失德，例如上舉〈古風〉之二，頗多後世箋釋皆實指玄宗寵武妃而廢王皇后，武妃進封為惠妃，玄宗欲立為后。[125]不過，千百年後的「泛化讀者」，既無實據，卻各憑臆測，大多穿鑿附會。此詩的語言形式，整首以「比興」出之，「事件情境」既不明確，其「行為意向」也無法實指，僅能隱約推想所諷喻者當為後宮有失德之事。第一序位直接受言者是誰？隱匿而難以確指，因此連第一序位的受言者都未能直接感知其「行為意向」，何況千百年後的「泛化讀者」，如何能有效解明其謎底？然則，其「衍外效用」無法確斷；而「言之者」也不致獲罪。至於〈古風〉之三八，全是屈騷「詠物體」的比興寄託模式，以「孤蘭」自喻，「行為意向」乃自指而兼有他指，自指遭時不遇，就相對隱涵他指不能用賢才的權力高層；而「事件情境」既無法明確考實，僅是隱微的「不遇」之悲，當然也不會有何可以確斷的「衍外效用」。

復論張九齡，沒有提出明確的詩觀。他主要政治活動在玄宗朝，為骨鯁之臣，卻受譖於李林甫，罷相，貶荊州長史。[126]其「感遇」與其他諸篇，皆為此種遭遇而作，這算是大體性的「事件情境」。其言語策略大多是「比興寄託」，故「意向」隱微而不可確解。不過，總體觀之，與上一次類「向下實指型」完全不同，如「風雅」之諷諭民生的意旨甚少，大多向國君喻示孤清自守、思君而忠心不二之志，以及或將遠舉高飛，歸隱雲山之意，近於屈騷，而「諷諫君」之意少，「自慰」之意多，實為「騷」之變調。下列二首詩可以做為範例：

123　同前注，冊一，頁九四。
124　同前注，冊一，頁九四，頁一六〇。
125　例如〔宋〕楊齊賢，〔清〕胡震亨、王琦、沈德潛的注，皆主此說。參見瞿蛻園等注，《李白集校注》，冊一，卷二，頁九五—九七。
126　〔宋〕歐陽修等著，《唐書．張九齡傳》，冊二，卷一二六，頁一六一九—一六二〇。

〈感遇〉之四：

孤鴻海上來，池潢不敢顧。側見雙翠鳥，巢在三珠樹。矯矯珍木巔，得無金丸懼！美服患人指，高明逼神惡。今我遊冥冥，弋者何所慕？[127]

〈感遇〉之七：

江南有丹橘，經冬猶綠林。豈伊地氣暖？自有歲寒心。可以薦嘉客，奈何阻重深。運命唯所遇，循環不可尋。徒言樹桃李，此木豈無陰？[128]

這二首詩的「事件情境」，從張九齡本傳大體可知。〈感遇〉之四，其「意向」可推想，「孤鴻」以自喻；而「側見雙翠鳥，巢在三珠樹。矯矯珍木巔，得無金丸懼」，所謂「雙翠鳥」乃以比興言語暗示，卻又「特指」某些隱性的第一序位受言者。後世的「泛化讀者」大抵依據新舊《唐書》的張九齡本傳做為參證，可推斷「雙翠鳥」所暗示而特指者，當是李林甫、牛仙客等人。[129]張九齡受到李林甫、牛仙客的讒害而罷相，貶謫為荊州長史，乃創作〈感遇〉以抒發這份悲怨，卻未明指，而比興寄託於言外。當時，李林甫、牛仙客乃第一序位直接受言者，身在「事件語境」中，果真閱讀到此詩，應可感知其「行為意向」，這就接近發言者的「原初本意」。[130]我們都是事隔千年的「泛化讀者」，如果有可信的史料為據，運用確當的方法，或許可以獲致「擬真本意」或「擬似本意」。至於「衍外效用」，實不可考信。〈感遇〉之七，顯是屈騷「詠物體」比興寄託模式，取意屈原〈橘頌〉。[131]其「行為意向」大致以「丹橘」自喻，本性堅貞，冀國君之信任，卻受阻於奸佞而不得其用，這全是屈原忠而受謗的「不遇」之怨，這也是我們所理解的「擬似本意」。至於其「衍外效用」則留白而不可確斷。

3.「虛實相涵型」的諷喻

我在〈論唐代「集體意識詩用」的社會文化行為現象〉一文中，已論明杜甫無法以這二種類型範概，[132]不再重複贅述。我們所要指出的是，白居易非常急切於「詩用」，深恐以「比興」之法，隱微其言，則所刺的對象無法「易諭」、「深誡」；因此以杜甫〈三吏〉等詩為典範，而刻意選擇以「直陳其事」的「賦」法，描寫當時社會上所發生的事件或現象。然而，他自己並不生活在這樣的社會情境中，而是個旁觀者；對他而言，「社會」只是他所抱持特定「詩觀」的諷諭對象，「群」與「己」斷而為二，「言志」而不「抒情」。

杜詩其實很難單純的歸入此類，因為杜甫不像元白等人，先立特定的「詩觀」，再作詩以實之。

---

127 張九齡，《曲江集》，卷三，頁三三。

128 同前注，卷三，頁三四。

129 例如陳沆云：「雙翠鳥喻林甫、仙客。」參見〔清〕陳沆，《詩比興箋》，卷三，頁一一九。

130 原初本意」之義，詳見顏崑陽，〈中國古代「詩用」情境中的「多重性讀者」〉，收入本書，頁四一五—四一六。

131 〈橘頌〉：「后皇嘉樹，橘徠服兮。受命不遷，生南國兮。深固難徙，更壹志兮。……。」參見〔宋〕洪興祖，《楚辭補註》，卷四，頁一五四。

132 顏崑陽，〈唐代「集體意識詩用」的社會文化行為現象〉，收入本書，頁五二三—五二六。

他對傳統詩文化的因承，自風雅、楚騷以至漢魏、六朝，甚至初唐諸家，皆兼容並蓄。更重要的是，他創作〈三吏〉、〈三別〉以及〈兵車行〉、〈自京赴奉先詠懷五百字〉、〈行次昭陵〉、〈北征〉等，其自身就在當代社會文化情境中，即所見聞、所遭遇、所感思而為情以造文，曲折其筆以描述事實現象，敘而不議，為民反應生活疾苦，其受言者卻不明確直刺「特指對象」；而其「諷諭」之意已隱蓄於委婉的措辭語態以及抑揚頓挫、明暗開闔，妙極變化的敘述脈絡中，聞者自知則知之，不知則不知。下列二首詩可為範例：

〈石壕吏〉：

暮投石壕村，有吏夜捉人。老翁踰牆走，老婦出門看。吏呼一何怒，婦啼一何苦！聽婦前致詞：三男鄴城戍，一男附書至，二男新戰死。存者且偷生，死者長已矣！室中更無人，唯有乳下孫。有孫母未去，出入無完裙。老嫗力雖衰，請從吏夜歸。急應河陽役，猶得備晨炊。夜久語聲絕，如聞泣幽咽。天明登前途，獨與老翁別。[133]

這是發言者在境而現場，即目即耳所見所聞的社會事件，如實描述；故「事件情境」就是文本所敘述者，頗似現代的新聞報導。而其受言之對象，特指者為那個怒呼而捉人的「吏」，卻未明示是誰，故屬隱性個體；不過，合情的想像，戰亂中，捉人充軍，絕不會只有這個「石壕吏」，隱在背後還有無法特指的惡吏他群；而泛指者則是在上位的隱性他群，遣派惡吏捉人充軍的官長。其「行為意向」是為民反應戰爭所帶來的悲苦，並暗指兵役政策之亂無人道，卻不直接議論而曲折其筆以暗示之。唐代原為府兵制，兵農合一，精選徵調身心健壯的農民服兵役，並非各戶所有男丁都要從軍。役男平時耕種，農閒時接受戰鬥訓練，國家有戰事則奉命出征。而服役及退役也有一定的年齡，按制度「凡民年二十為兵，六十而免」。[134]這種府兵全由中央管控，制度嚴明。玄宗天寶年間，府兵逐漸腐敗；兵力落入各地方鎮，為節度使所掌握。安史亂起，兵制全壞，方鎮為充兵力，到處徵調男丁，甚至捉人充軍，老弱不計；百姓悲苦，何處投訴！這首〈石壕吏〉就是發言者杜甫現場即目所見、即耳所聞，如實描述而不議論；卻能曲折其筆，「有吏夜捉人」、「吏呼一何怒」，橫暴可以想見。「老翁踰牆走」，何以如此倉皇逃出？暗示兵制敗壞，已非「六十而免」。而「婦啼一何苦！聽婦前致詞」：家中男丁悉赴鄴城之戍，而二男戰死，已非府兵舊規。最終，老婦力衰，仍不免應役河陽，以備晨炊，唯老翁、兒媳、幼孫倖免，可謂全無人道。即此人間慘況，不必像白居易那樣「其言直而切」、「卒章顯其志」，唯恐受言者不識其「行為意向」，而明示自己這項行為所期待的目的。杜甫的發言，其語言形式少用「比興」，多用「賦」法，如實敘事而已，卻能曲折其筆，使受言者「即事生情而會意」。雖直賦為之，卻「實」中有「虛」，其「行為意向」在實象所暗示之虛境處；既非直顯其志，則須「受言者」用心會悟，故仍收類似比興譎諫之效，聞之者是否能誡，無從追查，「衍外效用」亦不可知；然而至少「言之者無罪」。白居易之效法杜詩，急切於「詩用」，實未得「賦」法善於敘事之要則。

133 〔清〕楊倫，《杜詩鏡銓》（台北：華正書局，一九八一），卷五，頁二二二。

134 《唐書．兵志》，冊一，卷五〇，頁六〇四。

〈杜鵑行〉：

君不見，昔日蜀天子，化作杜鵑似老烏。寄巢生子不自啄，群烏至今與哺雛。雖同君臣有舊禮，骨肉滿眼身羈孤。業工竄伏深樹裡，四月五月偏號呼。其聲哀痛口流血，所訴何事常區區。爾豈摧殘始發憤，羞帶羽翮傷形愚。蒼天變化誰料得？萬事反覆何所無，萬事反覆何所無！豈憶當殿群臣趨！[135]

這首〈杜鵑行〉，文字表面寫的是古蜀國望帝死後魂魄化為杜鵑鳥的故事。而言外的「事件情境」，從宋代洪邁、黃鶴以至明末盧元昌、清代仇兆鰲、浦起龍、楊倫等，都認為暗指安史亂後，玄宗自蜀返京，卻受欺於宦官李輔國，遷居西內。高力士及舊宮人皆不得留身邊，皇妹玉真公主出居玉真觀，而肅宗不復定省。玄宗孤寂不樂，成疾。其受言者乃是隱性個體，即宦官李輔國。而「行為意向」即暗諷李輔國之欺君，同時傷痛玄宗晚景之淒涼。[136]然則這首詩不同於〈石壕吏〉，是為「比興體」，「行為意向」隱於言外。諸說所見相同，雖然沒有嚴格的論證方法，但直觀聯想之見，以文本所敘與史事所載做一對觀，此一說法在情理之內，可為「擬似本意」。不過，我們要注意的是，杜甫這首〈杜鵑行〉雖為比興體，卻與上述陳子昂等「向上虛喻型」之全以虛象託喻有其差別。這首詩仍以「賦」法敘事成篇，文字表層看似描述望帝化為杜鵑的故事，以及業工竄伏深樹，觀察杜鵑啼血的情景。然而，敘事脈絡卻時而插入「雖同君臣有舊禮，骨肉滿眼深羈孤」、「豈憶當殿群臣趨」這一類望帝化杜鵑故事原本所不載的情節；而這一類情節既可與「蜀天子」望帝做聯想，是為「虛」象；卻也可與唐玄宗亂後回京，受欺於宦官李輔國，親信皆被迫隔離的事件做聯想，是為「實」境。虛中有實，語帶雙關，而發言之「意向」雖然隱微，知音者卻可體會，並非晦澀不可解。至於「衍外效用」當然也不可考實。

杜詩之社會諷喻，上述二首詩分為二種類型，其「語言形式」以「賦」法為主，卻能「實」中涵「虛」，「虛」中涵「實」，虛實相涵為一體。而「行為意向」雖然隱微卻用心可會，故而不是白居易與陳子昂所代表的二種類型可以範概。至於他自己個人也有士不遇之悲，卻不同陳子昂、李白、張九齡那樣，以「比興」之法隱微其言，而常以「賦」法敘述，頓挫曲折以沉鬱其情，不遇之悲與憂黎民之苦同情共感，自傷而不怨君，這可從〈贈韋左丞丈二十二韻〉、〈醉時歌贈鄭廣文〉、〈自京赴奉先詠懷〉、〈樓上〉[137]等詩理解而得，不一一細論。

以詩諷諫的社會文化行為，屈原以降，其實踐場所已由朝廷內君臣面對面的「特定情境」演變為「泛文化情境」，「諷諫」成為士人階層所秉持的一種文化傳統精神，在普泛的文化存在情境中，隨其所見聞所感思，不擇時地皆可付諸吟詠，往往在境而非現場。而其受言對象，發展到唐代，已由

135　〔清〕楊倫，《杜詩鏡銓》，卷七，頁三二五—三二六。

136　〔宋〕洪邁、黃鶴、明末盧元昌三家之說，參見《杜詩詳注》徵引。〔清〕仇兆鰲，《杜詩詳注》（台北：里仁書局，一九八〇），冊二，卷一〇，頁八三八—八三九。浦起龍也徵引黃鶴之說而表示同意，參見〔清〕浦起龍，《讀杜心解》（台北：九思出版社，一九七九），冊二，卷六之下，頁八四二。楊倫同樣徵引洪邁、黃鶴之說而表示同意，參見〔清〕楊倫，《杜詩鏡銓》，卷七，頁三二六。

137　諸詩參見〔清〕楊倫，《杜詩鏡銓》，〈贈韋左丞丈二十二韻〉，卷一，頁二四—二六；〈醉時歌贈鄭廣文〉，卷二，頁六〇—六一；〈自京赴奉先詠懷〉，卷三，頁一〇八—一一二；〈樓上〉，卷二〇，頁九八三—九八四。

對國君之「諷諫」演變為對普泛的權力階層與庶眾民生之「諷諭」，以詩諷刺或告曉。這一類的「詩用」到了陳子昂、李白、張九齡、杜甫、元結、白居易、元稹等，大體已定型。其「言語形式」或賦或比興；「事件情境」或在言內或在言外，或可考或不可考，而「行為意向」或顯或隱；至於「衍外效用」幾乎都無法評斷。其實，這種「詩式社會文化行為」，屈原以降，做為士人階層政教關懷之意識形態的投影，此一文化性意義遠大於實際的政治性效用。

三、什麼是「以詩教化」的社會文化行為？

「化」字有改變、遷善諸義。本文所謂「化」者，乃指發言者以「詩式語言」教化他人，使漸改舊習或偏差的觀念而遷善。通常用之於上對下或平行的社會互動關係，這就是「詩教」，《禮記・經解》云：「孔子曰：『入其國，其教可知也。其為人也溫柔敦厚，詩教也。』」；[138]另外，也有一種特殊的上下關係，「士」而為王侯師，王侯有所問，往往引詩以證理，啟發其自悟。這可以說是下對上「以詩教化」的社會文化行為。

古代士人階層的「詩式社會文化行為」的實踐，有其總體「情境結構」，前文已做了完整的詮釋、建構；其中「教化文化情境」，大體闡明，此處不贅。我們所要關注的主題是「以詩教化」這一類型的「詩式社會文化行為」有何特徵？

從周代開始，經過歷代的演變，「以詩教化」大約可分為六個次類：（一）周代學制，對天子、諸侯以至公卿之子弟，即辟雍太學之教；或者鄉黨城邑大夫士人子弟的庠序之教，這是「公學」，皆「以詩教化」陶養學子的性情人格，大體詩樂配合，多為弦歌，依藉聲感、情感、理感，以得興發志意，啟悟道理之效；（二）「公學」之「詩教」在學制之外，推而廣之，即是鄉黨的社會文化教育，對一般鄉賢，配合射禮、飲酒禮的儀式，詩樂並作，寓教於樂，以收情境感化之效；（三）「私學」之教，孔子為典範，有教無類，大多是一般成年士人，間有大夫子弟問學者，其教以「誦詩」、「言詩」為主，並隨機與道德教育做「情境連類」的啟悟；（四）士人為王侯師，王侯有問，隨機引詩以證理，以得啟發感悟之效；（五）降及漢代之後，前四個次類有「特指對象」的詩教已漸式微；而文人作詩之業興起，遂演變成以「風雅」或「風騷」傳統做為發言、書寫的準則，而以士人階層或庶民為「泛化對象」的詩教。（六）同樣以「風雅」或「風騷」傳統做為發言、書寫的準則，也有以某一顯性個體做為「特指對象」，而實踐「以詩教化」的社會文化行為，都是尊對卑，或長對幼，以啟發、告曉、訓示人生之理。

前四次類詩教的實踐，都在「特定情境場所」，在境而現場，發言者與受言者面對面，是為「特指對象」。第一次類與第三次類的受言者都是顯性他群，也就是在場的學子們或一般鄉賢。第二、四次類的受言者則大多是在場的顯性個體。至於第五次類，則演變為在境而不在場，指向「泛化對象」，即想像中隱性他群的受言者。第六次類則是「特指對象」，卻與前四類不同，既非常態性的

138 〔漢〕戴聖傳、鄭玄注，〔唐〕孔穎達疏，《禮記注疏》（台北：藝文印書館，景印嘉慶二十年南昌府學重刊宋本，一九七三），卷五〇，頁八四五。

公、私學教育，也非特定的政治人物；而是一般的庶民或親友門生。

這六個次類的詩教，其發言者的「意向」都是依藉詩文本的意象性「情境」去感發受言者，以陶養性情之中和，啟悟道德之志意，乃是一種「情境教育」；故孔子云：「詩可以興」、「興於詩」。[139]朱熹對「詩可以興」的解釋是：「感發志意。」[140]王夫之的解釋是：「詩可以興……『可以』云者，隨所『以』而皆『可』也。……作者用一致之思，讀者各以其情而自得。」[141]興者，起也，生也。感物起情，緣事興志，謂之「興」；乃是人之「感性」的發用，於詩而言，就是一種「詩性直覺」，人性之本具。因此朱熹所謂「感發志意」，王夫之所謂「各以其情而自得」，顯示「詩教」就是以此「詩性直覺」為本，不直接灌輸抽象概念的道德或詩學理論；而引導受言者相即於詩文本的意象性「情境」，以感發志意而自得於心。因此，我們可以說「興」就是「詩教」的實踐原則。

（一）「公學」的詩教之一：以詩陶養國子的性情人格

第一次類「公學」的詩教，文獻載記並不十分詳實，可見的是周代學制的大體規定，《周禮・大師》云：「大師掌六律六同，以合陰陽之聲……教六詩曰風、曰賦、曰比、曰興、曰雅、曰頌。」《周禮・大司樂》云：「大司樂掌成均之法……以樂語教國子，興道、諷誦、言語。」《禮記・內則》，云：「十有三年，學樂、誦詩。」從這些記載來看，「詩教」與「樂教」並施，從小學就開始，是性情人格養成所必行的基礎教育。詩為辭而樂為音，媒材不同而彼此配合，融為一體，是為「弦歌」，孔子至武城聞「弦歌之聲」，[142]乃子游為武城宰，以合樂之歌詩化民。即使未合樂而歌，也是發聲「諷誦」，而非只閱讀文字；故前引《周禮》記載大司樂「以樂語教國子」，其中就有「諷誦」。而孔子對弟子言「誦詩三百」，[143]而非「讀詩三百」。詩樂媒材雖然有別，而其共同的精神及本質卻都是「中和」。以詩辭為教，中和的「情意意象」可感化性情，興發志意，是為「情感」，如於「理」有所悟，則為「理感」；以樂曲或弦歌、誦詩為教，則中和的「聲音意象」也可感化性情，興發志意，是為「聲感」。而聲感、情感、理感的「效用」，皆為受言者之「自得」。如此受言者之「自得」，正是發言者「行為意向」之所期待的「衍外效用」。

這一次類之實踐案例，可見於《國語・楚語上》記載，莊王使士亹傅太子箴，士亹問於申叔時如何為太子傅，申叔時告以：「教之詩而為之導廣顯德，以耀明其志」。[144]導廣，引導而廣之。顯德，韋昭注云：「謂若成湯、文、武、周、邵僖公之屬，諸詩所美者也。」[145]周文王之德，見於《詩經・

---

139 《論語・陽貨》：「詩可以興，可以觀，可以群，可以怨。」《論語・泰伯》：「興於詩，立於禮，成於樂。」分別參見〔魏〕何晏集解，〔宋〕邢昺疏，《論語注疏》（台北：藝文印書館，景印嘉慶二十年南昌府學重刊宋本，一九七三），卷一七，頁一五六；卷八，頁七一。

140 〔宋〕朱熹《論語集注・陽貨》，收入《四書集注》（台北：學海出版社，一九七九），卷九，頁一二一。

141 《薑齋詩話・詩譯》，〔清〕王夫之著，現代戴鴻森注，《薑齋詩話》（台北：木鐸出版社，一九八二），卷一，頁四。

142 「子之武城，聞弦歌之聲」，參見《論語注疏・陽貨》，卷一七，頁一五四。

143 「誦詩三百」，參見同前注，《論語注疏・子路》，卷一三，頁一一六。

144 〔三國吳〕韋昭注，《國語》，卷一七，頁五二八。

145 同前注，頁五二九。

大雅》，從〈文王〉到〈文王有聲〉，即〈文王之什〉十篇。[146]武王之德，見於《詩經・大雅》之〈大明〉、〈下武〉；[147]《詩經・周頌》之〈載見〉、〈武〉、〈閔予小子〉、〈訪落〉、〈酌〉、〈桓〉等篇。[148]周公之德，見於《詩經・魯頌》之〈清廟〉、〈維天之命〉、〈維清〉等篇，[149]由周公之祭祀文王，對文王之德的歌頌，想見其受文王精神的感召，從而制禮作樂。「邵」即召公奭，亦即召康公，與周公一起輔佐成王；召康公之德，見於《詩經・大雅》之〈公劉〉、〈泂酌〉、〈卷阿〉等篇，[150]皆召康公戒成王之作，以此可見其以厚民、德治、求賢用士之政治思想。魯僖公之德，見於《詩經・魯頌》之〈駉〉、〈有駜〉、〈泮水〉、〈閟宮〉等篇。[151]如此則「詩教」乃以詩篇文本中，先人之德業做為典範，展現具象的「情境」，以感召受教者而「耀明其志」。耀明，顯發也。這正是受教者「興於詩」而「自得於心」的「情境教育」效用。

（二）「公學」的詩教之二：學制之外，鄉黨的社會文化教育

第二次類的記載也只有通案而沒有個案，〈詩大序〉述及：「〈關雎〉，后妃之德也。風之始也，所以風天下而正夫婦也，故用之鄉人焉，用之邦國焉。」[152]

先秦時期將〈關雎〉之詩樂用之於鄉黨邦國，以施行社會文化教育，詢非虛說。而且不僅〈關雎〉一篇，正風〈周南〉、〈召南〉有幾篇都常被使用。這可從《儀禮》得到印證，今文《儀禮》雖為漢初高堂生所傳，然所載大體皆周代之禮儀，這是經學史的常識，不贅。所謂「用之鄉人焉」，即《儀禮・鄉飲酒禮》所載：「……乃合樂〈周南〉：〈關雎〉、〈葛覃〉、〈卷耳〉；〈召南〉：〈鵲巢〉、〈采蘩〉、〈采蘋〉。」《儀禮・鄉射禮》：「……乃合樂〈周南〉：〈關雎〉、〈葛

覃〉、〈卷耳〉；〈召南〉：〈鵲巢〉、〈采蘩〉、〈采蘋〉。」[153]鄉飲酒、鄉射之禮都是諸侯之鄉大夫施行於鄉黨賢者的飲酒、射藝儀式。〈周南〉、〈召南〉皆為正風，這六篇都是夫婦之教，故鄭玄注云：夫婦之道，生民之本，王政之端。此六篇者，其教之原也。」[154]藉鄉飲酒禮、鄉射禮的「特定情境場所」，特指顯性他群之受言者，以詩樂合一的方式推展鄉黨的社會文化教育。而所謂用之「邦國」，即《儀禮・燕禮》所載，諸侯與卿大夫燕飲時，在「特定情境場所」，配合儀式的進行

---

146 《詩經注疏》，卷一六之一，頁五三一—五八五。

147 同前注，卷一六之二，〈大明〉，頁五四○—五四五；卷一六之五，〈下武〉，頁五八一—五八二。

148 同前注，卷一九之三，〈載見〉，頁七三五—七三六；〈武〉，頁七三七—七三八；〈閔予小子〉，頁七三八—七三九；〈訪落〉，頁七三九—七四○；卷一九之四，〈酌〉，頁七五二—七五三；〈桓〉，頁七五三—七五四。

149 同前注，卷一九之一，〈清廟〉，頁七○六—七○八；〈維天之命〉，頁七○八—七○九；〈維清〉，頁七○九—七一○。

150 同前注，卷一七之三，〈公劉〉，頁六一六—六二二；〈泂酌〉，頁六二二；卷一七之四，〈卷阿〉，頁六二六—六三○。

151 同前注，卷二○之一，〈駉〉，頁七六二—七六五；〈有駜〉，頁七六五—七六七；〈泮水〉，頁七六七—七七一；〈閟宮〉，頁七七六—七八四。

152 同前注，卷一之一，頁一二。

153 《儀禮・鄉飲酒禮》，參見〔漢〕鄭玄注，〔唐〕賈公彥疏，《儀禮注疏》（台北：藝文印書館，景印嘉慶二十年江西南昌府學重刊宋本，一九七三），卷九，頁九三。又《儀禮・鄉射禮》，卷一一，頁一一五。

154 同前注，卷九，頁九三、九四。

過程，特指顯性他群之受言者，工歌〈鹿鳴〉、〈四牡〉、〈皇皇者華〉以及鄉樂〈周南〉之〈關雎〉、〈葛覃〉、〈卷耳〉，〈召南〉之〈鵲巢〉、〈采蘩〉、〈采蘋〉。[155]其受言者都是高層的卿大夫或四方聘客，前階段工歌〈鹿鳴〉、〈四牡〉、〈皇皇者華〉，以示慰勞、友好之意，[156]「詩教」意義不大。後階段歌鄉樂〈關雎〉、〈鵲巢〉等篇，則與鄉飲酒禮、鄉射禮之歌〈周南〉、〈召南〉諸篇，同樣是以詩樂合一的方式推展邦國的社會文化教育。

這一次類都是以「歌」、「合樂」方式進行，在境而現場，詩辭與詩聲並作，顯然是以「興」為實踐原則，進行「情境教育」，經由聲感、情感與理感，讓受言者自得於心，感發志意。其「行為意向」乃期待能獲致美教化、移風俗的「效用」。

（三）「私學」的詩教

第三次類為「私學」之教，孔子以詩教化門生，都是在境而現場，受言者大多是特指的顯性個體或他群。而其「衍外效用」如何？《韓詩外傳》有一則記載，可見一般情況：

> 子夏讀《詩》已畢，夫子問曰：「爾亦何大於《詩》矣？」子夏對曰：「《詩》之於事也，昭昭乎若日月之光明，燎燎乎如星辰之錯行。上有堯舜之道，下有三王之義。弟子不敢忘，雖居蓬戶之中，彈琴以詠先王之風，有人亦樂之，無人亦樂之，亦可發憤忘食矣。《詩》曰：『衡門之下，可以棲遲。泌之洋洋，可以樂飢。』」夫子造然變容曰：「嘻！吾子始可以言《詩》已矣！」[157]

子夏接受孔子的詩教，回答孔子之問，而敘述讀詩以自得的感知，從中會悟真理而樂在其中，這是「理感」的效用。同時，我們也可以察覺到，《三百篇》在「詩教」的過程中，已逐漸被神聖化，經由詮釋而連結到「堯舜之道、三王之議」，這就為往後《三百篇》被「經化」成為《詩經》奏出序曲。

孔子之以詩為教，其實踐的案例乃眾所熟知：〈學而〉記載子貢向孔子請教「貧而無諂，富而無驕，何如？」孔子回答後，子貢受教而引詩「如切如磋，如琢如磨」做為連類譬喻，孔子盛讚子貢：「賜也，始可與言詩矣，告諸往而知來者。」[158]又〈八佾〉記載子夏請教孔子：「『巧笑倩兮，美目盼兮，素以為絢兮。』何謂也？」師生彼此對話討論，最後孔子盛讚子夏：「起予者商也，始可與言詩已矣。」[159]這二個案例，文本情境所涵之理與日常言行情境所涵之理，做了連類譬喻的詮釋，顯然是「理感」所獲致自得於心的效用，這當然是孔子以詩為教之「行為意向」所預期的目的，可以做為

---

155 《儀禮・燕禮》，參見《儀禮注疏》，卷一五，頁一七二，又頁一七三。，

156 同前注，卷一四，頁一五八。

157 〔漢〕韓嬰著，現代屈守元注，《韓詩外傳箋疏》，卷二，頁二一一。

158 《論語・學而》：子貢曰：「貧而無諂，富而無驕，如何？」子曰：「可也，未若貧而樂，富而好禮者也。」子貢曰：「詩云：『如切如磋，如琢如磨』，其斯之謂與？」子曰：「賜也，始可與言詩矣，告諸往而知來者。」參見《論語注疏》，卷一，頁八。

159 《論語・八佾》：子夏問曰：「『巧笑倩兮，美目盼兮，素以為絢兮。』何謂也？」子曰：「繪事後素。」曰：「禮後乎？」子曰：「起予者商也，始可與言詩已矣。」參見《論語注疏》，卷三，頁二六—二七。

「詩可以興」、「興於詩」的範例；而「衍外效用」正向而明確。

（四）士人為王侯師的詩教

第四次類，士人為王侯師，王侯有問，隨機引詩以證理，以得啟發感悟之效。這一類「詩式社會文化行為」，晏子與孟子可為典範。前文述及晏子作詩或引詩以「諷諫」齊景公，其實已隱涵「詩教」之義。以詩諷諫與以詩教化，在某種情境中，有時會有交集。諷諫，是因為在下對上的關係中，受言者正在進行或已進行「過錯」之事，故諫以止之或改之。教化，在下對上的關係中，則受言者沒有過錯之行，僅是心有疑惑而問，或雖未問而於理顯有不明，發言者為之解惑或闡明道理時，以詩之意象，使其感悟。下列範例，可見這一類「詩式社會文化行為」的特徵：

《晏子逸箋》：

景公問晏子曰：「人性有賢不肖，可學乎？」晏子對曰：「《詩》云：『高山仰之，景行行之。』之者，其人也。故諸侯並立，善而不怠者為長；列士並學，終善者為師。」160

《孟子・梁惠王》：

孟子見梁惠王。王立於沼上，顧鴻雁麋鹿，曰：「賢者亦樂此乎？」孟子對曰：「賢者而後樂此；不賢者雖有此不樂也。《詩》云：『經始靈臺，經之營之。庶民攻之，不日成之。經始勿亟，庶民子來。王在靈囿，麀鹿攸伏。麀鹿濯濯，白鳥鶴鶴。王在靈沼，於牣魚躍。』文王以民力為臺為沼，而民歡樂之；謂其臺曰靈臺，謂其沼曰靈沼；樂其有麋鹿魚鱉。古之人與民偕樂，故能樂也。〈湯誓〉曰：『時日害喪，予及汝偕亡。』民欲與之偕亡，雖有臺池鳥獸，豈能獨樂哉！」[161]

這二個案例都是在境而現場，詩式社會文化行為實踐於「特定情境場所」，發言者與受言者面對面，以一顯性個體為「特指對象」。孟子尚無官職，晏子為齊景公相，卻都是「志於道」之士。王侯以權為貴，士以道為尊，故而明道則士可為王侯師。「事件情境」是當場王侯於「道」有不明白處，而問於賢能之士，晏子與孟子回答時，皆引《詩》以證理，晏子引《三百篇》的〈小雅・車舝〉詩句，[162]孟子則引《三百篇》的〈大雅・靈臺〉詩句。[163]尤其孟子所引詩句頗長，描寫周文王之賢而能與民偕樂，故而能樂。詩的意象呈現非常具體鮮明的「情境」，周文王的人格可為典範，足以感發受言者梁惠王，以悟王侯與民偕樂而後能樂之理。其「行為意向」無非依藉詩文本的意象性「情境」，期待受言者引起「情感」或「理感」而有所啟悟，能明其道而益其行。至於「衍外效用」如何？文本或其他文獻未載，故無從判定。

160 現代鄒太華，《晏子逸箋》，卷四，頁二二九－二三〇。

161 參見〔戰國〕孟軻著，〔漢〕趙岐注，〔宋〕孫奭疏，《孟子注疏・梁惠王》（台北：藝文印書館，景印嘉慶二十年江西南昌府學重刊宋本，一九七三），卷一上，頁一〇－一一。

162 《詩經注疏》，卷一四之二，頁四八五。

163 同前注，卷一六之五，頁五七九－五八〇。

這一次類的「詩式社會文化行為」，除了晏子、孟子之外，也還有其他不少案例，可再舉二例，以見其特徵：

《韓詩外傳》：

齊桓公問於管仲曰：「王者何貴？」曰：「貴天。」桓公仰而視天。管仲曰：「所謂天，非蒼莽之天也。王者以百姓為天。百姓與之即安，輔之即強；非之即危，倍之即亡。《詩》曰：『民之無良，相怨一方。』民皆居一方而怨其上，不亡者，未之有也。」[164]

《春秋左傳・昭公七年》：

十一月，季武子卒。晉侯謂伯瑕曰：「吾所問日食，從矣，可常乎？」對曰：「不可，六物不同，民心不壹，事序不類，官職不則，同始異終，胡可常也。《詩》曰：『或燕燕居息，或憔悴事國。』其異終也如是。」公曰：「何謂六物？」對曰：「歲時日月星辰是謂也。」公曰：「多語寡人辰而莫同，何謂辰？」對曰：「日月之會是謂辰，故以配日。」[165]

這二個案例同樣是在境而現場，以詩為教的社會文化行為。發言者與受言者彼此面對面，以一顯性個體為「特指對象」，特別的是下對上之教。第一個案例的「事件情境」，齊桓公為君上，不明「王者何貴」而有問；管仲為臣下，對答，論述「王者以百姓為天」之理，而引《三百篇》的〈小雅・角弓〉詩句，[166]以證百姓「非之即危，倍之即亡」的政治律則。受言對象為特指顯性個體，而其

「行為意向」明顯是啟發王者能體悟「民心向背」乃興亡關鍵之理。至於其「衍外效用」，文獻未有記載，無從評斷。不過齊桓公能為春秋五霸之首，主要得之於管仲的輔佐，合理的推想，應該能接受管仲之教。

第二案例，晉侯為君上，有問；伯瑕即士文伯，為臣下。昭公七年四月記載，「日有食之，晉侯問於士文伯：『誰將當日食？』」[167]這個士文伯，與十一月這個伯瑕是同一個人。晉侯所問，是四月日食（蝕）此一凶兆必有受災者，是否會成為定則而延續下去？。四月此一凶兆，士文伯預卜災發於衛而魯受其餘禍。果然應驗，八月，衛襄公卒；[168]不久，十一月，季武子卒。故晉侯再問：「吾所問日食，從矣，可常乎？」從矣，是符應士文伯之言；可常乎？意即可持此次之占做為定常之規則嗎？士文伯答以「不可」；在論述「不可」的過程中，引《三百篇》的〈小雅・北山〉詩句，「或燕燕居息，或憔悴事國」，[169]斷章取義；其「行為意向」是以詩文本的意象，啟發受言者自悟，一切事物都處在變化的情境中，開始看似相同，結果卻都殊異，即所謂「同始異終」，故無一貫定常的規則。至於其「衍外效用」，文獻未載，無法確斷。不過，晉侯兩次因日食之災而問士文伯，都甚為謙遜，其

164 現代屈守元注，《韓詩外傳箋疏》，卷四，頁三九八—三九九。
165 《春秋左傳注疏》，卷四四，頁七六六。
166 《詩經注疏》，卷一五之一，頁五〇四。
167 《春秋左傳注疏》，卷四四，頁七六一。
168 八月，衛襄公卒，參見同前注，卷四四，頁七六五。
169 《詩經注疏》，卷一三之一，頁四四四。

受教可以推知，亦足見士以道為尊。

（五）以士人階層或庶民為「泛化對象」的詩教

第五次類是以士人階層或庶民為「泛化對象」的詩教。漢代以降，前四次類的詩教都實踐於「特定情境場所」，都有「特指對象」，或顯性個體，或顯性他群；而發言者都是以《三百篇》為教材，引而用之，少見自作詩者。漢代以降，這四次類的詩教已漸式微；魏晉之後，「作詩」已成為士人階層普遍專擅之業，而「風雅」或「風騷」遺緒漸成傳統，寓教於詩，也被型塑為接受儒家「詩言志」、「六義」、「諷諭」、「詩教」等詩觀之士人的「文化意識形態」，這些詩觀也就成為「儒系」詩學[170]的本質觀及創作原則。前文論及，「諷化」這一類型，其先以國君朝政為「特指對象」，實踐於「泛社會情境場所」、「特定情境場所」的「以詩諷諫」，發展到漢代之後，逐漸演變為實踐於「泛文化情境場所」，而用之於平行或上對下，其「泛化對象」通常都是隱性他群，甚至是所聞所見之群體普泛的社會文化行為現象，例如民間習俗、社會風氣、官箴政風等，是為「以詩諷諭」。發言者的「行為意向」乃依理告曉、訓誡，期待能矯治這種社會行為現象，這就帶有「以詩教化」的「行為意向」了。「諷諭」其實是「諷諫」之詩用的擴大，並無本質上的差異。政教情境場所中的「詩用」行為，發展至此，「諷」與「化」其實已彼此交集。前文舉出元稹〈賽神〉一詩，「以詩諷諭」而涵有以迷信賽神的楚地庶民為「泛化對象」的「教化」意向。

第五次類的「詩式社會文化行為」，不同於前四次類之「引詩而用之」，已轉為「作詩而用之」，「引」與「作」不同，但其用以「教化」則一。至此，「詩教」已成為士人階層的「文化意識形態」，也就是一種對詩文化普遍的價值信仰，往往自覺或不自覺的投射到詩歌的創作與批評，雖有弱化、隱伏的時期；但下貫到清代，卻未曾斷絕。我們可舉數例以見其特徵。

陶淵明〈勸農〉其四：

> 氣節易過，和澤難久。冀缺攜儷，沮溺結耦。相彼賢達，猶勤隴畝。矧伊眾庶，曳裾拱手。[171]

陶淵明所展現的「詩式社會文化行為」，實踐於「泛文化情境場所」，在境而非現場，以隱性他群的農民為「泛化對象」的受言者。「事件情境」乃是淵明所見當時農村有些男女不能勤耕。〈勸農〉一題六首，[172]除了其四這一首云：「矧伊眾庶，曳裾拱手」，其三云：「……紛紛士女，趨時競逐。桑婦宵興，農夫野宿。」其五云：「民生在勤，勤則不匱。宴安自逸，歲暮奚冀？儋石不儲，飢寒交至。顧爾儔列，能不懷愧！」，總體語境都含有警示當時農耕不勤之風。否則，又何須「勸

---

170 「儒家」一詞如不特別冠上朝代，概指先秦孔孟荀之原始儒家。而秦漢之後，「儒家」續有發展，雖仍以儒為根本，卻吸納他家之學而變化其面目，不過變而不離其本，仍可視為「儒」，如此前後傳承而形成一種統系，我們就稱它為「儒系」。儒系詩學，即指從先秦儒家開始往後逐漸發展成統系的詩學，包括詩言志、六義、比興寄託、政教諷諭、詩教等觀念。參見顏崑陽，〈從〈詩大序〉論儒系詩學的「體用觀」〉，收入《學術突圍》（台北：聯經出版公司，二〇二〇），頁一八一—一八二。

171 〔晉〕陶淵明著，現代袁行霈箋注，《陶淵明集箋注》（北京：中華書局，二〇〇三），卷一，頁三四。

172 同前注，卷一，頁三四。

農」？這是淵明此一「以詩教化」之社會文化行為所繫的大體「事件情境」，既在文本之內，也在文本之外的現實世界，內外不二。其「行為意向」明白是勸導農民勤於耕種，提示「氣節易過，和澤難久」，必須把握耕種的最佳時節及氣候，並舉春秋時期，「冀缺攜儷，沮溺結耦」做為典範。[173]這些賢達者，猶勤於隴畝；然則，一般農民豈可「曳裾拱手」，無所事事！如此，「以詩教化」的「行為意向」實為「顯性」。至於其「衍外效用」則不可考。

白居易〈凶宅〉：

> 長安多大宅，列在街西東。往往朱門內，房廊相對空。梟鳴松桂枝，狐藏蘭菊叢。……。前主為將相，得罪竄巴庸。後主為公卿，寢疾歿其中。連延四五主，殃禍繼相鍾。……但恐災將至，不思禍所從。我今題此詩，欲悟迷者胸。……因小以明大，借家可諭邦。……寄語家與國，人凶非宅凶。[174]

白居易此一「詩式社會文化行為」，也是實踐於「泛文化情境場所」，在境而非現場，以隱性他群之迷信宅第風水者為「泛化對象」的受言者。其「事件情境」就是詩作所描述「凶宅」的內容，在文本之內，也在文本之外的現實世界，內外不二。而其「行為意向」則是諭示不管是家族或國家，吉凶禍福都唯人自招，與宅第風水無關，所謂「人凶非宅凶」。由於全以賦法，直陳其事，直議其理，其「行為意向」是「「顯性」」，這正是前文所述及白居易「欲見之者易諭」、「欲聞之者深誡」之詩觀的實踐。至於是否真能改變這種迷信風氣？此一「衍外效用」實不可考。

楊傑〈勿去草〉：

勿去草，草無惡，若比世俗俗浮薄。君不見長安公卿家，公卿盛時客如麻；公卿去後門無車，唯有芳草年年加。又不見千里萬里江湖濱，觸目淒淒無故人，唯有芳草隨車輪。一日還舊居，門前草先除。草於主人實無負，主人於草宜何如？勿去草，草無惡，若比世俗俗浮薄。[175]

楊傑，宋朝人，字次公，自號無為子，大約與蘇東坡同時。他這一「詩式社會文化行為」，也是實踐於「泛文化情境場所」，在境而非現場，以隱性他群之一般浮薄的世人為「泛化對象」的受言者。其「事件情境」就是詩作所描述的內容，在文本之內，也在文本之外的現實世界，內外不二；而「意向」則是依藉世人之除草以起興，反諷世人之浮薄尚不如芳草之有情，對富貴人家的主人不離不棄；而主人不嫌惡賓客之浮薄，貶逐之後，幸還舊居，竟然先除門前之草，故警示云「勿去草，草不惡，若比世俗俗浮薄」，其「以詩教化」的「意向」實為顯性，至於「衍外效用」則不可考。

173 《春秋左傳・僖公三十三年》：「季使過冀，見冀缺耨，其妻饁之。敬相待如賓，與之歸。」饁者，送餐飯到田間，讓耕種者享用。參見《春秋左傳注疏》，卷一七，頁二九一。《論語・微子》：「長沮、桀溺耦而耕。孔子過之，使子路問津焉。」耦耕者，並耕。參見《論語注疏》，卷一八，頁一六五。

174 《白居易集》，卷一，頁三—四。

175 〔清〕石遺老人（陳衍），《宋詩精華錄》（台北：廣文書局，一九七一），卷一，頁四〇。

（六）以個體士人或庶民為「特指對象」的詩教

上述「詩式社會文化行為」所指向皆是隱性他群的「泛化對象」。第六次類的「以詩教化」，則施之於顯性個體的「特指對象」，通常是尊對卑、長對幼，以諭示自處或待人處事的道理，可舉二例以明之。

白居易〈燕詩示劉叟〉：

> 梁上有雙燕，翩翩雄與雌。銜泥兩椽間，一巢生四兒。四兒日夜長，索食聲孜孜。青蟲不易捕，黃口無飽期。嘴爪雖欲弊，心力不知疲。須臾十來往，猶恐巢中飢。辛勤三十日，母瘦雛漸肥。喃喃教言語，一一刷毛衣。一旦羽翼成，引上庭樹枝。舉翅不迴顧，隨風四散飛。雌雄空中鳴，聲盡呼不歸。卻入空巢裡，啁啾終夜悲。燕燕爾勿悲，爾當反自思。思爾為雛日，高飛背母時。當時父母念，今日爾應知。[176]

蘇軾〈武昌酌菩薩泉送王子立〉：

> 送行無酒亦無錢，勸爾一杯菩薩泉。何處低頭不見我？四方同此水中天。[177]

白居易、蘇軾這一「詩式社會文化行為」，都有一個顯性個體「特指對象」的受言者。白居易〈燕詩示劉叟〉在境而非現場，並非作於某一「特定情境場所」，仍應視為實踐於「泛文化情境場所」；東坡〈武昌酌菩薩泉送王子立〉，詩題明示在武昌的菩薩泉，酌泉水勸飲，送別晚輩王子立，在境而現場，因此可視為實踐於「特定情境場所」。而兩者都有特定的「事件情境」，白居易之作的題下有〈序〉云：「叟有愛子，背叟逃去，叟甚悲之。叟少年時，亦嘗如是，故作〈燕詩〉以諭之矣。」其「事件情境」直接以〈序〉陳述，則我們就無須考實以重構。從而也明確知曉這是一篇「比體」之作，雖以「燕」生養雛鳥而雛鳥羽翼已成即背母高飛做為譬喻；但其「以詩教化」的「行為意向」實為「顯性」，「示劉叟」亦所以「示世人」，做為「警世」之用，以期待受言者之自悟。東坡之作，詩題已大體提示「事件情境」，送別王子立時，酌菩薩泉以勸飲，同時啟發、勸勉王子立要能達觀，無入而不自得，此為理感之會悟。王子立是蘇轍的女婿，東坡守徐州時的學生，「喜怒不見，得喪若一」，[178]這看來並非天生曠達，而是性格溫謹，情緒壓抑。菩薩泉在武昌西山寺內的嵌竇間，東坡有〈菩薩泉銘〉記其事。[179]這時，東坡謫居黃州，王子立自江西筠州將回徐州應秋試，先到黃州拜別東坡。[180]東坡藉送別王子立時，酌菩薩泉飲之，並「以詩教化」，啟發王子立由「觀水」以自悟

---

176 《白居易集》，冊一，卷一，頁一九。

177 〔宋〕蘇軾著，〔清〕王文誥、馮應榴輯注，《蘇軾詩集》（台北：學海出版社，一九八三），冊上，卷二一，頁一〇八四—一八〇五。

178 〈王子立墓誌銘〉，參見〔宋〕蘇軾，《蘇東坡全集》（台北：河洛圖書出版社，一九七五），冊上，後集，卷一八，頁六五一。

179 〈菩薩泉銘〉，參見同前注，冊上，前集，卷二〇，頁二七三。

180 〔清〕王文誥《蘇詩總案》：「時王子立自筠州回徐秋試，始至黃州。」參見〔清〕王文誥、馮應榴輯注，《蘇軾詩集》，冊上，卷二一，頁一〇八四。

「水天」普映而無分別之境，期望他能達觀以應世，其「行為意向」明白。至於「衍外效用」，兩者皆不可考實。

綜合六個次類之「以詩教化」的社會文化行為觀之，其中「衍外效用」，除了孔子對門生的「詩教」之外，其他幾個次類都難以確斷，主要是文獻的載記不足故也。不過，漢代以降，「以詩教化」的「詩用」已發展為士人階層普遍的「文化意識形態」，乃是士人們對詩文化的一種固持的價值信仰，因此這一類「詩式社會文化行為」已成常態模式；「衍外效用」往往只做為發言者單向的「期待值」，而不計量受言者的實質回應；僅由詩中的「行為意向」展現士人們「政教關懷」的文化使命感，以具備「士之所以為士」的條件。

四、結論

我們經由通觀的分辨中國古代士人階層「詩式社會文化行為」的種種經驗現象或事實，大體可以約化為三種類型：一是「諷化」；二是「通感」；三是「交接」。

我們從「詩式社會文化行為」複雜的經驗現象或事實，進行「類型化」處理。類型區分的基準，第一層次是「詩式社會文化行為」之實踐，究竟出於「集體意識」或「個體意識」的差別。第二層次是各類型之「詩式社會文化行為」的「實踐場所」、「事件情境」、「發言者」、「受言者」、「語言形式」、「行為意向」、「衍外效用」七個形式特徵及內涵意義的基準。

本文探討的是第一種「諷化」類型。「諷化」這一類型的「詩式社會文化行為」，屬於「集體意識詩用」。它可再分為「諷諫」與「教化」二個次類，乃是「上以風化下，下以風刺上」的雙向互動。這二種互動行為不能截然為二而理解其意義，因為它們都是發生、實踐於古代「政教場所」，上下互相傳遞或「諷」或「化」的「行為意向」，以共同營造政通人和的「衍外效用」。這是中國古代從先秦就已建構的政教文化傳統；故而，我們可以斷言，中國古代詩歌的「原生」型態，絕非「為文學而文學」；「文學性」的價值不是一個被顯題化思辨的議題；上從天子，下及士大夫，眾所關注是「諷化」的「詩用」議題。

從西周以降，「以詩諷諫」的社會文化行為，其「實踐場所」就因發言者之社會階層差異而並時性的有著不同狀況，或因為社會文化的遷移而有著歷時性的差異，可分為三個階段：一是「泛社會情境場所」；二是「特定情境場所」；三是「泛文化情境場所」。「發言者」多為公卿大夫或庶民，「受言者」都為國君或高層掌權者。「行為意向」或隱性或顯性，原因動機都是君德有虧或朝政缺失的經驗，引發公卿大夫以至士人、百姓「以詩為諫」，目的動機則意圖「悟君」與「改革政教」。「語言形式」或為顯性直「賦」，或為隱性「比興」。通常多以「比興」為之，最為委婉；不直刺君惡，而使其自悟以遷善，即〈詩大序〉所謂「主文而譎諫」，正合乎周代「禮文化」的言語倫理規範。而其「行為意向」則因語言形式的差別，而可有「顯」與「隱」之分。至於「衍外效用」則有的達到「正向」的預期目的，有的卻「負向」的目的落空。

西周至春秋戰國時期，實踐場所以「泛社會情境」及「特定情境」為主。公卿大夫可以在朝廷內的「特定情境場所」以詩為諫。無官職的士人及庶民，則只能在「泛社會情境場所」，以傳播歌謠的方式實踐諷諫。漢代之後，即使建立在「泛社會情境場所」的採詩獻詩，以及朝廷內「特定情境場所」的「以詩為諫」逐漸消失，這種「諷諫」類型的「詩式社會文化行為」，終究演變為士人階層存在於「泛文化情境場所」中，所懷抱的一種「文化傳統精神」。

秦代開始，雖已設置專職的諫議官；然而「諷諫」卻不僅是一種官職，更是一種士人階層的「文化意識形態」，這才使得官非諫議，甚至身無官職而「志於道」之士，也能隨時隨地「緣事而發」，作詩寫賦以諷諫。唐代之後，發展出更多非以「國君」做為「特指對象」，而以整個權力階層的「他群」或是某種普泛的社會「他群」，做為「泛化對象」，以詩「諷諫」也擴展為以詩「諷諭」。從言語行為的倫理關係而言，「諷諫」行之於下對上，即臣對君、子女對父母、卑屬對尊長，都有「特指對象」的受言者。「諷諭」則用之於平行或上對下，其「受言者」可以是「特指對象」也可以是「泛化對象」，甚至是所聞所見之群體普泛的社會文化行為現象，例如民間習俗、社會風氣、官箴政風等。發言者的「行為意向」乃依理告曉、訓誡，期待能矯治這種社會行為現象。這就帶有「以詩教化」的「意向」了。「諷諭」其實是「諷諫」之詩用的擴大，並無本質上的差異。政教情境場所中的「詩用」行為，發展至此，「諷」與「化」其實已彼此交集。實踐於「泛文化情境場所」，以詩「諷諭」的社會文化行為到唐代大致已經定型。此後歷代承此遺緒，沒有太大的轉變。

唐代士人「以詩諷諭」，大體可分為三型：一是「向下實指型」，杜甫開其端，白居易集其成，而元結、元稹以及《篋中集》諸詩人屬之。他們的「詩式社會文化行為」，或對權力高層，或對低階官吏，或對一般社會風氣，皆有「諷諭」之意。「向下」是指他所欲描述的社會經驗現象大多是下階層庶民的生活、風尚或低階官吏的行為；「實指」是指他所採取的語言形式是直接而切實的指示。二是「向上虛喻型」，可以陳子昂為代表，李白、張九齡屬之。他們的「詩式社會文化行為」，或是自指「遭時不遇」的經驗，或是上指「泛化對象」之權力高層在道德或政務上的失當行為，由於大多採取「虛喻性」的「比興」言語策略，言在此而意在彼，「行為意向」隱微，難以確斷。因此，這一次類型的「詩用」，我們可以稱他為「向上虛喻型」。三是「虛實相涵型」，以杜甫為代表。杜詩之社會諷喻，其「語言形式」以「賦」法為主，卻能以特殊的敘述方式，「實」中涵「虛」，「虛」中涵「實」，虛實相涵為一體。而「行為意向」雖然隱微卻用心可會，故而不是白居易與陳子昂所代表的二種類型可以範概。至於他自己個人也有士不遇之悲，卻不同陳子昂、李白、張九齡那樣，以「比興」之法隱微其言，而常以「賦」法敘述，頓挫曲折以沉鬱其情，不遇之悲與憂黎民之苦同情共感，自傷而不怨君。

從周代開始，經過歷代的演變，「以詩教化」大約可分為六個次類：一是周代學制，對天子、諸侯以至公卿之子弟，即辟雍太學之教；或者鄉黨城邑大夫士人子弟的庠序之教，這是「公學」，皆「以詩教化」陶養學子的性情人格，大體詩樂配合，多為弦歌，依藉聲感、情感、理感，以得興發志意，啟悟道理之效；二是「公學」之「詩教」在學制之外，推而廣之，即是鄉黨的社會文化教育，對一般鄉賢，配合射禮、飲酒禮的儀式，詩樂並作，寓教於樂，以收情境感化之效；三是「私學」之教，孔子為典範，有教無類，大多是一般成年士人，間有大夫子弟問學者，其教以「誦詩」、「言詩」為主，並隨機與道德教育做「情境連類」的啟悟；四是士人為王侯師，王侯有問，隨機引詩以證理，以得啟發感悟之效。五是降及漢代之後，前四個次類有「特指對象」的詩教已漸式微；而文人作詩之業興起，遂演變成以「風雅」或「風騷」傳統做為發言、書寫的準則，而以士人階層或庶民為

「泛化對象」的詩教。六是同樣以「風雅」或「風騷」傳統做為發言、書寫的準則，也有以某一顯性個體做為「特指對象」，而實踐「以詩教化」的社會文化行為，都是尊對卑，或長對幼，以啟發、告曉、訓示人生之理。

這六個次類的詩教，其發言者的「意向」都是依藉詩文本的意象性「情境」去感發受言者，以陶養性情之中和，啟悟道德之志意。這就是孔子所說「詩可以興」，乃是人之「感性」的發用，於詩而言，就是一種「詩性直覺」，人性之本具。因而「詩教」以此「詩性直覺」為本，不直接灌輸抽象概念的道德或詩學理論；而引導受言者相即於詩文本的意象性「情境」，以感發志意而自得於心。我們可以說「興」就是「詩教」的實踐原則。

這六個次類的「詩教」，其「衍外效用」大多不明確。然而漢代以降，「以詩教化」的「詩用」已發展為士人階層普遍的「文化意識形態」，乃是士人們對詩文化的一種固持的價值信仰，因此這一類「詩式社會文化行為」已成常態模式，「衍外效用」往往只做為發言者單向的「期待值」，而不計量受言者的實質回應，僅由詩中的「行為意向」展現士人們「政教關懷」的文化使命感，以具備「士之所以為士」的條件。

附記：

二〇二二年六月完稿。

中國古代「詩式社會文化行為」的類型（下）：通感與交接

一、問題的導出與論題的界定

前文處理了「詩式社會文化行為」的「諷化」類型。這一篇，我們就來思辨、論證「通感」與「交接」二種類型有些什麼形式特徵及其內涵意義。我們在〈中國古代士人階層「詩式社會文化行為」的「實踐情境」結構〉一文中，已為這二種類型做了簡要的定義，並區分二者的差別：「通感」是士人心靈情感藉「詩」彼此交通，乃精神面向的「詩式社會文化行為」；「交接」則是士人對關乎現實利益的事物，藉「詩」彼此期求、施予與回應、接受，乃功利面向的「詩式社會文化行為」。當然，我們必須指明，「通感」與「交接」之分，並非截然為二。「以詩通感」的雙方必然也會在詩外的現實世界中交往接觸，只是就一次性的「事件情境」而言，做為媒介形式的「詩」文本，其「意向」主要是內在情意的「通感」，而不涉及外在具體事物的期求、施予與相對的回應、接受。至於「以詩交接」的雙方，雖然有些從一次性之「事件情境」的「詩」文本觀之，主要「行為意向」所涉乃關乎現實利益的事物，而不涉內在情感，這通常是常態性的「社交」；但其中卻也有不少互動雙方本就是情誼深厚的知交；或者有些是一次性的交接，藉由物質的「贈與」以增加彼此情誼。不過，從「事件情境」的「詩」文本觀之，顯性的「行為意向」乃關乎現實利益的事物，還是可與純為「以詩通感」分辨出來。這二種行為都在士人階層所共構的「通感」與「交接」的社會情境中進行，因此我們可以將這兩種「社會情境」合在一起詮釋論證。

「諷化」是「集體意識」的「詩用」，而「通感」與「交接」則是「個體意識」的「詩用」。

前一篇論文，我們已為「集體意識」與「個體意識」的概念做了區別。這樣的區別有可能引起一個誤解：這兩種意識截然為二，分別屬於某些不同的人們，「甲群」這些人們都是「集體意識」者，「乙群」那些人們則都是「個體意識」者，兩者壁壘分明，互不相涉。或是這兩種意識，分別表現於不同的歷史時期，就如同有些學者認為，漢代以前是「群體意識」（本文稱為集體意識）表現的時期；魏晉開始，則是「個體意識」覺醒而表現的時期。[1]現實世界中，在人們總體而變動的生活情境，日常所對人事非常多樣，從個人飲食男女到群體政教，都是依其「意識」表現為言行。然則，在實存的生活情境中，「個體意識」與「群體意識」真的可以截然二分而了不相涉嗎？

「知識」的建構往往必須以抽象概念進行思辨，而又以語言進行表述，因此實存的時空情境中，總體而變動不居的世界，因為被學者聚焦顯題、主軸推論而不免靜態化、平面化、局部化。那麼，我們就必須追問：漢代以前是「群體意識」表現的時期，則這一時期人們的生命存在、日常所言所行，就完全沒有「個體意識」嗎？相對的，魏晉開始是「個體意識」覺醒而表現的時期，那麼這一時期人們的生命存在、所言所行，就完全沒有「群體意識」嗎？其實，「文化」原是人類所建構的生活方式及價值觀念體系，庶眾日常實踐而不知，未必付諸言論書寫。付諸言論書寫，即成知識，更為理論，所見無非個人的主張、觀點。浮現於言表者，有所見相對必有所不見，有所顯相對必有所隱。因此，當學者說漢代以前是表現「群體意識」的時期，則「群體意識」所表現於士人階層社會實踐的言行，

1　這種由先秦兩漢時期的「群體意識」轉向魏晉六朝時期的「個體意識」，而道德主體觀念也轉向才性主體觀念，大意如此，參見余英時，《中國知識階層史論》（台北：聯經出版公司，一九八〇）。

就被揭顯、形塑為中心、主流的文化現象；而實際存在的「個體意識」，同樣由士人階層社會實踐所表現的言行，就被隱藏、摒退為邊緣、次流的文化現象，可視而不見。反之亦然，魏晉開始是士人階層「個體意識」覺醒而表現的時期，「個體意識」被揭顯，成為中心、主流；而士人階層的「群體意識」實際還存在，只是被隱藏，邊緣化為次流，而不入於論述。

然而，假如我們能暫且離開這種現代學術第二序所建構的理論性知識層次；從第一序的直接文本，經由理解、想像而回歸到中國古代人們實存的社會文化世界，就可以發現，理論知識的抽象概念是死的，靜態而片面；實存世界中人們的生活卻是活的，動態而總體。這二種意識都在同一個人內心，卻在總體生活的不同層面，對應不同的人與事，隨機表現為不同的言行，因實際情境的差別而互有顯隱。有時對應此一情境而群體意識「顯」，相對個體意識則「隱」；有時對應彼一情境而個體意識「顯」，相對群體意識則「隱」。或者，同一個人在這一段時期，因所對應的常態情境，事關「群體意識」，故大多時間群體意識「顯」而個體意識「隱」；反之亦然。

這種不同意識變換的情況，在人們第一序的存在經驗中，很容易以某一個人的言行為範例，得到印證。被學者認為漢代是士人們「群體意識」普遍表現的時代，其實同一個士人也有表現「個體意識」的另一面，就以司馬相如為範例，當他創作〈子虛〉、〈上林〉二賦，持以進入政教場合，期求「政教諷諫」之用，自是「群體意識」顯現，而「個體意識」隱藏；然而「情境轉換」，當他以琴心情挑卓文君，[2]則是「個體意識」顯現，而「群體意識」隱藏。復以唐代白居易為範例，當他創作一百七十餘首「諷諭詩」，期求詩風與政風的改革，自是「群體意識」顯現，而「個體意識」隱藏；然而「情境轉換」，當他因政敵陷害，貶謫江州，此後改變人生觀，歷經幾任地方及中央官職，五十三歲，卜居洛陽，營建園林，享受「閒適」的生活美趣，而創作非常多的「閒適詩」，[3]則是「個體意識」顯現，而「群體意識」隱藏。

第一序的歷史都必須活看，很多二元對立的元素，都在動態辯證的歷程中，互為顯隱或統合為一。因此，同一個歷史時期都有這兩種意識的「詩用」；同一個詩人的一生中也都有這兩種意識所表現的「詩式社會文化行為」，而生產諷化與通感、交接不同類型的文本，載在詩集中。

「集體意識」是社會階層的「士人意識」，而「個體意識」則是各別的「常人意識」。我們必須活看「人」，中國古代的士人階層，同一個體可以既是「士人」卻又是「常人」。更準確的說，每一個體最原初的生命存在，其實都是「常人」，都是由天生所具的血氣之性，接觸外在事物，乃產生喜怒哀樂好惡欲之七情，因而實現其第一序存在的「常人」。血氣之性是自然的感性，或稱情性。上從帝王、公卿士大夫，下到庶民，不分尊卑貴賤，都生而具有此種感性，故可稱為「常人之性」。當一個人意識到自己是個「常人」，因「感性」而動，表現為喜怒哀樂好惡欲的言行，就是「常人意識」。所有「常人」都有一具「物理性」的身體，無法逃脫生老病死的自然歷程，因此詩歌中許多喜

2　〔漢〕司馬遷著，〔日〕瀧川龜太郎注，《史記會注考證》（台北：藝文印書館，一九七二），卷一一七，頁一二七〇—一二三三。

3　白居易被貶江州一事，參見〔宋〕歐陽修等著，《唐書》，卷一一九，頁一五五四。卜居洛陽，買故楊憑舊履道里宅，修葺營造，美化園林，閒適度日，並多所吟詠，參見朱金城，《白居易年譜．長慶四年》（上海：上海古籍出版社，一九八二），頁一四六—一四八。至於白居易的「閒適詩」，詩集卷五到卷八，明標為「閒適」。卷一三到卷三七，雖未標示「閒適」，但其中大部分也都是閒適之作，全是「個體意識」的表現。

生、苦病、傷老、嘆逝之作，都是「常人意識」的表現。

至於「士人」則是社會階層化，被分屬並自我認同的社會文化身分，乃經由第二序的文化教養，啟發其道德理性；而意識到自己的生命存價值，必須「以道自期」，這就是「士人意識」。「常人」與「士人」這兩種意識並存於同一個人的內心，因當下所處的不同場所，例如政教場所與在私人日常生活場所，所對應不同的人與事而表現為不同言行。中國古代的文學作品，這兩種意識的表現都有；但是在儒家思想所主導，「士人意識」強勢優位的歷史時期，「以道自期」成為士人階層定執的「文化意識形態」，則文學創作與批評都成為這種「文化意識形態」的投影；而「常人意識」相對被弱化、隱藏，甚至以輕視、扭曲的態度進行詮釋及評價。我曾在一篇論文中，以歷代對陶淵明詩的詮釋、評價為範例，反思批判這種現象，其要義如下：

> 中國古代儒家思想，所給予「士人階層」的教養，都是追求生命存在所關乎「政教」的「理想性」價值，而形塑了「士人意識」。文學往往也成為生命存在之理想性價值的藍圖，創作如此，閱讀、詮釋也是如此，大體都是「士人意識」的投影。這確實是中國古代文學的主流論述；然而，中國文化思想及文學中，真的沒有「常人意識」的表現嗎？陶淵明及其詩，真的只有「士人意識」的投影而沒有「常人意識」的表現嗎？當然非也，而且在六朝詩人群中，陶淵明的「常人意識」最為鮮明，構成他的詩歌主要基調之一；只不過古代的文化產品，「士人意識」既為主流，便形成「大覆蓋」的論述，「常人意識」悉被遮蔽；如果遮蔽不住，就以二種態度對付：一是貶責，例如陶淵明的〈閒情賦〉描寫男女豔情，即被指為「白璧微瑕」、「可以不作，後世循之，直是輕薄淫褻，最誤子弟」、「有傷大雅」等。[4] 一是以「比興寄託」的詮釋策略轉化其義，男女艷情乃寄託君臣之義，言

在此而意在彼，例如〈閒情賦〉亦有作此詮釋者。[5]

我們提出「常人意識」的「視域境」，最主要的意義並不在否定「士人意識」的「視域境」，以取而代之，做為詮釋陶淵明及其詩唯一確當的答案；而是以現當代學者所普遍經驗的「常人意識」，為詮釋對象這一圓球體揭顯更為多元，並具有「現代化」意義的「新視域境」。[6]

中國古代士人兼懷「集體意識」與「個體意識」，也就是「士人意識」與「常人意識」並存於心；而在各不同層面的場所中，實踐「詩式社會文化行為」；群已不二而一體別用，表現為「諷化」、「通感」與「交接」三個類型。「諷化」固然具有明顯的社會性，「通感」與「交接」同樣是士人階層以詩做為社會互動的方式，並且發生、實踐於日常生活中，比「諷化」更為普行，因而使得士人存在的世界，詩盈天地之間，無所不在，日以用之。從《詩經》、〈離騷〉以至歷代詩歌，都涵

4 〔南朝梁〕蕭統〈陶淵明集序〉：「白璧微瑕，惟在〈閒情〉一賦。」〔清〕方東樹《續昭昧詹言》卷八：「如淵明〈閒情賦〉，可以不作。後世循之，直是輕薄淫褻，最誤子弟。」〔清〕王闓運《湘綺樓日記》：「〈閒情賦〉十願，有傷大雅，不止「微瑕」。」參見龔斌，《陶淵明集校箋》，其中〈閒情賦〉之〈集說〉（台北：里仁書局，二〇〇七），卷五，頁四五一。

5 〈閒情賦〉之旨意，大致有三說，一「比興說」持此說者或謂以美人比故主，或謂比同調之人。二是「諷諫說」，論者以為此賦諷諫之意即在「發乎情，止乎禮義」。三是「愛情說」，現代論者多持此說。參見龔斌，《陶淵明集校箋》，其中〈閒情賦〉之〈集說〉，卷五，頁四五一—四五二。前二說乃「士人意識」之投影，後一說則是「常人意識」之表現。

6 參見顏崑陽，〈中國人文學術如何「現代」？如何「當代」？〉收入顏崑陽，《學術突圍》（台北：聯經出版公司，二〇二〇），頁七二—七四。

具這樣的「社會性」；既有以詩「諷化」，也有以詩「通感」及「交接」。前文已處理「諷化」，本文就界定在論述「以詩通感」與「以詩交接」二種「詩式社會文化行為」，揭明其類型特徵。

二、以詩「通感」與「交接」的起源及其初型

中國古代這種以詩「通感」或「交接」的社會文化行為，其源甚早，可追溯到周宣王時，尹吉甫作〈崧高〉以贈申伯，[7]這一類詩作，學者總謂之「贈答」。梅家玲教授對「贈答詩」已從社會學的視域，頗善用美國詮釋社會學家米德（G. H. Mead 一八六三—一九三一）的理論，[8]做了很精詳的詮釋。[9]不過，就《詩經》而言，尹吉甫作頌以贈申伯，乃是文本表層所明示的「贈答」。假如擴而觀之，從以「詩」做為「社會互動」的言語形式來看，則很多文本表層未明示「贈答」；但是從深層體察，卻可以理解到不少文本隱涵著個體之間「社會互動」的行跡，彼此「通感」與「交接」。

《三百篇》被緊密連結到「集體意識」的「諷化」，而覆蓋了「個體意識」所表現的「通感」與「交接」。除了因為在先秦時代廣被應用於政教場所，公卿大夫引詩以「諷諫」或「教化」之外，更關鍵的是《三百篇》被經化為《詩經》，而漢儒箋注《詩經》建構了「比興寄託、政教諷喻」的詮釋模型，形成傳統；《三百篇》的原初面目遂被掩蓋。其實，《詩經》中很多是「個體意識」所表現「常人」的「通感」或「交接」，與政教諷諭無關。因其個別的「行為意向」繁雜，不像「諷化」那樣單一；故很難依其「行為意向」的內容，再做聚同別異的次類之分。「實踐場所」也沒有因政教情

境的變遷而有軸線的發展，都是隨時隨地緣事而發，統言之即是「泛社會情境場所」。因此能據以做為次類之分者，厥為發言的「敘述觀點」；細辨發言的「敘述觀點」，可先分為相對「客觀」與「主觀」二型，主觀再分二種次型。

「客觀型」是以全知觀點做出描述，就稱為「客觀描述型」；「主觀型」則以限制觀點進行抒發，可再分二種次型：一為「獨白呼告型」，一為「對白表意型」。前者沒有「特指對象」的受言者，而只是以「獨白」的敘述方式，向「泛化」或「不確定」對象進行「呼告」；所呼告的情意，通常是不受了解、愛惜、接納的委屈、憂傷或怨怒，也不預期會有回應。後者則是有一個彼此「對白」的「特指受言者」讓他表達情意，並且期望對方回應。這三種類型，我們可以舉例說明其特徵，先說「客觀描述型」，就以《周南．關雎》為例：

關關雎鳩，在河之洲。窈窕淑女，君子好逑。
參差荇菜，左右流之。窈窕淑女，寤寐求之。

7 《詩經．大雅．崧高》：「吉甫作頌，其詩孔碩。其風肆好，以贈申伯。」參見〔漢〕毛亨傳、鄭玄箋，〔唐〕孔穎達疏，《詩經注疏》（台北：藝文印書館，景印嘉慶二十年南昌府學重刊宋本，一九七三），卷一八之三，頁六六九—六七四。

8 〔美〕米德（G. H. Mead 1863-1931）著、胡榮、王小章譯，《心靈、自我與社會》（Mind , Self, and Society）（台北：桂冠圖書公司，一九九五）。

9 梅家玲，《漢魏六朝文學新論：擬代與贈答篇》（台北：里仁書局，一九九七）。

求之不得，寤寐思服。悠哉悠哉，輾轉反側。
參差荇菜，左右采之。窈窕淑女，琴瑟友之。
參差荇菜，左右芼之。窈窕淑女，鐘鼓樂之。[10]

這首詩沒有特定的「事件情境」，也沒有特定的「實踐情境場所」，可視為隨所見聞、所感興而作的「詩式社會文化行為」。凡屬這一次類「詩用」，其實踐大多在「泛社會情境」或「泛文化情境」的場所。從「敘述觀點」而言，敘述者並非文本中的「君子」，而是詩外的觀看者，以全知觀點，對所觀看到「關關雎鳩，在河之洲」的自然景象，因而興發「窈窕淑女，君子好逑」的人事現象，做了相對客觀的描述，故稱為「客觀描述型」。這種型態的詩篇，除了〈關雎〉，可再舉數篇以明之，〈周南．桃夭〉、〈召南．鵲巢〉、〈召南．采蘋〉、〈鄘風．相鼠〉、〈鄭風．溱洧〉、〈秦風．黃鳥〉等。那麼，這種「客觀描述型」涵有社會性嗎？我們可以這樣說，這種類型的文本內容所描述，原就是相對客觀的社會現象，都是所見所聞之他群的人際「通感」或「交接」的互動行為事件。後退一層，從傳播及接受來看，不管是口頭流傳的歌謠，或是書面寫定的文本，既以特定語言形式表現出來，成為物件而進入傳播管道，被社會群體受眾所閱聽，當然具有「社會性」。

接著，我們來看主觀的「獨白呼告型」，可舉〈王風．黍離〉為例：

彼黍離離，彼稷之苗。行邁靡靡，中心搖搖。知我者，謂我心憂；不知我者，謂我何求！悠悠蒼天，此何人哉？

彼黍離離，彼稷之穗。行邁靡靡，中心如醉。知我者，謂我心憂；不知我者，謂我何求！悠悠蒼天，此何人哉？

彼黍離離，彼稷之實。行邁靡靡，中心如噎。知我者，謂我心憂；不知我者，謂我何求！悠悠蒼天，此何人哉？[11]

這首詩的「事件情境」諸家箋釋雖有些異說，但仍以憫西周宗廟宮室毀壞為可信。[12]東周大夫行役於宗周，過故宗廟宮室，盡為禾黍，憫周室之顛覆而徬徨不忍去，故作此詩；則「實踐情境場所」就在西周鎬京宮室毀壞而長滿禾黍的遺址。這種「實踐情境場所」當然是偶發單一性的，並非多數人在同一地點反覆操作的「特定情境場所」，如同「諷化」類型那樣，在朝廷中「以詩諷諫」，或在太學、庠序中「以詩教化」；而是隨時隨地的「泛社會情境場所」。凡這一次類「詩用」，其「實踐情境場所」皆屬之。從「敘述觀點」而言，敘述者就是文本中的「我」，其「行為意向」是以第一人身限制觀點，主觀的「獨白呼告」內心的感傷與不受了解的委屈，故稱為「獨白呼告型」。「知我者」、「不知我者」乃是「泛化」隱性他群的受言者。「泛化對象」實非「特指」，無法對著特定的

10 《詩經注疏》，卷一之一，頁二〇—二一。

11 同前注，卷四之一，頁一四六—一四八。

12 《詩經注疏》，卷四之一，頁一四七。又〔宋〕朱熹，《詩集傳》（台北：台灣中華書局，一九六九），卷四，頁四二。〔清〕姚際恆頗辨駁異說而「以憫宗周」為是，參見《詩經通論》（台北：河洛圖書出版社，一九七八），卷五，頁九三。

某人去訴說自己的心情，故朱熹以「時人」概括之云：「嘆時人莫識己意。」[13]甚至孔穎達認為這個大夫：「遲遲然而安舒中心憂思；搖搖然而無所告訴。……無所告語，乃訴之而天。」[14]安舒，如何抒發。準此，這樣的「敘述觀點」乃無特指對象的「獨白呼告」。然而雖是如此，「事件」既是具有「社會性」的「政教事件」，雖無特指對象之抒情；我們卻可以體會發言者仍是期待廣泛的「時人」，能有「知我者」感知我的心憂，故而涵有「通感」之「詩式社會文化行為」的「意向」；然而雖事涉家國，所期待的目的卻非「諷諫」或「教化」，而只是個人內心的感傷。至於「衍外效用」，由於無法期待任何回應，故不能評斷。

這一次類的文本，除了〈黍離〉之外，還可再列舉幾首為例，〈周南·卷耳〉、〈召南·江有汜〉；〈邶風〉之〈柏舟〉、〈北門〉；〈衛風·河廣〉、〈王風·兔爰〉、〈魏風·園有桃〉；〈小雅〉之〈沔水〉、〈黃鳥〉、〈節南山〉、〈正月〉、〈雨無正〉、〈小宛〉、〈小弁〉、〈巧言〉、〈蓼莪〉等。這一類「獨白呼告型」的「詩式社會文化行為」，《三百篇》之後，續有發展，〈離騷〉內容的最大成分即是「獨白呼告」，而〈古詩十九首〉也不少這類文本。至於魏晉之後，士人之作更多，發展出「泛化對象」之「通感」一類的「詩式社會文化行為」。

接著，我們來看主觀的「對白表意型」。在這一類型中，其「行為意向」可包括彼此「通感」或「交接」。這二種「行為意向」在《三百篇》中，不容易區別，必須細辨。大略可舉二個範例以明之。「通感」可以〈鄭風·子衿〉為例：

青青子衿，悠悠我心。縱我不往，子寧不嗣音？

青青子佩，悠悠我思。縱我不往，子寧不來？
挑兮達兮，在城闕兮。一日不見，如三月兮。[15]

這一首詩的「事件情境」只能從文本所表現的內容去理解。既無客觀可信之文獻為據，以主觀理解而做出客觀事實判斷，必然各出一說。我們有只能從「合情應理」的觀點做出相對適當的選擇。〈詩小序〉云：「子衿，刺學校廢也。亂世則學校不修焉。」[16]漢代「詩經學」以解詩而用之於對當代政教美善刺惡，所謂「作者本意」實為解詩者之「寓託」，[17]可以契入漢代歷史語境而作同情理解，知其非妄說；然而離開漢代歷史語境，就此詩文本所表現，則漢儒所說就不能信以為真。朱熹即持異見，認為此乃「淫奔之詩」，「子，男子也。……我，女子自我也。嗣音，繼續其聲問也。」[18]以情理度之，此詩為男女情愛之作，女子「對白表意」於所愛之男子，顯然比〈詩小序〉所說適當；但是「淫奔」的貶責卻是道學家迂腐之見，凡不合父母之命、媒妁之言，而私為情愛者，皆屬淫

13 〔宋〕朱熹，《詩集傳》，卷四，頁四二。
14 《詩經注疏》，卷四之一，頁一四八。
15 同前注，卷四之四，頁一七九—一八〇。
16 同前注，卷四之四，頁一七九。
17 「寓託本意」之義，參見顏崑陽，〈中國古代「詩用」情境中的「多重性讀者」〉，收入本書，頁四二六—四三二。
18 〔宋〕朱熹，《詩集傳》，卷四，頁五四—五五。

奔；不知遠古時期，男女禮教並不嚴苛如此。姚際恆已總體痛斥朱熹「淫奔」之說，[19]對此詩亦認為「〈小序〉『刺學校廢』，無據」而另立異說，云：「此疑亦思友之詩。玩『縱我不往』之言，當是師之於弟子也。《禮》云：禮聞來學，不聞往教。」[20]此一說法自相矛盾，也不合文本中所表現情意。「疑是思友之詩」已是臆測，卻還比較接近文本中的情意；但又說「當是師之於子弟也」，既與前說「思友」不一致，而第三章「挑兮達兮，在城闕兮。一日不見，如三月兮」，所謂「挑達」，朱注：「挑，輕儇跳躍之貌。達，放恣。」[21]顯然是放縱盡情之樂，而又邀約於「城闕」，以訴「一日不見，如三月兮」的情意。以情理度之，怎可能是「師之於子弟」？而引《禮》所謂「禮聞來學，不聞往教」，更是不能理解文本中所對白之情意，全與師生之「教」與「學」無涉。

準此，這首詩發言者的「行為意向」，就是向一個特定的「受言者」表達相思之情，並強烈期待對方能夠回應。對方是否回應，即「衍外效用」，因文獻不足，故無可徵實。至於是男對男，或女對男，不十分明確。其「實踐場所」也是「非特定情境」，隨時隨地，個人因所遇而感發，實為「泛社會情境」場所。至於「敘述觀點」明顯是發言者對一個「特指」的隱性受言者，做出「對白表意」，希求對方能作回應，並邀約城闕相見，以肆歡樂之情。

這一次類「以詩通感」而「對白表意」的行為，除了〈鄭風．子衿〉之外，還可再列舉幾首為例，〈周南．汝墳〉；〈召南〉之〈草蟲〉、〈摽有梅〉；〈邶風〉之〈擊鼓〉、〈式微〉、〈北風〉；〈衛風．伯兮〉；〈王風〉之〈君子于役〉、〈大車〉；〈鄭風〉之〈將仲子〉、〈雞鳴〉；〈齊風．雞鳴〉；〈魏風〉之〈十畝之間〉、〈碩鼠〉；〈小雅〉之〈蓼蕭〉、〈菁菁者莪〉、〈我行其野〉等。

〈子衿〉的「行為意向」主要是心靈的「通感」，沒有涉及具體實在事物的「交接」。「以詩交接」的「行為意向」非常總雜，日常生活中，社會互動行為的「意向」指涉到「內在情感」之外，一切具體實在的事物，都包含在內。下文所舉範例，表現彼此「贈與」及「答謝」的「意向」，僅是「交接」之一端，〈衛風．木瓜〉云：

投我以木瓜，報之以瓊琚。匪報也，永以為好也！
投我以木桃，報之以瓊瑤。匪報也，永以為好也！
投我以木李，報之以瓊玖。匪報也，永以為好也！[22]

這一首詩的「行為意向」，《詩小序》照例以美善刺惡的言外寄託作解，云「美齊桓公」，大意明指衛國有狄人之敗，齊桓公救之，並贈車馬器服。故衛人思之，欲厚報之，而作此詩。」[23]這當然是漢儒解經以致用的說詩「行為意向」，非此詩之原意。朱傳則解為：「疑亦男女相贈答之詞，如

19　〔清〕姚際恆，《詩經通論·詩經論旨》，卷前，頁三—四。
20　〔清〕姚際恆，《詩經通論》，卷五，頁一一一。
21　〔宋〕朱熹，《詩集傳》，卷四，頁五五。
22　《詩經注疏》，卷三之三，頁一四一。
23　同前注，卷三之三，頁一四一。

〈靜女〉之類」。[24]姚際恆反對朱傳之說，以為「朋友相贈答亦奚不可；何必定是男女耶？」細讀此詩，其「事件情境」可從文本所表現的內容獲致理解。社會互動的雙方，以物贈與，相對回報，「行為意向」顯明。至於雙方性別，文本中全無明示，無須如朱傳定解為「男女相贈」，姚際恆之說為是。此乃「以詩交接」，藉由物質的贈與以增加彼此情意。從「敘述觀點」來看，乃發言者「對」特定受言者，即贈物之人，告白相對回報並「永以為好」之意，故可謂之「對白表意」。

這一次類「以詩交接」而「對白表意」的行為，其「行為意向」繁多，非僅「贈與」與「答謝」而已，舉凡期應、邀約、宴請、共事、贈別、幽會等，都是「交接」而表之以詩的行為。除了〈衛風．木瓜〉之外，還可再列舉幾首為例，〈邶風．靜女〉；〈鄘風．桑中〉；〈鄭風〉之〈緇衣〉、〈野有蔓草〉；〈齊風．還〉；〈秦風〉之〈無衣〉、〈渭陽〉；〈陳風．東門之楊〉；〈小雅〉之〈鹿鳴〉、〈彤弓〉；〈大雅．崧高〉等。

上述「以詩通感」及「以詩交接」，都是以一「特指對象」為受言者，進行「對白表意」。《三百篇》之作皆無題目，也沒有「事件情境」的記載；故不知那一「特指對象」為誰，乃是隱性個體的受言者。降及魏晉之後，乃發展出在詩題中明示「特指對象」之受言者，而以通感、交接為「意向」的「詩式社會文化行為」，其數量比「諷化」還多。

《三百篇》已表現通感、交接之「詩式社會文化行為」的三個基本類型。其中第一類型發展為描述所見社會文化現象，即所謂「反應社會現實」的詩作，雖具社會性，但雙方彼此社會互動的行跡不明顯，可另作論述。至於第二、三類型降及後世續有廣泛的發展，產生很多互動性的「詩式社會文化行為」。東漢晚期，〈古詩十九首〉形成五言古體之後，士人大多能詩；「詩」遂成士人階層社會互動普遍的語言形式，彼此通感、交接多以「詩」為之。各詩人的別集中，以詩通感、交接之作，占了很大部分，題目中就明示贈某某、答某某、寄某某、酬某某、和某某詩、懷某某、呈某某、上某某、謁某某、問某某、邀某某、與某某同遊、尋某某、陪某某宴、送某某、過某某、期某某、貽某某、示某某、勸某某、乞某某、謝某某贈物、戲某某、嘲某某、招某某、逢某某、遇某某、會某某、訪某某、求某某等，名目甚多，皆是「用詩」的社會文化行為。在士人階層的「社交」場所中，詩無所不在，都是實用的「有為」之作，形成普遍的「詩文化」現象。而所生產的文本，可以展現以「和」為貴，不離「禮文化」的言語倫理，自有「語言形式」與「人格」、「秩序」融合一體的美學準則，以資評判其優劣；實迥異於西方形式主義與實驗心理學所謂「感性直覺」、「背實用」、「純粹審美」的美學。

我們可以立意抽樣，以無官職或低階官職、社交單純的士人為例，明確的認知他們的詩集中，詩題就顯示如上列贈某某、答某某、寄某某、酬某某等作品，所占數量如何。東晉陶淵明官職低階，社交單純。詩，總數五十七題，有些一題多首，其中指向特定對象，詩題明示答某某、酬某某、示某某、和某某等，計有二十二題，超過三分之一。[25]唐代孟浩然隱逸，無官職，社交單純。詩，總數二六九題，詩題明示贈某某、寄某某、期某某、和某某等，計有一九八題，超過三分之二。[26]宋代陳

24 〔宋〕朱熹，《詩集傳》，卷三，頁四一。

25 〔晉〕陶淵明著，現代袁行霈箋注，《陶淵明集箋注》（北京：中華書局，二〇〇三）。

26 〔唐〕孟浩然著，現代李景白校注，《孟浩然詩集箋注》（成都：巴蜀書社，一九八八）。

師道官職低階，性情清介，社交單純。詩，總數三六四題，詩題明示贈某某、寄某某、戲某某、和某某等，計有二四三題，占三分之二。[27]這三位官職低階，社交單純的士人，用之於社會交往的詩作所占比例已如此之高，則可以推想官職高階，社交複雜的士人，這一類詩作所占比例應該更高。「詩」的確是中國古代士人階層社會文化行為普遍的語言形式。

「通感」與「交接」二種個體意識之「詩式社會文化行為」的類型，同樣包含「實踐場所」、「事件情境」、「發言者」、「受言者」、「語言形式、」「行為意向」以及「衍外效用」幾個要件。只是個人行為隨時隨處興感而發，沒有一致的特定「實踐場所」，大體都是「泛文化情境」或「泛社會情境」，則不逐一指認。而「事件情境」則大部分如詩題所顯示，如果詩題沒有顯示，則必須以詩外的文獻去重構，卻未必能實際操作。除少數樂府或作者不明的古詩之外，士人個別之作的「發言者」與「受言者」幾乎都明確。而「語言形式」則或賦或比或興，隨「事件情境」及「行為意向」而制宜，沒有定準，可隨不同案例指認。至於「衍外效用」則隨個別一次性的行為，或可評斷，或不可評斷。

這二個類型的詮釋，我們不依循「諷化」類型之以「實踐場所」為基準；而依循前文「敘述觀點」之別所建立的三個次類，選擇主觀性之「獨白呼告」與「對白表意」二型為基準，進行分類詮釋。至於「客觀描述型」，由於特定「發言者」與「受言者」隱而不明，比較缺乏士人個體彼此社會互動的意義，往往成為反應普泛社會文化經驗現象之作，可另作別論，本文不做處理。

三、漢魏以降，「通感」類型的「詩式社會文化行為」

（一）古代「詩文化」活動，創作或閱讀，皆以「興」為用。

在「詩式社會文化行為」的情境中，所謂「通感」指的是：由於雙方彼此以「詩式語言」傳達情意，感動而會通其心；故「通感」乃是「社會互動」的行為，若以「詩式語言」為媒介，即是一種「詩式社會文化行為」，它是中國古代士人階層非常普行的一種「詩用」模式。

在前文〈中國古代士人階層「詩式社會文化行為」的「實踐情境」結構〉中，我們已指出：人的社會群居生活之所以可能，文化創造之所以可能，完全由於人性本具「能感」之心。因此，中國古代詩歌之創造，起始就是出於「感物而動、緣事而發」；感物、緣事就是「興」；興者，起情也；故「興」有中國詩歌本質論之義。

我們可再加以申論，從心理層而言，「興」是人之「感性」應物接事而發用；因此，不是抽象概念的思辨，而是「情境直覺」與「情境連類」，[28]這是人生而必具的「詩性心靈」，乃詩得以創生的動力因。依此我們可以說，中國古代士人皆是「詩性的存在」，即使未作詩，也能「用詩」。漢魏

27 〔宋〕陳師道著、任淵注，現代冒廣生補箋，《後山詩注補箋》（台北：廣文書局，一九六七）。

28 「情境」須有實在的時間與空間，並有人或物行動於其中，形成具體而動態的境況。將二個類似的情境連接在一起，就稱為「情境連類」。參見顏崑陽，〈論詩歌文化中的「託喻」觀念〉，收入《詩比興系論》（台北：聯經出版公司，二〇一七），頁一七九－一八〇。

以降，五言古詩興起，「詩」漸成士人普遍的藝能，而作之用之於日常生活，形成「言語行為」模式。建安七子、三張二陸兩潘一左、陶謝、王楊盧駱、王孟、岑高、李杜、蘇黃等，歷代能詩的士人莫不生具「詩性心靈」，並「因詩而存在」。而「詩」以「興」為動力因，遠古詩歌固因「興」而作；孔子以「詩」教門生而曰「興於詩」、「詩可以興」，[29]「興」指的是因閱讀而感發其志意，[30]實乃「自得於心」的閱讀效果；[31]故在古代的詩文化活動中，不管是創作或閱讀，都以「興」為用。「興」必生於「感」，而「感」又因所感的對象以及所得的內容，而有聲感、情感、理感之別。周文化之教，詩、禮、樂異體同用而互濟；故「詩教」以《三百篇》為教材，或諷誦，是為徒詩；或合樂而歌，是為弦歌，其詩為歌詩。不管徒詩或歌詩，都是以「聲音意象」直接感動人心，是為「聲感」。而詩以抒情言志，也都能以「情意意象」直接感動人心，是為「情感」。即使從「意象」以洞見其中之「理」，也是生發於情境直覺的體悟，而不是分析歸納的「論斷」，是為「理感」。[32]

自先秦以降，詩的本質觀最主要是「詩言志」與「詩緣情」之說，這已是古典詩學的常識。情、志內在於人心，隱而不顯，動而非靜。雖說「言為心聲」，然而「心之所之」的情志，實非言語所能直接表達，故「立象以示意」，讓閱讀者「因象興感」而「自得於心」，即班固所謂「以微言相感」。[33]「比興」乃成為詩歌主要的符號形式，即使以「賦」為之，凡寫景、描物、敘事，也都是「因象興感」，而非直陳其意、直說其理。詩之創作，出於人心之「能感」；而詩之閱讀，也是出於人心之「能感」，因象以興感而會意。人之社會群居生活，克服孤獨之道，惟在「彼此通感」。通感之道，惟在以詩興象而彼此會心，故「通感」乃為古代士人個體之間非常普泛的「詩式社會文化行為」。

（二）「獨白呼告型」的以詩通感

以詩「通感」的實踐，當以《三百篇》為原生性文本，前文已大體論述，並依「敘述觀點」分別三個類型，這是從「詩之作」而觀之。衍伸所及，春秋時期，以《三百篇》為本，所進行「詩之用」的社會文化行為現象，其中自以政教場所之外交專對的「賦詩言志」最具規模。

外交專對的賦詩言志，實踐於朝廷內的「特定情境場所」，春秋之後，就已歇止。此後，主要是士人們在日常生活中，以詩「通感」的社會文化行為，大多實踐於「泛社會情境場所」，隨時隨地皆可感物緣事而發，不管贈與答、寄與酬，除了少數現場的「即席」、「口占」之外，大多不在特定場

---

29 《論語·泰伯》：子曰：「興於詩，立於禮，成於樂。」參見〔漢〕孔安國傳，〔宋〕邢昺疏，《論語注疏》（台北：藝文印書館，景印嘉慶二十年南昌府學重刊宋本，一九七三），卷八，頁七一。《論語·陽貨》：「詩可以興，可以觀，可以群，可以怨。」參見《論語注疏》，卷一七，頁一五六。

30 「興」為「感發志意」之說，參見〔宋〕朱熹，《論語集注》（台北：學海出版社，一九七九），卷九，頁一二一。

31 王夫之：「詩可以興，可以觀，可以群，可以怨。……『可以』云者，隨所『以』而皆『可』也。……作者用一致之思，讀者各以其情而自得。」參見王夫之著，現代戴鴻森箋注，《薑齋詩話箋注》（台北：木鐸出版社，一九八二），卷一〈詩譯〉，頁四。

32 「理感」一詞見於〔晉〕庾友〈蘭亭詩〉：「理感則一，冥然玄會。」，參見現代逯欽立輯校，《先秦漢魏晉南北朝詩》（台北：學海出版社，一九八四），冊中，《晉詩》卷一三，頁九〇八。

33 《漢書·藝文志·詩賦略論》：「古者諸侯卿大夫交接鄰國，以微言相感。」參見〔漢〕班固著，〔唐〕顏師古注，〔清〕王先謙補注，《漢書補注》（台北：藝文印書館，光緒庚子長沙王氏校刊本，一九五六），冊二，卷三〇，頁九〇二。所說雖是外交專對，然士人階層之社會互動的言語行為也多是「以微言相感」，讓受言者興感而自得於心。

所面對面，往往經由工具「傳遞」的管道去實踐，郵寄或託人送達為多，在境而非現場。

依循前文的論述，我們可從「敘述觀點」的辨別，分為「獨白呼告」與「對白表意」。首先，我們處理「獨白呼告型」；如果受言者非顯性個體，而是隱性個體或他群，甚至呼天喚地的泛化對象。雖明知難以得到回應，然而人畢竟是社會化的存在，於「共在」關係的情境中，自然會讓他期待能有「知我者」或是輿論性的「公評」，這就形成「獨白呼告」的以詩通感。其「行為意向」乃藉由「獨白」向不確定對象「呼告」自己內心的冤屈、憂傷或怨怒。中國古代，對於「人」之生命根源及存在所持的基本觀念，從「自然人」觀之，人生存於天地之間，謂之「兩間」；[34]故古人認為「人」乃天生之、地蓄之，視天地如同父母；另從「文化人」觀之，則「人」乃是「社會化」的存在，謂之「人間世」，故《莊子》有〈人間世〉一篇。

從「兩間」的生命存在而言，一個人受到極大冤屈、苦難，而無傾訴對象，則莫不呼天告地。司馬遷就充分理解屈原忠而被謗，憂愁幽思而作〈離騷〉，無可投訴者，乃反本而呼告天地父母，云：「夫天者，人之始也；父母者，人之本也。人窮則反本，故勞苦倦極，未嘗不呼天也；極痛慘怛，未嘗不呼父母也。」[35]前文引述〈王風．黍離〉，發言者「我」憂傷而無特定的投訴對象，乃「獨白」以呼告「時人」，更甚而呼告於天：「悠悠蒼天，此何人哉！」《三百篇》中，這種「呼告」為數不少，例如〈小雅．沔水〉：「莫肯念亂，誰無父母！」〈小雅．節南山〉：「不弔昊天，亂靡有定。」〈小雅．小弁〉：「民莫不穀，我獨于罹。何辜于天，我罪伊何！心之憂矣，云如之何？」〈小雅．巧言〉：「悠悠昊天，曰父母且。無罪無辜，亂如此憮！」等。[36]

從「人間世」的生命存在而言，一個人受到極大冤屈、苦難，而無特定的傾訴對象時，即使有一隱性個體對象，卻是所「怨憎」者，彼此難有良性的「通感」，自非傾訴之對象。如此，則往往朝向不確定的「泛化對象」，放聲「呼告」，以訴諸社會「輿論」的公評，而期待能有「知我者」明白自己的心跡。前文引述〈王風．黍離〉，除了呼告「悠悠蒼天」之外，兼有呼告「時人」之「知我者」。準此，很多看似「自我抒情」，實非喃喃自語，仍是於複雜的眾生「共在」關係中，期待能有「知我者」可以「通感」。因此，在社會化的生命存在中，其實沒有全無「受言對象」的自我抒情。一切公開性的言說，並且以眾所共識的符號形式發表而廣遠流傳，就已預設了雖是隱性卻實際存在的他群受言者。

這樣「獨白呼告」的以詩通感，《三百篇》中固已多見，除了〈王風．黍離〉，又例如〈魏風．園有桃〉第一章：「園有桃，其實之餚。心之憂矣，我歌且謠。不知我者，謂我士也驕。彼人是哉，子曰何其？心之憂矣，其誰知之？其誰知之，蓋亦勿思！」[37]〈小雅．正月〉第一章：「正月繁霜，

34　「兩間」即天地之間，韓愈〈原人〉云：「形於上者謂之天，形於下者謂之地，命於其兩間者謂之人。」參見〔唐〕韓愈著，〔清〕馬其昶校注，《韓昌黎文集》（台北：河洛圖書出版社，一九七五），卷一，頁一五。

35　參見〔漢〕司馬遷著，〔日本〕瀧川龜太郎注，《史記會注考證》（台北：藝文印書館，一九七七），卷八四，頁九八三。

36　上舉諸詩，參見《詩經注疏》，〈小雅．沔水〉，卷一一之一，頁三七五—三七六；〈小雅．節南山〉，卷一二之一，頁三九三—三九七；〈小雅．小弁〉，卷一二之三，頁四二〇—四二三；〈小雅．巧言〉，卷一二之三，頁四二三—四二五。

37　同前注，卷五之三，頁二〇八—二〇九。

我心憂傷。民之訛言，亦孔之將。念我獨兮，憂心京京。哀我小心，癙憂以癢。」[38]這一類都是內懷憂傷，受到誤解而無可傾訴之特定對象，所謂「其誰知之」、「不知我者，謂我士也驕」；甚至更有「造為姦偽之言，以或群聽者」而「眾人莫以為憂，故我獨憂之」，[39]所謂「民之訛言，亦孔之將。念我獨兮，憂心京京」，因無特定的投訴對象，唯「獨白」向「人間世」泛化的受言者「呼告」。

漢魏以降，這一類「獨白呼告」，而「以詩通感」的「詩式社會文化行為」，仍是士人遇到心懷憂傷、怨懟而無特定傾訴對象時，訴諸「泛化」受言者的一種表達方式。數量雖然沒有彼此「對白表意」那麼多，卻也時有所見。我們可以列舉幾個範例，以說明其類型特徵。

古詩〈明月皎夜光〉：

明月皎夜光，促織鳴東壁。玉衡指孟冬，眾星何歷歷。
白露霑野草，時節忽復易。秋蟬鳴樹間，玄鳥逝安適？
昔我同門友，高舉振六翮。不念攜手好，棄我如遺跡。
南箕北有斗，牽牛不負軛。良無磐石固，虛名復何益！[40]

這是〈古詩十九首〉之七。關於〈古詩十九首〉的詮評已非常多，除了從作者、時代、文體、章法技巧等觀點進行考證、論述之外；對內容意義的詮釋，清代以前，大體延續漢儒箋注屈騷的套路，認為諸詩大多是「臣不得於君而托意於夫婦朋友，深合風人之旨」。[41]至於近現代，「五四」以降，新知識份子反儒家傳統，徹底擺棄比興寄託君臣之義的說法；對〈古詩十九首〉的批評，大多回歸文學本位，從「自我抒情」的觀點，詮釋、評判它的文學性及價值。

「自我抒情」之作一向被認為只是直覺審美，自我抒發內在的浪漫之情。其自身語言形構所營造的意象，就已包蘊著美感經驗，同時也是它的文學價值。而「情」從何而生？因何而生？家國、親子、朋友、男女、山水、田園、行旅、邊塞等不同現實經驗所生之「情」有何實質的差別？對於固持「自我抒情」觀點的學者來說，這些問題似乎都不是問題。詩人本自有情，情由內而出，自然流露，何關乎心外的自然世界、文化世界及社會世界？詩的「社會性」完全被取消，「實用性」更必須排除，以免減損它的文學性。其實割棄社會性、實用性，中國古代詩歌絕大部分即失其意義價值。情，豈會無故而動？必有所「感」而「興」而動，而所感者非物即事，故詩必「感物而動，緣事而發」。「物」與「事」就是心外的世界，千姿萬態，因時隨地而異，故而「情」亦無定質。

不論是「政教諷諭」之說、「自我抒情」之論所詮釋的內容意義，都是在「詩」內說詩，自有

38 同前注，卷一二之一，頁三九七─四〇一。

39 〔宋〕朱熹，《詩集傳》，〈小雅·正月〉注文，卷一一，頁一二九。

40 〔南朝梁〕蕭統編著，〔唐〕李善注，《文選》（台北：華正書局，胡克家重刻宋淳熙本，一九八二），卷二九，頁四一〇。

41 參見〔清〕吳淇，《古詩十九首定論》，收入現代楊家駱編，《古詩十九首集釋》（台北：世界書局，二〇〇〇），卷三，頁六九。其他如〔明〕劉履《古詩十九首旨意》、〔清〕張庚《古詩十九首解》、〔清〕姜任脩《古詩十九首繹》、〔清〕饒學斌《古詩十九首詳解》等，所釋內容意義雖有小異，卻大體吳淇定論一路，這是集體意識之政教諷諭的常談，唯〔清〕張玉穀《古詩十九首賞析》較為寬鬆，許多首解為個體意識之抒情，所謂「懷人之詩」、「思婦之詩」、「遺興之詩」、「自嘲貧賤之詩」等。以上諸家之說，皆收入《古詩十九首集釋》。

他們關注的問題。我們所關注的問題是這首詩，發言者「以詩通感」的社會行為「意向」，與所對的受言者及其敘述觀點如何？詩必具文化性、社會性；並且，其文化性、社會性已隨「詩心」而滲進詩內，以構成內容而不可能割棄。因此，中國古代的詩歌實無遺世獨立，不食人間煙火的「自我抒情」；一切抒情都是「即人間世而抒情」，喜怒哀樂皆向「世人」而發，受言者即使不是「言內」所可見的顯性個體或他群，也會是「言外」的隱性個體或他群，甚至是泛化對象的世人或天地神祇，而以「獨白呼告」的敘述觀點發聲，期待能有「知我者」回應，這是人之生存於「共在」的社會世界，尋求「通感」以克服孤獨的最後希望。這在前文已以〈黍離〉為範例，已做了深切的詮釋。

這首詩就是如此。其「事件情境」就在文本中，已高舉得志的同門好友「棄我如遺跡」，這是很常見「世態炎涼」的社會經驗現象，不是憑空想像的浪漫情懷。發言者的「行為意向」在於表述自己置身彷彿沒有「人」的溫度，一片淒冷的自然景象情境中，因而興發深受同門之友遺棄的怨苦。「玄鳥逝安適」是一個物我如一的大疑問，所有價值都不確定，然則生命的存在能朝向哪個方向前進？在這現實的社會世界中，人與人之間，總是情義輕而利害重，所謂「昔我同門友，高舉振六翮。不念攜手好，棄我如遺跡」；因此名分皆虛，一切社會關係都沒有實質的保證，所謂「南箕北有斗，牽牛不負軛。良無磐石固，虛名復何益」。這樣的怨苦，當然不可能向那個情誼已絕的「同門友」表達，又哪裡找到可以投訴的特定對象？東漢晚期，五言詩初興，尚未普及，還沒形成詩人的「想像社群」以做為「泛化讀者」；[42]因此只能向泛化的士人階層「獨白呼告」，期待能有「知我者」或得到輿論性的「公評」。其中，除了「昔我同門友」四句，以及最後「虛名復何益」一句為直「賦」其事其意之外，其餘景句都屬「興感」或「譬喻」的「比興」之辭。這類友情的變質，乃是「情之變」；「以詩通感」如為「情之變」，往往以「比興」為之。[43]雖有所「怨」而不過激，朋友之失，點到而止。這就是「溫柔敦厚」的禮文化。至於「知我者」的回應，僅是想像性的期待，真實的「衍外效用」當然無從評斷。

曹植〈吁嗟篇〉：

吁嗟此轉蓬，居世何獨然！長去本根逝，宿夜無休閒。
東西經七陌，南北越九阡。卒遇迴風起，吹我入雲間。
自謂終天路，忽然下沉淵。驚飆接我出，故歸彼中田。
當南而更北，謂東而反西。宕宕當何依？忽亡而復存。
飄颻周八澤，連翩歷五山。流轉無恆處，誰知吾苦艱！
願為中林草，秋隨野火燔。糜滅豈不痛！願與根荄連。[44]

曹植這首詩，全篇詠物，如果能從他的遭遇重構「事件情境」，就可以推斷這是一首「比興

42 「想像文學社群」的泛化讀者，參見顏崑陽，〈中國古代「詩用」情境中的「多重性讀者」〉，收入本書，頁三九一—三九四。

43 「情之正」與「情之變」，詳見顏崑陽，〈中國古代「詩用」情境中「比興」的「言語倫理」功能及其效用〉，收入本書，頁三七〇—三七五。

44 〔魏〕曹植著，現代趙幼文校注，《曹植集校注》（台北：明文書局，一九八五），卷三，頁三八二—三八三。

體」，言在此而意在彼，以「轉蓬」連類譬喻，言外寄託自己的遭遇；而發言的「行為意向」，即可確知。曹植與曹丕為爭太子之位，而曹丕獲勝並篡漢自立為帝之後，屢迫害曹植，這已是眾所熟知的史事。從魏文帝曹丕黃初二年（西元二二一）到魏明帝太和六年（西元二三二），曹植由臨淄侯、安鄉侯、甄城王、雍丘王、浚儀王、東阿王到陳王，頻繁轉封，十一年間，三徙都城，而「植常自憤怨，抱利器而無所施」。[45]如此遭遇的「事件情境」，實可持與「轉蓬」進行情境連類，故前人大致也認為這首〈吁嗟篇〉是曹植藉「轉蓬」以自喻，[46]從情理度之，此一「作者本意」擬真可信；則發言者曹植的「行為意向」即宛然可會，意在表述自身受到政治迫害而頻繁轉徙封地之怨苦。

然而，此乃「情之變」，又在政治權力宰制之下，不宜直賦其事其情，故以「比興」之辭，寄託於言外；但自抒其苦艱而不怒責對方之惡，這當然也可以說是「發乎情，止乎禮義」而「溫柔敦厚」的禮文化表現。那麼，其受言者為誰？這首詩與前一首古詩〈明月皎夜光〉有別，前者是失名之作，發言者與受言者的社會身分、階層模糊，而後者的發言者明是王侯身分，貴族階層。曹植所身處的社會情境，是以朝廷權貴為中心及能詩之士人階層為周圍，所構成的「想像文學社群」為讀者，除了魏文、魏明二帝包含在內之外，更主要的受言對象，應是這個可想像的文學社群。這種受政治迫害而轉徙多地的「苦艱」，實乃無特指的投訴對象，所謂「宕宕當何依？忽亡而復存」、「流轉無恆處，誰知吾苦艱」；然則，曹植也只能以「比興製碼」為辭，對著所身處而可以想見的他群，以「獨白呼告」的方式發聲，期待廣泛受言者能有「知我者」可為「比興解碼」，而「知吾苦艱」，[47]或聊可撫慰。至於，這一所期待的「衍外效用」，實難評斷。

陳子昂〈登幽州台歌〉：

前不見古人，後不見來者。念天地之悠悠，獨愴然而涕下。[48]

陳子昂這首詩的「事件情境」，大體可以重構。武則天萬歲通天元年（西元六九六），營州契丹松漠都督李盡忠、歸誠州刺史孫萬榮舉兵反。帝以同州刺史建安郡王武攸宜為右武威衛大將軍，充清邊道行軍大總管，以討契丹，陳子昂以右拾遺本官為參謀。次年，神功元年（西元六九七），清邊道總管王孝杰與叛軍孫萬榮戰，大敗，孝杰陣亡，舉軍震恐，不敢進。陳子昂諫武攸宜嚴立法制，並自請萬人為前軍，奮命破敵，不納，且貶署軍曹，因登薊北樓，賦詩數首；[49]則此詩應作於神功元

45 〔晉〕陳壽著、裴松之注，〔清〕盧弼集解，《三國志集解·陳思王植傳》（台北：藝文印書館，一九五六），卷一九，頁五〇〇—五一八。

46 〔晉〕裴松之注《三國志》，即於〈陳思王植傳〉「十一年中而三徙都，常汲汲無歡，遂發疾薨」句後，徵引〈吁嗟篇〉全詩，以為印證。〔清〕丁晏詮評曹植詩文，徵引《三國志》曹植本傳「十一年中而三徙都，常汲汲無歡，遂發疾薨」而斷為「此詩當感徙都而作也」，參見丁晏，《曹集詮評》（台北：臺灣商務印書館，一九六八），卷五，頁四九。現代趙幼文《曹植集校注》引丁晏之說而認為「丁說是，疑作於自俊儀反雍丘時也，流離播遷，道路艱辛，情緒悲憤，故作絕滅之辭」。

47 「比興製碼」與「比興解碼」是「詩式社會文化行為」結構規式的二個要件，參見顏崑陽，〈用詩，是中國古代士人階層的社會文化行為模式〉，收入本書，頁七二—七四。

48 〔唐〕陳子昂著，現代彭慶生注釋，《陳子昂詩注》（成都：四川人民出版社，一九八一）卷三，頁二〇八。

49 同前注，〈陳子昂年譜〉，頁二九九—三〇一。

年。[50]

幽州台，即薊北樓。此地即戰國時期，燕昭王採謀士郭隗之議，築黃金台以招納賢才。在這一「事件情境」中，發言者陳子昂的「行為意向」就可理解為發抒「士不遇」之悲，登台面對蒼茫的天地，古人已去，來者未至，那是一份沒有特定投訴對象的孤絕感。然則，受言者為誰？應該不會是庸陋的武攸宜，而是以「獨白呼告」的方式，向浩瀚的天地，悠遠的古人以及士人階層泛化的「想像文學社群」發聲，期待有「知我者」能像燕昭王那樣重用賢才。這是身處「共在」的社會情境中，以詩尋求通感而克服孤獨，卻又是空茫的最後希望。

駱賓王〈在獄詠蟬〉：

西陸蟬聲唱，南冠客思深。不堪玄鬢影，來對白頭吟。
露重飛難進，風多響易沉。無人信高潔，誰為表予心？[51]

駱賓王這首詩發言的「事件情境」，因為詩前有序文，大體可知。[52]其細節之考實，清代陳熙晉箋注駱賓王〈憲臺出縶寒夜有懷〉一詩，即引用郄雲卿〈駱賓王文集序〉及《舊唐書．文苑傳》，合二說而推定此詩作於唐高宗調露元年（西元六七九），繫獄的原因是：「因為侍御史時，諷諫得罪；而坐以前為長安主簿時之贓。……除服，補長安主簿，擢侍御史，因貢疏遭誣。」[53]這是政治冤獄，從如此「事件情境」可知發言者駱賓王的「行為意向」就在此詩的最後二句：「無人信高潔，誰為表予心？」那麼受言者是誰？當然不會是陷害他的那些政敵；同時又投訴無門，因此就如同曹植〈吁嗟篇〉那樣，向朝廷百官與能詩的士人階層所構成的隱性「想像文學社群」，以「獨白呼告」的方式發聲，期待能有信其「高潔」者，為他表述心跡；或能得輿論之「公評」。這也是身處「共在」的社會情境中，以詩尋求通感的行為。畢竟是「情之變」，故以「露重飛難進，風多響易沉」，作比興製碼，怨而不怒，禮文化也。不知者，雖百口莫辯；知者卻可即此意象而解碼，理解其忠言受誣。至於最終的「衍外效用」，不能確斷。陳熙晉考實，調露二年（六八〇）六月大赦，改元。駱賓王應在大赦之內，釋繫後，除臨海丞。大赦是通案，當與此詩的「衍外效用」無關。

綜合觀之，這一類「獨白呼告」的「以詩通感」，多「比興」之辭，通常用在「情之變」的處境中，發言者滿懷冤屈、憂傷或怨怒，而無特定的傾訴對象，乃以「獨白」發聲，向不確定的泛化對象「呼告」，而期待「知我者」或輿論性的「公評」，這是人之社會化存在，所常見順乎情，合乎理的言語行為。

50　同前注，卷三，頁二〇九。
51　〔唐〕駱賓王著，〔清〕陳熙晉箋注，《駱臨海集箋注》（香港：中華書局，一九七二），卷四，頁一五七—一六〇。
52　同前注，卷四，頁一五七—一五九。
53　同前注，卷四，頁一五三—一五四。

（三）「對白表意型」的以詩通感

「對白表意型」的以詩通感，在春秋外交專對，賦詩言志的行為中，就已有所表現。外交專對主要「行為意向」雖是政治實務的「交接」，後文將會論及。不過，有些案例卻是在談到正式實務議題之前，先以「賦詩」方式「微言」以「通感」，醞釀和諧的氣氛。雙方的「行為意向」及其「衍外效用」，皆在境而現場，賦詩一來一往，彼此以詩「對白表意」，例如《左傳．昭公二年》：

> 二年春，晉侯使韓宣子來聘，且告為政而來見，禮也。觀書於太史氏，見易象與魯春秋，曰：「周禮盡在魯矣。吾乃今知周公之德，與周之所以王也。」公享之，季武子賦〈緜〉之卒章，韓子賦〈角弓〉。季武子拜曰：「敢拜子之彌縫敝邑，寡君有望矣。」武子賦〈節〉之卒章。既享，宴於季氏，有嘉樹焉，宣子譽之。武子曰：「宿敢不封殖此樹，以無忘〈角弓〉。」遂賦〈甘棠〉。宣子曰：「起不堪也，無以及召公。」54

晉侯派韓宣子出使到魯國，這雖然是大臣代表自己的國家而與他國交往，當然有政治性質；而國與國之聘禮，其「行為意向」就是兩國交好與互利。言「利」之先，當彼此感之以「情」。因此往往在宴會中，先賦詩言志，微言相感，以增進兩國之間，甚至大臣之間的情誼。魯國的季武子賦〈大雅．綿〉之卒章，以文王盛德，能得賢臣輔佐的詩境，暗示晉國也是如此情境，讚美之意已蘊蓄其中。而相對的，晉國的韓宣子賦〈小雅．角弓〉，以暗示晉、魯乃「兄弟之國，宜相親也」。接著，季武子賦〈節〉之卒章，[55]又賦〈召南〉之〈甘棠〉，也都是以「微言」讚美晉國及大臣韓宣子。準此，這正是「對白表意」之以詩通感的範例，其「行為意向」就在於增進情誼；而「衍生效用」，從這個實例來看，也的確達到「彼此感知情意」的效果了。

外交專對，賦詩言志都在境而現場，面對面彼此以詩「對白表意」。降及後世，文人之間「對白表意」的以詩通感，則是在境而非現場，大多以「郵寄」或遣人送達為管道。綜觀這一類「對白表意」的以詩通感，所謂「對白表意」基本定義是「對」一顯性個體或他群的「特指」受言者，「表白」情意。可再分為二種情況：一是雙向以詩往還，彼此對話。二是單向表述，而看不到回應。看不到回應的原因，可能是受言者不擅作詩，可能是另以其他方式回應，或可能心領來詩情意而未答，也可能文獻沒有保存而留傳。

第一種「雙向以詩往還」，李陵與蘇武的贈答，[56]頗見疑於後世，真偽考證，眾說紛紜，有學者認為是後漢末年文士之作，實有李陵其人，卻非前漢與蘇武為友的李陵，[57]故不予為例。不過，以詩相贈答，的確東漢晚期就可見，桓帝時，客有〈示桓麟〉，相對的桓麟有〈答客〉。[58]稍晚，秦嘉有

54 〔春秋〕左丘明著，〔晉〕杜預集解，〔唐〕孔穎達疏，《春秋左傳注疏》（台北：藝文印書館，景印嘉慶二十年南昌府學重刊宋本，一九七三），卷四二，頁七一八—七一九。

55 杜預集解指為〈小雅·節南山〉，參見同前注，頁七一八。

56 〔唐〕李善注，《文選》選錄李陵〈與蘇武三首〉，蘇武〈詩四首〉，卷二九，頁四一二—四一三。

57 現代逯欽立輯校，《先秦漢魏晉南北朝詩》，冊上，漢詩卷一二，頁三三六—三三七。

58 同前注，《漢詩》卷六，頁一八三—一八四。

〈贈婦〉，相對的其妻徐淑有〈答秦嘉〉。接著蔡邕有〈答對元式〉、〈答卜元嗣〉，[59]有答則必先有贈，只是其詩未傳。魏晉開始，五言詩興起，士人大多能詩，以詩相贈答就逐漸普及，《文選》專立「贈答」一類，多達四卷，起自王粲，終於任昉，五十九題七十一首，[60]數量很多。顯見士人以詩「贈答」已成為彼此「通感」的「社會文化行為」模式。較早典型雙向「對白表意」的以詩通感，可以秦嘉與妻贈答為例。歷代這一類「用詩」行為漸多，可舉數例以見其類型特徵。

秦嘉〈贈婦〉（三首選一）：

人生譬朝露，居世多屯蹇。憂艱常早至，歡會常苦晚。
念當奉時役，去爾日遙遠。遣車迎子還，空往復空返。
省書情悽愴，臨食不能飯。獨坐空房中，誰與相勸勉？
長夜不能眠，伏枕獨輾轉。憂來如循環，匪席不可卷。[61]

徐淑〈答秦嘉〉：

妾身兮不令，嬰疾兮來歸。沉滯兮家門，歷時兮不差。
曠廢兮侍覲，情敬兮有違。君今兮奉命，遠適兮京師。
悠悠兮離別，無因兮敘懷。瞻望兮踴躍，佇立兮徘徊。
思君兮感結，夢想兮容暉。君發兮引邁，去我兮日乖。
恨無兮羽翼，高飛兮相追。長吟兮永嘆，淚下兮沾衣。[62]

秦嘉與徐淑夫妻間的「贈答」，明白是「以詩通感」，並且雙向「對白表意」；彼此既是「發言者」也是「受言者」。其「事件情境」大體是：「秦嘉，字士會，隴西人也，為郡上掾。其妻徐淑，寢疾還家，不獲面別，贈詩云爾。」[63]秦嘉以詩「通感」，其「行為意向」明白是對妻子表達，自己非常憂慮她的病苦以及夫妻離別的傷愁，以至廢食難眠；同時又盼望能有歡會之期。其妻徐淑也以詩「通感」，其「行為意向」乃答以自己苦疾而長久托身娘家，以至夫妻相愛卻不能相聚。如今夫君奉命遠適京師，兩地相隔，敘懷無因，自己只能思念夢想，長吟淚下。秦嘉夫妻的贈答詩，正是雙向「對白表意」之「以詩通感」的典型案例。夫妻離別雖是「情之變」，但是雙方彼此深情關懷體貼而無怨，則仍是「情之正」，變而不失其正；故詩多直「賦」其情，而不作「比興」的言外寄託。至於其「衍外效用」則果然達致彼此情意的「通感」，保持夫妻的恩愛。

陸機〈贈弟士龍〉：

行矣怨路長，惄焉傷別促。指途悲有餘，臨觴歡不足。

59 同前注，《漢詩》卷七，頁一九三。

60 〔唐〕李善注，《文選》，卷二三—二六，頁三三四—三八一。

61 〔南朝梁〕徐陵，《玉臺新詠》（台北：臺灣中華書局，據長洲程氏刪補本，一九八五），卷一，頁一四。又參見現代逯欽立，《先秦漢魏晉南北朝詩》，冊上，《漢詩》卷一二，頁一八六—一八七。

62 同前注，卷一，頁一五。又參見現代逯欽立，《先秦漢魏晉南北朝詩》，冊上，《漢詩》卷一二，頁一八八。

63 同前注，頁一八六。

我若西流水，子為東峙岳。慷慨逝言感，徘徊居情育。
安得攜手俱，契闊成騑服。[64]

陸雲〈答兄平原〉：

悠悠塗可極，別促怨會長。銜思戀行邁，興言在臨觴。
南津有絕濟，北渚無河梁。神往同逝感，形留悲參商。
衡軌若殊迹，牽牛非服箱。[65]

陸機、陸雲兄弟情誼深厚。這一組就是他們的贈答，「對白表意」的以詩通感。其「事件情境」應是元康六年（西元二九六），陸機離任吳王郎中令，陸雲繼任此職。二人原約定同歸故里，因局勢混亂，未果。陸機遷尚書中兵郎，不得已而中途返洛陽，而陸雲則由洛陽入吳，途中兄弟相見，隨又餞別；[66]故感傷而作，彼此贈答，「對白表意」，相互「通感」。兩人相對都是「發言者」也是「受言者」，彼此「行為意向」交集，都為離別而傷感。離別而傷感是「情之變」；而兄弟情深，相互關懷，是「情之正」，變而不失其正；故都直「賦」其情，而不作「比興」的言外寄託。陸機云「行矣怨路長」，陸雲云「悠悠塗可極」；陸機云「惄焉傷別促」，陸雲云「別促怨會長」；陸機云「指途悲有餘，臨觴歡不足」，陸雲云「銜思戀行邁，興言在臨觴」；陸機云「慷慨逝言感，徘徊居情育」，陸雲云「神往同逝感，形留悲參商」；陸機云「安得攜手俱，契闊成騑服」，陸雲云「衡軌若殊迹，牽牛非服箱」。兄弟同在離別情境中，指認前路悠長，此別形同「西流水」與「東峙岳」，我

「絕濟」而你「無梁」，何時才能再相聚？彼此一唱一答，典型的「對白表意」，以詩興感，自得於心，而心心相通，這是非常正向的「衍外效用」。

孟浩然〈留別王維〉：

寂寂竟何待？朝朝空自歸。欲尋芳草去，惜與故人違。
當路誰相假！知音世所稀。祇應守索寞，還掩故園扉。[67]

王維〈送孟六歸襄陽〉：

杜門不欲出，久與世情疏。以此為長策，勸君歸舊廬。
醉歌田舍酒，笑讀古人書。好是一生事，無勞獻子虛。[68]

這一組是孟浩然與王維「對白表意」的以詩通感。孟浩然四十歲之前，隱居襄陽；但是身隱而

64 〔晉〕陸機著，現代劉運好校注，《陸士衡文集校注》（南京：鳳凰出版社，二〇〇七），卷五，頁四〇一—四〇二。陸機此詩之作者向有爭議，或作陸雲。劉運好已作簡要辨證，認定此詩當為陸機作，頁四〇五—四〇六。
65 〔唐〕李善注，《文選》，卷二五，頁三五四。
66 〔晉〕陸機著，現代劉運好校注，《陸士衡文集校注》，卷五，頁四〇一。
67 現代李景白，《孟浩然詩集校注》，卷三，頁二八九。
68 〔唐〕王維著，〔清〕趙殿成箋注，《王右丞集箋注》（台北：河洛圖書出版社，一九七五），卷一五，頁二六九。

心未隱，仍懷用世之意，讀書，準備應舉。他的〈南歸阻雪〉云：「少年弄文墨，屬意在章句。」[69]唐代以詩賦取士，文墨章句是必備的才能。唐玄宗開元十六年（西元七二八），孟浩然四十歲，遊京師。當時，他已頗有文名，嘗於太學賦詩，一座嗟伏。張九齡、王維甚為稱賞。[70]然而，隔年，卻應舉不第，其挫折之情，表露於這段時間所作的詩中，〈南歸阻雪〉云：「十上恥還家，徘徊守歸路。」十上，用蘇秦十次上書秦王而不受重用的典故，以喻自己應舉不第，「恥還家」真何等挫折！

這首〈留別王維〉就是作於開元十七年（西元七二九）下第而準備回去襄陽時，向王維告別。這就是此詩的「事件情境」，其中隱涵著孟浩然遊京師以求仕進這段時間，兩人社會互動的「私涉關係」。[71]而其「行為意向」明白的向「特指」受言者王維，表達自己科舉下第的心情，顯有憤激之緒：「當路誰相假！知音世所稀」。其中是否隱然埋怨王維也同一般「當路」者那樣，未能盡心薦舉。這就關乎到兩人在這段期間的「私涉關係」，此一幽微的「本意」，只有在「事件情境」中的當事人王維才能體會。史載孟浩然遊京師，王維私邀入內署。俄而玄宗至，孟浩然匿床下，王維以實對。玄宗詔孟浩然誦詩，〈歲暮歸南山〉句云「不才明主棄」。[72]玄宗不悅，云：「卿不求仕，而朕未嘗棄卿，奈何誣我？」因放還。[73]

這件事，載於正史，後世筆記及詩話流傳甚廣，如果屬實，則當場王維未能緩頰，以解玄宗之慍，並趁機推薦，孟浩然是否有不豫之情？後世之人實不得而知，只有王維能「通感」而「自得於心」。我們必須體察到，孟浩然詩中只用問句「當路誰相假」，泛問一般權貴，並未直接「特指」王維；故雖有憤激之緒，仍不失「溫柔敦厚」之懷。而王維回應之作，其「行為意向」並未直接為自己辯解，而明顯的勸慰孟浩然接受下第的事實，回歸田園，享受閒逸的隱居生活，並指出「以此為長策」，言外之意暗示自己並非不肯推薦，而是孟浩然不適合官場；「醉歌田舍酒，笑讀古人書」才是孟浩然最適性的生活。這當然也是「溫柔敦厚」之懷。其「衍外效用」是孟浩然雖可能心有芥蒂，卻彼此以「溫柔敦厚」的詩式語言互動，仍可保持和諧的友情，此乃「情之變」而又不失其「正」。

王孟並稱，文學史上一直都模糊的認為他們是知交，究竟兩人的交情實質如何？從靜態的文獻無法獲致深微的理解，必須將相關文本置入兩人動態的交往情境中，才能用心更深微的體會到兩人彼此的「行為意向」。

在「以詩通感」的社會互動情境中，語言所能承載的意義，必然少於在境的當事人彼此直接「通感」而「自得於心」的幽微之意。後世泛化的讀者必須醒悟到絕對真實的「作者本意」根本不可能妄斷而致，最多只能以信度及效度俱足的文獻與適當的方法，詮釋到「擬真本意」的程度。僅靠缺乏效度的文獻考證或私心臆測所獲致的「作者本意」常不免穿鑿附會，卻又自認是唯一正確的答案，這就

69 現代李景白，《孟浩然詩集校注》，卷一，頁八九。

70 〔宋〕歐陽修等，《唐書‧孟浩然傳》（台北：藝文印書館，景印清乾隆武英殿刊本，一九五六），冊三，卷二〇三，頁二三〇八—二三〇九。

71 「私涉關係」指兩人因某一事件而私下互動交涉的關係。詳見顏崑陽，〈中國古代「詩用」語境中的「多重性讀者」〉，收入本書，頁三八一。

72 李景白校注，《孟浩然詩集校注》，卷三，頁二八一。

73 《唐書‧孟浩然傳》，卷二〇三，頁二三〇八—二三〇九。

淪為「謬想本意」了。[74]

白居易〈舟中讀元九詩〉：

把君詩卷燈前讀，詩盡燈殘天未明。眼痛滅燈猶闇坐，逆風吹浪打船聲。[75]

元稹〈酬樂天舟泊夜讀微之詩〉：

知君暗泊西江岸，讀我閑詩欲到明。今夜通州還不睡，滿山風雨杜鵑聲。[76]

這一組是白居易與元稹「對白表意」的以詩通感。元、白往來酬唱，已成知心至交之典範。詩人以詩唱和，其來甚早。大約可追溯到東晉，劉程之、王喬之都有〈奉和慧遠遊廬山詩〉，[77]陶淵明有〈和劉柴桑〉。[78]這與淨土宗高僧慧遠組織「白蓮社」有關；劉程之即劉柴桑、劉遺民，是白蓮社成員。王喬之為江州刺史孟懷玉的別駕，也入白蓮社。陶淵明則無意入社，但與劉柴桑交情甚篤，有詩唱和。唱和之作與一般贈答不盡相同，唱和多是「和作」依「原作」的詩題、韻腳而作。詩題很多是比較客觀的題材，與雙方的感情無關。不過，有些彼此「通感」的贈答詩，也會兼具依韻和作的形式，例如元白這一組「對白表意」的以詩通感，就是和韻之作。後文所舉蘇東坡兄弟一組「澠池懷舊」之作也是如此。東晉以降，士人以詩唱和越來越多，形成一種「以詩社交」的特殊語言模式。元白所處的中唐，士人唱和風氣甚盛，而元白唱和更可為典範。現在可見的二人別集，這一類文本甚多。

「詩文化」與「禮文化」相即，皆以「和」為基本精神。而詩式語言以「興」為用，含蓄委婉，乃是古代士人階層最適宜的「社交語言」，可相互觀摩才學，增進彼此的了解而通和情誼，建立以「詩」為連結的社會關係。學界對「唱和詩」的研究，一直都拘限於狹窄的「文學本位」觀點，而多負面評價。其實「唱和詩」有優有劣，必須個別詮評，不能一概而論。如果由文學觀點轉向社會學觀點，從士人階層「以詩社交」之特殊語言模式的詮釋視域，將可發現非常豐富的意義及價值。

元白唱和有些是客觀題材而同題歌詠之作，相互觀摩才學，共享詩趣的成分為多，也具有士人同聲相應，同氣相求的社會互動效用，例如白居易有一批「和微之詩」：〈和晨霞〉、〈和送劉道士遊天台〉、〈和櫛沐寄道友〉、〈和知非〉、〈和望曉〉、〈和李勢女〉、〈和順之琴者〉等；[79]而相對元稹也有不少「和」或「酬」白居易的詩作，例如〈和樂天贈樊著作〉、〈和樂天感鶴〉、〈和樂天折劍頭〉、〈酬樂天早春閒遊西湖〉、〈酬樂天聞李尚書拜相以詩見賀〉等，[80]這一類唱和之作，

74 「擬真本意」及「謬想本意」，參見顏崑陽，〈中國古代「詩用」情境中的「多重性讀者」〉，收入本書，頁四一七—四三八。

75 〔唐〕白居易著，《白居易集》（台北：里仁書局，一九八〇），冊一，卷一五，頁三一六。

76 〔唐〕元稹著，《元稹集》（台北：漢京文化公司，一九八三），卷二一，頁二三四。

77 現代逯欽立輯校，《先秦漢魏晉南北朝詩》，冊中，《晉詩》卷一四，頁九三七—九三八。

78 現代袁行霈校注，《陶淵明集校注》，卷二，頁一三五。

79 《白居易集》，冊一，卷二二，頁四七七—四八八。

80 《元稹集》，所引諸詩，分別參見卷二，頁一八、一九、二四；又卷一三，頁一四四—一四五；卷二一，頁二三七。

比較不涉及二人私交的情感。另外有些依韻和作則主要是「以詩通感」的贈答，說的是相互關懷的心內話，上舉這一組文本就可做為範例，雙方彼此為發言者與受言者，對白表意。從「行為意向」而言，沒有特定現實利益的目的，彼此「通感」而已。其「事件情境」可以明確重構，唐憲宗元和十年三月，元稹授通州司馬，與白居易別於灃水西岸橋邊；八月，白居易因以宮官太子左贊善大夫之職，越位上疏請捕行刺宰相武元衡之賊，宰相王涯惡之；又政敵誣言白居易母親看花墜井而死，卻作〈賞花〉、〈新井〉詩，有傷風教，終貶江州司馬。[81]這明顯是政治迫害，對滿懷政治改革理想的白居易而言，實在是很大的挫敗；赴任路途，於舟中讀元稹詩，燈盡未眠而闇坐，懷想好友元稹，兼為自己之貶謫而感傷，結云「逆風吹浪打船聲」，以景含情，隱喻這次政途的逆境；知心至交而又同在情境中的元稹，可以興感而自得於心。元稹在通州回應的詩，為至友的遭遇而傷感，徹夜不寐，結句同樣以景含情，只聽得「滿山風雨杜鵑聲」，何等淒涼！白居易當然也可以興感而自得於心。好友之間，以詩「通感」，不需費盡千言萬語，而情誼已婉然可會，「衍外效用」明顯正向。

蘇轍〈懷澠池寄子瞻兄〉：

相攜話別鄭原上，共道長途怕雪泥。歸騎還尋大梁陌，行人已度古崤西。
曾為縣吏民知否？舊宿僧房壁共題。遙想獨遊佳味少，無言騅馬但鳴嘶。[82]

蘇軾〈和子由澠池懷舊〉：

人生到處知何似？恰似飛鴻踏雪泥。泥上偶然留指爪，鴻飛那復計東西！

老僧已死成新塔，壞壁無由見舊題。往日崎嶇還記否？路長人困蹇驢嘶。[83]

這一組是蘇軾與蘇轍兄弟「對白表意」的以詩通感。「事件情境」是宋仁宗嘉祐元年（西元一〇五六），蘇軾二一歲，蘇轍十八歲，與父親蘇洵父子三人赴京師開封應舉，過澠池，宿縣中寺舍，題老僧奉閑之壁，蘇轍詩云「舊宿僧房壁共題」，即指此事。嘉祐五年（西元一〇六〇），兄弟舉進士，蘇軾授河南福昌縣主簿，蘇轍授河南澠池縣主簿，因為準備應試制科，不赴；蘇轍詩云「曾為縣吏民知否」，即指此事。嘉祐六年（西元一〇六一），兄弟制科入第，蘇軾授鳳翔府簽判，蘇轍除商州軍事推官。蘇軾赴鳳翔任，蘇轍送至鄭州西門外，詩云「相攜話別鄭原上」；蘇軾另有詩，題云：〈辛丑十一月十九日，既與子由別於鄭州西門之外，馬上賦詩一篇〉，[84]即指此事。兄弟「話別鄭原」之後，即分別宦遊各地，從此聚少離多，只能詩文往還；[85]故頗多贈答之作，「對白表意」而「以詩通感」。這一組贈答，應該作在這一段時期，但年次難以確定。這時，老僧已死，故蘇軾詩云

81 參見現代朱金城，《白居易年譜》（上海：上海古籍出版社，一九八二），頁六三—六四。

82 〔宋〕蘇轍著，現代陳宏天、高秀芳點校，《蘇轍集》（北京：中華書局，一九九〇），冊一，《欒城集》卷一，頁一一。

83 〔宋〕蘇軾著，〔清〕馮應榴、王文誥輯注，《蘇軾詩集》（台北：學海出版社，一九八三），卷三，頁九六—九七。

84 同前注，卷三，頁九五—九六。

85 從嘉祐元年到六年，蘇軾、蘇轍的行跡，參見現代曾棗莊、舒大剛，〈三蘇年譜簡編〉，收入二人合著，《北宋文學家年譜》（台北：文津出版社，一九九九），頁六〇—六三。

「老僧已死成新塔」，而推想題壁恐怕也已毀壞，故詩云「壞壁無由見舊題」。

蘇軾兄弟情深，「對白表意」的「行為意向」就是藉由追懷共同的記憶，相互撫慰遠隔而孤獨、思念之情。蘇軾所表達的「意向」更為深刻，人生的無常、飄泊，雪泥鴻爪、老僧、新塔、壞壁、舊題；蘇轍定能因象興感而自得於心，與兄長會意於言外；雖遠隔兩地，卻如同對面談心，這是彼此「以詩通感」的「衍外效用」。

第二種單向表述，文獻沒有載記留存回應的文本；原因多種，難以確斷。不過，由於詩題中明白指向個體或群體的受言者，「發言者」就對著「受言者」表意，當然預期對方能感知自己的「意向」，故仍可歸為「對白表意」的「以詩通感」行為。這一類文本，在各個詩人的別集中占有多數。其中有些受言者並非政治或文學、藝術的名家，生平不可考，也沒有詩文集流傳，相對的回應，即「衍外效用」也就空白。

李白〈贈何七判官昌浩〉：

有時忽惆悵，匡坐至夜分。平明空嘯咤，思欲解世紛。
心隨長風去，吹散萬里雲。羞作濟南生，九十誦古文。
不然拂劍起，沙漠收奇勳。老死阡陌間，何因揚清芬？
夫子今管樂，英才冠三軍。終與同出處，豈將沮溺群！[86]

杜甫〈君不見簡蘇徯〉：

君不見道邊廢棄池？君不見前者摧折桐？百年死樹中琴瑟，一斛舊水藏蛟龍。丈夫蓋棺事始定，君今幸未成老翁。何恨憔悴在山中？深山窮谷不可處，霹靂魍魎兼狂風。[87]

柳宗元〈登柳州城樓寄漳汀封連四州刺史〉：

城上高樓接大荒，海天愁思正茫茫。驚風亂颭芙蓉水，密雨斜侵薜荔牆。嶺樹重遮千里目，江流曲似九迴腸。共來百粵文身地，猶自音書滯一鄉。[88]

李商隱〈宿駱氏亭寄懷崔雍崔袞〉：

竹塢無塵水檻清，相思迢遞隔重城。秋陰不散霜飛晚，留得枯荷聽雨聲。[89]

這幾篇文本的詩題，都明確標示受言者。李白之贈何昌浩、杜甫之簡蘇徯，是個體受言者。柳宗元之寄漳、汀、封、連四州刺史，李商隱之寄崔雍、崔袞，是群體受言者。這些受言者，有些可考

86 〔唐〕李白著，現代瞿蛻園等校注，《李白集校注》（台北：里仁書局，一九八一），冊一，卷九，頁六二〇。

87 〔唐〕杜甫著，〔清〕楊倫注，《杜詩鏡銓》（台北：華正書局，一九八一），卷一六，頁七九〇。

88 〔唐〕柳宗元著，《柳宗元集》（北京：中華書局，一九七九），冊四，卷四二，頁一一六四—一一六五。

89 〔唐〕李商隱著，〔清〕馮浩注，《玉谿生詩集箋注》，卷一，頁三七。

其生平，但大多簡略而已，例如蘇溪，杜甫另有〈贈蘇四溪〉、〈別蘇溪〉，[90]從內容可粗略推知蘇溪乃杜甫朋友之子，有才學，尚未仕進。又例如漳、汀、封、連四州刺史，漳州刺史韓泰、汀州刺史韓曄、連州刺史劉禹錫、封州刺史陳諫。其中劉禹錫為名詩家，其生平《唐書》有傳。其餘三州刺史都於唐順宗永貞元年，因坐王叔文黨而貶謫到邊遠州郡，附於《唐書・王叔文傳》後，簡略而已。[91]又例如崔雍，附傳於其父崔戎，頗簡略。[92]有些不可考，例如何昌浩，李白另有〈涇溪南藍山下有落星潭可以卜築余泊舟石上寄何判官昌浩〉，[93]卻也無助於考實其生平。李白稱他「夫子今管樂」，年齡應大於李白，而且頗有才能。從二首詩的內容觀之，當與李白私交甚密。李商隱所寄崔袞，亦不可考。

各詩例的「事件情境」，柳宗元之作關乎貞元年間，王叔文黨政治改革失敗的重大歷史事件，同黨柳宗元、劉禹錫、韓泰、韓曄、陳諫等被貶謫，事頗明確。其餘則為個人私涉關係，簡略而已。至於「行為意向」則各文本所表現的內容，都沒有隱晦不明之意，李白的「意向」是對何昌浩抒情述志。知己之友，可以直「賦」胸懷。狂放的發言者李白，頗有士不遇的惆悵憤激，最後與何昌浩共勉，「終與同出處，豈將沮溺群」，不甘兩人一起隱居，仍圖共創功業；「知我者」何昌浩當可感知其心而不以為妄。杜甫的「意向」則勸勉有才學而還年輕的蘇溪，應該出仕，建功立業，不宜「憔悴在山中」。勸勉出處進退，不宜直「賦」以說教，故藉意象而啟發其自悟。琴瑟、蛟龍、霹靂、魍魎、狂風等比興之詞，在「事件情境」中的蘇溪，應能「興感」而「自得於心」。柳宗元與四州刺史因坐王叔文黨而遠謫邊陲，其「意向」在對四州刺史表達「同境共感」的危殆之情。這是政治處境中的「情之變」，不宜直「賦」其事其意，故中幅四句寫景，隱然有「比興」之意；驚風、密雨二句，歷經政治風暴；嶺樹、江流二句，前景遮絕，愁腸九迴。如此意象，身在「事件情境」中的四州刺史，可「興感」而「自得於心」。李商隱的「意向」更是單純，表達對好友崔雍、崔袞的思念之情；「秋陰不散霜飛晚，留得枯荷聽雨聲」，淒清的氛圍中，猶存閒賞的況味，知心之友雖遠隔重城，當可想見而分享斯境之美。

綜合觀之，這一類「對白表意」的「以詩通感」，大多用於正常的處境中，有的雙向以詩往還，彼此對話；有的單向表述，而未見「回應」；雖未見回應的文本，實際行動確是雙向以詩通感，故仍屬「對白表意」。而其語言則或「賦」或「比興」，視情況而活用，大致原則是遇有「情之變」，則以賦、比、興搭配運用，總要「溫柔敦厚」以致「和」，變而不失其正。詩，以「興」為用；興者，感物緣事而起情。因此，即使以「賦」直言，描寫景物的意象，也同樣讓讀者因象興感，而自得於心，以達到「通感」的效用。

90 〔清〕楊倫注，《杜詩鏡銓》，卷一六，頁七九〇—七九二。
91 〔宋〕歐陽修等，《唐書》之〈王叔文傳〉、〈劉禹錫傳〉。冊三，卷一六八，頁一九八五—一九八九。
92 同前注，冊三，卷一五九，頁一九〇三。
93 現代瞿蛻園等校注，《李白集校注》，冊二，卷一四，頁八八六。

四、漢魏以降，「交接」類型的「詩式社會文化行為」

前文〈中國古代士人階層「詩式社會文化行為」的「實踐情境」結構〉，已為「交接」的社會文化情境做了簡要的建構：「交接」也是古代士人階層「詩式社會文化行為」的類型之一，而且最普泛而雜多，除了特定的教化、諷諫以及心靈通感的互動關係之外，其餘所有身接形觸，意圖所及的「社交活動」都包涵在內。交接者，交往接觸。《漢書．藝文志．詩賦略論》所謂「交接鄰國」，特指國與國之間的「外交」活動。若就社會個體與個體的關係而言，「交接」其實是古代士人階層日常普泛的「社會互動行為」。這一類社交行為必須經由養成教育，以建立其正常的規矩，故《禮記．樂記》有「射鄉食饗，所以正交接」之說。如何「正交接」？乃經由官方舉辦的社會教育活動，依照一定的禮儀進行，以培養正常的「交接」規矩。什麼社會教育活動？鄉里按時舉辦鄉飲酒、鄉射，邦國則舉辦燕饗、大射，都有一定的儀式。

「正交接」，就是養成正常的社交行為規矩，知所節度。正常的「社交」行為規矩是避免人際衝突，使得社會秩序得以致「和」；而「社交」行為要能正常，必有禮儀規範之，須經由教養而習成，故古代列為「嘉禮」，是為「社會教育」之要目。當然，人際之「交接」名目總雜，不僅「射」與「飲酒」二項官辦的特定活動；從日常生活而言，「交接」是最為頻繁的「社會互動行為」，隨時隨地都在實踐，也就是最普泛的「社會情境」。在這一情境中，士人階層往往明顯表現其「常民性」的一面，雖為知識分子，猶不能免俗，例如餽贈、答謝、邀約、慶弔、干謁、期求、戲謔等，都是「交接」的社會互動行為，事類繁多。

前文已舉〈衛風・木瓜〉為範例，詮釋《三百篇》中「贈與」與「答謝」的「交接」，可簡稱「贈謝」。以詩「交接」的實踐，與「通感」同樣都是以《三百篇》為原生性文本；而將諸多原生性文本「用」於「交接」的社會文化活動，則在春秋外交專對「賦詩言志」的行為中，表現最具規模。外交專對主要「行為意向」就是政治實務的「交接」。我們可以舉例做為說明，例如《國語・晉語》：

明日宴，秦伯賦〈采菽〉，子餘使公子降拜。秦伯降辭。子餘曰：「君以天子之命服命重耳，重耳敢有安志，敢不降拜？」成拜，卒登，子餘使公子賦〈黍苗〉。子餘曰：「重耳之仰君也，若黍苗之仰陰雨也。若君實庇蔭膏澤之，使能成嘉穀，薦在宗廟，君之力也。君若昭先君之榮，東行濟河，整師以復彊周室，重耳之望也。重耳若獲集德而歸載，使主晉民，成封國，其何實不從。君若恣志以用重耳，四方諸侯，其誰不惕惕以從命！」秦伯嘆曰：「是子將有焉，豈專在寡人乎！」秦伯賦〈鳩飛〉，公子賦〈河水〉。秦伯賦〈六月〉；子餘使公子降拜；秦伯降辭。子餘曰：「君稱所以佐天子匡王國者以命重耳，重耳敢有惰心，敢不從德？」[94]

94　〔春秋〕左丘明著，〔三國吳〕韋昭注，《國語》（台北：九思出版社，一九七八），卷一〇，頁三六〇。

這一事件也記載於《左傳‧僖公二十三年》，[95]乃《左傳》記載外交專對，賦詩言志的第一樁。不過，其敘述不如《國語》詳明。「事件情境」是晉獻公殺世子申生。重耳懼，流亡異國，由蒲城奔狄，過衛，經曹、宋、鄭、楚而至於秦。秦穆公納之，妻以女，設宴，以國君之禮款待。這時，晉國正在內亂。晉獻公卒，大臣里克、丕鄭等殺驪姬及其子奚齊，立公子夷吾，是為惠公。十五年，惠公卒；懷公立，不久被殺。晉亂。重耳有意回國接位，需要秦穆公協助。赴宴時，由通解詩文化與禮文化的趙衰（即子餘）隨從。席間，穆公與重耳彼此「賦詩言志」，趙衰居中以得體的言語為重耳之「隱性意向」作更明確的詮釋。其「對白表意」過程是：穆公賦〈小雅〉之〈采椒〉，暗示讚賞重耳之意；重耳答以〈小雅〉之〈黍苗〉，暗示感謝穆公的恩澤，並期求協助回國繼位。然後穆公賦〈小雅〉之〈小宛〉首章〈鳩飛〉，暗示對秦晉結好的懷念，並回應重耳的期求；重耳再賦〈河水〉（逸詩），暗示如能返國當與秦繼續結好。穆公再賦〈小雅〉之〈六月〉，暗示讚許重耳繼位，必霸諸侯，以匡佐周天子。兩人一來一往的賦詩，正是典型的「對白表意」而「以詩交接」的「詩式社會文化行為」。

這一案例是春秋外交專對最典型的「以詩交接」，實踐於「宴享外賓」的場所。而這一場「賦詩」不只是一般性的賓主相見，以詩「通感」之禮，乃託喻著與政治有關的特殊「隱性意向」，是「期求」與「回應」的互動性行為，簡稱「期應」；雙方皆以「詩式語言」即所謂「微言」，作暗示性的「對白表意」。其「衍外效用」是完成一項「政治期約」：秦穆公應允協助公子重耳回到晉國接下君位。

魏晉以降，這類「以詩交接」的社會文化行為逐漸普及，尤其貴族階層的遊宴雅集，常以詩交誼，和諧社會關係，例如曹魏時，王粲、應瑒、曹植等都有〈公讌詩〉；[96]西晉，應貞〈晉武帝華林園集詩〉、荀勗〈從武帝華林園宴詩〉、潘尼〈七月七日侍皇太子宴玄圃園詩〉等；[97]東晉，王羲之、孫綽、謝安等，有一批同作的〈蘭亭詩〉；[98]南朝宋，謝靈運〈三月三日侍宴西池詩〉、顏延之〈三月三日詔宴西池詩〉、鮑照〈侍宴覆舟山詩〉等；[99]南朝齊，謝朓〈侍宴華光殿曲水奉勅為皇太子作詩〉等；[100]南朝梁，江淹〈劉僕射東山集詩〉、沈約〈九日侍宴樂遊苑詩〉等；[101]北周，庾信〈陪駕幸終南山和宇文內史詩〉等；[102]南朝陳，江總〈侍宴臨芳殿詩〉等。[103]這一類「以詩交接」之作，在魏晉南北朝時期，數量不少，《文選》專立「公讌」一類，選錄十四首。[104]現代學者也專以

95 《春秋左傳注疏》，卷一五，頁三六〇。
96 現代逯欽立輯校，《先秦漢魏晉南北朝詩》，冊上，《魏詩》卷二，頁三六〇；卷三，頁三八二—三八三；卷七，頁四四九—四五〇。
97 同前注，冊上，《晉詩》卷二，頁五七九、五八〇、五九二、七六五。
98 同前注，冊中，《晉詩》卷一三，頁八九五—八九六、九〇六。
99 同前注，冊中，《宋詩》卷二，頁一一五三；卷五，一二二七，卷八，一二八一。
100 同前注，冊中，《齊詩》卷三，頁一四二一。
101 同前注，冊中，《梁詩》卷三，頁一五六〇—一五六一；卷六，一六三〇—一六三一。
102 同前注，冊下，《北周詩》卷二，頁二三五四。
103 同前注，冊下，《陳詩》卷八，頁二五八八—二五八九。
104 〔唐〕李善注，《文選》，卷二〇，頁二八二—二九二。

「貴遊」議題進行研究，[105]大致仍在「文學本位」觀點。實則這一社會文化現象顯見「詩」做為貴族或士人階層的「社交語言」形式，從詮釋社會學的觀點，應該可以開拓出更豐饒的意義。

魏晉南北朝後，降及唐宋以下，「以詩交接」更不僅侷限在貴族階層的宴遊雅集，而普遍滲入士人階層的日常生活，舉凡精神或物質方面，各種個體與個體之間的「社交」活動，都可以詩為之。這是日常生活「言語行為」的「雅化」，源於周文化所建構士人的言語倫理原則，[106]而逐漸形成士人階層的文化傳統。

「交接」是雙向互動的行為，從「施予」這一端而言，舉凡過訪、餽贈、邀約、示愛、慶弔、干謁、期求、戲謔、責備、嘲諷、勸戒等，都是「交接」的社會互動行為，例如白居易〈病中逢秋招客夜飲〉及〈自城東至，以詩代書，戲招李六拾遺、崔二十六先輩〉、[107]朱慶餘〈近試上張籍水部〉、[108]孟浩然〈望洞庭湖上張丞相〉、[109]李白〈嘲王歷陽不肯飲酒〉、[110]蘇軾〈送筍芍藥與公擇〉、[111]黃庭堅〈乞鍾乳於曾公衮〉等，[112]都屬日常生活俗事；從「接受」一端而言，所有相對「施予」行為而所作酬、答、謝等，也都是「交接」的社會互動行為，例如張籍〈酬朱慶餘〉、[113]白居易〈病中答招飲者〉、[114]蘇軾〈黃魯直以詩饋雙井茶，次韻為謝〉。[115]古代士人階層經常處於這種總雜的「交接社會情境」之中，而「詩」是他們所普遍採取的符號形式，實為「詩用」之大類。

由於「交接」的事類繁多，勢不可能在一篇篇幅不長的論文中，逐一討論。因此，我們選擇二個次類型做為示範：一是「期求」與「回應」，簡稱「期應」。所求兼及人事或物質上的需要；二是「贈與」與「答謝」，簡稱「贈謝」。所贈都是日常生活之物。各舉數例以詮釋其類型特徵。

「交接」實為雙向互動的社會行為，古代士人多以「詩」為之。不過，有些「施予」者以詩為之，「接受」者未必同樣以詩回應；反之亦然。因此，就文本而言，有些是「雙向」皆有；有些則僅見「單向」，但「行為」本身卻是「雙向」互動。因此，其「敘述觀點」都屬「對白表意」。

105　例如王夢鷗，〈貴遊文學與六朝文體的演變〉，《中外文學》，八卷一期，一九七九年六月，收入《古典文學論探索》（台北：正中書局，一九八四）。呂光華，《南朝貴遊文學集團研究》（台北：政治大學中文系，博士論文，一九九〇）。祁立峰，《相似與差異：論南朝文學集團的書寫策略》（台北：政大出版社，二〇一四）。

106　周代士人的言語倫理原則，其中「微」與「文」關乎適當的「表意方式」與「言語修飾」原則，參見顏崑陽，〈中國古代「詩用」語境中「比興」的言語倫理功能及其效用〉，收入本書，頁三三九—三四四。

107　《白居易集》，冊一，卷八，頁一五八；卷一三，頁二五四。

108　〔清〕康熙御製、彭定求等編，《全唐詩》（台北：文史哲出版社，一九七八），冊八，頁五八九二。

109　現代李景白校注，《孟浩然詩集校注》，卷三，頁二七二。

110　現代瞿蛻園等校注，《李白集校注》，卷二三，頁一三五三。

111　〔清〕馮應榴、王文誥輯注，《蘇軾詩集》，冊上，卷一六，頁八一七。

112　〔宋〕黃庭堅著、〔宋〕任淵等注，現代劉尚榮校點，《黃庭堅詩集注》（北京：中華書局，二〇〇三），冊二，卷二〇，頁七一一。

113　〔清〕彭定求等編，《全唐詩》，冊六，卷三八六，頁四三六二。

114　《白居易集》，冊一，卷一五，頁三一一。

115　〔清〕馮應榴、王文誥輯注，《蘇軾詩集》，冊下，卷二八，頁一四八二。

（一）「期應型」的以詩交接

在「詩用」語境中，「期應型」的以詩交接乃指一個「發言者」以「詩式語言」向他人表達對於某種特定事物之期待、希求的「意向」，往往實踐於個體社會交往的場所。。而「受言者」可以是正面的承諾，也可以是反面的拒絕，或者沉默不予回應；雖無回應，但發言的期求者確實是對著「特指」的受言者發聲，故仍可視為「對白表意」。

這個類型與「以詩通感」，最大的差別就在於「行為意向」，乃出於「功利性的原因動機與目的動機」。它既非純為內在心靈的情意，卻也是個體意識的表現，不必與「政教」之事有關，可以僅是現實生活中的功利性需求。所謂「功利性」不特指違背道德之事物，而僅指世俗一般的功名、利益或物質資源；而「衍生效用」則不在於「彼此感知情意」，也不在於「改變對方之舊行」，而在於是否達成發言者所期待、希求的事物。首先，處理「人事」方面的「期應」，茲舉四個範例如下：

朱慶餘〈近試上張水部〉：

洞房昨夜停紅燭，待曉堂前拜舊姑。妝罷低聲問夫婿，畫眉深淺入時無？[116]

張籍〈酬朱慶餘〉：

越女新妝出鏡心，自知明艷更沉吟。齊紈未是人間貴，一曲菱歌敵萬金。[117]

這一組「期應型」的以詩交接，雙向互動的文本俱在，明顯的「對白表意」。其「常態情境」是唐代科舉，[118]應舉士子往往先依籍當世顯貴者將他推薦給主司；然後以自己的詩文投獻，稱為「行卷」。過數日再投，稱為「溫卷」。[119]這在唐代已成普遍風氣，是為社會的「常態情境」；而「事件情境」則是朱慶餘在「近試」時，向陪考官水部郎中張籍「行卷」或「溫卷」，並以此詩交接。其「行為意向」是「期求」張籍能品評自己的詩文是否合乎時宜；儘管當時行卷、溫卷成風；但畢竟不是光大的行為，故言語才取「比興」，以新嫁娘自喻，夫婿以喻陪考官張籍，舅姑以喻主考官。而在行卷、溫卷的「常態情境」之下，張籍當能感知其「意向」之所「期求」，而給予「回應」，讚揚他的詩文是「一曲菱歌敵萬金」，顯然是正向的「衍外效用」。

孟浩然〈望洞庭湖上張丞相〉：

八月湖水平，涵虛混太清。氣蒸雲夢澤，波撼岳陽城。
欲濟無舟楫，端居恥聖明。坐看垂釣者，徒有羨魚情。[120]

116 〔清〕聖祖康熙御製、彭定求等編，《全唐詩》（台北：文史哲出版社，一九七八），冊八，卷五一五，頁五八九二。
117 同前注，冊六，卷三八六，頁四三六二。
118 「常態情境」之義，參見顏崑陽，〈中國古代士人階層「詩式社會文化行為」的實踐情境結構〉，收入本書，頁九四—九五。
119 參見〔宋〕趙彥衛，《雲麓漫鈔》（北京：中華書局，一九九六），卷八，頁一三五。
120 現代李景白，《孟浩然詩集校注》，卷三，頁二七二。

這也是「期應型」的以詩交接。唐代士人階層為求仕進而干謁成風，已為當時社會的「常態情境」。而「事件情境」則是孟浩然以詩干謁張丞相，其「行為意向」乃是「期求」張丞相能給予援引。張丞相應該是張說，唐玄宗開元四年左右，因與姚崇不合，罷中書令，累徙岳州刺史。洞庭湖在岳州，孟浩然隱居襄陽，其實頗有應舉用世之心。這首詩應該是此時謁見張說之作。[121]唐代雖然「干謁」成風；但「干謁」畢竟非屬光大之事，張丞是否樂意也未可知，故不宜直言；遂取「比興」的文化傳統，以「望洞庭湖」做為「情境連類」的意象，所謂「欲濟無舟楫」、「坐觀垂釣者，徒有羨魚情」，亦實亦虛。「實」是眼前景、當下情；「虛」是連類譬喻，自己尚無功名，「期求」張丞相援引。孟浩然明確對「特指」受言者張丞相發聲，是為「對白表意」。張丞相如何回應？因為史料缺乏，故不可確斷。從孟浩然的生平際遇來看，也沒有受到張說的援引而出仕，可推知「衍外效用」不彰。

張籍〈節婦吟寄東平李司空師道〉：

> 君知妾有夫，贈妾雙明珠。感君纏綿意，繫在紅羅襦。
> 妾家高樓連苑起，良人執戟明光裡。知君用心如日月，
> 事夫誓擬同生死。還君明珠雙淚垂，恨不相逢未嫁時。[122]

這也是「期應」的以詩交接。「期求」一方是李師道，乃庸俗粗暴的武夫，所用言語應該不會是「詩」；而張籍以「詩」回應。發言者與受言者雙向互動明確，故為「對白表意」。其「事件情境」

是李師道要徵辟張籍為僚屬。李師道是高麗人，父李納、兄李師古都是平盧淄青（在山東）節度使；師古去世，師道自立為平盧淄青節度使，才平庸、性凶暴。唐憲宗曾安撫他，曾加檢校司空；東平在淄青；故張籍詩稱「東平李司空」。因為李師道跋扈，經常站在朝廷的對立面，憲宗下令討罰，最後被部將劉悟所殺。[123]以李師道的品德，張籍當然不願擔任他的幕僚；但是李師道凶暴而擁有權勢，應該如何拒絕？這是「情之變」，不宜直「賦」，故以「比興」為之，其「行為意向」即藉「節婦」以暗示無法接受李師道的徵辟，讓李師道自悟，所謂「還君明珠雙淚垂，恨不相逢未嫁時」，感謝對方的好意卻礙難接受，完全沒有讓李師道難堪，能得「溫柔敦厚」之「和」。「衍外效用」是張籍終究沒有為李師道所用，而又保持安全。

古代的士人階層，以詩「期應」的社會文化行為，除了上述那一類有關仕宦「人事」方面的「期求」與「回應」而表現「士人意識」之外；也有些期求只是日常生活中所需之「物」而表現「常人意識」。「詩」在《三百篇》的時代，風謠所反映很多是「常人」的生活經驗及其情志，其後被引入政教場所，經過典禮、諷諫、外交專對、引詩證理等各種「詩用」行為，復由漢儒箋釋《詩經》；「詩」逐漸雅化、神聖化而定位為「廟堂文學」，與常人的俗世生活拉開間距。漢魏以降，「詩」都

121 同前注，參見〈前言〉，頁一，又卷三，頁二七二—二七三。

122 〔清〕彭定求等編，《全唐詩》，冊六，卷三八二，頁四二八二。

123 〔宋〕歐陽修等，《唐書·李師道傳》，冊三，卷一三八，頁二四一五—二四一七。

用於表現「士人意識」所關注「雅文化」的人事及情志；有的是表現為「集體意識」的政教關懷，有的表現為「個體意識」的傷春悲秋、高堂宴樂、閒情雅趣、離愁別緒等，都是貴族雅士的「精神」生活經驗及其情味，前文論及魏晉以降的以詩交接，被視為「貴遊文學」，即是這一層次的產物。因而士人階層的以詩交接，很少寫到俗世「常人」的物質生活經驗及其情味。在「詩」為「廟堂文學」的定位下，「士人意識」幾乎覆蓋了「常人意識」，前文已做了論述。假如，我們揭開這層覆蓋，就可發現在《三百篇》之後，讓「詩」從高尚的「廟堂」降落到低下的「俗世」，表現士人長期被覆蓋而不自知的「常人意識」，抒寫日常生活的經驗及其情志，尤其涉及物質需求的「俗事」，則前有陶淵明而後有杜甫。陶詩〈歸園田居〉、〈乞食〉、〈丙辰歲八月中於下潠田舍穫〉、〈責子〉等，都是「常人意識」的表現。這一類作品，杜詩中尤其多，若從「期應」觀之，可舉下述系列性的文本為範例，所「期求」者為俗世物質生活之需，乃一整套「以詩交接」的社會文化行為。「詩」是「雅」言，而「物質」需求卻是「俗」事，雅與俗結合無間；古代士人的「社交語言」，即使所交接為「俗」事，而表達形式仍不離「雅」，這是士人階層的生活文化傳統。

杜甫〈王十五司馬弟出郭相訪兼遺營草堂資〉：

客裡何遷次？江邊正寂寥。肯來尋一老，愁破是今朝。
憂我營茅棟，攜錢過野橋。他鄉唯表弟，還往莫辭遙。[124]

杜甫〈蕭八明府實處覓桃栽〉：

奉乞桃栽一百根，春前為送浣花村。河陽縣裡雖無數，濯錦江邊未滿園。125

又〈從韋二明府續處覓綿竹〉：

華軒藹藹他年到，綿竹亭亭出縣高。江上舍前無此物，幸分蒼翠拂波濤。126

又〈憑何十一少府邕覓榿木栽〉：

草堂塹西無樹林，非子誰復見幽心。飽聞榿木三年大，與致溪邊十畝陰。127

又〈憑韋少府班覓松樹子栽〉：

落落出群非櫸柳，青青不朽豈楊梅？欲存老蓋千年意，為覓霜根數寸栽。128

又〈又於韋處乞大邑瓷盌〉：

124 〔清〕楊倫注，《杜詩鏡銓》，卷七，頁三一三。

125 同前注，卷七，頁三一三—三一四。

126 同前注，卷七，頁三一四。

127 同前注，卷七，頁三一四。

128 同前注，卷七，頁三一四—三一五。

大邑燒瓷輕且堅，扣如哀玉錦城傳。君家白盌勝霜雪，急送茅齋也可憐。[129]

又〈詣徐卿覓果栽〉：

草堂少花今欲栽，不問綠李與黃梅。石筍街中卻歸去，果園坊裡為求來。[130]

又〈堂成〉：

背郭堂成蔭白茅，緣江路熟俯青郊。榿林礙日吟風葉，籠竹和煙滴露梢。
暫止飛烏將數子，頻來語燕定新巢。旁人錯比揚雄宅，懶惰無心作解嘲。[131]

杜甫於唐肅宗乾元二年（西元七五九）棄華州司空參軍之職，在安史之亂的烽火中，攜家帶眷遠走甘肅秦州（天水），又往同谷暫住，窮不得安居，復行飄泊，而於乾元二年十二月底，抵達四川成都，暫時寄居城西七里處的草堂寺，僧復空頗貧窮。杜甫一家生活暫時依靠朋友分與祿米。「事件情境」即是，不久在城西三里處浣花溪畔覓得一畝的築屋基地，肅宗上元元年（西元七六〇）春天，開始營建一幢草堂。[132]問題是哪來資金?而周圍庭園的植栽從哪兒尋覓？這系列八首詩成套完整的表現出從獲得表親資助築屋基金，到向朋友「期求」各類植栽及器皿，終而「堂成」的過程，都是「以詩交接」，有「期」而有「應」，非常具有士人階層「以詩社交」的意義。杜甫以詩發言「期求」，受言者都非著名詩家，未見以詩「回應」；卻以實際行動，「回應」杜甫之所「期求」，這當然是「對白表意」。

杜甫發言的「行為意向」是人情之常之正，故都以「賦」直言，不做「比興」暗示。受言者王十五司馬是杜甫表弟，正好任職於成都，「憂我營茅棟，攜錢過野橋」，人情醇厚。社會關係中，血緣的連帶最為緊密，尤其流落異地，金錢匱乏，能遇親故相助，更是幸運。「他鄉唯表弟，還往莫辭遙」，「還往」即「往還」，彼此來往之意。他鄉難得遇到親戚，當不辭路遠，彼此經常交往。其餘都是任職地方官吏的朋友，蕭八明府、韋二明府，是縣令。何十一少府、韋少府是副縣令。徐卿，不知官職，想係地方仕紳。這些朋友雖非高層巨卿，卻是地方官吏，切近杜甫日常生活，最能給予資源之助，所「期求」者桃栽、綿竹、榿木栽、松樹子栽、果栽以及大邑瓷盌。「社交語言」當以讚美對方，而交流彼此情誼為原則。大邑縣在四川邛州，從詩可知此處生產瓷器，尤以韋少府家所產為佳，故云「君家白盌勝霜雪」；「華軒藹藹他年到，綿竹亭亭出縣高」，韋明府可能曾為綿竹縣令；「非子誰復見幽心」，將何少府引為知心。這些都是正向的社交語言。而其「衍外效用」，從〈堂成〉一詩可知，受言者皆應所求，供給所需物資，使得草堂能有園林之美，故云「榿林礙日吟風葉，籠竹和煙滴露梢」。

士人在日常生活中，因物質需求而以詩彼此「期應」的社會文化行為，杜甫開其先河之後，漸多

129　同前注，卷七，頁三一五。

130　同前注，卷七，頁三一五。

131　同前注，卷七，頁三一五。

132　參見現代人所編《杜甫年譜》（台北：學海出版社，一九八一），頁一〇三—一一五。按此一年譜出版時，因政治因素而未標示編撰者，據所查知係成都工部草堂杜甫紀念館群體編撰，掛名館長劉孟伉主編。

為之者，尤其到宋代，更是常見。下列數例，就可見一斑。

蘇軾〈問大冶長老乞桃花茶栽東坡〉：

周詩記荼苦，茗飲出近世。初緣厭粱肉，假此雪昏滯。嗟我五畝園，桑麥苦蒙翳。不令寸地閒，更乞茶子蓺。飢寒未知免，已作太飽計。庶將通有無，農末不相戾。春來凍地裂，紫筍森已銳。牛羊煩呵叱，筐筥未敢睨。江南老道人，齒髮日夜逝。他年雪堂品，空記桃花裔。133

黃庭堅〈從張仲謀乞蠟梅〉：

聞君寺後野梅發，香蜜染成宮樣黃。不擬折來遮老眼，欲知春色到池塘。134

陳師道〈從寇生求茶庫紙絕句〉：

南朝官紙女兒膚，玉版雲英比不如。乞與此翁元不稱，他年留待大蘇書。135

這三個案例都是以詩向某一顯性「特定」受言者，「期求」某一日常生活所需物資，「行為意向」明確；雖文獻所限，未見受言者以詩回應，但既有顯性特定受言者，則屬「對白表意」。而受言者雖未以詩「回應」，卻可推想應以實際行動，供給所求物資做為「回應」。

大冶在湖北，有桃花寺，寺有泉，甘美，用以造茶，勝他處。[136]「事件情境」是宋神宗元豐二年（西元一〇七九），十二月，蘇軾因「烏臺詩案」遠謫黃州，次年二月到達貶所。四年（西元一〇八一），故友馬夢得為蘇軾請得黃崗城東營房廢地，開墾種植，並自號「東坡居士」。五年（西元一〇八二），建雪堂於東坡。[137]此詩有「他年雪堂品」，應作於元豐五年，雪堂落成之後。其「行為意向」是「期求」大冶長老供給桃花茶栽，將種植於「東坡」，以備製茶。蘇軾在黃州，上從地方高官要員，下到一般士人，甚至庶民，都普受親敬，社會關係和諧，可推想大冶長老受到蘇軾以詩「期求」，必欣然「回應」，供給所需。

張仲謀，書法家，善草法，出於王羲之，自成一家。黃庭堅也是書法家，兩人交好。除此詩之外，黃庭堅另有〈次韻張仲謀過酺池寺齋〉、〈和張仲謀送別二首〉。黃庭堅特別喜愛蠟梅，詩中另有〈戲詠蠟梅〉、〈蠟梅〉、〈短韻奉乞蠟梅〉。「事件情境」及其「行為意向」就是黃庭堅以詩「期求」張仲謀能分栽蠟梅給他。好友所求為平常可見的美物，推想張仲謀定有「回應」，供給所需。這當屬雙向「對白表意」，彼此「期應」。

---

133 《蘇軾詩集》，冊上，卷二一，頁一一一九—一一二〇。

134 《黃庭堅詩集注》，卷五，頁二〇三。

135 現代冒廣生，《後山詩注補箋》，〈贈寇國寶三首〉冒廣生箋文引〈徐州府志〉，卷五，頁八。

136 《蘇軾詩集》，注引〈名勝志〉，冊上，卷二一，頁一一一九。

137 參見現代曾棗莊、舒大剛，〈三蘇年譜簡編〉，頁七〇—七二。

陳師道曾任徐州教授。寇生即寇國寶，徐州人，從學於陳師道。[138]陳師道另有〈戲寇君二首〉、〈和寇十一晚登白門〉、〈謝寇十一惠端硯〉、〈再和寇十一〉、〈與寇趙約丁塘看花寇以疾不赴有詩用其韻〉、〈和寇十一同遊城南阻雨還登寺山〉、〈和寇十一雨後登樓〉、〈答寇十一惠朱櫻〉、〈寄寇十一〉、〈和寇十一同登寺山〉、〈與魏衍寇國寶田從先二姪分韻的坐字〉等。寇君、寇十一、寇生都是寇國寶。師生唱和頻繁，一起登山、登城門、同遊、看花；寇十一幾次餽贈陳師道，而陳師道以詩戲之，顯見師生情誼之親好。在這樣的「事件情境」中，陳師道的「意向」是以詩對寇生「期求」茶庫紙，當然在情分之內。文獻所限，未見寇國寶「回應」之詩；然寇生與其師情誼既厚，師有所求，必欣然「回應」。這當屬雙向「對白表意」，彼此「期應」。

（二）「贈謝型」的以詩交接

前文述及，讓「詩」從高尚的「廟堂」降落到低下的「俗世」，而表現士人長期被覆蓋而不自知的「常人意識」，抒寫日常生活的經驗及其情志，尤其涉及物質需求的「俗事」，則前有陶淵明而後有杜甫。這樣的「詩式社會文化行為」，降及中唐元白，更發展為常見的「社交語言」模式。其中，「贈謝型」的以詩交接，士人日常生活場所中，隨時隨地都在實踐。尤其元白的社會交往，雙向「贈謝」而「對白表意」，案例非常多。降及宋代，歐陽修、王安石、蘇軾、黃庭堅、陳師道等名家，其與親友交往，彼此「贈物」與「答謝」並表之於詩，俗事而出以雅言，已是士人階層日常生活的社交行為。宋代之後，至於明清，這類「詩式社會文化行為」從未曾消歇。

白居易〈元九以綠絲布白輕褣見寄製成衣服以詩報知〉：

綠絲文布素輕褣，珍重京華手自封。貧友遠勞君寄附，病妻親為我裁縫。
袴花白似秋雲薄，衫色青於春草濃。欲著卻休知不稱，折腰無復舊形容。[139]

元稹〈酬樂天得稹所寄紵絲布白輕褣製成衣服以詩報之〉：

湓城萬里隔巴庸，紵薄綈輕共一封。腰帶定知今瘦小，衣衫難作遠裁縫。
唯愁書到炎涼變，忽見詩來意緒濃。春草綠茸雲色白，想君騎馬好儀容。[140]

這一組元白以物「贈謝」而以詩「對白表意」。其「事件情境」就在詩題及內容中，「湓城萬里隔巴庸」，元白二人一在湓城、一在巴庸。唐憲宗元和十年（西元八一五），元稹出為通州司馬，白居易貶為江州司馬。元和十三年（西元八一八），元稹移虢州長史。十四年（西元八一九），白居易移忠州刺史。[141]湓城在江州，白居易時任江州司馬。巴庸指四川一帶，元稹時任通州司馬，通州在四川。元白這一以詩「贈謝」的事件就實踐於這幾年之間。元稹以綠絲布、白青褣寄贈白居易；白居

---

138 參見現代冒廣生，《後山詩注補箋》，卷一一，頁五—六。
139 《白居易集》，冊上，卷一七，頁三五二。
140 《元稹集》，卷二一，頁二三五。
141 現代朱金城，《白居易年譜》，頁六三—一〇一。

易製成衣服，白輕褣裁為袴，綠絲布裁為衫，而以詩報謝元稹，並告以近日消瘦，不稱新衣。元稹則和韻酬答，感知白居易消瘦，或與謫居的處境有關吧！卻又想像好友穿著新衣而騎馬的好儀容。平常物、平常事，彼此贈謝，並以詩「對白表意」，平淡中卻蘊含深厚而幽微的情誼。這只有雙方同在情境中，彼此互為對方的第一序位「特指讀者」，才能在文字之外，體會對方幽微的關懷之意，而為之感動不已。我們都是事隔千年的第三序位「泛化讀者」，如果沒有靈慧的「詩心」，只靠文獻而以文字解文字，恐怕所知就只有文字表層之意吧！解詩實不容易。

黃庭堅〈雙井茶送子瞻〉：

> 人間風日不到處，天上玉堂森寶書。想見東坡舊居士，揮毫百斛瀉明珠。
> 我家江南摘雲腴，落磑霏霏雪不如。為君喚起黃州夢，獨載扁舟向五湖。[142]

蘇軾〈黃魯直以詩饋雙井茶，次韻為謝〉：

> 江夏無雙種奇茗，汝陰六一誇新書。磨成不敢付僮僕，自看雪湯生璣珠。
> 列仙之儒瘠不腴，只有病渴同相如。明年我欲東南去，畫舫何妨宿太湖。[143]

這一組蘇黃「贈謝」而以詩「對白表意」。「事件情境」就在文本中；雙井，江西洪州分寧縣，盛產草茶。縣南溪心有二井，土人汲以造茶，因稱「雙井茶」，被譽為草茶第一。[144]這裡也是黃庭堅的故鄉。宋哲宗元祐二年（西元一〇八七），黃庭堅在史館，任著作佐郎。蘇軾則任翰林學士，兩人都在京師開封，時相唱和。雙井茶新出，黃庭堅以贈蘇軾，並以詩表意；蘇軾次韻為謝。

翰林院之設，起於唐代，宋代延續。翰林學士為皇帝起草機密的詔制，乃皇帝近臣，位高權重。翰林院為重要機構，深處宮內，與帝居為鄰，便於召見，而一般人不得接近；故黃庭堅以「人間風日不到處」描述翰林院；而以「天上玉堂森寶書」描述翰林學士為皇帝起草詔制文書；進而想像東坡在翰林院內為詔書起草揮毫，字字如明珠傾瀉。

後四句就是他的「行為意向」，餽贈東坡好茶，喚起他對黃州的記憶。雲腴，指生長高山雲霧間的茶葉。磑，是磨具。整片茶葉泡以熱水，明代才開始。宋代以前，都製成茶團，飲用時要磨碎而沸水煎煮；煮滾會起雪白的泡沫，即東坡詩中所謂「雪湯」。落磑，指茶葉磨碎，白如雪花霏霏。好茶來自江南，江西洪州、湖北黃崗都在江南。蘇軾貶謫黃州，始號「東坡居士」，這段謫居時間是神宗元豐二年到六年（西元一〇七九－一〇八三）。如今哲宗元祐二年（西元一〇八七），已相距四、五年。處境卻完全不同，號「東坡居士」時，是謫居罪臣，如今卻是位高權重的翰林學士，故稱「東坡舊居士」。一個「舊」字隱含多少人生窮通的變化！因此，最後才說「為君喚起黃州夢」；而「獨載扁舟向五湖」似乎也在提醒東坡如今得志，仍應不忘退居之懷。贈茶，只是物質之需，其更深的心意

142　〔宋〕黃庭堅著、〔宋〕任淵等注，現代劉尚榮校點，《黃庭堅詩集注》（北京：中華書局，二〇〇三），冊一，卷六，頁二一八。

143　〔清〕馮應榴、王文誥輯注，《蘇軾詩集》，冊下，卷二八，頁一四八二。

144　〔清〕查慎行《蘇詩補注》，注蘇軾這首酬黃庭堅饋雙井茶，引《茶事雜錄》記述雙井茶由來。參見〔清〕馮應榴、王文誥輯注，《蘇軾詩集》，冊下，卷二八，頁一四八二。

應該就在「想見東坡舊居士」、「為君喚起黃州夢，獨載扁舟向五湖」這幾句。我們做為近千年後，第三序位的「泛化讀者」，僅從文獻的閱讀，很難有貼心的體會；[145]而東坡做為第一序位的「特指讀者」，與山谷兩人同在「情境」中，他所體會的幽微之意，都在文字之外。

東坡「回應」，以表「答謝」。社交常例，總要稱讚「贈品，並表示歡喜受用之意。「江夏無雙種奇茗，汝陰六一誇新書」，讚美雙井茶，更引用六一居士歐陽修對雙井茶的品評。這首詩東坡自註，徵引歐陽修《歸田錄》：「草茶以雙井為第一。」[146]而且為表示歡喜受用之意，親自磨碎、煎煮，故云「磨成不敢付僮僕，自看雪湯生雞珠」。而對於山谷「為君喚起黃州夢」，當然深有幽微的體會，其「回應」的「行為意向」，以「列仙之儒」自喻，「瘠不腴」則可安於簡樸清瘦而不耽溺於富貴肥腴，唯渴好茶飲而已。「明年我欲東南去，畫舫何妨宿太湖」，未來也可效法范蠡，功成身退。「明年東南去」，原是想像虛說，巧的是二年後，元祐四年（西元一〇八九），東坡出知杭州，洽是「東南去」。好友之間的「贈謝」，不僅是以「物品」為應酬，更須以詩交接而「對白表意」，也兼有「通感」的「衍外效用」。

上舉二個案例都是「雙向」文本俱在，典型的「對白表意」。另外也有很多「單向」文本，不過實際行動卻是「雙向」往來，因此仍可視為「對白表意」。我們可以列舉幾個範例，以見一斑。

韓愈〈答道士寄樹雞〉：

軟濕青黃狀可猜，欲烹還喚木盤迴。煩君自入華陽洞，直割乖龍左耳來。[147]

柳宗元〈巽上人以竹間自採新茶見贈酬之以詩〉：

芳叢翳湘竹，零露凝清華。復此雪山客，晨朝掇靈芽。
蒸煙俯石瀨，咫尺凌丹崖。圓方麗奇色，圭璧無纖瑕。
呼兒爨金鼎，餘馥延幽遐。滌慮發真照，還原蕩昏邪。
猶同甘露飯，佛事薰毗耶。咄此蓬瀛侶，無乃貴流霞。[148]

劉禹錫〈衢州徐員外使君遺以縞紵兼竹書箱因成一篇用答佳貺〉：

爛柯山下舊仙郎，列宿來添婺女光。遠放歌聲分白紵，知傳家學與青箱。
水朝滄海何時去？蘭在幽林亦自芳。聞道天台有遺愛，人將琪樹比甘棠。[149]

歐陽修〈送龍茶與許道人〉：

穎陽道士青霞客，來似浮雲去無蹟。夜朝北斗太清壇，不道姓名人不識。

145 第三序位泛化讀者、第一序位特指讀者之義，參見顏崑陽，〈中國古代「詩用」語境中的「多重性讀者」〉，收入本書，頁三八五—三八七。

146 此詩東坡自註引《歸田錄》，參見《蘇軾詩集》，冊下，卷二八，頁一四八二。

147 〔唐〕韓愈著，現代錢仲聯集釋，《韓昌黎詩繫年集釋》（台北：世界書局，一九六六），卷八，頁四〇六。

148 〔唐〕柳宗元著，《柳宗元集》（北京：中華書局，一九七九），冊四，卷四二，頁一一三六。

149 〔唐〕劉禹錫著，現代卞孝萱校訂，《劉禹錫集》（北京：中華書局，二〇〇〇），卷二四，頁三〇三。

我有龍團古蒼璧，九龍泉深一百尺。憑君汲井試烹之，不是人間香味色。150

王安石〈寄茶與平甫〉：

碧月團團墮九天，封題寄與洛中仙。石樓試水宜頻啜，金谷看花莫漫煎。151

蘇軾〈怡然以垂雲新茶見餉報以大龍團仍戲作小詩〉：

妙供來香積，珍烹具太官。揀芽分雀舌，賜茗出龍團。

曉日雲菴暖，春風浴殿寒。聊將試道眼，莫作兩般看。152

前三個案例，韓愈、柳宗元、劉禹錫都是「答謝」友人的餽贈。這些餽贈者都不是有名的詩家，有的是道士、僧人，應是韓柳的方外之交。有的是地方仕紳，衢州在浙江，劉禹錫曾任連州刺史，連州在廣東，兩地相距不遠，或許是這時期所結交的地方友人吧。這些人可能都不擅於詩，除贈物之外，未見以詩交接的文本；但彼此「贈謝」的實際行動卻是雙向；贈之以物，謝之以詩。所贈之物，都是在地自產的日常生活食品及用品，樹雞是木耳，竹間自採茶葉當是野生，縞紵是布匹，竹書箱是器物，充滿鄉土人情味。韓愈、柳宗元、劉禹錫都是當世名詩人，朝廷命官士大夫階層，與在野庶眾交往，仍以詩答謝贈與，俗事而出以雅言，士人階層以「詩」為社交語言已成日用模式。

後三個案例，歐陽修、王安石是贈與者。非僅贈物，更以詩表意。歐陽修所贈對象，詩的受言者是道士，應屬方外之交，既讚揚許道士，又推許自己所贈送之龍團茶：「不是人間香味色」，美意盈篇。王安石所贈對象，詩的受言者是自己的弟弟王安國，字平甫；「石樓試水宜頻啜，金谷看花莫漫煎」，似有叮嚀之意。蘇東坡既是受贈者，同時回報而為贈物者。贈與對象是友人怡然，名清順。怡然贈以垂雲新茶，應該是杭州寶嚴院垂雲寺所產；東坡回報以大龍團茶，乃歲貢的團茶。[153]除了贈物之外，其實更有意義的是以詩交接，使得家常之物注入彼此的情意。

「贈與」與「答謝」，乃是遠古即有的社交行為，前文已舉《三百篇》的〈衛風‧木瓜〉做了論述。這樣的社交行為，非只贈謝以物，更是以詩表意，逐漸形成士人階層的文化傳統。如果只是贈物，沒有以詩表意，就純為俗世俗事，這不是士人的社交文化。士人雖同樣有「常人意識」，為常人之所為；而與一般常人所不同者，就在於所為「俗事」，卻能出「雅言」以表「雅意」；假如沒有「詩文化」，則「士」就不足以為「士」；所有社交行為，其與市井間的「常人」何異！

150 〔宋〕歐陽修著，《歐陽修全集》（台北：河洛圖書出版社，一九七五），冊上，卷一，頁六五—六六。

151 〔宋〕王安石著，《王安石全集》（台北：河洛圖書出版社，一九七四），冊下，卷三三，頁二一五。

152 《蘇軾詩集》，冊下，卷三一，頁一六六二—一六六三。

153 〔清〕查慎行《蘇詩補註》引《咸淳臨安志》、《北苑貢茶錄》，以說明垂雲、大龍團。參見《蘇軾詩集》，冊下，卷三一，頁一六六二—一六六三。

五、結論

「諷化」是「集體意識」的「詩用」，而「通感」與「交接」則是「個體意識」的「詩用」。然而，這兩種意識並非截然為二，分別屬於某些不同的群體或階層，也不是分別表現於不同的歷史時期。在人們實存總體而動態的生活情境中，這二種意識都存乎同一個人的內心；而在不同的生活情境，對應不同的人與事，隨機表現為不同的言行，因實際情境的差別而互有顯隱。有時對應此一情境而集體意識「顯」，相對個體意識則「隱」；有時對應彼一情境而個體意識「顯」，相對集體意識則「隱」。或者，同一個人在這一段時期，因所對應的常態情境，事關「集體意識」，故大多時間群體意識「顯」，而個體意識「隱」；反之亦然。

「集體意識」是社會階層的「士人意識」，而「個體意識」則是各別的「常人意識」。我們必須活看「人」，中國古代的士人階層，同一個體可以既是「士人」卻又是「常人」。每個士人都兼懷「集體意識」與「個體意識」，也就是「士人意識」與「常人意識」並存於心，而在各不同層面的生活情境中，實踐「詩式社會文化行為」，群己不二而一體別用。因此，以詩諷化、通感及交接，這三種類型的「詩式社會文化行為」，乃每個士人在不同層面的生活情境中，對應不同的人與事而此隱彼顯的交相表現。

「通感」與「交接」的「詩式社會文化行為」，在《三百篇》中開始有了初型。細辨發言的「敘述觀點」，先可以分為相對「客觀」與「主觀」二型。「客觀型」是以全知觀點做出描述，就稱為

「客觀描述型」；「主觀型」則以限制觀點進行抒發，可再分二種次型：一為「獨白呼告型」，一為「對白表意型」。前者沒有「特指受言者」，而只是以「獨白」的敘述方式，向「泛化」或「不確定」對象進行「呼告」；所呼告的情意，通常是不受了解、愛惜、接納的委屈、憂傷或怨怒。後者則是有一個彼此「對白」的「特指受言者」，向他表達情意，並且期望對方回應。

中國古代詩歌之創造，起始就是出於「感物而動、緣事而發」；感物、緣事就是「興」。興者，起情也，指的是因物起情而表現為詩；或因閱讀以感發其志意而「自得於心」。因此，「興」不是抽象概念的思辨，而是「情境直覺」與「情境連類」，這是人生而必具的「詩性心靈」；依此我們可以說，中國古代士人皆是「詩性的存在」，即使未作詩，也能「用詩」。在古代的詩文化活動中，不管是創作或閱讀，都以「興」為用。這也是以詩「通感」及「交接」之所以可能的主要動力因。

《三百篇》之後，主觀性二型，即「獨白呼告」與「對白表意」，繼有發展。漢魏以降，「以詩通感」而「獨白呼告」的「詩式社會文化行為」，乃是士人遇到心懷憂傷、怨懟而無特定傾訴對象時，訴諸「泛化」受言者的一種以詩「通感」的表達方式。期待能遇到「知我者」了解其心，或能得到輿論式的「公評」；「對白表意」則是士人在正常的處境中，與交好的親友，彼此以詩「通感」或「交接」，魏晉開始，就已非常普行。

「對白表意」的以詩通感，還可再分為二種情況：一是雙向以詩往還，彼此對話。二是單向表述，而看不到回應的文本。看不到回應的原因，可能是受言者不擅作詩，可能是另以其他方式回應，或可能心領來詩情意而未答，也可能文獻沒有保存而留傳。而其語言則或「賦」或「比興」，視情況而活用。大致原則是遇有「情之變」，則以賦、比、興搭配運用。詩，以「興」為用；興者，感物緣事而起情。因此，即使以「賦」直言，描寫景物的意象，也同樣讓受言者因象興感而「自得於心」，以達到「通感」的效用。總要「溫柔敦厚」，以維持彼此和諧的關係。這是「和」的精神以及「禮文化」規範的表現，故「變」而不失其「正」。

魏晉以降，「以詩交接」的社會文化行為逐漸普及，尤其貴族階層的遊宴雅集，常以詩交誼，維持和諧的社會關係。及至唐宋以降，「以詩交接」更不僅侷限在貴族階層的宴遊雅集，而普遍滲入士人階層的日常生活，舉凡精神或物質方面，各種個體與個體之間的「社交」活動，都可以詩為之。這是日常生活「言語行為」的「雅化」，源於周文化所建構士人的言語倫理原則，逐漸形成士人階層的文化傳統。

「交接」是雙向互動的行為，從「施予」這一端而言，舉凡過訪、餽贈、邀約、示愛、慶弔、干謁、期求、戲謔、責備、嘲諷、勸戒等，都是「交接」的社會互動行為。從「接受」一端而言，所有相對「施予」行為而所作酬、答、謝等，也都是「交接」的社會互動行為。古代士人階層經常處於這種總雜的「交接社會情境」之中，而「詩」是他們所普遍採取的符號形式，實為「詩用」之大類。其中，「期應」與「贈謝」尤其是以詩「交接」最為常見的行為。

「期應型」的以詩「交接」乃指一個「發言者」以「詩式語言」向他人表達對於某種特定事物之期待、希求的「意向」，往往實踐於個體社會交往的場所。而「受言者」可以是正面的承諾，也可以是反面的拒絕，或者沉默不予回應；雖無回應，但發言的期求者確實是對著「特指」的受言者發聲，故仍可視為「對白表意」。這個類型與「以詩通感」，最大的差別就在於「行為意向」，乃出於「功利性」的原因動機與目的動機」。它既非純為內在心靈的情意，卻也是「個體意識」的表現，不必與

「政教」之事有關，可以僅是現實生活中的功利性需求。所謂「功利性」不特指違背道德之事物，而僅指世俗一般的功名、利益或物質資源；而「衍生效用」則不在於「彼此感知情意」，也不在於「改變對方之舊行」，而在於是否達成發言者所期待、希求的事物。所求還可以分為「人事」或「物質」二方面的需要。

從古代詩歌史的發展觀之，從先秦的政教場所，將《三百篇》用之於「諷化」開始，自此以降，「詩」已被神聖化而定位為「廟堂」文學。讓「詩」從高尚的「廟堂」降落到低下的「俗世」，而表現士人長期被覆蓋而不自知的「常人意識」，抒寫日常生活的經驗及其情志，尤其涉及物質需求的「俗事」，則前有陶淵明而後有杜甫。這樣的「詩式社會文化行為」，降及中唐，尤其元白的交往唱酬，更發展為常見的「社交語言」模式。其中，「贈謝型」的以詩交接，士人日常生活場所中，隨時隨地都在實踐。俗事而出以雅言，已是士人階層日常生活的社交行為。宋代之後，至於明清，這類「詩式社會文化行為」從未曾消歇。

這樣的社交行為，非只「贈謝」以物，更是以詩表意，逐漸形成士人階層的文化傳統。如果只是贈物，而沒有以詩表意，就純為俗世俗事，這不是士人的社交文化。士人雖同樣有「常人意識」，為常人之所為；而與一般常人所不同者，就在於所為「俗事」，卻能出「雅言」以表「雅意」；假如沒有「詩文化」，則「士」就不足以為「士」；所有社交行為，其與市井間的「常人」何異！

總結而言，古代士人階層以詩諷化、通感與交接，群己不二而一體別用的表現士之為士的「集體意識」與「個體意識」。我們可以斷言，在中國古代士人階層所存在的社會文化世界中，「詩」不僅是表現士人才藝的一種文體；將中國古代詩歌當作只有「純文學」的審美意義，那是匱乏其意義的簡化。中國古代的「詩」，更根本的第一義是這個民族特有的「文化形式」，適當的名稱是「詩文化」，乃士人在世存有，行動於群已不二的社會文化世界中，表現其生命存在經驗及其意義價值的特殊而普遍的文化形式；古代的士人都因詩而存在。從社會文化的視域，詮釋中國古代的詩文化現象，才是一條高瞻廣見之路。

附記：

二〇二二年七月完稿。

中國古代「詩用」情境中「比興」的「言語倫理」功能及其效用

一、問題的導出與論題的界定

在「詩用學」體系中，關於語言形式，涵有幾個系列性的基本問題，即各類「詩式社會文化行為」，雙方以「詩」的「符號形式」彼此互動；則這套「符號形式」有何形構特徵？如何形成？如何運作？能達到什麼效用？這一系列的問題，都關聯到中國古代詩文化中「比興」的語言表達式。「比興」究竟只是近現代學界從「詩歌創作論」，所揭明的「思維方式」及「語言形式」的「修辭」法則而已呢？或者，更涵有社會文化互動行為中，「語言倫理的功能及效用」的意義呢？這是非常值得研究的問題。

近現代中文學界有關「比興」的研究，其成果非常豐碩，後文會有比較詳細的評述。在這裡，我們先大體言之，有關「比興」的前行研究成果中，除了陳世驤、葉嘉瑩、趙沛霖、葉舒憲、蔡英俊、顏崑陽、鄭毓瑜等少數學者之外；大多將「比興」限定在「經學」或「文學」的本位，以詮釋它的意義。

其中，尤以「文學」本位的詮釋，對「比興」之義更是嚴重的窄化。學者們往往只是引藉西方的文學理論，將「比興」視為作品語言形式層的「隱喻」、「象徵」，或作家心理層的「形象思維」。這類的論著非常多，難以一一檢討，僅舉幾篇為例：

（一）將「比興」等同西方所說的「明喻」與「隱喻」，例如王元化〈釋比興篇擬容取心說〉。他先將「比興」一詞解釋為：「一種藝術性的特徵，近於我們今天所說的『藝術形象』一語。」接著又說：「我國的『比興』一詞，依照劉勰的『比顯而興隱』的說法，亦作『明喻』和『隱喻』解釋，同樣包含了藝術形象的某些方面的內容。」[1]那麼，依照王元化的觀點，將「比興」解釋為「一種藝術性的特徵」、「近於『藝術形象』」，然而這二個關鍵詞確指什麼？其概念頗為籠統含糊；並且，將「比」解釋為「明喻」而「興」解釋為「隱喻」，分別僅是一種修辭技巧，這也是對「比興」之義的簡化。

（二）將「比興」視為西方所說的「明喻」、「暗喻」，並且是作家「形象思維」的手段，例如張文勛、杜東枝〈關於形象思維和比興手法〉，這篇文章認為「比興」與「形象思維」有關係，卻不同意有些學者把「比興」與「藝術形象」及「形象思維」等同起來（可能暗指上述王元化的說法）。不過，他們也沒有特別的新說，僅是常談的認為「比興」是語言層面的表現手法，云：「如果『比』接近於『明喻』，那麼也可以說『興』就接近於『暗喻』。」然後又認為：「詩歌創作用比興手法，不單純是一個簡單的表現手法問題，而是作家進行形象思維的重要手段。」[2]他們所說的「比興」，雖然略微觸及心理層面的所謂「形象思維」，卻不是「形象思維」的本身，而是「形象思維」的「手段」。因此，其說主要從詩歌的「創作」立論，而且限於語言層面的表現手法。這當然也是窄化了「比興」複雜的意義。

1 王元化，〈釋比興篇擬容取心說〉，收入《文心雕龍創作論》（上海：上海古籍出版社，一九八四），下篇，頁一七七—一七八。

2 張文勛、杜東枝，〈關於形象思維和比興手法〉，參見二人合著，《文心雕龍簡論》（北京：人民文學出版社，一九八〇），第四章第三節，頁七九、八一、八三。

（三）將「比興」等同西方所說的「比喻」、「寓託」及「象徵」，例如王念恩〈賦比興新論〉。在這篇文章中，王念恩旁徵博引中國歷代各種對賦、比、興之說，以及西方各種比喻、寓託、象徵之說，進行中西相互詮釋。他將賦、比、興分析詮釋為：三種寫作技巧、三種創作方式、三種美學特徵、三種詮釋方式。而不管上列哪一種詮釋，賦比興都是限定在「文學」的本位上作解。賦，可以姑且不論。他對「比」與「興」的解釋，做為「寫作技巧」，「比」是「比喻」，「興」是「象徵」；做為「創作方式」，「比」是「寓託」，「興」是「象徵」；做為「美學特徵」，「比」也是「寓託」，「興」也是「象徵」；做為「詮釋方式」，「比」是「寓託的解讀方式」，「興」是「象徵的解讀方式。」[3]王念恩從文學的四個層面去分析詮釋「比」與「興」的意義，的確比王元化、張文勛等學者「明喻」、「隱喻」或「暗喻」之說繁複得多，還不至於簡化；但是，就古代士人階層總體社會文化的存在情境而言，這種說法仍然限定在「文學」的本位上作解；而且，引介西方的文學理論做為詮釋依據，與中國古代的「詩文化」歷史情境並不切合。

從文學「總體情境」所涉及世界、作家、作品、讀者四大要素而言，[4]王元化、張文勛等學者的說法，「比興」之義都只限於作家及作品層次，而完全未及於世界及讀者，這於「興」義而言，甚為簡化。王念恩則除了作家、作品之外，已涉及讀者，「比興」之義已較廣延；但還是局限在「文學」本位。這是由於現代學者已存在「文學專業化」的情境中，文學「創作」與「批評」就是「全部」的詩歌詮釋視域，此即「文體詩學」的「知識型」。至於古代，尤其漢代之前的「文化詩學」，[5]這些學者們的見識實不及於此。他們缺乏中國古代詩歌歷史情境的同情理解，未能理解到中國古代士人存在的社會文化情境中，詩歌無所不在，它是一種不離士人階層之社會生活的「文化」現象或產物；而不僅是文學專業的「創作」與「批評」的行為而已。因此，「比興」的意義也就不僅局限在「文學本位」，必須轉向古代士人階層以「詩」做為「社會文化行為」之「語言形式」的「詩用學」視域，才能將「比興」從「文學本位」解放出來，拓展它更為豐富的意義。本文的主題擬定為〈「比興」的「言語倫理」功能及效用〉，即意圖將「比興」從「文學本位」轉到「詩用學」，即「社會文化行為詩學」的詮釋視域；而特別針對它在士人之「詩式社會文化行為」的「言語倫理」上，具有什麼「功能」？又能達到什麼「效用」？以揭明長期被「純文學」的詩觀所遮蔽或誤解的意義。

3　王念恩，〈賦比興新論〉，收入《古典文學》（台北：臺灣學生書局，一九九一），第一一集，頁四三—五五。

4　美國文學批評家亞伯拉姆斯（M.H. Abrams，一九一二—二〇一五），在《鏡與燈》（*The Mirror and the Lamp*）一書中，提出「文學總體情境的四大要素」，包括世界（宇宙）、藝術家（作家）、作品、欣賞者（讀者），並且製成一個圖式，作品居於中心位置，輻射向外連結到世界、藝術家、欣賞者。參見〔美〕艾布拉姆斯（臺灣譯為亞伯拉姆斯）著，酈稚牛、張照進、童慶生合譯，《鏡與燈》（北京：北京大學出版社，一九八九），頁五—六。旅美漢學家劉若愚曾將它改造為圓形圖式，四大要素沒有哪一個居於中心位置，依序由世界、作家、作品到讀者，都同在圓周上。他就以這個圓形圖式所展示的「文學總體情境」，解釋中國古代的文學理論。參見劉若愚，《中國文學理論》（台北：聯經出版公司，一九八一），頁一二—一六。

5　「文體詩學」與「文化詩學」之義，參見本書〈導論〉，頁四六—四七。

二、基本假定與「比興」的前行研究成果評述

（一）二個基本假定

本論文這一主題，涵有二個基本假定：一是「詩式社會文化行為」；二是「言語倫理」。因此，我們必須為這二個基本假定做出明確的界說。

首先，我們界說「詩式社會文化行為」這一基本假定。西方詮釋社會學家韋伯（M. Weber，一八六四—一九二〇）將「社會行動」（social action）界定為「行動者的主觀意義關涉到他人的行為，而且指向其過程的這種行動」。[6]這種行動（或行為）的特徵就是有其「意向性」，不同於心理學上將人從群體孤立出來，僅單純看作個體本身「刺激—反應」的制約性行為。在韋伯的界義中，還沒有區分「行動」（action）與「行為」（act）。其後，美國社會學家舒茲（A. Schutz，一八九九—一九五九）依據韋伯的界義為基礎，進一步將二者區分開來。他將「行動」界定為兼具目的性與計畫性而正在進行過程中的行為；而「行為」則界定為已完成的行動。[7]並且將韋伯所說的「動機」分析為「原因動機」（because motive）與「目的動機」（in-order-to motive）。前者指的是使得此一行為之所以產生的過去性原因；後者指的是使得此一行為產生的未來性目的。[8]這也就是所謂的「行為意向」。由於我們論述的是古人已完成行動的所謂「行為」，故使用「行為」這一概念。又美國文化史學家菲利普·巴格比（F. Bagby，一九一八—一九五八），將「文化行為」（cultural act）界定為並時性或歷時性而多數人在反覆操作所形成模式化的行為。[9]中國古代士人階層以「詩式語言」進行互

動，既是具有「意向性」的「社會行為」，又是並時性甚而歷時性多數人反覆操作的「文化行為」；故我們將它複合為「詩式社會文化行為」（poetry as sociocultural act）這一概念。

接著，我們界說「言語倫理」這一基本假定。「言語倫理」並不是「社會語言學」（sociolinguistics）所探討的議題。「社會語言學」是利用社會學與心理學，以研究「語言」的社會與文化性質及其功能。它研究的主要對象是「語言」的本身，社會學提供的只是理論基礎及研究進路。「言語倫理」所涉及的是「人」在社會互動關係中，所發生之「言語行為」的「倫理」原則。「言語行為」的研究，在西方的「日常語言哲學」（ordinary language philosophy）及「詮釋社會學」（interpretive sociology）的領域中，是一個常受討論的議題；不過，很少從涵有「道德」價值的「倫理」觀點進行詮釋；而「言語行為」也沒有形成一種特定的學科。

當代由於傳播媒體發達，言語氾濫無所節制，經常產生攻訐、誹謗、謠傳等言語暴力；因此從道

6 〔德〕韋伯（M. Weber，一八六四—一九二〇）著、顧忠華譯，《社會學的基本概念》（桂林：廣西師範大學出版社，二〇〇五），頁三。

7 〔美〕舒茲（A. Schutz，一八九九—一九五九）著，盧嵐蘭譯，《社會世界的現象學》（台北：久大、桂冠聯合出版，一九九三），頁三六—三七。又參見同上作者、譯者、出版公司，《舒茲論文集（I）——社會現實的問題》（一九九二），頁八九—九〇。

8 同前注，《社會世界的現象學》，頁九一—九四。

9 〔美〕菲利普·巴格比（F. Bagby，一九一八—一九五八）著，夏克、李天綱、陳江嵐譯，《文化：歷史的投影》（台北：谷風出版社，一九八八），頁八七—九九。

德價值的「倫理」觀點探討「言語行為」，這一議題在有關傳播媒體的論述中，頗受關懷。此外，從學術研究而言，學界有關「言語倫理」的探討，則多集中在先秦典籍，尤其儒家的語言思想，被當作一個重要的議題，而結合「語言學」與「倫理學」，試圖建構一套「語言倫理學」；[10]晚近正有些學者頗為關注這門新興的學科。大陸學者陳汝東對這個學術狀況有詳細的說明。[11]

言語行為（speech act）是「社會文化行為」中最為經常、普遍的行為，指的是「一切使用言語進行、完成的社會行為」，例如傳達、溝通、期求、許諾、贈言、答謝、勸諫、頌揚、詛咒、祝福等。「言語行為」不管使用口頭說話或文字書寫，都必然發生在某種特定的實在情境中，雙方互動，持續進行，終而完成，此謂之「情境」（context）；而這種「情境」並非處在靜止而沒有變化的狀態中，故謂之「動態情境」（dynamic context）。在任何一個「言語行為」事件的「情境」中，必然存在「雙向」的「發言者」與「受言者」；而這二者也都各有相對的「社會身分」或「角色」，形成特定的「社會關係」，例如夫妻、父子、師生、君臣等。中國古代對於這種種「社會關係」，都以「道德」為核心價值，依尊卑、長幼制定其合宜的秩序，是為「倫理」。從「倫理」的秩序去規範「言語」的合宜性，即是「言語倫理」。

本文的主題就是依據上述的基本假定，將「比興」置入「詩式社會文化行為」中的「言語倫理」情境，探討它具有什麼特殊的表意「功能」？以及在彼此傳達、溝通的互動關係中，能獲致什麼合乎「目的」的「效用」？「功能」指的是一種事物由於它本身的性質、形構所具備的「作用力」；「效用」則指的是具備此一「功能」的事物，被實際使用之後，符合使用者的「目的」所產生的「效果」。

（二）「比興」之前行研究成果的反思、評述

「比興」是中國古代「詩文化」之創生而體用相即之存在的「原生形態」。我們將「原生形態」定義為某事物之發生與本質相即不分、一體存在的本然狀態。從遠古以降，歷代的「詩文化」現象，從人們之實存層的作詩、讀詩、用詩等「實踐」行為，到語言層的觀念性「論述」行為，莫不以「比興」為核心。

「比興」在詩歌的創作實踐，從詩騷以降，文本繁多而俱在，可先存而不論。我們在這裡所要處理的是語言層的觀念性「論述」。近現代以來，這個論述層還可區分為二：

一是「五四」新文化運動以前，古典詩仍是多數士人「在境」的創作實踐；他們站在「創作」的言說位置，針對「比興」做出主觀性的論述，例如王闓運云：「詩……貴以詞掩意，托物寄興，使吾志曲隱而自達……。」[12]譚獻云：「詩者，古之所以為史，託體比興，百姓與能。」[13]這幾個傳統士

10 例如吳禮權，《中國修辭哲學史》（台北：臺灣商務印書館，一九九五），第一、二、三章。又王海霞，《先秦典籍語言倫理探究》（南京：林業大學碩士論文，二〇〇七）。

11 陳汝東，〈語言倫理學：一門新興的交叉學科〉，參見：http://www.china-review.com/cat.asp?id=15305，瀏覽日期：二〇一六／六／七。

12 〔清〕王闓運，〈湘綺樓論詩文體法〉，原刊《國粹學報》第三三期，一九〇六年十月。收入王雲五編，《景印國粹學報舊刊全集》（台北：臺灣商務印書館，一九七四），冊六，頁二八六九。

13 譚獻〈古詩錄序〉，收入〔清〕譚獻著，現代羅仲鼎、俞浣萍點校，《譚獻集》（杭州：浙江古籍出版社，二〇一二），頁一六。

人能詩能文，仍在詩歌創作實踐的情境中。他們論及「比興」，實以創作的主觀經驗及其所因承的傳統觀念為依據。論述目的也是為詩的創作法則立言，顯然與現代化的客觀學術研究有別。

二是新文化運動以後，古典詩已逐漸不再是士人普遍的「在境」創作實踐。同時，現代化的學術研究興起，很多學者並不擅於古典詩的創作，僅是為了「學術研究」，而針對「比興」此一論題，蒐集古代詩論的文獻，進行「離境」的客觀性專業論述。

我們比較二者的差異，前者之「在境論述」，不離第一序的創作實踐，其言說主體所站立的位置，先於現代學術研究，乃是現代學者們所要研究的對象；而後者之「離境論述」，則已不關乎第一序的創作實踐，故其言說主體所站立的位置，乃在前者之後而與本文同屬第二序；因此，他們的論述就是本文所要反思、評述的前行研究成果。

近現代學者有關「比興」的論文非常多，難以一一遍說，只能舉其要者加以綜合評述；歸約言之，主要有四個系統，概說如下：

一是「詩經學」的「比興」研究。《詩經》與《楚辭》乃是詩歌以「比興」為形式，所表現兩大「原生形態」的經典文本。以「比興」讀詩、釋詩、用詩甚至論詩，都從這兩種經典為開端、為依據。近現代學界有關「比興」的研究，也都立基在「詩經學」與「楚辭學」。

「詩經學」的「比興」研究，其重要者例如朱自清《詩言志辨》專節討論〈比興〉。[14]他先詮釋了「毛詩鄭箋釋興」，指出毛傳釋「興」有二義，一為發端，二為譬喻，並舉例說明，從而討論到「興」所寄託的「作詩者之意」，而認為：「毛傳所謂興，恐怕有許多是未必切合『作詩者之意』的。」又指出鄭箋說興詩，以為「《詩》之興」是「象似而作之」，而毛傳說「興也」，鄭箋則大多數說「興者喻」，故「『興』『喻』名異而實同」。接著，他又從春秋時期的「賦詩言志」，做了「興義溯源」，再推到《周禮・大師》、〈詩大序〉、王逸《楚辭章句》、孔穎達《毛詩正義》、朱熹《詩集傳》、陳奐《詩毛氏傳疏》等，各種典籍的論述，而處理了「賦比興通釋」；最後推演到劉勰《文心雕龍・比興》、鍾嶸〈詩品序〉、魏慶之《詩人玉屑》、朱熹《楚辭集注》、張惠言《詞選》、陳沆《詩比興箋》等，探討他們如何的「比興論詩」。這已由「詩經學」、「楚辭學」推擴到影響所及的一般詩學了。

朱自清綜理繁多的史料，以漢代毛傳、鄭箋的「詩經學」為主，推及「楚辭學」與「一般詩學」，而為「比興」的研究建立宏大的規模。他處理了「什麼是賦比興」、「漢儒如何以比興釋詩」、「比興釋詩所關聯『作詩者之意』能否得到解答」、「比興觀念的發展」、「一般詩學如何以比興論詩」。歸結而言，這些問題就是：「比興」的基本觀念及其發展、「比興」在《詩經》文本中所表現的形構、後儒如何以「比興」釋詩、「詩經學」的「比興」觀念與詮釋原則如何影響一般詩學等。

其後有關「比興」的研究，大致在朱自清所開出的論域，再做拓展與深化，例如徐復觀〈釋詩的比興〉。他反思了「比興在傳注中的糾結」，尤其是「興」義，而歸納出二個問題：「第一，興對於詩的主題，是有意義的聯結？還是無意義的聯結？其次，若是有意義的聯結，則它與比有何分別？若是無意義的聯結，則它在詩的構成中有何價值？」處理了這些問題之後，他主要的論點是將「比興」

14　朱自清，《詩言志辨》（台北：頂淵文化公司，二〇〇一），頁四九－九八。

從語言層次的表現方法，提升到「從詩的本質來區別賦比興」；而以情感的「觸發」說「興」，並斷言賦、比、興三者，乃以「興」為勝義，正是詩的「本質」。最後，從《詩經》到一般詩歌，論述「興義的發展」。[15]

除了上述朱、徐二家之論，還有些「詩經學」的「比興」研究，不一一詳說，例如張震澤〈《詩經》賦、比、興本義新探〉、[16]李湘〈《毛詩》系「興」考〉、[17]羅立乾〈經學家「比、興」論述評〉、[18]裴普賢〈詩經興義的發展歷史〉[19]等。

二是「楚辭學」的「比興」研究，大致都屬實際批評，以文本之「比興」語言形式的詮釋、分類為主。例如大陸學界游國恩〈論屈原文學的比興作風〉，大體依照王逸《楚辭章句．離騷經序》所示，分從「以栽培香草比喻延攬人才」、「以眾芳蕪穢比好人變壞」、「以善鳥惡禽比忠奸異類」、「以舟車駕駛比用賢為治」……等十類，詮釋屈原所建構的「比興符碼」；[20]湯炳正〈屈賦修辭舉隅〉，將屈賦文本拆句分類，以詮釋其「修辭」技巧。其中，與「比興」有關者，約為「譬喻」、「借代」、「比擬」三類，每大類之下再分若干小類，[21]頗為翔實，卻也相當繁瑣。

至於臺灣學界，例如彭毅〈屈原作品中隱喻和象徵的探索〉，在理論上，從西方的隱喻與象徵解釋屈騷的「比興」之義；然後以「隱喻」為基準，把屈騷文本中的符碼分為植物、動物、自然現象、人物、器用、歷史神話、其他七類；每類舉一、二句群為例，大概解說而已。[22]又廖棟樑〈寓情草木——〈離騷〉香草喻的詮釋及其所衍生的比興批評〉，這篇論文指出屈騷「比興」的特點是：以「興」為「喻」與引類譬喻；並強調「引類譬喻」這一類型的表現手法，既不同於西方文學認為意象具有摹仿性與虛構性，也不同於《詩經》上的一般意義的譬喻。它強調「類」，因而成為一種象徵。

而在屈騷的文本情境中，這種「引類譬喻」所適用的範圍，大體是以君臣關係以及此一關係所蘊涵的倫理德性為主。這是一種「比德」的思維方式，以自然物象折射主體人格精神的審美觀照。接著，他又從作者的觀點處理了〈離騷〉本身「香草喻的形成」、從讀者的觀點處理了「香草喻的詮釋」；最後推及「楚辭學」之外，影響所及於一般詩學的「比興批評」，[23]這篇論文以〈離騷〉文本的實際批評為基礎，卻能經由類型化、抽象概念化，而對《楚辭》系統的「比興」，建構了理論性的意義。

三是「一般詩學」的「比興」研究。這方面的論述，前文檢討了王元化、王念恩、張文勛與杜

15 徐復觀，〈釋詩的比興〉，收入徐復觀，《中國文學論集》（台中：民主評論社，一九六六），頁九一—一一七。

16 張震澤，〈《詩經》賦、比、興本義新探〉，《文學遺產》，一九八三年第三期。

17 李湘，〈《毛詩》系「興」考〉，《江海學刊》，一九八四年第一期。

18 羅立乾，〈經學家「比、興」論述評〉，收入江磯編，《詩經學論叢》（台北：崧高書社，一九八五）。

19 裴普賢，〈詩經興義的發展歷史〉，收入裴普賢，《詩經研讀指導》（台北：東大圖書公司，一九八七）。

20 游國恩，〈論屈原文學的比興作風〉，收入游國恩，《楚辭論文集》（台北：九思出版公司，一九七七），頁二〇五—二一〇。作者標示為游澤承，以避政治禁忌。游國恩，字澤承。

21 湯炳正，〈屈賦修辭舉隅〉，收入湯炳正，《屈賦新探》（台北：貫雅文化公司，一九九一），頁二八四—三三一。

22 彭毅，〈屈原作品中隱喻和象徵的探索〉，《文學評論》（台北：書評書目出版社，一九七五），第一集，頁二九三—三二五。收入彭毅，《楚辭詮微集》（台北：臺灣學生書局，一九九九），頁一—四二。

23 廖棟樑，〈寓情草木——〈離騷〉香草喻的詮釋及其所衍生的比興批評〉，收入廖棟樑，《靈均餘影：古代楚辭學論集》（台北：里仁書局，二〇一〇），頁二七一—三一〇。

東枝等人的著作，而指出他們的論述大致在「文學」本位上，只將「比興」之義，局限在「創作」或「閱讀」的語言形式與心理思維層次，此處不復贅述。

在一般詩學的「比興」研究中，與上述諸家相較，有幾篇論文的詮釋視域更為開闊，例如：

葉嘉瑩〈中國古典詩歌中形象與情意之關係例說〉，明確指出：「比興」之義不僅是隱喻或象徵而已，更包含了古典詩歌中形象與情意的各種關係，其義甚為多元而複雜，不是以西方所謂隱喻、象徵就可解釋得盡。[24]

蔡英俊更採取「比興」觀念史的進路，從先秦、兩漢下貫到明清，對「比興」觀念做了演變歷程的多義性詮釋。[25]

顏崑陽〈《文心雕龍》「比興」觀念析論〉以及〈論詩歌文化中的「託喻」觀念——以《文心雕龍．比興》為討論起點〉，針對《文心雕龍》之〈比興〉篇進行精密的文本分析，而以「物性切類」釋「比」、「情境連類」釋「興」，解決學術史上比、興分辨不清的問題。[26]又〈從「言意位差」論先秦至六朝「興」義的演變〉，由「興」的觀念史進路，詮明從先秦到六朝，三個歷史時期不同的「興」義演變：先秦至西漢時期，「興」是「讀者感發志意」之義；東漢時期，「興」轉變為結合「作者本意」與「語言符碼」的「託喻」之義；六朝時期，「興」又轉變為「作者感物起情」與「作品興象」之義。這篇論文最後更依「文學總體情境」，製定了「興義言意位差演變圖」，指認從「宇宙→作者」、「作者→作品」、「作品→讀者」到「讀者→宇宙」，這四個文學活動階段，都關涉到「興」而各有不同的涵義。[27]

總結上述三種「比興」研究，大體是在「比興」詩歌文本的語言形構、創作與詮釋，以及「比興」觀念的涵義及其演變的論域中，進行相關問題的探討。總體而言，乃是文學本位上，關於「比興」本身內在性意義的研究。

四是「文化詩學」的「比興」研究。前述三種是關於「比興」本身內在性意義的研究；而這第四種研究，則明顯轉向人們的「文化社會存在情境」，探討「比興」，尤其是「興」，它在什麼樣的文化社會因素條件下發生或起源；相對來說因依「比興」所生產的詩歌，在人們的文化社會存在情境中，有何「功能性」的價值及意義。這是「比興」與「文化社會」之「雙向關係」的研究。

前文述及大陸學界受到西方理論的影響，一九九〇年代興起「文化詩學」。「比興」的研究，也轉向這個視域。其實，「文化詩學」之名雖在一九八〇年代，才由美國學者葛林伯雷（S. Greenblatt）正式提出；但是，陳世驤發表於一九六九年間的〈原興：兼論中國文學特質〉，已開啟

24 葉嘉瑩，〈中國古典詩歌中形象與情意之關係例說〉，收入葉嘉瑩，《迦陵談詩二集》（台北：東大圖書公司，一九八五），頁一一五—一四八。

25 蔡英俊，《比興物色與情景交融》（台北：大安出版社，一九九〇）。

26 顏崑陽，〈《文心雕龍》「比興」觀念析論〉，臺灣中央大學《人文學報》第一二期，一九九四年六月，頁三一—五四，收入顏崑陽，《詩比興系論》（台北：聯經出版公司，二〇一七），頁一二一—一六一。又〈論詩歌文化中的「託喻」觀念〉，臺灣成功大學中文系主編，《魏晉南北朝文學與思想學術研討會論文集》第三輯，頁二一一—二五三。收入顏崑陽，《詩比興系論》，頁一六三—二〇八。

27 顏崑陽，〈從「言意位差」論先秦至六朝「興」義的演變〉，原刊臺灣《清華學報》，新二八卷第二期，一九九八年六月，頁一四三—一七二。收入顏崑陽，《詩比興系論》，頁七一—一一九。

從文化人類學及字源學的進路，探討「興」的起源，[28]實頗接近「文化詩學」。一九八〇年代之後，大陸學界趙沛霖《興的源起》已從文學本位推向更遠古時代的宗教、社會情境，探詢「興」的起源。[29]其後，葉舒憲〈詩可以興——神話思維與詩國文化〉，也從遠古時代的社會文化情境及神話思維的視域，對「興」義做了超乎語言形式層次的詮釋。[30]

臺灣學界，對於「比興」的研究，也同樣有了「文化社會」視域的開拓。顏崑陽提出「詩用學」的理論，在〈論詩歌文化中的「託喻」觀念〉一文中，也從文學本位推擴到「詩文化」的視域，對「比興」做了的新的詮釋。[31]鄭毓瑜近些年以「比興」的始義「引譬連類」做為基本概念，而引入西方身體論述、人文地理學等現代知識，整合身心主體層、語言符號層、實在世界層，重探「比興」多面向關聯的複雜意義，對「比興」有其新拓的論述。[32]近些年，有關「比興」的研究，後進學者陳秋宏發表一系列有關「類思維」的論著，從文化社會發展的動態性歷史經驗現象，探討「比興」在進入詩學而成為關鍵性的觀念之前，其中所隱蓄的「類思維」義涵，以及梳理從「前比興」的「比類」思維，發展到詩學「比興」的歷程脈絡。[33]

綜觀以上幾個系統有關「比興」的研究，陳世驤、趙沛霖、葉舒憲、顏崑陽、鄭毓瑜、陳秋宏等學者的論述，展現了有關「比興」之義的詮釋，已從文學本位轉向「文化社會存在情境」的視域，以獲致「比興」在世界（包括自然、文化、社會的世界）、作家、作品、讀者的「總體動態情境」中，多元要素之間相互辯證的詮釋。而本論文也就在這個基礎上，將「比興」置入「社會文化行為」的「言語倫理」視域中，進行研究，以開拓「比興」另一種未曾被前行研究所揭顯的意義。

三、古代士人階層在「倫理關係」情境中，言語行為的基本原則。

我們對「比興」之前行研究成果的反思中，已指認傳統多站在「文學本位」的詮釋視域，以詮釋「比興」之義；甚至有些學者將「比興」窄化為語言層次的隱喻、象徵與心理層次的形象思維。因而僅將「比興」當作詩人「孤立」在社會文化情境之外，閉門作詩的一種思維方式及語言形式的修辭法則。

然而，當我們經由中國古代「詩文化」之歷史情境的同情理解，想像的回歸到古代士人階層的社

28 陳世驤，〈原興：兼論中國文學特質〉，收入《陳世驤文存》（台北：志文出版社，一九七二），頁二一九—二六六。

29 趙沛霖，《興的源起》（台北：明鏡文化公司，一九八九臺一版）。

30 葉舒憲，〈詩可以興——神話思維與詩國文化〉，收入《詩經的文化闡釋》（武漢：湖北人民出版社，一九九四），頁三九一—四三八。

31 顏崑陽，〈論詩歌文化中的「託喻」觀念〉，收入顏崑陽，《詩比興系論》。

32 鄭毓瑜〈《詩大序》的詮釋界域〉一文，提出「『引譬連類的世界觀』」，收入鄭毓瑜，《文本風景》（台北：麥田出版，二〇〇五），頁二三九—二九二。又《引譬連類》（台北：聯經出版公司，二〇一二），其中〈重複短語與風土譬喻〉、〈替代與類推〉、〈類與物〉等章節，都將「比興」之義關聯到相對客觀的文化社會世界進行詮釋。

33 陳秋宏：〈「類思維」與「感應」之聯繫——西漢以前，以「類」為關鍵字的文化考察〉，《文與哲》，第三二期，二〇一八年六月；又〈象思維〉與「類思維」關係探論——意象論形成之前的文化考察〉，《漢學研究》，第三八卷第一期，二〇二〇年三月；又〈「比興」之「比」與「類思維」之聯繫——從「前比興」之「比」到漢代「比類」的探索〉，《中國文哲研究集刊》第五六期，二〇二〇年三月。

會文化存在情境，就會明白「詩歌」並非像我們今天少數所謂「詩人」的純文學創作。從先秦以降，歷代的士人階層都生活在普遍的「詩文化」情境中，詩無所不在，根本就是士人階層日常「社會互動」所共同使用的語言形式，作詩不只是為了單純的「文學創作」，而是為了社會互動的表情達意。因社會互動的表情達意而作詩，「比興」乃成為一種最主要的符號形式。

社會互動必然要依循文化所建構的「倫理」秩序；故「比興」就不只是一般文學創作的表現原則或修辭技巧而已，乃具有「言語倫理」的功能與效用。準此，「比興」的研究必須置入這種「社會文化行為」的歷史情境中，從「言語倫理」的觀點，才能理解進而詮釋這種特殊的符號形式，在士人階層的社會互動行為關係中，有何「適分性」的表情達意功能與效用。

前文對於「言語行為」的「動態情境」，以及在這情境中，「雙向」的「發言者」與「受言者」，各自相對的「社會身分」或「角色」所形成特定的「社會關係」，已做了明確的界說。並且指出中國古代士人階層對於各種「社會關係」，都以「道德」為核心價值，依尊卑、長幼制定其合宜的秩序，是為「倫理」；進而從「倫理」的秩序去規範「言語」的「適分性」，即是「言語倫理」。

因此，「『詩比興』的『言語倫理』功能與效用」這一論題，首先就得建立古代的「歷史情境」。這「歷史情境」可分為普遍性的「常態情境」與單一言語行為事件發生時的「特殊情境」。後者能在個案的詮釋中，經由相關事實的考察而建立。前者，即「常態情境」，乃是古代士人階層所處普遍性的社會文化存在情境。其中最關係到「言語倫理」的情境，就是「禮文化」。「禮文化」是什麼？前文〈中國古代士人階層「詩式社會文化行為」的「實踐情境」結構〉已詳明論證。準此，在論述步驟上，必須先建立此一普遍性的「常態情境」，以做為個案之「言語倫理」事件的詮釋基礎。

中國古代在「禮文化」的規範中，「言語倫理」是一種極為重要的觀念及社會實踐行為規範。其中，「比興」又是「言語倫理」之「實踐」的最主要「符號形式」，故形成士人階層非常特殊而又普遍的「詩式社會文化行為模式」。這種「詩式社會文化行為模式」，不僅在先秦兩漢時代非常普遍；即使到了魏晉六朝之後，「詩」的創作已成為士人的專業，「詩式社會文化行為模式」依然普行不輟。因此，在中國古代，「詩」不能只看作士人階層一種文學創作的「文體形式」；而應該在更廣大的視域中，看作士人階層社會存在之「言語倫理」的「文化形式」。

因此，我們必須先掌握中國古代「言語倫理」的觀念，以建立「常態情境」的基礎知識。接著，我們才能去探討「比興」在「言語倫理」上，有何形構特徵及表意功能？又能達到什麼溝通的「效用」。這一「常態情境」，可以約化為古代士人階層在「倫理關係」情境中，其社會互動的言語行為，必須遵守四個基本原則。

（一）「誠」是古代士人階層「言語倫理」的「主體心態原則」。

《周易．乾．文言》對君子在「言語倫理」上，以「誠」為修辭要則而提出明確的規定：「修辭立其誠，所以居業也。」[34]此一要則始終是士人階層「言語倫理」的「主體心態原則」。這個原則是以道德人格做為價值基準；因此，「修辭」並不只是一般百姓日常生活中的「言辭修飾」而已，何以然？

34 〔魏〕王弼、〔晉〕韓康伯注，〔唐〕孔穎達疏，《周易注疏》（台北：藝文印書館，嘉慶二十年南昌府學重刊宋本，一九七三），卷一，頁一四。以下徵引《周易》，版本皆仿此，不一一附注。

君子者，乃古代有才德學問而位居官職的士人。在這一情境中，「修辭」不是一般庶民日常生活的說話，而是關乎「政教」的言語行為，故孔穎達疏云：「辭謂文教。」當然，「言語行為」除了所說的內容之外，也包含了形式上適當的「言辭修飾」；只是「言辭修飾」是末節，不能失去根本的誠意而流為巧言，故《論語．學而》記載，孔子批判「巧言令色」者「鮮矣仁」；《論語．公冶長》也批判「禦人以口給」者「屢憎於人」。

「業」指的是「功業」，故孔穎達疏云：「辭謂文教，誠謂誠實也。外則修理文教，內則立其誠實。內外相成，則有功業可居。」內，是言說主體的存心，必須誠實而不欺罔。外，是待人接物的態度。內外合一，則是君子在「文教」情境中，與長上、同僚、部屬及民眾的互動關係，所表現「言語行為」的主體心態。「言為心聲」是中國古代士人階層普遍共識的言語觀。因此，言說行為最重要的不是修辭技巧，而是主體心態的投射；當然，言與行必須合一，都以「誠實」為本。「誠實」的言行才能動眾，而獲致文教的效用。君子自身的榮辱也繫乎其言行，故《周易．繫辭上》云：

> 君子居其室，出其言，善則千里之外應之，況其邇者乎；居其室，出其言，不善則千里之外違之，況其邇者乎！言出乎身，加乎民；行發乎邇，見乎遠。言行，君子之樞機。樞機之發，榮辱之主也。[35]

在中國古代士人階層的存在情境中，「言語」是一種待人接物之「道德行為」與當機應對之「智慧」的表現，從不曾被當作可以離開人之社會互動的「倫理關係」情境，而孤立討論它的修辭技巧。

這與離開社會文化的動態情境，而只在言語形式層次歸納出各種修辭格式的現代「修辭學」完全不同。[36]現代這一類「修辭學」只是無關乎言說主體之存在經驗及意義的格套化知識而已。古典修辭文化的淪喪，其實是修辭學的退化，因此現代人雖熟識各種修辭格式，於「言語行為」有失倫理分位者多矣。

我們可以說，在中國古代士人階層的「常態情境」中，社會互動關係的一切言語行為，都被認定具有「倫理性」的價值意義，而「誠」就是「主體心態原則」；因此，以「詩」做為社會文化行為的符號形式，不管所用的是「賦」或是「比興」，都具有「言語倫理」的功能與效用。將「比興」當作純為「文學創作」的語言表現方式，說是「隱喻」也好，「象徵」也好，都是學者站在遠離「詩文化」的現代情境中，缺乏主體切實的存在經驗，而僅是概念化、客觀化的文學知識研究而已。

（二）「微」是古代士人階層在「言語倫理」情境中，因境制宜的「表意方式原則」。

「微」是曲折隱微之義，「微言」乃非直陳其事、直論其理的表意方式；而是以「曲折隱微」的連類譬喻，讓受言者從意象性言語「感知」而「自悟」。這種表意方式，並非在任何「事件情境」中，都可以使用，因此必須「因境制宜」；這個「境」就是發言者與受言者可以「雙向對話」的情境，其情境條件包括前文所述及雙方的身分、知識程度、彼此關係、當下事件情境。《呂氏春秋．精

35 同前注，卷七，頁一五一。

36 現代這一類以修辭格式為主的「修辭學」著作甚多，舉其代表者，陳望道，《修辭學發凡》（台北：臺灣開明書店，一九五七）。又黃慶萱，《修辭學》（台北：三民書局，一九七九）。

諭》記載孔子與白公的一段對話，正可以用來說明「微言」情境中，發言與受言雙方主體所具備的「知言」條件：

> 白公問於孔子：「人可與微言乎？」孔子不應。白公曰：「若以石投水奚若？」孔子曰：「沒人能取之。」白公曰：「若以水投水奚若？」孔子曰：「淄、澠之合者，易牙嘗而知之。」白公曰：「然則人不可與微言乎？」孔子曰：「胡為不可？唯知言之謂者為可耳。」白公弗得也。[37]

這段對話的要義在於人與人之間的言語行為，可不可以使用「微言」的表意方式。孔子的回答，原則上「可以使用微言」，卻要有一個條件：必須對方是「知言之謂者」。這似乎就是鍾子期與伯牙的「知音」關係，由音樂轉到言語的翻版。同時也讓我們聯想到《左傳．襄公二十七年》所載「齊大夫慶封聘於魯」的事件，慶封車服雖美，卻於宴席間言行無禮，頗失大夫的身分，故而魯大夫叔孫氏賦〈相鼠〉以諷之；但是慶封「不知」也。[38]「賦詩」以「專對」是一種「微言」的表意方式，而慶封卻非「知言之謂者」，因此叔孫之「辭」不能達意。準此「微言」乃是古代士人階層在「言語倫理」的情境中，一種雖是普行卻又必須「因境制宜」的表意方式。

其實，春秋時期，外交專對，「賦詩言志」以「微言相感」乃是士人階層普行的表意方式。《漢書．藝文志．詩賦略論》：「古者諸侯卿大夫交接鄰國，以微言相感。當揖讓之時，必稱詩以諭其志，蓋以別賢不肖而觀盛衰焉。」[39]這已是眾所熟知的「詩文化」現象；則這種「微言相感」實有其發生的情境條件，它之「為何如此」的原因，應該是諸侯卿大夫「交接鄰國」，為了維持「禮之用，和為貴」，避免外交辭令由於直言不當而引起衝突，故而採取這種「微言相感」的表意方式。它之「可以如此」的條件，乃是在周文化教育的過程中，士人階層已經由詩、禮、樂配套的教養，而熟習這種表意方式，也就是對「微言相感」的相關知識，已「建構預理解」；並且在外交專對的場域中，「當揖讓之時，必稱詩以喻志」的這種表意方式，凡是合格的士人都已形成一種「情境共定」的情境。[40]因此，《論語．季氏》孔子才會訓示其子孔鯉：「不學詩，無以言。」

除了這種特殊外交場域，或士人階層平常的社會交往，往往使用「微言」以相互「通感」，或彼此「交接」之外，最重要的是臣之諷諫其君，必以「微言」為之，[41]就如〈詩大序〉所謂「主文而譎

37　〔戰國〕呂不韋編著，現代陳奇猷校釋，《呂氏春秋校釋》（台北：華正書局，一九八五），冊下，卷一八，頁一一六七。下文徵引《呂氏春秋》，版本皆仿此，不一一附注。

38　〔春秋〕左丘明著，〔晉〕杜預注，〔唐〕孔穎達疏，《春秋左傳注疏》（台北：藝文印書館，嘉慶二十年南昌府學重刊宋本，一九七三），卷三八，頁六四三。下文徵引《左傳》，版本皆仿此，不一一附注。

39　〔漢〕班固著，〔唐〕顏師古注，〔清〕王先謙補注，《漢書補注》（台北：藝文印書館，光緒庚子長沙王氏校刊本），冊下，卷三〇，頁九〇二。下文徵引《漢書》，版本皆仿此，不一一附注。

40　春秋時期的外交專對，「賦詩言志」之所以可能，乃依賴周文化的教育方式，所形成的「建構預理解」，以及賦詩現場的「情境共定」，此說詳參顏崑陽，〈論先秦「詩社會文化行為」所展現的「詮釋範型」意義〉，收入本書，篇名修改為〈先秦「賦詩言志」之「詩式社會文化行為」所展現的「詮釋範型」意義〉，頁四六八—四七六。

41　中國古代士人階層的「詩用」行為方式，可區分為「諷化」、「通感」、「交接」三類。「諷化」是指政教場域中，君與臣民之間，「下以風刺上，上以風化下」的「詩式社會文化行為」；「通感」則是親友間以詩彼此贈答，感通情意。「交接」是指親友間，基於某種現實生活的需要，而彼此以詩表示讚美、期求、回應、嘲諷、警告等意向。參見本書〈中國古代「詩式社會文化行為」的類型〉上、下篇。

諫」，期待獲致「言之者無罪，聞之者足以戒」。為何如此？一方面是因為從「言語倫理」來說，君惡不宜「直言」，故曲折隱微以「比興」託諷，讓國君感知而自悟；二方面君威難測，勸諫之臣為自身之安危，曲折隱微以「比興」託諷，可避免「直言」而招禍。

（三）「文」是古代士人階層在「言語倫理」情境中，適度的「言語修飾原則」。

周代封建宗親、制禮作樂，創建「周型文化」，使得這個時代由殷商依賴武力、巫術統治的部落社會，轉向以封建、禮樂建立尊卑、親疏之倫理分位而崇德互敬的人文社會。因此，「文」之一詞可以概括周代時期，人之存在的總體情境。《廣雅．釋詁》：「文，飾也。」故「文化」乃人之變化自然而創造的存在情境；人們須經「教化」以習成各種合宜的行為方式，故必有人為「修飾」。《尚書大傳》：「周人之教以文。」鄭玄注：「文，謂尊卑之差制也。」這是「道德倫理」的教養，也就是「禮」，也就是「文化」。

中國古代「文化」的觀念，最適切的解釋就是「人文化成」之義；從周文化的存在情境而言，「人文化成」所賴者，孔穎達認為是「詩書禮樂」。[42]然則「人文化成」，乃是每個貴族，甚至居於鄉黨的「國人」，[43]經由詩書禮樂的教養薰陶，啟發道德理性、修飾待人接物的言行，而將本性質野之人「化成」為「文質彬彬」的君子；集合眾多「文質彬彬」的個體以成群體，則倫理秩序得以建立，社會情境得以「和諧」。而士人們之「人文素養」的表現，就是言、行二端。準此，在古代士人階層「言語倫理」的情境中，「文」是「適度」的言語修飾原則，乃士人文化教養的「身分」表徵，以及言語行為傳播效用的保證。

依此，呼應下文的「辭達」之說，則所謂「辭達」並非「不文」。相反的，言語粗鄙「不文」者，非但不合「禮」而有失士人的「身分」；同時，這種「不文之辭」往往「不達」，無法獲致「有效性」與「適分性」的溝通或傳播效用。所謂「文」指的當然不是言語之「虛浮的修飾」，而是「適度的修飾」，也就是「文雅」之辭。這樣的言辭或文辭，不但能「有效」而「適分」的表情達意，也才具有充分溝通或傳播廣遠的影響力。《左傳．襄公二十五年》就記載到孔子對此一「言語修飾原則」的論述：

仲尼曰：《志》有之：言以足志，文以足言；不言，誰知其志？言之無文，行而不遠。[44]

42 《周易．賁卦．彖》：「文明以止，人文也。」又云：「觀乎人文以化成天下。」王弼注：「止物不以威武而以文明，人之文也。……觀人之文，則化成可為也。」孔穎達疏：「觀乎人文以化成天下者，言聖人觀察人文，則詩書禮樂之謂，當法此教而化成天下也。」參見《周易注疏》，卷三，頁六二，則人文素養所賴者詩書禮樂的學習、薰陶。

43 依《周禮．地官》所載的鄉遂制度，周天子與諸侯所管轄的區域，分為「國」與「野」二部分。「國」指都城及其四郊近畿，「野」指此外之地區。「國」的都城之外，四郊近畿百里內劃分為六個行政區，是為「六鄉」；百里外則分為六個行政區，是為「六遂」。鄉遂所居者乃天子、諸侯本人之外的貴族們，以及為他們服務的百工、身分自由的農民。參見〔漢〕鄭玄注，〔唐〕賈公彥疏，《周禮注疏》（台北：藝文印書館，嘉慶二十年南昌府學重刊宋本，一九七三），卷九，頁一三八－一四六。下文徵引《周禮注疏》，版本皆仿此，不一一附注。另外，《左傳》、《國語》等史籍，稱這些鄉黨之民為「國人」。「國人」有受教育的機會，故有庠序鄉校的制度，乃文化養成之教也。

44 《春秋左傳注疏》，卷三六，頁六二一。

孔子徵引《志》的話語，表示這不僅是孔子個人的觀念，而是當時士人階層普遍的認知。另外〈詩大序〉對於詩歌的言語形式也強調了「文」的修飾原則：「主文而譎諫」，孔穎達疏引陸德明音義解釋云：「主文，主與樂之宮商相應也。譎諫，詠歌依違不直諫。」[45]回應上文所說「微」的表意方式，既「不直諫」，則其辭以「比興」委婉之言，隱曲以諫。這當然是在「言語倫理」的情境中，「文」的適度修飾原則；故言語「微」者必「文」也。

（四）「達」是古代士人階層在「言語倫理」情境中，適分的「表意效用原則」。

「達」是古代士人階層在「言語倫理」的情境中，所要求「適分的表意效用原則」。《論語．衛靈公》記載孔子對這一「表意效用原則」的認定是：「辭，達而已矣。」[46]

我們依循孔子說這句話的情境，可以理解到「辭」特別指的是士人階層在政教場域中，因政教任務所為應對進退之「言辭」，或因政教任務所為之「文辭」，尤其是使於四方的外交專對。古代士人極少有不涉足政教場域而身負任務者，上引《周易．繫辭上》：「言行，君子之樞機。」可知「言」是士人從政最重要的行為之一。「言」出於口語，是為「言辭」；形於文字，是為「文辭」；總稱為「辭」。先秦時期，尚無離政教實用的文學創作，〈離騷〉的文學性可謂極致；然而司馬遷《史記．屈原傳》明指他的創作意圖是「悟君」與「改俗」，[47]王逸《楚辭章句．離騷經序》也確認他的作意是在「風諫君」。[48]這都說明〈離騷〉之作，乃以政教功用為意圖，因此也是一種政教場域之倫理關係情境中的「文辭」。

然則，我們可以說在古代士人階層中，「言辭」或「文辭」之能，乃「君子」必備之德行。《周禮・春官・大祝》云：「大祝……作六辭，以通上下、親疏、遠近。一曰祠，二曰命，三曰誥，四曰會，五曰禱，六曰誄。」依據鄭玄注，這「六辭」都分別因應各種政教事件或任務所為之言辭或文辭，而它們的功用是「通上下、親疏、遠近」，完全是「言語倫理」的意義及價值。[49]《詩經・鄘風・定之方中》：「終然允臧」句下，毛傳云：「建邦能命龜，田能施命，作器能銘，使能造命，升高能賦，師旅能誓，山川能說，喪紀能誄，祭祀能語。君子能此九者，可謂有德者，可以為大夫。」[50]這九種君子「可以為大夫」之「能」，都是在各種政教場域中，分別因應任務所需而必具的「言辭」或「文辭」技藝。

孔子所說的「辭」，必須在這情境中，才能確定其義。這既不是一般日常生活的閒談，也不是後

45 〔漢〕毛亨傳、鄭玄箋，〔唐〕孔穎達疏，《詩經注疏》（台北：藝文印書館，嘉慶二十年南昌府學重刊宋本，一九七三），卷一，頁一六。下文徵引《詩經注疏》，版本皆仿此，不一一附注。

46 〔魏〕何晏集解，〔宋〕邢昺疏，《論語注疏》（台北：藝文印書館，嘉慶二十年南昌府學重刊宋本，一九七三），卷一五，頁一四一。下文徵引《論語》，版本皆仿此，不一一附注。

47 〔漢〕司馬遷著，〔日〕瀧川龜太郎注，《史記會注考證》（台北：藝文印書館，一九七二），卷八四，頁九八四。下文徵引《史記》，版本皆仿此，不一一附注。

48 王逸注，洪興祖補注，《楚辭補註》（台北：藝文印書館，汲古閣本，一九六八），卷一，頁一一。下文徵引《楚辭》，版本皆仿此，不一一附注。

49 《周禮注疏》，卷二五，頁三八四—三八五。

50 《詩經注疏》，卷三，頁一一六。

世專事詩文之創作。而所謂「達」，就是「通曉」，指「適分的表意效用原則」。在這情境中，所謂「通曉」，不能從後世個人單向靜態的寫作詩文，其遣詞用字是否通透明曉來理解；而是在執行政教任務的實際情境中，置身於神與人、人與人之間，因依上下尊卑或同儕平行的「倫理關係」，進行雙向動態的應對言語，而考量「發言者」所表述的言辭或文辭，能否讓受言者「通曉」並「接受」，終而達成言語行為的「目的」。

這是雙向動態情境的「辭達」之義，涉及發言者與受言者雙方的身分、知識的程度、彼此的關係、當下的事件情境等複雜因素；故而所謂「辭達」乃是處在「言語倫理」的情境中，士人們之對「神」（祭祀），或彼此應對之言語，所必須遵循的表意效用原則。它強調的是雙向言語行為之表意的「適分性」與「有效性」。「分」指說話者與受話者彼此對待的倫理分位，如何達到適分的表意。這完全隨境而視雙方的身分、知識程度、彼此關係、當下事件而選擇適當的表意方式；表意必須「適分」，才能被對方「接受」，也才能「有效」；故「適分性」乃「有效性」的條件。總合而言，「辭達」就是適分的「表意效用原則」。這是「言辭」與「文辭」的活法而不是死法，不能執泥於任何一端。後代學者已處在專事寫作詩文的情境中，對孔子「辭達而已」之說，詮釋幾乎都不切其義。

何晏《論語集解》引孔安國云：「凡事莫過於實，辭達則足矣；不煩文豔之辭。」[51]此說將要義定在「辭」之質實或文豔，而以為孔子之意是「辭」僅須質實而能通曉的表意就可以了，故反對「文豔之辭」。其後，學者大致都循孔安國之說以作解，例如朱熹《論語集注》亦主此義，云：「辭取達意而止，不以富麗為工。」[52]這種說法都是缺乏「歷史情境」的觀念，將孔子這句話從歷史情境抽離出來，僅從語言表層義訓解；而把要義聚焦在「辭」的「修飾」問題。這就是以後代專事文章寫作的經驗，執泥在語言修辭一端而死解。如果孔子主張「辭」必須「質實」而反對文豔、富麗，則又為何強調「不學詩，無以言」、「言之無文，行而不遠」？

孔子「辭達」之說當以日本學者竹添光鴻的詮釋最切其義。他首先揭顯孔子此說的情境，而認為：

> 此辭乃專對之辭，使人之應答言語是也。若其他言語文字，雖理不外乎此；然非本章所及也。當時辭令浮誕華縟，靡然成風，無有誠實。考之左氏春秋，可見矣。[53]

我們認為「此辭」雖非一般日常生活的言談，也不是專事的詩文創作，卻未必如竹添光鴻所說，僅限於外交「專對」；而應該包括士人階層在政教場域中，一切應對之「言辭」或「文辭」，此義前文已說之甚詳。不過，竹添光鴻所說「專對之辭」，的確包含在政教之「辭」內。又所謂「其他言語文字，理不外乎此」，指的當是漢代以降，士人專事詩文的創作。蘇東坡即對於「辭達」之說，從詩文創作的法則，另出推演之論，實非孔子「辭達」之說的原意；[54]故竹添光鴻云：「若乃後人引此，

51　《論語注疏》，卷一五，頁一四一。

52　〔宋〕朱熹，《論語集注》，收入朱熹，《四書集注》（台北：學海出版社，一九七九），頁一一二。

53　〔日〕竹添光鴻，《論語會箋》（台北：廣文書局，一九九九），冊下，頁一〇三六。下文徵引此書，版本仿此，不一一附注。

54　蘇東坡〈與謝民師推官書〉：「夫言止於達意，則疑若不文，是大不然。求物之妙，如係風捕景，能使是物了然於心

專就文章而言；則後世論者借以抒己見，非以解經。」[55]至於當時辭令靡然成風，「考之左氏春秋，可見矣」，竹添光鴻另有《左傳會箋》，則此說有據。我們認為他解釋春秋時代的辭令之弊為「無有誠實」，乃切中要義。因此，所謂「當時辭令浮誕華縟」，不單純是語言修辭的文豔富麗之弊而已，更根本的是言說主體的心態之不誠實，這就關聯到上述「修辭立其誠」之「言語倫理」的「主體心態原則」了。因此，孔子「辭達」之說的要義不在於反對言語修辭之富麗，進而主張「不文」之「直言」。竹添光鴻引中井氏（應是中井積德），云：

中井氏曰：或謂辭命直語可也，不當作微婉，是亦矯而過者。蓋可直則直，可婉則婉，意達斯已，不當過作華縟而已矣。以其直語不足以喻意，或事理有不可直語者，故借微婉以濟之耳。其歸為在於達意矣。夫子嘗云：「不學詩，無以言。」可知直語亦非所尚也。[56]

「或謂」是指「有人如此認為」，上引蘇東坡〈與謝民師推官書〉也有「夫言止於達意，則疑若不文」的說法。這是對孔子「辭達」之說，從「而已矣」的語氣所推衍的誤解，故竹添光鴻指出：「此言所貴於辭者，惟其達而已矣。如曰辭既達則可已矣，便落下一層。」[57]因此，孔子此說的要義在「達」，也就是「適分的表意效用原則」，至於言語修辭之或質或文、或直或婉，並無偏執一端的硬性規定；正如中井氏所言「可直則直，可婉則婉，意達斯已」。言語修辭完全是在雙向關係之言說的「動態情境」中，隨機擇定；而不變的原則就是：誠實而合乎言語倫理的適分性，以獲致有效性的「達意」。

依循上述，古代士人階層在「言語倫理」的情境中，其言語行為的「表意效用原則」即是「達」。知識分子在政教場域中，彼此互動應對，言說或為文以表意，為了獲致「達」的有效性與適分性，或直言或委婉，全視當時情境而定；而古代士人階層的言語表意行為，普行的符號形式之一，就是「詩」。上文已說明這就是一種特殊的「詩式社會文化行為」。賦、比、興，詩之法也，則在「詩式社會文化行為」中，或直言之「賦」或委婉之「比興」，都涵具「言語倫理」的功能與效用，而不僅是後世所謂詩文創作的修辭法則、心理思維的形式而已。

綜合上述，古代士人階層的「常態情境」中，其社會互動的言語行為，實有著誠、微、文、達的四個基本原則。其中，「誠」是對處在「言語倫理」情境中的「主體」，所做道德性的規範。道德的實踐必須是在「倫理關係」的互動行為情境中展現；故屈原〈離騷〉的「比興」，司馬遷《史記》稱他：「其文約，其辭微；其志絜，其行廉。」[58]上贊其文辭，下褒其志行。言為心聲，二者內外相符，故又云：「其志絜，故其稱物芳。」這當然是「修辭立其誠」的表現。廖棟樑認為〈離騷〉的

者，蓋千萬人而不一遇也；而況能使了然於口與手乎？是之謂詞達。詞至於能達，則文不可勝用矣。」此說並非孔子原意，而是文章創作的表現效果之論。參見〔宋〕蘇軾，《蘇東坡全集》（台北：河洛圖書出版社，一九七五），冊上，續集卷一一，頁三五九—三六〇。

55 〔日〕竹添光鴻，《論語會箋》，頁一〇三七。

56 同前注。

57 同前注。

58 〔日〕瀧川龜太郎，《史記會注考證》，卷八四，頁九八三。

「比興」是一種「比德」的思維方式，給香草賦予道德意義。這種思維方式是「建立在以自然物象折射主體人格精神的審美觀照上」。[59]從語言層次、自然世界層次、心理思維層次與作者主體人格的關係，詮釋〈離騷〉之「比興」符碼系統的構成，其說確當。不過，我們還是要從這種文學本位的思考，轉入社會互動關係的「言語倫理」情境中，指出古代對士人言語行為的「道德」要求，不僅是主體孤立存在之內在人格精神單向的符號化而已；他必須被置入具體實在的「事件」情境中，從倫理互動關係的道德實踐，才能揭明諸多「比興」意象在「言語倫理」情境中的意義。

至於「達」則是對於士人的「言辭」或「文辭」，在「言語倫理」之社會互動的情境中，所建立「適分性」的表意效用原則。屈騷以「比興」之言，在司馬遷《史記》所說「悟君」與「改俗」，或王逸〈楚辭章句序〉所稱「上以諷諫」，這些言說「意圖」，如以「結果」論，則其辭實「未達」也。因為楚懷王「非知言之謂者」，故「微言」不足以相感；但是，從「君臣倫理」的「適分性」而言，即使班固在〈離騷序〉中批評他「責數懷王」；[60]但是古今一般的論斷，對屈騷以「比興」諷諫，而不「直言」以顯君惡，都肯定其言語倫理的「適分性」。

古代士人階層的「詩式社會文化行為」，以上二個「常態情境」中的基本原則，都顯示「比興」不僅是文學本位上，語言或思維層次的象徵、隱喻、形象思維的意義而已，必須置入「倫理關係」的情境中，才能揭顯他在言語行為上的功能與效用，而這就是「比興」多元意義之一，不能被忽略。

不過，我們必須再次回應前文，將「比興」定位為中國古代「詩文化」之創生而體用相即之存有的「原生形態」。「原生形態」指的是某事物之發生與本質相即不分、一體存在的本然狀態。因此，古代詩歌從發生開始，其動力因就是「感物」、「緣事」而發，形式因則是「連類」、「譬喻」，這就是「比興」，完全出於人與世界互動而「自然生發，形諸歌詠」的產物；故而感物、緣事與連類、譬喻的「比興」也就自然而然的成為中國古代詩歌的本質，這就是我們所謂中國古代「詩文化」體用相即之存有的「原生形態」。其具體的產品就是遠古歌謠，但是多散佚或有傳衍之偽作，例如《呂氏春秋．古樂》所載葛天氏、黃帝、顓頊、帝嚳等古樂；[61]今文獻所存者也就是「三百篇」。

文化總是在「原生形態」既成之後，經由長期發展、積累、反思而逐漸形成自覺性的「觀念」，反過來做為同類行為的「規範」。因此，賦、比、興做為作詩之法，乃是後世對「原生形態」詩歌的反思、歸納所形成「觀念性」的「規範」。徐復觀對這問題的論點，可與本文相發明。他認為並不是先規定出賦比興三種作詩的方法，詩人再按它來寫成《詩經》那些詩；而是後人根據《詩經》那些詩，歸納出賦比興三種作法。因此，賦比興與詩的本質不可分。[62]詮釋「比興」，必須要有這種「動態性觀念史」的認知。因此，我們在這裡所處理「比興」做為一種「曲折隱微」的表意方式的原則，已是春秋戰國以降所形成的「觀念」，及其在「言語倫理」實踐上的意義。

我們就在這一觀念基礎上，進而論述「比興」做為一種特殊符號形式，它在「微」與「文」的

59 廖棟樑，〈寓情草木——〈離騷〉香草喻的詮釋及其所衍生的比興批評〉，收入《靈均餘影：古代楚辭學論集》，頁二七六。

60 〔漢〕班固，〈離騷序〉，參見〔清〕嚴可均纂輯，《全上古三代秦漢三國六朝文》（台北：世界書局，一九八二），冊二《全後漢文》，卷二六。

61 現代陳奇猷，《呂氏春秋校釋》，頁二八四—二八六。

62 〈釋詩的比興〉，參見徐復觀，《中國文學論集》，頁九五—九六。

表意方式及語言修飾原則上的特質。「比興」是眾所共識的「詩性語言」。「詩性言語」廣義而言，不僅限定在「韻文體」的詩歌，也可以包括讓聽受者「自悟」的一切「意象言語」，例如神話、歷史故事、寓言等。不過，其中還是以「詩歌」最為大宗。而「詩歌」之「曲折隱微」的言語形式不只一種；但是，無疑的以「比興」最具「廣用性」與「永續性」，是中國古典文化學或詩學中，緜遠傳遞之作詩、讀詩、用詩的實踐形式，以及觀念論述的複雜議題。

「比興」是一種最典型的「詩性語言」。其表意與修辭的原則即是「微」、「文」；而其中，「曲折隱微」的表意方式原則之得以成立，從質料因與形式因言之，乃建立在世界、心理、語言三層界域的「連類」關係上；而從動力因言之則是「應感」與「聯想」。[63]「世界」是人們實踐社會文化行為的場域，「自然世界」也必須接合到「社會文化世界」而與人的存在經驗及價值發生關聯，才有其意義。

整合上述質料因、動力因、形式因來看，[64]世界一切「物」及「事」本就具有「類似性」，而可以被「連類」；「物」顯其「性相」；「事」顯其「情境」。故「比」為「物性切類」而「興」為「情境連類」。所謂「物性切類」指的是某些事物，其外在特徵或內在性質，彼此具有非常「切合」的「類似性」，因而取此以「喻」彼，或取彼以「喻」此，這是常見的「比喻」的修辭技巧。《文心雕龍．比興》就稱它為「切類以指事」，並舉《詩經》的例子：「金錫以喻明德，珪璋以譬秀民……。」[65]因此「比」是事物之間，靜態的「類似性」關係。所謂「情境連類」，「情境」必然是某些事物在特定的時空場域中，彼此互動而產生內在的「情意經驗」，例如愛慕、憎恨、快樂、哀傷等，因此「情境連類」指的是某些事物在特定時空場域中所產生的情意經驗，由於彼此有「類似性」

而連接在一起，以此「興發」彼，或以彼「興發」此。例如《詩經．關雎》，「關關雎鳩，在河之洲」，這是一個「情境」，春天到了，河邊的沙洲上，雎鳩鳥正在求偶而鳴叫著；「窈窕淑女，君子好逑」，這是另一個「情境」，好品德的君子愛慕著美麗貞靜的淑女。這兩個「情境」有一「類似性」的「情意經驗」，就是兩性之愛的追求。因此，由自然界雎鳩求偶的「情境」，而「興發」人事界君子好逑淑女的另一個類似的情境。66

這當然是「語言層」的表達方式，是一種「譬喻」的符號形式；但是這種表達方式之所以能夠成立，除了世界諸事物本具的「類似性」之外，還必須經由人之「心理」的「應感」與「聯想」能力，

63 參見顏崑陽，〈從應感、喻志、緣情、玄思、遊觀到興會——論中國古典詩歌所開顯「人與自然關係」的歷程及其模態〉，原刊臺灣《輔仁國文學報》，第二九期，頁六五—六六。收入顏崑陽，《詩比興系論》，頁三四三—三四五。

64 形式因（或譯為式因）、質料因（或譯為物因）、動力因（或譯為動因），再加上後文所提到的目的因（或譯為極因），合為「四因」。「四因」之說，參見〔古希臘〕亞里斯多德，《形而上學》（台北：仰哲出版社，一九八二），卷（A）一，第三章，983a24-984b23，頁五—八。此「四因」之說，為亞里斯多德所創，用以詮釋宇宙萬物創生、演變的根源性因素。此說雖非專為文化的創造、演變而提出的理論；但是，在學術史上，已成為廣被應用的「詮釋模型」，用以詮釋文化之創生、演變的根源性因素。

65 〔南朝梁〕劉勰著，現代周振甫注釋，《文心雕龍注釋》（台北：里仁書局，一九八四），頁六七七—六七八。

66 「比」與「興」之別，在於「比」是「物性切類」而「興」是「情境連類」，兩者之義各異。參見顏崑陽，〈《文心雕龍》「比興」觀念析論〉，臺灣中央大學《人文學報》第一二期，頁三八—四六。收入顏崑陽，《詩比興系論》，頁一二七—一三四。又〈論詩歌文化中的「託喻」觀念〉，臺灣成功大學中文系主編，《魏晉南北朝文學與思想學術研討會論文集》第三輯，頁二二二—二二四。收入顏崑陽，《詩比興系論》，頁一八〇—一八三。

才能被「連類」在一起。然後，將種種「連類」所致，以「譬喻性」的「言語」表現出來。

「比興」做為一種典型的「詩性語言」，其表意與修辭原則之得以成立的因素有如上述。這也是「比興」的「語言形式」本身之所以具有「曲折隱微」形構特徵及表意「功能」的原因。然而，在本論文中最重要的還有「比興」之所以「廣用」在中國古代士人階層的社會文化行為中，發言者的「目的」何在？這是它得以被實踐的「目的因」。解釋這一「目的因」，就必須在上述「誠」與「達」兩個原則的基礎上，從「言語倫理」的功能及效用的觀點，將「詩文化」整合到「禮文化」的存在情境，才能獲致貼切的理解。

四、古代士人階層所處「禮文化存在情境」與「比興」的關係

先秦時期的周文化就是禮樂文化。在這文化存在情境中，詩之用不離禮樂。詩與樂，漢代之後已漸分離；而「禮文化」的存在情境始終與詩俱在；故後文只處理「詩」與「禮文化情境」的關係。

顧頡剛考察先秦時期，周代人的用詩場合，歸納出四種：一是典禮；二是諷諫；三是賦詩；四是言語。[67]其中，典禮、賦詩的情況，禮、樂、詩同一場合呈現，顧頡剛已引用很多文獻做了切實的詮釋。[68]外交專對的賦詩，詩與禮、樂俱陳，我也已專文論述甚詳。[69]其中，我們必須強調的是，春秋時期，國與國的卿大夫「交接」，當「揖讓之時，必稱詩以喻志」，乃是在他們所共同建構的「禮文化情境」中進行。因此，所賦之「詩」往往有高下階層之分，不能誤用以致違背「身分」而失禮，最

典型的例子是《左傳．襄公四年》記載：「穆叔如晉，報知武子之聘也。晉侯享之。金奏〈肆夏〉之三，不拜；工歌〈文王〉之三，又不拜；歌〈鹿鳴〉之三，三拜。」[70]所謂「拜」是領受而回禮。為什麼歌〈肆夏〉、〈文王〉，穆叔不拜？因為穆叔知禮，前者是「天子享元侯」之詩歌，穆叔是魯大夫身分，出使晉國；晉侯也不是天子，奏此歌詩，乃僭越身分。而〈文王〉則是「兩君相見之樂」，也不合當下這場宴會雙方的身分。〈鹿鳴〉則正是諸侯宴請大夫所用的詩歌，符合當下的「禮文化情境」，所以穆叔欣然領受而回禮。

至於以詩諷諫，《左傳．襄公十四年》有「自王以下，各有父兄子弟以補察其政：史為書，瞽為詩，工誦箴諫，大夫規誨，士傳言，庶人謗」的記載。[71]《國語．周語》也有記載：「天子聽政，使公卿至於列士獻詩，瞽獻曲，史獻書，師箴，瞍賦，矇誦……。」[72]以及《國語．晉語》亦稱：「使

67 顧頡剛，〈《詩經》在春秋戰國間的地位．周代人的用詩〉，《古史辨》（台北：明倫出版社，根據樸社出版重印，一九七〇），冊三，頁三二〇—三四五。

68 同前注，冊三，頁三二一—三三六。

69 顏崑陽，〈論先秦「詩社會文化行為」所展現的「詮釋範型」意義〉，收入本書，篇名修改為〈先秦「賦詩言志」之「詩式社會文化行為」所展現的「詮釋範型」意義〉。

70 《春秋左傳注疏》，卷二九，頁五〇三—五〇五。

71 同前注，卷三二，頁五六二—五六三。

72 〔春秋〕左丘明著，〔三國吳〕韋昭注，《國語》（台北：九思出版公司，一九七八），卷一，頁九—一〇。下文徵引《國語》，版本皆仿此，不一一附注。

工誦諫於朝，在列者獻詩使勿兜，風聽臚言於市，辨祆祥於謠，考百事於朝，問謗譽於路。」[73]這些獻詩、獻曲、誦箴以諫，有時必須合樂。我們更要揭顯的是，以詩諷諫，雖然不一定都依著套式的禮儀進行；但是君臣以「詩」做為表達時政美惡的符號形式，卻必然在倫理關係中進行，不可能任意為之。

「言語」是指一般言談的引詩，這在先秦典籍中，是一種普遍現象而眾所熟知。何以先秦士人階層在言談中，常引詩以表達心意？我們認為原因有二：

一是因為詩歌是一種具有音樂性的特殊言語形式，其「音聲」就如〈詩大序〉所言，可以「動天地，感鬼神」；因此從遠古以來，「詩歌」就是人神交通的媒介形式，《尚書．舜典》云：「詩言志，歌永言，聲依永，律和聲。八音克諧，無相奪倫，神人以和。」[74]我們必須特別注意，「神人以和」指的是詩歌能達致神人之間，倫理和諧的效用。因此「詩」做為一種不同於日常說話的特殊言語形式，自古都肯認它的「神聖性」。有關「詩作為人神關係情境的言說」，大陸學者李春青已有詳切的論述，[75]可以參考。

二是有些詩歌在傳衍的過程中，若干嘉句已逐漸「格言化」，因而常被引用。顧頡剛曾統計先秦典籍中，士人階層的一般言談，常被引用的詩句大約一百之數。這些詩句約略歸納其意，不外讚美、罵詈、悲嘆、勸誡及陳述幾類。[76]我們觀察這些引詩都出現在士人階層的社會互動關係中，具有言語倫理的功能與效用，並非一個人單獨的自我抒情。其中讚美、罵詈、勸誡及陳述，固然如此；即使「悲嘆」，也是在倫理情境中發出，例如《左傳．宣公二年》記載：趙穿攻殺晉靈公於桃園。趙盾覺得這事很難處理，想一走了之，避到他國去，卻又半途而返；但是，他既沒有營救國君，也沒有討賊，故太史書曰：「趙盾弒其君。」趙盾辯稱：「不然。」太史指責：「子為正卿，亡不越境，反不討賊，非子而誰？」趙盾引詩而悲嘆云：「烏呼！『我之懷矣，自貽伊慼』，其我之謂矣！」[77]這是一個君臣倫理事件，趙盾引詩就在這情境中，含蓄的表達自己有苦難言。

綜合前述，先秦士人階層於言談中引詩，乃因為當時的士人們認為詩歌有其「神聖性」，而若干詩句已經「格言化」，具備「權威」的力量，可以含蓄的使人感知而信服。

周文化就是禮樂文化，而「詩」於這一文化情境中，經常在各種場合被使用，成為一種具有實踐性的「詩文化」。漢魏之後，專業化的文人興起，[78]詩也因而成為專業化寫作的文體；前述二種歷史情境顯然不同。先秦時期，詩與禮樂結合而構成士人階層的存在情境，並非偶然；而是經由周文化所建立的教育方式，政策性的養成。《周禮．地官．保氏》：「保氏……養國子以道，乃教之六

73 同前注，卷一二，頁四一〇。

74 〔漢〕孔安國傳，〔唐〕孔穎達疏，《尚書注疏》（台北：藝文印書館，嘉慶二十年南昌府學重刊宋本，一九七三），卷三，頁四六。

75 李春青，《詩與意識形態》（北京：北京大學出版社，二〇〇五），頁六一—六九。

76 顧頡剛，〈周代人的用詩〉，《古史辨》，冊三，頁三四一—三四二。

77 〔春秋〕左丘明著，〔晉〕杜預注，〔唐〕孔穎達疏，《春秋左傳注疏》，卷二九，頁五〇三—五〇五；又卷二一，頁三六五。

78 參見龔鵬程，《文化符號學》（台北：臺灣學生書局，一九九二），頁二八—三三。

藝。」[79]國子，就是公卿大夫之子弟。這「六藝」中包含了「五禮」與「六樂」。「五禮」是吉、凶、軍、賓、嘉之禮。賓禮，以親邦國；嘉禮，以宴饗四方賓客。這些「禮文化」，都用以養成「國子」未來交接鄰國，使於四方的能力。「六樂」是音樂的「六律六同」之教。《周禮．春官．大師》：「大師掌六律六同，以合陰陽之聲……教六詩，曰風，曰賦，曰比，曰興，曰雅，曰頌，以六德為之本，以六律為之音。」[80]準此，詩與樂的教育顯然一起進行，而值得注意的是這種詩、樂的教養，皆以「德」為本，乃是道德人格的養成教育，不是什麼純文學、純藝術的學習。在這種政策原則之下，國子的教育有一定的學程，《禮記．內則》云：「十年，出就外傅，居宿於外，學書記。……十有三年，學樂、誦詩……二十而冠，始學禮。」[81]這樣的教養歷程，詩、樂、禮既是士人階層的道德人格、專業學識、社會實踐能力的養成，同時也就建構了他們的文化存在情境。「詩」之體用，必以「禮文化」為存在基礎。

從以上的論述，我們可知先秦「詩」之「用」，幾乎都在「禮文化情境」中實踐。這種「禮文化」漸成士人階層的傳統，先秦以後，即使詩與樂分，外交專對的「賦詩言志」不再延續，而獻詩、獻曲、誦箴以諫，也不復做為朝政的定制；但是，「詩」與「禮」的關係，卻沒有完全分離。因為士人階層在朝政的「君臣倫理關係」之外，日常生活其實都是在「禮文化情境」中，彼此進行社會互動。

「禮文化情境」就是以「道德」為核心價值所建構的「倫理」關係；而「倫理」即是以「禮」的精神及形式所建構人際、物際的秩序，其貴在「和」，故《論語．學而》記載：「有子曰：『禮之用，和為貴，先王之道，斯為美。』」[82]「和」是整個中國文化最重要的精神，前人的論述頗多，[83]

此不詳論。簡要言之，「和」是宇宙間二元對立或多元並立之異質性事物的和諧統一；[84]落實來說，即是人際、物際的秩序之美。[85]而「言語行為」就是「社會秩序」是否「和」的關鍵之一。「言語暴力」往往就是引發「社會衝突」（social conflict）而破壞秩序的要因；故周代士人階層的教育，「言語」是其中的要項，《禮記‧少儀》記載國子的養成教育，明白規定：「言語之美，穆穆皇皇。」孔穎達疏，指出這裡的「言語」是「與賓客言語」，乃是在倫理互動中的行為；而「穆穆皇皇」則是

79 《周禮注疏》，卷一四，頁二一二。

80 同前注，卷二三，頁三五四—三五六。

81 〔漢〕戴聖傳、鄭玄注，〔唐〕孔穎達疏，《禮記注疏》（台北：藝文印書館，嘉慶二十年南昌府學重刊宋本，一九七三），卷二八，頁五三八。下文徵引《禮記》，版本皆仿此，不一一附注。

82 《論語注疏》，卷一，頁八。

83 「和」的文化精神或哲學觀念之論文。專著，例如袁濟喜，《和，審美理想之維》（南昌：百花洲文藝出版社，二〇〇一）；張立文主編，《和境——易學與中國文化》（北京：人民出版社，二〇〇五）；鄭涵，《中國和文化意識》（上海：學林出版社，二〇〇五）。有些專著部分的內容，也論及「和」的文化精神，例如徐復觀，《中國藝術精神》（台北：臺灣學生書局，一九六六），第二章。顏崑陽，《莊子藝術精神析論》（台北：華正書局，一九八五），頁一二七—一四三。又可參見本書〈中國古代士人階層「詩式社會文化行為」的「實踐情境」結構〉，頁九六—一一〇。

84 徐復觀，《中國藝術精神》，第二章；又顏崑陽，《莊子藝術精神析論》，頁一二七—一四三。

85 顏崑陽，〈論先秦儒家美學的中心觀念與衍生意義〉，原刊臺灣淡江大學中文系，《文學與美學學術研討會論文集》（台北：文史哲出版社，一九九一），第三集，頁四〇五—四四〇。收入顏崑陽，《詮釋的多向視域》（台北：臺灣學生書局，二〇一六）。

「美大之狀」。[86]那麼，如何做到「穆穆皇皇」的「言語之美」？「詩教」是其中要務；而詩教的成果即是《禮記．經解》所說的「溫柔敦厚」，云：「孔子曰：『入其國，其教可知也。其為人也溫柔敦厚，詩教也。』」[87]「溫柔敦厚」除了「民性」之義外，當然也指這種「民性」所表現的「言語行為」及其「言語形式」。而「言語」中，最為「曲折隱微」而涵具「溫柔敦厚」的表現「美善刺惡」之「倫理功能」者，就是「比興」。其所獲致的「效用」就是整個社會人際、物際「和諧」的秩序之美。

因此，我們可以說在古代士人階層之「禮文化」的存在情境中，「比興」不僅是我們現代情境中，做為詩歌創作之語言層的隱喻、象徵或心理層的形象思維的意義而已；我們更必須將「比興」置入實存世界層，從古代士人們所身處的存在情境，理解他們社會互動的言語行為，何以經常使用「比興」的表意方式？而「比興」在「言語倫理」的情境中，又有何特殊的表意功能及效用？

五、「比興」在二層「言語倫理」關係中的實踐

我們理解了古代士人階層的言語行為，有其眾所同遵的表意原則，同時也理解了士人們所身處的「禮文化」存在情境。在表意原則的限定下，以及禮文化的存在情境中，士人階層為了維持以「和」為貴的人際、物際秩序之美，故而採擇「曲折隱微」而「溫柔敦厚」的符號形式，那就是「比興」。然則，「比興」的「言語倫理功能及其效用」，明切的實踐在哪一些社會文化行為呢？這就得回應到

「詩用學」的論述系統。前文已述及，我們曾將「詩式社會文化行為」區分為「諷化」、「通感」與「交接」三類。依此三類，從倫理關係可以區分為二個層次：第一，「君臣」或「君民」的「上下對待關係」，「諷化」一類屬之。這是政教場域中的「言語倫理」行為。第二，士人階層彼此的「平行對待關係」，「通感」與「交接」二類屬之。這第二層次的「言語倫理」行為，可以發生在政教場域，也可以發生在日常交往的場域。至於宗族長幼的倫理，不管事涉勸諫、訓誡，或通感、交接，都可權且歸入第一層倫理關係處理之。

（二）用之於「上下對待關係」的「比興」

第一層次，臣之與君或民之與君，「上下對待關係」之「言語倫理」的「比興」實踐。其中，最為重要的是「下」之對「上」，用於政教場域中的「諷諫」行為。其餘「下」之對「上」的「頌美」，以及「上」之對「下」的恩賜或教化，本文暫不處理。

古代士人階層的「言語行為」不僅是表現在一般日常生活中，更重要的是表現在無可規避的政教事業中，他們必須承擔的二個主要任務：一是「外交專對」的「微言相感」；二是對國君的「諷諫」。

外交專對之「微言相感」，也就是「賦詩言志」，這正是「比興」最明切的「言語倫理功能與效

86 《禮記注疏》，卷三五，頁六三一。

87 同前注，卷五〇，頁八四五。

用」，前文已大要論及，也提到顧頡剛以及我本人這方面的研究成果。同時，一方面這種特殊場合的「賦詩言志」，春秋以降就已不復存在；二方面這種「言語倫理」實踐多屬「平行對待」；故而於此不做處理。我們在這裡主要處理的是臣民對待國君，身處「政教」情境中，他們所實踐「以詩諷諫」的「言語倫理」行為。

從歷史情境而言，漢代以前沒有專設「諫官」的職務，自公卿大夫至於工商，無不得諫者，[88]這幾乎就是全民的公共事務。因此，先秦時期，以禮樂所建立的周文化，「君」以「德」立位，一旦失德，自公卿大夫以至庶民皆可「諷諫」之；故「諷諫」不是官制內的專職，而是政教上一種普遍的「諷諫文化」。前文引到《左傳》、《國語》對於這種政治之「諷諫文化」的記載，有二點值得注意：第一，這是天子以下，從公卿大夫以至庶民都可以從事的行為，故《左傳．襄公十四年》有「庶人謗」的記載；而《國語．晉語六》也有「風聽臚言於市……問謗譽於路」之說，韋昭注云：「風，采也。臚，傳也。采聽商旅所傳善惡之言。」這幾近現代所謂「輿論」。第二，言語方式，其中最重要的是詩、曲、箴這類韻文。從這種「諷諫文化」的歷史情境，我們才能了解，何以諷詩在先秦那麼盛行；不管作詩或獻詩，都是依藉「聲音意象」與「情意意象」融合的詩歌，[89]以使其君「感知」而「自悟」；故很多論者經常引用《詩經》的作品，以證詩人作詩意圖在於「諷諫」，例如《魏風．葛屨》：「維是褊心，是以為刺。」《小雅．節南山》：「家父作誦，以究王訩。」《小雅．何人斯》：「作此好歌，以極反側。」這類「以詩諷諫」的確是先秦士人階層普遍的「詩式社會文化行為」。

那麼，在這種「諷諫文化」的存在情境中，屈原做為楚國王族的大夫，在關懷時政，忠而被謗的遭遇中，作〈離騷〉以諷諫其君，那是很當然的行為。王逸對屈原之忠諫，在箋釋東方朔《七諫》的序文中，有一番論述：「諫者，正也，為陳法度以諫正君也。古者，人臣三諫不從，退而待放。屈原與楚同姓，無相去之義，故加為七諫。殷懃之意，忠厚之節也。」[90]此說明指古代人臣有「三諫」之義；屈原是王族近親，秉其殷懃、忠厚的情意節操，加強至於七諫。〈離騷〉多以「比興」為之，當然是在君臣倫理關係的情境中，所選擇最適當的言語形式。

另外，齊國晏子也以善諫而盡其臣道。劉向校定《晏子》，在〈敘錄〉中稱云：「其書六篇，皆忠諫其君，文章可觀，義理可法。」[91]今本《晏子》內篇第一卷、第二卷共五十篇，所載皆晏子諷諫

88 〔宋〕司馬光〈諫院題名記〉：「古者諫無官，自公卿大夫至於工商，無不得諫者。漢興以來，始置官。」參見〔宋〕司馬光，《傳家集》（台北：臺灣商務印書館，景印文淵閣四庫全書本，一九八三），冊一〇九四，卷七一，頁六四八。

89 「詩」以「意象」表現其意義。先秦詩歌與詩學，所重視的文本意義，不僅是文字的「情意意象」，同時兼備「聲音意象」。音聲含有喜怒哀樂好惡之情，可直接感人，謂之「聲感」；審音辨政，治亂形焉，故謂「治世之音安以樂，亂世之音怨以怒，亡國之音哀以思」。這是先秦士人階層所普遍信仰的詩樂合一之理；此理見諸〈樂記〉。明代因承這一詩觀，所重「詩文辨體」，極力倡導「詩以聲為用」，意圖恢復宋詩所喪失的「聲音意象」。參見余欣娟，《明代「詩以聲為用」觀念析論》（台北：花木蘭出版社，二〇一一）。

90 〔漢〕王逸注，〔宋〕洪興祖補注，《楚辭補註》，卷一三，頁三八八。

91 〔漢〕劉向，〈晏子敘錄〉，參見〔清〕嚴可均纂輯，《全上古三代秦漢三國六朝文》（台北：世界書局，一九八二），冊一《全漢文》，卷三七。

齊國莊公、景公之事蹟。[92]其中有些引詩以諫，[93]正如前文所述，期能依藉經典之詩句的神聖性及格言性，以達諷諫的效用。有些自作歌詩以諫，[94]期待國君聞歌而感悟。不管引詩或自作詩，皆是「比興」的言語方式，不直刺君過也。

我們以屈原、晏子為範例而綜合觀之，不管屈原或晏子，他們「以詩諷諫」都是基於忠君之心，故謂「忠諫」；忠諫，修辭立其誠也。其諫皆預設雙向言語行為之表意的「有效性」與「適分性」，即「辭達」也。「有效性」是言說目的，這涉及對方能否「感悟」，故沒有客觀保證。「適分性」則是「君臣倫理」的適當性，不管屈原之對懷王，晏子之對景公，其以「比興」諷諫，皆適分也。而諷諫以「比興」，皆文以足言也、微言相感也。因此，我們可以斷言屈、晏做為「諷諫」的典範，都是在「禮文化情境」中，基於「言語倫理」而依誠、達、文、微的基本原則，所實踐的「詩式社會文化行為」。

古代這類諷諫行為，何以常採「比興」而為之？從歷史情境的理解，我們的詮釋認為其因應有三端：一為照應君臣道德性的倫理關係；二為避免國君威權危及諫臣的人身安全；三為讓受諫的國君從情境感悟而改行。

關於這幾種原因，古人略有詮釋。鄭玄〈六藝論〉云：

> 詩者，弦歌諷喻之聲也。自書契之興，朴略尚質。面稱不為諂，目諫不為謗，君臣之接，如朋友然，在於懇誠而已。斯道稍衰，姦偽以生，上下相犯。及其制禮，尊君卑臣；君道剛嚴，臣道柔順。於是箴諫者希，情志不通，故作詩者以誦其美而譏其過。[95]

鄭玄這段論述，認為詩歌本質就具有「頌美」與「刺惡」二種相對的功能。弦歌，就是頌美；諷諭，就是刺惡；但是，上古時期，人性純樸，故君臣關係如同朋友，當面稱讚不會被看作諂媚，當面勸諫也不會被視為誹謗，因為君臣相待誠懇，所以可直言不諱。這似乎就用不著「曲折隱微」的「比興」。到了世道衰微，君臣相犯，雖制定禮儀，但在權力結構中，君尊臣卑，君威臣順，故箴諫者越來越少。君臣情志不通，因此就必須賦詩、作詩，而以「曲折隱微」的言語，頌其美而譏其惡。那麼，「比興」之用，就是在衰世的君臣道德倫理與權力結構中，為了獲致「頌美」與「刺惡」的「言語倫理」效用，因而採取之「曲折隱微」的表意方式。

鄭玄也就在這種君臣倫理關係變遷史的觀念基礎上，詮釋「比興」之義。《周禮．春官．大師》：「大師教六詩」句下，鄭玄注「比興」云：「比，見今之失，不敢斥言，取比類以言之。興，見今之美，嫌於媚諛，取善事以喻勸之。」[96]後世一般學者批評鄭玄以「頌美」釋「興」，以「刺

92 現代鄒太華輯注，《晏子逸箋》（台北：臺灣中華書局，一九七三）。

93 例如「景公飲酒酣，願諸大夫無為禮，晏子諫」，引《詩經．鄘風．相鼠》；又「景公愛嬖妾，隨其所欲，晏子諫」，引《詩經．小雅．采菽》等。參見鄒太華輯注，《晏子逸箋》，頁七、二九。

94 例如「景公冬起大臺之役，晏子諫」，晏子自作歌以諫；又「景公為長庲，欲美之，晏子諫」，亦自作歌以諫。參見鄒太華輯注，《晏子逸箋》，頁九五、九八。

95 〔漢〕鄭玄，〈六藝論〉，參見〈詩譜序〉中，孔穎達疏所徵引，《詩經注疏》，頁四。

96 《周禮注疏》，卷二三，頁三五六。

惡」釋「比」，不合《詩經》作品的義例：頌美者未必為「興」，刺惡者也未必為「比」。但是，假如不計較這種區分是否符應《詩經》作品的義例，而複合「比興」以觀之，則臣之對君，不管頌美或刺惡，為了照應君臣道德性的倫理關係，以及為了避免國君威權危及諫臣的人身安全，「比興」的確最具有君臣倫理之間，主文譎諫而溫柔敦厚以致「和」的功能及效用。

其中，尤以「刺惡」最為難事，也最為後世詩學所關注。如果直言而刺，一方面顯露「君惡」，不符合君臣倫理，諫者反而招致非議。屈原作〈離騷〉，即使「比興」以諷諫，都不免受到班固〈離騷序〉的指摘，認為他「責數懷王」而「露才揚己」，何況直言以諫者！二方面直刺君惡，在君威臣順的權力結構中，常會招致殺身之禍；故有些諫者事先已存必死之決心，謂之「死諫」。尤其春秋戰國之世，真所謂世道衰微，奸偽並生，上下相犯；而士人之臣道，「諷諫」乃不讓之責，忠節者多履其行；但是，諷諫而冒犯國君，以致貶逐甚而斧鉞加身者，史不絕書。《韓非子．說難》羅列人臣之對其君，會有好幾種「諫說談論」以致「身危」的情況，故最後警示為臣者：國君如龍，「喉下有逆鱗徑尺，若人有嬰之者則必殺人」。[97] 戰國時期，士人階層普遍以「比興」及「寓言」做為「曲折隱微」的言語方式，自有其時代的因素。

這種「比興」以「諷諫」的表意方式，先秦以降漸成文化傳統，歷代未絕，稱為風雅、風騷或騷雅遺緒，每受詩人所提倡；故諸詩家多有「諷諭」之作，例如漢代賈誼、枚乘、司馬相如、東方朔、揚雄、張衡等；魏晉六朝王粲、曹植、阮籍、劉琨、郭璞、鮑照、庾信等；唐代陳子昂、張九齡、李白、杜甫、元稹、白居易、元結、劉禹錫、張籍、杜牧、李商隱等，其作多少皆有「諷諭」之義。這種文化傳統之所以形成，清代程廷祚〈詩論〉承繼鄭玄之意而做了合理的解釋：

> 夫先王之世，君臣上下有如一體；故君上有令德令譽，則臣下相與詩歌以美之，非貢諛也，實愛其君有是令德令譽而欣豫之情發於不容已也。或於頌美之中，時寓規諫，忠愛之至也。其流風遺韻，結於士君子之心，而形為風俗；故遇昏主亂政，而欲救之，則一托於詩。[98]

這段話前半承自鄭玄〈六藝論〉之意，後半則指出「流風遺韻，結於士君子之心，而形為風俗」，也就是先秦以降，「比興」已成文化傳統，也成為士人階層表現政教關懷之一種模式化的「文化意識形態」。在這一歷史情境中，「比興」始終都在君臣互動的關係中，做為美刺之「言語倫理」的實踐方式。

至於「比興」用於「諷諫」，而讓受諫的國君從情境感悟而改行，其中也隱含「君臣倫理」之義；何以然？厥有二端可說：第一，在上述道德性的君臣倫理與政治性的君臣權力結構情境中，不宜直刺君惡，故須「曲折隱微」言之，此所謂「譎諫」也；第二，一個人之言行的善惡，根本在於「自覺」，非可強制；何況「君道」可受「幾諫」而不可受「訓誡」，故「改行」在於「感悟」。比者，譬喻也；興者，起情也，感發也，情境連類也。比興的言語形式，即是以連類譬喻，創造意象性的文本情境，使讀者（國君）聯想、起情、感發而自悟，因而付諸實踐以改行，終竟達到「諷諫」之效用。悟者，身在情境體驗中，有所感受而綜合直覺其「理」。孔子所謂「詩可以興」的效用，何

97　〔戰國〕韓非著、現代陳奇猷集釋，《韓非子集釋》（台北：華正書局，一九八二），卷四，頁二二一—二二四。

98　程廷祚〈詩論〉之十三〈再論刺詩〉，參見〔清〕程廷祚，《青溪集》（合肥：黃山書社，二〇〇四），頁三八。

謂「興」？朱熹注云：「感發其志意。」此說非常切當。這正是從「讀者感發」觀點建立的「興」義。[99]

準此，「比興」在君臣倫理與權力結構之情境中，做為「諷諫」的表意方式，其「辭達」的「有效性」乃建立在讀者即受諫者之「悟」的結果；故而讀者之「悟」，在「比興」的論題中，是一個必須思辨的重點。我們應該關注到司馬遷《史記．屈原傳》所說屈原作〈離騷〉之意：「冀幸君之一悟、俗之一改。」因感發而「悟」理，因「悟理」而改行，這是「比興」在「諷諫」行為中，二個連續性階段之「辭達」所獲致的「有效性」。然而，這種「有效性」不是諫者單向意圖所能保證，還必須受諫者能悟、能改才足以完成，否則即成「殘念」；而致使此一「諷諫」行為雖有其「適分性」，卻終乏「有效性」，不免遺憾。故「比興」以諷諫的「有效性」，沒有通例，完全視雙方關係的「條件」而定。這裡所謂「條件」指的是君臣雙向互動的情境中，彼此「信任」的關係基礎、「比興符碼」的可理解性、訊息傳遞管道的暢通性、受諫者知識程度以及悟性的高低。若以屈原與晏子做一比較，顯然屈原之「諷諫」最終缺乏「有效性」，故《史記》云：「懷王之終不悟也」；而上舉晏子之以詩諷諫景公，結果景公都能醒悟而改行，最終獲致「有效性」。這種差別，主要原因是晏子與景公雙方的關係，上列「條件」俱足；而相對的屈原與懷王雙方的關係，上列「條件」幾乎都不足。

另外，《左傳．昭公十二年》記載周穆王好遠遊，想要「周行天下」；祭公謀父「作〈祈招〉之詩以止王心」。[100]穆王想必「悟」而「改行」，最終還能在皇宮崩殂，而沒有死於旅途中，這也是「有效性」的「諷諫」。在《左傳》、《國語》這一類先秦典籍中，「比興」的「諷諫」，從其「有效性」與否，還可以找到很多案例，值得研究。

（二）用之於「平行對待關係」的「比興」

「平行對待關係」，包括親情關係的「夫婦」、「兄弟」，同僚、同學或同輩關係的「朋友」。這是古代君臣、父子之外的三個倫理關係。古代士人階層在這幾種「平行對待關係」的社會互動行為中，何以常用「比興」？又能獲致什麼「言語倫理」的效用？

首先，我們回答「古代士人階層在這幾種『平行對待關係』的社會互動中，何以常用『詩比興』？」在回答這個問題之前，我們先回應前文「詩用學」體系中，所歸納「詩式社會文化行為」，其中有「通感」與「交接」二類；這二類行為，大多是發生在「平行對待關係」的社會互動情境中；也有少數發生在下對上或上對下，在此暫不處理。然而，以詩相通感，可以直抒其情，未必使用「比興」，而「交接」也是如此。那麼，何以必須使用「曲折隱微」的「比興」？合情合理的推想，當然是因為言說者實有「難言之隱」。那麼又何以會有「難言之隱」？這就必須想像的涉入古代「禮文化」的歷史情境中，設身處地的進行同情理解。

「禮」者，宜也；合宜的言行即是「禮」。「言行」乃是人之「心性情欲」表現於外的身體形式，故司馬遷《史記．禮書》云：「緣人情而制禮，依人性而作儀。」[101]人之情性表現於群體的社會

99　「讀者感發義」之「興」，參見顏崑陽，〈從「言意位差」論先秦至六朝「興」義的演變〉，原刊臺灣《清華學報》，新二八卷第二期，頁一四七－一五四。收入顏崑陽，《詩比興系論》，頁七六－八九。

100　〔春秋〕左丘明著，〔晉〕杜預集解，〔唐〕孔穎達疏，《春秋左傳注疏》，卷四五，頁七九五。

101　〔日〕瀧川龜太郎，《史記會注考證》，卷二三，頁四一〇。

互動，就產生針對各種事事物物的「言行」。然而《史記．禮書》云：「事有宜適，物有節文」，[102]那麼言行之發必須有其適宜之節度，否則群體必由爭奪而至於紊亂無序。將群體言行共同遵循的節度客觀化、形式化為規範，就是「禮」之儀文。而聖人如此制禮，其「用」無非為了建立群體秩序之「和」，故「禮之用，和為貴」。在正常的社會情境中，群體秩序和諧，而「人情」也得乎「正」，平和安樂，是謂「情之正」；反之，禮之「用」失常之時，則群體秩序混亂，而「人情」也失乎「變」，哀傷怨怒，是謂「情之變」。[103]這種「情之變」有起因於個別夫婦、兄弟、朋友之倫理失和者，夫婦反目，兄弟相殘，朋友互欺；也有起因於群體共處亂世，夫妻、兄弟、朋友離散，以致哀傷愁怨者，或社會失序導致人倫混亂，彼此欺詐爭奪，以致憤怒仇恨者。這就是〈詩大序〉所謂「王道衰，禮義廢，政教失，國異政，家殊俗；而變風、變雅作矣」。變風、變雅表現「一國之心」的「情之變」，都是哀傷怨怒之情。

禮做為社會群體言行之適宜的規範，除了上述由倫理情境所生的「情之正」與「情之變」而外，還有「情之私」與「情之公」的分別。「禮」是「公領域」的言行規範，因此所表現的「人情」為受到道德理性所規範而可以「公開」的言行，是為「情之公」；假如出於獨自或極少數群體之間，以情緒或欲望為意圖的言行，即屬「私領域」，不可「公開」為之，乃是「情之私」。

上述因於個別夫婦、兄弟、朋友之倫理失和者所生的「情之變」，與出於獨自或極少數群體之間，以情緒或欲望為意圖的言行，即「私領域」的「情之私」；這都可能懷有「難言之隱」，若表現於詩，往往採用「曲折隱微」的「比興」。故凡屬上述三種倫理之間，彼此的衝突、怨憎、悲憤、勸戒、嘲諷、詈責、哀求諒解或接納等，這類「情之變」；或二人、少數人私領域的互動，例如男女戀情、閨房之愛，以及士人之間的干求、拒絕、乞憐、黨同伐異、相互標榜阿諛等，這類「情之私」。凡此情意，都可能懷有「難言之隱」，如以詩歌表現，則在「平行對待關係」的情境中，基於「言語倫理」的需要，往往藉「比興」表現之；其作詩之意圖多在於彼此的「通感」或「交接」。

其中，應該特別注意的是在古代「禮文化情境」中，男女之情於道德倫理上所定位的「夫婦」關係，假如是「相敬如賓」，不涉情欲、不違禮教的理性言行，而可歸諸正常的「公領域」者，其表情達意都沒有什麼「難言之隱」，就未必使用「比興」。古代常見夫婦間的「贈答詩」，多是此類，例如東漢晚期秦嘉與其妻的「贈答」之作，直賦者多，而少用「比興」之言。[104] 如果是男女不合「夫婦」之倫理關係，而私相畸戀之情；或雖合「夫婦」之倫理關係，卻描寫「私領域」的「閨房之樂」，那就有「難言之隱」，不宜直賦其事、直抒其情，往往以「比興」為之。若有直賦之作，箋釋

102 同前注。

103 〈詩大序〉與鄭玄〈詩譜序〉都有「變風、變雅」之說。〈詩譜序〉另有「正經」之名，指的是《周南》、《召南》之風，《鹿鳴》、《文王》之雅，雖未正式稱為正風、正雅，其實如此。詩者，吟詠性情也，故正風、正雅所吟詠之情，稱為「情之正」；相對的，變風、變雅所吟詠之情，稱為「情之變」。

104 〔漢〕秦嘉〈贈婦詩〉：「人生譬朝露，居世多屯蹇。憂艱常早至，歡會常苦晚。念當奉時役，去爾日遙遠。遣車迎子還，空往復空返。省書情悽愴，臨食不能飯。獨坐空房中，誰與相勸勉。長夜不能眠，伏枕獨輾轉。憂來如循環，匪席不可卷。」其妻徐淑〈答夫詩〉：「妾身兮不令，嬰疾兮來歸。沉滯兮家門，歷時兮不差。曠廢兮待覲，情敬兮有違。君今兮奉命，遠適兮京師。悠悠兮離別，無因兮敘懷。瞻望兮踴躍，佇立兮徘徊。思君兮感結，夢想兮容暉。君發兮引邁，去我兮日乖。恨無兮羽翼，高飛兮相追。長吟兮永嘆，淚下兮沾衣。」參見〔南朝陳〕徐陵編著，《玉臺新詠》（台北：中華書局，一九八五，據長州程氏刪補本校刊），卷一。二詩多直賦，而少比興。

者在「比興」之「文化意識形態」的框架下，也常做言語模式的轉化，從「賦」轉為「比興」以作解，認為這類作品是以「男女之情」託喻「君臣之義」或「官場上下之誼」。最典型的例子，就是清代朱鶴齡、馮浩之箋釋李商隱的「無題詩」；[105]以及清代張惠言之箋釋溫庭筠詞。[106]

夫婦關係的「情之變」，典型的例子是《詩經．邶風．谷風》，歷來的箋注，皆認為「棄婦之詩」。朱熹《詩集傳》云：「婦人為夫所棄，故作此詩，以敘其悲怨之情。」人心之常，這一「情之變」雖有聞諸於前夫以通其「悲怨」，表達「如為夫婦者，不可以其顏色之衰，而棄其德音之善」之不滿情緒；但在古代「禮文化情境」中，婦怨其夫，畢竟非事之宜適者，實有其「難言之隱」，故以「比興」為之。這是「發乎情，止乎禮義」的表現。朱熹在首章注云：「比也」、次章注云：「賦而比也」、三章注云：「比也」、四章注云：「興也」、五章注云：「賦也」、六章注云：「興也」。[107]這一篇詩有六章，其中五章為「比興」的言語形式。其他凡此夫婦「情之變」的哀怨，託以「比興」者，雖求通感而又不違背「禮文化情境」，都可以藉這首詩做為參照，不一一細論。

同僚朋友「情之變」，典型的例子是《詩經．鄘風．相鼠》。《毛傳》的〈詩序〉雖然過度坐實，明指衛文公能正其群臣，而今在位的同僚，承先君之化，卻猶有無禮儀者。[108]不過，假如去其坐實之義，而泛解為「刺無禮者」，則詩意適當。朱熹《詩集傳》即作泛解，而對三章之詩，都標示「興也」。[109]同僚朋友之間，一方失禮，彼此情誼不可能和諧，故而互有衝突。這畢竟是「情之變」，因此出於「諷刺」。人心之常，這一「諷刺」之言，當然希望傳給對方，以通其意，此無非「忠告」之道，願其省悟而改行。但是，在「禮文化情境」中，這畢竟會破壞同僚彼此的「和諧」關係，實有「難言之隱」，乃託之以「比興」。凡此朋友倫理關係的「情之變」，怨憎、勸戒、嘲諷等

「難言之隱」，雖期於「通感」而又不違背「禮文化情境」者，都可以藉這首詩做為參考，不一一細論。

男女「情之私」的愛戀，朱熹《詩集傳》箋釋衛、鄭、齊諸風，多指為「淫奔之詩」，自屬「情之私」的作品。其中頗多標為「賦也」，民歌直賦男女私情，此禮教所未嚴防。不過，託以「比興」者也有之，例如《鄭風．山有扶蘇》，朱熹釋為「淫女戲其所私者」，而標示二章之詩皆為「興也」；[110]又《齊風．南山》，朱熹釋為「襄公之妹，魯桓公夫人文姜，桓公通焉者也」，前二章之詩標示為「比也」，後二章之詩標為「興也」。[111]這類男女「情之私」的愛戀，其託諸「比興」者，都

105 〔清〕朱鶴齡箋注，《李義山詩集》（台北：臺灣學生書局，一九六七）；〔清〕馮浩，《玉谿生詩集箋注》（台北：里仁書局，一九八一）。李商隱十幾首描寫男女豔情的「無題詩」，朱鶴齡在序文中，明指「男女之情，通於君臣朋友」。而馮浩在〈玉谿生詩箋注發凡〉則認定都是李商隱向令狐綯「屢啟陳情之時，無非借豔情已寄慨」。這種箋釋模式，可詳參顏崑陽，《李商隱詩箋釋方法論》（台北：里仁書局，二〇〇五修訂版）。

106 張惠言選溫庭筠詞十餘首，舊說皆以為男女豔情。張氏改持「比興寄託」觀點箋釋之，則處處都有「感士不遇」之怨。參見〔清〕張惠言編著，現代李次九校讀，《詞選續詞選校讀》（台北：復興書局，一九七一）。

107 上引朱熹注文，參見〔宋〕朱熹，《詩集傳》（台北：中華書局，一九六九），卷二，頁二一。

108 《詩經注疏》，卷三，頁一二二。《鄘風．相鼠》之〈詩序〉云：「相鼠，刺無禮也。衛文公能正其群臣，而刺在位承先君之化，無禮儀也。」

109 〔宋〕朱熹，《詩集傳》，卷三，頁三二。

110 同前注，卷四，頁五二。

111 同前注，卷五，頁六〇。

屬「難言之隱」。漢代以降，男女之防越趨嚴緊，則男女「情之私」基於「言語倫理」之需，託諸「比興」者就更多了，不一一細論。

至於兄弟、友朋之間的「情之私」，在士人階層的社會互動行為中，基於「私利」之干求、拒絕、標榜等詩，不管「通感」或「交接」，在「禮文化情境」中，也多屬「難言之隱」，不宜直賦其事，故往往託諸「比興」。唐代士人階層在功名利祿上，即使「干謁」成風；但這種行為畢竟是干謁者與受干謁者雙方「私領域」之事，同時為避「利益勾結」之嫌，恐有害社會觀感，故多以「比興」為之，最典型的例子就是朱慶餘〈近試上張水部〉及孟浩然〈望洞庭湖贈張丞相〉。[112]前者是唐代士人面臨科舉，在長安城與聲望崇隆之文士或掌握科舉權力之官長攀交的「溫卷」之作，朱慶餘期望能得陪考官張籍的賞識，故進謁而呈上此詩，全詩整體以男女豔情託喻，是為「比興體」。後者是孟浩然干求前丞相而被貶岳州刺史的張說，給予賞識提拔的詩作，前半篇直賦望洞庭湖所見的景象，後半篇以「欲濟無舟濟」、「坐觀垂釣者，徒有羨魚情」的意象，似實而虛，隱喻希求張丞相給予提攜之意。這二首詩都是涉及「私領域」，而針對個人利益之事，希求他人的拔擢，實不宜「公開」直賦其事，因而皆以「比興」為之，屬於「交接」一類中，次類「期應」的「詩用」行為。至於張籍〈節婦吟寄東平李司空師道〉，[113]乃因跋扈專橫的節度使李師道想要徵辟張籍為僚屬，張籍既不喜其為人，又因與對方在「權位」上頗不對等，假如輕易得罪，恐怕招致危厄，則當如何謝絕？這也是個人「私領域」之「期應」的詩用行為，不宜「公開」直賦其事，直表其志；故整首以男女豔情做為譬喻，委婉「拒絕」之，與朱慶餘那首〈近試上張水部〉，同屬「比興體」之作。

在「中國詩用學」的理論建構中，除了「諷化」一類，又可分出「通感」、「交接」二類。

這二類的詩作，從《詩經》以降，歷代詩歌所展示最多的產品，應該就是「酬贈詩」（或稱「贈答詩」）。而這類的詩作，如果所書寫的乃是「情之變」與「情之私」，則由於在「禮文化情境」中，不宜直賦其事、直抒其情，故往往託以「比興」；也就是依照發言者與受言者雙方的身分及親疏、尊卑的倫理關係，例如父子、夫妻、師生、兄弟、朋友、同僚等，以及互動的場合、事況、行為意向，而以「曲折隱微」的語言表達愛憎、勸戒、嘲諷、期求、拒絕等情意。那麼這一類「比興」，能獲致什麼「言語倫理」的效用？無非就是以「溫柔敦厚」的文化涵養以及表意方式，既達到人際通感、交接的「意向」，而又能維持彼此「和諧」的倫理關係。

112 朱慶餘〈近試上張水部〉：「洞房昨夜停紅燭，待曉堂前拜舅姑。妝罷低聲問夫婿，畫眉深淺入時無。」參見〔清〕康熙御製、彭定求等編，《全唐詩》（台北：文史哲出版社，一九七八），冊八，卷五一五，頁五八九二。孟浩然〈望洞庭湖上張丞相〉：「八月湖水平，涵虛混太清。氣蒸雲夢澤，波撼岳陽城。欲濟無舟楫，端居恥聖明。坐觀垂釣者，徒有羨魚情。」參見孟浩然著，現代李景白校注，《孟浩然詩集校注》（成都：巴蜀書社，一九八八），卷三，頁二七二。按李景白考證張丞相當是張說，而非張九齡，參見〈前言〉，頁一一。

113 張籍〈節婦吟寄東平李司空師道〉：「君知妾有夫，贈妾雙明珠。感君纏綿意，繫在紅羅襦。妾家高樓連苑起，良人執戟明光裡。知君用心如日月，事夫誓擬同生死。還君明珠雙淚垂，恨不相逢未嫁時。」參見〔唐〕張籍著，今人陳延傑注，《張籍詩注》（台北：臺灣商務印書館，一九七一）。

六、結論

我們反思、批判過去學界有關「比興」的論述，大多局限在現代所謂「純文學」的視域，將古代「詩歌」由社會文化情境中切割出來，「孤立」的進行研究；相應的，「比興」也被看作「純詩」的一種修辭法則而已。其實，當我們回歸中國古代「詩文化」的歷史情境，就可發現古代的士人階層，其日常生活幾乎不能離開「詩」；「詩」就是他們社會互動的主要符號形式，因此「比興」也就具有「言語倫理」的功能及效用，不只是「純文學」創作的修辭法則而已。

總結本文的論述，其旨意就在於掌握中國古代「言語倫理」的觀念，以做為歷史情境的基礎知識；進而基於「禮文化」的存在情境，以及士人階層在「倫理關係」情境中，言語行為的基本原則，展開「比興」之「言語倫理」功能及其效用的探討。這絕非單純只是將「比興」視為詩人關起門來，獨自進行創作之形象思維以及隱喻、象徵的修辭法則而已。

經由前文的論述，我們可以得到簡要的結論：中國古代士人階層之「言語倫理」的修辭原則，乃是：誠、微、文、達。而「比興」是一種最典型的「詩性語言」，其表意方式也是基於這些法則，普遍「用」之於士人階層的社會互動，表現在君臣之「上下對待關係」，最主要是「諷諫」的言語行為；以及表現在夫婦、兄弟、朋友之「平行對待關係」，最主要是表達「情之變」與「情之私」的通感、交接的言語行為。何以如此？因為，「言語」是最常態的一種「社會關係」形式，人們日常都以「語言」做為符號，進行彼此的互動。中國古代的「社會關係」，是以「道德」為核心價值所建構的「倫理」；而「倫理」即是以「禮」的精神及形式所建構人際、物際的秩序，其貴在「和」；故以「比興」做為社會互動的符號形式，假如眾人多能「溫柔敦厚」的表情達意，就可避免「言語暴力」，也就不會導致「社會衝突」。如此，則社會秩序也才能維持「和諧」，這就是「比興」的「言語倫理」功能及效用。

依循本文的論述，我們可以斷言，古代士人階層在「禮文化」的存在情境中，其作詩、讀詩、用詩所形成的「詩文化」，「比興」乃是「詩文化」之發生性與本質性相即存有的「原生形態」。其總體性的意義非常複雜而豐富，實乃多元素、多面向、多層次辯證融合而存在，不能截取一、二部分而簡化以論之。從上述士人階層歷史存在的情境觀之，「比興」最重要的意義就是這種「言語倫理」的功能及其效用。此一意義其實是綜合作詩者、符號化文本、讀詩者、社會文化世界，這四種詩文化總體情境的要素，彼此辯證性、動態性的交涉、混融所形成的「意義結叢」。這種「意義結叢」在當代純文學觀念的情境中，已淪失殆盡；故現代學者之詮釋古代詩歌，往往僅得語言形構之平面化、靜態化的表象之義，而廣涵歷史文化縱深之「情境」意義則已不復見矣。

我們很期待中文學界更多學者能充分理解這個論題的要義，而共同參與、延展這一研究進路，以期待本論文所開拓這一創發性之「比興」的詮釋視域，能有更為豐富的研究成果。

附記：

原刊《政大中文學報》第二十五期，二〇一六年六月。

二〇一六年八月修訂，收入《詩比興系論》，篇名〈「詩比興」的言語倫理功能及其效用〉，聯經出版公司，二〇一七年。

二〇二二年二月第二次修訂，收入本書，篇名修改為〈中國古代「詩用」情境中「比興」的言語倫理功能及其效用〉。

中國古代「詩用」情境中的「多重性讀者」

一、問題的導出與論題的界定

在本書的〈導論〉中，已詳切的論明「中國詩用學」乃針對中國古代士人階層的「用詩」行為現象所建構的詮釋系統，完全不同於「五四」以降秉持「純粹審美」的基本假定，從「純詩」的觀點詮釋詩歌語言形構的意義與審美價值；而轉向「詮釋社會學」（interpretive sociology）的視域，關切士人階層在社會群體中，以詩式語言進行「互動」（interaction），其意義如何獲致有效詮釋（interpretation）的論題。而「社會互動」必有「現實性情境」，在這情境中，必有雙向的「發言者」與「受言者」。由於在士人的「詩式社會文化行為」中，漢魏以降，所謂「言」採取的是書面的詩歌，因此「發言者」即是「作者」，而「受言者」即是「讀者」。

「中國詩用學」的系統性理論既已從「五四」以降的詮釋典範轉向，其基本假定完全不同，則組成理論系統的各個必要因素，即艾布拉姆斯（M. H. Abrams，一九一二—二〇一五）在《鏡與燈》（*The Mirror and the Lamp*）中，所提出構成文學總體情境的四大要素：世界（宇宙）、作者、作品、讀者，[1]其概念內容也勢必隨著詮釋視域的轉向而重新定義，也就是必須重新探問：在這士人階層以「詩歌」為符號形式而進行「社會互動」的「情境」中，所謂「世界」是什麼？所謂「作者」是什麼？所謂「作品」是什麼？所謂「讀者」是什麼？這些問題都需要調整答案內容。

因此，「中國詩用學」的理論系統，所涉層面甚多。在此之前，我們所處理的層面，就文學「總體情境」的四大要素而言，主要集中處理「世界」、「作者」的「行為意向」，以及「作品」的語言形式——比興；而接著，本文所將處理的必要因素是：「讀者」。

我們所擬設的論題為：「中國古代『詩用』情境中的『多重性讀者』」。主要問題是探討：在「詩用情境」中，受言一端的「讀者」就只有一重「閱讀身分」與「閱讀位置」嗎？我們經由文本的深度理解，擬設的答案是：不只一重，而含有「多重性」的「讀者」。那麼，這「多重性讀者」究竟有哪幾重？可再次分為哪幾類？而不同層位的讀者，其「閱讀身分」與「閱讀位置」既然不同，則對文本所理解到的意義也會有不同嗎？

所謂「閱讀身分」是指在「詩用」的「社會文化情境」中，「受言」之「讀者」，他與「發言」之「作者」的倫理關係，究竟居於什麼分位？例如君臣關係中「臣」的分位，或父子關係中「子」的分位，或朋友關係中「至交」的分位等。所謂「閱讀位置」，則指受言之「讀者」與發言之「作者」基於某種特殊的「私涉關係」，而所形成的「特定互動位置」。所謂「私涉關係」指在私人相互交涉的事件中，所構成各種恩怨、愛憎、離合、期求、勸戒、嘲諷、感謝等關係；這是屬於「私領域」的交往。基於一次性的「私涉關係」而「發言」，即形成一次性的「事件情境」，這也是屬於「私領域」的事件情境。在一次性「發言」的「事件情境」中，「受言」之「讀者」就會與「發言」之「作者」進行「相對互動」而形成特定的「閱讀位置」。這個「讀者」必須切實感知到這一「閱讀位置」，才能讀出發言之「作者」所欲傳達的「本意」，例如朱慶餘〈近試上張籍水部〉：

1　〔美〕艾布拉姆斯（M. H. Abrams，一九一二—二〇一五）著，酈稚牛、張照進、童慶生合譯，《鏡與燈》（*The Mirror and The Lamp*）（北京：北京大學出版社，一九八九）。世界、作者、作品、讀者四大要素，參見頁五—六。

洞房昨夜停紅燭，待曉堂前拜舅姑。妝罷低聲問夫婿，畫眉深淺入時無？[2]

這是一首「交接」類型中，次類「期應」之詩式社會文化行為的產品。朱慶餘在「近試」時，發言而創作了這首詩，「期求」陪考官水部郎中張籍能品評自己的詩文是否合乎時宜；而在常態情況下，張籍也會有所「回應」。[3]這是由二人「期應」之「私涉關係」所形成的「事件情境」。在這「事件情境」中，受言之「讀者」張籍，就必須切實感知到自己處於什麼「相對互動」的「閱讀位置」，才能讀出發言之「作者」朱慶餘所「期求」的「本意」。

當這一「私涉關係」所形成的「事件情境」已成過去，雙方都離開「現場」，而所發言的作品被留存下來，並進入「開放性」的傳播歷程，被一般讀者自由閱讀，原先「私領域」的「事件情境」便只能藉由文字記載，顯示在「詩題」、「詩序」或可信的相關文獻中，而隨著詩文本進入「公領域」，可受公共閱讀、理解；但是，諸多與原作者沒有「私涉關係」的讀者，其「閱讀身分」與「閱讀位置」當然不同於原先作者所指向特定讀者；然則，這一類「公領域」的讀者，由於不在現場的「事件情境」中，所謂「作者本意」其實無法直接感知，而必須依藉文獻考實以做出有效性的詮釋而「重構」之；但是，所「重構」的結果卻不可能是「原初本意」如實的重現。因此，這二種「作者本意」的「實質內涵」有其差異。然則「私領域」與「公領域」不同層位的讀者，所形成「閱讀身分」與「閱讀位置」的分別，實關聯到「作者本意」之「詮釋定向」。而「作者本意」之詮釋如何可能？又有何詮釋原則？凡此問題，下文將顯題化而詳為論述。

我們初步的構想是，在「詩用」的情境中，所謂「讀者」就不能再延續「五四」以降，以「純粹審美」為基本假定的知識型，只將「讀者」視為與「作者」時空距離遠隔的「泛化讀者」，也就是現代諸多閱讀、研究古典詩的「讀者」們。這樣的讀者，與原作者彼此沒有「在場」之動態性「事件情境」關係，僅是從文本的語言形式結構，進行「靜態性閱讀」，以理解其意義或美感。因而，在中國古代士人階層「詩用」的「動態情境」中，以及「文本」在漫長的「傳播歷程」中，所謂「讀者」實涵有「多重性」。那麼，究竟有哪幾重呢？與「意義詮釋」之「定向」有何關係？這是一個必須整體而全面進行探討的問題。

經由相關文獻的閱讀，我們所初步掌握到「多重性讀者」的梗概是：中國古代士人階層的詩人，極少關起門來，心眼中完全沒有「讀者對象」，而只是夢囈一般的喃喃自語。在中國古代，並不鼓勵「詩」可以脫離士人的社會文化生活情境，沒有緣事、感物之情，而獨立的「為藝術而藝術」，僅是為文造情、玩弄文字的寫作。這種詩常被視為「遊戲筆墨」，評價並不高；[4]也就是最優秀的詩歌作

2 朱慶餘，〈近試上張籍水部〉，參見〔清〕康熙御製，彭定求等編，《全唐詩》（台北：文史哲出版社，一九七八），冊八，卷五一五，頁五八九二。

3 張籍或有詩回應，〈酬朱慶餘〉：「越女新妝出鏡心，自知明豔更沉吟。齊紈未是人間貴，一曲菱歌敵萬金。」參見《全唐詩》，冊六，卷三八六，頁四三六二。按此詩陳延傑，《張籍詩注》（台北：臺灣商務印書館，一九七一）未收，但未述明原由。

4 「遊戲筆墨」之作，漢賦便已漸成風氣，〔漢〕班固《漢書．藝文志．詩賦略論》雖指認詩賦之起源乃「緣事而發，感物而動」，這是理想的詩賦本質論；但漢代文人實際的寫作，卻未必如此「為情而造文」，反而很多「為文而造情」之作，實為文人騁才的「遊戲筆墨」，頗受貶議。詳參張峰屹，《西漢文學思想史》（台北：臺灣商務印書館，二〇一三），頁一二三─一三一。

品，大多不是「為作詩而作詩」，真正的好詩往往是詩人在社會文化生活情境中，「緣事而發，感物而動」。[5]因此不能用西方「為藝術而藝術」與「為人生而藝術」這種二元切分的框架去理解。

中國古代的詩歌，既不是「為藝術而藝術」，也不是「為人生而藝術」，而是「即人生而藝術」；[6]也就是「詩不離社會文化生活」，而「社會文化生活」的情境乃是「人際互動關係」非常複雜的網絡；故而很少「不食人間煙火」的「純詩」。即使騁才的「遊戲筆墨」之作也不離社會文化生活。詩，是他們「社會互動」的「特殊語言形式」，一切吟詠多多少少都帶有「實用性」；而「實用性」與「藝術性」並非截然二分，可以兼得，[7]例如張九齡〈感遇十二首〉、孟浩然〈望洞庭湖上張丞相〉、柳宗元〈登柳州城樓寄漳汀封連四州刺史〉及〈酬曹侍御過象縣見寄〉、白居易〈問劉十九〉等，都兼具「實用性」與「藝術性」。後文將作詳細的討論。

在古代士人的世界中，「用詩，是一種社會文化行為模式」，所有與「詩」相關的活動，都預設了某種身分之受言的「讀者」；而「讀者」也都自覺的站在某個「相對互動」的「閱讀位置」，以理解發言之「作者」的「本意」。因此，中國古代的詩歌，沒有那種完全不預設「讀者對象」的文本，最低限度必然有「想像文學社群」的「泛化隱性他群讀者」。有「讀者」的詩，就具有「社會文化性」，就具有「詩用」的功能。

二、「詩用」情境中，讀者之特指與泛化、個體與群體、顯性與隱性之分；以及「作者本意」之「私有義」與「公有義」之別。

在「詩用」情境中，讀者可有「第一序位特指讀者」與「第二序位泛化讀者」、「個體讀者」與

5 詩賦之作必須「緣事而發，感物而動」，這一觀念見於班固《漢書・藝文志・詩賦略論》：「感物造耑，材知深美，可與圖事……感於哀樂，緣事而發。」參見〔漢〕班固著，〔唐〕顏師古注，〔清〕王先謙補注，《漢書補注》（台北：藝文印書館，光緒庚子長沙王氏校刊本），冊二，卷三〇，頁九〇二。「感物」而生發情緒，這種觀念早見於《禮記・樂記》：「凡音之起，由人心生也。人心之動，物使之然也。感於物而動，故形於聲。」參見〔漢〕鄭玄注，〔唐〕孔穎達等疏，《禮記注疏》（台北：藝文印書館，嘉慶二十年江西南昌府學重刊宋本，一九七三），卷三七，頁六六二。〈樂記〉所說原指音樂之作，其後用於論詩，詩作出於「感物而動」的觀念，在六朝時期，已成普遍的思潮，例如《文心雕龍・明詩》：「人稟七情，應物斯感，感物吟志，莫非自然。」參見〔南朝梁〕劉勰著，現代周振甫注釋，《文心雕龍注釋》（台北：里仁書局，一九八四），頁八三。〈詩品序〉：「氣之動物，物之感人，故搖蕩性情，形諸舞詠。」參見〔南朝梁〕鍾嶸著，現代曹旭箋注，《詩品箋注》（北京：人民文學出版社，二〇〇九），頁一。這種「緣事而發，感物而動」的詩作，就是《文心雕龍・情采》所謂「志思蓄憤，而吟詠情性」之「為情而造文」的作品，參見周振甫，《文心雕龍注釋》，頁六〇〇。

6 「即人生而藝術」之說，參見顏崑陽，〈從〈詩大序〉論儒系詩學的「體用」觀〉，原刊國立政治大學中國文學系主編，《第四屆漢代文學與思想學術研討會論文集》（台北：新文豐出版公司發行，二〇〇三），頁三一七—三一八。收入顏崑陽，《學術突圍》（台北：聯經出版公司，二〇一〇），頁二一二—二一三。

7 中國古代詩文之「藝術性」與「實用性」的關係，參見顏崑陽，〈論「文類體裁」的「藝術性向」與「社會性向」及其「雙向成體」的關係〉，原刊《清華學報》第三五卷，第二期（二〇〇五），頁二五九—三三〇。收入顏崑陽，《學術突圍》，頁四一九—四六五。

「群體讀者」、「顯性讀者」與「隱性讀者」之分。六者又可以交錯組合，而形成多重性的讀者。我們先針對上述「第一序位特指讀者」與「第二序位泛化讀者」等六個名稱，略作界說如下：

（一）第一序位特指讀者：在「詩用」情境中，古代士人階層的「詩式社會文化行為」，士人以詩做為「社會互動」的符號形式，作者原初「發言」時，很多是直接指向某一位或某幾位的「特定讀者」。身處這一現場性「事件情境」中的原初讀者，即是「第一序位特指讀者」，通常會顯示在詩題或詩序中。歷代士人的詩集，佔大多數的「贈答詩」或「酬贈詩」，彼此互為作者又互為讀者，都是這種「第一序位的特指讀者」。例如上舉朱慶餘〈近試上張籍水部〉的張籍，又例如杜甫〈奉贈韋左丞丈二十二韻〉的韋左丞丈、李白〈廬山謠寄盧侍御虛舟〉的盧侍御、白居易〈問劉十九〉的劉十九、柳宗元〈登柳州城樓寄漳汀封連四州刺史〉的漳州、汀州、封州、連州四位刺史等。另外，第一序位的讀者也有非特指的「泛化讀者」，原作者「發言」當時，就沒有特指某一位或某幾位讀者，而是指向「想像文學社群」的廣泛性讀者。這種第一序位的「泛化讀者」，下文再做比較詳確的說明。

（二）第二序位泛化讀者：當「事件情境」已成過去，文本由「第一序位特指讀者」之「私涉關係」的「閱讀位置」，開放為公共讀物而在廣遠傳播的歷程中，非原作者所特指的廣泛性讀者，就是「第二序位泛化讀者」。「泛化讀者」還可分為幾個次層：第一次層是在同時代之文化社會情境中的泛化讀者，據實言之，與原作者同處唐代文化社會情境的讀者，例如元稹做為泛化讀者之與原作者杜甫的關係、李商隱做為泛化讀者之與原作者白居易的關係等；或同處宋代文化社會情境的讀者，例如李清照做為泛化讀者之與原作者晏殊、歐陽修的關係，辛棄疾做為泛化讀者之與原作者蘇東坡的關係等；以此類推，這樣同時代的泛化讀者，歷代皆有之。第二次層是不同時代而同在文化傳統情境中的泛化讀者，據實言之，唐代與宋代的讀者，其當代社會情境不同，而文化傳統情境卻大部分相同，例如宋代王安石、黃庭堅做為泛化讀者之與原作者杜甫的關係、宋初西崑詩人楊億、錢惟演等做為泛化讀者之與原作者李商隱的關係等；以此類推，這樣不同時代的泛化讀者，歷代皆有之。第三次層則是不同時代而又不同文化傳統情境的泛化讀者，據實言之，就是現當代之閱讀、研究古代詩歌的泛化讀者。「五四」之後，中國追求現代化，我們所身處的社會情境固不同於清代以前，而古典文化傳統情境也疏離到幾近淡滅。現當代之古代詩歌的讀者，就是這第三次層古典文化情境疏離的泛化讀者。

（三）個體讀者與群體讀者：上述第一序位「特指讀者」、「泛化讀者」或第二序位「泛化讀者」，又可依其人數而分為「個體」或「群體」；二個以上，即是「群體」，可稱他們為「他群讀者」。例如白居易〈問劉十九〉，劉十九就是第一序位特指的「個體讀者」；而柳宗元〈登柳州城樓寄漳汀封連四州刺史〉，漳汀封連四州刺史則是特指的「他群讀者」。這四州刺史是誰？後文會作明確的考實。至於「泛化讀者」則都是「他群讀者」。下文所要說明的「顯性讀者」與「隱性讀者」，也都可以是「個體」或「群體」讀者。

（四）顯性讀者：在士人階層以詩進行「社會互動」時，作者原初「發言」所直接明確特指的「讀者」，就是「顯性讀者」；故「第一序位特指讀者」都是「顯性讀者」。「顯性」與「特指」組合，又可分為下列二個次層：

1.「私涉關係」的「事件情境」中，直接「在場」的「特指讀者」，就是「顯性讀者」，例如白居易〈問劉十九〉：「綠蟻新醅酒，紅泥小火爐。晚來天欲雪，能飲一杯無？」這首詩是白居易邀請劉十九，在傍晚時分，過家共飲，其性質類似請柬。因為兩人還處在「事件情境」中，白居易以請柬形式，將詩直接送達劉十九，這是「私領域」的訊息傳遞，當然沒有「詩題」；但是，劉十九是接受邀請的「在場」讀者，必定會直接感知到自己就是那個第一序位特指的「顯性讀者」。

2.「私涉關係」的「事件情境」已成過去，作者與讀者雙方都「離場」了。這首詩被留存而編入白居易詩集中，成為傳播於「公領域」的文化產物，依照慣例，必會加上「詩題」。這「詩題」也就載明了簡約的「事件情境」，顯示劉十九為第一序位「特指」的「顯性讀者」；故「顯性讀者」通常也是「特指讀者」。

（五）隱性讀者：在士階層以詩進行「社會互動」時，「發言」之「作者」，其「意」隱然指向某個體或某群體的「讀者」。此一個體或群體之「讀者」有的是「特指」，有的則是「泛化」；但是，不管是「特指」或「泛化」，其真實身分都不明確，此即「隱性讀者」；所謂「不明確」又有二種境況：

1.「發言」的「作者」由於某種原因而刻意「隱藏」那個體或群體之第一序位「特指讀者」的真實身分，例如李商隱十餘首〈無題〉，隱然「特指」某一女子為第一序位的「個體讀者」，卻以「無題」刻意隱藏她的真實身分，因而成為「特定指向」的「隱性個體讀者」。又例如張九齡〈感遇〉第四首，隱然指向某一「特定群體」，所謂「側見雙翠鳥，巢在三珠樹」，句中的「雙翠鳥」暗指某一群體的讀者，卻又隱藏其身分，因而成為「隱性他群讀者」。

2.「發言」的「作者」在作詩之時，並沒有「特指」某一個體或群體的「讀者」；但是，由於作者原本就存在於一個「想像文學社群」之中，也就是所謂「文壇」或「詩壇」，而從事「詩文化」的活動。這個「想像文學社群」就是「廣泛」的「士人階層」；由於「廣泛」，故無法「特指」。任何一首使用「想像文學社群」中，眾所同遵的「詩體」，以表現抒情、言志、寫物、敘事之作，其實都自覺或不自覺地指向「想像文學社群」中，諸多「泛化」的「隱性他群讀者」。這種讀者也是第一序位的讀者。

上述二種境況，讀者的身分都不明確，就稱為「隱性讀者」。「隱性讀者」可以是「特指」，也可以是「泛化」；但不管哪一種，「隱性讀者」所涉及到「作者本意」的詮釋，都比「顯性讀者」的文本更為困難。上文提到，「私領域」與「公領域」不同層位的讀者，所形成「閱讀身分」與「閱讀位置」的分別，實關聯到「作者本意」之「詮釋定向」。我們先就這個問題，提出說明。至於「作者本意」之詮釋如何可能？又有何詮釋原則？則後文再做專節論述。

「作者本意」之「詮釋定向」的問題，必須分從「第一序位顯性讀者」與「第一序位隱性讀者」二種不同境況進行論述。

「第一序位顯性讀者」境況，我們可以提舉白居易〈問劉十九〉為例。劉十九是白居易的好友，其「閱讀身分」明確；同時，由於兩人以詩互動，都身處私領域的「事件情境」中，第一序位特指讀者劉十九，當然能直接而切實感知到與白居易「對應」的「互動位置」，而讀出他邀請共飲的「本意」；則劉十九所閱讀而直接感知的「作者本意」，必有確定的意向，無須猜測，也不會誤解，是為「詮釋定向」；但是，其實質內涵乃是只有兩人彼此會心的「私有義」。

「事件情境」已成過去，這首詩的「作者本意」便不再是由第一序位特指讀者身在「私領域」的「事件情境」中，所直接感知的「作者本意」；它所留存的文本便開放出來，進入「公領域」，在傳播歷程中，任隨第二序位之「泛化讀者」公共、自由的閱讀。這樣的「閱讀身分」及「閱讀位置」與原作者白居易全無「私涉關係」，因此不可能身處「事件情境」中，直接感知「作者本意」，也就沒有明確的「詮釋定向」。如果「事件情境」被文字記載保存下來，而「顯性特指讀者」也明確無疑；則「作者本意」還可以被「不在場」的「泛化讀者」依據文獻，做出有效性的詮釋。不過，所詮釋獲致的「作者本意」乃是可以用語言陳述而開放給眾多「泛化讀者」共同分享的「公有義」。

至於「第一序位隱性讀者」，由於隱匿而不確定身分，其與作者由「私涉關係」所發生的「事件情境」也往往掩藏不明。這個第一序位隱性讀者的「閱讀身分」與「閱讀位置」當然就隨而無法確定；然則「私有義」的「作者本意」便隨著第一序位讀者的隱匿而埋沒，不可能被揭顯，當然也就沒有明確的「詮釋定向」了。因此，只能由第二序位「泛化讀者」以信度充足的文獻考察及確當的方法，獲致「公有義」的有效性詮釋；對於這種「公有義」的「作者本意」，其詮釋之如何可能，以及詮釋原則，後文再作詳細探討。

三、五重「閱讀身分」與「閱讀位置」的「讀者」

在「詩用」情境中，分辨「閱讀身分」與「閱讀位置」，讀者之特指與泛化、個體與群體、顯性與隱性，以及「作者本意」的「私有義」與「公有義」幾個基本概念之後；我們就可以使用這幾個概念做為基準，區分出五個重層的「讀者」：（一）「想像文學社群」中，諸多「泛化」的「隱性他群讀者」；（二）「特定指向」的「隱性他群讀者」；（三）「特定指向」的「隱性個體讀者」；（四）「特定指向」的「顯性他群讀者」；（五）「特定指向」的「顯性個體讀者」，以下分別論述之。

（一）「想像文學社群」中，諸多「泛化」的「隱性他群讀者」。

「想像文學社群」指的就是古代所謂的「文壇」或「詩壇」。「社群」（community）一詞的概念，在社會學或文化地理學中，原指在某些邊界內、地區內或領域內的一切社會關係，因此可以指某一具有確定界限之實質存在的地域性空間，義同「社區」。不過，「社群」一般也可以指某一種具有共同理念，並從事同質性之文化、社會活動，而形成相互關係網絡的群體。他們雖然不居住在同一社區而分散各地，卻可經由理念、身分關係的認同，想像而存在。自古以來，就有那種共同抱持某種文學理念，並一起從事文學創作、閱讀活動，而形成相互關係網絡的群體——「文壇」或「詩壇」，即是這種「想像文學社群」。

古代，任何士人的詩歌創作，都預設某種「閱讀身分」的讀者，也就是都將創作視為以「詩」做為特殊的符號形式，而實踐某種「指向他人」的「社會行為」，因此都有其「特定動機」，[8]而非只

8 〔德〕社會學家韋伯（M. Weber，一八六四—一九二〇）將「行動」定義為「行動個體對其行為賦予主觀的意義」；而「社會行動」則定義為：「行動者的主觀意義關涉到他人的行為，而且指向其過程的這種行為。」又說：「並非每種人與人之間的相互接觸都具有社會性的特徵，而只限於那些行動者有意義地將自己行動指向他人情況。」參見〔德〕韋伯著，顧忠華譯，《社會學的基本概念》（桂林：廣西大學出版社，二〇〇五），頁三、二九—三〇。〔美〕社會學家舒茲（A. Schutz，一八九九—一九五九）對韋伯的社會學精心研究，他區分「行動」（action）與「行為」（act）的差別

是關起門來自抒性情的吟詠。任何一個士人只要關懷某種社會文化問題，並且秉承傳統共持的基本詩學理念，例如詩言志、詩緣情、比興寄託等，而依循眾所同遵的詩體規範，例如五言古體、七言律體等，進行創作之時，都必然自覺或不自覺以這個「想像文學社群」的每一分子，做為「泛化」的「隱性他群讀者」，向他們「發言」，表達某種期待被理解的「本意」，這就是此一「詩式社會文化行為」的「特定動機」。只是因為這群「泛化讀者」，並非「特指」，所以這一「本意」也就不是那種在「作者」與「特指讀者」之私涉關係的「事件情境」中，所「特指」的某一「意向」——私有義；而只是在「泛化讀者」共處之社會文化存在情境中，可以共同理解的「公有義」。因此，諸多「泛化讀者」都在共處的社會文化存在情境中，以一般「文學社群分子」的「閱讀身分」與「閱讀位置」進行意義詮釋，其所獲致者都是向文化傳統與社會情境「開放」而可以「共享」的「公有義」。茲舉詩例，詮釋如下：

王翰〈涼州詞〉：

葡萄美酒夜光杯，欲飲琵琶馬上催。醉臥沙場君莫笑，古來爭戰幾人回？[9]

秦韜玉〈貧女〉：

蓬門未識綺羅香，擬託良媒益自傷。誰愛風流高格調，共憐時世儉梳妝。

敢將十指誇鍼巧，不把雙眉鬥畫長。苦恨年年壓金線，為他人作嫁衣裳。[10]

中國古典詩中，有一類以「擬代」的敘述模式表現，[11]多是泛題泛意，表達文化傳統與社會情境中，某種已經客觀化的類型性存在經驗及價值意向。發言之「作者」的「本意」，或以「賦」法直陳其意，或以「比興」之法言外寄託；不管如何，其「本意」都是向文化傳統與社會情境「開放」，而成為諸多「泛化讀者」可以「共享」的「公有義」。這二首詩，可為範例。

王翰〈涼州詞〉明顯是「邊塞詩」這一類型，是在面對唐代外患頻仍，邊塞屢現烽火的社會情境，以及士人反戰的文化傳統，而發言的「作者」以「賦」的符號形式，向「想像文學社群」中的「隱性他群讀者」，抱著「反戰」觀點能被眾所了解，或「詩藝」能被行家所賞識的「本意」在發

是：「『行動』（action）一詞是指人類行為如同一個不斷前進的過程。……行動是以一個預知的計畫作為基礎。而『行為』（act）一詞則是指這個行動過程的結果。」由於我們所研究的對象是早成過去的「古人」，其行動皆已完成，故稱其為「社會行為」。從過程性的行動之以「預知的計畫作為基礎」而言，「社會行為」皆有「特定動機」。參見〔美〕舒茲著，盧嵐蘭譯，《社會世界的現象學》（台北：久大、桂冠聯合出版，一九九三），頁一二一—一二三、一六九—一七六。另參見舒茲著，盧嵐蘭譯，《舒茲論文集（Ⅰ）》（台北：久大、桂冠聯合出版，一九九二），頁八九。

9 王翰〈涼州詞〉，參見〔清〕康熙御製、彭定求等編，《全唐詩》，冊三，卷一五六，頁一六〇五。

10 秦韜玉〈貧女〉，同前注，冊一〇，卷六七〇，頁七六五七。

11 「自敘性敘述模式」與「擬代性敘述模式」之分，參見顏崑陽，〈從反思中國文學「抒情傳統」之建構以論「詩美典」的多面向變遷與叢聚狀結構〉，收入顏崑陽，《反思批判與轉向》（台北：允晨文化公司，二〇一六），頁一四九—一五〇。

言。諸多「泛化」的「隱性他群讀者」也就在共處的社會情境與文化傳統中，以一般「文學社群分子」的「閱讀身分」與「閱讀位置」進行意義詮釋，其所獲致者都是可以「共享」的「公有義」。

秦韜玉〈貧女〉則明顯是寄託性的「閨怨詩」這一類型，是在面對唐代士人普遍追求仕進的社會情境，以及「悲士不遇」與「比興寄託」的文化傳統。[12]作者以「比興」的符號形式，向「想像文學社群」中的「隱性他群讀者」，持著「士不遇」的共同經驗能被眾所了解，或「詩藝」能被行家所賞識的「本意」在發言。同樣的，諸多「泛化」的「隱性他群讀者」，也是以一般「文學社群分子」的「閱讀身分」與「閱讀位置」進行意義詮釋，其所獲致者都是可以「共享」的「公有義」。

但是，必須注意的是，這些作者與讀者雖然沒有共處在某一特定「事件情境」，卻還是「在境」的共處於同一文化傳統與同一時代的社會情境中，這是比特定「事件情境」更普遍的傳統文化與當代社會情境。從「情境」所獲致的文本意義感知而言，這種同時代的「泛化讀者」，畢竟與相隔千年而社會情境完全不同、文化傳統也幾近淡滅之現代的「泛化讀者」，由於「時間距離」的遠近，不可避免的會有「貼切度」的差別。因此，「泛化讀者」實有多重序位卻又混涵而不易確分，理論上不同序位的「泛化讀者」，對於文本關聯到「詩用」情境的「意義」，尤其所謂「作者本意」，不可避免的會產生「詮釋間距」。[13]

（二）「特定指向」的「隱性他群讀者」

這一重層的讀者，雖然也是「隱性他群」；但是，與上一重層的差別在於他們不是「想像文學社群」中的「泛化讀者」，而是隱然「特定指向」某一類同時代的「他群讀者」。而相對於這一群「特指讀者」，作者所發之言，也就不同於上一重層那類以「擬代」的敘述模式，表達文化傳統與社會情境中，某種已客觀化的類型性存在經驗及價值意向；而是以「自敘」的敘述模式，抒發個人切身遭遇的主觀特殊存在經驗及價值意向，故或為「泛題」，例如〈感遇〉，卻非「泛意」而是「殊意」。然則，那些「特指」的「隱性他群讀者」，與發言的「作者」，乃共處在雖隱而不宣卻彼此心知之「私領域」的「事件情境」中，而形成特定「相對互動」的「閱讀身分」與「閱讀位置」。他們當然可以不經任何文獻參證，就能「直接感知」作者所欲傳遞的「本意」。不過，這種「私有義」的「本意」卻只存在於雙方的會心之間，無法被第二序位的「泛化讀者」所揭明。

至於其「私領域」的「事件情境」已經消逝，經由傳播而進入「公領域」，文本向所有第二序位「泛化」的「隱性他群讀者」開放，則諸多「泛化讀者」就必須經由文獻所作「歷史參證」的詮釋過程，[14]以同情理解的立場，涉入重建的「事件情境」，擬想第一序位的「閱讀身分」與「閱讀位

12 「悲士不遇」的書寫大多以「比興寄託」表現之。這一文化傳統，參見顏崑陽，〈漢代文人「悲士不遇」的心靈模式〉，收入顏崑陽，《詮釋的多向視域》（台北：臺灣學生書局，二〇一六），頁一六一—二〇〇。

13 我們將由於實存時空情境的不同所形成歷史性主體層位或序位的差別，因而對同一文本的詮釋必然不可避免會有其意義內容的間距，就稱為「詮釋間距」。

14 「歷史參證」是〔漢〕王逸《楚辭章句》箋注屈騷的方法之一，他在序言中說明如何使得屈騷「大指之趣，略可見矣」，所用之法即是「以所知所識，稽之舊章，合之經傳」。在〈天問序〉中也指出為了解決「世人莫能說〈天問〉」的難題，乃「稽之舊章，合之經傳，以相發明，為之符驗。章決句斷，事事可曉」。此法可謂之「歷史參證」，參見顏崑陽，〈漢代「楚辭學」在中國文學批評史上的意義〉，收入顏崑陽，《詮釋的多向視域》，頁二三四—二三五。

置」，才能讀出作者的「本意」。假如其語言形式採取的是「比興寄託」，則更須經由「解碼」的過程，所謂「作者本意」才可能獲致；但是，這樣詮釋所獲致的「作者本意」其實不能完全等同第一序位特指讀者所直接感知「私有義」的「作者本意」；而是可以用語言陳述，並開放共享之「公有義」的「作者本意」，其中已滲透不同層位或序位之「泛化讀者」主觀的理解及認知，而有其「詮釋間距」，實為相對而非絕對、多方而非唯一的意義。茲舉詩例，詮釋如下：

張九齡〈感遇〉第四首：

孤鴻海上來，池潢不敢顧。側見雙翠鳥，巢在三珠樹。
矯矯珍木巔，得無金丸懼。美服患人指，高明逼神惡。
今我遊冥冥，弋者何所慕？[15]

孟浩然〈宿桐廬江寄廣陵舊遊〉：

山暝聽猿愁，滄江急夜流。風鳴兩岸葉，月照一孤舟。
建德非吾土，維揚憶舊遊。還將兩行淚，遙寄海西頭。[16]

張九齡〈感遇〉十二首之四，是屈騷之嫡裔，比興寄託自己受讒遠謫的感思，而表現「士不遇」

之怨。其中，「側見雙翠鳥，巢在三珠樹。矯矯珍木巔，得無金丸懼」，所謂「雙翠鳥」乃以比興符碼暗示，卻又「特指」某些「隱性他群讀者」。後世的「泛化讀者」大抵依據新舊《唐書》的張九齡本傳做為參證，可推斷「雙翠鳥」所暗示而特指者，當是李林甫、牛仙客等人，例如清代陳沆《詩比興箋》即持此說。[17]在政治上，他們是直接衝突的政敵，張九齡受到讒害而罷相，貶謫為荊州長史，彼此的「私涉關係」明確；[18]張九齡創作〈感遇〉以抒發這份悲怨，卻未明指，而比興寄託於言外；此詩之作，在「事件情境」中，原初所設定之「第一序位讀者」，實「特指」讒害他的李林甫、牛仙客等人，而對他們委婉暗示諷諭之意。當時「第一序位」的「隱性他群讀者」，身在「事件情境」中，以其「閱讀身分」與「閱讀位置」即可體會而得，當然不必經由任何文獻參證，就能直接感知張九齡的「本意」，而完成文本的意義詮釋；如此，他們所直接感知的「本意」，也就屬於「私有義」。

這樣「私有義」的「作者本意」，理論上可推想它能被第一序位的「隱性特指讀者」所感知；但

15 張九齡〈感遇〉第四首，參見〔唐〕張九齡，《曲江集》（台北：臺灣商務印書館，一九七三），卷三，頁三三。

16 孟浩然〈宿桐廬江寄廣陵舊遊〉，參見〔唐〕孟浩然著，現代李景白注，《孟浩然詩集校注》（成都：巴蜀書社，一九八八），卷三，頁三六五。

17 陳沆云：「雙翠鳥喻林甫、仙客。」參見〔清〕陳沆，《詩比興箋》（台北：樂天出版社，一九七〇），卷三，頁一一九。

18 〈張九齡傳〉，參見〔宋〕歐陽修等，《唐書》（台北：藝文印書館，景印清乾隆武英殿本，一九五六），冊二，卷一二六，頁一六一七—一六二〇。

是，除非這群讀者公開表述，否則第二序位的「泛化讀者」無法如實的揭明。諸多「泛化讀者」經由文獻所作「歷史參證」的詮釋結果，都只是可被語言陳述而開放共享的「公有義」，實質內容不等同於「私有義」，而且不是絕對、唯一的答案。

孟浩然〈宿桐廬江寄廣陵舊遊〉雖明示「第一序讀者」為「廣陵舊遊」，卻未直接指出是哪幾個人；不過，並非「泛化」，而有所「特指」，既未指名道姓，則屬「隱性他群」。孟浩然四十歲遊京師，不遇，歸襄陽。玄宗開元十八年，漫遊吳越約兩三年，與廣陵一帶的文士頗有交往，建立「私涉關係」，而產生若干「私領域」的「事件情境」。最後，還是滿懷不得志之悲，再歸襄陽。[19]他另有〈廣陵別薛八〉云：「士有不得志，栖栖吳楚間。」[20]與此詩「建德非吾土」之嘆，同一情懷。這首詩將此一「不得志」之情懷寄予「廣陵舊遊」，自是以他們為直接傾訴的「第一序位讀者」；由於他們與發言的「作者」曾有「舊遊」的「私涉關係」，在若干「事件情境」中，這些舊遊的「閱讀身分」與「閱讀位置」頗為明確，當然能直接感知孟浩然所傳達的「本意」，完成文本的意義詮釋，而他們所直接感知的「本意」，也就屬於「私有義」。

這樣「私有義」的「作者本意」，與上列張九齡〈感遇〉同樣，理論上可推想它能被第一序位的「隱性特指讀者」所感知；但是，除非這群讀者公開表述，否則第二序位的「泛化讀者」無法如實的揭明。至於諸多「泛化讀者」經由文獻所作「歷史參證」的詮釋結果，同樣都只是可被語言陳述而開放共享的「公有義」，實質內容不等同於「私有義」，而且不是絕對、唯一的答案。

（三）「特定指向」的「隱性個體讀者」

這一重層的讀者也是「特指」，也是「隱性」，與上一重層的差別則是「個體」而非「群體」。這個第一序位的隱性特指讀者，對於他們「私涉關係」所形成「相對互動」的「閱讀身分」與「閱讀位置」，應該了解得很明確；因此對發言之作者的「本意」當然能直接而深切的感知。這類「本意」往往不是繫屬客觀特定事物而具體切實的「意向」，而是主觀心靈之愛恨哀樂的通感；故其幽微全在會心處，實唯有在當下「事件情境」中的「第一序位讀者」能夠直接感知，當然是「私有義」。茲舉詩例，詮釋如下：

李商隱〈無題〉四首之一：

來是空言去絕蹤，月斜樓上五更鐘。夢為遠別啼難喚，書被催成墨未濃。
蠟照半籠金翡翠，麝熏微度繡芙蓉。劉郎已恨蓬山遠，更隔蓬山一萬重。[21]

19 參見現代李景白，《孟浩然詩集校注》之〈前言〉，頁一—四。
20 同前注，卷四，頁四四四。
21 李商隱〈無題〉四首之一，參見〔唐〕李商隱著，〔清〕馮浩注，《玉谿生詩集箋注》（台北：里仁書局，一九八一），卷二，頁三八六。

李商隱〈夜雨寄北〉：

君問歸期未有期，巴山夜雨漲秋池。何當共剪西窗燭？卻話巴山夜雨時。22

李商隱的〈無題〉，原初所設定的「第一序位讀者」，不可能是「想像文學社群」中的一般「泛化讀者」，而是一位「特定指向」的「隱性個體讀者」，他的〈夜雨寄北〉也是如此。這二首詩所書寫的實非泛泛的「自我抒情」，而隱然有「私領域」的「事件情境」在。換言之，這兩首詩的「事件情境」都明而未融；但是，這一「事件情境」並未直接揭露而付諸「公領域」；僅屬於發言之作者與受言之讀者，彼此同在之「私領域」的互動行為情境中，例如「來是空言去絕蹤，月斜樓上五更鐘」、「蠟照半籠金翡翠，麝熏微度繡芙蓉」、「君問歸期未有期，巴山夜雨漲秋池」等，都隱然涵有許多言語之外，繫屬在某種「事件情境」的意涵；然而，究竟是什麼「事件情境」？二首詩的題目，都未明示，因此只有他們身處「私領域」的當下「事件情境」，才能「不言而喻」。那麼，「第一序位讀者」的「閱讀身分」與「閱讀位置」當然也只能會心而自定，以直接感知作者之「本意」。此一「本意」既是主觀心靈之愛恨哀樂的通感，則其幽微處更是只有這一「隱性個體讀者」能體會之，而其所獲致者也就是彼此會心的「私有義」。

至於第二序位讀者經由文獻考察、歷史參證、文本分析詮釋，而以語言陳述所獲致的「作者本意」，就只是可以開放共享的「公有義」；但是，絕非可以等同第一序位「特指隱性讀者」所直接感知「私有義」的「作者本意」，而且第二序位不同的「泛化讀者」所作「作者本意」的詮釋，其「詮釋間距」往往相差甚遠，後文將會細論。

（四）「特定指向」的「顯性他群讀者」

中國古典詩中，「酬贈詩」數量非常多，幾乎所有詩人的詩集，都可以讀到「贈某某」、「寄某某」、「答某某」、「酬某某」等作品。「某某」都名姓具實，很多人的身世及其與作者的交往關係，也都可以確考；或一人，或多人；一人則是「特定指向」的「顯性個體讀者」，多人則是「特定指向」的「顯性他群讀者」。中國古代所展現士人階層之「詩式社會文化行為」，而涵具豐富之「詩用」意義者，就以「酬贈詩」為最。只有取向「詩用學」的進路，才能從「純粹審美」的視域轉向，而重新詮釋「酬贈詩」的意義。以下先就「特定指向」的「顯性他群讀者」，舉詩例以說明之：

陶淵明〈怨詩楚調示龐主簿鄧治中〉：

22 李商隱〈夜雨寄北〉，參見〔唐〕李商隱著，〔清〕馮浩注，《玉谿生詩集箋注》，卷二，頁三五四。馮浩云：「《萬首絕句》作〈夜雨寄內〉。」《萬首絕句》即宋代洪邁所編選《萬首唐人絕句》。劉學鍇云：「現存義山詩集舊本除姜本作『寄內』外，均作『寄北』。明嘉靖刊本《萬首唐人絕句》亦作『北』不作『內』，故馮氏亦感孤證之不足憑而未敢遽改。」參見劉學鍇、余恕誠，《李商隱詩歌集解》（北京：中華書局，一九八八），冊三，頁一二三三。劉學鍇、余恕誠所提到的「姜本」，乃明代姜道生所刊刻《唐三家集》中的《李商隱詩集》，是眾多版本之一；那麼，諸多版本中，就只有姜本作「寄內」，實為孤證，可信度當然不及各本所作「寄北」。而且，「西窗」是西廂之窗；西廂古為接待賓客之處，故「剪燭西窗」，不用於夫妻之聚會；則當作「寄北」，遠寄北地之友人也。

天道幽且遠，鬼神茫昧然。結髮念善事，僶俛六九年。
弱冠逢世阻，始室喪其偏。炎火屢焚如，螟蜮恣中田。
風雨縱橫至，收斂不盈廛。夏日長抱飢，寒夜無被眠。
造夕思雞鳴，及晨願烏遷。在己何怨天，離憂悽目前。
吁嗟身後名，于我若浮煙。慷慨獨悲歌，鍾期信為賢。23

柳宗元〈登柳州城樓寄漳汀封連四州刺史〉：

城上高樓接大荒，海天愁思正茫茫。驚風亂颭芙蓉水，密雨斜侵薜荔牆。
嶺樹重遮千里目，江流曲似九迴腸。共來百粵文身地，猶自音書滯一鄉。24

陶淵明這首詩，特指龐主簿、鄧治中為第一序位的「顯性他群讀者」，期待他們能如鍾子期之知音，了解自己的心曲。龐主簿是龐遵，字通之，為淵明知交。鄧治中，生平不詳。治中是官名，為州刺史之助理。淵明歷述自己貧困的生活經歷、人生觀、內心的憂傷，故云「慷慨獨悲歌」，而以龐主簿、鄧治中為「知音」。由於他們彼此的「私涉關係」，在這現場當下的「事件情境」中，兩個第一序位讀者的「閱讀身分」與「閱讀位置」當然明確；因此能直接感知淵明「悲歌」的「本意」，文本的「意義詮釋」也得以完成。這是他們彼此默爾會心的「私有義」，非一般「泛化讀者」藉由文獻考察、歷史參證而以語言說明之「公有義」。

柳宗元這首詩也同樣，特指「漳汀封連四州刺史」為「顯性他群讀者」。漳州刺史韓泰、汀州刺史韓曄、連州刺史劉禹錫、封州刺史陳諫。這四個「第一序位讀者」於順宗永貞元年，都與柳宗元同坐王叔文黨，被貶謫到邊遠州郡；柳宗元被貶為永州司馬。憲宗元和中，常例召至京師，元和十年，又出為柳州刺史，這首詩作於此時。[25]因此，他們都身處同一「事件情境」，彼此「私涉關係」所形成的「閱讀身分」與「閱讀位置」，讓這幾個讀者能直接而深切感知柳宗元的「本意」，而完成文本的意義詮釋。諸如「海天愁思正茫茫」的那片深沉的「愁思」、「驚風亂颭芙蓉水，密雨斜侵薜荔牆」所隱含的比興之意、「共來百粵文身地，猶自音書滯一鄉」的蠻荒生活經驗等；這些「作者」所傳達的「本意」，比諸言語所能表現的還要豐饒深切，只有他們這一群身在情境中的「第一序位讀者」，才能超越語言而體會之，這當然是他們彼此會心的「私有義」。

至於第二序位的「泛化讀者」藉由文獻考察、歷史參證而以語言說明的「作者本意」乃是可以開放共享的「公有義」，當然與「私有義」無法等同。

（五）「特定指向」的「顯性個體讀者」

「酬贈詩」中最多「特定指向」的「顯性個體讀者」。作者與讀者彼此的「私涉關係」，同處

23 陶淵明〈怨詩楚調示龐主簿鄧治中〉，參見〔晉〕陶淵明著，現代袁行霈注，《陶淵明集箋注》（北京：中華書局，二〇〇三），卷二，頁一〇八。

24 柳宗元〈登柳州城樓寄漳汀封連四州刺史〉，參見《柳宗元集》（北京：中華書局，一九七九），冊四，卷四二，頁一一六四－一一六五。

25 〔宋〕文安禮，〈柳先生年譜〉，收入《柳宗元集》，冊四，頁一四〇二－一四二四。

的「事件情境」，所形成的「閱讀身分」與「閱讀位置」最為明確；而「本意」也都能深切的直接感知，以獲致文本的意義詮釋。這些詮釋境域，前文已論述甚詳，就無須再為贅言。茲舉詩例以說明之。

柳宗元〈酬曹侍御過象縣見寄〉：

破額山前碧玉流，騷人遙駐木蘭舟。春風無限瀟湘意，欲採蘋花不自由。26

這首詩，發言的「作者」對著「特指」的「顯性個體讀者」，自覺抱著某一「本意」，希望能被這個「第一序位特指讀者」所了解，此一讀者就是詩題中的「曹侍御」。侍御是官名，曹侍御生平不詳。柳宗元因坐王叔文黨而被貶永州，其後又被貶柳州，象縣就在柳州。朋友曹侍御經過象縣，詩寄柳宗元；柳宗元作此詩以酬答。他的「本意」在於「春風無限瀟湘意，欲採蘋花不自由」這二句，罪臣的處境及心情，曹侍御做為第一序位的讀者應當能直接感知。他是柳宗元的好友，彼此有「私涉關係」，其「閱讀身分」與「閱讀位置」明確。而柳宗元被貶的「事件情境」還未消失；曹侍御在這一「事件情境」中，當能直接感知其「本意」，而完成文本的意義詮釋，獲致彼此會心的「私有義」。

至於第二序位的「泛化讀者」所詮釋的「作者本意」，乃屬可以開放共享的「公有義」；並非身處「事件情境」所作直接的感知，而是藉由文獻考察、歷史參證所獲致的詮釋，不能等同「私有義」。

孟浩然〈望洞庭湖上張丞相〉：

八月湖水平，涵虛混太清。氣蒸雲夢澤，波撼岳陽城。
欲濟無舟楫，端居恥聖明。坐觀垂釣者，徒有羨魚情。[27]

這首詩，發言之「作者」對著「特指」的某一個「顯性個體讀者」，即張丞相，抱著某種希求、期待的「本意」，希望這個「第一序位特指讀者」能了解，並給予回應。張丞相應當是張說而非一般所認為的張九齡；唐玄宗開元四年左右，張說因與姚崇不合，罷中書令，累徙岳州刺史。[28]洞庭湖在岳州。孟浩然隱居襄陽，其實頗有應舉用世之心，青少年時期曾漫遊長江一帶，這首詩應該是此時謁見張說之作，[29]以「望洞庭湖」做為「比興」意象，寓託期待張丞相援引之意。孟浩然雖與張說沒有很密切的「私涉關係」；但是，唐代士人「干謁」之風甚盛，乃士人共處的社會文化情境。孟浩然干謁張說，算是一種比較淺交的「私涉關係」。在這社會文化的情境中，做為第一序位讀者的張說，其「閱讀身分」與「閱讀位置」也頗明確；當能直接感知孟浩然藉「望洞庭湖」之意象，所比興寄託的

26 柳宗元〈酬曹侍御過象縣見寄〉，參見《柳宗元集》，冊四，卷四二，頁一一八六。
27 孟浩然〈望洞庭湖上張丞相〉，參見李景白，《孟浩然詩集校注》，卷三，頁二七二。
28 〈張說傳〉，參見〔宋〕歐陽修等，《唐書》，冊二，卷一二五，頁一六〇六—一六〇八。
29 參見李景白，《孟浩然詩集校注》之〈前言〉，頁一；又卷三，頁二七二—二七三。

「本意」，而完成文本的意義詮釋。這仍是他們彼此之間心知的「私有義」。

至於諸多第二序位的「泛化讀者」既不在「事件情境」中，便只能藉由文獻考察、歷史參證與比興解碼，而詮釋言外寄託的「作者本意」。這樣的「作者本意」並非彼此會之於心的「私有義」，而實為可用語言陳述，並且開放共享的「公有義」。

四、「詩用」情境中，多重性讀者的「閱讀身分」及「閱讀位置」之與「意義詮釋」的關聯。

從中國文學批評史觀之，漢代開始，自此以降，「作者中心觀」的「情志批評」一直都是主流。這類批評，已由漢儒箋注詩騷建構典範，其「批評目的」主要是揭明作者以「比興」之符號形式，寄託於言外，為「政教諷諭」而發的「本意」。準此，狹義的「作者本意」具有幾個條件：一是詩人創作一首詩必「有所為而為」，也就是必有「原初」在某種經驗情境中，有感而發的創作「原因動機」，以及藉由這首詩以「指向他人」，達到某種「意向」的「目的動機」，[30]例如諷諫、期求等，就稱為「作者本意」或「作者用意」；二是在詩騷的詮釋傳統中，這一「本意」必與政教之「美善刺惡」的諷諭目的有關；三是多以「比興」符碼寄託於言外，隱而不顯，必經解碼索隱以揭明之，這就稱為「箋」；箋者，表也，表而明之謂之「箋」。[31]其後的發展，廣義的「作者本意」就未必與政教諷諭有關，也未必全以「比興」為寄託；然則，廣義的「作者本意」，其基本概念指的就是詩人創作一首詩時，「原初」所要表達的「情意」；這一「情意」相對於「讀者」，隨著文本而客觀存在著，讀者的閱讀、詮釋無非就是揭明這一「作者本意」。

那麼，「作者中心觀」的「情志批評」有何特定的方法？漢儒箋釋詩騷，籠統的說，所運用的「批評方法」是「以意逆志」、「知人論世」、「文本分解」與「比興解碼」互濟。不過，能夠將這四種方法做出比較嚴謹的互濟運用，應推王逸箋注屈騷，至於《詩經》的《毛傳》就相對疏略，必須另眼看待其義，後文再做細論。王逸在〈楚辭章句序〉中，首先揭明屈原「履忠被譖，憂悲愁思，獨依詩人之義，而作〈離騷〉」，其「本意」是「上以諷諫，下以自慰」。[32]這當然是用「以意逆志」

30 「原因動機」（because motive），是指一個行為者由於過去的經驗，因而導致他之所以產生現在此一行為的動機，以古代詩歌創作而言，由於政教之或治或亂的社會經驗現象，而觸發詩人的創作動機，即是「原因動機」。「目的動機」（in-order-tomotive），是指一個行為者由於某種指向未來的目的，而導致他產生現在此一行為的動機。以古代詩歌創作而言，在上述「原因動機」的觸發之下，詩人創作一首詩必有某種指向未來的目的，即「美善刺惡」，期望未來的政教能大治。「原因動機」與「目的動機」之義，參見〔美〕舒茲（A. Schutz，一八九九－一九五九）著，盧嵐蘭譯，《舒茲論文集（I）》，頁九一－九四。

31 《四庫全書總目提要・毛詩正義》：「案《說文》曰：『箋，表識書也。』鄭氏〈六藝論〉云：『注詩宗毛為主，毛義若隱略，則更表明；如有不同，即下己意，使可識別。』然則康成特因毛傳而表識其傍，如今人之簽記，積而成帙，故謂之箋。」隱略之義，當是意在言外，則表明之，這就是「箋」。參見〔清〕紀昀等，《四庫全書總目》（台北：藝文印書館，一九七四），冊一，卷一五，頁三三二。馮浩《玉谿生詩集箋注・發凡》：「箋者，表也；注者，著也。義本同歸。今乃以徵典為注，達意為箋，聊從俗見耳。」參見〔清〕馮浩注，《玉谿生詩集箋注》，附錄二〈發凡〉，頁八二三。案唐宋以降，所稱詩文之「箋注」者，習例大多以徵明典實、訓解文字為「注」，而以揭明章句蘊涵之意為「箋」，二者有別，故馮浩云「聊從俗見」。「章句蘊涵之意」往往以「比興」寄託言外，視為「作者本意」。

32 〔漢〕王逸注，〔宋〕洪興祖補注，《楚辭補註》（台北：藝文印書館，明毛晉汲古閣本，一九六八），卷一，頁八四－八五。

之法所做主觀的體會；但是，這樣的主觀體會，如何能客觀印證其真實？他在〈楚辭章句序〉中，指出自己的方法是：「以所知所識，稽之舊章，合之經傳。」[33]這是客觀的「歷史參證」之法，亦即「知人論世」之法。他又在〈離騷經序〉中指出「〈離騷〉之文依詩取興，引類譬喻，故善鳥香草以配忠貞，惡禽臭物以比讒佞……。」[34]依此，再加上掌握「善鳥香草以配忠貞，惡禽臭物以比讒佞」等比興符碼的規則，而運用「比興解碼」之法。至於整個箋注過程，則運用〈天問序〉所謂「章決句斷」[35]的「文本分解」之法。上述幾種方法互濟，終而揭明言外所寄託的「作者本意」。[36]準此，這一批評典範，顯然建立在「作者中心觀」的基礎上，其基本假定就是：文本「意義」乃出自「作者」現實存在經驗所產生的「情志」，而此一「情志」乃隱涵於「言外」；讀者費盡心力所要達到的批評目的，就是揭明此一隱涵於言外的情志。

然而，這套方法的操作，在漢代詩、騷的箋釋中，其實頗有精疏與主客觀之別。王逸《楚辭章句》對「作者本意」的箋釋，算是比較客觀而精當。其他漢代楚辭學的著作，尤其賈誼〈弔屈原文〉、東方朔〈七諫〉、嚴忌〈哀時命〉等，這類擬騷之作，可以視為一種特殊的中國文學批評型態，以「反照自身」為批評目的，其中似含「作者本意」的成分，卻沒有客觀嚴格的方法證成之，完全出於批評者主觀的感知，用以反照自身的遭遇與屈原的遭遇古今相通，詮釋屈原即詮釋自己，故而別有寓託，其用意實不在揭顯客觀的「作者本意」。[37]至於《詩經》的《毛傳》所箋釋的「作者本意」也是別有「詩教」目的的寓託。凡此，皆不宜以後世所持客觀知識論的文學批評視之，而可另以「寓託本意」看待，後文再作詳論。

接著，魏晉開始，「作品中心觀」的「文體批評」又成另一主流。批評目的主要是以「文體」知識為依據，評判作品是否能完滿實現這一文類理想的體式，例如《文心雕龍．明詩》云：「若夫四言正體，則雅潤為本；五言流調，則清麗居宗。」[38]自此，「情志批評」與「文體批評」並行為中國古代文學批評的二大主流型態。[39]而先秦時期，「讀者中心觀」之「自由感發式」的批評，[40]則相對已弱化到隱藏狀態。一部《文心雕龍》五十篇，就只有〈知音〉一篇站在「讀者觀點」，為「批評論」發言；但是，劉勰在〈知音〉一篇中，所立定的批評目的仍然指向「覘文輒見其心」，這「其心」顯

33 同前注，卷一，頁八五。

34 同前注，頁一一二。

35 同前注，卷三，頁一九九。

36 上述有關漢代楚辭學所開顯「情志批評」的方法，參見顏崑陽，〈漢代「楚辭學」在中國文學批評史上的意義〉，收入顏崑陽，《詮釋的多向視域》，頁二三四—二三五。

37 同前注，頁二三一—二三三。

38 《文心雕龍．明詩》，參見周振甫，《文心雕龍注釋》（台北：里仁書局，一九八四），頁八五。

39 「情志批評」與「文體批評」之說，詳參顏崑陽，〈文心雕龍「知音」觀念析論〉，收入顏崑陽，《六朝文學觀念叢論》（台北：正中書局，一九九三），頁一八八—二四五；又顏崑陽，〈漢代「楚辭學」在中國文學批評史上的意義〉，收入顏崑陽，《詮釋的多向視域》，頁二〇一—二五二。

40 《論語．陽貨》記載孔子云：「詩可以興。」在這情境中，所謂「興」指的不是語言形式的譬喻。（宋）朱熹《論語集注》解「興」為「感發志意」，最是得當，指的是「讀者」從文本的意象感發自己的志氣，而對人生的道理有所啟悟。這種「讀者感發」的「興」義，詳參顏崑陽，〈從「言意位差」論六先秦至六朝「興」義的演變〉，收入顏崑陽，《詩比興系論》（台北：聯經出版公司，二〇一七），頁七七—八九。

然是「作者之用心」；劉勰的「知音」理論，最大貢獻是提出「六觀」的「文體批評」之法，其第一觀是「觀位體」。[41]什麼是「觀位體」？簡要的說，就是觀察文本能否適當的「因情」以安置切當的「文體」。這一所因是「情」，在詩、騷一類的「抒情」文本中，大部分是作者存在經驗主觀感思之「情」。甚至一篇作品之體，或一家作品之體，其構成要素也以作者情性為必要因素，故《文心雕龍・體性》云：「若夫八體屢遷，功以學成。才力居中，肇自血氣。氣以實志，志以定言。吐納英華，莫非情性。」[42]準此，「文體批評」仍然不離作者情性。然則，劉勰所提出的「批評論」，實綜合了「作者中心觀」與「作品中心觀」的兩個主流。而「讀者中心觀」之「自由感發式」的批評，仍然弱化而隱藏。直到清代，才有王夫之詮釋孔子「詩可以興」之「興」，提出「『可以』云者，隨所以而皆可……作者用一致之思，讀者各以其情而自得」之說，[43]既然讀者對文本的意義可以「各以其情而自得」，完全出於主觀自由的感發，當然也就沒有與讀者相對客觀的「作者本意」了。後續而有譚獻提出「作者之用心未必然，而讀者之用心何必不然」的批評論；[44]然則，文本意義也就未必以相對客觀之作者用心，即所謂「本意」做為唯一確當的詮釋，而讀者主觀用心感悟之意也未必就不是文本意義確當的詮釋。這些才是「讀者中心觀」的批評論，然而也僅止於「論」罷了，並未有批評家以此觀點，實踐完成一家詩文集的箋釋。其實，歷代文話、詩話、詞話、賦話、曲話，不少片言隻語的作品「讀後感」，直觀綜合之見，實質為「讀者中心」的主觀「自由感發」；只是「作者中心觀」已成不自覺的「文化意識形態」，因此這個「讀者」仍然錯覺的自認為所「自由感發」之意就是「作者本意」。

循此觀之，「作者本意」的找尋與揭明，始終都是中國古典詩歌箋釋的主要「批評目的」；然而，從「詩用學」觀之，這類箋釋很多越過當下在場之「事件情境」中的「第一序位讀者」，而以「第二序位讀者」的臆想，直接做出「閱讀主體代位」之私有義的「本意」詮釋，其穿鑿附會之弊非常嚴重。

所謂「閱讀主體代位」指的是：第二序位的「泛化讀者」，即箋釋者，是一閱讀主體；而第一序位的「特指讀者」是另一「閱讀主體」。如果「第二序位泛化讀者」對第一序位之「作者」與「特指讀者」由某一「私涉關係」所形成的「事件情境」，缺乏「真切」的重建，就直接以自我的「閱讀主體」取代第一序位的「閱讀主體」，並以虛擬的「閱讀身分」及「閱讀位置」，主觀臆想當時「作者」暗示了什麼與「特定事件」關聯的「本意」。這就是「閱讀主體代位」的詮釋，幾乎缺乏相對客觀「有效性」（validity），全屬穿鑿附會。

這種中國古典詩歌箋釋史上的迷蔽，必須進行「浚本清源」的反思、批判。其關鍵在於所謂「作者本意」的定位；以及「方法學」上，「事件情境」之重建是否具有相對客觀有效性？例如明清之際

---

41 《文心雕龍‧知音》，參見周振甫，《文心雕龍注釋》，頁八八七—八八九。

42 《文心雕龍‧體性》，同前注，頁五三五—五三六。

43 王夫之《薑齋詩話‧詩譯》，參見〔清〕王夫之著，現代戴鴻森注，《薑齋詩話箋注》（台北：木鐸出版社，一九八二），卷一，頁四。

44 譚獻：「作者之用心未必然，而讀者之用心何必不然」之說。參見〔清〕譚獻，〈復堂詞錄敘〉，收入唐圭璋，《詞話叢編》（台北：廣文書局，一九七一），冊一一，頁四〇一四。

以降，姚文燮之箋釋李賀詩，[45]朱鶴齡、程夢星、姚培謙、馮浩等之箋釋李商隱詩。[46]假如僅從「認識論」之「方法學」的立場與觀點評判諸多箋釋成果，實在過多穿鑿附會之說，其「詮釋有效性」很難認可。有關李商隱詩之箋釋所產生的迷蔽問題，我已撰寫專著，進行詳切的批判。[47]

「作者本意」應該如何定位？以及「方法學」上，「事件情境」如何重建？才具有詮釋的相對客觀有效性？從這些問題而言，我們可舉李商隱詩的箋釋為範例，進行反思批判。在李商隱詩的箋釋史上，同一首詩由不同箋釋者所揭露的「作者本意」，竟爾會有兩種以上不同的答案，有些甚至正好對反，其「詮釋間距」何只天壤之別；而箋釋者卻都自認所揭露的是客觀確當的「作者本意」。這類情況不乏其例，茲舉李商隱〈謁山〉一詩，清代馮浩與近代張爾田的箋釋為例。

李商隱〈謁山〉：

> 從來繫日乏長繩，水去雲回恨不勝。欲就麻姑買滄海，一杯春露冷如冰。[48]

馮浩繫此詩於唐宣宗大中三年，而箋曰：

> 謁山者，謁令狐也。次句身世之流轉無常，三句陳情，四句相遇冷澹也。唐時翰林學士不接賓客，義山雖舊交，中心已睽，遂以體格疏之耳。[49]

張爾田也繫此詩於大中三年；但是，所揭露的「作者本意」卻正好與馮浩對反，箋曰：

山，義山自謂，此暗記令狐來謁事也。言我方欲就彼陳情，而不料其匆匆竟去，徒令杯酒成冰，所以有「水去雲迴」之恨也。首句則言安得長繩繫日，使之多留片刻乎？通篇融洽矣。馮謂義山往謁令狐，語妙全失。50

45　參見〔唐〕李賀著，〔清〕姚文燮注，《昌谷集註》；收入楊家駱主編，《李賀詩注》（台北：世界書局，一九八二），頁一九一－二八七。姚文燮以詩史、比興做為李賀詩的本質；他在〈昌谷詩註自序〉中，指認唐憲宗元和時期，內憂外患，而「賀不敢言，又不能無言。於是寓今託古，比物徵事，無一不為世道人心慮。……故賀之為詩，其命辭命意命題，皆深刺當世之弊，切中當世之隱。」亦即李賀詩以比興寄託「深刺當世之弊，切中當世之隱」的「作者本意」。

46　參見〔唐〕李商隱著，〔清〕朱鶴齡注，《李義山詩集》（台北：臺灣學生書局，一九六七）；〔清〕朱鶴齡箋注，程夢星刪補，《李義山詩集箋注》（台北：廣文書局，一九八一）；〔清〕姚培謙，《李義山詩集箋註》（日本京都：中文出版社，松桂讀書堂藏版）；〔清〕馮浩，《玉谿生詩集箋注》（台北：里仁書局，一九八一）。這一系統的李商隱詩集箋注，都上溯風騷，以詩史、比興做為李商隱詩之本質的基本假定，而運用「知人論世」與「以意逆志」之法，箋釋李商隱寄託於言外的「作者本意」。參見顏崑陽，《李商隱詩箋釋方法論》（台北：里仁書局，二〇〇五），頁八一－一六〇。

47　參見顏崑陽，《李商隱詩箋釋方法論》，此一論著即是站在「認識論」之「方法學」的立場與觀點，反思批判其箋釋之缺乏相對客觀有效性，而揭顯其穿鑿附會之弊。

48　參見〔清〕馮浩，《玉谿生詩集箋注》，卷二，頁三七五。

49　同前注。又附錄三〈玉谿生年譜〉，頁八六九。

50　參見現代張爾田，《玉谿生年譜會箋》（台北：臺灣中華書局，一九六六），卷四，頁一六一。

馮浩與張爾田都箋釋〈謁山〉一詩，所揭露的「作者本意」完全相反。馮說「山」指令狐綯，「謁山」乃李商隱往謁令狐綯。相反的，張說「山」乃李商隱自稱，「謁山」指令狐綯來謁李商隱。謁，雖有「訪」義；但是，通例都用於下位者「請見」上位者。令狐綯官職地位遠高於李商隱；李商隱怎會如此不識倫理，作詩自稱「令狐綯來謁」？況且，略通傳統「比興」詩法者，都能認知「比興」之符徵與符指的譬喻關係，必然建立在兩者的類似性。故上述王逸作《楚辭章句》早就指認了屈騷所建立「比興」的法則，所謂「引類譬喻，故善鳥香草以配忠貞，惡禽臭物以比讒佞」；因此說詩者如欲揭明寄託於言外的「作者本意」，必須精識「比興」法則，始能有效的「解碼」；絕不能憑各人的臆想，隨意妄說。馮、張二人完全缺乏「詩比興」的知識，故對於「山」做為符徵，其符指究竟是什麼？都未能妥當的做出合乎「比興」法則的「解碼」，而各憑己意妄斷。張爾田更自以為是，全無客觀憑據，卻大言攻擊馮浩之失；然而，作者相對於箋釋者，乃「歷史他在」的客觀主體，假如真有「作者本意」，應該只有一個答案為是，則吾人能用什麼文獻、方法證實誰對誰錯？而且，他們所揭露的「作者本意」，完全繫屬在李商隱與令狐綯兩人「私涉關係」所構成特定而客觀的「事件情境」，而非人們普遍存在情境所能共同經驗的「泛意」。那麼，所謂「謁令狐」或「令狐來謁」，所謂「三句陳情，四句相遇冷澹」，所謂「我方欲就彼陳情，而不料其匆匆竟去，徒令杯酒成冰」云云，都是千年之後的「泛化讀者」，卻如同穿越時光隧道，置身在義山與令狐綯「私涉關係」的「現場」，目睹兩人「相對互動」的事實。如此解詩，其荒謬真令人吃驚；兩人所揭露的「事件情境」，全非經由文獻考察所做還原性的「重建」，以資「歷史參證」；而是虛擬想像的主觀臆度，「外鑠」而植入。如此「作者本意」之箋釋，全屬穿鑿附會，毫無相對客觀「有效性」。

那麼，「作者本意」的詮釋是否可能？本文提出「中國古代『詩用』情境中的多重性讀者」這個論點，正是意圖解決此一問題。

首先，我們要再次強調，中國古代「詩文化」的存在情境中，「詩」無所不在，士人階層普遍將它當作特殊的言語形式，「用」於各種社會「互動」行為。因此，「詩之用」是中國古代既普遍又特殊的社會文化現象。詮釋中國古典詩，必須以這種「詩用」情境為基礎，先能理解「讀者」實有「多重性」，才能相應做出適切的「意義詮釋」。在「詩用情境」的「多重性讀者」，可初分為：第一序位，與發言之「作者」具有「私涉關係」，而身處「事件情境」的「特指讀者」；以及第二序位，與發言之「作者」沒有「私涉關係」，而不在「事件情境」中的「泛化讀者」。而「泛化讀者」還可分為三個次層，前文已做分析，不贅：古代詩歌之現當代的讀者，乃是第三序位古典文化情境疏離淡滅的「泛化讀者」；比諸清代之前的第一、二序位「泛化讀者」，對古代詩歌「作者本意」的詮釋，會遭遇更大的困難。

其次，我們要再強調，詮釋前代詩歌的意義，「第二序位泛化讀者」絕不能直接越過第一序位的「特指讀者」，而誤認為自己就是唯一的讀者，便做出「閱讀主體代位」的「作者本意」詮釋；而必須經由文獻考察，真切而有效的重建「事件情境」，以做為歷史參證；第二序位的泛化讀者才能憑此重構「擬真」的「作者本意」。

從「詩用學」觀之，經由上文對「多重性讀者」的分判、詮釋，我們可將「作者本意」定出二種不同的「層位」：

（一）原初本意

第一種可定位為「原初本意」，繫屬於發言之「作者」與受言之「讀者」，在「私涉關係」的「事件情境」中，彼此「直接感知」之「私有義」的「作者本意」。這一層位的「本意」所蘊涵的內容，超乎語言所能表現，很多都是身在「事件情境」中，由雙方「私涉關係」的現實存在經驗，所做直接會心的感知。這種第一層位的「原初本意」，原則上只有在「事件情境」中，當境者彼此以「直接感知」的方式獲致，其「內容」無法以語言公開而盡意的陳述。在事過境遷，雙方都已「不在場」，文本開放給眾多「泛化讀者」，則「原初本意」即不可能如實的「重現」。任何第二、三序位的泛化讀者，都不能誇示自己如實的「重現」這一層位的作者「原初本意」，而否定他人的說法。上舉馮浩、張爾田之揭露李商隱〈謁山〉之「在場性」的「作者本意」，純屬荒謬之見；而古來像這種「作者本意」之謬見，卻充斥在很多詩集的箋釋中，其深層處所隱涵的詮釋心態，值得研究。或許我曾提出建立在士人階層「古今一相接」之文化生命存在經驗的基礎上，所展示「情志批評的反身性詮釋效用」，這是一個可以轉向的詮釋視域。51

（二）重構本意

第二種可定位為「重構本意」，這是在事過境遷，第一序位彼此具有「私涉關係」的作者與讀者，雙方都已「不在場」，文本開放給眾多「泛化讀者」；而「泛化讀者」做出真切之古典文化傳統情境的回歸，以及做出所欲詮釋之詩作的「事件情境」重建，在充分而可信的文獻考察基礎上，進行適當的「歷史參證」，設身處地的涉入「第一序位讀者」所處的情境，依其不同重層的「閱讀身分」

與「閱讀位置」，進行同情的理解，從而獲致文本的「意義詮釋」。如此所揭示的「作者本意」，實非「原初本意」，而是第二層位的「重構本意」。這已是眾所「共享」的「公有義」了，其「內容」可以用語言公開而盡意的陳述。

比較這二種「作者本意」，可舉例而言，孟浩然〈宿桐廬江寄廣陵舊遊〉雖然以直抒情意的賦體表現，其「本意」似乎不像「比興寄託」那麼難以理解。然而，一般第二、三序位「泛化讀者」與作者缺乏「私涉關係」，不在當時的「事件情境」中，即使可以經由文獻考察的歷史參證，甚至進行「事件情境重建」，卻畢竟無法「直接感知」；由於歷史時空所造成的「詮釋間距」，所謂「作者本意」，與第一序位讀者之身處當下「事件情境」之「直接感知」相較，終隔一層。孟浩然所云「建德非吾土，維揚憶舊遊。還將兩行淚，遙寄海西頭」。所謂「建德非吾土」的沉痛，而以「淚」所寄之「情」，實超乎語言所能表現，只有「海西頭」的「舊遊」們能在言語之外默爾感知，是為「私有義」。至於第二序位讀者經由文獻考察、歷史參證、文本分析詮釋，而以語言陳述所獲致的「作者本意」，乃是可以「共享」的「公有義」，只能說是「重構本意」了。

51 早期所著《李商隱詩箋釋方法論》，乃從「認識論」之「方法學」的立場與觀點，反思批判朱鶴齡、馮浩此一箋釋系統的相對客觀有效性。其後，另撰〈生命存在的通感與政教意識形態的寄託——中國古代文學「情志批評」的「反身性詮釋效用」〉，收入顏崑陽，《反思批判與轉向》，頁二七三—三〇六。這一篇論文契入歷史情境，進行同情理解，乃從「認識論」轉而在「存有論」的立場與觀點，洞觀古代士人階層的文化傳統，理解到詩文之創作與箋釋，尤其「情志批評」，往往隱涵著「生命存在的通感與政教意識形態的寄託」，實具「反身性詮釋效用」；於此，其詮釋相對客觀有效性可存而不論。

「重構本意」其實已不可避免的滲入「泛化讀者」主觀感思的成分，因此不能等同「原初本意」。我們還可依其與「原初本意」的「貼近度」，分辨出幾個次層：

1. 擬真本意

第一次層可稱為「擬真本意」，如上文所述，是能以相對客觀而嚴格的方法學，做出真切之古典文化傳統情境的回歸，以及做出所欲詮釋之詩作的「事件情境」重建，在充分而可信的文獻考察基礎上，進行適當的「歷史參證」；設身處地的涉入「第一序位讀者」所處的情境，依其不同重層的「閱讀身分」與「閱讀位置」，進行同情的理解；並且做出適切的「比興解碼」，從而獲致文本的「意義詮釋」。這種「重構本意」與「原初本意」的「貼近度」最高，可稱為「擬真本意」；最能展示一般人文研究方法的詮釋學意義。舉例言之，葉嘉瑩曾以宋代楊萬里〈過揚子江〉一詩為例，說明如何詮釋這首詩寄託言外的「作者本意」，詩云：

> 祇有清霜凍太空，更無半點荻花風。天開雲霧東南碧，日射波濤上下紅。
> 千載英雄鴻去外，六朝形勝雪晴中。攜瓶自汲江心水，要試煎茶第一功。52

這首詩的意義詮釋，最關鍵處在於尾聯兩句，似寫汲水煎茶的閒事，實則言外卻寄託某一「作者本意」；但是這一「作者本意」如何獲致相對客觀有效的詮釋？絕不能主觀臆想，而必須在可信的文獻考察基礎上，進行適當的「歷史參證」與「比興解碼」。楊萬里〈過揚子江〉有二首，元代方回《瀛奎律髓》選入上列這一首，[53]清代紀昀評云：「結乃謂人代不留，江山空在，悟紛紛擾擾之無益，且汲水煎茶，領略現在耳。用意頗深，但出手稍率，乍看似不接續。『功』字亦押得勉強些，故為馮氏所譏。」馮氏指清代馮班，對這首詩評云：「末句，惡氣味。」[54]古人詮評詩文不少如紀、馮如此主觀隨意，不做客觀歷史情境之參證，就望文生義，妄加評斷者。葉嘉瑩已指出紀昀對此詩之詮評：「實在犯了一個極大錯誤，因為作者楊誠齋此詩的重點及深意，原來卻正在這末後兩句之中。」[55]為什麼紀昀會犯這種詮評上的錯誤呢？葉嘉瑩進一步指出：

> 他（紀昀）對當時誠齋寫作此詩的歷史背景及地理背景，都未曾深考，因此才會誤認為其「用意」只不過是感慨「人代不留，江山空在」、「且汲水煎茶，領略現在」而已。[56]

那麼，葉嘉瑩如何論證紀昀之謬見？她述明這二首〈過揚子江〉的寫作歷史背景與地理背景如

52 〈過揚子江〉，參見（宋）楊萬里，《誠齋集》（台北：臺灣商務印書館，上海涵芬樓景宋寫本，一九七九），卷二七，頁二五四。

53 （元）方回選評，現代李慶甲集評校點，《瀛奎律髓彙評》（上海：上海古籍出版社，二〇〇五），冊上，卷一，頁四四。

54 （清）紀昀、馮班評語，參見李慶甲，《瀛奎律髓彙評》，冊上，卷一，頁四四。

55 參見葉嘉瑩，〈關於評說中國舊詩的幾個問題〉，收入《中國古典詩歌評論集》（台北：純真出版社，一九八三），頁一一五。

56 同前注。

下：詩作於南宋光宗紹熙改元的一年，當時楊萬里正在秘書監任上，奉命為全國賀正旦使的接伴使；〈過揚子江〉二詩便作於奉命出為接伴使途中，渡江之際，可以遙望金山，故另一首詩有「一雙玉塔表金山」之句。而根據陸游《入蜀記》卷一的記載，金山上建有「吞海亭」，「每北使來聘，例延至此亭烹茶」。依據這些歷史背景與地理背景的考察，葉嘉瑩即肯斷的認為這首詩尾聯兩句的「用意」，絕不是僅如紀昀所謂「汲水煎茶，領略現在」而已，乃別有一種身負接待北使之命，雖心懷羞憤，而又深覺其使命艱鉅的雙重感慨。[57]

葉嘉瑩所謂楊誠齋此詩的「用意」，即是「作者本意」；而這「作者本意」乃寄託在「煎茶」這一比興符碼中，葉嘉瑩的說法實乃後世「泛化讀者」經由比較嚴格的方法學，所獲致相對有效性詮釋的「擬真本意」。這首詩第一序位讀者，不是一兩個「特指讀者」，而是與楊萬里同時代，「想像文學社群」中，諸多「泛化」的「隱性他群讀者」。因此，這一「本意」也就不是那種在「作者」與「特指讀者」之私涉關係的「事件情境」中，所「特指」的某一「意向」——私有義；而只是在「泛化讀者」共處之社會文化存在情境中，可以共同理解的「公有義」。依循前文的論述，「泛化讀者」還可區分為「同時代」與「異時代」的幾個次層。與楊萬里同時代的「泛化讀者」，例如上述的陸游，「每北使來聘，例延至此亭（吞海亭）烹茶」乃是當時共處之社會文化存在情境；則陸游可不經文獻的考察，就能明白理解楊萬里所詠「要試煎茶第一功」究竟喻示什麼「作者本意」。而歷史情境遷移之後，馮班、紀昀以及我們現當代的讀者，都是「異時代」的「泛化讀者」，對「作者本意」的詮釋，就無法如陸游那樣可以主觀意會，當然更不能像紀昀那樣望文生義；然則，必須如何才能獲致相對有效的詮釋？依前文所提出的理論，必須能以相對客觀而嚴格的方法學，做出真切之古典文化傳統情境的回歸，以及做出所欲詮釋之文本的「事件情境」重建，在充分而可信的文獻考察基礎上，進行適當的「歷史參證」，設身處地的進行同情的理解，並對關鍵性的比興做出確當的解碼。葉嘉瑩在指出紀昀的誤謬之後，的確使用可信的文獻，重建「事件情境」，而對這首詩寫作的歷史背景與地理背景做了清楚的描述，有效的詮釋末句「要試煎茶第一功」所喻示的「作者本意」，因此雖是「重構」，卻貼近「原初本意」，可稱為「擬真本意」。

不過，就方法的嚴格度而言，葉嘉瑩引證文獻，還可以更求明確。我們在她的基礎上，再做補充。葉嘉瑩說：這二首〈過揚子江〉作於南宋光宗紹熙改元的一年，當時楊萬里正在秘書監任上，奉命為全國賀正旦使的接伴使。這一說法有何所據？葉嘉瑩沒有徵引特定而可信的文獻，我們可為補充如下：首先，所謂「南宋光宗紹熙改元的一年」，不免有些含糊，究竟確定是哪一年？按蕭東海《楊萬里年譜》，此詩繫在宋孝宗淳熙十六年（西元一一八九）十一月，楊萬里六十三歲。[58]這時已是仲冬季節，故首句「祇有清霜凍太空」、第六句「六朝形勝雪晴中」，正符合這時節的景象。蕭譜又云：這一年二月，孝宗讓位予太子趙惇，是為光宗，準備改元而還未正式改元，故仍沿用淳熙年號，改元紹熙乃是明年的事。十一月，楊萬里以煥章閣學士出任全國賀正旦使的接伴使。秘書監是他稍早的前一個職務。[59]新皇帝繼位，改元乃是大事，必有慶典。依禮他國必派遣使者來賀，稱為「賀正

57　以上葉嘉瑩之論意，參見〈關於評說中國舊詩的幾個問題〉，收入《中國古典詩歌評論集》，頁一一六。

58　參見蕭東海，《楊萬里年譜》（上海：上海三聯書店，二〇〇七），頁二三三—二三四。

59　同前注。

旦使」，而本國也必派遣使者負責接待，稱為「接伴使」。因此，楊萬里所擔負乃是折衝樽俎之間的外交重任，不能有辱國體。葉嘉瑩徵引陸游《入蜀記》以明「煎茶」的比興之意，而指出非如紀昀憑空臆想為「領略現在」的生活趣味，這是非常有論證效力的直接文獻；但未註明《入蜀記》的版本、頁次，可補充之。[60]依據《入蜀記》的記載，我們就可為「煎茶」解碼，而知其言外所寄託之意。再以末句為據，回應「天開雲霧東南碧，日射波濤上下紅」，這一聯兩句用樣有「比興」之意。詩人渡揚子江而回望東南，正是南宋國都，天開雲霧，一片碧空，則言外「作者本意」，即對南宋未來的國運寄予撥雲見日的期望。初日升起，紅光照射上下的波濤，則言外「作者本意」，對新皇帝繼位，也託以光明的願景。經由這樣嚴格的「歷史參證」與「比興解碼」，則所重構的「擬真本意」，當可成立。因此，「作者本意」的詮釋並非不可能，而是必須要有嚴格的方法學做為保證，否則就如不少古人的詩文箋注，以主觀之臆想卻又做出客觀事實之妄斷，都淪於穿鑿附會之說。然而，即使以嚴格的方法學獲致「作者本意」的相對客觀有效性詮釋，也只是「重構」的「擬真本意」，不能完全等同「原初本意」。

2. 擬似本意

第二次層可稱為「擬似本意」，乃是弱化客觀而嚴格的方法，詮釋程序疏漏若干條件——「事件情境」的重建，而相對強化主觀感思的程度；不過仍能回歸真切之古典文化傳統情境，持保留態度，不植入「特定事件」，而以普遍存在經驗的「泛意」作解。這種「重構本意」與「原初本意」的「貼近度」較低，可稱為「擬似本意」，茲舉例示之，李商隱〈嫦娥〉：

雲母屏風燭影深，長河漸落曉星沉。嫦娥應悔偷靈藥，碧海青天夜夜心。[61]

這首詩的「作者本意」，馮浩倒是沒有過度附會，不編年，只做「泛意」之解，云：「或為入道而不耐孤孑者致誚。」[62]除馮浩之外，詮釋此詩者眾，而最為謬想，穿鑿附會者，仍屬張爾田，云：

義山依違黨局，放利偷合，此自懺之詞，作他解者非。[63]

又云：

寫永夜不眠，悵望無聊之景況，亦託意遇合之作。「嫦娥偷藥」比一婚王氏，結怨於人，空使我一生懸望，好合無期耳，所謂「悔」也。蓋亦為子直陳情不省而發。若解作悼亡詩，味反淺矣。馮氏謂刺詩，似誤。[64]

60 〔宋〕陸游，《入蜀記》（與《老學庵筆記》合輯）（上海：上海遠東出版社，一九九六），卷一，頁一九。

61 參見〔清〕馮浩，《玉谿生詩集箋注》，卷三，頁七一七。

62 同前注，頁七一八。

63 參見張爾田，《玉谿生年譜會箋》，卷四，頁二〇六。

64 參見張爾田，《玉谿生詩辨正》。案此一著作係編者從張爾田《玉谿生詩集》手批本輯出，與《玉谿生年譜會箋》合輯出版，頁三九八。

張爾田對此詩「作者本意」的詮釋，仍持一貫謬想，以自己之說為是，而他人之說為非。問題是，若要證己之說為是，而他人之說為非，則必須例如上文詮釋楊萬里〈過揚子江〉一詩「煎茶」的比興託意那樣，能以嚴格的方法學保證所詮釋之「作者本意」實非私心謬想，穿鑿附會。以這首詩而言，本屬「泛題」之作，從題目到內文皆未明示第一序位的「特指讀者」；而箋釋者也沒有經由嚴格的文獻考察，以重建詩人與「特指讀者」之「私涉關係」的「事件情境」，那麼究竟有何憑藉，能將李商隱「依違黨局」、「一婚王氏，結怨於人」、「亦為子直（令狐綯）陳情不省而發」諸多「客觀事實」植入虛寫的詩境中，並私心臆想詩人以「嫦娥偷藥」此詩「自懺」？無他，馮浩、張爾田箋釋李商隱詩的這一系統，所預設的成見已固化如鐵：李商隱受恩於牛黨的令狐家父子，卻又婚娶李黨的王茂元之女，而「依違黨局，放利偷合」，既不得王茂元的歡心，又不受令狐綯的諒解，幾乎多數的無題、有題而類同無題的泛題，都為這一存在情境的人事而發。結論式的答案既已「成見在胸」，則越是泛題泛意之作，越可無須方法學的保證，而主觀恣意穿鑿附會。

那麼這一類難以相對客觀有效的詮釋其「擬真本意」的文本，「作者本意」的詮釋如何可能？則弱化客觀而嚴格的方法，相對強化主觀感思的程度，雖未能重建特定的「事件情境」，卻可以回歸真切之古典文化傳統的歷史情境，不作「特定人事」的穿鑿附會，而以普遍存在經驗的「泛意」作解，獲致「擬似本意」。馮浩所說「或為入道而不耐孤孑者致誚」，被張爾田批為「似誤」，反而相對比較接近「擬似本意」。其他，例如清代何焯云：「自比有才調，翻致流落不遇也。」[65]清代沈德潛云：「孤寂之況，以『夜夜心』三字盡之。士有爭先得路而自悔者，亦作如是觀。」[66]清代姚培謙：

「此非詠嫦娥也。從來美人名士，最難持者末路，末二語警醒不少。」[67]這幾種詮釋，都未經可信的文獻考察，以重建特定的「事件情境」，卻也不作「特定人事」的穿鑿附會，而在自喻「有才而不遇」、「女冠入道而不耐孤孑」、「士人爭先得路而自悔」等普泛的存在經驗情境中，主觀體會而以「泛意」作解。幾種「作者本意」的詮釋都非繫屬於可考證其真假的客觀事實，也就都不是具有「排他性」之絕對唯一確當的答案，同時又立基在類似的經驗情境上，因此可以相對並存。劉學鍇、余恕誠的詮釋值得參考，云：

> 「嫦娥應悔偷靈藥，碧海青天夜夜心」二句，設身處地，推想嫦娥心理，實已暗透作者自身處境與心境。嫦娥竊藥奔月，遠離塵囂，高居瓊樓玉宇，雖極高潔清淨，然夜夜碧海青天，清冷寂寥之情固難排遣，此與女冠之學道慕仙，追求清真而又不耐孤孑，與詩人之蔑棄庸俗，嚮往高潔而陷於身心孤寂之境均極相似，連類而及，原頗自然。故嫦娥、女冠、詩人三位而一體，境類而心通。詠嫦娥即所以詠女冠，亦即所以寄寓詩人因追求高潔而陷於孤孑之複雜矛盾心理。[68]

65 〔清〕何焯評語，收入〔清〕沈厚塽輯，《李義山詩輯評》。參見劉學鍇、余恕誠，《李商隱詩歌集解》（北京：中華書局，一九八八），冊四，頁一六九五。

66 〔清〕沈德潛，《唐詩別裁集》（台北：廣文書局，一九七〇），冊下，卷二〇，頁五四七。

67 〔清〕姚培謙，《李義山詩集箋註》（日本京都：中文出版社，松桂讀書堂藏版），卷一六，頁四五二。

68 劉學鍇、余恕誠，《李商隱詩歌集解》，冊四，頁一六九六。

這種詮釋實際上並不像上文所論「擬真本意」那樣，以嚴格的方法學，考察可信的文獻，證實客觀的「作者本意」；而是以詮釋者主觀的體會，從文本的「意象」，理解「嫦娥偷藥而悔」之與「女冠追求清真而又不耐孤孑」、「詩人嚮往高潔而陷於身心孤寂之境」，三者具有連類隱喻的意義。這種「泛化讀者」對文本所作的主觀體會，依循「作者中心觀」之詮釋傳統的習例，諸家之說仍然將它歸於「作者本意」。然而，相較前一次層的「擬真本意」，這種主觀體會所獲致的「重構本意」，既不能以嚴格的方法學，客觀論證其為真實，則其與「原初本意」的「貼近度」相對比較低弱，因此只能稱為「擬似本意」。「擬似本意」往往會有二個以上類似的說法，卻都是相對主觀，可以共存並立，實無絕對唯一之見；凡是缺乏客觀依據而指摘他人之錯誤如上述張爾田者，皆妄斷之學，不足為法。古來詩文箋釋，這種「擬似本意」之說為數最多，乃中國古代文學實際批評之常態，其與「讀者感發」之意互為主客，洞明之見者可達「視域融合」（Horizontverschmelzung）[69]的詮釋境地。

3. 寓託本意

第三次層可稱為「寓託本意」，乃以「第二序位泛化讀者」解決當代文化社會問題為導向，將「作者本意」當作自身遭遇或政教意識形態的「投影」。這種「重構本意」與「原初本意」的「貼近度」又更低；但是，我們卻必須另眼相待，涉入「歷史情境」做出同情理解，而尊重其「詮釋經典以致用」的意向，有些寓以古今生命存在之通感，有些則寓以「詩教」之目的，詮釋經典之「作者本意」即是詮釋自身之生命存在的意義，此即「情志批評」的「反身性詮釋效用」，[70]或者詮釋《詩經》之「作者本意」即是旨在「寓教於詩，藉古諭今」。

總之，漢代諸文士的擬騷之作，藉由詮釋「屈原」的遭遇以詮釋自己，以及《毛傳》之箋釋《詩經》，他們所涉及疑似「作者本意」實非上述第一次層的「擬真本意」，也非第二次層的「擬似本意」。前文已略有述及，這種「作者本意」可另眼相待，稱之為「寓託本意」，最能展示存有論詮釋學的意義。

由於這一問題，我曾專文論述，[71]故不擬在這裡重複，僅就已發表的專論，提舉與「寓託本意」相關的論旨，做一精要的闡述。漢代文士對自己所遭受「不遇」之「時命」的悲怨，往往依藉對前代同樣遭遇的文士，例如伯夷、叔齊、孔子、孟子、屈原等，進行「生命存在的通感」而「反照自身」的詮釋，詮釋古人即詮釋自己。其中，賈誼〈弔屈原文〉、東方朔〈七諫〉、嚴忌〈哀時命〉、王褒

---

69 「視域融合」（Horizontverschmelzung）是〔德〕加達默爾（*H.G. Gadamer*）詮釋學所提出的論點，其大旨是依循詮釋學的適當原則，詮釋者主觀的理解能契入相對客觀他在性的文本情境中，獲致問題視域的交融，而有效的詮釋文本的意義。這意義既是文本之意，又是作者之意，也是讀者之意，融合不可切分。參見〔德〕加達默爾（H.G. Gadamer，一九〇〇—二〇〇二）著，洪漢鼎譯，《真理與方法》（*Wahrheit und Methode*）（台北：時報文化出版公司，一九九三），頁三九九—四〇一。

70 參見顏崑陽，〈生命存在的通感與政教意識形態的寄託——中國古代文學「情志批評」的「反身性詮釋效用」〉，收入顏崑陽，《反思批判與轉向》，頁二七八—二七九。

71 參見顏崑陽，〈漢代文人「悲士不遇」的心靈模式〉，收入《詮釋的多向視域》，頁一六一—二〇〇。又顏崑陽，〈漢代「楚辭學」在中國文學批評史上的意義〉，收入《詮釋的多向視域》，頁二〇一—二五二。又顏崑陽，〈生命存在的通感與政教意識形態的寄託——中國古代文學「情志批評」的「反身性詮釋效用」〉，收入《反思批判與轉向》，頁二七三—三〇六。

〈九懷〉、劉向〈九嘆〉等擬騷之作，這些文士在遭受「不遇」的當代處境中，閱讀屈原的作品，想見其為人；因而模擬屈原所創作的「騷體」，用以詮釋屈原的「生命存在歷程」，從屈原「遭時不遇」的悲怨「反照自身」同樣「遭時不遇」的悲怨，賈誼作〈弔屈原文〉的用意如此，東方朔作〈七諫〉的用意亦復如此，其他嚴忌諸人皆可類推。這類擬騷實可視為一種主觀性「特殊形態」的「情志批評」。[72]此一特殊批評形態，作者與讀者之意，批評者與批評對象之意，主客混融為一。賈誼、東方朔這些讀者們在詮釋「作者本意」時，其實就「寓託」了自身遭遇或政教意識形態的情志，詮釋屈原即詮釋自己。

至於《詩經》的《毛傳》特別於一一五篇詩的第一、二或三章某句下，標示「興也」。[73]如此說詩，實乃繼承孔子「詩可以興」的古義，所重者在於「讀者感發」。[74]其中，大部分在「興也」之後，沒有再詳釋所「興」何意，就交給讀者自由感發；而大約有二十五篇在「興也」之後，對所「興」何意，有進一層再作詳釋，看似在詮解「作者本意」，例如〈關雎〉一詩，《毛傳》云：

> 興也……后妃說樂君子之德，無不和諧，又不淫其色，慎固幽深，若關雎之有別焉；然後可以風化天下。夫婦有別，則父子親；父子親，則君臣敬；君臣敬，則朝廷正；朝廷正，則王化成。[75]

如此箋釋詩意，完全不同於前文所論述王逸《楚辭章句》之箋釋屈騷那樣，經由「以意逆志」、「知人論世」、「文本分解」與「比興解碼」互濟，而揭明屈騷的「作者本意」。《毛傳》直接就斷定這篇〈關雎〉是「興」，而進一步詳說所「興」者何意。然而，所謂「后妃」云云、「夫婦」云云，「父子」云云、「君臣」云云、「朝廷」云云、「王化」云云，皆詩篇「言內」所無之意；「言內」既無此意，則此意必以「譬喻」之法寄託於「言外」；然而《毛傳》如此說詩，並未運用「知人論世」、「文本分解」與「比興解碼」互濟的方法，做出相對客觀有效的箋釋。假如說「后妃說樂君子之德」云云，就是「作者本意」，也僅是出於毛公個人主觀「以意逆志」所「興」而得；如此主觀臆斷，當然不能說是客觀的「擬真本意」；然則，我們是否就嚴加批判，指責為「穿鑿附會」呢？

這個問題，我們合併《詩經》的《小序》詳為論之；《小序》看似運用客觀的「歷史參證」之法，以解「作者本意」，故而除了〈關雎〉之外，在每篇詩之前，都以「序」文述明此詩的歷史人事背景，並詮說其「美善刺惡」的詩旨，看似「作者本意」。例如〈周南・漢廣〉的《小序》云：「漢廣，德廣所及也。文王之道被于南國，美化行乎江漢之域。無思犯禮，求而不可得也。」[76]歷史人事，文王之化也；讚揚文王之化，禮教被於南國，「美善」也。相對的，例如〈鄘風・桑中〉的《小

72 參見顏崑陽，〈漢代「楚辭學」在中國文學批評史上的意義〉，收入《詮釋的多向視域》，頁二二三—二三八。

73 《毛傳》標「興」的篇數，宋代王應麟《詩經考異》引鶴林吳氏之說為一一六篇，朱自清〈詩言志辨〉亦主此數。今據裴普賢的統計，當為一一五篇，參見《詩經研讀指導》（台北：東大圖書公司，一九八七），頁一八九—一九〇。

74 參見顏崑陽，〈從「言意位差」論先秦至六朝「興」義的演變〉，收入顏崑陽，《詩比興系論》，頁九〇—九九。

75 〔漢〕毛亨傳，鄭玄箋，〔唐〕孔穎達疏，《詩經注疏》（台北：藝文印書館，嘉慶二十年江西南昌府學重刊宋本，一九七三），卷一之一，頁二〇。

76 同前注，卷一之三，頁四一。

序》云：「桑中，刺奔也。衛之公室淫亂，男女相奔，至於世族在位，相竊妻妾，期於幽遠。政散民流，而不可止。」[77]歷史人事，衛之公室淫亂；譏諷衛之公室淫亂，男女相奔，「刺惡」也。每一詩篇之言外皆隱涵「美善」與「刺惡」之意，如此說詩，看似「作詩者之意」，實為「說詩者之意」；此意乃漢儒「興於詩」之所感發，而意圖衍為「詩教」之用。「說詩」而將自持的政教意圖「寓託」在看似「作者本意」的箋釋話語中，實有其「通經致用」的時代處境，而別有用心，故非可以後世探求客觀知識的學術研究或文學批評視之。假如我們以探求客觀知識的學術研究或文學批評視之，在邏輯上便必須追問：每一詩篇的意旨與《小序》所述的歷史人事背景及「美善刺惡」的「作者本意」是否果真具有內外符應的關係？從箋釋的操作過程觀之，則《小序》並未經由客觀的歷史考察，確證其所說如實可信；顯然詩旨與所述的歷史人事背景及「美善刺惡」的「作者本意」，彼此只是「說詩者」主觀所作的牽合，目的就在於「寓託」其「詩教」之「本意」，藉古以諭今。

研究漢代「詩經學」，必須要有「歷史情境」的體察：一則在先秦時期，《三百篇》是一種文化上共享的「開放性文本」，不管外交場合的「賦詩言志」，或是孔子以及諸思想家之引詩、說詩，皆可斷章取義，因應各種適宜「連類」的「情境」，以及寓託「發言者」之「意」而活用之。降及漢代，相距先秦未遠，《三百篇》雖已「經化」，而名為《詩經》，卻還是保持「開放性文本」的性質，可隨「發言者」之「意」而活用，故無所謂客觀的「詩本義」。「詩文本」處於「開放」而非「封閉」、「固化」的狀態，可以「隨用而衍義」；[78]二則漢代經學最主要的特質，就是「通經致用」，這大致已成經學史之通識。尤其西漢經學，解經、說經的目的不在於相對客觀的箋釋經義，以建立「學術性」的經典知識，而在於以時代的「政教問題」為導向，經由通解經義，從中找尋解答

「問題」的理據，以求「時政」因之而獲致「更化」的實踐性效用，董仲舒《春秋繁露》的公羊學，可為典範。[79]從「詩經學」而言，解詩、說詩的目的不在客觀的論明所謂「詩本義」；而在「寓教於詩、藉古諭今」，其特質是「文化性政教實踐」，而不是「知識性學術研究」；故而「用詩」才是漢代詩經學的主要關懷，不能以後世「學術性」的經典詮釋視之。

綜上所述，「開放性文本」與「用詩」乃是研究漢代「詩經學」不能忽視的「歷史情境」。不明漢代此一詩經學的「歷史情境」，而強以考證之法或臆斷之言，責求《詩序》所說某某誤謬、某某穿

77 同前注，卷三之一，頁一一三。

78 所謂「開放性文本」是指《三百篇》的詩歌不是被特定作者書寫成封閉性、固化性的結構形式，一字一句皆不可改變；而是向所有讀者、使用者開放，可以「連類」的轉換「情境」而再生產其意義；甚至斷章取義，節錄部分詩句，隨所適宜之「情境」而活用之。故而「詩無絕對固定之體，隨用而裁體」，「體」指結構形式；「詩無絕對固定之本義，隨用而衍義」，這樣的文本型態，可稱為「開放性文本」。先秦外交專對的「賦詩言志」，諸子「引詩」以證事喻理、說詩以寓教，這類「用詩」的言說方式，都預設這種「開放性文本」的觀念。其中，轉換「情境」而活用之，並非毫無原則，而是以「情境連類」為原則。何謂「情境連類」？「賦詩言志」的「現場情境」，或說話者所述之事、所言之理的「實存情境」，與詩歌所描寫的「文本情境」彼此具有「類似性」，因而可以將兩者連接在一起，以收「類喻」之效。參見顏崑陽，〈論先秦「詩式社會文化行為」所展現的「詮釋範型」意義〉，《東華人文學報》，第八期（二〇〇六），頁七八—八三。收入本書，篇名修改為〈先秦「賦詩言志」之「詩式社會文化行為」所展現「詮釋範型」的意義〉。

79 董仲舒曾用「更化」一詞，意指政令教化之不適當、乏效果者，必須加以改革。《漢書．董仲舒傳》引錄董仲舒之對策：「為政而不行，甚者必變而更化之，乃可理也。」參見〔漢〕班固著，〔唐〕顏師古注，〔清〕王先謙補注，《漢書補注》，冊二，卷五六，頁一一六六。董仲舒經學的特質在於「通經致用」，解決時代的政教問題，參見徐復觀，《兩漢思想史》（台北：臺灣學生書局，一九八九），卷二，頁二九六—三〇六。

鑿附會，乃是以後世「知識性學術研究」的詩經學否決漢代「文化性政教實踐」的詩經學。其實，這兩種型態的詩經學，應當各是其所是，而不宜「是此」以「非彼」。

現代的詩經學者很多受到西學影響，直以客觀知識論的學術研究或文學批評做為基準，看待漢代「詩經學」，而完全忽視其「歷史情境」；故批判《毛詩》，「穿鑿附會」或「以詩為服務政治之工具」二語可以盡之，這可推「古史辨學派」的顧頡剛、錢玄同，以及「五四」新文化運動健將胡適、鄭振鐸等學者，做為代表。他們有關《詩經》研究的著作質與量都不高，主要論點就是明指《詩序》之謬，幾乎全盤否定它的價值。此一論點並無前人所未發的創意，不過是宋、清二代詩經學的延續；然而時勢所趨，在「反傳統」的風潮中，附會者多，反對者少，因此簡單的論點，卻影響深遠。[80]

從詩經學史觀之，《詩經》箋釋之客觀學術化，而不能善體漢儒解詩、說詩之主要關懷，實非始自現當代詩經學；宋代詩經學已頗多不明上述漢代詩經學的「歷史情境」，也已喪失「用詩」的文化傳統，而逕以研求客觀知識的經典箋釋學責求漢儒；故對《毛詩》提出強烈質疑，以為所說甚多誤謬及穿鑿附會，其過激者甚至主張廢除《詩序》；當然，相對也有維護《毛詩》者，尤其在看待《詩序》的立場、態度上，更是形成正反的對抗，這已是詩經學史的通識。[81]

宋代是詩經學的大轉向，「開放性文本」與「用詩」的觀念全失。自此以降，至於現當代，學者們對於《詩經》文本的「本體」，以及經典意義的「本質」，完全轉向另一與漢學殊異的「基本假定」：文本封閉化、固態化；經典意義客觀化、知識化。因此，「詩教」的「用詩」文化傳統幾已斷絕。《詩經》成為與當代政教文化無關，與士人生命存在意義無涉，而僅供研究的知識客體、學術文獻。很多在漢代原本沒有是非對錯的問題，宋代以降的許多詩經學者，都爭著以考實或臆斷之法，必辨其是非對錯而後可；而諸多問題其實越辨越複雜不清，大多是難以確斷的「假問題」。而經典意義可因不同時代之存在情境的感知、詮釋而「再生」的文化傳統精神，也蕩然無遺。

然而，假如我們能虛心的涉入漢代的「歷史情境」，同情理解漢儒箋釋詩騷，意在「通經致用」，而不在從事如同我們現代學者所做的學術研究或文學批評；則對漢儒如此箋釋《詩經》，就可體會其目的並非在尋求所謂客觀可信的「作者本意」，而是另有「詩教」的用心，實乃繼承先秦孔子「詩可以興」的觀念，提示讀者從詩文本以「感發志意」、「各以其情而自得」；《毛傳》之獨標「興」義固是如此，《小序》之引歷史人事為據，說解「美善刺惡」之詩旨亦復如此；故《小序》不管是誰所作，[82]其所說看似「作者本意」，然而說詩者的主要關懷，其實在於「寓教於詩、藉古諭今」，以引導讀者「可以興」的意向；此乃漢儒「詩教」意圖的「寓託」，不能以後世所持客觀知識

80 參見洪湛侯，《詩經學史》（北京：中華書局，二〇〇四），冊上，頁一七〇、一七四、一七七。

81 宋代詩經學，自歐陽修《詩本義》始，即提出「本義」觀念，多辨毛、鄭之失誤，指出《詩序》、《詩譜》所指定作詩之時世頗多誤謬，並且不信子夏作《詩序》之舊說。針對歐陽修之見，二程子提出對抗，維護《詩序》，並認為〈大序〉為聖人所作，《小序》出於國史之手，學詩必求諸《詩序》而後可。從此，宋代「詩經學」即分為「反序」與「存序」兩派。反序的代表，繼歐陽修之後，可推鄭樵、朱熹、王質、楊簡等；存序的代表，繼二程之後，可推范處義、呂祖謙、嚴粲、陳傅良等。參見洪湛侯，《詩經學史》，頁三二九－三六一。

82 《詩序》包括〈大序〉、《小序》，作者是誰？叢說紛紜，難定一是，依據洪湛侯所蒐集的資料，統計為四十餘家，十八種不同說法。其中最傳統之說，〈大序〉為子夏所作，《小序》為子夏、毛公合作；其次，則《小序》為東漢衛宏所作。此後，學者逞奇好異，雖無證據，亦可僅憑臆測，提出新說，紛雜至不可辨其是非。參見洪湛侯，《詩經學史》，頁一五七－一六三。

論的學術研究或文學批評視之；而應該另眼相待，可稱之為「寓託本意」。

4. 謬想本意

第四次層可稱為「謬想本意」，既無上述客觀而嚴格之方法學，以保證詮釋的相對客觀有效性；也沒有自覺之「詮釋經典以致用」，而對自我生命存在意義產生「反身性詮釋效用」之意圖；只是對作品「望文生義」，憑空臆想，卻又植入「特定事件」以解詩，並自認為如實揭露「作者本意」。這種「重構本意」與「原初本意」的「貼近度」幾近於零，卻又自是其所是，而非人之所是；除了上述馮浩、張爾田之箋釋李商隱〈謁山〉，張爾田之箋釋李商隱〈嫦娥〉，可做為範例之外，可再舉例以論證之，李商隱〈無題二首〉之第一首：

> 鳳尾香羅薄幾重？碧文圓頂夜深縫。扇裁月魄羞難掩，車走雷聲語未通。
> 曾是寂寥金燼暗，斷無消息石榴紅。斑騅只繫垂楊岸，何處西南待好風。[83]

這首「無題詩」，從詩題到內文完全沒有可資繫年的史實要素：人、事、時、地、物；故原本不能繫年，但馮浩卻憑空想像，將它繫在唐宣宗大中六年。依照馮浩〈玉谿生年譜〉的敘述，唐宣宗大中四年，盧弘正鎮徐州，並任武寧軍節度使，辟李商隱為判官。大中六年，盧弘正罷幕，李商隱還京，因令狐綯提攜，補太學博士；正好柳仲郢由河南尹調任梓州刺史、東川節度使，而辟李商隱為節度書記。[84]馮浩依據此一特定的人事背景，繫此詩於大中六年，並箋釋云：

將赴東川，往別令狐，留宿而有悲歌之作也。首作起二句衾帳之具；三句自惭；四句令狐乍歸，尚未相見；五六喻心跡不明而歡會絕望；七八言將遠行，「垂楊岸」寓柳姓，「西南」指蜀地。85

馮浩對這首〈無題〉的箋釋，顯然以此詩為「比興體」，言內描寫男女豔情，言外則寄託與令狐綯的政治恩怨關係，並且明確以特定的「事件情境」逐句箋釋其意，而認定這就是「作者本意」。這一「事件情境」並非以詳確的詩題或詩外可信的文獻進行考察，所做客觀有效性的重建；而完全出於箋釋者的主觀臆想，卻如同馮浩就身在「現場」，衾帳之具都歷歷可見，又目睹李商隱與令狐綯互動實況，所謂「令狐乍歸，尚未相見」，甚至內心的感覺，所謂「自慚」、「心跡不明而歡會絕望」云云，都言之鑿鑿。這種「作者本意」的箋釋，實在極盡荒謬。

李商隱的「無題詩」，不同於流傳過程中失去詩題之作。其中幾首是以「無題」為題，實蓄意為之的創體。詩題之製，漢代以降，日益繁密，而李商隱卻反而創作「無題」之篇，顯然對於「詩意義」另立特殊的理念。作詩，有題，是寫題中之事之意；無題，是興感。作者任其情，有所興發，讀者也得隨人起興。前者務須明晰準確，後者不妨模稜糊塗。詩既是「無題」，讀者面對這種不知寓意

83　參見〔清〕馮浩，《玉谿生詩集箋注》，卷二，頁四五七—四五八。

84　馮浩，〈玉谿生年譜〉，參見馮浩，《玉谿生詩集箋注》，頁八七〇—八七一。

85　同前注，頁四五九。

何在的作品，即無須執意求解；因為詩意無定，觸類可通，讀者不妨各以其情而起興。[86]

考察春秋時期之前，風謠或士大夫偶作，皆感物而動、緣事而發，有詩而無題。今所見經典之「詩題」乃編詩者概括全篇詩意或摘取首句片段詞語而給定。戰國時期以降，自屈原〈離騷〉、《九章》、《九歌》諸作，以迄漢魏、六朝始製詩題，而由簡及繁，甚至詩題不足以盡意，更製為「詩序」。例如曹植〈獻詩〉，包括〈責躬〉、〈應詔〉二篇，題下有〈表〉甚長；又〈贈白馬王彪〉題下亦有〈序〉。[87]傅咸〈贈何劭王濟詩並序〉，其〈序〉甚長。[88]降及唐代，詩題製作日趨繁複，其中杜甫、白居易堪稱極致，寫實之風也。「詩題」往往載明此詩寫作的時空背景、人事原因，以及所要表達的意圖，在文本意義結構中具有指示客觀性「定向詮釋」的功能，繫乎特定「事件情境」的「作者本意」也就昭然可解，讀者們無須各自猜謎。因此詳確之詩題所提供「定向詮釋」的功能有其正面性的價值；但是相對的，它的負面性則是限定讀者的詮釋方向，使得「意義」被作者的指示封閉起來，而減損一首詩開放性之多種可能的意義。

李商隱就站在這種詩題傳統的後端，創作「無題」諸篇，實乃顛覆製題繁複之詩風，而另創新體。其「無題」諸篇，不少被認為是「比興體」的「豔情」之作，[89]即以男女之情寄託君臣或尊卑之義於言外；中國古代詩歌確有一脈由風騷所建構「香草美人」的「比興體」傳統，其中一種就是以男女之情譬喻君臣上下之義的「豔情體」。[90]李商隱詩的箋釋，從朱鶴齡以至馮浩這一系，即以「詩史」與「比興」做為李商隱詩之特質的預設，完全是「觀念先行」的詮釋進路；故而諸多描寫男女豔情的「無題」或有題卻形同無題的「類無題」之作，例如〈九日〉、〈錦瑟〉、〈昨日〉、〈一片〉等，都被指為「比興體」，言外寄託政教諷諭之意，或與令狐綯的政治恩怨；[91]然而，博識中國古代詩歌傳統者，都應該了解到並非所有書寫男女「豔情」的詩篇，都一概可納入這一「香草美人」的「比興體」傳統作解，很多是「賦體」而非「比興體」，亦即詩意就如表層題材所直抒的「豔情」，只是隱藏其特定的「人」與「事」，而以泛情虛意為主要內容，其境迷離，故繫屬於特定「事件情境」的所謂「作者本意」無可確指。

若論以「無題」的形式與「豔情」的內容結合，就其創作之原初，亦本屬「偶然性」，而無內在

86 參見龔鵬程，〈無題詩論究〉，收入龔鵬程，《文學批評的視野》（台北：大安出版社，一九九〇），頁一五五－一九一。

87 〔魏〕曹植著，現代趙幼文注，《曹植集校注》（台北：明文書局，一九八五），頁二六九－二七八、二九四－三〇一。

88 參見逯欽立輯校，《先秦漢魏晉南北朝詩》（台北：學海出版社，一九八四），冊上，頁六〇七。

89 將李商隱書寫男女豔情的「無題」諸篇視為「比興體」，始於〔清〕朱鶴齡箋注，《李義山詩集》。朱氏受其師錢謙益啟發，將李商隱詩提升到「風人之緒音，屈宋之遺響」的地位，而認為李商隱詩半及閨闥；但是「男女之情通於君臣朋友」，言外多有寄託。稍後，〔清〕吳喬，《西崑發微》（台北：藝文印書館，一九六七），選取「無題詩」十六首為上卷，其他與令狐楚父子有關的詩為中下二卷，共六十餘首，都詮釋為以「比興」之法，言外寄託李商隱與令狐家的恩怨關係。這一箋釋路數，後經清代姚培謙、程夢星、馮浩等，衍伸為一個系統，參見顏崑陽，《李商隱詩箋釋方法論》，頁八一－一〇二。

90 朱自清歸納由《楚辭》所開創的「比體詩」可有四類：詠史、遊仙、豔情、詠物。其中「豔情」一體即是「以男女比主臣，所謂遇不遇之感」。參見朱自清，《詩言志辨》（台北：頂淵文化公司，二〇〇一），頁八三。

91 參見顏崑陽，《李商隱詩箋釋方法論》，頁八一－一〇二。

邏輯的「必然性」。其動機可能有二：一是「畸戀之愛」的社會倫理禁忌；二是對「詩題」趨繁的反動，而別出創意。其後，「無題」即「豔情」乃成為「範型」，仿作者多循此例，遂成特殊詩體，例如與李商隱關係甚近的侄輩韓偓，就曾和一群朋友吳融、令狐渙、劉崇譽、王渙等，戲作「無題」之詩，相互唱和。就由於他們相繼仿作，「無題詩」遂開出一個新的寫作傳統，而自成一體。[92]歷史文化往往由個體獨創的「偶然」，泛化其影響，而漸成群體共循的「必然」。

「無題」不受題目「定向詮釋」之限制，則詩之「虛境」，可隨讀者情意之興發而獲解，此正是子曰：「詩可以興」之古義。其實李商隱詩中，詩題詳確之作也不算少數，例如〈令狐八拾遺綯見招送裴十四歸華州〉、〈王十二兄與畏之員外相訪見招小飲時予以悼亡日近不去因寄〉、〈韓冬郎即席為詩相送一座盡驚他日余方追吟連宵侍坐徘徊久之句有老成之風因成二絕寄酬兼呈畏之員外〉等。[93]尤其值得注意者，第一首詩寫給令狐綯，題意曉然，詩集中題目明指寫給令狐綯之作，就有九首之多；[94]從「詩用情境」來看，李商隱與令狐綯以「詩」做為社會互動行為的語言形式，傳達本意，其「事件情境」從來都是明白公開，有何隱晦之意，必須以「無題」兼用「比興」躲躲藏藏以暗示之？前文所述及〈謁山〉、〈無題〉（鳳尾香羅薄幾重），若由馮浩、張爾田所臆測的「作者本意」來看，並沒有不能明言之秘密，實無隱晦之必要。何況馮、張二氏的箋釋，從方法學而言，並未針對個別詩篇確當的重建「事件情境」，而僅出於兩人所預設李商隱與令狐綯政治恩怨之總體關係的「成見」；則其所謂「作者本意」，當然缺乏詮釋的相對客觀有效性，其實全非「作者本意」，乃出於箋釋者毫無憑據的「荒謬臆想」，故而姑稱之為「謬想本意」；既非「作者本意」，其實不必假飾以「作者本意」。這種「謬想本意」，從「一般人文研究方法之詮釋學」與「存有論之詮釋學」加以評判，兩邊皆無效用。宋代以降，箋釋《詩經》、屈騷、陶詩、杜詩、李商隱詩、李賀詩，或溫、韋、馮三家詞，或東坡、稼軒、白石、夢窗等諸家詞，這類「謬想本意」之說為數甚多，乃中國文學批評史上，最應廓清之迷蔽。

準此，「重構本意」絕不能只是第二序位讀者主觀「任意」的臆測，更不能穿鑿附會「特定事件」以釋其「作者本意」；必須在「詩用」情境的基礎上，對「多重性讀者」之不同「閱讀身分」及「閱讀位置」所關聯到「意義詮釋」的原則，能有清楚的認知；而後採用適當的方法，才能保證「重構本意」的箋釋能夠獲致詮釋的相對客觀有效性。

五、結論

「五四」以降，學者普遍抱持「為藝術而藝術」的「純文學」觀念，以詮釋、批判中國古代

92 參見龔鵬程，〈無題詩論究〉，收入龔鵬程，《文學批評的視野》，頁一五六—一六〇。

93 李商隱這幾首詩，參見〔清〕馮浩，《玉谿生詩集箋注》，卷一，頁五八—五九；卷二，頁四五五、四八六。

94 李商隱明指寫給令狐綯諸作，皆參見〔清〕馮浩，《玉谿生詩集箋注》：〈令狐八拾遺綯見招送裴十四歸華州〉，卷一，頁五八—五九。〈酬別令狐補闕〉，卷一，頁一七五。〈贈子直花下〉，卷一，頁一九六。〈寄令狐郎中〉，卷一，頁二二四。〈酬令狐郎中見寄〉，卷二，頁二八五。〈寄令狐學士〉，卷二，頁三二六。〈夢令狐學士〉，卷二，頁三六三。〈令狐舍人說昨夜西掖玩月因戲贈〉，卷二，頁三九五。〈子直晉昌李花〉，卷二，頁四〇九。

文學。這全是新知識分子反儒家傳統之文化意識形態的投射，而逐漸塑造為「五四」時期的「知識型」。此一「知識型」的特徵就是將研究對象完全抽離它所存在之各種文化社會因素、條件交織混融的「總體情境」以及「動態性衍變歷程」，而靜態化、片面化、單一因素化的詮釋其意義、評斷其價值，因此缺乏「歷史情境」意識。然而，詩歌始終就是古代士人階層之社會互動行為的言語形式，可稱為「詩用」；故古代士人之「作詩」與「讀詩」所處的「歷史情境」，就是「詩用情境」。詩，從來都不是「為藝術而藝術」的「純文學」產物。

當代有關古典詩歌的研究、批評，由於缺乏「總體情境」及「動態性衍變歷程」的觀念，也缺乏「歷史情境」意識，往往將文本從漫長而複雜的傳播歷史過程抽離出來，只做靜態化、片面化的詮釋；因此誤以為當代讀者，亦即研究者、批評者乃是唯一的讀者，而完全不了解在文本漫長而複雜的傳播歷史過程，在「詩用情境」中，讀者實有「多重性」；既不明讀者的「多重性」，相對的文本意義詮釋也被簡化了。甚至有關「作者本意」的詮釋，更多是第二序位的「泛化讀者」，即箋釋者，逕以第二序位的「閱讀主體」取代第一序位之「特指讀者」的「閱讀主體」，而站在虛擬的「閱讀身分」及「閱讀位置」上，主觀臆想當時「作者」暗示了什麼與「特定事件」關聯的「本意」，而做出「閱讀主體代位」的詮釋。這樣的詮釋幾乎缺乏相對客觀有效性，全屬穿鑿附會。因此，對「詩用情境」之「多重性讀者」的認知，實關聯到「作者本意」之箋釋如何可能及其箋釋適當性的問題。

本論文深入而全面探討中國古代在「詩用情境」中的「多重性讀者」，以及由此所分判幾種「作者本意」詮釋的不同適當性。我們經由多量的詩歌文本分析詮釋，所獲致的認識是：在「詩用情境」中，讀者可有「第一序位特指讀者」與「第二序位泛化讀者」、「個體讀者」與「群體讀者」、「顯性讀者」與「隱性讀者」之分。六者又可以交錯組合，而形成「多重性讀者」。

不同層位的讀者，其「閱讀身分」與「閱讀位置」也就不同。所謂「閱讀身分」是指在「詩用」的「社會文化情境」中，「受言」之「讀者」，其與「發言」之「作者」的倫理關係，究竟居於什麼分位。所謂「閱讀位置」，則指受言之「讀者」與發言之「作者」基於某種特殊的「私涉關係」，而所形成的「特定互動位置」。所謂「私涉關係」指在私人相互交涉的事件中，所構成各種恩怨、愛憎、離合、期求、勸戒、嘲諷、感謝等關係；這是屬於「私領域」的交往。基於一次性的「私涉關係」而「發言」，即形成一次性的「事件情境」，這也是屬於「私領域」的事件情境。在一次性「發言」的「事件情境」中，「受言」之「讀者」就會與「發言」之「作者」進行「相對互動」而形成特定的「閱讀位置」。這個「讀者」必須切實感知到這一「閱讀位置」，才能讀出發言之「作者」所欲傳達的「本意」。

上述所謂「第一序位特指讀者」指的是在「詩用」情境中，作者原初「發言」時，所直接指向某一位或某幾位的「特定讀者」。身處這一現場性「事件情境」中的原初讀者，即是「第一序位特指讀者」，通常會顯示在詩題或詩序中。所謂「第二序位泛化讀者」指的是「事件情境」已成過去，文本由「第一序位特指讀者」之「私涉關係」的「閱讀位置」，開放為公共讀物而在廣遠傳播的歷程中，非原作者所特指的廣泛性讀者，就是「第二序位泛化讀者」。這二種不同序位的讀者再加上群體與個體、顯性與隱性的分別，而組成的讀者可有五重：一是「想像文學社群」中，諸多「泛化」的「隱性他群讀者」；二是「特定指向」的「隱性他群讀者」；三是「特定指向」的「隱性個體讀者」；四是「特定指向」的「顯性他群讀者」；五是「特定指向」的「顯性個體讀者」。而這五重的讀者，其

「閱讀身分」與「閱讀位置」各有不同，當然也就關聯到「文本意義」之理解、詮釋的差異，可以初分為「第一序位特指讀者」在「私涉關係」的「事件情境」中所直接感知而獨享的「私有義」，以及「第二序位泛化讀者」藉文本分析詮釋與歷史參證所獲致可以多數讀者共享的「公有義」。

「多重性讀者」的分判，密切關聯到「作者本意」詮釋的層位區分、情境限定、操作方法及其詮釋有效性。經由分析論證，我們可將「作者本意」定出二種不同的「層位」：第一層位為「原初本意」，繫屬於發言之「作者」與受言之「讀者」，在「私涉關係」的「事件情境」中，彼此「直接感知」之「私有義」的「本意」。這一層位的「作者本意」所蘊涵的內容，超乎語言所能表現，很多都是身在「事件情境」中，由雙方「私涉關係」的現實存在經驗，所做直接會心的感知。這種第一層位的「原初本意」，原則上只有在「事件情境」中，當境者彼此以「直接感知」的方式獲致，其「內容」無法以語言公開而盡意的陳述。在事過境遷，雙方都已「不在場」，文本開放給眾多「第二序位泛化讀者」，則「原初本意」即不可能如實的「重現」。第二層位為「重構本意」，這是在事過境遷，第一序位彼此具有「私涉關係」的作者與讀者，雙方都已「不在場」，文本開放給眾多「第二序位泛化讀者」；而「第二序位泛化讀者」做出真切之古典文化傳統情境的回歸，以及做出所欲詮釋之詩作的「事件情境」重建，在充分而可信的文獻考察基礎上，進行適當的「歷史參證」，設身處地的涉入「第一序位讀者」所處的情境，依其不同重層的「閱讀身分」與「閱讀位置」，進行同情的理解，從而獲致文本的「意義詮釋」。如此所揭示的「本意」，實非「原初本意」，只能稱為「重構本意」。這已是眾所「共享」的「公有義」了，其「內容」可以用語言公開而盡意的陳述。

「重構本意」其實已不可避免的滲入「泛化讀者」主觀感思的成分，因此不能等同「原初本意」。我們還可依其與「原初本意」的「貼近度」，分辨出幾個次層：

一是做出真切之古典文化傳統情境的回歸，以及做出所欲詮釋之詩作的「事件情境」重建，在充分而可信的文獻考察基礎上，進行適當的「歷史參證」，而設身處地的涉入「第一序位讀者」所處的情境，依其不同重層的「閱讀身分」與「閱讀位置」，進行同情的理解；並且做出適切的「比興解碼」，從而獲致文本的「意義詮釋」。這種「重構本意」與「原初本意」的「貼近度」最高，可稱為「擬真本意」。

二是弱化客觀而嚴格的方法，詮釋程序疏漏若干條件——「事件情境」的重建，而相對強化主觀感思的程度；不過仍能回歸真切之古典文化傳統情境，持保留態度，不植入「特定事件」，而以普遍存在經驗的「泛意」作解。這種「重構本意」與「原初本意」的「貼近度」較低，可稱為「擬似本意」。

三是以「第二序位泛化讀者」解決當代文化社會問題為導向，將「作者本意」當作自身遭遇或政教意識形態的「投影」。這種「重構本意」與「原初本意」的「貼近度」又更低；但是，我們卻必須另眼相待，涉入「歷史情境」做出同情理解，而尊重其「詮釋經典以致用」的意向，有些寓以古今生命存在之通感，詮釋經典之「作者本意」即是詮釋自身之生命存在的意義，有些則寓以「藉古諭今」的「詩教」目的，可稱之為「寓託本意」。

四是既無上述客觀而嚴格之方法學，以保證詮釋的相對客觀有效性；也沒有自覺之「詮釋經典以致用」，而對自我生命存在意義產生「反身性詮釋效用」之意圖，或寓託「詩教」的目的；而只是對作品「望文生義」，憑空臆想，卻又植入「特定事件」以解詩，並自認為如實揭露「作者本意」。

這種「重構本意」與「原初本意」的「貼近度」幾近於零，卻又自是其所是，可稱之為「謬想本意」。

上述幾種「作者本意」以「謬想本意」最為迷蔽；然而，宋代以降，直到現當代，中國古代詩歌的詮釋，「謬想本意」之說卻為數最多，必須從「詩意義」之本質論與詮釋方法學的根本處，進行全面的反思批判，而廓清其迷蔽。本論文所建構完成，「詩用情境」中的「多重性讀者」，以及由此所關聯「作者本意」之詮釋方法的系統性理論，正可做為這項學術改造工程的基礎。

附記：

原刊《中正漢學》總第三十五期，二〇二〇年六月。

二〇二二年二月修訂，收入本書。

附編

先秦「賦詩言志」之「詩式社會文化行為」所展現的「詮釋範型」意義

一、問題的導出與論題的界定

現代學者，對於先秦時代與「詩」有關的史料，長期以來，大致將它列置於「文學」或「經學」的本位，去詮釋其意義、評斷其價值。

不管「文學」或「經學」當然都是秦漢之後，學者所採取的後設觀點。《三百篇》被「經化」，而有《詩經》之稱，比較可信的說法約始於戰國晚期。[1]而以有異於孔子所謂「文學」之「純文學」的界義為設準，去詮釋先秦時代「賦詩」、「引詩」、「說詩」的活動，以獲致文學批評的意義，這也是晚至漢魏以後的事了。[2]

這類研究，其注目的「標的」，通常集中在《詩經》文本以及一些相關問題上。類似〈詩國風曾經潤色說〉[3]、〈詩序明辨〉[4]、〈「周南召南」解〉[5]、〈周頌樂舞考索〉[6]等題目，已累積了陳陳相因的論述，很難再有新的突破。

我們將嘗試離開這類既成的詮釋視域，把眼光從詩的文本轉到「人」的「用詩行為」上，去詮釋與「詩」有關的行為意義。而這裡所謂的「人」，不是指涉從現實世界抽象出來，純由「普遍性」加以界說而概念化的「人」；乃是活動於現實世界，在「社會情境」（social situation）中「行動」著的「人」。這樣的「行動」，就是「社會行動」（social action）。先秦時期，士人階層的「用詩行為」頗為多樣，[7]其中春秋外交專對的「賦詩言志」最為集中而普行，實可視作「用詩行為」的範型。本文就是以春秋外交專對的「賦詩言志」做為研究對象。

詮釋社會學（interpretive sociology）創始者韋伯（M. Weber，一八六四—一九二〇）將「社會行動」（social action）界定為行動者的主觀意義關涉到他人的行為，而且指向其過程的這種行動。[8]這

1 屈萬里，《詩經詮釋》（台北：聯經出版公司，一九八三），頁一—三。〔日〕本田成之，《中國經學史》（台北：廣文書局，一九九〇），頁四—一〇。

2 《論語・先進》：「文學，子游、子夏。」邢昺疏：「若文章、博學，則有子游、子夏。」參見〔魏〕何晏集解，〔宋〕邢昺疏，《論語注疏》（台北：藝文印書館，嘉慶二十年重刊宋本，一九七三），卷一一，頁九六。一般「中國文學批評史」之論著，多據此認為孔子之所謂「文學」，實偏重「博學」，乃廣義的指「文化之學」。至漢代始分「文學」與「文章」；「文學」仍沿舊義，而「文章」則指詩歌辭賦一類之創作。至於以「文學」一詞指文章創作與批評之學，義同現今所謂「文學」者，則已晚至六朝之事。詳見郭紹虞，《中國文學批評史》（台北：文史哲出版社，一九七九），頁一一—一二、四〇—四六、一三七—一三九。羅根澤，《中國文學批評史》（台北：學海書局，一九八一），第一篇，頁四九—五二，又第二篇，頁八六—九〇，又第三篇，頁一—一二。

3 屈萬里，〈詩國風曾經潤色說〉，《幼獅月刊》第五卷第六期，一九五七年七月。

4 潘重規，〈詩序明辨〉，《學術季刊》第四卷第四期，一九五六年六月。

5 程發軔等，〈周南召南解〉，《孔孟月刊》第八卷第四期，一九六九年十二月。

6 王靖獻，〈周頌樂舞考索〉，《中國文化研究所學報》第七卷第二期，一九七四年十二月。

7 顧頡剛，〈詩經在春秋戰國間的地位〉，其中專節討論「周代人的用詩」，歸納周代人在四類的場合中「用詩」：一是典禮、二是諷諫、三是賦詩、四是言語。參見顧頡剛編著，《古史辨》（台北：明倫出版社，一九七〇，臺初版，根據樸社初版重印），第三冊下編。其中〈周代人的用詩〉，頁三二〇—三四五。

8 〔德〕韋伯（M. Weber，一八六四—一九二〇）將「行動」（action）定義為「行動個體對其行為賦予主觀的意義——不論外顯或內隱，不作為或容忍默認」，而「社會行動」（social action）則定義為「行動者的主觀意義關涉到他人的行為，而且指向其過程的這種行動」。參見韋伯著，顧忠華譯，《社會學的基本概念》（桂林：廣西師範大學出版社，二〇〇五），頁三。

種行動的特徵就是有其「意向性」，也就是有動機、目的所構成的「主觀意義」。美國社會學家舒茲（A. Schutz，一八九九—一九五九），在韋伯對「社會行動」所做定義的概念基礎上，進一步區分「行動」（action）與行為（act），將「行動」界定為兼具「目的性」與「計畫性」而正在進行過程中的行為，而「行為」則界定為已完成的行動。[9]由於我們所研究的是古人已完成的行動，亦即一系列已終止的經驗——行為，因此使用「行為」一詞作為論文主要關鍵詞，只有當指涉或分析到行為的時間性過程，才用「行動」一詞。又美國人類文化史家菲利普・巴格比（F. Bagby，一九一八—一九五八）將「文化行為」（culturalact）界定為並時性或歷時性的有多數人在反覆操作而形成模式化行為。[10]由於我們所要研究的對象是春秋時期外交專對的「賦詩言志」，不但是一種彼此互動而有特定「意向」的「社會行為」，並且是並時性或歷時性有多數人在反覆操作的「文化行為」，因此整併這二種概念，合鑄為「社會文化行為」一詞。而這種「社會文化行為」以「詩」做為語言形式，我們就稱它為「詩式社會文化行為」（poetry as sociocultural act）。

先秦時代，「文學」一詞指謂的是廣義的「文化之學」，而非如今日之以「辭章」為專業創作與批評的所謂「文學」，這已是一般文學史或文學批評史研究的共識，無庸贅論。也就是在先秦既存的社會世界（social world）中，沒有存在著專業的文學創作及批評這類經驗與知識。

依循前述，從韋伯以至舒茲的「詮釋社會學」都肯認，一個理性的「社會行為者」，對自己的社會行為都會賦予意義，也就是他能清楚的意識到自己這樣做的「目的」何在，而「如何」去做才能完成目的。前者是行動的「目的性質」（nature of purpose），後者是行為的「計畫性質」（nature of project）。這就是「社會行為者」對自己的行動（進行中）與行為（已完成）的「主觀意義詮釋」。

雖然個別行為者內在具體經驗的「主觀意義」無法直接被認知，但社會科學家可以依藉建構「個人理想型」（或譯為理念型）（personal ideal type）為「詮釋基模」（scheme of interpretation）的途徑，[11]由行動過程所外顯的序列經驗事實建構「客觀意義」脈絡，而將主觀意義脈絡納入詮釋基模的客觀意義脈絡，進行間接性的詮釋認知。而一個「社會行為者」理解自己所存在的社會世界，在他的社會世界行動著，並賦予自己行為的意義，其所依循的認知基準，即是諸多類型化的知識。這些既存知識大體是已被普遍認同的歷史文化形式。換句話說，人們經常在既存的類型化常識世界之中行動著，而依

9 〔美〕舒茲（A. Schutz，一八九九—一九五九）著，盧嵐蘭譯，《社會世界的現象學》（*The Phenomenology of Social World*）（台北：久大文化公司、桂冠圖書公司聯合出版，一九九三），頁三六—三七。又參見舒茲著，盧嵐蘭譯，《舒茲論文集（I）——社會現實的問題》（*Collected Papers Vol.I: The Problem of Social Reality*）（台北：久大文化公司、桂冠圖書公司聯合出版，一九九二），頁八九—九〇。

10 〔美〕菲利普・巴格比（F. Bagby，一九一八—一九五八）著，夏克、李天綱、陳江嵐譯，《文化：歷史的投影》（台北：谷風出版社，一九八八），頁八七—九九。

11 〔德〕韋伯對「個人理想型」的定義有些晦澀。它是一種思考圖像，其形成是由特別強調某一個或數個觀點的特定面向，以及由許多互相分離，偶爾闕如的單一現象的組合而成。後者跟那些特別突顯某一面向的觀點彼此相容並存，最後構成一個調和一致的思考圖像。舒茲對「個人理想型」的解釋：「同時代人的統整性乃構成於我自己的意識流內，是我詮釋他人經驗的一種綜合所構成。這種綜合是一個確認的綜合，在我對他人的意識經驗內被一元化地形成。我的這些經驗可能不只是針對一個人，他們有些是明確的個體，有些是隱匿的人群。我在這個確認的綜合內建構出「個人理想型」。參見《社會世界的現象學》，頁二一〇。英國社會學家克里斯・簡克斯（Chris Jenks）的闡釋是：「理想型似乎可以用『它不是什麼』這樣的方式來界定。與其說『理想型』是由任一特殊經驗現象的共有要素所組成，不如說它是企圖闡明此一現象有意義、有特色的面向，也就是說那些能使此現象在特定歷史脈絡裡顯出意義與相關性的面向。」參見〔英〕克理斯・簡克斯著，余智敏等譯，《文化》（*Culture*）（台北：巨流圖書公司，一九九八），頁九〇。

循諸多既存知識去詮釋自己以及他人的行動或行為意義。終究來說，一切理性的社會行為都是有意義的，都是行為者對其所依存的社會世界的詮釋。而人類的社會行為與其歷史文化俱始，是構成歷史文化的動因。

從此一理論設準來說，我們將先秦與「詩」相關的種種活動視為「社會文化行為」加以研究，比諸一般學者由「文學批評」與「經學」所作的研究，應該更接近當時與詩相關種種活動的實況與意義。

先秦的「詩式社會文化行為」，分而言之，主要有三種類型：（一）賦詩；（二）引詩；（三）說詩。從這些行為型態的特徵來看：「賦詩」發生於「交接鄰國」場合上的「專對」，是一種現場互動性的特殊「語言行為」（performance）。而且，在這種「語言行為」中，「詩」是行為者交互溝通主要的「表達式」。他不像「引詩」，「詩」只是做為證事喻理的輔助性語言工具。因此，「賦詩」是先秦最典型的一種「詩式社會文化行為」。引詩，在《左傳》、《國語》的記載中，以二種次類型出現，一是仍與「賦詩」同樣發生在社會行為者彼此的「對話」中，只不過是屬於證事喻理的輔助性地位。[12]另一則是作者書寫史事而有所評斷時，引詩以為印證。[13]這已脫離「現場性對話」而轉入「離場性書寫」的型態了。《論語》中，孔子與弟子「言詩」，正介乎這二者之間，它雖發生在「對話」中，但「引詩」卻非作為輔助性工具以強化說話者之意並指向聽受者對方，而是去印證對話雙方所共同談論的事理。[14]詩意指向的事理是離場性的對象。及至《墨子》、《孟子》、《荀子》之「引詩」，更多脫離「現場性對話」而轉變為「離場性書寫」了。其「社會文化行為」的特徵，也因此而減弱。至於「說詩」，與前二類最大的差別是，「詩文本」已由「社會文化行為」中策略性語言工具地位轉變為目的性的詮釋對象地位。行為者針對此一對象，以概念性語言進行詮釋。這時候，「詩文本」完全成為「離場性」的客體，有其全篇的形式結構與意義脈絡，不容被斷章取義。「本義」的概念從而成為詮釋的必要預設。例如孟子之說〈小弁〉、〈凱風〉、〈雲漢〉等詩。[15]其說詩意圖雖然仍指向「道德性」的意義詮釋，而非「文學性」的意義詮釋，但已比較接近後世的「文學批評」，相對的「社會文化行為」的特徵愈加減弱。因此為了相應於這項研究上述的設準，我們將把「詩式社會文化行為」限定在「賦詩」這一類型。

以上的敘述，僅是說明了我們這項研究的基本設準與範圍，乃是在於「賦詩言志」這一種類

12 例如《左傳・閔公元年》：「元年，春，不書即位，亂故也。狄人伐邢，管敬仲言於齊侯曰，戎狄豺狼，不可厭也……詩云：『豈不懷歸，畏此簡書。』簡書，同惡相恤之謂也……。」參見〔春秋〕左丘明著，〔晉〕杜預集解，〔唐〕孔穎達疏，《春秋左傳注疏》（台北：藝文印書館，嘉慶二十年江西南昌府學重刊宋本，一九七三），卷一一，頁一八七。

13 例如《左傳・莊公六年》：「六年春，王人救衛。夏，衛侯入，放公子黔牟于周……。君子以二公子之立黔牟，為不度矣。……詩云：『本枝百世。』」同前注，卷八，頁一四一。

14 例如《論語・學而》：「子貢曰：『貧而無諂，富而無驕，何如？』子曰：『可也。未若貧而樂，富而好禮者也。』子貢曰：『詩云：「如切如磋，如琢如磨。」其斯之謂與？』子曰：『賜也，始可與言詩矣！告諸往而知來者。』」參見〔魏〕何晏集解，〔宋〕邢昺疏，《論語注疏》（台北：藝文印書館，嘉慶二十年江西南昌府學重刊宋本，一九七三），卷一，頁八。

15 參見〔戰國〕孟軻著，〔漢〕趙岐注，〔宋〕孫奭疏，《孟子注疏》（台北：藝文印書館，嘉慶二十年江西南昌府學重刊宋本，一九七三）。孟子說〈小雅・小弁〉、〈邶風・凱風〉，在〈告子下〉，卷一二上，頁二一〇—二一一。又說〈大雅・雲漢〉，在〈萬章上〉，卷九上，頁一六四。

型的「詩式社會文化行為」。然而論述主題呢？論述主題將界定在這一類「詩式社會文化行為」所展現的「詮釋範型」，究竟隱涵著什麼樣的「詮釋學意義」。「詮釋學」（hermeneutics），是對人類之存在、行為及文化產品有何意義？以及意義如何獲致確當的詮釋？就這些問題所提出的理論與方法。先秦時代的「詩式社會文化行為」，其行為本身即是對自我及其社會世界的「詮釋」（interpretation）。這樣的詮釋性行為，不是單一個體偶有的行為，而是士人階層普遍而反覆在操作的行為，因而形成一種「模式」。這種「行為模式」，不僅展現了可觀察的經驗表象，其深層更預設著某種理想性的價值，而被普遍認同「足為模範」。

從歷史文化的演變來看，這類詮釋性的「行為模式」，在漢代之後，成為既存的知識，仍然受到文化或文學詮釋者採擇以仿效。因此，我們有理由指稱它展現了一種「詮釋範型」。我們的意圖，就是去詮釋此一「詮釋範型」究竟隱涵著什麼「詮釋學意義」。其意義既屬隱涵而等待接受詮釋，當然就不會是一套已完成系統性概念表達的理論與方法。其實，它是結合了「象徵表達式」（詩）與「公開行為表達式」（賦詩、引詩）去展現了具體的詮釋行動。而從行動的「經驗基模」（scheme of experience）隱然可以理解到行動者的主觀意義脈絡中，預設著某些關於詮釋的理念，當然也以具體的行動演示了詮釋的方法。

上述所謂「詮釋學意義」並非既成的常識，而是隱涵並有待接受我們的「詮釋」。而我們又將如何去進行這項「詮釋」？這是方法的問題。首先，必須對此一「詮釋範型」進行「基模」（scheme）的建構。由於我們所研究的是存在於歷史上的古人，我們無法直接經驗到他們的經驗，故而針對某一特定的個體，去研究他的某一次「詩式社會文化行為」的主觀經驗，事實上不可能獲致有效性的證成。然則，我們這項研究所針對的行為者，乃是與我們沒有直接經驗關係的「他群」。進一層說，我們這項研究所針對的是「他群」的某一類共同反覆性的「詩式社會文化行為」。

準此，這一「詮釋範型」的建構，在方法上便必須依藉對此行為的「類型化」（typitication），從分散的個別行動過程找出他們共同的表達式特徵，而綜合確認其「經驗基模」。而這項「經驗基模」，也就是這類「詩式社會文化行為」的客觀意義脈絡。它應當包括了這類行為發生時慣常的時空場所、慣常依循的既存知識、慣常操持的物質或非物質工具、包含行為者雙方慣常的行動方式與進行程序、慣常導致的結果。這些序列性客觀事實，是諸多行為者共同的表達式特徵，也就是構成「經驗基模」的要素。

其次，我們可以依據所建構的「經驗基模」進行分析、詮釋它在「詮釋學」上的意義。此時，這個「經驗基模」整體的被我們視為一種非物質性的文化產品，這產品本身就隱含著先秦時代士人階層依其文化而自我詮釋與詮釋社會世界的理念與方式。這些理念與方式，有其詮釋學上的意義，這就有待我們對這「經驗基模」的諸多要素進行分析論證。

至於相關的文本史料，「賦詩」部分，絕大多數見於《左傳》、《國語》。其中《左傳》所載有三十四行動場次，不少場次，既賦又答，往往所賦之詩不只一篇，故三十四行動場次，賦詩總數七十六，除去重複，尚計六十四篇。其中，只有〈河水〉、〈轡之柔矣〉、〈新宮〉三篇為「逸詩」，「大隧之中，其樂也融融」、「狐裘尨茸，一國三公」，此二篇為自作，餘皆見於今本《詩經》。所賦或只記篇名，或記某篇某章；顯見有的全篇皆賦，有的斷章而賦。至於《國語》所載，賦詩四行動場次十六篇，其中除〈肆夏〉、〈遏〉、〈渠〉、〈鳩飛〉、〈河水〉五首逸詩之外，餘皆見於今本《詩經》。所賦或通篇，或斷章。而二書所載，發生這種「賦詩言志」的「詩式社會文化行為」者，遍及晉、魯、秦、楚、齊、鄭、衛、許、宋、郑，乃至於戎，這麼多國家。以下，我們就依據上述的研究方法與史料進行分析詮釋。

二、先秦「詩式社會文化行為」的「經驗基模」

我們將以《左傳》所載三十四場次、《國語》所載四場次，「賦詩」的「詩式社會文化行為」當作觀察的經驗材料，進行「類型化」，亦即抽離個別行動過程共同的表達式特徵，而加以綜合確認其「經驗基模」。由於文本史料繁多，難以一一羅列，故先約化為幾個「次類型」，各舉一、二個案為範例，經比較後，類聚其所同，綜合為整體的「經驗基模」。

甲次類：

《左傳・襄公二十七年》：

鄭伯享趙孟于垂隴。子展、伯有、子西、子產、子大叔、二子石從。趙孟曰：「七子從君，以寵武也，請皆賦以卒君貺，武亦以觀七子之志。」子展賦〈草蟲〉；趙孟曰：「善哉！民之主也，抑武也不足以當之。」伯有賦〈鶉之賁賁〉；趙孟曰：「牀第之言不踰閾，況在野乎！非使人之所得聞也。」子西賦〈黍苗〉之四章；趙孟曰：「寡君在，武何能焉！」子產賦〈隰桑〉；

趙孟曰：「武請受其卒章。」子大叔賦〈野有蔓草〉；趙孟曰：「吾子之惠也。」印段賦〈蟋蟀〉；趙孟曰：「善哉！保家之主也，吾有望矣。」公孫段賦〈桑扈〉；趙孟曰：「匪交匪敖，福將焉往。若保是言也，欲辭福祿，得乎？」卒享。文子告叔向曰：「伯有將為戮矣。詩以言志，志誣其上，而公怨之，以為賓榮，其能久乎？幸而後亡。」叔向曰：「然，已侈，所謂不及五稔者，夫子之謂矣。」文子曰：「其餘皆數世之主也，子展其後亡者也，在上不忘降。印氏其次也，樂而不荒，樂以安民，不淫以使之，後亡，不亦可乎！」16

趙孟是晉國之上卿權臣。魯襄公二十七年，趙孟自宋返晉，途經鄭國；鄭伯設宴享於垂隴。鄭國七位臣子，子展、伯有、子西、子產、子大叔及印段、公孫段（二子石）隨從在側。趙孟請七子賦詩，既表鄭伯賜宴之意，又可觀七子之志。七子各賦一詩，趙孟一一回應。事後，文子與叔向更就他們賦詩所示之意向加以評斷，推測將可能招致的後果。

這個案例顯示，「賦詩」的「詩式社會文化行為」發生在「宴享外賓」的時空場所，行動方式及進行程序是行動者誦詩，以喻示某種「意向」，由於此種「意向」是隱涵於「象徵表達式」的語言中，非直接概念化的表述，故可稱它為「隱性意向」。聽受者的回應是依詩詮釋其「隱性意向」，並表示是否接受的態度。行為者所使用的表達工具是「詩式語言」，而這些「詩式語言」乃是篇篇已寫定的文本，是被建構完成的「既存知識」，為當時知識階層諸分子所熟習。而這樣的「詩式社會文化行為」，其結果可能導致行為者個人未來的「正向遭遇」或「負向遭遇」。

16 〔春秋〕左丘明著，〔晉〕杜預集解，〔唐〕孔穎達疏，《春秋左傳注疏》，卷三八，頁六四七—六四八。

乙次類：

《左傳・襄公四年》：

穆叔如晉，報知武子之聘也。晉侯享之，金奏〈肆夏〉之三，不拜；工歌〈文王〉之三，又不拜；歌〈鹿鳴〉之三，三拜。韓獻子使行人子員問之，曰：「子以君命辱於敝邑，先君之禮，藉之以樂，以辱吾子；吾子舍其大而重拜其細，敢問何禮也？」對曰：「〈三夏〉，天子所以享元侯也，使臣弗敢與聞。〈文王〉，兩君相見之樂也，臣不敢及。〈鹿鳴〉，君所以嘉寡君也，敢不拜嘉。〈四牡〉，君所以勞使臣也，敢不重拜。〈皇皇者華〉，君教使臣曰：必諮于周。臣聞之，訪問於善為咨，咨親為詢，咨禮為度，咨事為諏，咨難為謀，臣獲五善，敢不重拜！」17

《國語》〈魯語〉亦載此事，而略有出入。魯國大夫叔孫豹（穆叔）出使（聘）晉國。晉侯設宴享之，依外交聘禮之慣例，奏樂歌詩以示歡迎之意。先奏〈肆夏〉之三，叔孫豹不拜受。接著，樂工歌〈文王〉之三，又不拜受。最後，樂工歌〈鹿鳴〉之三，而叔孫一一拜受。晉國權臣韓獻子不解叔孫「拜」或「不拜」之意，乃派遣子員請教。叔孫為之一一詮釋其「行為」之「意向」。因為「肆夏」之三用於「天子享元侯」，而「文王」之三用於「兩君相見」；他的身分是人臣，故不敢接受。「鹿鳴」之三，則用於國君嘉勉、慰勞人臣，故而接受了。

此一案例，其行為亦發生於「宴享外賓」的時空場所，行動方式與進行程序也是行動者以「詩式語言」喻示某種「隱性意向」，而聽受者則以「身體語言」表達接受或不接受的態度。此一案例，最值得注意的地方，是聽受者表達接受或不接受，其判斷依據乃是一套以「詩」、「禮」為形式與內涵建構而成的「既存知識」。

丙次類：

《國語・晉語》：

明日宴，秦伯賦〈采菽〉，子餘使公子降拜。秦伯降辭。子餘曰：「君以天子之命服命重耳，重耳敢有安志，敢不降拜？」成拜，卒登，子餘使公子賦〈黍苗〉。子餘曰：「重耳之仰君也，若黍苗之仰陰雨也。若君實庇蔭膏澤之，使能成嘉穀，薦在宗廟，君之力也。君若昭先君之榮，東行濟河，整師以復彊周室，重耳之望也。重耳若獲集德而歸載，使主晉民，成封國，其何實不從。君若恣志以用重耳，四方諸侯，其誰不惕惕以從命！」秦伯嘆曰：「是子將有焉，豈專在寡人乎！」秦伯賦〈鳩飛〉，公子賦〈河水〉。秦伯賦〈六月〉；子餘使公子降拜；秦伯降辭。子餘曰：「君稱所以佐天子匡王國者以命重耳，重耳敢有惰心，敢不從德？」[18]

此事亦載於《左傳・僖公二十三年》，是《左傳》記載外交專對賦詩的第一樁。不過，其敘述不如《國語》詳明。晉獻公殺世子申生。重耳懼，流亡異國，由蒲城奔狄、過衛、經曹、宋、鄭、楚，而至於秦。秦穆公納之，設宴款待。赴宴時，由通解詩、禮的趙衰（即子餘）隨從。席間，穆公與重

17 同前注，卷二九，頁五〇三－五〇五。

18 〔春秋〕左丘明著，〔三國吳〕韋昭注，《國語》（台北：九思出版社，一九七八），卷一〇，頁三六〇。

耳彼此「賦詩言志」，趙衰居中以得體的言語為重耳之「隱性意向」作更明確的詮釋。

此一案例是春秋交接鄰國最典型的賦詩「專對」。其行為同樣發生在「宴享外賓」的時空場所。但與乙次類不同之處，在於「賦詩」不只是一般性的賓主相見之禮，乃託喻著與政治有關的特殊「隱性意向」，是「期求」與「回應」的互動性行為。最值得注意的是，其行動方式與進行程序不同於甲、乙次類，雙方皆以「詩式語言」作「互動性喻示」。其結果是完成一項「政治期約」。

丁次類：

《國語．魯語》：

諸侯伐秦，及涇莫濟。晉叔向見叔孫穆子，曰：「諸侯謂秦不恭而討之，及涇而止，於秦何益？」穆子曰：「豹之業，及〈匏有苦葉〉矣，不知其他。」叔向退，召舟虞與司馬，曰：「夫苦匏不材於人，共濟而已。魯叔孫賦〈匏有苦葉〉，必將涉矣。具舟除隧，不共有法。」是行也，魯人以莒人先濟，諸侯從之。[19]

此事亦載於《左傳．襄公十四年》，但沒有記述叔向詮釋叔孫穆子所賦〈匏有苦葉〉那段話，而直書云：「叔向見叔孫穆子，穆子賦〈匏有苦葉〉。叔向退而具舟，魯人、莒人先濟。」諸侯聯軍伐秦，至涇河而止。晉國叔向不明白魯軍統帥叔孫穆子究竟肯不肯渡過涇河，繼續進攻，便探詢他的「意向」。叔孫穆子遂賦〈匏有苦葉〉以喻示。叔向依詩意詮釋，體會叔孫穆子將濟涇河的「隱性意向」，即具舟跟進。

此一案例發生的時空場所與前三次類稍有不同，非於出使鄰國，賓主相見之聘禮上。而是於行軍布陣，一般相見以互通意向的場合中。然而叔向、叔孫分屬晉、魯，仍不脫「交接鄰國」的範圍。其行動方式與進行程序，是此方以概念言語探詢，彼方則以「詩式語言」回答，而聽受者對「詩式語言」進行詮釋，以判斷其「隱性意向」。

綜合上述四個次類型，由其表達式的共同特徵，我們可以為先秦此一「詩式社會文化行為」建構其「經驗基模」如下：

這類行為都發生在「交接鄰國」的時空場所，其行動方式與進行程序，必至少有一方以「詩式語言」做為表達媒介，另一方或以概念語言，或同樣以「詩式語言」回應，形成「互動性」的「詩式社會文化行為」。而這種行為皆涵具「隱性意向」，喻託於「詩文本」中，期待聽受者之詮釋。而詮釋之依據，除現場的「實存情境」外，另有由詩、禮所建構之一系列「既存知識」。此一行為結果往往導致某些人事的變動。

三、先秦「詩式社會文化行為」所展現「詮釋範型」在「詮釋學」上的意義

關於上述所建構的「經驗基模」，我們最大的興趣，並不在於針對各個行為者所行為之「隱性

19 同前注，卷五，頁一九〇。

意向」的意義進行詮釋。從此一「經驗基模」序列事實的因果關係加以觀察，「賦詩」之行為者依藉「詩式語言」所託喻之「隱性意向」，已被相對之聽受者詮釋完成，更不待我們置喙。而「隱性意向」中所可能涵具指向未來的「目的動機」（in-order-to motive），[20]由於繫屬古人之所為，不管其實現或未實現，都是「過去完成式」的型態，在時間的歷程中，已停止其未來的指向性，而為既成之事實，並被史家所書寫。甚至史家於書寫行動中，更秉其職業性的詮釋意識，直接參與了「受言者」的詮釋行動，共同完成對「賦詩」行為的「目的動機」所涵意義的詮釋。以上舉諸次類之案例來看，只要同一事件，比對《左傳》與《國語》的記載，從其差異處觀之，很難讓人相信，某些細部的「對話」，不是史家「推衍」之說。例如丁次類，《左傳》直書「叔向退而具舟」，並無《國語》所載叔向的詮釋語：「夫苦匏不材於人，共濟而已。魯叔孫賦〈匏有苦葉〉，必將涉矣。」這段詮釋明揭叔孫賦〈匏有苦葉〉之「隱性意向」的「目的動機」；然何以《左傳》未載？這就很難不令人懷疑是《國語》作者從已成事實的結果——魯人、莒人先濟，以推衍其先賦詩之意向，也就是在既成事實的客觀「因果適當性」脈絡中，[21]其主觀意義所繫的「目的動機」，在歷史文本被書寫時，幾乎都已受詮釋完成，除非有何翻案的說法出現。因此，在我們的研究中，針對各個行為者所行為之「隱性意向」的意義進行詮釋，實在不是一項引人興趣之事。

我們的興趣是在於此一「經驗基模」假若被放置在「詮釋學」的視域中，它能展現什麼「詮釋範型」的意義？換言之，我們的研究旨趣是「詮釋的詮釋」，也就是我們視先秦「詩式社會文化行為」是一種「詮釋行為」（interpretive act），而去詮釋此一「詮釋行為」涵具什麼「詮釋學」上的意義。

由這個議題出發，首先我們就得從「詮釋學」廣泛而複雜的界義中，為此一「詮釋行為」找到定位。也就是：它是一種具有什麼特性的「詮釋行為」？對於這個問題的回答，我們有必要回到前述所建構的「經驗基模」進行觀察、分析。從整體的觀察中，我們不難將此一「詮釋行為」的中心定位於「在詩式語言表達行為中，發言者隱性意向之理解（understanding）」。如此的定位，就已意指著，這不是一個沒有涉入歷史文化特殊條件而純為「語言與理解」的一般性哲學問題。換句話說，這是存在特殊歷史文化條件下的某一詮釋行為範型所涉及的「言語與理解」的問題。在這一問題的統涵之下，我們進一步分析，就必須去面對以下幾個問題：（一）是這種「理解」的方式，其特性為何？（二）是它如何可能完成行為者「隱性意向」的獲取？（三）是這種理解是以一套寫定的「詩文本」所建立的符號體系為媒介，那麼這套符號體系有何特性？又如何被操作？

（一）這種「理解」方式的特性

從上舉諸次類來看，這種詮釋行為，其理解方式實比一般靜態的閱讀書寫性文本的單向理解要複雜了許多。兩者比較起來，這種理解方式涵具以下三項特性：1.多重綜悟性；2.現場即應性；3.互為主體性（intersubjectivity）。

20 「目的動機」是指一個行為者由於某種指向未來的目的，而導致他產生現在此一行為的動機。參見〔美〕舒茲著，盧嵐蘭譯，《舒茲論文集（I）》，頁九一—九四。

21 「因果適當性」是指根據經驗所建立的概化，而來詮釋某事件序列，若此事件序列與過去經驗一致，即具「因果適當性」。因果適當性與行為的客觀意義脈絡有關。參見舒茲著，盧嵐蘭譯，《社會世界的現象學》，頁二六四—二六八。

1.「多重綜悟性」的理解

何謂「多重綜悟性」的理解？讓我們再次回顧上舉諸次類的案例，行為者雙方，包括賦詩者與聽受者，其詮釋的完成，通常必須雙方兼具三重的理解。所謂「詮釋的完成」指的是賦詩者適當的喻示其「隱性意向」，而相對的此一「隱性意向」也被受言者適當的獲致而加以回應。賦詩者適當的喻示其「隱性意向」，實以三重理解為條件。相對的，聽受者亦然。那麼，何謂「三重理解」？指的是對「既存知識」的理解與現場「實存情境」的理解。而「既存知識」又可以分解為二重，即「詩」與「禮樂」。在周文化中，大多數的典禮，「禮」與「樂」並行同作，故而在此合為一重以言之。當「詩」與「禮樂」以抽象概念被認知時，是客觀的知識。然而，它們不能始終都是客觀的知識，必須經由主體涉入的體會與實踐而「轉識成境」，以形成「詩文本情境」與「禮樂文化情境」。而配合當下「實存情境」，彼此綜合解悟雙方的「意向」。

這三重理解，並非截然全不相干的分別進行，而是最終必須在現場加以「綜合解悟」，才能產生適當的判斷。因為，其中有「詩文本」、「禮樂文化」的「既存知識」做為判斷的依循，所以這種理解並非得之於純粹感性直覺。然而他又是當下涉入的主觀判斷，從而也就非分析或實證所得。從前舉案例來看，賦詩者之能適當的以「詩式語言」喻示其「隱性意向」，皆明顯的對已被寫定並公認的「詩文本情境」與當代「禮樂文化情境」有一定程度的理解。而受言者之能適當的獲致對方的「隱性意向」也是一樣。

「詩文本情境」做為理解的依循條件，固不必贅論。「禮樂文化情境」做為理解的依循條件，有些直顯於史書文本，例如上述《左傳・襄公四年》「穆叔如晉」一例，其聽受之後，拜或不拜，史書文本皆明載有「禮」、「樂」規範為依循。又例如上述《國語・晉語》「秦伯賦采菽」一例，所謂「降拜」、「降辭」、「成拜」，都是一種禮儀。凡此皆顯示雙方在「賦詩言志」時乃依循對當代「禮樂文化情境」的理解，以展開其詮釋行為。而有些則較不明顯，例如上述《左傳・襄公二十七年》「鄭伯享趙孟于垂隴」，文本中未明指「禮文化情境」，但趙孟要求賦詩的目的之一即是「以卒君貺」，「貺」是「賜宴」。一國之君親自宴享外賓，當然是一種「禮文化情境」。[22]而凡賦詩，皆於現場進行，雙方必然對當下「實存情境」要有所理解，否則難以進行。

綜而言之，「詮釋的完成」必須行為者雙方對等的皆具「詩文本」、「禮樂文化」、「現場實存」三重「情境」的適當理解，並加以綜合解悟。只要一方有所欠缺，互動性的詮釋行為即受到阻礙，而形成不完全的殘局。這種情況，可能發生在「賦詩者」一方，例如上述乙次類《左傳・襄公四年》「穆叔如晉」一案，「賦詩」一方顯然對「詩文本」及「禮樂文化」缺欠適當性之理解，故受言者穆叔以「不拜」回應。相對的也可能發生在「受言者」一方，典型的案例是《左傳・襄公二十七年》：

22 《儀禮・聘禮》記載諸侯國君宴享他國之聘使：「公於賓壹食、再饗。」又〈公食大夫禮〉記載諸侯國君以禮食小聘大夫之儀節，於「五禮」屬「嘉禮」。參見〔漢〕鄭玄注，〔唐〕賈公彥疏，《儀禮注疏》（台北：藝文印書館，嘉慶二十年江西南昌府學重刊宋本，一九七三），卷二一，頁二六七，又卷二五，頁二九九。另《周禮・大宗伯》載：「以饗宴之禮親四方之賓客。」饗宴之禮是嘉禮之一。參見〔漢〕鄭玄注，〔唐〕賈公彥疏，《周禮注疏》（台北：藝文印書館，嘉慶二十年江西南昌府學重刊宋本，一九七三），卷一八，頁二七七—二七八。

齊慶封來聘，其車美。孟孫謂叔孫曰：「慶季之車，不亦美乎！」叔孫曰：「豹聞之，『服美不稱，必以惡終』，美車何為？」叔孫與慶封食。不敬，為賦〈相鼠〉，亦不知也。23

季孫賦〈相鼠〉以諷刺慶封之虛有其表而不懂禮儀。慶封對於〈相鼠〉此一「詩文本情境」，及「賓主宴享」的「禮文化情境」，甚至「現場實存情境」皆無所理解；故對季孫之賦〈相鼠〉全無回應，使得此一互動性的詮釋行為形成不完全的殘局。

2.「現場即應性」的理解

何謂「現場即應性」？指的是詮釋行為者雙方一起在當下特定的時空場域中，賦詩者立即性的以「詩式語言」喻示「隱性意向」，而聽受者亦立即性的獲致對方的「隱性意向」，並做出適當的回應。因此，前述三重情境之理解，在現場進行理解並完成之前，其既存知識的「詩文本」與「禮樂文化」雖可由素養而形成「預理解」；所謂「預理解」，後文再做詳說。然而，這些「預理解」由既存知識而被「活用」於當下實存情境，以產生「綜合解悟」，卻必須是在「現場」立即進行並完成。這種「現場即應性」的理解，從前舉各次類的案例，皆可明顯看出，無庸再細作論證。

3.「互為主體性」的理解

何謂「互為主體性」？我們可分解的從「互動」（interaction）與「主體性」（subjectivity）來加以說明。所謂「互動」指的是社會行為者有意識的採取「相互指向」的行動。「賦詩」的「詩式社會文化行為」，其理解的進行，乃是有意識的「相互指向」的行為。其典型的案例，是上舉丙次類《國語．晉語》，秦穆公與重耳的「賦詩」。穆公賦〈采菽〉，重耳降拜，穆公降辭。接著，重耳賦〈黍苗〉、穆公賦〈鳩飛〉；重耳賦〈河水〉、穆公賦〈六月〉。重耳降拜，穆公降辭。二人不但以「詩式語言」互動，更以「身體語言」（降拜、降辭）互動。在互動間，進而完成彼此對「隱性意向」的理解。秦伯賦〈采菽〉，按〈采菽〉為〈小雅〉詩篇，韋昭注云：「王賜諸侯命服之樂也。」命服，天子所賜之官服。秦伯賦此詩，其「隱性意向」正如趙衰之所理解「君以天子之命服命重耳」，乃對重耳喻示歡迎讚賞之意。而重耳賦〈黍苗〉，〈黍苗〉亦是〈小雅〉詩篇，句云：「芃芃黍苗，陰雨膏之」，其「隱性意向」正如趙衰之所理解：「重耳之仰君也，若黍苗之仰陰雨也」，乃重耳祈求穆公之協助以反晉。接著彼此之賦〈鳩飛〉、〈河水〉、〈六月〉，其「相互指向」以喻示心意，皆仿此，不俱論。

除此一案例而外。其餘次類的「互動」雖沒那麼明顯，但也隱然可辨。甲次類，七子賦詩以喻示「隱性意向」，趙孟則以概念性語言評論加以回應。乙次類，晉侯使樂工奏樂歌詩，以喻示「隱性意向」，穆叔則以「拜」或「不拜」之「身體語言」加以回應。丁次類，叔孫穆子賦〈匏有苦葉〉以喻示「隱性意向」，叔向則以「具舟除隧」的行動加以回應。準此，其理解實具有雙向互動的特性。而這種雙向互動，並非僅止於外顯的「行跡互涉」，而是內蘊的「意向交會」。而這「意向交會」即是行為者雙方「隱性意向」的相互理解。依據前文之論述，這理解的方式不是將對方視為一知識客體加

23　〔春秋〕左丘明著，〔晉〕杜預集解，〔唐〕孔穎達疏，《春秋左傳注疏》，卷三八，頁六四三。

以分析、實證；而是現場當下涉入的綜合解悟，顯具「主體性」。

前文說過，我們所研究的不是被形上地、本質地思考的「人」，而是在實存的「社會世界」裡行為著的「人」。從前舉案例而言，其理解乃依循「詩文本」、「禮文化」的既存知識去進行並完成，從而這「主體」當然是在特定時空的文化、社會經驗與價值觀限定下的「主體」。而也就因為他們共享著同樣的文化、社會經驗與價值觀，以進行「意向交會」，所以我們可以說這樣的理解乃是「互為主體性」的理解。

（二）賦詩者的「隱性意向」如何能被受言者適當的獲取？

接著，我們來討論，以這樣的理解方式進行的「詩式社會文化行為」，賦詩者的「隱性意向」如何得以被聽受者適當的獲取？這樣的問題，絕非從「理解」之作為人性本能或心靈共構的理論所能給予恰切的回答。當我們再次回顧其「經驗基模」而加以觀察、分析時，就可以從「建構預理解」、「情境共定」與「情境連類」這三個論點，對這一問題的解答提供恰切的詮釋。

1. 建構預理解

何謂「建構預理解」？我們這裡所謂「預理解」，指的是在「現場即應」的「綜合解悟」進行而完成之前，行為者已具備對詩文本、禮樂文化等「既存知識」之意義的預先理解。從周代貴族階層的人文養成教育加以考察，就可知這種種與交接鄰國的「賦詩」行為相關的「既存知識」，是教育體制下規劃性建構的產物。有關周代貴族階層的人文養成教育，直接的史料是《周禮》的記載，另外《尚書》、《論語》與《禮記》的若干篇章也可為佐證。《周禮》在漢代所出諸經中，其時最晚，故真偽亦紛如聚訟，難以條舉。然持平之論，此書雖非成王、周公之原作，或有後世增入者，但也可肯定絕非出於偽託，大體可信。[24]我們先將與本論題有關的條文臚列於下：

《周禮・地官・保氏》云：

保氏……養國子以道，乃教之六藝：一曰五禮，二曰六樂，三曰五射，四曰五馭，五曰六書，六曰九數。[25]

《周禮・春官・大司樂》：

大司樂掌成均之法，以治建國之學政，而合國之子弟焉。……以樂語教國子，興道、諷誦、言語。[26]

《周禮・春官・大師》：

大師掌六律六同，以合陰陽之聲。……教六詩，曰風，曰賦，曰比，曰興，曰雅，曰頌。以

24 〔清〕紀昀等，《四庫全書總目》（台北：藝文印書館，一九七四）。「《周禮注疏》」條，冊一，卷一九，頁三九八—四〇〇。

25 〔漢〕鄭玄注，〔唐〕賈公彥疏，《周禮注疏》，卷一四，頁二一二。

26 同前注，卷二二，頁三三六—三三七。

六德為之本，以六律為之音。[27]

《禮記・內則》：

十年，出就外傅，居宿於外，學書記。……十有三年，學樂、誦詩……二十而冠，始學禮。[28]

《尚書・舜典》：

帝曰：「夔，命汝典樂，教胄子……詩言志，歌永言，聲依永，律和聲。」[29]

《禮記・樂記》：

詩，言其志也；歌，詠其聲也；舞，動其容也。[30]

《論語・季氏》：

不學詩，無以言。[31]

《論語・子路》：

誦詩三百，授之以政，不達。使於四方，不能專對。雖多，亦奚以為？[32]

《論語・陽貨》：

小子，何莫學夫詩！詩可以興，可以觀，可以群，可以怨。邇之事父，遠之事君。多識於草木鳥獸之名。[33]

《禮記・少儀》：

言語之美，穆穆皇皇。[34]

《禮記・學記》：

---

27 同前注，卷二三，頁三五四—三五六。

28 〔漢〕戴聖傳，鄭玄注，〔唐〕孔穎達疏，《禮記注疏》（台北：藝文印書館，嘉慶二十年江西南昌府學重刊宋本，一九七三），卷二八，頁五三八。

29 〔漢〕孔安國傳，〔唐〕孔穎達疏，《尚書注疏》（台北：藝文印書館，嘉慶二十年江西南昌府學重刊宋本，一九七三），卷三，頁四六。

30 《禮記注疏》，卷三八，頁六八二。

31 《論語注疏》，卷一六，頁一五〇。

32 同前注，卷一三，頁一一六。

33 同前注，卷一七，頁一五六。

34 《禮記注疏》，卷三五，頁六三一。

不學博依，不能安詩。[35]

《禮記・經解》：

孔子曰：「入其國，其教可知也。其為人也，溫柔敦厚，詩教也。」[36]

依據以上所引述的史料，我們可以為周代貴族階層子弟的人文養成教育做出以下的詮說與描述：「國子」指誰？〈大司樂〉上段引文，鄭玄注：「公卿大夫之子弟當學者，謂之國子。」其人文教育的內容即「六藝」。「六藝」之中，與本論旨有關的是「禮」與「樂」。禮文化知識的建構，顯然是貴族階層子弟人文養成教育中首要的項目。禮主要有吉、凶、軍、賓、嘉五項。其中，《周禮・春官・大宗伯》載明：「以賓禮親邦國」。「五禮」只是舉其要者，另〈大宗伯〉云：「饗燕之禮，親四方賓客。」饗宴之禮屬嘉禮之一[37]。這些禮文化知識都是國子所必習，其中賓禮、嘉禮乃做為交接鄰國，賓主相待宴享依循的儀節。另外，樂文化的教養也是非常重要的項目。先秦詩樂合一，舉「樂」而「詩」在其中，這從〈大司樂〉所謂「以樂語教國子」、〈大師〉所謂「教六詩……以六律為之音」。而《尚書・舜典》之詩、歌、聲、律連言，〈樂記〉之詩、歌並舉，都可得到證實。「樂語」即樂曲所配合之「言語」，也就是「詩」，故下文接云「諷誦、言語」，[38]賈公彥疏云：「歌樂即詩，以配樂而歌，故云歌樂。」而《禮記・內則》也記載貴族階層對子弟的教養，十歲以前是家內之教，十歲起「出就外傅」，亦即入國學。國學教育學程中，「十有三年，學樂、誦詩」，是樂與詩同時學習。至「二十而冠，始學禮」。《周禮・大師》所謂「教六詩」，鄭玄注以照應下文〈瞽矇〉「掌九德、六詩之歌以役大師」之說，而認為「六詩」用以教「瞽矇」。[39]然而「瞽矇」為「大師」之下屬，協助「大師」之教育工作，若回應上文〈大司樂〉之「以樂語教國子，興道、諷誦、言語」，則「六詩」亦當為對國子之教，非止於「瞽矇」。

周代這種「詩文化」的教養，由《尚書・舜典》的記載來看，顯然有其歷史的傳統。而其目的就是為了「言其志」。〈舜典〉「詩言志」一語，一向被學者引為中國詩歌本質論的依據。「本質」是抽象而普遍性的概念，可以做為創作論的理據。然而，詩的「創作」理論，從歷史進程來看，最早也得到漢代才出現，[40]先秦的「詩學」，並無「作者」這一觀念，[41]也就沒有「創作論」上的自覺思

35　同前注，卷三六，頁六五一。

36　同前注，卷五〇，頁八四五。

37　「五禮」之說，參見《周禮注疏・春官・大宗伯》，卷一八，頁二七〇—二七八。

38　按鄭玄注《周禮》，解釋「興道諷誦言語」此句，將它斷為六事，即興、道、諷、誦、言、語。參見《周禮注疏》，卷二二，頁三三七。然而我們以為應是「興道」、「諷誦」、「言語」三事而已。詳參顏崑陽，〈從「言意位差」論先秦至六朝「興」義的演變〉，原刊《清華學報》新二八期，一九九八年六月，頁一五三。收入顏崑陽，《詩比興系論》（台北：聯經出版公司，二〇一七），頁八八。

39　《周禮注疏》鄭玄之注與賈公彥之疏。卷二三，頁三五六，又頁三五八，〈瞽矇〉條經文。

40　漢代有關文學創作的論述，出現在「賦學」而不在「詩學」。參見顏崑陽，〈漢代「賦學」在中國文學批評史上的意義〉，收入顏崑陽，《詮釋的多向視域》（台北：臺灣學生書局，二〇一六）。

41　先秦時代沒有「作者」觀念，參見龔鵬程，〈中國文人傳統之形成：論作者〉，《文化符號學》（台北：臺灣學生書局，一九九二），頁三一—四六。

考。因此，不管〈舜典〉或〈樂記〉的「詩言志」，從其發生意義來說，皆與「賦詩言志」的社會文化行為有關。「賦詩言志」既是先秦貴族階層傳統的一種普遍「社會文化行為」，因此「詩文化」知識的建構，乃成為人文教養的重要項目之一。

「詩言志」這一觀念，若進一步解析之，則還包括了「形式」意義之「言」的概念與「內容」意義之「志」的概念。「言」指「表達形式」；「志」指「表達內容」。表達形式為具有「託喻」功能的「詩式語言」，[42]而表達內容則是與政教有關之價值意向。以「詩式語言」託喻「政教意向」，是當時政治上通行的一種特殊的「表達式」、一種特殊的「詩式社會文化行為」。因此，「詩文化」教養是從政的必要條件，孔子才會說：「不學詩，無以言」、「誦詩三百，授之以政，不達。使於四方，不能專對。雖多，亦奚以為？」倘若我們再問，為什麼周代會選擇「詩」作為政治外交「專對」的表達式，簡要的回答，仍要歸之於「禮文化」。「禮」以「和」為貴，[43]而「言語」基本上就是「社會秩序」是否「和諧」的主要關鍵之一。「言語」之不當，往往與社會「衝突」形成因果相循的關係。因此，以「禮」建構社會秩序的周文化，對貴族階層的「語言」教養就特別重視。《禮記．少儀》記載貴族子弟「相見」之細行，而特別強調「言語之美，穆穆皇皇」。「言語」中最「溫柔敦厚」，能減少衝突，而使「言之者無罪，聞之者足以戒」的「表達式」就是「詩」。[44]從「言為心聲」的觀念來說，「溫柔敦厚」的「表達式」，當然也就隱涵著說話者「存心」的「溫柔敦厚」；故「溫柔敦厚」之「詩教」，實乃並涵著語言行為中形式與內涵的雙重意義。「交接鄰國」的語言行為，為減低兩國之間的「衝突」，「詩式語言」即是最好的選擇。這也就是班固在《漢書．藝文志．詩賦略論》中所謂：「古者諸侯卿大夫交接鄰國，以微言相感，當揖讓之時，必稱詩以喻其志」。[45]

「微言」就是曲折婉轉的「詩式語言」，就是《周禮・春官・大師》所說的「比興」，就是《禮記・學記》所說的「博依」，鄭玄注云：「博依，廣譬喻也。」

綜上所述，我們可以得到一個小結論，春秋時代賦詩的「詩式社會文化行為」，其「現場即應」的「綜合解悟」之所以能夠適當的獲致賦詩者的「隱性意向」，條件之一就是周代貴族階層子弟的人文養成教育中，通過對「詩文化」與「禮樂文化」的熟習，以建構了「預理解」，做為「現場即應」理解的基礎。

2. 情境共定

何謂「情境共定」？從「經驗基模」來看，此類社會文化行為經常發生於「交接鄰國」的時空場所，因而其「現場實存情境」顯係經過集體所「共同界定」；而其行為之以「詩式語言」做為特定的表達式，以喻示「隱性意向」，也是經過集體的「共同界定」。更進一步說，這特定表達式所使用的

42 有關「託喻」的語言形式與功能，參見顏崑陽，〈論詩歌文化中的「託喻」觀念〉，收入顏崑陽，《詩比興系論》。

43 《論語・學而》：「禮之用，和為貴。先王之道，斯為美。」參見《論語注疏》，卷一，頁八。

44 「稱詩以喻其志」，乃不直接陳述，而是以託喻的方式去表達。這種語言技巧，必須經過學習才會。故〈學記〉強調「不學博依，不能安詩」，鄭玄注：「博依，廣譬喻也。」〈詩大序〉：「主文而譎諫，言之者無罪，聞之者足以戒」，參見〔漢〕毛亨傳，鄭玄箋，〔唐〕孔穎達疏，《詩經注疏》（台北：藝文印書館，嘉慶二十年江西南昌府學重刊宋本，一九七三），卷一，頁一六。

45 參見〔漢〕班固著，〔唐〕顏師古注，〔清〕王先謙補注，《漢書補注》（台北：藝文印書館，一九五六），卷三〇，頁九〇二。

「詩文本」，也是經過寫定而公認的標準本。何以言之？在前文中，我們已述及《左傳》、《國語》所載「賦詩」行為，其所賦之詩，十之八九皆在今本《詩經》內，而孔子也一再提及「詩三百」，可見當時國際流通，已有寫定之本，不少學者亦持如此的看法。[46]前文所論「建構預理解」，其人文養成教育中，「誦詩」的教材顯有公認的標準本。然則，從使用「詩式語言」，到所涉及的「文本」，其文字基義的訓解與內容所描述的情境，也都經過集體的「共同界定」。另外以「禮樂文化情境」做為表意或理解的依循，亦復如此。這種狀況，我們可稱它為「情境共定」；「情境共定」即是通過文化上的集體建構，使溝通的情境「趨標準化」，而營造一個可共享經驗與價值觀念系統的社會世界，並為賦詩的「詩式社會文化行為」形塑了「經驗基模」，建立了「客觀意義脈絡」。換句話說，這類「詩式社會文化行為」的理解活動，並非個人突然偶發，而是在「共定」的「情境」中，「可預期」的進行，因此得以形成「定向理解」，以保持詮釋的適當性。於此，我們又可得出另一個小結論，春秋時代賦詩的「詩式社會文化行為」，其「現場即應」的「綜合解悟」之所以能夠適當的獲致賦詩者的「隱性意向」，條件之二就是「情境共定」的營造。

3.情境連類

賦詩的「詩式社會文化行為」所共同界定的語言表達方式，是一種以「詩」為特殊形式的「象徵表達式」，我們稱之為「情境連類」。何謂「情境連類」？這就涉及「詩式語言」的特殊形式與功能。「連類」一詞取自何晏《論語集解》詮釋「興」義而引孔安國的話：「興，引譬連類。」[47]則「連類」意即將二個類似性之事物聯想在一起。假如被聯想在一起的事物是某二種「情境」，就是

「情境連類」。

我在另二篇論文：〈《文心雕龍》「比興」觀念析論〉、〈論詩歌文化中的「託喻」觀念〉中，對「比」、「興」以及「物性切類」、「情境連類」做了精細的分析詮釋。[48]並論明先秦「賦詩言志」即是一種「情境連類」的語言方式。我們在這裡，將作概括的引述。

「情境連類」就是先秦兩漢以來「詩學」中所謂的「興」，而班固所謂「以微言相感」。「微言」是「隱約委婉」的語言，具有譬喻的性質，故孔安國以「引譬」釋之，但它卻又不同於一般性「局部修辭」的比喻，而是整體的設譬，故劉勰在《文心雕龍．比興》中以「環譬」釋之。[49]這種「環譬」的形式不同於一般「喻體」、「喻依」同在文本語脈內並呈對應結構的明喻與暗喻。明喻、暗喻的修辭方式就是「比興」之「比」。「比」也是一種「連類」，它之所以成立，是依照事物間客觀的「形態或質性相似」，我們稱它為「物性切類」。而「興」之所以成立，是依照事物間主觀的

46 例如高亨，〈詩經引論〉，收入江磯編，《詩經學論叢》（台北：崧高書社，一九八五），頁一—三三。高亨認為《三百篇》乃由周王朝各時期的樂官所編輯，並經孔子刪定。另朱東潤，〈詩三百篇成書中的時代精神〉，收入江磯編，《詩經學論叢》，頁三五—四四。朱東潤認為在孔子設教之時，《三百篇》已經成為定本。又繆鉞，〈詩三百篇纂輯考〉，收入江磯編，《詩經學論叢》，頁四五—五六。繆鉞認為《三百篇》之纂為定本，必前於孔子。

47 《論語．陽貨》：「詩可以興」句下，何晏集解引孔安國曰：「興，引譬連類。」參見《論語注疏》卷一七，頁一五六。

48 顏崑陽，〈《文心雕龍》「比興」觀念析論〉、〈論詩歌文化中的「託喻」觀念〉，皆收入《詩比興系論》。

49 「興則環譬以託諷」，參見劉勰著，現代周振甫注，《文心雕龍注釋》（台北：里仁書局，一九八四），頁六七七—六七八。

「情意經驗相似」，我們就稱它為「情境連類」。[50]「興」之所以往往帶「比」，就因為「起興者」與「被興者」之間具有相似性。但它之不同於「比」之為「比」，也就因為它的「相似性」必是繫屬行為者主觀情意經驗，而不繫屬於對象物之客觀的型態或質性，故明顯具有「主體性」色彩。

「情境連類」其所「連類」之「情境」，一是已被書寫完成的「詩文本情境」，一是行為者切身於現實世界的存在經驗情境，可稱為「實存情境」。不過，假如放在賦詩的「詩式社會文化行為」來看，則這「實存情境」又可分別為：一是貴族階層以「禮樂」為主的「社會文化情境」；一是行為者雙方個人身分和現場行動事件所構成的「人事序列情境」。前者是過去完成式，是已建構的知識，從而是「既存性」的。而後者則是現在進行式，從而也就是「現場性」的。舉例為證，丙次類《國語・晉語》所載，秦穆公宴請重耳。在周代所建構「禮樂」的「社會文化情境」中，交接鄰國，賓主相見有一定的禮節。《儀禮・聘禮》所載，僅「拜」、「辭」的儀節便已非常複雜。「拜」以示「敬」或「受」；「辭」以示「讓」或「不受」。依藉拜、辭的儀節，以保持賓主互動關係的和諧。故《禮記・聘義》云：「敬讓也者，君子之所以相接也。故諸侯相接以敬讓，則不相侵陵。」[51]因此，秦穆公與重耳相互之降拜、降辭，都是在「禮樂」的「社會文化情境」中的「身體語言」。重耳的「身分」是晉國的公子，若使於鄰國，地位相等於「大夫」。《左傳・僖公二十三年》所載，重耳降拜之時，穆公「降一級而辭焉」，竹添光鴻箋云：「公食大夫禮，公降一等辭。」[52]

重耳因晉獻公殺世子申生而流亡在外，此次奔秦，非一般奉命聘於鄰國，乃懷有乞求支援之意，這就是「人事序列情境」。在這兩種「實存情境」之下，彼此賦詩，以喻示「隱性意向」，就必須考慮如何將「實存情境」與「詩文本情境」加以「連類」。穆公開始賦〈采菽〉以喻示歡迎之意。

〈采菽〉為〈小雅〉篇章，「詩文本情境」是描寫諸侯來朝而天子錫命的狀況，既表天子歡迎、祝福之意，又讚諸侯隨從、威儀之盛。[53]天子之對諸侯，概括之即是上之對下。而「實存情境」中，依「禮」的「社會文化情境」與「人事序列情境」，重耳以晉公子身分見穆公，穆公表歡迎與讚賞之意，亦是上之對下。「詩文本情境」與「實存情境」由其類似性而被聯想在一起，穆公之「隱性意向」便可「綜合解悟」而知。接著重耳賦〈小雅〉詩篇〈黍苗〉，「詩文本情境」是以「芃芃黍苗，陰雨膏之」的意象起興，描述召伯為周宣王卿士時，能助天子膏澤萬民，故有「召伯勞之」、「召伯營之」、「召伯成之」之句。[54]在「人事序列情境」中，重耳流亡在外，此來有意期求援助，故賦此詩，以召伯比穆公，期望如「芃芃黍苗，陰雨膏之」。「詩文本情境」與「實存情境」依其類似性而聯想在一起，則重耳之「隱性意向」便可「綜合解悟」而知。下文賦〈鳩飛〉、〈河水〉、〈六月〉，其為「情境連類」，皆仿此，不俱論。

這種「情境連類」的語言，從前文「建構預理解」與「情境共定」的論述來看，顯然是一套經過集體建構的符號體系，以做為共所依循的表述與聽受的規則。它不只涉及語言形式，更涉及到內涵的

50　「比」是「物性切類」、「興」是「情境連類」，參見顏崑陽，〈論詩歌文化中的「託喻」觀念〉，收入顏崑陽，《詩比興系論》，頁一七八—一八三。

51　《禮記注疏》，卷六三，頁一〇二八。

52　〔春秋〕左丘明著，〔日〕竹添光鴻會箋，《左傳會箋》（台北：天工書局，一九九八），卷六，頁三八。

53　《詩經注疏》，卷一五之一，頁四九九。

54　同前注，卷一五之二，頁五一三—五一四。

「理解指向」。在這裡，我們將「理解指向」界定為認知主體因受符號指引而朝某一定向進行理解。以賦詩的「情境連類」而言，它不只是以「譬喻」做為語言形式，更由於這種語言形式已因集體建構而預顯為一種特殊的符號體系，而這符號體系具有共同約定的「指引作用」。當它在某特定情境中出現時，認知主體便被指引朝著「將詩文本情境與實存情境聯想在一起」的定向去理解。「聯想」是思維方式，而「詩文本情境」及「實存情境」都涉及內容。這樣的符號體系，有其穩定性，從而保障詮釋的適當性。

至此，我們又可以得到一個小結論，先秦時代賦詩的「詩式社會文化行為」，其「現場即應」的「綜合解悟」之所以能適當的獲致行為者的「隱性意向」，條件之三就是建立了「情境連類」的符號體系。

（三）「詩文本」的符號體系有何特性及如何被操作？

最後，我們還要處理一個問題：這套以寫定的「詩文本」所建立的符號體系，究竟具有什麼特性，以及如何被操作？

首先，我們引述一段《左傳・襄公二十八年》的記載，這是最有直接證據效力的史料：齊大夫慶封以女妻同宗的盧蒲癸，而慶舍之家臣指責盧蒲癸何以娶同宗之女。盧蒲癸以「賦詩斷章」為譬喻加以答辯：

> 慶舍之士謂盧蒲癸曰：「男女辨姓，子不辟宗，何也？」曰：「宗不余辟，余獨焉辟之！賦詩

> 斷章，余取所求焉，惡識宗？」[55]

這段記載，置入我們論述的脈絡，主要思考的是「賦詩斷章，余取所求焉，惡識宗？」的詮釋學意義。「宗」是氏族之本源，在與「賦詩」的類喻關係中，指的是未經斷取之前整篇詩的「本義」，如將「本義」繫屬於作者，則是「作者本意」。然則，盧蒲癸是春秋時代齊國的貴族，於「賦詩」的了解，可代表當時的一般觀念。前述那幾句話，包含了以下二個概念：1.賦詩可以「斷章」，不必顧及原有的整體結構，也就是某一章可被單獨截取，脫離原有結構的語脈而被「挪用」。2.斷章所取之詩句，其意義隨用詩者之所求——「意向」而衍生，不必顧及其「本義」。故竹添光鴻箋云：

> 求，猶欲也。時事有便宜，如賦詩焉，斷取一章，唯取所欲，不泥其本義。[56]

上述的基本概念，可以證諸經驗基模中所涵括的實例。《左傳》、《國語》所載「賦詩」，其採取「詩文本」的方式有二：1.直接載明賦某詩的某一章，例如〈文公十三年〉「子家賦〈載馳〉之四章，文子賦〈采薇〉之四章」；〈襄公二十年〉「褚師段賦〈常棣〉之七章，季武子賦〈魚麗〉之卒章」等。2.載明賦某詩，似乎是賦全篇。然而，即使賦全篇，其取義也往往側重某章或某幾句，例如前舉重耳賦〈黍苗〉，取義在於「芃芃黍苗，陰雨膏之」、「召伯勞之」、「召伯營之」、「召伯成

55 《春秋左傳注疏》，卷三八，頁六五四。

56 〔日〕竹添光鴻會箋，《左傳會箋》，卷一八，頁五五。

之」數句。〈僖公二十三年〉這段秦穆公與重耳彼此賦詩的記載，杜預集解就說：「古者禮會，因古詩以見意，故言賦詩斷章也。其全稱詩篇者，多取首章之義。」[57]杜預所說，雖未必全部如此，但大致其然。

準此，上述第一種採取「詩文本」的方式固為「斷章取義」。第二種在形式上雖不明顯；但細繹之，其取義亦側重局部，也是「斷章取義」。而所取之義，以符合賦詩者在「實存情境」中所起之「意向」為原則。

依上論述，我們可以判斷，在賦詩的社會文化行為中，做為溝通媒介物的「詩文本」，由於使用者的態度而呈現出二種特徵：1.「詩無絕對固定之體，隨用而裁體」。「體」指其結構形式，雖已有被寫定之篇章，但在不同的「實存情境」中被挪用時，卻可隨用者之所需而剪裁。2.「詩無絕對固定之本義，隨用而衍義」。在寫定的文本中，其語言文字的訓解和內涵，雖有共識性的「基義」，但僅供參考，不做給定。其意義可以在「實存情境」中被挪用時，隨用者之所需而衍生。綜合這二個特徵，我們可以說它是「開放性文本」；從形式到涵義都向任何使用者「開放」。這與孟子所提出以詮釋「作者本意」為目的，因而形成的「封閉性文本」顯有差別。[58]

循上所論，則「詩文本」在詮釋活動中，其意義之如何，並非詮釋的「終極標的」。詮釋的「終極標的」，乃在於行為者的「隱性意向」。準此，「詩文本」的意義，其實只是理解「過程」中，做為「中介指引性符號」，在雙方互為主體的理解過程，介乎其間，以其譬喻的性質與功能，提供「情境連類」的「理解指向」，終而「綜合解悟」到行為者的「隱性意向」。而當「意向」被理解了，則「詩文本」就終止其指引作用而被捨棄，一如莊子所謂「得意而忘言」。[59]因此「中介指引性」便是這套符號體系的特性。

至於它如何被操作，由上面的論述，已可知其原則與程序。「情境連類」是其原則，而其操作程序則是：1.擬定「意向」；理解「實存情境」；2.擇取可資「情境連類」之「詩文本」誦讀之。這是由表述者而言，相對聽受者就是此一程序的逆反。

四、結論

綜合以上的論述，我們可以做成下列幾點結論：

（一）先秦時期，普遍行之於交接鄰國的「賦詩言志」，乃是一種特殊的「詩式社會文化行為」。其「經驗基模」是：發生的時空場所多在「交接鄰國」；行動方式與進行程序，必至少有一方

57　《春秋左傳注疏》，卷一五，頁二五三。

58　《孟子・萬章上》：「說詩者，不以文害辭，不以辭害志。以意逆志，是為得之。如以辭而已矣，〈雲漢〉之詩曰：『周餘黎民，靡有孑遺。』信斯言也，是周無遺民也。」其中所謂「不以辭害志」之「志」，當指「作者之志」。孟子雖未正式使用「作者本意」一詞，但上述說詩之法，隱然含有此義。參見《孟子注疏》，卷九上，頁一六四。又孟子已有「作者本意」的概念，此說詳見顏崑陽，〈從「言意位差」論先秦至六朝「興」義的演變〉，收入《詩比興系論》，頁一六〇。

59　《莊子・外物》：「筌者所以在魚，得魚而忘筌；蹄者所以在兔，得兔而忘蹄；言者所以在意，得意而忘言。」參見〔戰國〕莊周著，〔清〕郭慶藩集釋，《莊子集釋》（台北：河洛圖書出版社，一九七四），卷九上，頁九四四。

以「詩式語言」做為表達媒介，另一方或以概念語言，或同樣以「詩式語言」回應，而形成互動。這種行為皆涵具行為者的「隱性意向」，而以「詩文本」託喻之，期待受言者的詮釋。而詮釋所依循的條件，除現場的「實存情境」之外，另有由詩文本、禮樂文化所構成系列性的「既存知識」。不過，這些「既存知識」，並非始終都是以抽象概念被認知。「詩文本」所描寫固然是具體的「情境」，就是「禮樂文化」也由於其「實踐性」而被轉化為實存性的具體情境。

（二）這一「經驗基模」所展現的「詮釋範型」，從「詮釋學」的觀點來看，其「理解」的方式涵具了三項特性：1.多重綜悟性；2.現場即應性；3.互為主體性。在這種「詩式社會文化行為」中，賦詩者以「詩式語言」適當的託喻其「隱性意向」，而受言者也相對由「詩式語言」以理解其「隱性意向」。這種「理解」乃是在現場，互為主體的綜合「詩文本情境」、「禮樂社會文化情境」與當次「人事序列情境」而解悟之。

（三）這樣的理解方式，賦詩者的「隱性意向」依什麼條件而能被受言者適當的理解？就「經驗基模」的觀察、分析，其條件有三：1.建構預理解；2.情境共定；3.「情境連類」。亦即這種「詩式社會文化行為」中，其「理解」之所以可能，顯然有其社會文化條件。從周代貴族階層的人文養成教育加以考察，可知「理解」所依循詩、禮、樂的既存知識，乃是教育體制中有規劃的建構，以為「現場即應」之「綜合解悟」備置了「預理解」。而理解所涉的溝通情境，包括這類行為發生的現場「人事序列情境」，以「禮樂」為基礎的「社會文化情境」、「詩式語言」及其所涉「文本情境」，都經過集體的「共同界定」；而其語言形式與所關涉到的「理解指向」，也經過集體的建構，形成一套以「情境連類」為規則的符號體系。

（四）這套符號體系，其「詩文本」雖已寫定；但由於使用者的態度，卻呈現出從外在形式到內涵意義的「開放性」特徵，即「詩無絕對固定之體，隨用而裁體」、「詩無絕對固定之本義，隨用而衍義」，其體其義，皆向所有使用者開放，而形成「開放性文本」。而這套符號體系，「詩文本」既非詮釋的終極標的，只是在獲致賦詩者「隱性意向」的理解過程中，做為「中介指引性」的符號。「隱性意向」既得理解，亦即詮釋完成，它就終止其指引作用而被捨棄。

（五）從這一「詮釋範型」之以詩、禮、樂為理解所依循的「既存知識」，我們可以說，它是「周文化的詮釋範型」。而從中國詮釋學史的時間歷程來看，它是最早出現的一種「詮釋範型」，故可以稱它為「初始詮釋範型」。它所展現的特性，其「現場即應性」雖因社會環境的改變，交接鄰國的「專對」不復存在，而完全轉型為「離場書寫性」的「引詩」；但以「詩文本情境」與「實存情境」進行「連類」式的「綜合解悟」，以及詩無絕對之定體、本義而隨用裁體、衍義的「開放性文本」特徵，這種詮釋方式卻仍然被繼承。其影響所及，由《荀子》、《孟子》、《韓詩外傳》、《說苑》、《新序》、《列女傳》一系列，或引詩以證事，或引事以證詩的詮釋方式，便可得到證實。

附記：

原刊《東華人文學報》第八期，二〇〇六年一月。篇名〈論先秦「詩社會文化行為」所展現的「詮釋範型」意義〉。

二〇二二年二月修訂，收入本書。篇名改為〈先秦「賦詩言志」之「詩式社會文化行為」所展現的「詮釋範型」意義〉。

唐代「集體意識詩用」的社會文化行為現象

一、問題的導出與論題的界定

一九二三年，顧頡剛發表〈詩經在春秋戰國間的地位〉，其中專節論述了〈周代人的用詩〉。[1]他考察許多先秦史料，發現那時候的人，不管是作詩或采詩，都是為了實際上的「應用」，並且他歸納了四種用詩之法：一是典禮，二是諷諫，三是賦詩，四是言語。最後，他的結論是：

《詩經》是為了種種的應用而產生的，有的是向民間采來的，有的是定做出來的……，他們對於詩的態度，只是一個為自己享用的態度；要怎麼用，就怎麼用……。[2]

一九九六年，我在成功大學中文系主辦的「第三屆魏晉南北朝文學與思想學術研討會」上，發表了〈論詩歌文化中的「託喻」觀念〉一文，[3]其中提出「『詩用』的社會文化行為現象」這個論見，並對它作了如下的界說：

所謂「詩用」，指的是把「詩」當作「社會行為」的「語言媒介」去使用，以達到詩歌本身藝術性之外的某種社會性目的。這樣的行為，不是個人偶發性的，而是社會上某一階層普遍地反覆在操作而又自覺其價值的模式化行為，故稱之為「社會文化行為現象」。[4]

對於「社會文化行為現象」的概念，在文中也引用了社會學家韋伯（M. Weber，一八六四—一九二〇）、舒茲（A. Schutz，一八九九—一九五九）與人類文化史學家菲利普・巴格比（F. Bagby，一九一八—一九五八）的理論加以界定：「社會行為」是一種具有「特定動機」並指向於他人的行為。「他人」可以指涉接受行為的特定「個體」或個體隱匿的「人群」。[5]而一種社會行為，如歷時性或並時性地有多數人反覆操作，形成「行為模式」，即是「社會文化行為」。當一種「社會文化行為」普遍的發生，即可稱之為「社會文化行為現象」。[6]而中國古代士人階層「用詩」的「社會文化行為」，乃是以「詩」做為「言語行為」的符號形式，我們可稱之為「詩式社會文化行為」。

因此，前引一段文字中，所謂「社會性目的」，指的就是一種指向於他人的「社會行為」，所意圖達成的目的。「社會行為」都有其動機，假如這個動機是指某行為者由於指向未來的某一目的而導

1 顧頡剛編著，《古史辨》（台北：明倫出版社，據樸社初版重印，一九六八），冊三，頁三三〇—三四五。

2 同前注，頁三四四。

3 顏崑陽，〈論詩歌文化中的「託喻」觀念〉，《第三屆魏晉南北朝文學與思想學術研討會論文集》（台北：文津出版社，一九九七），第三輯，頁二一一—二五三。收入顏崑揚，《詩比興系論》（台北：聯經出版公司，二〇一七）。

4 同前注，頁二二五。

5 〔美〕舒茲（A. Schutz，一八九九—一九五九）著，盧嵐蘭譯，《社會世界的現象學》（台北：久大、桂冠聯合出版，一九九三），頁一二—一四、二〇七—二一三。

6 有關「文化行為」是一種模式化的行為，參見〔美〕菲利普・巴格比（F. Bagby，一九一八—一九五八）著，夏克、李天綱、陳江嵐譯，《文化：歷史的投影》（台北：谷風出版社，一九八八），頁八二—一〇六。

致他產生現在此一行為的那種意圖，就稱為「目的動機」（in-order-to motive）。[7]

從這個論點，我考察分析先秦到兩漢的種種詩歌活動，綜合得出結論：

> 先秦以至兩漢，「作詩」、「賦詩」、「說詩」皆非詩人或批評家閉門自我抒情或純作學術研究的個人行為，而是在人際互動關係脈絡中的「社會行為」。「詩」是這種「社會行為」的特殊媒介，而「託喻」即是其運用的模式。[8]

兩漢之後，魏晉南北朝以下，外交場合上「賦詩」的「詩式社會文化行為」雖已絕跡。但「作詩」、「說詩」卻是代代有之。魏晉以降，由於「抒情自我」的發現，開啟了個人「自我抒情」的另一種詩歌活動型態，而漸成傳統。[9]此一「自我抒情」的詩歌活動，並沒有解消詩歌的「社會性目的」，詩歌的創作大多數仍然指向某一「特定讀者」，而涵具某一「特定目的」——即所謂「創作意圖」或「作者本意」。這就是在各個士人的詩集中，隨處可見的「贈答」、「酬贈」之作，這當然也是一種「詩式社會文化行為」。而兩漢之前所形成的那種「詩式社會文化行為」的「詩用」活動，也沒有斷絕。因此，我們可以說：「詩用」原是中國最古老久遠的一種「詩文化」傳統。而這傳統並非一成不改的遞接，隨著歷代社會文化環境的換易，價值觀念轉變，社會習俗、制度轉變，行為模式轉變，而詩歌之被應用於社會文化行為上的型態，也就跟著轉變了。當然，其中有所轉變，也有所承接。承變相續，而形成一脈連貫的傳統。

對中國詩歌發展史的討論，至今大致已有某種共識：先秦以迄兩漢，餘緒相延至於魏。這一時期，是以「詩」、「騷」為其統緒。歷代論及詩歌的文章，經常出現幾個複合詞：「詩騷」、「風雅」、「風騷」、「騷雅」，所指涉的就是這一詩歌統緒。這一統緒的詩歌，有幾個特徵：（一）詩的本質是「言志」，其志關乎政教；（二）詩的功能是反映治亂，美善刺惡；（三）詩的語言形式是賦、比、興，尤以「比興」為重。因此，這個時期的詩歌完全植根在整體的社會文化壤土上，一切詩歌活動，不管是作詩、賦詩、說詩，都有某種社會性的目的動機。這個「目的動機」表面上是出自於詩歌活動行為者本人，然而深層的驅力卻是集體價值觀念的共同意向。唐代孔穎達箋釋〈詩大序〉所提出的一句話：「詩人覽一國之意，以為己心」，[10]正可以用來概指這種個人為表、集體為裡的創作動機。因此，這個時期的「詩用」，我們可以稱它為「集體意識詩用」。[11]

7　〔美〕舒茲（A. Schutz，一八九九—一九五九）著，盧嵐蘭譯，《舒茲論文集》（台北：久大、桂冠聯合出版），冊一，頁九一—九四。

8　顏崑陽，〈論詩歌文化中的「託喻」觀念〉，收入顏崑陽，《詩比興系論》，頁二〇七。

9　蔡英俊，《比興物色與情景交融》（台北：大安出版社，一九八六），頁三〇—五二。

10　〔漢〕毛亨傳、鄭玄箋，〔唐〕孔穎達疏，《詩經注疏》（台北：藝文印書館，嘉慶二十年江西南昌府學重刊宋本，一九七三），卷一之一，頁一八。

11　「集體」（the Collective），指任何集合概念，任何集合在一起的許多個體均可稱為「集體」，「意識」（Gonsciousness）指一個認識主體對於所經驗到的現實情況或行為的價值，由感覺與反省而形成的知識。參見布魯格（W. Brugger）編著、項退結編譯，《西洋哲學辭典》（台北：國立編譯館、先知出版社印行，一九七六），頁八八—八九、一〇〇—一〇一。據此，我們將「集體意識」界定為一個人對於生命實存與行為價值的認知，是將個體視為集體的一員，只服從集體所共有的最高價值。個體自身不獨立實存，在行為上亦無個殊的價值意向。「集體意識詩用」，即是指「詩」的社會性效用在於表現集體的存在經驗與實現集體共有的最高價值。

風騷餘緒，歷漢魏而絕，這個判斷，早經古人提出，梁代沈約在《宋書・謝靈運傳論》中，述及「自漢至魏，四百餘年，辭人才子，文體三變……源其飆流，莫不同祖風騷」。[12]那麼，到曹魏時代，仍是風騷餘緒了。這一餘緒，到西晉便大體衰退，因此他又說：「降及元康，潘陸特秀，體變曹王，縟旨星稠，繁文綺合……遺風餘烈，事極江右。」這個看法，還可證諸唐代復古思想的詩人。陳子昂在〈修竹篇序〉中就以為「文章道喪五百年。漢魏風骨，晉宋莫傳」。[13]而白居易在〈與元九書〉中也以為「風人之什」，「晉宋以還，得者蓋寡」。[14]因此，西晉太康是詩歌轉變的起點，從此進入另一個與「風騷」統緒迥異的時期，這在詩歌發展史上，已大致成為共識。此一新形成的統緒，在詩歌的活動上，有幾個特徵：（一）詩的本質是「緣情」，其「情」或緣於人事或緣於自然物色，不關乎政教。（二）詩的功能是抒情，其「社會性目的」無關政教諷諭，而是個體與個體之間的「通感」或「交接」；（三）詩的語言形式是「綺靡」，講求音節的錯落與詞藻的華美，而不必使用「託喻」性的「比興」。

這樣的詩歌，幾乎已解消了風騷傳統的政教功能，故性質上迥異於前一時期之作。然而，文化的變遷，並不是那麼非涇則渭，二種現象之間往往會形成交互滲透的作用。「自我抒情」詩歌的產生，其深層的驅力是文化思想的改變，要言之，就是「個體意識」的覺醒；[15]個體生命的存在經驗及價值意義，成為詩歌創作的新動力。此一「個體意識」非但促使「自我抒情」詩歌的產生，同時也影響到原先那個「詩用」的舊傳統，使它產生了質變。詩歌活動仍然延續「社會文化行為」的模式，詩歌的創作仍然指向某一「特定讀者」，並涵具某一「特定目的」；但是，其「目的動機」的驅力，卻不再是集體價值觀念的共同意向，代之的是個體價值觀念的私自意向。這種轉變，最明顯的是晉代之後，個人彼此之間的「贈答」、「酬贈」詩開始大量出現。因此，我們可以說漢魏之後，「詩用」的傳統仍然在向前發展，只是除了時斷時續的那種「集體意識詩用」之外，又演變出另一種「個體意識詩用」。[16]

唐代承繼六朝之後，不但各種詩歌體製齊具、各種創作法度、題材、體式……莫不寖寖乎完備矣。因此，前述二種新、舊統緒的詩歌，也並陳紛作。其中「詩用」部分，亦兼及「集體」與「個體」，形成普遍的「詩式社會文化行為現象」。本文將針對其中「集體意識詩用」的社會文化行為現象進行研究。至於「個體意識詩用」，將另作專文討論。

晚近對於古典詩歌的研究，大體一直恪守著「文學本位」，研究者都或隱或顯地預設著某種價值立場。儘管「文學之為文學的價值」何在？各持不同的答案；但有某種價值立場的預設，則無二致。

12 《宋書・謝靈運傳論》，參見〔南朝梁〕沈約著，《宋書》（台北：藝文印書館，一九五六），卷六七，頁八六一。

13 〈修竹篇序〉，參見〔唐〕陳子昂著，現代彭慶生注，《陳子昂詩注》（四川：人民出版社，一九八一），卷三，頁二一七。

14 參見〔唐〕白居易著，《白居易集》（台北：里仁書局，一九八〇）。此一版本係依宋代紹興刻七十一卷本《白氏長慶集》，另參校宋明清各本進行校勘與標點，凡三冊。〈與元九書〉，冊二，卷四五，頁九六一。

15 「個體」（Individual），指一個涵具無可共有之特質的具體負荷者，參見布魯格（W. Brugger）編著，項退結編譯，《西洋哲學辭典》，頁二一一。「個體意識」，即指一個人對於生命實存與行為價值的認知，是強調個體不可共有之特性，將個體視為獨立而相對於其他個體，而不必去服從超越個體以上的集體共有之更高價值。魏晉六朝「個體意識」之覺醒，參見余英時，《中國知識階層史論》（台北：聯經出版公司，一九八〇），頁二三一—二七五。

16 「個人意識詩用」界定為：「詩」的社會性效用在於表現個體的存在經驗與實現個體特有的價值意向。

因此，排斥詩歌社會實用性而肯定「自我抒情」的「純詩」，以為如此才符合審美「自身目的」之藝術性的那類研究者，便很難對「詩用」之作及其詩觀抱持正面的評價，或者根本不樂意選擇這種「對象」去研究。反之，抱持詩歌必須反映民生疾苦的觀念者，則又過度誇大「詩用」之作的文學價值。

假如我們在研究的態度與進路上，能暫時離開「文學本位」的價值立場，從文學活動所關係到的社會文化情境這個面向，去研究中國自古以來即普遍存在的「詩用」現象；在研究的目的上，側重於對這種現象的描述以及社會文化意義上的詮釋，而不汲汲於預設立場的評價。或許如此，對於古典詩歌的研究，會有「文學本位」之外的另類見解。這正是本文所採取的研究態度與進路。

二、唐代「集體意識詩用」的社會文化行為現象

唐代的「詩用」現象有承有變。由前面所述，「集體意識」與「個體意識」的二種「詩用」都是在唐代之前便已形成。因此，從「詩用」的基本型態而言，唐代只是繼承；但其中局部所涉及的「目的動機」，卻由於唐代特殊的社會文化情境而有所變易。至於其行為模式，則「賦詩」已在漢代之後便不存在。「說詩」在唐代也不是很顯著的一種「詩用」行為。因此，唐代的「詩用」行為，比較集中的表現在「作詩」方面。

「集體意識詩用」，歷經六朝「個人抒情」與「個體意識詩用」潮流之後，在唐代以「復古」的姿態出現。有關唐代「復古」的詩風，一般文學史或文學思想史、唐詩史的討論甚多，[17]無庸在此贅

述。從「詩風」的觀點來看，「復古」之作，大體都是繼承「風騷」精神，以「比興」為表現形式，以「政教諷諭」為「創作意圖」。然而，假如我們轉從「社會文化行為」的「動機」這個觀點來看，則其中還可以分析出二種次類型。其一以白居易為代表，在「行為表達式」上，他們比較習慣採用「實指性」的語言工具，直接指陳某些社會事件或現象，並明示自己這項行為的「目的動機」。所謂「社會事件或現象」，又往往是指向下階層百姓的現實生活。白居易的〈秦中吟序〉云：

貞元、元和之際，予在長安，聞見之間，有足悲者，因直歌其事，命為〈秦中吟〉。[18]

那麼，他所描寫的都是在長安所聞見而可以實指之社會事件或現象，並且在行為表達式上，採取的是「直歌其事」。他又在〈新樂府序〉中，明指自己寫作這批詩歌的動機與方式：

首句標其目，卒章顯其志，《詩》三百之義也。其辭質而徑，欲見之者易諭也。其言直而切，欲聞之者深誡也。其事覈而實，使采之者傳信也。[19]

17 有關唐代「復古」詩風的詩論，例如劉大杰，《中國文學發展史》（台北：華正書局，一九八七），第十三章第五節、第十四章第四節、第十五章第二、三、四節。許總，《唐詩史》（江蘇：教育出版社，一九九五），上冊第二編第三章，下冊第四編第二章，第五編第一章、第三章。

18 〈秦中吟序〉，參見《白居易集》，冊一，卷二，頁三〇。

19 〈新樂府序〉，參見《白居易集》，冊一，卷三，頁五二。

然則所謂「其辭質而徑」、「其言直而切」、「其事覈而實」，皆顯示其語言工具的「實指性」。而所謂「卒章顯其志」，即明示自己這項行為的「目的動機」。

因此，這一次類型的「詩用」，我們可以稱他為「向下實指型」。「向下」是指他所欲描述的社會經驗現象多是下階層民眾的生活。「實指」是指他所採取的行為表達式是直接而切實的指涉，而「典型」之作多明示其「目的動機」。

這個次類型的詩式社會文化行為，若從「詩用」的傳統來說，則是「風雅」的推極。

其二則以陳子昂為代表，在「行為表達式」上，他們比較習慣採用「虛喻性」的語言工具，以「比興」符碼去虛喻某些政教現象，而且其「目的動機」往往隱匿不明。所謂「政教現象」，大多是指向權力階層在道德或政務上的行為表現。

因此，這一次類型的「詩用」，我們可以稱他為「向上虛喻型」。假如從「詩用」的傳統來說，則是「騷」的變調。

以下分別就這二種次類型論述之：

（一）「向下實指型」之「詩用」——「風雅」的推極

白居易的「詩用」觀念，明顯的是以「風雅」做為最高典範。他在〈與元九書〉中，歷述屈「騷」以下，至於唐代諸詩人，評價都不理想。在他的觀念中，「風雅」之特質，在於「為事而作」與「洩導人情」。[20]「事」指的是關乎時政，涉及民生的社會事實。「人情」指的是廣大群眾的感受。白居易從這個高標準去評判屈騷與李杜之作，認為合格的比例不多。

按諸白居易的實際創作。〈與元九書〉中曾述及自編詩集，「各以類分」，其中第一類即是「諷諭詩」，共一百五十首。今本《白居易集》，卷一至卷四，即所謂「諷諭詩」，計一百七十二首。[21]這應該就是白居易實踐他「詩用」觀念的具體成果了。這些「諷諭詩」綜合來看，呈現了幾個特徵：

一、題材客觀而切實：他所選擇的題材，多非個人切身的主觀感性經驗，而是客觀切實的社會經驗。其中較多的是：（一）社會時事或現象：「時事」指發生在當時的某特殊事件，例如〈宿紫閣山北村〉，[22]記實地描述作者「晨遊紫閣峰，暮宿山下村」，主人很熱情的招待他，席間卻碰到「神策軍」十幾個士兵，強砍一棵珍貴的古樹，以供上司建屋之用。這是他目睹的一樁社會事件，其他如〈捕蝗〉、〈城鹽州〉、〈馴犀〉、〈母別子〉等，皆屬此。「現象」指的是因為某種價值觀、習俗、制度等原因所導致的普遍性社會文化行為，例如〈觀刈麥〉、〈議婚〉、〈重賦〉、〈立碑〉、〈歌舞〉、〈買花〉等，皆屬此。（二）某些值得同情、讚揚或應該加以諷刺、批判的人：前者如〈孔戡〉、〈哭劉敦質〉、〈蜀路石婦〉、〈寄唐生〉、〈傷唐衢〉、〈薛中丞〉、〈賣炭翁〉、〈杜陵叟〉、〈新豐折臂翁〉等，後者有的明指其名姓，如〈燕詩示劉叟〉，較多則是姑隱其名或泛指某一類人，如〈傷宅〉、〈輕肥〉，寫不顧民生疾苦而豪奢享受之輩。（三）可以託意諷諭之物：例如〈羸駿〉、〈廢琴〉、〈雲居寺孤桐〉、〈杏園中棗樹〉、〈感鶴〉、〈蝦蟆〉等。（四）可

20 〈與元九書〉，參見《白居易集》，冊二，卷四五，頁九六〇—九六二。

21 參見《白居易集》，冊一，卷一—四。

22 〈宿紫閣山北村〉，參見《白居易集》，冊一，卷一，頁一〇。以下所引白居易詩，皆見於同一版本，冊一，卷一—四，不另一一加註。

以託意諷諭的歷史人物或事件：例如〈雜興三首〉分別詠楚王、越王、吳王之荒嬉誤國，另如〈讀史〉、〈歎魯二首〉等。

二、每首詩或隱或顯皆涵具某種「社會性目的」，也就是「反映治亂、美善刺惡」的諷諭意圖。本集卷三，白居易〈新樂府序〉即明白表示這些詩都是「為君、為臣、為民、為物、為事而作，不為文而作也」。然後一一詳列二十首新樂府作品的諷諭意圖，例如〈七德舞〉，美撥亂、陳王業也。〈道州民〉，美臣遇明主也。〈杜陵叟〉，傷農夫之困也。〈捕蝗〉，刺長吏也。[23]

三、因為取材客觀切實，又意在諷諭政教，所以詩中「抒情自我」幾近隱匿不見，而展現出「詩人覽一國之意，以為己心」的普遍主體。若以「人」為題材之作，則假擬其人之觀點，以抒發其情志，這就是「風雅」傳統之下的「代言體」。

四、在語言形式上，有的直賦其人其事。前述題材中，若描寫當時之社會事件、現象或人，多以「直陳」的「賦」法表現之。若屬詠物詠史之作，則往往以「比興」之法表現之。白居易之所以好用「賦」法以行諷諭之意圖，前引〈新樂府・序〉中自供：「首句標其目，卒章顯其志……」云云，很明顯的，白居易很急切於讓讀者相信他所描寫的都是「事實」，而他所欲表達的「諷諭」意圖，也明白易懂，免得在語言的傳達過程中，有所遺漏或誤解。這種現象，可以見出白居易對詩歌的「社會性效用」懷抱極端重視的態度。

五、在作品的題目中，有的明示某一「特定讀者」，例如〈燕詩示劉叟〉、〈酬元九〉等，但大多未在題目中明示「特定讀者」。然而，即使如此，這類諷諭詩其實在作品內都或隱或顯地預設了某些讀者對象，也就是作者的「創作行為」都是一種指向他人的「社會行為」，絕非單純的「自我抒情」而已。所謂「他人」便是「預設的讀者」。「他人」可能是某一「特定個體」，例如〈燕詩示劉叟〉中的「劉叟」、〈酬元九〉中的「元九」；但也可能是個體隱匿的某階層或某類的群體，例如〈凶宅〉中「寄語家與國，人凶非宅凶」的「統治者」；〈夢仙〉中「悲哉夢仙人，一夢誤一生」的「迷信者」；〈輕肥〉中「意氣驕滿路，鞍馬光照塵。借問何為者？人稱是內臣」的「驕奢者」。

唐代「集體意識詩用」的現象，也就是一般文學史所謂的「復古」詩風，其中被視為與白居易同一統緒者，前有元結與《篋中集》諸詩人，[24]以及顧況、王建、張籍等，同時則有元稹等。另外，杜甫比較複雜，很難完全歸入此一統緒，後文特論之。

籠統的說，這些人都可以歸入「集體意識詩用」此一統緒中，都是「風雅」的傳承者。然而，假如我們從「社會行為」的「動機」這個角度去分析，則可以發現他們之間仍然有所分別。其分別處，在於他們的「詩用」行為，究竟單純出於「原因動機」（becausemotive），或在「原因動機」之外，更進一層出於自覺的「目的動機」。「目的動機」的界說已如上述。至於「原因動機」，它所指涉的是一個行為者由於過去的經驗，因而導致他產生現在此一行為的動機。[25]也就是「目的動機」用以解釋行為者之所以產生某種行為，其所抱持指向未來（尚未實現而意圖將來會如此實現）的價值意圖，而此價值意圖即是促使他採取這項行為的驅力。而「原因動機」則用以解釋行為者之所以產生某種行

23 〈新樂府序〉，參見《白居易集》，冊一，卷三，頁五二—五四。

24 元結於唐肅宗乾元三年編選沈千運、王季友、于逖、孟雲卿、張彪、趙微明、元季川七人之詩二十四首，名為《篋中集》。收入現代傅璇琮編著，《唐人選唐詩新編》（台北：文史哲出版社，一九九九），頁二九一—三一一。

25 參見〔美〕舒茲（A. Schutz，一八九九—一九五九）著，盧嵐蘭譯，《舒茲論文集》，冊一，頁九一—九四。

為，其在昔日所曾親歷過的社會經驗，而此社會經驗即是決定他產生這項行為的因素。因此，「原因動機」關係到「客觀」的環境與事實經驗，而「目的動機」則關係到「主觀」的價值意向。[26]

在文學史的考察上，唐代「集體意識詩用」現象，雖開端於武后朝的陳子昂，但比較集中則發生在玄宗天寶年間，而至憲宗元和年間達到高峰。[27]假如從社會行為的「原因動機」去解釋這種現象之所以發生，顯然就是因為「時亂」。「時」總體的指涉當代物質與精神的環境狀況。行為者親歷「時亂」的經驗，因而產生以詩歌去書寫那種經驗的動機。這是文學與社會之關係的一項律則。這項律則早在〈詩大序〉中就被提出來，[28]劉勰《文心雕龍・時序》續有闡揚。[29]在這律則之下，杜甫、元結以及《篋中集》諸詩人，以迄元、白，他們之所以產生「詩用」行為，自有其共同性的「原因動機」。

然而，在「原因動機」的考察上，不能僅止於共同性而忽略他們的殊異性。「原因動機」的殊異性，關係到此一動機的強弱程度，以及經驗與行為主體的切合程度，經驗越是切合於行為主體則動機越是強烈。我們從這樣的觀點考察上述諸人的「詩用」行為，將會發現在「原因動機」之強弱度與經驗切合行為主體的程度上，應可分為三個類型：

第一，「切己性」經驗，《篋中集》諸詩人屬之。從經驗的「切己性」來說，他們所抒寫之社會經驗皆是個人切身之遭遇，故其以詩反映「時亂」之「原因動機」也最為強烈。按《篋中集》所收詩人為沈千運、王季友、于逖、孟雲卿、張彪、趙微明、元季川，七人皆社會下階層之失意文士，正如元結〈篋中集序〉所云：

> 自沈公及二三子，皆以正直而無祿位，皆以忠信而久貧賤，皆以仁讓而至喪亡。[30]

其中，僅孟雲卿於代宗永泰二年（西元七六六年）為校書郎，王季友晚年曾任華陰尉、虢州錄事參軍，代宗廣德二年（西元七六四年），豫章太守李勉曾引他入幕。其餘諸人，皆一生窮困不遇。[31]因此，我們觀察這些詩人的作品，像趙微明〈回軍跛者〉，描寫一個「既老又不全，始得離邊城」的傷兵，又如孟雲卿〈傷時〉描寫「虎豹不相食，哀哉人食人」的亂世景象，這種以客觀經驗為題材之作，其實極少。大多數作品，皆抒發個人窮困不遇之主觀經驗，試以沈千運〈濮中言懷〉為例：

---

26 同前注。

27 參見許總，《唐詩史》，上冊，第二編，第三章；下冊，第四編，第二章；第五編，第一章、第三章。

28 〈詩大序〉云：「至於王道衰，禮義廢，政教失，國異政，家殊俗，而變風變雅作矣。」參見《詩經注疏》，卷一之一，頁一六。

29 《文心雕龍・時序》云：「時運交移，質文代變，古今情理，如可言乎！」以下歷敘陶唐以至南齊，時運與文風的相應關係。其中云：「歌謠文理，與世推移，風動於上，而波震於下者也。」「觀其時文（建安），雅好慷慨，良由世積亂離，風衰俗怨，並志深而筆長，故梗概而多氣也」，凡此皆可見劉勰所指「時運」與「文風」之相應關係。參見〔南朝梁〕劉勰著，現代周振甫注，《文心雕龍注釋》（台北：里仁書局，一九八四），頁八一三－八一七，

30 〔唐〕元結著，現代孫望編校，《新校元次山集》（台北：世界書局，一九八四），卷七，頁一〇〇－一〇一。

31 參見〔元〕辛文房著，現代傅璇琮主編，《唐才子傳校箋》（北京：中華書局，二〇〇二）。孟雲卿，參見冊一卷二，頁四三一－四三八。王季友，參見冊一，卷四，頁一二六－一三六。

聖朝優賢良，草澤無遺匿。人生各有命，在余胡不淑。一生但區區，五十無寸祿。衰退當棄捐，貧賤招毀讟。栖栖去人世，屯蹟日窮迫。不如守田園，歲晏望豐熟。壯年失宜盡，老大無筋力。始覺前計非，將貽後生福。童兒新學稼，少女未能織。顧此煩知己，終日求衣食。[32]

《篋中集》詩人的作品，多屬此類。這類詩幾個特徵：（一）題材為個人切身經驗；（二）沒有明顯的「社會性目的」；（三）「抒情自我」貫穿全詩，屬「自敘體」而非「代言體」；（四）在語言形式上，直接敘事抒情，不作意在言外之「比興」；（五）未預設特定之讀者。

從這幾個特徵來看，它就是一般自我抒情之作，只是所抒之「情」，就經驗內容而言，比較切合現實人生，比較具有社會性，而非虛浮的風花雪月。因此，這種詩容易被「解讀」為具有反映社會現實而合乎風雅之作。實則，從經驗脈絡的「原因動機」來看，其動機甚為強烈；但從美善刺惡，諷諭時政的「目的動機」來看，其動機卻非常薄弱，至少是隱而不顯，而無從證驗。

第二、「同情性」經驗，顧況、王建、張籍等屬之。他們都有進士及第的功名，但官位不高；或為朝中位階頗低之官職，如顧況曾當過秘書郎、著作郎，王建曾為秘書丞、侍御史，張籍曾任秘書郎、太祝、水部員外郎、國子司業；或輾轉於地方僚吏，如顧況曾為韓晉幕中的判官，王建曾任渭南尉、陝州司馬。三個人的性情，也大致是感性浪漫之輩，顧況「性恢詭，不修檢操」，王建「性耽酒，放浪無拘」，張籍「性狷直」。[33]因此，以他們的性情及身分，比較能接近低下階層的社會經驗而同情體會之，故作品雖多抒寫非切己之客觀經驗，但卻能同情共感，表現濃厚的抒情色彩。試以張籍〈征婦怨〉為例：

九月匈奴殺邊將，漢軍全沒遼水上。萬里無人收白骨，家家城下招魂葬。婦人依倚子與夫，同居貧賤心亦舒。夫死戰場子在腹，妾身雖存如晝燭。[34]

顧況、王建、張籍許多樂府之作，大抵類此。這類作品呈現幾個特徵：（一）題材多屬非切己之客觀經驗；（二）「抒情自我」隱匿，使用「代言體」，但多以設身處地、同情共感的態度，去體會對象的心理，以拉近主客之距離，故內容上抒情多於敘事或議論，對人物之悲憫多於對當政者之諷刺、批判；（三）在語言形式上多直接敘事抒情，不作意在言外之「比興」；（四）沒有明顯之預設性讀者。

從這幾個特徵來看，比起前一類型，其經驗之切身程度較低，「原因動機」也就沒那麼強烈；但它仍然偏重於抒情性，不同的是並非「自我抒情」而是「代人抒情」。至於「目的動機」，則指向對時代「他群」受難者的悲憫。

第三、「旁觀性」經驗，元結、白居易、元稹屬之。元結在「詩用」的表現上，可分為二個階段。第一個階段約在玄宗天寶中末期，安史亂起之前。這時正當元結青年期，從他的成長經驗而言，

32 〔唐〕沈千運，〈濮中言懷〉，參見〔唐〕元結編著，《篋中集》，收入傅璇琮編著，《唐人選唐詩新編》，頁三〇二。

33 參見〔元〕辛文房著，傅璇琮主編，《唐才子傳校箋》。顧況，冊一卷三，頁六三三－六五四。王建，冊二，卷四，頁一五〇－一六二。張籍，冊二，卷五，頁五五二－五七二。

34 〈征婦怨〉，參見〔唐〕張籍著，現代陳延傑注，《張籍詩注》（台北：臺灣商務印書館，一九七一），卷一，頁四。

雖非富貴之族，卻也沒有窮困不遇的深切經驗；但這時候，他卻一方面承受儒家「士志於道」的傳統精神，一方面透過敏銳的社會經驗觀察，而對於「時亂」產生強烈的焦慮。他有名的〈二風詩〉十篇作於天寶六年（西元七四七年），完全是議論性的作品，並且在序言中明指其創作的「目的動機」是：「將欲求干司甌氏以裨天監……此亦古之賤士不忘盡臣之分耳。」另外有名的〈系樂府〉十二首，作於天寶十年（西元七五一年），也是在「可以上應於上，下化於下」[35]的「目的動機」下的作品。第二階段則是在安史亂後，他自己也歷經戰亂逃難貧困的生活經驗，但這樣的「原因動機」卻未強烈浮現在他的「詩用」行為上。反倒是另一種經驗成為他「詩用」行為的強烈「原因動機」，那就是他身為頗具地位的朝廷命官；[36]一方面體會到士大夫的責任，一方面更深切的觀察到戰亂後民生的疾苦，這都是促使他以詩去抒寫時亂的「原因動機」。再加上延續他早年一貫的諷刺批判時政的「目的動機」，有名的〈舂陵行〉、〈喻舊部曲〉、〈酬孟武男苦雪〉、〈賊退示官吏〉等，都是在這等動機之下所作。

白居易、元稹「詩用」觀念與實踐行為之產生，也都是在青壯年時期。白居易〈與元九書〉自述云：

> 自登朝來，年齒漸長，閱事漸多。每與人言，多詢時務；每讀書史，多求理道；始知文章合為時而著，歌詩合為事而作。[37]

〈與元九書〉寫於憲宗元和十年，白居易四十四歲，[38]文中所述「自登朝來」，指的是憲宗元和初，則詩人當時是三十五歲左右。他罷校書郎之職，在長安與元稹居華陽觀，閉戶累月，揣摩時事，完成〈策林〉七十五篇，這是白居易明確的政治改革主張。[39]那時候，元稹也年輕氣盛，經常上書議論時事。元稹在元和七年作〈敘詩寄樂天書〉也自述少年「粗識聲病」以來，因目睹「時亂」，後讀陳子昂〈感遇〉及杜詩數百首，又結識白居易，而形成詩觀。他的詩觀比白居易較為寬廣，並不排除對山川風雲之自然景物與乎悲歡合散之人事情緒的抒寫，但「公私感憤，道義激揚」的「詩用」仍是他詩觀的重點，故自編詩集，而有「古諷」、「樂諷」、「律諷」之類。[40]元白諷諭詩的創作，也大致集中在元和初年到十二年間，這時正是他們迫切關懷時事而銳意改革之際。

這樣說來，雖然元白出身於下層庶族，早年生活貧困；但他們的「詩用」行為，其個人切身之生活經驗所形成的「原因動機」，卻頗為薄弱。其中所抒寫之經驗，多屬對社會現象的「旁觀」。反

35 元結〈二風詩〉、〈系樂府〉，分別參見〔唐〕元結著，現代孫望編校，《新校元次山集》，卷一，頁五－一一；卷二，頁一八－二二。

36 參見〔宋〕歐陽修等，《唐書‧元結傳》（台北：藝文印書館，一九五六）。天寶亂後，元結拜為道州刺史，進授容管經略使，又加左金吾衛將軍。卷一四三，頁一七五八。

37 〈與元九書〉，參見《白居易集》，冊二，卷四五，頁九六二。

38 參見朱金城，《白居易年譜》（上海：上海古籍出版社，一九八二），頁六三。

39 〈策林〉七十五篇，參見《白居易集》，冊三，卷六二，頁一二八七－一三七七。

40 元稹〈敘詩寄樂天書〉，參見〔唐〕元稹著，《元稹集》（台北：漢京文化事業公司，一九八三），卷三〇，頁三五一－三五四。

倒是他們踏入仕途之初，元和元年，兩人同時參加「才識兼茂明於體用科」的考試，受到改革派政治集團的領袖人物裴爭賞識拔擢，因而「欲以生平所貯，仰酬恩造」，[41]遂加入政改的行列。元和五年起，裴爭集團失勢，元白仕途受挫，但他們仍寄望於用「詩」篇去啟悟憲宗，實現政治革新的目的。這段政治實際經驗，乃成為元白寫作諷諭詩的強烈「原因動機」。再加上他們受之於儒家詩教的傳統精神，而形成以詩「反映治亂，美善刺惡」而達到「補察時政，洩導人情」的「目的動機」。在這等動機之下，他們便以實際的創作行動，將「風雅」的精神推至極致。我們試以白居易〈秦中吟〉中的〈歌舞〉為例：

> 秦中歲云暮，大雪滿皇州。雪中退朝者，朱紫盡公侯。貴有風雲興，富無飢寒憂。所營唯第宅，所務在追遊。朱輪車馬客，紅燭歌舞樓。歡酣促密坐，醉暖脫重裘。秋官為主人，廷尉居上頭。日中為一樂，夜半不能休。豈知閿鄉獄，中有凍死囚。[42]

這是典型元白體的「諷諭詩」，其特徵已在前述。和前二類型比較之下，顯見所抒寫之社會經驗，實屬從旁觀察所得，故其「原因動機」較為薄弱，而相反的，對權貴腐化的諷刺，其「目的動機」卻非常明顯而強烈。

綜上所述，自天寶以迄元和年間，「詩用」現象在「時亂」的普遍社會經驗與個人遭遇的生活經驗催動之下，一方面由《篋中集》諸詩人開始以「切己性」經驗所形成的強烈「原因動機」，創作出反映現實人生的作品，但他們的創作，並無明顯自覺的社會性「目的動機」，只是人在社會情境中的自我抒情，故其「集體意識詩用」的意義並不大。在這同時，元結以其自覺的價值意向，標示明確的「詩用」觀念，秉持強烈的社會性「目的動機」，開展出「集體意識詩用」的典範。之後，這一「詩用」現象，便呈現「原因動機」減弱，而「目的動機」增強，「個人意識」減弱而「集體意識」增強的發展趨勢。至元白的「諷諭詩」，這種發展達於極致。「原因動機」指向過去的經驗；「目的動機」指向未來的意向，在它還未實現之前，只是概念性的存在著。而文學的本質是經驗的而非概念的，因此我們可以說，「原因動機」比較切合文學性。而「目的動機」，尤其是離開文學自身而指向社會性「目的動機」的增強，使得「詩用」行為從詩人切實的社會經驗所沈澱的意識狀態逐漸透過語言加以表層化而構成系統性的理論，這明顯見諸於元白的詩論。理論又反過來指導創作，因此所謂「諷諭詩」便成為「理念先行」的「刻意」之作。「詩」的「工具化」以及「作詩」變成一種「社會文化行為」而不是純然「為作詩而作詩」。然而，古代中國士人階層普遍都持有「政教關懷」的「文化意識形態」，詩歌創作自覺或不自覺都帶有社會性目的，是程度的強弱問題，而不是性質的有無問題。純然「為作詩而作詩」往往會被批評為「遊戲筆墨」而已。

從我們的考察中，可以發現，唐代「詩用」的社會文化行為現象，其「目的動機」便是「淑世」。「淑世」是以「士」自許的知識分子共同的世界觀。因此，唐代詩人「集體意識詩用」，其「目的動機」之形成，一方面來自於對傳統「風雅」精神的信仰，一方面來自於對當代政教之不滿與

41 參見〔五代晉〕劉昫等，《舊唐書‧白居易傳》（台北：藝文印書館，一九五六），卷一六六。

42 〈秦中吟〉之〈歌舞〉，參見《白居易集》，冊一，卷二，頁三四。

改革之企圖。傳統的「風雅」精神，就如前引〈詩大序〉所謂：「詩」具有「正得失、動天地、感鬼神、經夫婦、成孝敬、厚人倫、美教化、移風俗」的效用。凡承受此一詩教觀念的士人，皆對此深信不疑。同時，「風雅」是詩歌的最高典範，提倡「風雅」，也就是對「詩風」的改革。因此，所謂「淑世」，其實還可以析解為二端：一是對「詩風」的改革，這是針對文學社群的行為「目的動機」。二是對「政教」的改革，這是針對廣大社會群眾的行為「目的動機」。這二種動機之所以同時存在於一種社會文化行為，主要是因為古代的「士」人，多兼具「文學作者」與「政教從事者」的雙重身分。而在既存的傳統文化觀念中，「文風」之與「世風」或「政風」往往相為符應。因此，在某些文人的觀念中，「文學改革」與「政教改革」，必須同步進行。[43]

元結、白居易等之政教改革，固已如上述。至於他們在「詩風」改革方面，其自覺之動機，非常明確。元結從天寶年間，開始刻意創作如〈二風詩〉、〈系樂府〉這類合乎風雅精神的詩。至肅宗乾元年間，更自覺的批評當世頹靡的詩風，而正式提出改革的意圖。他在乾元三年（西元七六〇年）編成《篋中集》，並「序」云：

> 風雅不興，幾及千歲。……近世作者更相沿襲，拘限聲病，喜尚形式，且以流易為辭，不知喪於雅正，然哉！[44]

這篇序言很強烈地表示他對當代「喪於雅正」的詩風非常不滿。此一論調又見諸〈劉侍御月夜讌會詩序〉。序中云「兵興已來，十一年矣」，「兵興」指天寶十四年（西元七五五年）安祿山之亂，則以此推算，這篇序當寫成於代宗大曆元年（西元七六六年），比《篋中集》編成的時間晚了六年，序云：

> 文章道喪蓋久矣。時之作者，煩雜過多，歌兒舞女，且相喜愛，系之風雅，誰道是邪？諸公嘗欲變時俗之淫靡，為後生之規範。今夕豈不能道達情性，成一時之美乎？[45]

準此，元結改革當代詩風的「目的動機」至為明顯。至於元、白，前引白居易〈與元九書〉，歷述屈騷以至唐代諸詩人，皆以為能得「風雅」精神者蓋寡。因此，他慨然以改革詩風為志。〈與元九

43 梁代裴子野批判當世文風「淫文破典，斐爾為功。無被於管絃，非止乎禮義……其興浮，其志弱，巧而不要，隱而不深……荀卿有言『亂代之徵，文章匿而采』，斯豈近之乎！」此論明指世風、政風與文風相應合。參見裴子野，〈雕蟲論〉，收入〔清〕嚴可均輯校，《全上古三代秦漢三國六朝文》（台北：世界書局，一九八二），冊七《全梁文》，卷五三。又隋代李諤嚴厲批判齊梁以來，文風華靡，「連篇累牘，不出月露之形；積案盈箱，唯是風雲之狀。……故文筆日繁，其政日亂。……及大隋受命，聖道聿興，屏出輕浮，遏止華偽。自非懷經抱質，志道依仁，不得引預搢紳，參廁纓冕。開皇四年，普詔天下，公私文翰，並宜實錄。其年九月，泗州刺史司馬幼之文表華豔，付所司治罪。自是公卿大臣，咸知正路，莫不鑽仰墳集，棄絕華綺。則先王之令典，行大道於茲世」。此論更是明指改革世風、政風，必須先從改革文風做起。官吏之公私文翰華靡者，付有司治罪。李諤，〈上隋高帝革文華書〉，參見〔唐〕魏徵等，《隋書・李諤傳》（台北：藝文印書館，一九五六），卷六六。

44 〈篋中集序〉，參見《新校元次山集》，卷七，頁一〇〇。

45 〈劉侍御月夜讌會詩序〉，同前注，卷七。

書〉云：

> 僕嘗痛詩道崩壞，忽忽憤發，或食輟哺，夜輟寢，不量才力，欲扶起之。[46]

綜合來說，他們這種社會文化行為，其實一方面意圖以「詩」做為改革「政教」的工具。這時候，「詩」不僅是宣示自己政教理念的媒體，同時他們相信這類詩的本身便具有「可以上感於上，下化於下」、「補察時政，洩導人情」[47]的效用，終而達到改革政教的目的。而另一方面則意圖將「政教改革」的理念與經驗表現於詩，其所產生的作品，又適足以反過來改革淫靡的詩風，完成詩歌「本體」上的自我救贖。因此，「改革詩風」與「改革政教」這二種「目的動機」，在同樣的一種社會文化行為中，形成體用相成的關係。一則以明詩之體，一則以達詩之用。這是元白諸人的如意之想。

在上文的討論中，我們看到《篋中集》諸詩人，其創作本是自抒現實生活情懷，未必有清楚的「集體意識詩用」觀念及「淑世」的「目的動機」；他們的作品之所以在文學史上被歸入與元結、白居易同一統緒，其實是透過元結編選《篋中集》，並作「序」加以闡揚之後，才得到定位。換句話說，這是「詮釋」的定位，不是「原創」的定位。另外，張籍之創作描寫社會現實經驗的樂府詩，雖有王建在〈送張籍歸江東〉詩中稱云：「君詩發大雅，正氣回我腸」。[48]然而，從現有史料來看，張籍的「詩用」行為，仍難證實他在理論的自覺上，能有非常明確的「目的動機」存在。同樣的，白居易作〈讀張籍古樂府〉稱頌他「為詩意如何？六義互鋪陳。風雅比興外，未嘗著空文」，[49]這也是對張籍進行「詮釋」的定位。元結與白居易這種對當代詩人的「詮釋」定位，在行為的「目的動機」

上，可視為尋求「範型」，以支持自己行為的「正確性」。

一種社會行為，假如他的「目的動機」越是強烈與明確，便會越展現其行為的「計畫性」。因為只有通過有「計畫」的行動，才能自我保障「目的」的實現。假如我們從以上諸詩人的觀察，便可以發現，元結與白居易、元稹，他們「詩用」的行為充滿強烈明確的「目的動機」，因此執行其「詩用」，也展現明顯的「計畫性」。所謂「計畫」是指一項行動展開之前，已有預先擬定好的步驟，而個別的步驟間，具有相互配合的關係。他們在「詩用」行為上所展現的「計畫性」，主要在於：（一）理論與實踐的配合。因此，他們都一方面有實際的創作，一方面又有理論的建構；（二）有計畫的進行系列性創作。元結有〈補樂歌〉十首、〈二風詩〉十首、〈系樂府〉十二首；白居易有〈秦中吟〉十首；元稹也有〈樂府〉八十首，這些都是有計畫的系列性作品。（三）向社會提倡其理念，以期形成某種群體性之運動。

然而，這種在強烈「目的動機」主導之下的「計畫性」行為，也讓「詩用」流於「刻意」，而變成「觀念化」的寫作。實則，原始的「風雅」雖有「代言」之體，但畢竟詩人仍貼合於當時社會情

46 〈與元九書〉，參見《白居易集》，冊二，卷四五，頁九六二。

47 元結〈系樂府序〉云：「可以上感於上，下化於下」，參見〈新校元次山集〉，卷二，頁一八。白居易〈與元九書〉批判「洎周衰秦興，采詩官廢，上不以詩補察時政，下不以歌洩導人情」，則「補察時政，洩導人情」就是白居易所認定詩歌理想的效用，參見《白居易集》，冊二，卷四五，頁九六〇。

48 〔唐〕王建，〈送張籍歸江東〉，參見《全唐詩》，冊五，卷二九七，頁三三六七。

49 白居易〈讀張籍古樂府〉，參見《白居易集》，卷一，頁二。

境，有所「感」而為之，即〈詩大序〉所謂「國史明乎得失之跡，傷人倫之廢，哀刑政之苛，吟詠情性，以風其上」，[50]言「傷」言「哀」，言「吟詠情性」，皆顯示「風雅」的精神，正在於真情實感，而非出於刻意之造作。

由此而言之，張籍、王建之輩，雖不倡言「風雅」，其詩反而與「風雅」相契；而元白之力主「風雅」，其詩反而是「風雅」推極而至於偏至之作。而「作詩」就成為一種與輿論批判或政治宣傳無異的「社會文化行為」了。

（二）「向上虛喻型」之「詩用」——「騷」的變調

屈原之創作〈離騷〉，其行為動機如何？我們可以由司馬遷所詮釋的一段話加以分析而得。《史記・屈原傳》云：

> 上官大夫與之同列，爭寵而心害其能……王怒而疏屈平。屈平疾王聽之不聰也，讒諂之蔽明也，邪曲之害公也，方正之不容也，故憂愁幽思而作〈離騷〉……信而見疑，忠而被謗，能無怨乎？屈平之作〈離騷〉，蓋自怨生也。……屈平既嫉之，雖放流，睠顧楚國，繫心懷王，不忘欲反。冀幸君之一悟，俗之一改也。其存君興國而欲反覆之，一篇之中，三致志焉。[51]

司馬遷對屈原之所以作〈離騷〉的行為，做了以上的詮釋。這段詮釋正好涵具了二種動機：一、屈原「信而見疑，忠而被謗」以致生「怨」的事實經驗，乃其創作〈離騷〉之「原因動機」。二、他

「冀幸君之一悟，俗之一改」的價值意向，乃其創作〈離騷〉之「目的動機」。「悟君、改俗」就是「忠」。然則，「怨」是其「原因動機」，「忠」是其「目的動機」。就創作動機而言，「忠怨」二字可盡之矣。《文心雕龍・辨騷》稱〈離騷〉之「同於風雅」者「四事」，其中之一即是「忠怨之辭」。[52]

清代劉熙載在〈讀楚辭〉一文中，曾分辨「悲世之怨」與「悲己之怨」：

悲世者，自屈平以上見於三百篇者，其至善也。若悲己則宋玉以下至魏晉人為甚矣。[53]

「悲世之怨」是指對「時亂」之悲憫所生之哀怨，「悲己之怨」是指對個人之「不遇」所生之哀怨。從「目的動機」來看，〈離騷〉之「忠怨」固是「悲世之怨」，然而假如從「原因動機」來看，則〈離騷〉也有「悲己之怨」的成分。這兩者乃是辯證融合的存在，也就是對屈原之〈離騷〉而言，「悲世之怨」與「悲己之怨」可以是一體，普遍而涵個殊，個殊而寓普遍。中國古代高層重臣的士大

50　《詩經注疏》，卷一之一，頁一七。

51　〔漢〕司馬遷著，〔日〕瀧川龜太郎注，《史記會注考證》（台北：藝文印書館，一九七二），卷八四，頁九八三—九八四。

52　參見現代周振甫，《文心雕龍注釋》，頁六四。

53　參見〔清〕劉熙載，《昨非集》（上海：上海古籍出版社，二〇〇二），卷二。

夫，其個人出處進退本是關乎治亂，屈原就是典範。[54]假如說，「風雅」代表著未融入「抒情自我」而只反映社會普遍情志的「言志」文學，而魏晉之後個人抒情作品代表著只表現自我情志的「緣情」文學。那麼，就文學類型而言，〈離騷〉便是兼具二者。[55]宋玉〈九辨〉以下，只有個人「悲己之怨」而無對時代社會的「悲世之怨」，皆可視為「騷」之變調。

從語言形式來說，《史記・屈原列傳》以為「其文約，其辭微……其稱文小，而其指極大，舉類邇而見義遠」。[56]王逸〈離騷經序〉亦云：「〈離騷〉之文，依詩取興，引類譬喻。」[57]則〈離騷〉在語言形式上最大的特徵便是「比興」。

《文心雕龍・辨騷》由正面列舉〈離騷〉之「同於風雅」者「四事」，其中亦有「比興之義」。此外，復舉其「異乎經典」者「四事」，即「詭異之辭」、「譎怪之談」、「狷狹之志」、「荒淫之意」。[58]其中所謂「荒淫之意」特指〈招魂〉所描寫之局部句意，「狷狹之志」其實亦是「忠怨」之懷偶作之激詞，皆非屈騷普遍之性質。倒是所謂「詭異之辭」、「譎怪之談」，正是〈離騷〉在題材上有異於風雅之寫實，故「詭譎」之題材，正是〈離騷〉特質之一。

綜上所述，騷之為騷，厥有三大特質：一是「忠怨」之情志，抒己之情、悟君、改俗，三者融合為一，「悲己之怨」與「悲世之怨」相即不二；二是「比興」之語言；三是「詭譎」之題材。能合此三端者，即是「騷」體之嫡裔，若有局部之異質者，即是「騷」體之變調。

從「詩用」的觀點來看，「騷」涵具了「悟君」與「改俗」的強烈「目的動機」。這個「目的」係乎集體性的政教價值意向。因此，它當然可歸諸「集體意識的詩用」。但再分析其「目的動機」，並參照其「原因動機」來看，則其中又隱涵著屈原因為「忠而被謗」的經驗，所以希求楚王能了解他的忠誠與才幹，而重新任用他。這是個人價值意向的「目的動機」，故屈騷實又可視為「個人意識的詩用」。然而，騷之為騷，其「詩用」卻終必以「集體意識」為最終歸趨，否則與後世「干乞」之作無異。這也就是為什麼屈騷必兼融「悲世之怨」與「悲己之怨」，而不能只是「悲己」而已。

在唐代「集體意識詩用」中，被歸入「騷」之統緒者，主要有陳子昂、張九齡、李白。陳子昂的代表作是〈感遇〉三十八首。[59]張九齡的代表作，主要就是〈感遇〉十二首，以及〈望月懷遠〉、〈詠史〉、〈自君之出矣〉、〈荊州作〉二首、〈在郡秋懷〉二首、〈雜詩五首〉等。[60]李白的代表作是〈古風〉五十九首以及若干被認為有感諷之旨的樂府，例如〈遠別離〉、〈蜀道難〉、〈梁甫

54 士大夫出處關乎政教治亂，據朱自清之說：「士大夫的窮通出處都關政教，跟『飢者歌食，勞者歌事』原不相同。」參見朱自清，《詩言志辨》（台北：頂淵文化公司，二〇〇一），頁三五。

55 參見顏崑陽，〈論漢代文人「悲士不遇」的心靈模式〉，收入顏崑陽，《詮釋的多向視域》（台北：臺灣學生書局，二〇一六），頁一八四。

56 〔漢〕司馬遷著，〔日〕瀧川龜太郎注，《史記會注考證》，卷八四，頁九八三。

57 王逸，〈離騷經序〉，參見〔漢〕王逸注，〔宋〕洪興祖補注，《楚辭補註》（台北：藝文印書館，一九六八），卷一，頁一二。

58 現代周振甫注釋，《文心雕龍注釋》，頁六四。

59 現代彭慶生，《陳子昂詩注》，卷一，頁三—六五。

60 〈感遇十二首〉，參見〔唐〕張九齡，《曲江集》（台北：臺灣商務印書館，一九七三），卷三，頁三三—三四。〈望月懷遠〉、〈詠史〉、〈自君之出矣〉、〈荊州作〉、〈在郡秋懷〉、〈雜詩五首〉，俱見《曲江集》，卷五，頁四九、五三、五四、五六。

吟〉、〈天馬歌〉、〈行路難〉三首等。61

這三個詩人之中，張九齡在詩觀上並沒有提出明確的主張。陳子昂、李白則是「復古」詩論的主要人物。陳子昂的詩論，見諸〈修竹篇序〉。李白的詩論見諸〈古風〉第一、第三十五首。

陳子昂〈修竹篇序〉云：

> 文章道弊五百年矣。漢魏風骨，晉宋莫傳，然而文獻有可徵者。僕嘗暇時觀齊、梁間詩，彩麗競繁，而興寄都絕，每以永歎。思古人常恐逶迤頹靡，風雅不作，以耿耿也……不圖正始之音，復觀於茲，可使建安作者相視而笑。62

從這段話來看，他雖然提出「風雅」的概念，但尋求文學史上的「典範」時，所推崇的卻僅止於「漢魏風骨」，也就是建安、正始諸詩人。「建安」以三曹及七子為代表，而「正始」當指嵇康、阮籍。尤其是阮籍的〈詠懷〉之作，因此有人以為陳子昂〈感遇〉是由阮籍〈詠懷〉變出。63當然，建安、正始所謂「漢魏風骨」，推其原仍是風騷（或騷雅）之遺緒。不過「風雅」之與「騷」，若從其共同性言，是一個統緒；但若從其殊異性言，則「騷」之與「風雅」還是有別。前文引述《文心雕龍》有〈辨騷〉之篇，列舉「騷」之異於「風雅」者四事。陳子昂雖以「風雅」自期，但若從其政治上「不遇」之經驗，與創作成果〈感遇三十八首〉、〈修竹篇〉的內容性質來看，其中多馳騁想像，虛構詭譎之辭，正是「騷」之異於「風雅」的特質所在。故陳子昂之作，若由漢魏而推究其原，實與「騷」為近，而與「風雅」為遠。64

至於李白在〈古風〉第一首即明示以「風雅」為典範，但又兼攝「屈騷」。至於漢魏，則逐漸開展頹波而成流：

大雅久不作，吾衰竟誰陳？王風委蔓草，戰國多荊榛。……正聲何微茫，哀怨起騷人。揚馬激頹波，開流蕩無垠。廢興雖萬變，憲章亦已淪。自從建安來，綺麗不足珍……。[65]

他歷述風雅、屈騷之後的文學變遷，對於建安以下，即晉宋齊梁之綺麗，頗為貶斥。如此，則建安以上的詩風，他大致未做輕貶。當然，推究其原，仍以「風雅」為典範。李白的詩觀固是如此，但若考其實踐的結果，就以〈古風〉五十九首為例，其中頗寓「不遇」之怨，又馳騁神仙、隱逸之思，虛構想像，語多玄奇，顯然與「正聲」之「大雅」不類，而入於「騷」矣。

61 李白〈古風〉五十九首，參見李白著，現代瞿蛻園等校注，《李白集校注》（台北：里仁書局，一九八一），冊一，卷一，頁九一－一八七，〈遠別離〉、〈蜀道難〉、〈梁甫吟〉、〈天馬歌〉、〈行路難〉，俱見卷三，頁一九一、一九九、二一〇、二三四、二三八。

62 〈修竹篇序〉，參見彭慶生，《陳子昂詩注》，卷三，頁二一七。

63 陳沆箋注陳子昂〈感遇三十八首〉，引僧皎然之見云：「僧皎然謂源於阮公〈詠懷〉。」參見〔清〕陳沆，《詩比興箋》（台北：正生書局，一九七二），卷三，頁九八。

64 陳沆亦以為陳子昂〈感遇〉「屈宋枚阮，古轍可尋」，參見同前注，卷三，頁九七。

65 現代瞿蛻園等，《李白集校注》，冊一，卷二，頁九一。

考察他們創作這些詩的「動機」。陳子昂主要的政治活動皆在武后朝。武后曾數度招見他，但畢竟只是欣賞他的文才，對於他幾次上書直諫，批判朝政，頗為不悅，因此始終未予重用。陳子昂只好抱著「不遇」之悲，歸隱故園。[66]就「原因動機」來說，其中固有他對朝政的觀察與體驗，也有他個人與武后為核心的政治權力集團的互動經驗。這個經驗，用傳統的話來說，就是「不遇」。「不遇」可說是一切「感遇」詩創作的「原因動機」。其中經驗，隱然交織著「不遇者個人」與「國君個人」、「不遇者個人」與「某權力集團」、「統治階層群體」與「被統治階層群體」的社會互動關係。而這種種關係，實不諧和。陳子昂就是在這樣的經驗脈絡中，產生他以詩表述其「不遇」的社會文化行為。然而，他這個社會文化行為，除了上述的「原因動機」之外，又有何「目的動機」？這便得從其作品，即行為的結果，所可能隱涵的「意向」進行詮釋。但這類「騷」體之作，由於所採取的「行為表達式」，多以「比興」的語言和「詭譎」的題材為之，因此往往造成「目的動機」的隱匿。而「目的動機」又屬主觀意向，頗難驗實。故陳子昂〈感遇三十八首〉，在言外意旨的詮釋上，向稱晦澀，諸說紛紜。茲以陳沆《詩比興箋》與現代彭慶生《陳子昂詩注》為依據，歸納其「目的動機」，大致有三類：

一、對於以武后為核心的權力集團，在道德和政務方面之弊害，暗寓諷刺。例如〈感遇三十八首〉中，〈索居獨幾日〉、〈朝發宜都渚〉、〈荒哉穆天子〉、〈蜻蛉游天地〉等約十六首左右。

二、寄託自己「不遇」之悲怨與歸隱超脫之心意者，例如〈感遇三十八首〉中，「蘭若生春夏」、〈市人矜巧智〉、〈白日每不歸〉、〈吾觀龍變化〉、〈本為貴公子〉、〈吾愛鬼谷子〉、〈林居病時久〉等約十五首左右。

三、其他嘲諷一般世俗爭逐名利或寓託對天命的玄思，例如〈感遇三十八首〉中，〈微月生西海〉、〈深居觀群動〉、〈臨歧泣世道〉、〈幽居觀大運〉等七首左右。

張九齡主要政治活動在玄宗朝，為骨鯁之臣，卻受譖於李林甫，罷相，貶荊州長史。[67]其「感遇」與其他有所寄託之作，都是在此種事實經驗下而作，「原因動機」可考徵而得。至於「目的動機」，從其詩作的意旨來看，則對於政教民生的諷諭成分較少，大多是向玄宗喻示自己之孤清自守、思君而忠心不二，以及或將遠舉高飛，歸隱雲山，故在政教關懷的「集體意識詩用」中，融合了「個體意識詩用」，接近屈騷。前文述及，高層重臣的士大夫，其個人窮通出處本是關乎政教；張九齡亦是如此。例如：

〈感遇一〉：草木有本心，何求美人折！

〈感遇二〉：幽林歸獨臥，滯慮洗孤清！

〈感遇四〉：今我遊冥冥，弋者何所慕。

〈感遇六〉：眾情累外物，恕己忘內修。

〈感遇七〉：江南有丹橘，經冬猶綠林。豈伊地氣暖？自有歲寒心。

〈感遇八〉：永日徒離憂，臨風懷蹇修。

〈感遇十二〉：鼎食非吾事，雲山嘗我期。

66 參見《唐書・陳子昂傳》，冊二，卷一〇七。

67 參見《唐書・張九齡傳》，冊二，卷一二六。

凡此，皆是指向國君這個特定之讀者，表達「孤清」、「思君」、「遠舉」之意向。若與「屈騷」相較，則「悲己」實多於「悲世」。不過，這樣的「悲己」與一般下階小吏或寒士功名不遂之悲不同。張九齡以賢能而位至宰相，關乎政教之治亂，而受李林甫、牛仙客等惡臣之讒害，玄宗不察，以至罷相貶謫。這就不僅是個人的際遇問題，更關乎政情。個體與群體不能分割，「個體意識詩用」不離「集體意識詩用」。若從「悲己」實多於「悲世」言之，則張九齡的〈感遇〉之作，乃是「騷」的變調。

李白性格頗為複雜，是志士、隱者、俠客、酒徒、詩人之綜合體。他主要的政治活動也在玄宗朝，對於當代之政教有所關注，但志大言大，並不像陳子昂、白居易那樣切合實際，而有時又多神仙、隱逸之思，超逸不群。他以文才受知於玄宗，終以浪蕩不羈而被玄宗放歸江湖，故常有不遇之嘆。這是他寫作〈古風〉等詩的「原因動機」。至於「目的動機」，或因「比興」之語言，或因「詭譎」之題材，多隱匿不明，後世箋釋，不免臆測；若歸約各家的「詮釋交集」，[68]大致以下列諸說為多：

一、諷刺玄宗或權貴之德行或政事：例如〈古風〉其二「蟾蜍薄太清」、其三「秦王掃六合」、其六「代馬不思越」、其十四「胡關饒風沙」、其十五「燕昭延郭隗」等。

二、寓託自己慕仙或思隱之志，例如〈古風〉其四「鳳飛九千仞」、其五「太白何蒼蒼」、其七「客有鶴上仙」、其十二「松柏本孤直」等。

三、寓託自己不遇之悲，例如〈古風〉其二十一「郢客吟白雪」、其三十六「抱玉入楚國」、其三十七「燕臣昔慟哭」、其三十八「孤蘭生幽園」、其四十「鳳飢不啄粟」等。

四、寓託所仰慕之典範人物或一般人生思想，例如〈古風〉其九「莊周夢蝴蝶」、其十「齊有倜儻生」。

綜前所述，這一統緒的「詩用」顯示了幾個行為特徵：（一）行為者在才德上都有強度的自我期許與肯定；（二）在社會互動關係中，都有「不遇」的經驗，這往往是他們產生「詩用」行為的「原因動機」；（三）在表達「意向」時，都採取「虛喻性」的言語形式，亦即「比興」，因此形成「目的動機」的隱匿；（四）「目的動機」的隱匿，必然造成這項行為「意向」詮釋上的困難。這需要經過比興解碼的程序，才能獲致相對有效的詮釋。在各方「詮釋交集」的共識之內，可以推知這種行為的「意向」，多指向對高層政治權力作為的正當與否，進行諷諭。這種諷諭，常預設著一套以儒家為主的「政教」價值觀，以做為判準。因此，具有「集體意識」的性質。

假如，我們比較前後所論述的這兩個統緒，便會發現以白居易為代表的這個統緒，在「集體意識」的層面上，其「目的動機」雖屬主觀；但藉以支持其「目的動機」的經驗現象，卻多指向下階層社會群眾普遍的生活疾苦，以證實其「目的動機」的客觀性；因此其「典型」之作，往往「抒情自我」完全隱沒，表現素樸的寫實。而以陳子昂為代表的這個統緒，藉以支持其「目的動機」的經驗現象，則多指向上階層政治權力作為的正當與否，而行為者自己往往也身在其中，遭受到「不遇」的經驗，故「抒情自我」滲透在字裡行間，使「目的動機」極度彰顯其主觀色彩。甚至因為採用「虛喻

68　參見瞿蛻園等，〈李白集校注〉。瞿注本最為詳實，其中「評箋」集各家之說，可以參考。下引李白諸詩言外寓託之意，皆依瞿本所列各家箋釋加以歸納。

性」的表達式，而形成「目的動機」的隱匿不明。

在「目的動機」的考察上，我們仍然不能忽略陳子昂與李白對於「改革詩風」的意圖。在前引的資料中，陳子昂於〈修竹篇序〉中，已自覺的明示對齊梁以降，「彩麗競繁，興寄都絕」此種「詩風」的不滿，故提出「風雅」的觀念，其「改革詩風」的「目的動機」非常明確。〈修竹篇序〉的寫作時間，據考當在陳子昂隨軍東征凱旋之後，表乞歸田之前（西元六九七年—六九八年）。[69]而「感遇」詩的寫作，非一時一地，但大部分成於晚期，尤其是歸田之後。[70]由此而言，陳子昂之「詩用」的社會文化行為，其「目的動機」一則指向「改革政教」，一則指向「改革詩風」。若從前文的論述，則先有「改革詩風」之念，然後創作「感遇」詩，實現以詩「改革政教」的意圖。故陳子昂之「詩用」社會文化行為，「改革詩風」實為「原發性目的動機」，而以詩「改革政教」則為「次發性目的動機」。至於李白，代表作〈古風〉五十九首，第一首即開宗明義，宣示自己的「風雅」詩觀與聖人「刪述」之志。而後一系列的寫作符應「風雅」精神的「古風」詩。這顯然也是以「改革詩風」為「原發性目的動機」，而以「改革政教」為「次發性目的動機」。再加上兩人這類感遇、古風之作的系列性質，顯現其行為的「計畫性」，皆可讓我們推知其「詩用」行為實出於「刻意」。在「理念先行」的指導之下，為「詩用」而「詩用」，中國古典詩的社會性功能，做了強效的發揮。然而，這種刻意而為，尤其針對詩風改革的目的動機，已非「騷」體的特質，故實為「騷」之變調。

（三）即原因即目的，即體即用——騷雅的兼融

在處理完上述二種型態的「集體意識詩用」之後，必須特別討論杜甫。白居易在〈與元九書〉

中，所最為推崇的唐代詩人是杜甫。然而，在他狹隘的詩觀之下，杜詩合乎「風雅」並不多：

> 撮其〈新安吏〉、〈石壕吏〉、〈潼關吏〉、〈塞蘆子〉、〈留花門〉之章，「朱門酒肉臭，路有凍死骨」之句，亦不過三四十首。[71]

若以白居易所舉〈新安吏〉等詩例來看，這三四十首大約都是以「直陳其事」的「賦」法，描寫當時社會上所發生的事件或現象，而且多向下實指低階層民眾生活的疾苦，從而反映政教的腐敗。如此，則杜甫當歸於白居易這一類型。然而，杜詩其實很難這樣單純的歸類。

在可見的理論上，杜甫並沒有宣示明確的詩觀；但從一些片段的言說與創作的實踐來看，他幾乎是包融了自詩、騷以來所有詩歌的傳統，只要有一偏之好，他都可以吸收其長處而為己用，即使被復古詩人貶斥不值的齊梁文學，他也不全予排斥，〈戲為六絕句〉之五云：「不薄今人愛古人，清詞麗句必為鄰。」「今人」，清代浦起龍《讀杜心解》以為：「統言今人，則齊梁以下，四傑而外皆是。」「清詞麗句」即是齊梁風格。[72]另杜甫〈解悶十二首〉：「熟知二謝將能事，頗學陰何苦

69　參見彭慶生，《陳子昂詩注》，頁二二三—二二四。

70　參見〔清〕陳沆，《詩比興箋》，卷三；彭慶生，《陳子昂詩注‧序》，頁九。

71　〈與元九書〉，參見《白居易集》，冊二，卷四五，頁九六一。

72　參見〔唐〕杜甫著，〔清〕浦起龍注，《讀杜心解》（台北：九思出版社，一九七九），冊二，卷六之下，頁八四二。

用心。」[73]「二謝」是宋之謝靈運、齊之謝朓。「陰何」是陳之陰鏗、何遜；可見他並不完全排斥齊梁。

當然，杜甫對於詩、騷的推崇，更無疑義。他在〈陳拾遺故宅〉詩中稱許陳子昂：「有才繼騷雅，哲匠不比肩……終古立忠義，〈感遇〉有遺篇。」在〈同元使君舂陵行序〉中，稱許元結之詩：「不意復見比興體製，微婉頓挫之辭。」在〈園官送菜序〉中，明示：「苦苣、馬齒，掩乎嘉蔬，傷小人妒害君子，莧不足道也，比而作詩。」[74]凡此，皆可見他對詩、騷精神與表現方式的掌握。

然而，杜甫畢竟與元結、白居易、陳子昂、李白諸人不同。他沒有明確自覺的將「集體意識詩用」加以理論化，以做為一種特定的詩學主張。一切特定的詩學主張，都具有「封閉性系統」的特性，而排斥其他相對的言說，這最明顯的表現在白居易的詩論中；以杜甫對古今詩歌的兼融並蓄，當然不至於如此。

因此，在杜甫被認為反映社會現實的諸多詩作中（當然不僅白居易所認定的三四十首），大都未於語言表層中明示某種「社會文化性的目的動機」。他作這一類的詩，既沒有自覺明確的「改革詩風」的「目的動機」，也沒有「改革政教」的「目的動機」。其中，對於「政教」而言，他有的只是強烈的「原因動機」。「原因動機」是指向過去的經驗，是行為主體在社會情境中，因著某種經驗而促發他產生某種行為的動機。因此，這種動機，由於行為主體身在現實情境中而不自覺。因不自覺，故不成為觀念化的認知，而得以保持其經驗的真實性。

那麼，對於杜甫而言，「社會」不是一個被既定知識所觀念化的客體。他是以經驗主體實存於社會，而不是以認知主體去認知社會。若是後者，則主體之與社會，便在主客對立的圖式之下離析為二，而「社會」只是文學創作行為所指向的客體，成為某種預存的「目的」所希求的對象。而同時，「文學」也就離開其與「社會」同質共體的位置，而異化為工具、手段。其實，不管是「風雅」，不管是「騷」，他的作者都是在社會情境中，從未曾把「社會」只當作文學創作行為所指向的客體。也就是說，作者既是「文學創作主體」，也是「社會文化行為主體」，兩者同質共體，非可析離為二。不管是〈詩大序〉所說：「國史明乎得失之跡，傷人倫之廢，哀刑政之苛」，或司馬遷《史記・屈原傳》所稱：「屈平之作〈離騷〉，蓋自怨生也。」或班固《漢書・藝文志・詩賦略論》所稱漢代樂府：「皆感於哀樂，緣事而發」。[75]自詩、騷而下，其實一切反映社會現實的詩歌，皆不能抽離他實存於當代社會的感性經驗主體。因此，我們可以說，其實「言志」絕不能完全斷絕「緣情」。客觀寫實，也不能完全脫離主觀表現。普遍的社會，也不能與個人截然分開。而創作的「目的動機」也不能與「原因動機」無涉，成為作者純然旁觀的價值觀念預設。在這種狀態之下，「詩用」才能不離「詩體」，而「文學」之與「社會」也相即不二。

杜甫所作的詩歌中，假如真是如學者所稱多為反映社會現實，則他的這類作品之超越元結、白居易、陳子昂、李白，而無法以上述二類「集體意識詩用」去範概，其原因正如上面所論述。他的人，

73 參見〔唐〕杜甫著，〔清〕仇兆鰲注，《杜詩詳註》（台北：里仁書局，一九八〇），冊三，卷一七，頁一五一五。

74 參見同前注，〈陳拾遺故宅〉，冊二，卷一一，頁九四七。〈同元使君舂陵行〉，冊三，卷一九，頁一六九一。〈園官送菜〉，冊三，卷一九，頁一六三六。

75 《漢書・藝文志・詩賦略論》，參見〔漢〕班固著，〔唐〕顏師古注，〔清〕王先謙補注，《漢書補注》（台北：藝文印書館，一九五六），冊二，卷三〇，頁九〇三。

即文學的實存即社會的實存；他的創作動機，即原因即目的。他的作品即體即用，即普遍即個殊，即客觀寫實即主觀表現，即言志即緣情。因此兼具有社會性意義與文學性意義，雖不刻意標榜風雅屈騷，卻自然合於風雅屈騷。

三、結論

綜合以上的論述，我們可以對唐代「集體意識詩用」的社會文化行為現象獲致下列幾點描述性與詮釋性的意義：

（一）唐代「集體意識詩用」，由詩人的「社會文化行為動機」加以觀察，可以析分為二種類型，一為「向下實指型」，以白居易為代表，元結、《篋中集》諸詩人、張籍、顧況、王建、元稹等屬之。二為「向上虛喻型」，以陳子昂為代表，張九齡、李白等屬之。前一種類型，在「行為表達式」上，比較慣用「實指性」的語言工具，直接陳述某些社會事件或現象，並明示這項行為的「目的動機」。所謂「社會事件或現象」，又往往是指向下階層民眾的現實生活。其典型之作，多採代言體，預設特定讀者，而隱匿「抒情自我」。後一種類型，在「行為表達式」上，比較慣用「虛喻性」的語言形式，以「比興」去虛喻某些政教現象，而且其「目的動機」往往隱匿不明。所謂「政教現象」，大多是指向上階層權貴在道德或政務上的作為：由於其行為主體在社會互動的經驗中，多有「不遇」之怨。故典型作品，「抒情自我」常滲透在字裡行間。

（二）從詩歌傳統的承繼而言，白居易為代表的「向下實指型」，乃「風雅」之推極。而陳子昂為代表的「向上虛喻型」，則為「騷」之變調。

（三）唐代「集體意識詩用」的社會文化行為現象大約發生在玄宗天寶年間，至憲宗元和年間達到高峰。觀察這類社會文化行為現象之所以發生的「原因動機」，大體是由於「時亂」，而「目的動機」則是為了「淑世」。而所謂「淑世」，還可以析解為「改革詩風」與「改革政教」。何以同一種社會文化行為兼具二種不同指向的「目的動機」，主要是因為古代士人階層，多兼具「文學作者」與「政教從事者」的雙重身分。而既存的傳統文化觀念中，「文風」之與「世風」或「政風」往往相為符應。故在某些文人的觀念中，「文學改革」與「政教改革」，必須同步進行。

（四）在「向下實指型」這類「集體意識詩用」中，一般文學史的論者，都籠統將元結、《篋中集》諸詩人、張籍等，以及白居易、元稹等人歸為一類；但若細究各人「原因動機」的殊異性來加以考察，將可發現在「原因動機」之強弱度與經驗切合行為主體的程度上，還可分為三個類型：第一「切己性經驗」，《篋中集》諸詩人屬之，他們所抒寫之社會經驗皆是個人切身之遭遇，故其以詩反映「時亂」之「原因動機」也最為強烈。第二「同情性經驗」，顧況、王建、張籍等屬之。他們的作品雖多抒寫非切己之客觀經驗，但卻能同情共感，表現濃厚的抒情色彩。第三「旁觀性經驗」，元結、白居易、元稹屬之。他們多抒寫旁觀所獲客觀普遍社會經驗，隱去「抒情自我」而以「代言體」來表現。其「原因動機」較弱，相對的，「詩風改革」與「政教改革」的「目的動機」卻極為明確而強烈。

（五）在「集體意識詩用」的社會文化行為中，行為者的「目的動機」越是強烈，便會越展現其行為的「計畫性」。元結、白居易、元稹、陳子昂、李白等，由於其「詩用」的「目的動機」非常明確而強烈，故其行為也就展現出明顯的「計畫性」，主要有：（一）理論與實踐的配合；（二）有規劃的進行系列性創作；（三）向社會提倡其理念，以期形成某種群體性運動。

（六）在唐代「集體意識詩用」中，杜甫最為特殊，無法納入前述二種類型中之任何一個類型。他沒有將「集體意識詩用」加以理論化而提出一種系統性的特定主張。他以其經驗主體實存於當代社會情境中，而未將社會觀念化為認知客體。因此，他的人，即文學的實存即社會的實存；他的創作動機，即原因即目的。他的作品即體即用，即普遍即個殊，即客觀寫實即主觀表現，即言志即緣情。因此兼具文學性意義與社會性意義。雖不刻意標榜風雅屈騷，自然合於風雅屈騷。

（七）理論上，「文學創作主體」與「社會行為主體」原是同質共體。兩者不應該析離為二，使「社會」只被視為文學創作行為所指向的客體，成為某種預存的「目的」所希求的對象。而同時，「文學」也離開其與「社會」同質共體的位置，而異化為工具、手段。然而，事實上，從唐代「集體意識詩用」之社會文化行為現象的觀察中，我們發現元結、白居易等，卻正好如此，而杜甫則反是。相較起來，我們可以獲致一個原則性的判斷：社會性的「目的動機」越是明確而強烈，相對的文學性的「原因動機」越是隱匿而薄弱，則這個行為所達致的結果，便是社會性的意義大過於文學性的意義。反之，則文學性的意義大過於社會性的意義。而其理想的狀態，便是二者兼融；在動機上，原因與目的相即，由原因以生目的，而目的不離於原因。如此，則「文學」與「社會」便存在於同質共體的狀態下，即其體而即其用，文學性意義與社會性意義兼涵在同一個行為的表達結果——作品之中。詩騷的「典範性」，即在於此。白居易雖提倡「風雅」，其實最不了解「風雅」。〈新樂府序〉所謂

「為君、為臣、為民、為物、為事而作，不為文而作也」，硬將「社會」與「文學」拆離為二，其距「風雅」亦遠矣。

本文只是「建構中國詩用學」其中的一部分。唐代的「詩用」社會文化行為現象中，以「贈答」或「酬贈」的社會互動關係方式出現者，亦即「個體意識詩用」，其現象之普遍，遠超過本文所論「集體意識詩用」，而這部分的研究，目前尚待開發。在我的學術構想中，將會同樣以詮釋社會學的進路，另撰專文，深入討論。

在二種「詩用」的社會文化行為現象討論清楚之後，推衍所至，必然會關涉到若干問題，例如：（一）「詩」做為「社會文化行為」的「符號形式」，有何特殊的「效用」？（二）創作情境的「虛」與「實」；（三）創作動機的「隱」與「顯」；（四）讀者對象的「限定」與「開放」；（五）解讀身分、目的與策略的選擇等。凡諸問題，皆有待進一步的探討。

附記：

原刊《東華人文學報》第一期，一九九九年七月。

二〇二二年二月修訂，收入本書。

中國詩用學：中國古代社會文化行為詩學

2022年10月初版　　　　　　　　　　定價：新臺幣680元
2023年5月初版第二刷

著　　者　顏　崑　陽
叢書主編　沙　淑　芬
校　　對　吳　美　滿
內文排版　菩　薩　蠻
封面設計　廖　婉　茹

出版者　聯經出版事業股份有限公司
地址　新北市汐止區大同路一段369號1樓
叢書主編電話　(02)86925588轉5310
台北聯經書房　台北市新生南路三段94號
電話　(02)23620308
郵政劃撥帳戶第0100559-3號
郵撥電話　(02)23620308
印刷者　世和印製企業有限公司
總經銷　聯合發行股份有限公司
發行所　新北市新店區寶橋路235巷6弄6號2樓
電話　(02)29178022

副總編輯　陳　逸　華
總編輯　涂　豐　恩
總經理　陳　芝　宇
社長　羅　國　俊
發行人　林　載　爵

行政院新聞局出版事業登記證局版臺業字第0130號

本書如有缺頁，破損，倒裝請寄回台北聯經書房更換。　ISBN 978-957-08-6500-4 (精裝)
聯經網址：www.linkingbooks.com.tw
電子信箱：linking@udngroup.com

國家圖書館出版品預行編目資料

中國詩用學：中國古代社會文化行為詩學/顏崑陽著．初版．
新北市．聯經．2022年10月．528面．14.8×21公分
ISBN 978-957-08-6500-4（精裝）
[2023年5月初版第二刷]

1.CST：中國詩　2.CST：詩學　3.CST：詩評　4.CST：文集

821.8807　　　　111012827